Biblioteca J. J. Benítez
Novela

J. J. Benítez
Masada. Caballo de Troya 2

 Planeta

© J. J. Benítez, 1986
© Editorial Planeta, S. A., 2004
   Avinguda Diagonal, 662, 6.ª planta. 08034 Barcelona (España)

Diseño de la colección: sobre una idea original del autor, adaptación
del Departamento de Diseño de Editorial Planeta (foto © Yoshikazu
Shirakawa/TIB)
Fotografía del autor: foto © José Antonio S. de Lamadrid
Primera edición en esta presentación en Colección Booket: junio de 2001
(edición revisada y corregida por el autor)
Segunda edición: setiembre de 2001
Tercera edición: marzo de 2002
Cuarta edición: junio de 2002
Quinta edición: febrero de 2003
Sexta edición: julio de 2003
Séptima edición: setiembre de 2003
Octava edición: diciembre de 2003
Novena edición: abril de 2004
Décima edición: agosto de 2004

Depósito legal: B. 37.005-2004
ISBN: 84-08-03973-3
Impresión y encuadernación: Litografía Rosés, S. A.
Printed in Spain - Impreso en España

Biografía

J. J. Benítez (54 años). Casi 30 de investigación. Más de cien veces la vuelta al mundo. Está a punto de alcanzar su libro número 40. Cuatro hijos. Tres perros. Dos amores (Blanca y la mar). Apenas cinco amigos de verdad. Y un JEFE: Jesús de Nazaret.

El interés por el Maestro nace en 1975, cuando la ciencia anuncia que la Sábana Santa de Turín pudo ser el lienzo que envolvió el cadáver del Galileo. Desde entonces, guiado por una misteriosa «fuerza», ha recorrido el planeta, indagando sin descanso sobre su admirado Dios y «Socio».

Una vez concluida su ambiciosa obra —*Caballo de Troya*—, si su «Jefe» no cambia de opinión, J. J. Benítez espera poder sacar a la luz parte de los ciento veinte libros actualmente en proyecto.

Recientemente J. J. Benítez ha publicado *Mis ovnis favoritos* (Planeta), segunda entrega de la colección «Cuadernos casi secretos».

Índice

EL DIARIO (segunda parte) 13
9 de abril, domingo (año 30) 246
10 de abril, lunes 443
11 de abril, martes, al 14, viernes 486
14 de abril, viernes 540
16 de abril, domingo 547

Nota del autor 557

«… Y a las 03.30 horas, después de besar el suelo rocoso de la cripta, abandoné el huerto de José de Arimatea. Los soldados de la fortaleza Antonia continuaban allí, desmayados, como mudos testigos de la más sensacional noticia: la resurrección del Hijo del Hombre.

»Y a las 07.02 horas de aquel domingo "de gloria", 9 de abril del año 30 de nuestra Era, el módulo despegó con el sol. Y al elevarnos hacia el futuro, una parte de mi corazón quedó para siempre en aquel "tiempo" y en aquel Hombre a quien llaman Jesús de Nazaret.»

Así, con estas frases, finaliza mi anterior libro *Caballo de Troya*. Quienes lo hayan leído recordarán quizá que, en el relato del mayor norteamericano, se adelanta lo que el propio Jasón denomina un segundo «viaje» en el tiempo. Pues bien, la presente obra recoge esa nueva y no menos fascinante aventura, interrumpida en las líneas precedentes por razones puramente técnicas: el volumen de la documentación era tal que fue preciso dividirlo, al menos, en dos partes.

Hecha esta puntualización, antes de proceder a la transcripción de esa segunda fase del diario, entiendo igualmente que es mi deber dejar aclarado otro par de asuntos.

Primero: no sería honrado animar al lector a continuar la lectura del presente trabajo si antes no ha tenido la oportunidad de leer *Caballo de Troya*. Me explico. Dado que lo que aquí se va a exponer forma parte de un todo —el diario del mayor—, con un entramado que depende en buena medida de lo ya expuesto en *Caballo de Troya*, el lector que se enfrentase a este volumen ignorando el ya publicado se

11

situaría —sin querer— en inferioridad de condiciones a la hora de comprender muchos de los detalles técnicos, planteamientos, objetivos y sucesos registrados en la llamada Operación Caballo de Troya. Todo ello me obliga, en suma, a sugerir al lector que, si no conoce mi anterior obra, aplace la lectura del libro que tiene en las manos.

Segundo: dada la naturaleza de los hechos y afirmaciones vertidos en los 200 folios que constituyen esta forzada segunda parte del diario, me atrevo a recomendar a los lectores cuyos principios religiosos se encuentran irremisiblemente cristalizados en la más pura ortodoxia que, de igual forma, renuncien a la presente información. Aunque tales sucesos y apreciaciones sobre la infancia de Jesús de Nazaret, así como sobre las apariciones del Maestro de Galilea después de su muerte y resurrección, han sido tratados por el autor del diario con un absoluto respeto, algunas de las revelaciones son —en mi humilde opinión— de tal magnitud que los espíritus poco evolucionados o de estrecha visión podrían sentirse heridos o, cuando menos, desorientados. Para aquellos, en cambio, que permanecen en la difícil senda de la búsqueda de la Verdad, los sucesivos descubrimientos que irán apareciendo ante ellos —estoy firmemente convencido— contribuirán a enriquecer su alma y a comprender mejor la figura, el entorno y el mensaje del Hijo de Dios.

Éstos, y no otros, han sido y son mis objetivos al escribir ambos libros.

Hechas estas aclaraciones, entremos ya de lleno en esta última parte del diario del mayor.

El diario

Segunda parte

... 07 horas, 02 minutos y 36 segundos.

Treinta segundos después del despegue, el ordenador central —nuestro querido Santa Claus— respondió con su habitual eficacia y minuciosidad, estabilizando la «cuna» en la cota prevista (800 pies) para el inmediato y delicado proceso de «inversión de masa» de la nave que debería trasladarnos a nuestro tiempo: al siglo xx. Más exactamente, al 12 de febrero de 1973.

Eliseo y yo cruzamos una significativa mirada. Absorbidos en los preparativos para el despegue, mi hermano en aquel primer «gran viaje» y quien escribe, apenas si habíamos tenido ocasión de comentar mis últimas y desgarradoras experiencias al pie de la cruz y en las tensas horas que precedieron al amanecer del domingo, 9 de abril del año 30. Cuando, al fin, hacia las 04 horas, abordé el módulo, mi rostro debía ser tan elocuente que Eliseo se mantuvo en un respetuoso y prolongado silencio. Y una vez más me sentí aliviado y agradecido por su exquisita delicadeza.

Recuerdo que, mientras procedía a desembarazarme de las sudadas y ya malolientes ropas que me habían ayudado en mi papel como mercader griego, mi compañero, por propia iniciativa, puso en marcha la grabación registrada durante la llamada «última cena». (Como ya indiqué en otro momento del presente diario, yo no había tenido ocasión de escucharla.) Y en silencio, ambos nos dejamos arrastrar por la voz del rabí de Galilea: dulce, firme y majestuosa. Conociendo, como conocíamos, toda la dimensión de la tragedia que acababa de producirse, los consejos y recomendación de Jesús a sus íntimos aparecieron ante mí con una fuerza y luminosidad indescriptibles. Como creo haber insinuado

13

ya anteriormente, excepción hecha de Juan, el Evangelista, el resto de los escritores sagrados no acertaría a transcribir con fidelidad ni los hechos ni el sentido de aquella memorable cena de despedida. Pero debo dominarme. Es necesario que sepa controlar mis emociones y el caudal de sucesos que se agolpa en mi cerebro y, en beneficio de una mayor claridad, proseguir mi relato bajo el más estricto orden cronológico. Espero que aquellos que lleguen a leer mi legado sepan comprender y perdonar mis continuas debilidades y torpezas...

A partir de las 05.42 horas —coincidiendo con el alba—, Eliseo y yo, enfundados en los reglamentarios trajes espaciales, nos entregamos en cuerpo y alma a una exhaustiva revisión de los equipos, prestando una especialísima atención a la fase crítica de despegue. Aunque, como ya señalé en su momento, los técnicos del proyecto habían programado el mencionado despegue, posterior «estacionario» de la nave, retorno de los *swivels* y *anclaje* en el nuevo espacio de forma automática, una punzante y lógica duda nos mantenía en tensión. ¿Y si fallaba cualquiera de las delicadas maniobras ya citadas? ¿Qué sería de nosotros?

Probablemente fue esta temporal pero creciente excitación la que me rescató en aquellos momentos de la profunda angustia que había anidado en mi corazón a raíz de los once y agitados días que había vivido en aquel Israel del año 30. Una angustia —lo adelanto ya— que me marcaría para siempre... Y fue también en esos instantes cuando Eliseo se decidió a hablarme de otro asunto, sencillamente inexplicable. Señalando la pantalla del radar pasó a informarme de la extraña presencia de otro objeto, detectado hacia la una de esa madrugada. Procedía del sur. El Gun Dish lo había captado a 2 000 pies sobre el Herodium. Poco después, a las 01 horas y 11 minutos, mi hermano, atónito, comprobaría cómo el increíble artefacto hacía estacionario a 546 pies sobre la vertical del módulo, descendiendo. Pero, de improviso, aquella nave —o lo que fuera— rectificó el rumbo, dirigiéndose al sur de nuestra posición. ¡Y aterrizó a poco más de 350 metros del calvero en el que nos encontrábamos! Y allí permanecía...

Pero lo más desconcertante es que el perfil y las dimensiones del increíble aparato eran gemelos a los de la «cuna»...

Naturalmente, ni Eliseo ni quien esto escribe sospechamos entonces cuál podía ser la verdadera naturaleza del «intruso»...

07 horas ...

El computador central, de acuerdo con lo programado, accionó electrónicamente el dispositivo de incandescencia de la «membrana» exterior de la nave, eliminando así cualquier germen vivo que hubiera podido adherirse al blindaje de la «cuna». Esta precaución —como ya expliqué— resultaba vital para evitar la posterior inversión tridimensional de los referidos gérmenes en uno u otro «tiempo» o marco tridimensional. Las consecuencias de un involuntario «ingreso» de tales organismos en «otro mundo» podrían haber sido nefastas.

07 horas... 01 minutos... 45 segundos.

Mi compañero y yo —pendientes de Santa Claus— captamos la rápida aceleración de nuestras respectivas frecuencias cardíacas. ¡120 pulsaciones!... ¡130!... Estábamos a 15 segundos de la ignición.

07 horas... 02 minutos.

¡Oh, Dios mío!

Nuestras frecuencias cardíacas alcanzaron el umbral de las 150 pulsaciones.

El motor principal no respondía...

07 horas... 02 minutos... 3 segundos.

¡Vamos!... ¡Vamos! ¡Estamos listos!

Eliseo y yo, con la voz quebrada, empezamos a animar al perezoso J85. Fueron los segundos más largos y dramáticos de aquella última fase de la operación.

07 horas... 02 minutos... 6 segundos.

Una vibración familiar sacudió el módulo, al tiempo que mi hermano y yo conteníamos la respiración. Al fin, la turbina a chorro CF-200-2V fue activada, elevando la nave con un empuje de 1 585 kilos.

07 horas... 02 minutos... 36 segundos.

Treinta segundos después del despegue, una vez alcanzados los 800 pies de altitud, los cohetes auxiliares, también de peróxido de hidrógeno y con 500 libras de empuje máximo cada uno, estabilizaron el módulo, controlando su posición.

Aunque la primera fase del retorno —amén de los seis angustiosos segundos de retraso en la ignición del motor principal— se había consumado sin mayores dificultades,

Eliseo y yo observamos con cierta preocupación que los niveles de los tanques de combustible fijaban el «tiempo máximo de funcionamiento», a partir del inicio de «estacionario», en 910 segundos.

Era preciso actuar con suma diligencia.

Y Santa Claus, «consciente», como nosotros, de la peligrosa escasez de nuestras reservas de peróxido de hidrógeno, no se demoró en la ejecución de la siguiente y no menos delicada operación.

A las 07 horas y 5 minutos de aquel 9 de abril del año 30, cuando el sol flotaba ya sobre los cenicientos riscos de Moab, en la costa oriental del mar Muerto, nuestro fiel ordenador central, que seguía manteniendo la incandescencia de la «membrana» exterior, accionó el sistema simultáneo de *anclaje* espacial e inversión axial de las partículas subatómicas de la totalidad de la «cuna», haciendo retroceder los ejes del tiempo de los *swivels* a los ángulos previamente establecidos por los hombres de Caballo de Troya, correspondientes a las 07 horas del 12 de febrero de 1973. En total, un «salto» de 709 612 días. Es de suponer que, como sucediera en la noche de aquel histórico 30 de enero de 1973, fecha del inicio de nuestro primer «viaje» en el tiempo, una fortísima explosión se dejara sentir sobre la cumbre del monte de las Aceitunas en el instante mismo de la inversión de masa. Pero, obviamente, en esta ocasión no hubo forma de confirmarlo. Mejor dicho, sí lo haríamos... en su momento.

Décimas de segundo después de la sustitución de nuestro primitivo sistema referencial de tres dimensiones por el nuevo tiempo —por nuestro verdadero tiempo—, una súbita claridad penetró por las escotillas del módulo.

Eliseo y yo, con el alma encogida, permanecíamos con la vista fija en los dos pares de monitores de los cronómetros «moniónicos», directamente conectados —gracias a Santa Claus— al mecanismo de inversión axial de los *swivels*. El vertiginoso baile de los dígitos había desembocado en una secuencia que nos devolvió la calma y que explicaba, a su vez, aquella sustancial diferencia de luminosidad entre el momento de nuestra partida del monte de los olivos y la que ahora inundaba la nave.

«07. 12-2-1973.»

(El orto o salida del sol en aquel 9 de abril del año 30 de

nuestra Era se había producido, como cité anteriormente, a las 05.42 horas. «Ahora» —1943 años después—, el alba había tenido lugar a las 06.24. Nuestra súbita «aparición» sobre la Jerusalén moderna fue estimada, por tanto, a los 36 minutos del referido orto.)

Antes de proceder a una comprobación visual —y de acuerdo con el plan de vuelo— fue necesaria una nueva revisión de los sistemas que garantizaban el estacionario de la «cuna» y, muy especialmente, del mecanismo de emisión de luz infrarroja, vital para el apantallamiento de la nave. Todo parecía funcionar a la perfección. Durante el proceso de inversión de masa, la pila nuclear SNAP-10A había seguido alimentando el motor principal y tanto nuestra altitud como posición en el espacio —aunque corregidos en la maniobra de *anclaje*— no habían variado a efectos prácticos. Curtiss y el resto del equipo de Caballo de Troya debían de encontrarse a 800 pies, tan ansiosos y expectantes como nosotros.

Eliseo me recordó el nivel de combustible —limitado a 600 segundos— y asentí, tratando de tranquilizarme y de tranquilizar a mi hermano con una media sonrisa. Ambos sabíamos que no podíamos demorar el descenso sobre la mezquita de la Ascensión. El menor error, la más pequeña duda o cualquier variación por nuestra parte del estricto programa previsto para el aterrizaje podían ser fatales.

Segundos antes de abrir la conexión con tierra pulsamos nuevamente el ordenador central, solicitando información sobre el grado de absorción de las ondas decimétricas por parte de la «membrana» exterior. Si ésta fallaba, los radares militares israelitas no tardarían en detectarnos (1).

Santa Claus nos tranquilizó. De momento, suponiendo que alguna estación de rastreo —en especial la situada en el monte Hermón— hubiera captado algo anormal a 800 pies sobre el Olivete, el posible «eco», al carecer de retorno, hubiera sido identificado por los radaristas como una «zona de silencio», relativamente habitual en este tipo de operaciones.

No había tiempo que perder. Y tras una rápida localización visual del octógono y de los hangares levantados en el

---

(1)   En aquellas fechas, las ondas utilizadas habitualmente por los radares militares de Israel oscilaban entre los 1 347 y los 2 402 megaciclos. *(N. del m.)*

recinto interior de la mezquita, Eliseo y yo pusimos en marcha la última fase del programa Apolo XI. Puesto que aquellos últimos minutos del «gran viaje» hacían absolutamente necesaria la comunicación por radio entre el módulo y el nuevo «punto de contacto», los hombres de Caballo de Troya habían ideado un código idéntico al utilizado por Armstrong y Aldrin con Houston en el memorable 20 de julio de 1969, cuando el hombre pisó la Luna por primera vez. De esta forma, cualquier penetración ajena al proyecto en la banda de emisión (1) sólo serviría para confundir al hipotético intruso.

Una vez activada la «banda integrada S», Eliseo se hizo con el micro y, sin poder disimular su emoción, preguntó:

—Aquí Águila… ¿Hay alguien ahí?…

Tras unos segundos, la voz de CAPCOM —el supuesto Houston— retumbó en nuestros oídos y en nuestros corazones —por qué ocultarlo— como la más dulce de las melodías.

—Aquí Houston… Bien venidos a casa… os recibimos «5 × 5»…

Eliseo, responsable de las comunicaciones, inspiró profundamente y, tras chequear de nuevo el nivel del peróxido de hidrógeno, anunció:

—Roger, a la escucha… Estamos a un ocho por ciento de combustible.

La advertencia debió de sonar como un trueno entre los hombres de Curtiss.

—Aquí CAPCOM. Entendí un ocho por ciento…

—Afirmativo —respondió Eliseo, adoptando una falsa tranquilidad—. Estamos listos para aterrizar. Cambio.

—Roger, entiendo. Altitud: 800 pies… Pueden conectar el parabrisas monitorizado (2).

(1) Las comunicaciones entre el módulo y los equipos situados en tierra habían sido establecidas en la llamada «banda integrada S», que se halla en el sector de las ondas de radio ultracortas, abarcando frecuencias desde 1 550 hasta 5 200 megaciclos, correspondientes a longitudes de onda de 19 a 5,8 centímetros. Por razones de seguridad no estoy autorizado a revelar la frecuencia específica utilizada en este caso. *(N. del m.)*

(2) Este revolucionario sistema de navegación «a ciegas», que algún día será utilizado masivamente en la aviación comercial, consiste, en síntesis, en un parabrisas monitor en el que se proyectan todos los datos necesarios para el aterrizaje, bien superpuestos al paisaje o a un diseño

Santa Claus, al que considerábamos ya de la familia, respondió a mi orden, dibujando en el monitor un «túnel» sintético y cuadrangular en cuyo centro se hallaba igualmente digitalizada la imagen de la nave. Ahora todo era cuestión de dirigir el descenso del módulo por el interior del «túnel». El fondo del mismo no era otra cosa que el reducido hangar en el que debíamos posar la «cuna».

—Roger —intervino Eliseo—, Águila dispuesta. «Túnel» en pantalla...

—Aquí CAPCOM. Ahora sólo tenéis que dejaros llevar por «mamá Curtiss». Cambio.

—Aquí Águila... Allá vamos... 750 pies... Oscilación nula y seguimos en descenso...

—Águila, muy bien... Altitud 700 pies... descendiendo a 23 pies por segundo. ¿Podéis reducir a 20? Cambio.

—Roger, entendido... Reducimos a 20... 680 pies y 20 abajo... 610 pies... 580... 540 pies...

La voz de CAPCOM intervino súbitamente, cortando a Eliseo:

—¡Atención, Águila!... Detectamos rachas de viento a 500 pies. 045 grados y 15 nudos (1).

—Repita, Houston.

Tanto Eliseo como yo sabíamos que, en aquellas críticas circunstancias, uno de los peores contratiempos podía ser justamente éste. Una racha de viento de 30 kilómetros por hora, como las anunciadas por la estación en tierra, era capaz de desplazar el frágil módulo, sacándonos del «túnel» sintético que nos servía de guía electrónica. Si esto llegaba

_____

informático que reproduce fielmente el punto de aterrizaje. En nuestro caso, Caballo de Troya diseñó un sistema modificado MLS (Microwave Landing System) que, ubicado en tierra, simplificaba la operación de descenso, «proyectando» hacia el módulo una señal que el ordenador central decodificaba en forma de «túnel sintético, con efecto de perspectiva», permitiendo así una cómoda y automática aproximación. Estructuralmente, un sistema de este tipo está integrado por cuatro elementos básicos: un generador de símbolos (un tubo de rayos catódicos que visualiza las informaciones de pilotaje recibidas desde el MLS); un sistema de focalización; un espejo plano que recibe las informaciones proyectadas por el sistema de focalización y las dirige hacia la óptica de colimación, y la propia óptica de colimación. *(N. del m.)*

(1) Dirección del viento: 045 grados (noreste) y con una velocidad de 15 nudos (unos 30 kilómetros por hora). *(N. del m.)*

a suceder y no éramos lo suficientemente hábiles como para hacer regresar a la nave a tan particular «ascensor de bajada», el aterrizaje podía fracasar.

—Repita, Houston —insistió mi compañero.

—Aquí CAPCOM. Estamos leyendo viento a 500. Dirección: 045 grados y 15.

—Aquí Águila. Entendí 045 grados y 15 nudos.

—Afirmativo, Águila... Afirmativo. Reducir al máximo. Reducir a nueve y agarraos fuerte hasta que haya pasado...

—Roger, Houston —señaló Eliseo, haciéndome una señal para que aumentara la potencia de los retrocohetes auxiliares—. 510 pies y bajando a nueve... 500 pies... 480 pies y manteniendo nueve pies por segundo...

Tal y como nos temíamos, el viento racheado del noreste hizo cabecear la «cuna». Y a pesar de mis esfuerzos por controlar los ocho pequeños motores de posición, la imagen digitalizada del módulo terminó por atravesar las líneas amarillas que configuraban el «túnel de descenso», haciendo saltar todas las alertas acústicas y luminosas.

—Aquí Houston... Pérdida de contacto con MLS. Desvío a 225 grados. Tranquilos, muchachos...

—Aquí Águila —respondió Eliseo, con los ojos fijos en el parabrisas monitorizado, en el que, en efecto, el módulo aparecía desviado horizontalmente unos 90 pies—. Jasón está luchando con esas malditas válvulas (1). Estamos estabilizados en 450 pies...

—Roger, Águila... Le escuchamos. Cambio.

—Aquí Águila. Motores a máxima potencia... Inclinación del módulo, 33 grados... Repito: estabilizados horizontalmente a 450 pies y retrocediendo a MLS... 40 pies atrás... Ya casi estamos...

—Roger, Águila... —la voz de CAPCOM sonó reposada, en un intento de sosegar nuestros ánimos—. Un poco más...

—CAPCOM, lo estamos intentando, pero este maldito

---

(1) Como ya describí en su momento, la «cuna» disponía de ocho pequeños motores cohete. Cada uno era accionado por una válvula selenoidal individual del tipo de intervalos. Como en un avión pequeño, el piloto controlaba el cabeceo por medio del movimiento proa-popa y el bamboleo por el movimiento derecha-izquierda de una palanca. El control de guiñada y los citados movimientos estaban conectados eléctricamente a las válvulas. (N. del m.)

viento... Inclinación 35 grados y seguimos en 450 pies... ¡Rayos!, ¡lo que faltaba...!

—Aquí CAPCOM. ¿Qué sucede ahora? Cambio.

Sometidos a un empuje máximo, los motores estaban dando buena cuenta de las cada vez más mermadas reservas de peróxido de hidrógeno. Y en esos instantes, cuando la nave había retrocedido 80 pies en su vuelo horizontal, en busca del interior del «túnel de descenso», el nivel de combustible —reducido a un cinco por ciento— hizo saltar una nueva alarma.

—CAPCOM, aquí Águila... Tenemos luz cuantitativa. Alarma 1 201... Lectura de combustible: cinco por ciento. Vamos a activar la última reserva. Cambio.

—Roger, Águila. Autorizado a «tanques *on*» (1).

—*OK*... «Tanques *on*»...

—Águila, dame combustible. Cambio.

—Con la reserva, tiempo máximo de funcionamiento, 180 segundos... ¡Que Dios nos ampare!

Pero el módulo, obediente, había vencido la fuerza del viento, situándose de nuevo en el centro del «túnel». Y la voz de Houston sonó «5 × 5»:

—Aquí CAPCOM. Adelante, Águila. Restablecida la conexión MLS... Proceda a descender.

—Roger, y gracias al cielo. Allá vamos de nuevo... 400 pies y seguimos bajando... 370 pies y bajando a nueve pies por segundo... Inclinación nula aunque sigue el cabeceo...

—Roger. Parece que las cosas van bien ahora... Dame combustible. Cambio.

—*OK*, CAPCOM. Leo 120 segundos y bajando a nueve...

—Aquí CAPCOM. Entendí 120. Cambio.

—Afirmativo... Altitud: 220 pies y reducimos a cuatro y medio... 160 pies y cuatro y medio pies por segundo...

—*OK*, Águila... Vamos, un poco más... «Mamá Curtiss» está escuchando ya vuestro silbido... Cambio.

El control en tierra se refería al ruido de los motores, amortiguado por los potentes silenciadores.

(1) «Tanques *on*»: el módulo tenía prácticamente agotadas las reservas exteriores de combustible y procedió a encender los tanques interiores. El volumen total de peróxido de hidrógeno ascendía entonces a un escaso siete por ciento. *(N. del m.)*

Aquellos últimos metros fueron para mí —responsable del aterrizaje— los más ingratos y penosos. El viento racheado —oscilando entre los 15 y 20 nudos— desplazaba la «cuna» una y otra vez contra las «paredes» del «túnel» electrónico, obligando al ordenador central y a mí mismo a una continua corrección de trayectoria.

Cuando, al fin, Eliseo anunció los últimos 90 pies, mis manos y frente se hallaban bañadas en un profuso sudor.

—CAPCOM. Aquí Águila. Descendiendo, descendiendo... 90 pies de altitud. Podemos ver la plataforma en el interior del hangar... Abajo la mitad... 45 pies y manteniendo los tres pies por segundo. Cambio.

—Roger, Águila... Todo en orden. ¿Me das lectura de combustible?

—Aquí Águila. Tiempo máximo de funcionamiento 60 segundos... 40 pies... Adelante, adelante... 30 pies y descendiendo a tres por segundo... Parece que recogemos algo de polvo... Abajo la mitad... 30 segundos...

—Roger, Águila. Casi os podemos coger con la mano... Cambio.

—Aquí Águila... 20 pies... 15... 9 pies... ¡Luz de contacto!... ¡Gracias a Dios!

Cuando los puntales amortiguadores de choque de las cuatro patas del módulo establecieron contacto con la plataforma de «mamá Curtiss», el ordenador central procedió a la desconexión automática de los motores.

La lectura del tiempo máximo de funcionamiento nos dejó sin habla: «10 segundos.»

Eliseo suspiró aliviado, al tiempo que esperaba la orden de desactivación del «escudo» protector de infrarrojos.

—Aquí CAPCOM. Bienvenidos... Registramos parada de máquina. Cambio.

—*OK*, CAPCOM. ¿Autorizados derogación orden de ascenso? Cambio.

—Afirmativo, Águila. Proceder a desactivación apantallamiento radiación infrarroja e incandescencia «membrana» exterior (1). Aquí tienen a un grupo de muchachos a

(1) El enfriamiento de la «membrana» que cubría el blindaje exterior de la «cuna» —cuyo espesor era de 0,0329 metros— necesitaba de tres minutos, como mínimo. Este recubrimiento poroso de la nave, de

punto de quedarse lívidos. Respiramos de nuevo. Muchas gracias. Cambio.

—Aquí Águila. Gracias a vosotros.

— CAPCOM. ¿Estáis bien? Cambio.

—Perfectamente. Vamos a estar ocupados durante un par de minutos...

Y el silencio reinó en el interior de nuestra querida «cuna», apenas roto por el progresivo repiquetear de los interruptores que iban siendo desconectados.

A las 07 horas y 17 minutos de aquel 12 de febrero de 1973, al abandonar el módulo, Eliseo y yo cerrábamos así el primer y más fascinante «viaje» practicado por ser humano alguno. ¡Qué poco imaginábamos que en breve —mucho antes de lo que nadie hubiera supuesto— mi hermano y yo nos veríamos envueltos en una segunda y no menos increíble aventura!

Cuando descendimos del módulo, una salva de aplausos nos devolvió a la realidad. Los técnicos de la operación Caballo de Troya, con el general Curtiss a la cabeza, se echaron materialmente sobre nosotros, abrazándonos. Durante algunos minutos, al igual que ocurriera once días antes, con motivo de nuestra partida, un nudo atenazó todas las gargantas. Y los ojos del veterano Curtiss, a pesar de sus esfuerzos, se humedecieron. Pero aquella alegría duraría poco.

Esa misma mañana, mientras los ingenieros se afanaban en un vertiginoso desmantelamiento de la «cuna», Curtiss y los directores del proyecto, sentados frente a sendas y humeantes tazas de café, iban a recibir dos noticias que cambiarían el rumbo de la operación.

De acuerdo con lo establecido, una vez concluida la misión, el trabajo de los hombres de Curtiss debía concentrarse en dos objetivos fundamentales: el ya referido desmantelamiento del módulo, permitiendo el ingreso de los técnicos israelitas en la estación receptora de fotografías procedentes del satélite artificial Big Bird y, conjuntamente con la «cuna»

---

composición cerámica, gozaba de un elevado punto de fusión: 7 260,64 grados centígrados, siendo su poder de emisión externa igualmente muy alto. Su conductividad térmica, en cambio, era muy baja: $2,07113 \times 10^{-16}$ Col/Cm/s/oC/. *(N. del m.)*

y el instrumental utilizado en el «gran viaje», nuestro inmediato traslado a los Estados Unidos. Concretamente, a la base de Edwards donde, siempre en secreto, había sido previsto el exhaustivo análisis de la información y material aportados por los «exploradores».

La primera noticia —la notificación por mi parte al jefe del proyecto de la pérdida del micrófono, camuflado la noche del Jueves Santo en la base del farol que alumbraba la llamada «última cena», en el piso superior de la casa de Elías Marcos— cayó como un jarro de agua fría. Una de las reglas de oro de la operación establecía precisamente que ninguno de los exploradores a «otro tiempo» podía «regresar» con objetos, manuscritos o materiales propios de dicha época. Esto era sagrado. Y, de la misma forma, los miembros de cada expedición estaban obligados a velar por su propio instrumental y equipo, no permitiendo, bajo ningún concepto, que cayera en manos ajenas o que, simplemente, se perdiera. La rigidez de nuestro código moral llegaba a tales extremos que, en el supuesto de «alta emergencia», cualquiera de los dispositivos tecnológicos manipulados en la misión que se viera gravemente comprometido debía ser destruido. Sólo aquellas piezas o enseres asociables al momento histórico motivo de la exploración —como era el caso de las esmeraldas regaladas por mí a Poncio Pilato y al comandante de la fortaleza Antonia, Civilis, o el oro en pepitas destinado a la obtención de monedas de curso legal en la Palestina del año 30— se hallaban autorizados y podían ser incorporados al flujo rutinario de dicha sociedad.

De ahí que el involuntario extravío del diminuto micrófono —diseñado y construido por los especialistas de la ATT (American Telephone and Telegraph) para esta misión— conmoviera los ánimos de Curtiss y del resto del equipo. Y aunque comprendieron que las consecuencias del doble seísmo registrado en las primeras horas de la tarde del viernes, 7 de abril del mencionado año 30 en Jerusalén, resultaban del todo imprevisibles para mí y para cualquier otro explorador, la sola idea de haber abandonado una pieza tan específica del siglo XX en un entorno histórico-geográfico tan remoto y ajeno a dicha tecnología, empezó a obsesionar al director de la operación. (Sinceramente, ahora doy gracias al cielo por mi involuntario error y, sobre todo, por la obsesiva idea que germinó entonces en el cerebro del general.)

Y fue a lo largo de aquel primer y superficial examen de nuestra exploración cuando, casi sin querer y como consecuencia del comentario sobre el doble movimiento sísmico, varios de los directores del proyecto se mostraron especialmente interesados en la naturaleza de dichos temblores. Lógicamente, hasta que los sismogramas o registros permanentes instalados en la «cuna» no fueran enviados a Estados Unidos y descifrados por personal cualificado, nuestras apreciaciones sólo tenían el valor de simples hipótesis. Sin embargo, algo sí aparecía claro en aquellos primeros momentos: el tercer estremecimiento del módulo —cuando los sismógrafos ya habían enmudecido— sólo podía obedecer a la presencia de una onda expansiva. Este rotundo convencimiento de Eliseo, que padeció los dramáticos 63 segundos —duración estimada de ambos seísmos— a bordo del módulo, se vio refrendado por la inconfundible presencia en los sismogramas de las ondas «P», características de las explosiones nucleares subterráneas (1).

La sorpresa y el desconcierto en los hombres de Caballo de Troya, como digo, fueron tales que, en ese mismo momento, Curtiss abandonó el hangar en el que se había montado la estación receptora de imágenes y que nos servía de improvisado cuartel general, regresando a los pocos minutos con los registros analógicos y digitales. Estos últimos sólo podían decodificarse mediante ordenador. Así que, ayudado por los directores y por el propio Eliseo, Curtiss examinó las oscilaciones registradas en el papel térmico. Allí estaba, efectivamente, la serie de «culebreos» provocada por las mencionadas ondas «P» o primarias. En la segunda sacudida —valorada después por los expertos en una

(1) La energía liberada en un terremoto se desplaza por la roca en forma de ondas. Aunque sus patrones resultan muy complejos, constantemente modificados por las propiedades de reflexión, difracción, refracción y dispersión de las ondas, internacionalmente han sido divididas en tres grupos: «P», «S» y «L». Las «P» o primarias, de empuje, compresional o longitudinal, viajan por el interior de la Tierra a velocidades muy considerables: entre 6 y 11,3 kilómetros por segundo, siendo la primera en llegar a la estación registradora. En las explosiones nucleares subterráneas, este tipo de ondas «P» son características y muy fuertes, comparativamente con las «L» o superficiales. (N. del m.)

magnitud situada entre 6,0 y 6,9—, este grupo de ondas aparecía en primer lugar y con extraordinaria claridad.

Curtiss, sumido en un profundo mutismo, se dejó caer sobre su asiento. Supongo que sus pensamientos eran muy similares a los del resto del equipo: ¿una explosión nuclear subterránea en pleno siglo I? ¿Y justamente en los críticos instantes en que se registraba el fallecimiento del Hijo del Hombre? ¿Cómo entender aquel absurdo?

—A no ser que nos encontremos ante otro tipo de fenómeno —murmuró el general casi para sí mismo.

—En cualquier caso —intervino acertadamente otro de los miembros del programa—, es preciso aguardar los resultados definitivos.

Todos nos mostramos de acuerdo. Sin embargo, el viejo general, en cuya mente rondaba ya una nueva y audaz idea, sugirió que tales análisis fueran practicados sin demora.

Ahora, con la perspectiva del tiempo, no resulta tan extraño o casual que en esos instantes, cuando Curtiss procedía a guardar los preciosos sismogramas, decididamente dispuesto a enviarlos a Estados Unidos ese mismo 12 de febrero de 1973, uno de sus ayudantes irrumpiera en el hangar, entregando al general un sobre cerrado. Al manipularlo, todos pudimos distinguir en el reverso el emblema de la embajada de nuestro país en Israel.

Tras unos segundos de atenta lectura, su rostro se ensombreció. Y sus ojos de halcón terminarían por clavarse en los míos, pasando después a perforar los de Eliseo. Mi hermano y yo nos miramos sin comprender. No hubo tiempo para más. Curtiss guardó el documento y, levantándose, nos rogó que le disculpásemos.

¿Qué había sucedido? ¿A qué obedecía aquel cambio en el semblante del general? ¿Por qué su mirada se había centrado en nosotros?

Aquella misiva, procedente de la embajada de Estados Unidos en Israel, contenía la segunda noticia que, como señalaba anteriormente, contribuiría —¡y de qué forma!— al cambio de planes en la aparentemente concluida operación Caballo de Troya.

Aquella jornada del lunes, 12 de febrero, fue especialmente intensa. Pero intentaré ordenar mis recuerdos y sensaciones...

Esa misma mañana, una vez interrumpida la reunión con el general, los directores del programa estimaron que nuestra presencia en la mezquita de la Ascensión no era necesaria y que, en buena lógica, una vez practicados los obligados y rutinarios exámenes médicos, podíamos disponer del resto del día a nuestro antojo. Si todo discurría como hasta esos momentos, para el jueves, 15, o lo más tardar el 16 de ese mes de febrero, el módulo y los equipos auxiliares se hallarían totalmente embalados y dispuestos para su traslado al corazón del desierto de Mojave. Nosotros y buena parte de los 61 integrantes del proyecto viajaríamos con el material que, supuestamente, había servido para la instalación y puesta en marcha de la estación receptora de fotografías. Los israelitas, que seguían vigilando el exterior del octógono, no daban muestras de inquietud o nerviosismo alguno. Todo, en fin, parecía sumido en una profunda calma.

Los chequeos médicos, no excesivamente rigurosos dado lo precario de las instalaciones, apenas si llamaron la atención de los médicos. Yo acusaba un grado de agotamiento ligeramente superior al de Eliseo, pero dentro de los límites previsibles en una operación de aquella naturaleza. Y aunque mi aspecto físico dejaba bastante que desear—fruto, sin duda, de la tensión y de la falta de sueño—, los especialistas me despidieron con una amplia sonrisa. En realidad, y según lo programado por Caballo de Troya, las pruebas médicas «en profundidad» sólo tendrían lugar en la base de Edwards, días más tarde. Ahora, al redactar este diario, me estremezco al pensar qué habría sucedido si esos análisis médicos hubieran llegado a practicarse en las fechas previstas inicialmente... Pero el destino, una vez más, tenía otros planes.

Fue entonces, al quedarme solo en mi habitación del hotel Ramada Shalom, en la discreta zona de Beit Vegan, cuando toda la angustia acumulada en mi corazón empezó a aflorar, hundiéndome en un confuso océano de sensaciones, recuerdos y sentimientos. No podía engañarme a mí mismo. A pesar de mi escepticismo inicial y de todo mi entrenamiento, el contacto con Jesús de Nazaret y, sobre todo, su terrorífica muerte, me habían marcado para siempre. Yo sabía que a partir de aquel «encuentro» con el Maestro de Galilea, nada en mi vida sería ya igual. Mi condición humana, mis debilidades y mis múltiples errores no iban a cambiar. Sin embargo, mi forma de ver la vida y mis sentimientos más íntimos ya no fueron como antaño. ¿Qué me estaba sucediendo? ¿Por qué mi alma se sentía tan abatida? ¿Por qué la figura, las palabras y hasta los silencios de aquel Hombre me asediaban? Yo sólo era un explorador. Un simple observador... ¿Por qué toda mi inteligencia y pragmatismo parecían flaquear?

Durante horas, en el silencio de mi habitación, busqué soluciones. Traté de razonar conmigo mismo. Fue inútil. En el centro de mi existencia, y para siempre, se había instalado un nombre: Jesús de Nazaret. Y al descubrirlo lloré desesperadamente. Lloré como nunca lo había hecho: con miedo, alegría, rabia y la amargura del que sabe que jamás podrá volver a repetir una experiencia tan singular. Una vez más me equivocaba...

A primeras horas de la tarde —gracias al cielo—, una llamada telefónica me rescató de tan sombríos y atormentados pensamientos. Era Curtiss. El tono de su voz me tranquilizó. Deseaba cenar con nosotros.

Y a las 19.30 horas un taxi se detenía frente al restaurante Shahrazad, en la carretera de Jerusalén a Bethlehem, muy cerca de la famosa tumba de Raquel. Curtiss nos presentó al propietario, Michael Klair, un árabe tan discreto como excelente cocinero. El general había degustado ya las delicias de la casa y deseaba compartir con Eliseo y conmigo unas horas de sosegada y relajante tertulia. Poco a poco iríamos descubriendo que las intenciones del jefe del proyecto eran otras.

Mientras saboreábamos los primeros platos —a base de ensaladas árabe y turca—, el viejo zorro se interesó por nuestra salud, insistiendo sospechosamente en aspectos y detalles muy concretos. Pero ni Eliseo ni yo habíamos apreciado en nuestros respectivos organismos alteraciones como las insinuadas por Curtiss. Era la segunda vez que el veterano oficial, con sus velados interrogantes, dejaba entrever que aquel «salto» en el tiempo podía acarrear, quizá, serios trastornos psíquicos o fisiológicos. Esta vez no pude o no supe contenerme. Y, abiertamente, le supliqué que hablara con claridad. ¿Qué estaba ocultando? ¿Qué clase de repercusiones podía tener nuestro «gran viaje»?

Pero el general, echando marcha atrás, adoptó un tono falsamente jovial, rogándonos que disculpáramos a aquel «solemne aguafiestas». La operación —según sus palabras— había sido un éxito y el propio doctor Kissinger, consejero entonces del presidente Nixon, le había telefoneado esa misma mañana, interesándose por el proyecto y felicitándole por los resultados. Aquél fue un nuevo error de nuestro buen amigo...

—¿Kissinger? —le acorraló Eliseo con su proverbial descaro—. Tengo entendido que el día 10 voló a Hanoi...

Curtiss dudó.

—Díganos, general —presionó mi compañero—, ¿qué está pasando? ¿Qué relación guarda esa llamada telefónica con la misiva recibida por usted esta misma mañana?

Antes de que el confundido jefe del programa acertara a reaccionar, apoyé las preguntas de Eliseo con un comentario que me sorprendió a mí mismo:

—Escuche, general. Además de contar con nuestra absoluta discreción, debe saber que, tanto mi compañero como yo, estamos dispuestos a «regresar»...

Eliseo me miró de hito en hito, adivinando mis intenciones.

—... No me pregunte cómo, pero, desde la reunión de esta mañana en el hangar, sé que acaricia usted una idea. Una idea —remaché con todo el poder de convicción de que fui capaz— que aplaudimos y que hacemos nuestra. Es preciso «volver» y recuperar ese micrófono...

Curtiss, gratamente sorprendido, se limitó a dibujar una amplia sonrisa, asintiendo con la cabeza.

—Y ahora, por favor, responda a las preguntas de mi compañero. ¿Qué está pasando?

—Está bien —suspiró el general—, quizá vuestra intuición facilite las cosas. Me explicaré. Durante el desarrollo de la operación se han producido algunos acontecimientos... digamos que preocupantes. A primeros de enero, como recordaréis, me vi obligado a viajar a Washington, en busca de una solución a la difícil situación creada por la DIA (1) y por el entonces director de la CIA, Helms. Los

---

(1) DIA: Agencia de Inteligencia de la Defensa. *(Nota del traductor.)*

servicios de Inteligencia habían detectado la existencia de nuestro proyecto y exigían, a toda costa, que se les pusiera al corriente. Por sugerencia expresa del doctor Kissinger, el propio Nixon «aconsejó» la dimisión de Helms, siendo sustituido por James Schlesinger. Este hombre de confianza de Nixon tomó posesión de la dirección de la CIA el pasado día 6. Justamente cuando vosotros os encontrabais al «otro lado». Pues bien, Schlesinger, que procede de la oficina de Presupuestos del presidente Nixon, se ha propuesto agilizar la maldita Agencia Central de Inteligencia, multiplicando sus hombres y medios en oriente Medio (1).

—No vemos qué relación...

El general nos rogó tranquilidad.

—Desgraciadamente la tiene —prosiguió en un tono grave—. Schlesinger es un hombre frío y astuto. De momento ha pedido calma a ese «nido de serpientes», y la CIA, aparentemente, parece haberse olvidado de nosotros. Pero la realidad es otra. Desde hace unas horas, el número de agentes al servicio de la CIA, tanto en Israel, Ammán como en Teherán, se ha duplicado. Están en todas partes y lo husmean todo. Pero eso no es lo peor. Esta mañana, como sabéis, y a través de nuestro embajador, he recibido un comunicado urgente. Debía personarme de inmediato en la sede de la embajada. Allí, ante mi sorpresa, me han puesto en comunicación con Kissinger. Justamente para hoy, 12 de febrero, y como medida complementaria de «distracción» que contribuyese a un más cómodo y seguro retorno del módulo, Kissinger había orquestado el ansiado primer canje de prisioneros de la guerra de Vietnam. Y así ha sido. Durante horas, la atención mundial ha estado dirigida a muchas millas de aquí. El canje ha tenido efecto en tres lugares distintos, y un total de 115 norteamericanos han sido liberados. El doctor Kissinger sale esta misma noche de la base de Clark, en Filipinas, rumbo a Washington.

(1) Durante la guerra de Vietnam, en el transcurso de los años 1967 al 1969, el Gobierno USA dedicó 6 000 millones de dólares anuales a actividades de espionaje, con 150 000 personas empleadas en tales menesteres. La CIA, en este caso, se llevó la parte del león. A partir de la toma de posesión de Schlesinger, en efecto, la CIA desvió su atención del Sudeste asiático, considerando el Oriente Medio como «el campo geográfico del próximo estado de fricción de los Estados Unidos». (N. del m.)

Pero antes, mañana mismo, para ser exactos, hará escala en Atenas. Y allí deberé sostener con él una entrevista que, no os lo oculto, puede ser decisiva.

Mientras Curtiss apuraba su segunda copa de vino del Hebrón aproveché para interrogarle sobre algo que no alcanzaba a comprender.

—¿Por qué dice usted, mi general, que el cerco de la CIA no es lo peor?

—Mi conversación telefónica ha sido breve. A mi vuelta de Atenas quizá pueda responder a esa pregunta con precisión. Sin embargo, a juzgar por lo que me ha insinuado el consejero presidencial, sí estoy autorizado a comunicaros que la estación receptora de fotografías del monte de los Olivos se encuentra gravemente amenazada.

El general se adelantó a nuestros pensamientos y añadió:

—... ¿Amenazada por qué o por quién? Sólo os diré una cosa: el tema es lo suficientemente serio y urgente como para que Kissinger, que debía permanecer cuatro días en Hanoi, haya adelantado su vuelta a Estados Unidos.

—¿Lo sabe el Gobierno de Golda Meir?

—Lo ignoro —respondió Curtiss con un gesto de impotencia—. Ésa será otra de las cuestiones a tratar en Atenas.

Lejos de tranquilizarnos, las revelaciones del director del proyecto añadieron nuevas dudas a nuestros corazones. ¿Qué clase de amenaza flotaba sobre la estación receptora de imágenes del Big Bird? Pero, sobre todo, ¿cómo conjugar aquel maremágnum de intrigas con la idea, implícitamente aceptada por el general, de «regresar» al tiempo de Cristo?

Aquella madrugada, mientras le acompañábamos al aeropuerto internacional Ben Gurión, en Lod, una sensación muy familiar me recorrió el vientre. Era el preludio —casi me atrevería a afirmar que un aviso— de una inminente cadena de acontecimientos.

Curtiss, con su proverbial prudencia, eligió un vuelo regular de la compañía judía El Al para volar a Grecia. Y antes de partir, impulsado por quién sabe qué fuerza oculta o misteriosa, dejó en el aire una petición que a mí, personalmente, me hizo concebir ciertas esperanzas...

—No sé si debo —susurró deteniéndose frente a la pequeña escultura levantada en memoria del piloto Dan Hey-mann—, pero, aunque sólo sea por una vez en mi vida, quiero seguir mi intuición...

Acarició la delicada estatuilla que simboliza a un ser humano con alas, ligeramente echado hacia atrás y en actitud de emprender el vuelo, conmovido sin duda ante el curioso «encuentro» con una imagen tan próxima a nuestros más íntimos deseos.

—... Si no se produce un milagro —añadió—, nuestro regreso a Edwards puede demorarse indefinidamente. Aceptando en principio tal circunstancia y contando con vuestra absoluta discreción, ¿puedo encomendaros algo?...

Aquella innegable muestra de confianza nos llenó de satisfacción. Y, como un solo hombre, le animamos a que continuase.

—Quiero que tracéis un plan de trabajo... —el general parecía arrepentirse de aquella espontánea decisión, pero tras unos segundos de áspero silencio, concluyó— destinado a la recuperación de ese micrófono. Por supuesto, todo esto es tan provisional como confidencial... ¡Ah!, y olvidaros de la fase de lanzamiento. Quiero *únicamente* —subrayó con énfasis— las líneas maestras de una posible segunda «exploración»... ¡Suerte! Nos veremos a mi regreso.

Mudos e inmóviles como postes vimos desaparecer a aquel hombre imprevisible. Ya no había tiempo de formularle ni una sola de las muchas preguntas que empezaban a agolparse en nuestros desconcertados cerebros.

El viaje de vuelta a Jerusalén fue muy significativo. Ninguno de los dos pronunciamos palabra alguna. Sin embargo, nuestros pensamientos —así me lo confirmaría Eliseo esa misma mañana del 13 de febrero— giraron en torno a la misma inquietud: la increíble posibilidad de un segundo «gran viaje»...

Buscando apaciguar nuestros respectivos ánimos, nos concedimos un tiempo de reposo. A las 13 horas volveríamos a reunirnos y cambiaríamos impresiones. Inútil pretensión. A la media hora de introducirme en la cama, presa de una creciente excitación, volví a vestirme y llamé a la puerta de la habitación de mi hermano. Eliseo, tan alterado como yo, ni siquiera había intentado conciliar el sueño. En aquellos instantes no podía comprender por qué mi organismo —después de más de 48 horas de vigilia— no acusaba cansancio alguno.

El caso es que, con un entusiasmo febril, nos enfrascamos en la elaboración de una serie de posibles planes de trabajo. Al cabo de dos intensas horas terminamos por claudicar. Una y otra vez, a pesar de la infinidad de parámetros manejados, los esquemas y borradores se estrellaban siempre ante dos incógnitas fundamentales. Por un lado, ¿de cuánto tiempo real íbamos a disponer, en el supuesto de que la segunda exploración se llevara a efecto? Por último, ¿cuáles podían ser los puntos de lanzamiento y contacto?

Sin esta información previa, nuestras ideas y buena disposición resultaban poco menos que estériles.

—Además —insinuó Eliseo con razón—, ¿por qué forjarnos esperanzas cuando no hay nada seguro? Será mejor que nos olvidemos del asunto...

Durante un tiempo permanecí en silencio, sopesando la aplastante lógica de mi compañero. Pero, gracias al cielo, terminé por revolverme contra el sentido común, animando a Eliseo a proseguir en aquel aparente absurdo.

—Si nosotros —le planteé con todo mi entusiasmo—, que hemos vivido tan extraordinaria experiencia, no somos capaces de avivar los deseos de Curtiss, ¿quién crees que está en condiciones de hacerlo?

Y tras una estudiada pausa, colocando mis manos sobre sus hombros y mirándole fijamente, añadí:

—Tenemos que lograrlo. Yo deseo, necesito, volver...

Al percatarme de que, inconscientemente, había adoptado una de las típicas costumbres de Jesús de Nazaret cuando hablaba o se dirigía a alguien a quien apreciaba, un escalofrío recorrió mi cuerpo. Eliseo debió notarlo y, por primera vez, entreabrió su corazón, confesándome algo en lo que no había reparado en nuestra permanencia en la Palestina del año 30...

—Sí, ésa es también mi obsesión. Y no olvides que yo no tuve ocasión de verle...

Quedé paralizado y, al mismo tiempo, humillado por mi descarado egoísmo. Durante los once días de la exploración, mi fiel y querido compañero, en efecto, no había abandonado el módulo un solo instante.

A partir de aquella inesperada confesión, una loca idea empezó a madurar en mi corazón. Pero tiempo habrá de volver sobre ella.

La ilusión, finalmente, prendió de nuevo en Eliseo y, soslayando las dificultades ya mencionadas, nos volcamos en el único plan aparentemente viable.

Puesto que el objetivo básico de esta segunda exploración era la recuperación de la pieza perdida —ése fue, al menos, nuestro planteamiento inicial—, el nuevo «salto» en el tiempo debía ubicarse, necesariamente, en las horas próximas al 6 de abril, Jueves Santo. Sin embargo, al fijar el instante concreto para la inversión de masa, ambos estuvimos de acuerdo en que resultaba mucho más práctico e interesante reanudar la exploración en las horas próximas al amanecer del domingo, 9 de abril del citado año 30. Ni él ni yo, además, nos sentíamos con fuerzas para «revivir» las amargas jornadas de la Pasión y Muerte del Hijo del Hombre...

Tras un detallado estudio convinimos, pues, que el «salto» debía producirse el Domingo de Resurrección y, a ser posible, localizar el «punto de contacto» de la nave en las coordenadas utilizadas en la misión anterior. Es decir, en la cota máxima del monte de los Olivos. Ello facilitaría un rápido acceso al lugar donde suponíamos podía hallarse el farol: uno de los barrios artesanales —quizá en la ciudad alta— de Jerusalén. Después, de acuerdo con el tiempo concedido a la misión, cabía la posibilidad de investigar otro fascinante y oscuro capítulo de la «vida» del Cristo: sus apariciones después de muerto y resucitado.

Aquella jornada y la siguiente fueron decisivas. Mucho más de lo que podíamos imaginar entonces...

Absortos en la puesta a punto del audaz proyecto, del equipamiento y de un sinfín de detalles técnicos necesarios, apenas si fuimos conscientes del paso de las horas.

Y al fin llegó el 15 de febrero.

Aquella mañana del jueves, una llamada del recepcionista del Ramada Shalom precipitaría los acontecimientos. Minutos más tarde, a las 10 horas, un vehículo oficial de la Embajada USA nos dejaba frente al número 53 de la calle Rabiah A'dawieh, a treinta pasos de la capilla de la Ascensión.

Al descender del automóvil nos llamó la atención un notable despliegue de seguridad, montado por el ejército israelita, responsable, como ya mencioné, de la vigilancia del exterior de la plazoleta que albergaba el octógono y los improvisados hangares. Aquel súbito reforzamiento del dispositivo de cerco de nuestro cuartel general nos alarmó. Algo grave debía suceder para que en cuestión de horas —nosotros habíamos abandonado el recinto en la mañana del lunes— el número de soldados se hubiera triplicado. Por un momento, mientras cruzábamos los controles, llegué a pensar lo peor: ¿habían descubierto los judíos la existencia de la «cuna»?

Nuestros ánimos recuperaron su tono habitual cuando, al ascender los ocho peldaños de piedra que conducen a la «antesala» de la capilla, divisamos a Curtiss junto a la pequeña puerta de acceso. Presentaba un rostro demacrado, como si no hubiera dormido desde nuestro último encuentro en Lod. Así era. Mientras salvábamos los doce metros que separaban la referida puertecilla del centro de la plazoleta, nos confesó que —«dada la gravedad de la situación»— había regresado de Atenas en la misma noche del lunes, 12 de febrero.

Eliseo y yo cruzamos una mirada, sin comprender. Pero el general, con voz cansada, nos rogó que entráramos con él en el hangar donde había tenido lugar la primera e interrumpida reunión. Allí, entre las complejas consolas Thomson-CSF, destinadas a la recepción de imágenes del Big Bird, aguardaban los directores del programa, silenciosos y expectantes.

Al tomar asiento alrededor de la pequeña mesa central, nadie hizo el menor comentario. Todas las miradas estaban fijas en Curtiss.

—Bien, señores —arrancó al fin, después de extraer una pequeña carpeta de piel negra de un maletín depositado frente a él y que, si no recordaba mal, había constituido su único equipaje en el reciente vuelo a Grecia—, imagino que estarán haciéndose algunas preguntas… Trataré de ir por orden.

Y, sin prisas, repasó una serie de notas manuscritas. Al levantar de nuevo la vista, Curtiss captó al instante la creciente inquietud general. Y forzando una sonrisa, exclamó:

—No se alarmen. Lo que han visto ahí afuera —su dedo índice izquierdo señaló al exterior del octógono— no guarda relación con los auténticos objetivos del programa. Eso creo, al menos...

Y volviendo a sus documentos hizo una nueva y desesperante pausa.

—No importa cómo —prosiguió finalmente—, pero el caso es que hasta la Agencia Central de Inteligencia y Seguridad de Israel, el Mossad, ha llegado una información... alarmante: el movimiento guerrillero palestino tiene conocimiento de la operación conjunta que estamos desplegando con el Gobierno de Golda Meir. Me refiero a la instalación de la estación receptora de fotografías vía satélite.

Los rostros de todos los presentes reflejaron una extrema gravedad. La Inteligencia Militar israelí, en especial a partir de la guerra de los Seis Días, en 1967, era considerada como la más eficaz y afilada del mundo, sobre todo en asuntos vinculados con el Oriente Medio. Ninguno de los asistentes ponía en duda tal revelación.

—... Es más que seguro —continuó Curtiss— que, a estas alturas, tanto la OLP (1) como los servicios secretos egipcios, sirios y, naturalmente, soviéticos, estén al corriente y hayan adoptado las medidas oportunas.

En aquellos dramáticos momentos nadie se percató de una sutil y supongo que involuntaria revelación del general. ¿Por qué al referirse a los servicios secretos había mencionado, única y exclusivamente, a Egipto, Siria y la URSS? Días más tarde tendríamos ocasión de conocer la razón de esta triple alusión.

—... Durante el pasado martes y en el más estricto secreto, tuve oportunidad de entrevistarme con el doctor Kissinger...

Los directores del proyecto se miraron atónitos, asociando, sin duda, aquella reunión con la repentina partida del general de aquel mismo hangar. Pero ninguno comentó el hecho, dejando que Curtiss prosiguiera.

—... El consejero presidencial disponía de información

---

(1) OLP: Organización para la Liberación de Palestina, dirigida entonces por Yasser Arafat. *(N. del m.)*

de primera mano. Sus órdenes han sido tajantes: por nada del mundo debemos arriesgar la vida de nuestros hombres ni el instrumental que nos ha sido confiado.

No hacía falta que diera más explicaciones. Al referirse a la palabra «instrumental», todos sabíamos de qué estaba hablando realmente.

—... Pues bien, por expreso deseo de Kissinger, y contando siempre con el beneplácito del Gobierno de Israel, la estación receptora de fotografías debe ser desmantelada de inmediato.

Curtiss se hizo de nuevo con los documentos depositados en su carpeta y, dirigiéndonos una mirada de complicidad, aclaró:

—Esto implica una sustancial variación de nuestros primitivos planes. De momento, salvo que los jefazos de Washington no dispongan otra cosa, el retorno a la base de Edwards queda pospuesto. Ayer mismo, a mi regreso de Atenas, celebré una reunión urgente con el «gabinete de cocina» de Golda (1). El único asunto sobre la mesa, como habrán intuido, fue éste: ¿qué hacer con la estación receptora? Estuvieron presentes la primer ministro, Golda; el viceprimer ministro, Alón; el ministro de la Defensa, nuestro siempre zozobrante Moshé Dayán; el jefe del Estado Mayor, teniente general David Eleazar; el jefe del Departamento de Investigación del Servicio de Inteligencia, general de brigada Arié Shalev y el jefe del Servicio de Inteligencia, general Zeíra. Tras hora y media de intenso debate y por razones que, de momento, no estoy autorizado a revelarles, el Gobierno de Israel se ha mostrado conforme con el referido y fulminante desmantelamiento de las instalaciones, acordando su traslado a otro lugar secreto...

(Como ya relaté en las primeras páginas de este diario, en un minucioso estudio elaborado en Washington por el

(1) Así llamaba el pueblo de Israel al equipo de «confianza» de Golda. La señora Meir, con su fuerte personalidad, había desarrollado un estilo propio y muy peculiar de Gobierno, pasando por alto en infinidad de ocasiones la mecánica burocrática e institucional. Ella prefería trabajar en estrecha colaboración con sus allegados, formando un sistema *ad hoc* que se hizo célebre y que denominaban «la cocina de Golda». (N. del m.)

CIRVIS (1), con la estrecha colaboración del Departamento Cartográfico del Ministerio de la Guerra de Israel, se había establecido que la instalación de la red receptora de imágenes del satélite artificial Big Bird debía efectuarse en un plazo máximo de seis meses, a partir de la fecha de llegada del instrumental a la ciudad de Tel Aviv. Esto ocurrió en enero de 1973. Los especialistas, en una primera fase, buscarían el asentamiento idóneo y definitivo. Para ello, los militares judíos habían designado tres posibles puntos: la cumbre del monte de los olivos, los altos de Golán —en manos israelitas desde la contienda de 1967— y los macizos graníticos del Sinaí.)

Los directores del proyecto rompieron su mutismo lanzando sobre el general una atropellada oleada de preguntas: «¿Cuándo tendría lugar el desmantelamiento?», «¿Cuál de los puntos alternativos —altos del Golán y Sinaí— había sido elegido?», «¿Qué iba a ocurrir con la "cuna" y con todos nosotros?»

Curtiss recobró su perdida sonrisa y solicitó orden y calma.

—Esto es lo que puedo adelantarles... por el momento: las previsiones y evaluaciones de la Inteligencia judía estiman que la situación general en Oriente Medio tiende a una peligrosa agravación. Y les ruego que no pregunten por qué. Lo que importa y nos importa es que, por decisión del Gobierno de Golda, la estación receptora es ahora más vital que nunca y los militares judíos están ya buscando otro asentamiento... distinto a los previstos inicialmente. Ellos y nosotros disponemos de un plazo máximo de tres días para localizar ese lugar y ejecutar el traslado. El doctor Kissinger considera que nuestra presencia en esta nueva etapa del proyecto es absolutamente necesaria. No podemos ni debemos levantar sospechas. Para los judíos somos los propietarios y responsables de los equipos y así seguirá siendo... Pero hay algo más —anunció Curtiss, adoptando un tono solemne—. Algo con lo que no habíamos contado y que, bien mirado, podríamos calificar como un nuevo y apasionante desafío.

(1) CIRVIS: Organismo dedicado a Instrucciones de Comunicación para Informar Avistamientos Vitales de Inteligencia. *(N. del m.)*

El corazón me dio un vuelco. E instintivamente busqué la mirada de Eliseo. No sé cómo pero yo sabía lo que el general estaba a punto de comunicarnos. Por primera vez en los años que llevábamos juntos percibí un ligero temblor en las manos de Curtiss. Y su voz se vio empañada por la emoción. Nunca olvidaré aquella rotunda afirmación:

—Señores, ¡«regresamos»!

Obviamente, los directores del proyecto no comprendieron el significado de aquellas dos simples palabras. Y uno de ellos, interrumpiéndole, le recordó que, si no había entendido mal, el regreso a casa había sido pospuesto.

Los ojos de Curtiss chispearon maliciosamente.

—Señores —insistió, remachando cada sílaba—, «re-gre-sa-mos»...

En segundos, los miembros del equipo cayeron en la cuenta y, levantándose de sus asientos, estallaron en una calurosa ovación. Todos sabían de la pérdida del micrófono y todos, en lo más profundo de sus corazones, habían contemplado y deseado una segunda oportunidad.

Pero, superados los primeros minutos de lógico entusiasmo, los fríos y racionales directores del programa despertaron a la cruda realidad, planteando una interminable cadena de dudas. Algunos de aquellos obstáculos técnicos ya habían sido valorados por nosotros en las densas horas de reflexión y enclaustramiento en el hotel.

Curtiss escuchó pacientemente. Por último, fijando su mirada en nosotros, formuló una escueta pregunta:

—¿Qué tenéis que decir vosotros?

—Hay una posibilidad...

Pero, antes de que prosiguiéramos con el plan trazado en el Ramada Shalom, el general dio por finalizada la reunión.

—De eso —abrevió ante la curiosidad general— hablaremos en su momento. Ahora urge el total desmantelamiento del módulo y el embalaje completo de los equipos. Señores, ¡manos a la obra!

A partir de esa decisiva reunión, los hombres de Caballo de Troya nos afanamos en una agotadora labor de desmontaje general. La mayoría de los técnicos, ajena a los hechos que acabábamos de conocer, se preguntó una y otra vez el porqué de aquellas extrañas prisas y del reforzamiento de las medidas de vigilancia y seguridad exteriores. Fue el propio general quien, en mangas de camisa y como uno más en la frenética labor, les insinuó discretamente que existía el riesgo de un posible atentado terrorista contra la estación y que nos disponíamos a su inmediato traslado.

A lo largo de uno de los breves períodos de descanso, Curtiss nos puso en antecedentes de otros sucesos íntimamente relacionados —siempre según el Mossad— con la grave amenaza que se cernía sobre la estación receptora de fotografías. Los agentes israelitas infiltrados en Beirut, Ammán y Roma habían descubierto un plan para asesinar al rey Hussein de Jordania, que en aquellas fechas —primeros días de febrero— realizaba una visita semioficial a los Estados Unidos (1). El grupo guerrillero palestino Septiembre Negro proyectaba apoderarse de diversos edificios gubernamentales de Ammán, haciendo prisioneros a varios ministros jordanos. Al parecer, las intenciones de Hussein de negociar la paz con Israel no gustaba a los palestinos y, aprovechando la ausencia del monarca, habían logrado infiltrarse en territorio jordano, haciéndose pasar por turistas de los Estados del golfo Pérsico. Alertados por el Mossad, los servicios de contraespionaje de Jordania detuvieron a un buen número de activistas, incautando un total de 20 automóviles. Entre los guerrilleros que habían penetrado por vía aérea, procedentes de Europa, se hallaban dos individuos recientemente liberados por las autoridades italianas —Ahmed Zaid, estudiante de Irak, y Adnah Hasem, jordano—, acusados de intentar el derribo de un avión de la compañía judía El Al (2). En los interrogatorios que siguieron a es-

(1) El rey Hussein había llegado a Washington el 6 de febrero, celebrando al día siguiente una entrevista con el presidente Nixon. En aquellas fechas se esperaba una ofensiva diplomática de mi país en Oriente Medio. Antes de partir de Ammán, Hussein había declarado que el conflicto que enfrentaba a los países árabes con Israel había que resolverlo en su totalidad y no en tratados separados. De esta forma salía al paso de los rumores existentes sobre un acuerdo secreto de paz entre su país e Israel en relación al futuro *status* de Jerusalén y de los refugiados palestinos. *(N. del m.)*

(2) A raíz de la liberación de estos guerrilleros, Israel pidió explicaciones al Ministerio de Asuntos Exteriores de Italia. Según los servicios de Inteligencia judíos, Zaid y Hasem, encarcelados en Roma desde agosto de 1972, eran dos destacados y peligrosos terroristas. *(N. del m.)*

tas detenciones, los jordanos fueron informados de algunos de los proyectos inmediatos de las diferentes facciones guerrilleras palestinas. Entre los más importantes destacaban «la toma de una embajada árabe en un indeterminado país del continente africano» (1), «la creación de un arsenal e infraestructura para el ataque a aeronaves comerciales judías en Europa» (2) y el «asalto de un comando suicida a la mezquita de la Ascensión». Era obvio que este último proyecto terrorista sólo podía estar inspirado en una exacta información de lo que USA e Israel llevaban entre manos en relación con el Big Bird.

Tan graves acontecimientos —ajenos por completo a nuestra verdadera misión— sólo vinieron a enturbiar los corazones del equipo, que se entregó hasta el límite de su capacidad a la delicada operación de «limpieza» de los barracones.

Dos días después —el sábado, 17 de febrero—, con algo más de veinticuatro horas de adelanto sobre lo previsto, la «cuna» había sido desmontada y puesta a buen recaudo en tres contenedores blindados.

(1)   Las informaciones de la Inteligencia jordana e israelí eran correctas. Semanas más tarde —el 1 de marzo, guerrilleros de Septiembre Negro tomaban rehenes en la embajada de Arabia Saudita en Jartum (Sudán). Entre las peticiones de los asaltantes figuraban la liberación de 40 guerrilleras palestinas encarceladas en Israel y de otro medio centenar de guerrilleros, prisioneros en Alemania Occidental, Jordania e Israel, así como del asesino del senador Robert Kennedy, Sirhan Bishara Sirham. Con gran desconcierto por nuestra parte —y suponemos que de los servicios de espionaje judíos y jordanos, que en aquellas fechas no consiguieron una información más detallada—, los ocho guerrilleros de Septiembre Negro darían muerte a tres de los diplomáticos retenidos en la embajada: Aleo A. Noel, nuestro embajador en Sudán; Guy Eid, funcionario belga, y Curtiss Moore, también diplomático norteamericano. *(N. del m.)*

(2)   Este arsenal sería descubierto por la Policía italiana el 5 de septiembre de ese mismo año de 1973, en Ostia, cerca de Roma. En la casa se alojaban nueve palestinos, miembros de un grupo terrorista. Entre las numerosas armas fueron encontrados dos lanza-cohetes Strela, de fabricación rusa, que podían haber sido utilizados para el derribo de aviones comerciales en vuelo. Los temibles Strela constan de un tubo de 1,35 metros, con un peso de 13 kilos, pudiendo ser disparados como un fusil; es decir, apoyándolos en un hombro y apuntando con un teleobjetivo de reducidas dimensiones. Alcanza fácilmente el motor de un avión, gracias al sistema de guía por rayos infrarrojos. *(N. del m.)*

Al coincidir con el día sagrado de los judíos, Curtiss, astutamente, se apresuró a comunicarles que podían franquear el recinto de la mezquita. Pero, como era de esperar, declinaron el ofrecimiento, demorando su participación en los postreros trabajos de evacuación hasta la puesta de sol. Aquella providencial coincidencia nos proporcionaría un precioso margen de casi seis horas en el que la casi totalidad de las consolas y equipos electrónicos de la estación propiamente dicha fueron «echados abajo» y mezclados y confundidos con los cajones metálicos que contenían el módulo y demás instrumentos auxiliares.

Minutos después del ocaso —hacia las 17.45 horas—, los técnicos y oficiales israelíes entraban en la plazoleta, iluminada ya por potentes reflectores, colaborando con nuestros hombres en el desmantelamiento final.

Al alba, la operación había concluido. Todo se hallaba dispuesto para el traslado. Pero ¿adónde? ¿Cuál era el punto elegido?

Por elementales razones de prudencia —y siguiendo las órdenes del general de brigada Arié Shalev, jefe del Departamento de Investigación del Servicio de Inteligencia israelí—, los arqueólogos (o supuestos «arqueólogos») deberían permanecer en el interior de la capilla de la Ascensión hasta cuarenta y ocho horas después de la definitiva salida del material. Los árabes, propietarios y custodios del santuario, atentos a todos nuestros movimientos, podrían haber sospechado algo si los mencionados «expertos» de la Universidad de Jerusalén, de la Escuela Bíblica y Arqueológica Francesa de la Ciudad Santa y del Museo de Antigüedades de Ammán —integrantes de la «división especial» encargada por el Gobierno de Golda Meir de las excavaciones y reparación de los cimientos de la cara este de la inolvidable mezquita, supuestamente dañados por el simulacro de atentado protagonizado por los agentes de Dayán— hubieran evacuado la zona al mismo tiempo que la carga. Ésta, según las escasas informaciones que llegaron hasta nosotros en aquellos días, desaparecería del lugar durante la noche y de forma gradual, con el fin de levantar un mínimo de sospechas. La gran pregunta que nos hicimos en tan tensas jornadas, y que Curtiss no pudo o no supo clarificar, encerraba una decisiva importancia en el planeamiento de la primera fase de la aventura que nos aguardaba: «¿Cuál era el asentamiento elegido para la estación receptora del Big Bird (1)?» Como ya hice alusión anteriormente, ese nuevo y ansiado despegue del módulo y quizá buena parte de la segunda exploración estaban sujetos al exhaustivo conocimiento del punto donde debería ser levantada la estación receptora. Lógicamente, al abandonar el monte de los Olivos, ese misterioso emplazamiento tenía que estar ubicado lejos del que, en principio, ya constituía para nosotros el «punto de contacto» de la nave: la referida cumbre del monte que ahora estábamos a punto de dejar. Para salvar este inconveniente, los directores del proyecto —reunidos con Eliseo y conmigo durante todo el domingo, con el fin de planificar al máximo los pormenores del segundo «gran salto»— establecieron dos únicas soluciones. Si la distancia entre el nuevo asentamiento y el monte de las Aceitunas era considerable, una vez efectuado

(1) Aunque fue detallado en mi anterior libro —*Caballo de Troya*—, quizá sea conveniente recordar la naturaleza de este tipo de satélites artificiales, que jugaron un papel decisivo en las dramáticas fechas previas a la guerra del Yom Kippur, en octubre de 1973. «La serie de satélites Big Bird o Gran Pájaro —reza una de las notas del mayor—, y en especial el prototipo KH II, puede volar a una velocidad de 25 000 kilómetros por hora, necesitando un total de 90 minutos para dar una vuelta completa al planeta. Como ésta oscila ligeramente durante ese lapso de tiempo (22 grados, 30 minutos), el Big Bird sobrevuela durante la vuelta siguiente una banda diferente de la Tierra y vuelve a su trayectoria original al cabo de 24 horas. Si el Pentágono "descubre" algo de interés, el satélite puede modificar su órbita, alargando el tiempo de revolución durante algunos minutos y haciéndolo descender a órbitas de hasta 120 kilómetros de altitud. Una diferencia de un grado y treinta minutos, por ejemplo, cada día, permite cubrir cada diez días una zona conflictiva, sobrevolando todas sus ciudades y zonas de "interés militar". Posteriormente, el Big Bird es impulsado hasta una órbita superior.» Con la instalación en Israel de una de estas avanzadas estaciones receptoras de imágenes —amén de materializar los propósitos de la Operación Caballo de Troya—, los judíos disponían de un rápido y fiel sistema de control de sus enemigos y USA de una estratégica estación, que ahorraba tiempo y buena parte de la siempre engorrosa maniobra de recuperación de las ocho cápsulas desechables que portaba cada satélite y que eran rescatadas cada 15 días en las cercanías de Hawai. Militarmente, la operación resultaba de gran interés para USA, que podía así fotografiar a placer franjas tan «inestables» como las fronteras de la URSS con Irán y Afganistán, Pakistán y golfo Pérsico, recibiendo cientos de negativos a los tres minutos de haber sobrevolado dichas áreas. (*N. de J. J. Benítez.*)

el despegue y la inmediata inversión de masa, la «cuna» debería salvar esas millas en un vuelo horizontal. Esto complicaba aún más las cosas. Entre otras razones, por el lógico consumo extra de combustible. Un peróxido de hidrógeno, por cierto, que debía llegar, y secretamente, desde los Estados Unidos...

Si los kilómetros que nos separaban del «punto de contacto», por el contrario, no eran muchos, quizá lo más prudente fuera variar la zona de descenso, cubriendo a pie el camino hasta Jerusalén. En este caso, dado el indudable riesgo que suponía una marcha de estas características, la estrategia debería ser variada sustancialmente.

Por expreso deseo de Curtiss, a quien prácticamente no vimos hasta el martes, 20 de febrero, el reducido equipo que dirigía Caballo de Troya vivió aquellos días única y exclusivamente para la segunda gran aventura.

En nuestro afán por calibrar hasta el último detalle de tan apasionante y —¿por qué negarlo?— peligrosa misión, contemplamos incluso, en los primeros momentos, la posibilidad de que los altos del Golán o los macizos del Sinaí pudieran ser reconsiderados por el Gobierno israelí como una de las plataformas para la definitiva instalación de la estación. El general nos había advertido que, dada la situación en Oriente Medio, ambos emplazamientos habían sido desechados por el Estado Mayor judío. Y no tuvimos más remedio que rendirnos a la evidencia cuando, en esos días, la prensa de Jerusalén aireó dos noticias registradas el jueves último y justamente en las áreas en litigio. En el golfo de Suez, muy próximo al Sinaí, un avión egipcio y otro judío habían sido alcanzados en un duelo aéreo entre reactores de ambos países. En cuanto a las alturas del Golán, tropas sirias habían destruido dos carros blindados y una excavadora israelitas cuando éstos cruzaron la línea de alto el fuego con el fin de construir una carretera en la zona desmilitarizada.

La tensión entre Israel y sus vecinos árabes seguía incrementándose de forma alarmante, amenazando incluso nuestros objetivos. Pero las horas más amargas estaban aún por llegar...

En la mañana del lunes, 19 de febrero, aprovechando una obligada interrupción en nuestras sesiones de trabajo, y casi sin quererlo, mis pasos me condujeron a un lugar que había evitado hasta esos instantes: la Ciudad Vieja de Jerusalén. Mientras Eliseo y los directores se ocupaban en la sede de la embajada norteamericana de la tramitación para el envío por valija diplomática de los sismogramas obtenidos en la primera exploración y que debían ser estudiados, con prioridad absoluta, por el Centro Geológico de Colorado y la Administración Nacional del Océano y de la Atmósfera (NOSA), ambos en mi país, yo me dejé arrastrar por una necesidad casi imperiosa: caminar lenta y pausadamente por los mismos (?) lugares de la Ciudad Santa donde —«siglos antes»— había vivido tan increíbles y traumatizantes experiencias.

Quizá no debí hacerlo. En el fondo, yo sabía lo que me aguardaba. Pero mi espíritu pujaba por «encontrarle» o encontrar el menor vestigio que me recordara su presencia.

Ahora, después de tanto tiempo, estoy seguro que hice bien en ocultar a Curtiss y a la dirección del proyecto mi profunda angustia y el obsesivo deseo de «volver», fruto de una compleja mezcla de admiración por Él y de una ardiente necesidad de conocerle mejor. Nadie, en mis muchos años de vida, había llegado tan certera y hondamente a mi atormentado corazón. Y una y otra vez me hacía la misma pregunta: ¿por qué yo? ¿Por qué un individuo ruin, impuro y eternamente dubitativo como yo se veía envuelto en semejante situación? ¿Qué tenía aquel Hombre para lograr transformar tan violentamente una vida —la mía—, llena de vacío?

Como digo, si hubiera informado a Caballo de Troya de mi debilidad por Jesús de Nazaret —porque de eso se trataba en realidad—, tan flagrante parcialidad y entusiasmo por el personaje motivo de la segunda expedición me habrían descalificado sin remedio. La objetividad y frialdad en los exploradores eran condiciones básicas para el desempeño de una misión de aquella naturaleza. Y aunque mi compañero y yo compartiéramos estos sentimientos, creo que a la hora de la verdad —tal y como se verá más adelante— supimos respetar esta regla de oro de la operación, manteniéndonos siempre, y en ocasiones con serias dificultades, en una posición distante y al margen del curso de los acontecimientos.

Al cruzar bajo el arco de la puerta de Jafa, en el extremo occidental de la Ciudad Vieja de Jerusalén, el frío inicial de aquella mañana había empezado a remitir. Unos tibios rayos de sol templaron mi intensa palidez, alegrando el ocre de las piedras de la Ciudadela. Un abigarrado gentío daba vida a la corta calle que separa los barrios armenio y judío, al norte, del cristiano y musulmán, al sur. Aunque yo había paseado en numerosas oportunidades —antes del «gran viaje»— por aquel mismo sector de la Ciudad Santa, ahora era diferente. Muy diferente...

Al llegar al final de la Str. of the Chain dudé. ¿Hacia dónde me dirigía? A mi derecha, a corta distancia, se encontraba el muro de las Lamentaciones: último y único vestigio del imponente Templo construido por Herodes el Grande. E instintivamente tomé aquella dirección. Al desembocar en la gran explanada existente a los pies del muro occidental del antiguo Templo, cientos de personas, la mayoría turistas, deambulaban de aquí para allá, curioseando y tomando fotografías. Me aproximé despacio a la muralla. Era increíble que, de aquella monumental construcción que yo viera en nuestro primer «salto», sólo quedase en pie un reducido paño de sillería de doce escasos metros de altura y poco más de setenta de longitud (1). Numerosos rabinos y fieles judíos, entre los que destacaban niños y jovencitos, rezaban o leían los rollos de la Ley, con los rostros materialmente pegados a los gigantescos y ero-

(1)   Este muro, llamado «de las Lamentaciones», es el lugar más venerado por el pueblo judío. Se trata de la única reliquia de lo que fue el gran Templo, edificado por el rey Herodes (el Grande) en el año 20 antes de Cristo. El emperador romano Tito, al destruir Jerusalén en el año 70 de nuestra Era, ordenó que aquella parte de la muralla que rodeaba el Templo permaneciera en pie, como muestra del poder de Roma y de sus legionarios, que habían sido capaces de destruir tan sólida construcción. En el período bizantino, los judíos fueron autorizados al fin a visitar la ciudad santa, pudiendo acercarse al muro de los Lamentos una vez al año. Justo en el aniversario de la destrucción de Jerusalén. Y allí lamentaron dicha destrucción, empezando a rezar por la reunificación del pueblo de Israel. Esta costumbre perduraría durante siglos. Entre los años 1948 y 1967, esta parte de Jerusalén fue prohibida nuevamente a los israelitas, por hallarse en el sector conquistado por Jordania. Pero, a raíz de la guerra de los Seis Días, el muro occidental fue tomado por los judíos y, desde entonces, constituye un punto de exaltación nacional y de culto. *(N. del m.)*

sionados bloques cenicientos. La devoción y respeto de aquellos israelitas, cubiertos con sus mantos blancos y típicos sombreros negros y con las filacterias sujetas a la frente, eran sobrecogedores.

Levanté los ojos, recorriendo minuciosamente las once hileras de piedra que aún resistían el paso de los siglos, descubriendo cómo algunas cosas no habían cambiado en el venerable muro. Entre los huecos y ranuras de los imponentes bloques seguían floreciendo manojos de hierbas silvestres, cobijando a buen número de palomas y pajarillos. Y entre el susurro de aquellas plegarias aparecieron en mi memoria las palabras que pronunciara Jesús de Nazaret en el atardecer del martes, 4 de abril del año 30:

«...¿Habéis visto esas piedras y ese templo macizo? Pues en verdad, en verdad os digo que llegarán días muy próximos en los que no quedará piedra sobre piedra. Todas serán echadas abajo.»

Impulsado por una extraña fuerza me acerqué a una de las moles de piedra. Mis manos acariciaron la rugosa superficie y mi rostro, lenta y suavemente, fue a tocar aquella segunda hilera. Cerré los ojos, intentando captar la formidable energía que, sin lugar a dudas, almacenaba aquella reliquia. Mi alma necesitaba desesperadamente una señal, un simple recuerdo, quizá el fugaz perfume de unas piedras que habían sido mudos testigos de la presencia del Cristo... Un llanto dulce y sosegado fue la única respuesta.

Cuando aquella lacerante tristeza estaba a punto de ahogarme, una mano fue a posarse sobre mi hombro derecho. Por un instante me negué a abrir los ojos, imaginando que aquel gesto —tan típico de Jesús— estaba sucediendo en «otro tiempo»...

Pero al dirigir la vista hacia el hombre que tenía a mi lado, un destello verdoso me devolvió a la trágica realidad. Era un paracaidista del Ejército judío, con su uniforme de camuflaje y una metralleta colgada del hombro izquierdo y con el cañón apuntando hacia tierra. En torno a su cuello presentaba el más singular manto de oración que yo hubiera visto frente al muro de los Lamentos: dos cananas, con un brillante enjambre de balas, relampagueando al tibio sol de la mañana.

El joven —quizá se trataba de un judío ortodoxo que

cumplía su servicio militar— me miró en silencio. Y tras dibujar una sonrisa, hizo un solo comentario:

—Hermano, el espíritu divino está siempre presente en estas piedras. Aunque no seas judío, reza, pídele a Dios... Tus deseos se verán satisfechos.

No sé ciertamente si correspondí a su sonrisa. El caso es que me sentí aliviado y, siguiendo su consejo, recé en silencio y con toda la fuerza de mi mermado corazón. Al hacerlo, otras inolvidables palabras del Maestro brotaron en mi cerebro:

«... Ninguna súplica recibe respuesta, a no ser que proceda del espíritu. En verdad, en verdad te digo que el hombre se equivoca cuando intenta canalizar su oración y sus peticiones hacia el beneficio material propio o ajeno. Esa comunicación con el reino divino de los seres de mi Padre sólo obtiene cumplida respuesta cuando obedece a una ansia de conocimiento o consuelo espirituales. Lo demás, las necesidades materiales que tanto os preocupan, no son consecuencia de la oración, sino del amor de mi Padre» (1).

En esos momentos comprendí que buena parte de mi angustia nacía de un deseo egoísta: sólo pretendía saciar mi curiosidad e instintos más íntimos. Y allí mismo pedí perdón, suplicando al Padre que, si nuestra segunda «aventura» llegaba a materializarse, me diera luz y fuerza para vivirla y aprovecharla, con el único fin de beneficiar a las generaciones futuras.

Algo más calmado, me alejé de aquel lugar, dirigiéndome hacia el extremo derecho del muro: el lugar destinado a las mujeres. Bordeé la barrera metálica que separa ambos sectores y, tomando mi viejo cuaderno de notas, escribí tres palabras: «Volver con Él.»

Aquélla era, y es, una de las costumbres más extendidas entre las personas que visitan el muro de las Lamentaciones: escribir en un papel alguna oración o deseo particular y, tras doblarlo, introducirlo en alguna de las ranuras existentes entre los grandes sillares de piedra (2). La tradi-

(1) Éstas y otras palabras de Jesús de Nazaret en torno a la oración aparecen en *Caballo de Troya* (pp. 252 y ss.) *(N. de J. J. Benítez.)*

(2) Antaño, incluso, cuando los israelitas estaban a punto de iniciar un viaje, depositaban un clavo de hierro entre las grietas del muro occidental, en señal de apego a su patria. *(N. del m.)*

ción popular asegura que tales peticiones siempre se cumplen. Dado que ningún hombre puede entrar en el citado sector femenino, supliqué a una turista que depositara mi «mensaje» en la muralla. La mujer, complaciente, lo hizo al momento. Y allí quedó —y allí supongo que estará aún— el breve, sincero e intenso ruego. Hoy puedo dar fe que, al menos en mi caso, la creencia popular está en lo cierto...

El resto de mi paseo por la Ciudad Vieja no contribuiría precisamente a levantar mi ánimo. Todos los lugares por los que acerté a caminar se hallaban irreconocibles. No guardaban prácticamente parecido alguno con aquella Ciudad Santa del año 30. Era lógico. Si la memoria no me falla, desde el año 587 antes de Cristo, fecha de la destrucción de Jerusalén y del Templo por Nabucodonosor, la Ciudad Santa había padecido 16 invasiones, siendo arrasada y vuelta a edificar en más de una decena de veces (1). Era absurdo

(1)   He aquí, como muestra de lo que afirmo, algunos de los más notables episodios vividos por Israel —y por Jerusalén en particular— a partir del referido año 587 a. J.C.:

El año 539 a. J.C., el rey persa Ciro conquista Babilonia, permitiendo a los judíos su vuelta a Jerusalén. El Templo sería reconstruido por Zorobabel. En el 334 a. J.C., Israel es conquistada de nuevo. Esta vez por Alejandro el Magno. Tras su muerte es controlada por los Ptolomeos de Egipto. En el 198 a. J.C., Antíoco III de Siria vence a los egipcios e Israel pasa a manos de los Seléucidas. En el 175 a. J.C., Antíoco IV es coronado y ordena la supresión del culto a Dios. Profana el templo, ofreciendo sacrificios paganos en su altar. En el 167 a. J.C., los judíos se levantan contra los Seléucidas y los derrotan. En el año 64 a. J.C., Pompeyo conquista Israel. Un tiempo después, en el 40 a. J.C., los partos derrotan a los romanos y conquistan el país. En el 39 a. J.C., Herodes el Grande vence a los partos y reina hasta el 4 a. J.C., siempre bajo el mando de Roma. Ya en el siglo I de nuestra Era, en el año 66, los judíos se rebelan contra el Imperio romano. En el año 70, Tito reprime la rebelión y destruye la ciudad. En los años 132-135 se registra una nueva revuelta judía, dirigida por Bar-Kojvá. El emperador Adriano vence, destruyendo Jerusalén. La reconstrucción se produce poco después y Jerusalén recibe el nombre pagano de Aelia Capitolina. En los años 330-634 se produce la dominación bizantina. Tras la conversión al cristianismo de Constantino se construyen numerosas iglesias en la Ciudad Santa. En el 614, nueva invasión. Esta vez protagonizada por los persas. Centenares de iglesias fueron destruidas. El 636, los musulmanes conquistan Palestina, convirtiendo a Jerusalén en su tercera ciudad santa, después de La Meca y Medina. En el 1009, el califa fatimita Jakem destruye la iglesia del Santo Sepulcro y otros santuarios cris-

que pretendiera ver y reconocer en la actual explanada del Domo de la Roca el magnífico Segundo Templo o, en el barrio musulmán, el primitivo trazado de las callejuelas que había recorrido...

Al entrar en el gigantesco rectángulo donde antaño se había levantado el magnífico templo de Herodes, un guía, a media voz, explicaba a un nutrido grupo de curiosos y respetuosos turistas ingleses cómo muchos rabinos y judíos de Mea Shearim (el barrio religioso de la ciudad) sólo aceptan caminar descalzos o, incluso, se niegan a pisar la explanada sobre la que nos encontrábamos. Según estos estrictos observadores de la Ley judía, «allí se encuentra sepultada la famosa arca de la Alianza, siendo aquél, por tanto, un lugar sagrado».

A decir verdad, mientras me dirigía a las mezquitas que ocupan hoy el terreno del Segundo Templo —la de El-Aksa y la conocida como el Domo de la Roca— tuve que reconocer que aquél era uno de los escasos puntos donde los humanos no han caído aún en el lamentable tráfico comercial existente en lo que los cristianos llaman «santos lugares». Allí todo es silencio y recogimiento. La venta o el trapicheo de recuerdos más o menos santos o religiosos están prohibidos terminantemente.

---

tianos, iniciándose así 200 años de luchas entre Oriente y Occidente y dando lugar a las famosas Cruzadas. En el 1099, la Ciudad Santa cae en poder de los cruzados. En el 1187, Saladino, príncipe árabe, derrota a los cruzados en los llamados Cuernos de Hittin, poniendo fin al Reino Latino de Oriente. En 1263, otro sultán, el mameluco Baibars, de Egipto, conquista las fortalezas del litoral que seguían en manos de los cruzados. En los siguientes 250 años permanecerán bajo dominio mameluco. En el 1400, tribus mongólicas, dirigidas por Tamerlán, invaden Israel. En 1517 son los turcos quienes entran en Palestina a sangre y fuego. Durante cuatro siglos, Israel formará parte del Imperio otomano. En 1917, durante la primera guerra mundial, Palestina es ocupada por tropas aliadas, dirigidas por el general Allenby. Ese año es recordado como el de la Declaración Balfour para la creación en Palestina de un Hogar Nacional Judío. En 1922, el mandato británico sobre Palestina es confirmado por la Liga de las Naciones. En 1947, la organización de las Naciones Unidas establece un plan que divide Palestina en un Estado judío y otro árabe. En 1948 finaliza el mandato británico y el 14 de mayo, el Consejo Nacional Judío proclama el nacimiento del Estado de Israel. Pero el nuevo Estado es invadido por los países vecinos. Al terminar la guerra, Palestina queda dividida entre Israel y Jordania. *(N. del m.)*

Frente a la mezquita Lejana o de El-Aksa (1), situada al sur del gran rectángulo, mi espíritu volvió a estremecerse. Por detrás y a la izquierda de su cúpula de plata se distinguía buena parte del monte de los Olivos y, en su falda occidental, Getsemaní. El súbito descubrimiento de la colina y de la ladera por la que había trepado y descendido en tantas ocasiones desencadenó en mí una casi violenta reacción. Y, dando media vuelta, me retiré a grandes zancadas, rumbo a la hermosa mezquita de Omar o del Domo de la Roca (2).

Apenas si me detuve unos instantes junto a la «Octava Maravilla del Mundo». Aquél, en mi opinión, es el lugar exacto donde hace dos mil años se levantaba majestuoso el Santuario propiamente dicho. Allí mismo, muy cerca de algunas de las caras del octógono de 60 metros de diámetro que constituye el exterior de la mezquita —quizá en las orientadas al sur o suroeste—, se hallaron en otro tiempo las escalinatas de acceso al Templo, en las que yo había visto y escuchado al rabí de Galilea. Allí, en aquella explanada, yo había asistido al insólito espectáculo de un Jesús firme y seguro, látigo en mano, abriendo los portalones del sector norte del llamado atrio de los Gentiles y provocan-

---

(1)   Construida entre los años 709 y 715 por el califa El-Walid, hijo de Abdel Malek, que edificó la otra mezquita: la del Domo de la Roca. La de El-Aksa se encuentra casi exactamente sobre lo que fue el palacio de Salomón. *(N. del m.)*

(2)   En el año 135 de nuestra Era, el emperador Adriano levantó en este lugar un templo dedicado al dios Júpiter. Desde entonces fue considerado como un lugar maldito. En el 636, tras la invasión árabe, el califa Omar limpió de escombros el monte Moriá, construyendo una mezquita que todavía hoy lleva su nombre. Los musulmanes identificaron la roca o cumbre del monte Moriá con el lugar desde el que Mahoma había subido a los cielos en un caballo alado. Según otra tradición, esta roca blanca fue el punto donde Abraham estuvo a punto de sacrificar a su hijo Isaac. Los árabes, en cambio, consideran que el hijo en cuestión era Ismael. En el año 691, Abdel Malek, de la dinastía de los Omeyas, restauró la primitiva mezquita, convirtiéndola en lo que hoy conocemos. Bajo la cúpula, fabricada a base de hojas de aluminio bañadas en oro que la hacen centellear al sol de Jerusalén, se encuentra, como digo, la roca o cúspide del monte Moriá. Alcanza 45 metros de longitud por 11 de anchura, elevándose otros 2 por encima de la superficie circundante. En el mundo islámico, el Domo de la Roca es el tercer lugar sagrado, después de la Káaba de La Meca y la tumba del Profeta en la ciudad de Medina. *(N. del m.)*

do la estampida de los animales destinados a los sacrificios sagrados. Durante segundos, en el silencio del lugar, pude escuchar los mugidos de los bueyes, el griterío de los cambistas de monedas y el estruendo de las mesas y tenderetes al ser volcados por el ganado. ¡Qué lejos y qué cerca parecía todo!

A treinta o cuarenta metros hacia el noroeste, en lo que es actualmente el límite norte del monte del Templo, imaginé por un momento la casi inexpugnable y orgullosa fortaleza Antonia. Y nuevos y vivos recuerdos acudieron a mi mente. Del formidable «cuartel general» romano no queda casi señal o vestigio alguno. Todo ha desaparecido (1). Mejor dicho, todo no...

Yo había tenido ocasión de visitar, tiempo atrás, el convento de las Hermanas de Sión, donde se venera por los cristianos el famoso *litóstrotos* o patio pavimentado por grandes losas, perteneciente, al parecer, a la primitiva fortaleza Antonia (2). Para algunos, éste fue el sitio donde el

(1)   La fortaleza Antonia fue totalmente arrasada por el general romano Tito, al romper el cerco judío en el año 70. Durante siglos sólo fue un montón de escombros sobre el que se levantaron diversas construcciones. Poco a poco, en la edad moderna, la arqueología ha ido fijando su posición exacta. En la actualidad, lo que fue la fortaleza que reconstruyera también Herodes el Grande alberga una escuela musulmana, un monasterio de la Orden Franciscana y el referido convento de las Hermanas de Sión. En este último lugar es donde se encuentra, en mi opinión, el vestigio más claro de una de las instalaciones del «cuartel general» romano durante las fiestas de la Pascua judía. *(N. del m.)*

(2)   El *litóstrotos*, que en griego significa «patio pavimentado de losas grandes», fue descubierto al oeste del supuesto emplazamiento de la fortaleza Antonia. En base al texto de Juan el Evangelista (19.13) —«Entonces Pilato oyendo estas palabras llevó a Jesús y se sentó en el tribunal, en el sitio llamado *litóstrotos*»—, algunos especialistas bíblicos, como digo, creen ver en dicho recinto el escenario de parte del juicio del procurador romano a Jesús de Nazaret y de su presentación al pueblo judío. Otros, en cambio, piensan que el *litóstrotos* pudo ser el patio principal de Antonia, donde el Cristo fue flagelado y de donde saldría con el madero o *patibulum*, rumbo al Gólgota. La fundación del convento de las Hermanas de Sión se debe a un judío converso, el padre Ratisbone. Entre 1931 y 1937, la madre Godeleine y el padre Vicente, de la Escuela Bíblica de Jerusalén, excavaron el lugar, descubriendo el pavimento en cuestión. Recientemente, arqueólogos ingleses y el profesor judío Kaufman han lanzado una tercera hipótesis: el *litóstrotos* podría datar del año 135 d.C. (del tiempo de Adriano). *(N. del m.)*

Cristo fue juzgado por Poncio Pilato y presentado a la multitud después de la flagelación. Otros arqueólogos y exégetas, más prudentes, no están tan seguros.

Tras descender por unas breves escalinatas situadas en la esquina noroccidental del monte Moriá y dejar a mi derecha —en lo que fuera el corazón de la fortaleza Antonia— un recoleto paseo, flanqueado por jóvenes cipreses, me introduje sin más dilación en el convento de las Hermanas de Sión, en pleno barrio árabe. Mi espíritu volvió a inquietarse. Aunque comprendo que, a veces, estas cosas son necesarias o irremediables, no pude evitar un sentimiento de rechazo. Nada más cruzar bajo la pequeña puerta del santuario apareció ante mí un luminoso establecimiento, cargado hasta los topes de toda clase de recuerdos de la capilla de la Flagelación o del venerado *litóstrotos*: desde medallas y escapularios hasta camisetas, ceniceros, artesanía, postales, bustos policromados de escayola de María o de su Hijo, réplicas de la columna de la flagelación y un interminable etcétera, por no hablar de los juguetes japoneses o refrescos... Aquel lugar, como otros muchos, por no decir la mayoría, se había convertido en un excelente negocio... a costa de Jesús de Nazaret y de sus padecimientos. Y otras frases del Cristo, pronunciadas en la madrugada del lunes, 3 de abril, en la casa de Lázaro, en Betania, acudieron a mi mente:

«... Mi alma sufre por los hijos de los hombres, porque están ciegos en su corazón; no ven que han venido vacíos al mundo e intentan salir vacíos del mundo. Ahora están borrachos. Cuando vomiten su vino, se arrepentirán.»

Quizá lo más doloroso de aquel «cambalache» es que, al igual que sucediera con Anás y los restantes sacerdotes —propietarios del negocio de los intermediarios en el atrio del Templo—, ahora, dos mil años después, los que se dicen sacerdotes o religiosos al servicio del Hijo de Dios siguen consintiendo o participando en transacciones comerciales, que nada tienen que ver con lo que Él deseaba y pretendía. Y esto, precisamente allí, escenario de tan trágicos momentos, empaña considerablemente la grandeza del lugar. Mientras caminaba hacia la sala abovedada donde se exhibe el *litóstrotos* me pregunté qué habría sucedido si el rabí de Galilea hubiera expresado el menor deseo de que sus ropas, objetos personales, etc., fueran conservados y reverenciados... Por fortuna, conocía bien la debilidad de la naturaleza humana y tuvo sumo cuidado de no cometer semejante error. A pesar de ello, los cristianos, lejos de practicar las enseñanzas o la religión «de» Jesús, cayeron desde los primeros tiempos en lo que, justamente, no deseaba el Maestro: una religión, una forma de ser y unos ritos «a propósito» de Jesús...

Al ver las lajas rectangulares, que se supone cita Juan en su Evangelio, sentí un escalofrío. Algunas de las enormes y desgastadas losas —estriadas para evitar que los caballos resbalasen— eran parecidas a las de caliza dura que había visto y hollado en el patio central de Antonia. La pulcritud de las religiosas responsables del *litóstrotos* y el paso de los siglos las habían transformado en cierta medida, proporcionándoles un especial brillo. Pero aquel pavimento no correspondía al del gran patio adoquinado a base de cantos rodados y situado en el sector norte de la fortaleza, en el que se había congregado la multitud la mañana del Viernes Santo. Sólo el enlosado de la terraza situada frente a dicha explanada, y en la que se celebró el debate entre Poncio y los sacerdotes judíos, guardaba semejanza con lo que tenía ante mí. A decir verdad, Juan el Evangelista no cometió error alguno al comentar que el Maestro fue llevado ante Pilato, «en el tribunal, en el sitio llamado *litóstrotos*». Lo que sí puede ser un craso error es asociar este pavimento del convento de las Hermanas de Sión con el «tribunal» en el que se sentaba el procurador romano. La justificación, al margen de mi propio testimonio, y que debería ser contemplada por los exégetas y arqueólogos bíblicos, está grabada precisamente en algunas de esas losas. En ellas se aprecian un conjunto de rayas, practicadas con espadas u objetos punzantes, que todos los expertos han identificado como una especie de juego de rayuela o «juego del círculo» —del que habla Plauto—, y al que eran muy aficionados los legionarios romanos. Como ya hice referencia en otra parte de mi diario, sobre una de las lajas del patio central pude distinguir un círculo y una raya tortuosa que discurría entre diversas figuras (una corona real y una «B»). Los soldados, uno tras otro, lanzaban cuatro dados marcados con letras y números, cantando jugadas como la de «Alejandro», la de «Darío», «el Efebo» o la que remataba la partida: la del «Rey». Por pura lógica, un divertimento de esta índole —que obligaba a marcar y dañar un enlosado— difícilmente hubiera tenido como escenario un lugar tan solemne como el *litóstrotos*, donde Poncio impartía justicia. Sí, en cambio, el patio porticado del cuartel romano, punto de confluencia de los hombres francos de servicio y en el que no tenían lugar demasiados actos oficiales.

Cuando me disponía a salir de la cámara, el susurro de otro guía turístico, comentando los detalles y pormenores del citado «juego del Rey», me retuvo. «Según la tradición —explicó el hebreo—, si un reo aceptaba jugar, y ganaba la partida, podía salvar la vida... En el caso de Jesús —concluyó el buen hombre con una sonrisa—, los romanos no aceptaron porque sabían que el Galileo podía ganar...»

Algo reconfortado por la ingenuidad de aquel guía dejé atrás el convento de las Hermanas de Sión, adentrándome en la llamada por los cristianos vía Dolorosa (Tario Al-Mujahedeen), que forma parte de un intrincado laberinto de callejas estrechas, malolientes y, en ocasiones, cubiertas, en pleno mercado oriental. Como en la Jerusalén del año 30, aquel sector —hoy ocupado por musulmanes— sí conservaba un cierto parecido con lo que yo había conocido: pasadizos y calles a cual más angosto, precariamente empedrados en la mayoría de los casos, surcados de canalillos pestilentes y, a ambos lados, un sinfín de tenderetes y diminutos establecimientos infectos en los que se guisaba, vendía o comerciaba con todo lo inimaginable. Confundido, abriéndome paso con dificultad entre aquella marea humana —mezcla de turistas, árabes arreando asnos cargados con voluminosos fardos, mujeres con el rostro cubierto por velos y balanceando grandes cántaros de arcilla sobre sus cabezas, religiosos de todas las confesiones y algún que otro rabino presuroso, luciendo su tradicional indumentaria: levita larga y negra como la noche y sombrero de ala ancha y terciopelo igualmente azabache, con luengas barbas y patillas acaracoladas cayendo desde las sienes— logré acceder al fin a otro de los santuarios de la Ciudad Vieja. Sin duda, el más santo para el cristianismo: la iglesia del Santo Sepulcro.

No fue fácil desembarazarse de la chiquillería que, desde el instante en que pisé la supuesta vía Dolorosa (1), asaltan prácticamente al viandante extranjero o con aspecto de turista, metiéndole por los ojos toda clase de mercancías. Recuerdo con desolación cómo uno de los viernes, a las tres de la tarde, cuando me encontraba en pleno adiestramiento, acerté a pasar por la mencionada vía Dolorosa, coincidiendo con una tradicional y semanal procesión que organizan los padres franciscanos. Aquel espectáculo me conmovió. Mientras los religiosos y fieles avanzaban lenta y pausadamente por las calles, ora de rodillas, ora cargando grandes cruces, a uno y otro lado, los propietarios de los comercios seguían pregonando sus artículos y *souvenirs*, ajenos y sin el menor respeto hacia aquellos devotos cristianos.

Pero aquel descarado e irritante negocio se ve eclipsado ante lo que, para mí, constituye una de las más negras y frías afrentas que pueda concebirse en un lugar tan sagrado y especial como el del Santo Sepulcro...

Ahora me pregunto si no debería haber omitido estas nada edificantes experiencias. Pero es preciso que sea fiel a mis propios sentimientos y absolutamente claro y sincero.

La verdad es que tampoco tiene mayor trascendencia que la roca del Gólgota —casi oculta bajo la basílica del llamado Santo Sepulcro— estuviera, o no, unos metros más al norte o al sur de su actual y pretendida ubicación. Lo que importa es que éste sí fue el paraje real y concreto donde se desarrollaron las dramáticas horas finales del Nazareno. Ni siquiera la circunstancia de que la tumba de Cristo haya sido marcada por la religión y las tradiciones a tan escasa distancia del lugar de ejecución debería revestir problema alguno. (Como también especifiqué con anterioridad, la

(1)   Digo «supuesta» vía Dolorosa porque, tal y como relaté en anteriores páginas de este diario, el camino que siguió Jesús de Nazaret desde el interior de la fortaleza Antonia al Gólgota en la mañana del viernes, 7 de abril del año 30, no fue el que tradicionalmente veneran los cristianos. Las circunstancias políticas, como expliqué, aconsejaron al oficial romano elegir otra vía: la que rodeaba el exterior de la muralla norte de la Jerusalén de entonces. Como ha ocurrido con otros «santos lugares», la tradición no estuvo muy afortunada a la hora de fijar con exactitud dónde ocurrieron tan importantes sucesos. *(N. del m.)*

propiedad de José de Arimatea —una pequeña finca de recreo y descanso— se hallaba relativamente retirada del Gólgota.) No era habitual, ni lógico, que este tipo de propiedades fuera fijada prácticamente al pie de un lugar tan tétrico como el de las ejecuciones públicas. A mi «regreso» de la Jerusalén del año 30, tras consultar mapas y recorrer la zona, estoy convencido que la gruta que albergó el cadáver de Jesús se encuentra en algún punto del extremo nororiental del actual barrio árabe. Concretamente, entre la iglesia de Santa Ana y el Museo Rockefeller; este último, fuera del citado barrio. Quizá algún día, si se practican excavaciones en dicho sector, el mundo pueda descubrirlo (1).

Lo que sí me pareció indigno del lugar que se pretende venerar fue un hecho que me tocó vivir en aquella agitada mañana.

Durante un buen rato deambulé sin rumbo fijo por las oscuras y recargadas capillas, absurdamente divididas entre los griegos ortodoxos y los católicos romanos (2), descen-

(1) El actual pintoresquismo de los llamados «Santos Lugares» llega al extremo de que, un poco al norte de la puerta de Damasco, el visitante puede encontrar «otro Gólgota». Todo arranca del año 1883, cuando el general británico C. Gordon asoció un montículo allí existente con la forma de una «calavera». La existencia en la roca de una tumba del siglo I contribuyó —¡y de qué forma!— a dividir las opiniones. En 1892, la sociedad del Jardín de la Tumba compró el lugar, siendo visitado desde entonces por numerosos peregrinos. Personalmente no comparto el criterio del buen general inglés. Entre otras razones, porque la citada puerta de Damasco y la muralla en la que se encuentra no existían en tiempos de Cristo. El verdadero Gólgota estaba mucho más próximo, en las cercanías de la puerta de Efraím. (N. del m.)

(2) La actual iglesia del Santo Sepulcro, construida en gran parte por los cruzados en el año 1149, está dividida entre seis confesiones religiosas, de acuerdo con un *statu quo* decretado en 1852 por los turcos, ante las constantes peleas y auténticas «batallas campales» que protagonizaban, y aún protagonizan, los diferentes credos que disfrutan de su propiedad. Lo que realmente constituye el Gólgota o Calvario está ocupado por dos capillas, pertenecientes a las sectas más prósperas y poderosas: la griega ortodoxa y la católica romana. La primera —la griega— ocupa el lugar donde se supone que Cristo fue crucificado. La católica corresponde, según la tradición, al punto donde Jesús fue despojado de sus vestiduras. Casi un tercio de la base donde descansan ambas capillas reposa a su vez sobre la roca del Gólgota propiamente dicha. Sólo una pequeña porción de la misma puede ser contemplada bajo el altar dedicado a la Virgen de los Dolores, así como en la parte inferior de otra capilla: la de Adán. (N. del m.)

diendo incluso a una de las criptas donde, según la tradición, Santa Elena había hallado las tres cruces, «arrojadas a una especie de basurero por los soldados romanos, una vez concluidas las crucifixiones» (1). En otra de las dependencias volví a encontrarme con la «columna de la flagelación»: un delicado y costoso mojón de mármol rojo, de unos cincuenta centímetros de altura y con un mimado basamento. No pude por menos que sonreír. Aquella especie de miliar jamás pudo ser utilizado para atar caballerías. Era demasiado caro y exquisito...

Y de pronto me encontré frente a un grupo de turistas, que hacía cola para visitar la no menos supuesta tumba del Galileo (2). Aquél era uno de los santuarios que yo me había negado a inspeccionar durante mi etapa de entrenamiento. Creo haberlo mencionado ya: tanto la dirección de Caballo de Troya como yo mismo consideramos que, para determinadas fases de la misión, era mejor prescindir de

(1) Esta tradición tiene escaso fundamento. La realidad es que los mercenarios romanos no acostumbraban a despreciar los cruces donde llevaban a cabo las ejecuciones. Es más: el madero vertical o *stipe* permanecía fijo en el suelo. Las peripecias de esta «atormentada» iglesia se remontan al siglo IV. En el año 324, cuando fue edificada por primera vez, quedó casi en el centro de lo que era entonces la Jerusalén amurallada. Según todos los vestigios arqueológicos, unos once años después de la muerte de Cristo (año 30), el Gólgota ya había quedado dentro del recinto de la ciudad, gracias a la muralla construida por Herodes Agripa en el año 44. En el 135, el emperador Adriano, tratando de borrar los lugares venerados por cristianos y judíos, ordenó la construcción de un templo a Júpiter en los puntos donde, según la tradición, se hallaban el Gólgota y la tumba de Cristo. Y lo mismo sucedería con la gruta de la Natividad, en Belén. Tomando como referencias los mencionados templos paganos, la reina Santa Elena, madre del emperador Constantino, erigió en el año 326 una magnífica basílica en los lugares ocupados por el Calvario y la supuesta tumba de Jesús. En el 614, los persas la destruyeron y fue levantada nuevamente por el abate Modesto. En el 1009, el califa Jakem la arrasaría, siendo la destrucción de esta iglesia una de las causas de las Cruzadas. En el 1048 sería restaurada por Constantino Monómaco. *(N. del m.)*

(2) Una descripción detallada de la cripta donde fue sepultado Jesús aparece en las pp. 475 y ss. de mi anterior obra *Caballo de Troya*, que corresponde a la primera parte del diario del mayor norteamericano. En ella, en efecto, se dice que el techo de la gruta se hallaba a 1,70 metros y que la estancia era cuadrada: de unos tres metros de lado. *(N. del autor.)*

las informaciones ya existentes. Ello nos proporcionaba un mayor grado de objetividad. De ahí que, al unirme al paciente grupo, sintiera una inevitable curiosidad. Era del todo imposible que la gruta que sirvió de enterramiento a Jesús de Nazaret se hallara tan próxima al Calvario. (Apenas veinte o treinta metros en el interior de la iglesia.) Pero decidí echar un vistazo.

El monumento que cubre y protege en la actualidad dicha sepultura, excesivamente recargado y con una gran cúpula de estilo ruso, es tan sumamente angosto que sólo permite el paso de cuatro o cinco personas a un tiempo. A gran velocidad, casi mecánicamente, los turistas que me precedían fueron entrando y saliendo de la tumba. Cuando me tocó el turno, sinceramente, quedé horrorizado. En un estrechísimo cubículo de apenas dos metros de largo por uno de ancho y otros dos de alto puede contemplarse, a la derecha de la estancia, una laja de mármol que no supera el metro y setenta centímetros de longitud. Era imposible que el cuerpo del Cristo, con su 1,81 metros de estatura, hubiera encajado en posición horizontal sobre dicho banco de piedra. Pero estas apreciaciones, insisto, eran lo de menos. Lo que me exasperó fue la actitud del pope griego que permanecía en pie al lado de la cabecera de la dudosa tumba. Su principal, y yo diría que única, misión consistía en hacerse con los billetes —si eran divisas tanto mejor— que cada visitante se veía casi forzado a regalar. La «operación» por parte de los codiciosos griegos ortodoxos era perfecta. Al entrar en la reducidísima cámara, los cuatro o cinco emocionados y temblorosos fieles se ven abordados por un «ayudante» del hierático pope, quien, mostrándoles un puñado de finas velas negras y sin casi pronunciar palabra alguna, les da a entender que lo correcto es dejar una buena «limosna». Por si el sorprendido visitante duda o no sabe qué cantidad de dinero debe dejar, los astutos «propietarios» de la tumba van depositando los billetes más fuertes (dólares, marcos alemanes, etc.) al pie de uno de los cirios situados en la citada cabecera, junto al vigilante sacerdote. El «abordaje» es tan descarado y fulminante que son muy escasas las personas que se niegan a participar en semejante «cambalache». Y lo más doloroso es que, una vez consumado el «asalto», no hay tiempo para nada más. Ni siquiera para musitar un apresurado padrenuestro. (Es preciso que recuerde que la inmensa mayoría de los que desfilan por la tumba de Cristo está convencida que aquélla es la roca sobre la que reposó el cadáver del Salvador. Algo tan grande y emotivo como para, al menos, poder orar o meditar durante unos minutos. Pero hasta eso está sutilmente «prohibido» por los modernos Anás y Caifás...)

Una vez prendidas las velas, el grupo es invitado —casi empujado— a abandonar el lugar, con la excusa de que son muchos los fieles que todavía aguardan en el exterior. En eso tienen razón, aunque las verdaderas intenciones de los griegos-ortodoxos apuntan en otra dirección. Si tenemos en cuenta que a lo largo de cualquier Semana Santa visita dicha cripta un promedio de 46 000 individuos y que la media de dinero donado por persona es de unos cinco dólares USA, no hace falta ser muy despierto para intuir cuáles son esas «intenciones»... Como dicen los israelitas, la tumba de Jesús de Nazaret es una «fuente de oro». ¿Qué negocio de esta índole reporta un beneficio medio y diario de 15 000 dólares?

Fue quizá un momento de debilidad. Pero, ante semejante abuso, no pude contenerme. Por supuesto, no entregué un solo centavo. Y encarándome con el impasible pope, le recriminé lo que consideraba un deshonesto «alquiler» de la tumba del Nazareno. El griego acarició sus negras y desaliñadas barbas y, mirándome con displicencia, argumentó:

—Nadie le obliga, hermano...

—Claro...

No hubo tiempo para más. El «ayudante», obedeciendo una significativa y estudiada mirada del sacerdote, hizo presa en uno de mis brazos y, suave pero firmemente, me arrastró hacia la salida.

Dolorido e indignado, no me detuve hasta alcanzar la muralla sur de la Ciudad Santa. ¿«Ciudad Santa»? ¡Dios mío!, ¡qué poco han cambiado las cosas...!

Una ligera brisa me recibió bajo el arco de la puerta de Sión, al final del barrio armenio. Me detuve, buscando serenar mi espíritu. En el fondo, ¿quién puede cambiar tan drásticamente las tendencias y debilidades humanas? Quizá algún día —como profetizó el Maestro— «el mundo salga del invierno materialista para entrar en la primavera espiritual...». Pero eso parece aún lejano.

Al abordar la calzada de Hativat Etzioni, entre las murallas de la Ciudad Vieja y el monte Sión, el instinto fue mi único guía. Al cabo de unos minutos me hallaba en el filo de las profundas barrancas del valle del Hinnom, donde, antaño, estuviera ubicado el basurero de la Jerusalén bíblica: la Géhenne mencionada en los Evangelios canónicos. Aquella tortuosa depresión, salpicada de rocas y peñascales, no había variado demasiado. El principal y más agudo recuerdo de aquel desfiladero era la ansiosa búsqueda, en la mañana del sábado, 8 de abril del año 30, en compañía del joven Juan Marcos, del desaparecido Judas. Traté de orientarme, en un absurdo afán por reconocer el punto exacto sobre el que se había despeñado el infeliz apóstol. Recordaba muy bien que el cuerpo yacía en el fondo de aquella garganta, a unos cuarenta metros de profundidad. Retrocedí hacia el oeste, bordeando la zona donde se levantan hoy la tumba de David y el Cenáculo. Fue inútil. Las sucesivas edificaciones y cambios en la orografía habían borrado parte de la antigua y abrupta depresión. Quizá la iglesia de San Andrés, al borde de la Derech Hevrón, sea el rincón más aproximado. Pero no podría asegurarlo. Resulta triste que la Cristiandad —a pesar de haber sido un traidor— no haya erigido un simple y modesto monumento a la memoria de un personaje tan importante y —¿por qué no?— tan cercano al Maestro. Ojalá estas líneas muevan a alguien a emprender la caritativa —no sé si justa— empresa de plantar una cruz en el fondo o en el filo del valle del Hinnom, en memoria del Iscariote. Por mi parte, tras recoger en una de las laderas de la barranca un puñado de primerizas margaritas y arroparlas en un manojo de verdes y brillantes mirtos salvajes, muy abundantes entre los roquedales, arrojé el improvisado ramillete al corazón del desfiladero. Nunca logré explicarme satisfactoriamente el porqué de aquel sincero gesto. Quizá, en ocasiones, me sienta más atraído por los hombres derrotados o equivocados que por los justos o intachables. «Él», después de todo, también había amado a Judas. Y en cierta ocasión había dicho: «... Dios es tan liberal que permite, incluso, que te equivoques... Cuando llegue el caso, pide explicaciones a tu hermano, pero nunca le odies. Sólo cuando miréis a vuestros hermanos con caridad podréis sentiros contentos.»

Eché una última mirada a mi modesta ofrenda, confundida entre los abrojos y arbustos que crecen dolorosamente en las grietas rocosas del fondo y, reconfortado, deshice el camino que serpentea paralelo sobre el Hinnom, tomando las calzadas de Malchisedek y Ha'Ofel. Bajo el famoso pináculo del Templo, en el extremo más oriental de la Ciudad Vieja, decenas de palomas —como hace dos mil años— se acurrucaban en los huecos de la orgullosa muralla. Pero mi atención se vio desviada por la falda oeste del monte de los Olivos. El paso de los siglos y la construcción en dicha ladera de las conocidas iglesias y santuarios de Getsemaní, Dominus Flevit (1), la tumba de la Virgen María, la de Santa María Magdalena (2) y la de las Naciones (3), entre otras, han trastocado el primitivo y genuino perfil del monte sagrado. A excepción de algunos y aislados corros de olivos, el resto es igualmente irreconocible. Caminé lentamente, siguiendo el curso de la muralla oriental del desaparecido Segundo Templo, haciendo continuas paradas. Pero, salvo los precipicios que van configurando la vieja torrentera del Cedrón y los cuatro monumentos funerarios que todavía se

---

(1)   Dominus Flevit o «Dios lloró» recuerda las lágrimas derramadas por Jesús en la mañana del Domingo de Ramos. La primitiva iglesia, obra de los cruzados, data del siglo XII. Tras su destrucción fue reconstruida en 1891 en forma de «lágrima». *(N. del m.)*

(2)   También llamada la iglesia Rusa. Fue edificada en 1888 por el zar Alejandro III, en recuerdo de su madre. Es propiedad de las monjas rusas. En la cripta se encuentra enterrada la gran duquesa Elizabet Feodorovna, hermana de la emperatriz Alejandra, muerta en Siberia en 1918 por los bolcheviques. *(N. del m.)*

(3)   La actual iglesia, una de las más hermosas de Jerusalén, fue edificada a principios del siglo XX. Se la llama «de las Naciones» porque los fondos para su construcción fueron donados por 16 países. En cada una de las cúpulas puede admirarse el escudo, en mosaico, de cada una de las 16 naciones. Frente al altar pude contemplar los restos de lo que la tradición cristiana considera como una de las rocas de la agonía de Jesús de Nazaret. La verdad es que la basílica y la masa pétrea en cuestión se encuentran prácticamente en el fondo del valle del Cedrón, y la referida «oración del huerto» tuvo lugar en una cota superior, y algo más al norte, de la ladera occidental del monte de los Olivos. *(N. del m.)*

levantan en el nacimiento de aquella ladera del monte de las Aceitunas —atribuidos a Absalón, Josafat (1), Santiago y Zacarías—, nada conserva su antiguo aspecto. Los viejos caminos que discurrían de una a otra parte, salvando el valle, y que el Galileo había frecuentado en sus idas y venidas desde Betania o desde el campamento de Getsemaní, habían sido borrados o sustituidos por modernas carreteras y vías asfaltadas.

Un viento frío empezó a soplar desde el noreste, arrastrando negras y amenazadoras nubes sobre Jerusalén. Apenas si quedaban tres horas de luz y, consciente de que nuestra próxima reunión en el Ramada Shalom había sido programada para las 18 horas, aceleré el paso. Tampoco en aquellos momentos sabía lo que buscaba. ¿Quizá algún escondido o remoto vestigio del lagar donde el Maestro acostumbraba a plantar su campamento?

Conforme fui aproximándome al jardín de Getsemaní, aquel empeño iría debilitándose. Como dije, ni siquiera el templo que recuerda el lugar del prendimiento del Galileo está correctamente emplazado. Durante algunos minutos ascendí por la estrecha carretera que se empina hacia la cumbre y que desemboca en la mezquita de la Ascensión. Y tomando como referencia la puerta Dorada del muro este del Templo (ahora tapiada hasta «el fin de los tiempos»), giré a la izquierda, saliendo de la calzada. Si no me equivocaba, no muy lejos de allí había vivido los intensos momentos de la «oración del huerto», del proceso sanguinolento o «hematohidrosis» de Jesús, y en una cota inferior, en el viejo y extinguido sendero, la llegada de la tropa romana y levita y el accidentado prendimiento del Maestro. No tardé mucho en desistir. Tras una corta incursión en un reducido campo en el que crecían unos jovencísimos olivos, una serie de modernas fincas me cortó el paso. Todo había sido arrollado por el progreso. Una vez más, perdido en mi propio presente, lamenté que los seres humanos no hayan sabido o querido respetar un entorno tan entrañable y sagrado como aquél. Sé que es un sueño imposible, pero ¿no hubiera sido más emotivo y

(1)   Las tradiciones judeocristianas aseguran que este estrecho valle del Cedrón será el escenario del Juicio Final. *(N. del m.)*

auténtico conservar, tal cual eran, los lugares donde vivió el Cristo, sin iglesias ni santuarios? Después de estas decepcionantes vivencias, comprendo mejor a los seguidores del rabí de Galilea que eligen rememorar su recuerdo, alejándose de los tradicionales «santos lugares» y buscando aquellos parajes —montañas, desiertos, playas de Galilea o campiñas— que siguen vírgenes y sin transformación alguna.

Poco faltó para que, al descender hacia la transitada carretera de Derech Yericho —la que pasa frente a la iglesia de Getsemaní—, siguiera mi camino, en busca de un taxi que me devolviera al hotel. Pero «algo» inexplicable, esa especie de «fuerza» interior que me acompaña desde «entonces», me obligó a detenerme frente a la puerta del Holy Place: el jardín donde se conservan y miman ocho venerables olivos que, según la tradición, fueron los mismos que cobijaron al Maestro. Tras sortear a los inevitables vendedores ambulantes y a los árabes que se empeñan en montar a los turistas en sus camellos, penetré en el silencioso y sosegado recinto. Empezaba a llover y la mayoría de los escasos visitantes se precipitaba hacia la salida. Al ver los ancianos y enroscados olivos sentí un estremecimiento. Algunos de aquellos vetustos y gruesos ejemplares sí eran idénticos a los que crecían en la propiedad de Simón «el leproso». Aferrado a la cerca de hierro que los separa y protege del público y absorto en la contemplación de aquellos posibles testigos mudos del paso de Jesús de Nazaret durante sus caminatas por la falda del Olivete, no me percaté de la intensa lluvia que me empapaba. Hasta que, providencialmente, casi como una aparición, vi surgir de debajo de uno de los frondosos olivos a un personaje menudo que, a buen paso, se situó frente a mí. Con una luminosa sonrisa, el franciscano me devolvió a la realidad, recordándome que estaba lloviendo. Y sin más protocolos me hizo cruzar la verja, conduciéndome al pie del gigantesco árbol del que le había visto separarse segundos antes. Era el padre José Montalverne. Casualmente, jardinero de excepción y una de las autoridades mundiales en el asunto de los añosos olivos de Getsemaní. Bajo las brillantes hojas verdiblancas del improvisado «paraguas» se estableció entre ambos una viva corriente de simpatía.

Cuando le interrogué acerca de la antigüedad real de aquellos ocho ejemplares, el religioso sonrió maliciosamente, como si aquella pregunta fuera habitual entre los peregrinos que les visitan a diario. El amable y paciente franciscano me explicó entonces que habían sometido una porción de un tronco abatido en 1954 a las pruebas del carbono 14. Pues bien, según las tablas de Nieh-Bohr, aquella madera se remontaba a 200 años antes de Cristo. Al replicarle que los romanos habían ordenado la tala de todos los árboles que rodeaban Jerusalén (1), Montalverne, sin inmutarse, me aconsejó que si deseaba mayor información sobre los olivos no dudase en consultar con el profesor Shimon Lavee, director del Volcani Agriculture Centre, en Bet-Dagan. Lavee es considerado como el más grande especialista del mundo en olivos. Y según este científico, «cualquier olivo de Israel que tenga una circunferencia en su base de seis metros, tiene, al menos, dos mil años». El franciscano señaló entonces el rugoso y atormentado tronco del árbol que nos resguardaba de la lluvia, añadiendo:

—... Y éste, querido amigo, tiene 11,80 metros.

La verdad es que no necesitaba de tantas explicaciones. Pero fueron bien recibidas. Saltaba a la vista que algunos de los venerados olivos del huerto de Getsemaní sumaban dos mil años o más.

Y movido por un íntimo deseo, tomé una de las ramas entre mis dedos, aproximándola a los labios. El buen franciscano, conmovido quizá por aquel espontáneo beso, se apresuró entonces a cortar un manojo de hojas, entregándomelo. Yo sabía que aquello estaba prohibido. Una de las justificaciones de la cerca metálica que rodea los ocho olivos es precisamente ésta: evitar que el exceso de celo de los

(1)   Para muchos historiadores, este punto no aparece del todo claro. Flavio Josefo escribe que Tito mandó cortar todos los árboles existentes alrededor de la Ciudad Santa. Esto ocurría en el año 70. Otros especialistas, en cambio, opinan lo contrario: que el general romano Vespasiano y su hijo Tito tuvieron sumo cuidado en respetar los lugares sagrados. Y éste, Getsemaní o el «jardín de Zorobabel», como lo denominan todavía los árabes, era considerado como zona sagrada y monumental. Al parecer, dicho «jardín» fue plantado por orden del rey Ciro de Babilonia, hacia los años 520-530 a. J.C. (N. del m.)

peregrinos asole los árboles (1). Y agradecí doblemente su generosidad. Hoy, las espigadas y queridas hojas son el único recuerdo físico de aquel paso por Israel (2).

Entre las sombras del ocaso, con mi preciado «tesoro» entre las manos, regresé finalmente a nuestro cuartel general: el Ramada Shalom. Eliseo me aguardaba nervioso e impaciente. «Algo» muy grave estaba sucediendo.

La preocupación de mis compañeros era más que justificada. Durante su permanencia en la embajada de Estados Unidos en Jerusalén había circulado un rumor —confirmado esa misma mañana— que podía precipitar la ya precaria situación. Las autoridades jordanas habían detenido al jefe de los servicios secretos de la organización guerrillera palestina Septiembre Negro, Abu Daoud, cuando se disponía a pasar en automóvil a Jordania desde la vecina Siria. Con él fueron capturados otros veinte terroristas. La información, debidamente comprobada por el Mossad y el Agaf (3), era correcta y no tardó en llegar a los servicios de Inteligencia norteamericanos destacados en Ammán. Al día siguiente, 20 de febrero, el diario *Davar* confirmaría los hechos pronosticando el recrudecimiento de la «guerra fría» entre Libia —defensora a ultranza de los movimien-

(1)   En mi primera visita a Israel (1985), al recorrer el jardín de Getsemaní, pude comprobar cómo algunos turistas llegaban a pagar hasta 50 dólares para que sus respectivos guías les proporcionasen —siempre escondidas— algunas hojas o ramas de los mencionados olivos. *(N. del a.)*

(2)   En esta parte del diario del mayor aparece un sobrecillo de plástico, grapado al folio correspondiente, conteniendo tres hojas de olivo de 4,5 centímetros de longitud cada una. Para mí también constituyen un preciado «tesoro»... *(N. del a.)*

(3)   El Agaf o Agaf Hamodiín: el Servicio de Inteligencia del Ejército de Israel. Trabaja paralelamente al Mossad. Se trata de uno de los departamentos del Estado Mayor. Entre sus múltiples funciones «especiales» figuran la estructuración de las evaluaciones en la política de seguridad nacional, siempre basadas en informaciones secretas; la obtención de información de carácter militar en los países vecinos (muy especialmente en los árabes); desarrollo de metodologías y tecnologías especiales para el trabajo de la Inteligencia; cartografía militar; censura y seguridad militares, y la supervisión de la misión de los agregados militares israelitas en el extranjero. Su eficacia era extraordinaria, habiéndose ganado, al igual que el Mossad, un reconocido prestigio mundial. *(N. del m.)*

tos guerrilleros palestinos— y Jordania. Aquello, insisto, podía perjudicarnos seriamente. De todos era conocido que cuando el Mossad Lemodiín Vetafkidim Meiujadim (el célebre Instituto de Informaciones y Operaciones Especiales o Mossad) o el Ejército judío asestaban un golpe a la resistencia palestina, ésta respondía con tanta violencia como rapidez, eligiendo —a veces de manera suicida— los objetivos más a mano. Y «nosotros» —la estación receptora de fotografías, desmantelada y oculta en el interior de la mezquita de la Ascensión— éramos un más que hipotético objetivo «militar» de las facciones palestinas.

Aquella noche del 19 de febrero fue especialmente tensa. Temíamos por la seguridad de la «cuna», pero, salvo mordernos los puños e intentar la búsqueda de Curtiss, no conseguimos gran cosa. El general, de acuerdo con las informaciones que obraban en nuestro poder, debía hallarse —desde la mañana del domingo, 18 de febrero— en plena «batalla» con el Estado Mayor del general Eleazar, pujando y presionando, suponíamos, para averiguar el nuevo asentamiento de la estación y el «operativo» que permitiera el transporte de los equipos.

Hacia las once de esa noche, al fin, sonó el teléfono de la habitación de Eliseo, donde nos hallábamos concentrados. Era el director del proyecto. Sus órdenes fueron breves y rotundas: debíamos poner en marcha la fase «azul» del programa. A pesar de nuestras insinuaciones, Curtiss se negó a hablar. «Mañana en Lod —fue su respuesta—. Todo está dispuesto. El árabe estará ahí a las 08 horas. Suerte.»

Eliseo comprendió que no había nada que hacer y colgó el auricular. La fase «azul» —nombre en clave que sólo conocían Curtiss, los directores y nosotros— era en realidad la primera de las tres etapas en que había sido dividida la segunda «aventura». Pero no me referiré, de momento, a las siguientes fases: la «verde» y «roja». La que debíamos ejecutar al día siguiente era vital, de cara a la «exploración» que nos proponíamos. Como simple adelanto informativo diré que, según el programa previsto por Caballo de Troya, uno de mis «trabajos» al «otro lado» —suponiendo que todo funcionase correctamente— debía consistir en el análisis de la naturaleza y composición atómica y molecular del llamado por los cristianos «cuerpo glorioso» de Cristo. Suponiendo, naturalmente, que tales «apariciones» evangélicas, después de muerto y resucitado, fueran ciertas...

Para ello, mi querida y familiar «vara de Moisés» —tan útil en las comprobaciones médicas durante la Pasión y Muerte de Jesús— debería sufrir ciertas modificaciones, a las que haré alusión en su momento. Uno de los dispositivos, en especial, era básico para el desempeño de la referida misión de investigación del misterioso «cuerpo glorioso». Y aunque el acoplamiento en el interior de la «vara» no ofrecía demasiadas dificultades técnicas, la escasez de tiempo disponible y el obligado traslado de la delicada «herramienta» a los Estados Unidos, nos preocupaba. En esto, como digo, estribaba la fase «azul»: en el envío a nuestro país de los equipos susceptibles de modificación o de cambio. Dadas las agrias circunstancias por las que atravesábamos —endurecidas aún más con la detención de Abu Daoud—, lo que en condiciones normales hubiera sido un trámite sin complicaciones, se presentaba como una operación comprometedora. Me explicaré. En vista de los azarosos acontecimientos vividos en los últimos días, y por razones de seguridad, Curtiss había preferido que la «vara de Moisés» permaneciera con el resto de los equipos, en la mezquita. Ahora había que sacarla de allí y, debidamente embalada y camuflada, transportarla lo más rápido y seguro posible a Estados Unidos. Con los israelitas, en principio, no parecía haber demasiados problemas. El general, a lo largo de sus contactos con el Estado Mayor, se había encargado de dejar en claro que, de cara a un segundo ensamblaje de la estación receptora de fotos, «parte del instrumental» debía ser revisado y renovado por los expertos de la USAF. Los judíos lo comprendieron y aceptaron, ofreciendo toda clase de facilidades para el traslado. Pero la amenaza palestina contra el octógono de la Ascensión obligaba a adoptar medidas «suplementarias». Ahí entrábamos nosotros, siempre «de la mano» y convenientemente «cubiertos» por los astutos israelíes...

El sencillo plan para sacar la «vara» era perfecto y sin complicaciones aparentes.

A la mañana siguiente, martes, 20 de febrero, a las 08 horas, un potente automóvil —un Subaru, con placa amarilla (1), numeración 22-552-84— frenaba frente a la puerta del hotel. Eliseo y yo, de acuerdo con lo establecido, ocupamos la parte posterior y el automóvil arrancó sin perder un segundo. Al volante y en el asiento contiguo —silenciosos como tumbas— viajaban dos individuos absolutamente desconocidos para nosotros. Vestían a la usanza árabe: sendos *abba* o albornoces de lana de color marrón oscuro y, cubriéndoles las cabezas, otros tantos pañuelos a cuadros blancos y rojos, sujetos al cráneo con dos vueltas de gruesa cuerda negra. Uno de ellos, el que conducía, a juzgar por su mostacho, perilla y piel caoba, debía ser un auténtico musulmán. Quizá un beduino. El otro, en cambio, más joven, blanco, de nariz prominente y ojos claros, presentaba unas características muy típicas de los sabras (2). Ambos, por descontado, debían ser miembros del Ejército judío o, nunca lo supimos, quizá de alguno de los servicios de Inteligencia de Israel. Pero lo importante es que estaban allí para ayudarnos.

Veinte minutos más tarde, el Subaru aparcaba frente al restaurante The Tent. Los controles montados por los soldados israelíes alrededor de la mezquita de la Ascensión —situada a veinte metros del referido restaurante— impedían el paso a cualquier vehículo no autorizado. Y el nuestro, al parecer, no lo estaba. Aquello me extrañó. Horas después, Curtiss nos explicaría el porqué de tan anómala y, hasta cierto punto, absurda situación.

Nada más descender del coche, el «árabe» de piel blanca se dirigió al oficial responsable, mostrándole un documento en el que sólo acerté a descifrar un par de palabras en inglés. El resto se hallaba escrito en caracteres orientales. Y de pronto empecé a intuir...

Aquel organismo oficial —Santa Custodia— me dio una idea de lo que habían tramado las «altas esferas». Desde

(1) Los vehículos con este tipo de placa o matrícula están autorizados a circular libremente por todo el Estado de Israel. En las llamadas «zonas ocupadas» (fundamentalmente habitadas por árabes), los turismos particulares llevan placas azules y los taxis, verdes. *(N. del m.)*

(2) Así llaman a los nacidos en Israel. *Sabra* es el nombre del fruto de la chumbera, muy abundante en aquel país. Al igual que los *sabras* —repletos de puyas en su exterior, pero dulces en su interior—, los israelíes, a primera vista, son duros. Cuando se les conoce resultan amables y agradables como el fruto de la chumbera. *(N. del a.)*

que se iniciaran los trabajos de restauración de los supuestamente dañados cimientos del octógono, los miembros de la Santa Custodia de los Lugares Sagrados —responsables también de la mezquita— venían controlando la labor de los arqueólogos y especialistas. Aquella visita, en consecuencia, podía ser tomada como una rutinaria gira de inspección por cualquier hipotético «observador» del recinto.

Lo que no sabíamos entonces es que el teniente que se había hecho cargo del documento estaba al corriente de la maniobra y, obviamente, de la verdadera identidad de nuestros acompañantes. Esto explicaba por qué en tan delicados momentos —con la amenaza de un atentado palestino—, el oficial judío apenas si nos prestó atención. Tras simular un registro de nuestras ropas, dio orden de que nos acompañaran hasta el muro que rodea la capilla. Los supuestos «árabes» nos precedieron y una vez en el interior cerraron la pequeña puerta metálica, haciéndonos una señal para que procediéramos.

Durante el tiempo empleado en la localización y recogida de los dos estuches blindados —de algo más de un metro de longitud cada uno y en los que fueron rotuladas las frases «Frágil. Material de Laboratorio»—, que contenían las diferentes piezas en que había sido desmontada la «vara de Moisés», nuestros protectores no se movieron del citado acceso.

A las 09 horas, una vez depositado el «cargamento» en el maletero del coche, éste partía a toda velocidad en dirección norte. Veinte minutos después, en el aeropuerto de Jerusalén, un helicóptero de la Fuerza Aérea judía nos trasladaba a Tel Aviv. A las 10.05 horas, tras 16 minutos de vuelo, tomábamos tierra en la zona militar del aeropuerto internacional de Lod. Allí, a pie de pista, aguardaba sonriente el general Curtiss. Él mismo se hizo cargo de las urnas metálicas confiando su custodia a los dos hombres de Caballo de Troya que debían depositarlas en la base de Edwards, en Estados Unidos. A media mañana, un vuelo regular de la TWA despegaba, vía Roma, con nuestro preciado instrumental. La fase «azul» estaba casi concluida.

Bastante más relajados, de regreso a Jerusalén, el viejo zorro se interesó por el desenlace de nuestra visita a la mezquita de la Ascensión. Cuando le pregunté por qué el Subaru no había sido provisto de la lógica autorización oficial para aparcar al pie de la plazoleta, simplificando así las cosas, Curtiss nos hizo la siguiente observación: la «comedia», preparada, en efecto, por la Inteligencia israelí, buscaba un fin primordial: despistar a los posibles informadores de la guerrilla palestina, muy atenta, según el Mossad, a todos los movimientos, dentro y fuera de la mezquita. En este sentido, la sutileza judía había llegado al extremo de utilizar un automóvil similar al del árabe encargado de vender los *souvenirs* en el oscuro interior del octógono. Con falsificación incluida de placas... En definitiva, dada la estrecha vinculación de este musulmán —cuya identidad silencio por razones obvias— con la Santa Custodia, lo aconsejado por los servicios secretos para dicha misión fue suplantar al referido encargado de la mezquita, con automóvil y todo. Si el «rescate» de la «vara» —concluyó el general— hubiera sido efectuado «a cara descubierta» por el Ejército judío o por personal norteamericano, su transporte se habría visto permanentemente amenazado. El Mossad lo advirtió con toda claridad, no haciéndose responsable de la seguridad del instrumental si no se aceptaban su plan y sus métodos.

Aunque lo intentamos, una vez concluidas estas explicaciones, Curtiss no hizo más comentarios. El resto del viaje, de los 62 kilómetros que separan Tel Aviv de Jerusalén, transcurrió en un denso silencio. Sabíamos que el general disponía de nuevas informaciones. Pero respetamos su mutismo, impacientes, eso sí, por conocer el desenlace de la misión.

Aquello era nuevo. Curtiss nos observó divertido, pero no dijo nada. Cuando finalmente tomamos asiento en la habitación de Eliseo, el general, refiriéndose a los tres hombres de paisano que habíamos saludado en el corredor, junto a las puertas de nuestras respectivas estancias, aclaró:

—No os alarméis. Son cosas de la embajada... Abajo, en el *hall*, lo digo para vuestro conocimiento, hay más.

Era la primera vez que se tomaban tan excepcionales medidas de seguridad y, francamente, nos alarmamos. Evidentemente, «algo» no marchaba bien. Pero el sonido del teléfono nos obligaría a posponer algunas de las muchas preguntas que, en mi opinión, teníamos derecho a plantear. El resto del equipo esperaba en el comedor del hotel.

Al salir de la habitación, Curtiss cruzó unas breves palabras con uno de los funcionarios, y al momento dos de ellos se unieron a nosotros. Apenas iniciado el almuerzo —siempre bajo la discreta vigilancia de los guardaespaldas, sentados a una mesa cercana—, el general se adelantó a mis pensamientos e intenciones.

—Os supongo enterados de la detención de ese guerrillero... ¿Cómo se llama?

—Abu Daoud—intervino uno de los directores del proyecto.

—Eso es —asintió Curtiss con un gesto de preocupación—. El Gobierno de Golda teme una represalia palestina. No os extrañe por tanto —comentó bajando el tono de la voz y señalando disimuladamente a los funcionarios— que se hayan adoptado medidas especiales. Personalmente creo que este incidente puede beneficiarnos...

Ante la lógica consternación de los presentes, redondeó así su exposición:

—Ese peligro latente ha obligado a los israelitas a acelerar el trasvase de los equipos al nuevo asentamiento.

—Entonces —le interrumpió Eliseo—, ya se sabe el lugar...

Curtiss esbozó una maliciosa sonrisa. Todos esperábamos la ansiada respuesta. Pero no fue así.

—Desde hace 48 horas. Justo desde la mañana del domingo, poco después que la red del Mossad fuera informada de la presencia de Daoud en Jordania.

—¿Y bien? —le presionamos.

—Lo siento. Os pido un poco de paciencia. A las 07 horas del próximo jueves, día 22, quizá esté autorizado a revelaros el lugar...

Curtiss percibió el desagrado y la desilusión en nuestros rostros. Éramos sus hombres de confianza... ¿Por qué entonces aquella absurda postura?

—... Comprendedlo —insistió, tratando de salir al paso de la indudable decepción colectiva—. Son órdenes del Estado Mayor israelí... Lo que sí puedo adelantaros es que la Operación Eleazar dará comienzo al anochecer de mañana...

«¿Eleazar? ¿Mañana? ¿Qué demonios había querido decir?»

Curtiss, siguiendo su costumbre, nos dejó hablar. Cuando los ánimos parecían calmados tomó de nuevo la palabra, haciendo dos únicas advertencias. Primera: «El Ejército judío llevaría a cabo esa noche del día 21 un ataque preventivo, que marcaría el comienzo de la Operación Eleazar.»

Segunda: «A las 06.45 horas del jueves, todos nosotros —con equipajes incluidos— deberíamos encontrarnos en el vestíbulo del hotel.»

—¡Ah!, se me olvidaba —concluyó Curtiss, recobrando su tranquilizadora sonrisa—, y con aspecto de esforzados arqueólogos...

Ninguno de los presentes insistió. Conocíamos al veterano militar y no valía la pena. «Algo» decisivo —eso estaba claro— se había maquinado en los despachos del Estado Mayor judío. Pero ¿qué? ¿Hasta qué extremo peligraba la seguridad de la estación receptora de fotografías como para que el Ejército hubiese planeado un ataque preventivo? ¡Dios mío!, todos conocíamos la dureza de esos «golpes de mano» israelíes y empezamos a sospechar que no tardaría en correr la sangre. Aquella funesta idea —tan alejada de lo que yo había aprendido junto al Maestro— no me abandonaría en las siguientes y tensas horas.

Curtiss cambió de tema, interesándose por los detalles del aparentemente próximo «salto». Examinó muy por encima el informe redactado por el equipo y, después de guardarlo en su maletín, prometió estudiarlo esa misma noche. Varios de los directores del programa, lógicamente preocupados por un sinfín de problemas técnicos, le acosaron a preguntas. Pero el general sólo respondió con cierta concreción a una de ellas: la referente al necesario *stock* de combustible. Sin esa reserva de peróxido de hidrógeno —que debería llegar desde los Estados Unidos—, la nueva y fascinante «aventura en el tiempo» era inviable.

—Está en marcha —anunció, al tiempo que se levantaba, dando así por finalizada la comida y la reunión—. Mañana, a las ocho, volveremos a vernos. Para entonces quizá pueda despejar algunas de las incógnitas que me habéis planteado. Entre tanto, por favor, seguid trabajando en el plan... Me preocupa, sobre todo, el nuevo equipo de Jasón y el tiempo real de permanencia en el «otro lado». Por cierto —añadió, haciéndome un gesto para que le acompañase—, tengo un «trabajo» extra para ti...

Mientras nos acercábamos a la puerta del hotel, Curtiss abrió de nuevo su maletín y sacó un pequeño paquete. Y antes de abordar el vehículo oficial que le esperaba, me susurró casi al oído:

—Confío en tu total discreción... Quiero que estudies esto. Os será de gran utilidad. Pero, por favor, ni una palabra a nadie. Al menos hasta que yo te lo autorice personalmente...

Asentí con la cabeza. Segundos después me perdía en la soledad de mi habitación... Aquel misterioso encargo del general había excitado nuevamente mi curiosidad.

El paquete contenía cuatro libros no muy voluminosos. Todos en torno a un mismo tema. Curtiss, al seleccionar a los autores —Flavio Josefo, Adolfo Schulten, Yadin y el colectivo formado por Avi-Yonah, N. Avigad, Y. Aharoni, I. Dunayevsky y S. Guttman— había perseguido, como siempre, la máxima eficacia

Al informarme, a través de aquellas páginas, de las sucesivas expediciones arqueológicas protagonizadas y dirigidas por los referidos autores (con excepción, naturalmente, del judío-romanizado Flavio Josefo), empecé a comprender. «Aquel» lugar, descrito con todo lujo de detalles en las obras que me había entregado el general, tenía que ser el misterioso asentamiento de la estación receptora de imágenes..., y de la «cuna». Si esto era así, la no menos intrigante Operación Eleazar del Ejército judío también comenzaba a tener un indudable e inteligente sentido...

Permanecí embebido en el estudio y lectura de aquellos textos, mapas y fotografías hasta bien entrada la noche. Mi máxima preocupación entonces fue la estimable distancia existente entre dicho «monumento» de la historia de Israel y el «punto de contacto» que habíamos elegido, en principio, para el descenso del módulo. Esta circunstancia, como dije, podía multiplicar los riesgos de la misión. Pero, justo es decirlo, también la supuesta futura «base» de operaciones reunía considerables ventajas (1).

Cuando Eliseo me reclamó a través del hilo telefónico caí en la cuenta que había olvidado a mis compañeros. El equipo se hallaba concentrado, desde hacía horas, en la habitación contigua: la de mi hermano. No tardé en sumarme a ellos para reanudar las exhaustivas revisiones del plan. Nadie me preguntó nada. Sin embargo, al observar mi rostro grave y preocupado, Eliseo me traspasó con la mirada. Dos días después —en pleno desarrollo de la Operación Eleazar— me recordaría aquel momento y cómo presintió que yo estaba al corriente de «algo» importante. Poco faltó para que, al retirarnos a descansar —bien entrada ya la madrugada—, hiciera partícipe a mi entrañable compañero de lo que Curtiss había puesto en mis manos. Pero el sentido de la disciplina se impuso y dejé que los acontecimientos siguieran su curso natural.

Al contrario de lo que debió suceder con los directores del programa y con Eliseo, la tensión nerviosa me traicionó. Fue una noche difícil. Cargada de presagios. Angustiosa. Después de revolverme una y otra vez en el lecho, opté por levantarme, enfrascándome nuevamente en los libros del general. Aquella información me obsesionó. Pero las largas horas de vigilia no resultaron del todo infructuosas. Había llegado, al menos, a una conclusión que sería de indudable utilidad en el desenlace de la futura exploración: una vez consumada la inversión axial de las partículas subatómicas del módulo, éste debería efectuar un vuelo horizontal y manual, hasta el «punto de contacto» en la cima del monte de los Olivos. Ésa sería mi definitiva propuesta...

A las ocho de la mañana del miércoles, 21 de febrero, tras una prolongada y relajante ducha, me reuní en el *hall* con los directores y con el puntual Curtiss. Y quiero anotar un hecho que descubrí aquella misma mañana, justamente cuando me disponía a asearme y que entonces no valo-

(1)   La persona que llegue a leer este diario deberá perdonar que, por el momento, no cite el nombre del lugar, motivo de las referidas expediciones arqueológicas. Es mi propósito intentar respetar al máximo el orden cronológico de aquellos vitales acontecimientos que precedieron a nuestra «partida». *(N. del m.)*

ré en su justa medida. Se trataba de una serie de pecas en las que no había reparado anteriormente y que salpicaban amplias áreas de mis hombros, tórax brazos, antebrazos y dorso de las manos. Pero lo que más me sorprendió fue la presencia de escamas, no muchas, en las piernas (caras anteriores) y en las zonas dorsales de los antebrazos. Jamás me había ocurrido nada semejante y, la verdad, en esos momentos tampoco le concedí demasiada importancia. «Quizá el prolongado uso de la "piel de serpiente" —pensé— ha provocado estas alteraciones en la epidermis...» Por fortuna, fui olvidando el incidente, sin llegar a comentarlo siquiera con mi hermano ni con el resto de los hombres de Caballo de Troya. De haberlo hecho, y teniendo en cuenta el fatal «descubrimiento» de Curtiss poco antes del lanzamiento, la misión quizá hubiese naufragado allí mismo... Una vez más, la suerte estuvo de nuestro lado.

El general, tal y como prometió, había revisado a fondo el proyecto elaborado y redactado por los directores de la operación y por nosotros mismos. Pero, lejos de aclarar dudas, fue él quien dedicó buena parte de la mañana a interrogarnos. La discusión se centró, como era previsible, en el tiempo de permanencia del módulo y de sus tripulantes en el «otro lado». Para algunos jefes de proyecto, lo ideal era una exploración que no sobrepasase los tres días. Es decir, lo necesario para recuperar el micrófono. Los demás, prácticamente la mayoría, estimamos que se trataba de una ocasión única para intentar desvelar lo sucedido en los cuarenta días que, según los escritos evangélicos, transcurrieron entre la muerte y la supuesta ascensión a los cielos de Jesús de Nazaret. La nueva misión había sido concebida de forma que, además de hacerse con la pieza perdida, los «exploradores» tuvieran ocasión de verificar algunas de las misteriosas «apariciones» del Maestro de Galilea y, sobre todo, como ya mencioné, analizar la naturaleza del discutible y discutido «cuerpo glorioso». De hecho, la «vara de Moisés» iba a ser acondicionada para ello...

Este último criterio —el de los cuarenta días— encerraba, no obstante, un serio inconveniente que todos reconocimos. Con suerte, alargando al máximo el período de montaje del instrumental secreto de la estación receptora de imágenes, Caballo de Troya podía disponer de un margen de quince a veinte días para el lanzamiento de la «cuna», desarrollo de la misión y vuelta a la base. Un tiempo insuficiente a todas luces...

La posible solución —que sorprendió a todos— llegó esta vez de la mano de Eliseo. Después de escucharnos pacientemente planteó lo que él llamó una «vía intermedia». Consistía básicamente en lo siguiente: la «ausencia» física del módulo, desde el instante de la inversión de masa hasta el «regreso», podía establecerse en los quince o veinte días mencionados. Pero, una vez «situados» en el domingo, 9 de abril del año 30, los expedicionarios ejecutarían su trabajo por un período de tiempo indefinido. Una vez concluida la exploración, sólo sería cuestión de manipular los *swivels*, forzando sus ejes al instante elegido para dicho retorno y descenso... en el siglo xx. Aunque los «astronautas» vivieran física y realmente esos cuarenta días, o más, en el pasado, la referida manipulación de los *swivels* hacía viable el «salto» hacia el futuro, justo al momento «cronológico» fijado para el final de la operación (1). Se «jugaba»,

(1) *Nota del autor:* Aunque en mi anterior libro, *Caballo de Troya*, se incluyen diversas notas aclaratorias sobre esta intrincada materia (pp. 56 y ss.), entiendo que, en estos momentos, quizá sea bueno refrescar la memoria del lector con algunas de aquellas sorprendentes revelaciones. «En esencia [escribía el mayor], ese "sistema básico" que había impulsado la operación consistía en el descubrimiento de una entidad elemental —generalizada en el cosmos— en la que la ciencia no había reparado hasta ese momento y que ha resultado, y resultará en el futuro, la "piedra angular" para una mejor comprensión de la formación de la materia y del propio universo. Esta entidad elemental —que fue bautizada con el nombre de *swivel*— puso de manifiesto que todos los esfuerzos de la ciencia por detectar y clasificar nuevas partículas subatómicas no eran otra cosa que un estéril espejismo. La razón —minuciosamente comprobada por los hombres de la operación en la que trabajé— era tan sencilla como espectacular: un *swivel* tiene la propiedad de cambiar la posición u orientación de sus hipotéticos "ejes", transformándose así en un *swivel* diferente. Aún hoy, y puesto que este sensacional hallazgo no ha sido dado a conocer a la comunidad científica del mundo, numerosos investigadores y expertos en física cuántica siguen descubriendo y detectando infinidad de subpartículas (neutrinos, mesones, antiprotones, etc.) que sólo contribuyen a oscurecer el intrincado campo de la física. El día que los científicos tengan acceso a esta información comprenderán que todas esas partículas elementales que conforman la materia no son otra cosa que diferentes cadenas de *swivels*, cada uno de ellos orientado de una forma peculiar respecto a los demás. Tanto

77

en consecuencia, con dos términos y realidades aparentemente «superpuestos» —el tiempo «cronológico» que «fluía» en 1973 y el de idéntica naturaleza que había «fluido» en «otro ahora»: el del año 30 de nuestra Era—, pero que, merced a nuestra tecnología, resultaban independientes entre sí.

---

los especialistas que trabajaron en esta operación, como yo mismo, tuvimos que doblegar nuestras viejas concepciones del espacio euclideo, con su trama de puntos y rectas, para asimilar que un *swivel* está formado por un haz de ejes ortogonales que "no pueden cortarse entre sí". Esta aparente contradicción quedó explicada cuando nuestros científicos comprobaron que no se trataba de "ejes" propiamente dichos, sino de ángulos. (De ahí que haya entrecomillado la palabra "eje" y me haya referido a hipotéticos ejes.) La clave estaba, por tanto, en atribuir a los ángulos una nueva propiedad o carácter: el dimensional. El descubrimiento dejó perplejos a los escasos iniciados, arrastrándolos irremediablemente a una visión muy diferente del espacio, de la configuración íntima de la materia y del tradicional concepto del tiempo. El espacio, por ejemplo, no podía ser considerado ya como un "continuo escalar" en todas direcciones. El descubrimiento del *swivel* echaba por tierra las tradicionales abstracciones del "punto", "plano" y "recta". Éstos no son los verdaderos componentes del universo. Científicos como Gauss, Riemann, Bolyai y Lobatschewsky habían intuido genialmente la posibilidad de ampliar los restringidos criterios de Euclides, elaborando una nueva geometría para un "n-espacio". En este caso, el auxilio de las matemáticas salvaba el grave escollo de la percepción mental de un cuerpo de más de tres dimensiones. Nosotros habíamos supuesto un universo en el que átomos, partículas, etc., forman las galaxias, sistemas solares, planetas, campos gravitatorios, magnéticos, etc. Pero el hallazgo y posterior comprobación del *swivel* nos dio una visión muy distinta del cosmos: el espacio no es otra cosa que un conjunto asociado de factores angulares, integrado por cadenas y cadenas de *swivels*. Según este criterio, el cosmos podríamos representarlo no como una recta, sino como un enjambre de estas entidades elementales. Gracias a estos cimientos, los astrofísicos y matemáticos que habían sido reclutados por el general Curtiss para el proyecto Swivel fueron verificando con asombro cómo en nuestro universo conocido se registran periódicamente una serie de curvaturas u ondulaciones, que ofrecen una imagen general muy distinta de la que siempre habíamos tenido. A principios de 1960, y como consecuencia de una más intensa profundización en los *swivels*, uno de los equipos del proyecto materializó otro descubrimiento que, en mi opinión, marcará un hito histórico en la humanidad: mediante una tecnología que no puedo siquiera insinuar, esos hipotéticos ejes de las entidades elementales fueron invertidos en su posición. El resultado llenó de espanto y alegría a un mismo tiempo a todos los científicos: el minúsculo prototipo sobre el que se había experimentado desapareció de la vista de los investigadores. Sin

Otra cuestión era el tiempo «biológico». Los científicos saben y han demostrado que éste obedece a unos parámetros que en multitud de ocasiones nada tiene que ver con los del citado tiempo «cronológico». Un ser humano «ve» o «siente» pasar «su» tiempo «cronológico» y, a la vez, sus órganos pueden experimentar otra clase de envejecimien-

embargo, el instrumental seguía detectando su presencia. Al multiplicar nuestros conocimientos sobre los *swivels* y dominar la técnica de inversión de la materia, apareció ante el equipo una fascinante realidad: "más allá" o al "otro lado" de nuestras limitadas percepciones físicas hay otros universos tan físicos y tangibles como el que conocemos (?). En sucesivas experiencias, los hombres del general Curtiss llegaron a la conclusión de que nuestro cosmos goza de un sinfín de dimensiones desconocidas. (Matemáticamente fue posible la comprobación de diez.) De estas diez dimensiones, tres son perceptibles por nuestros sentidos y una cuarta —el tiempo— llega hasta nuestros órganos sensoriales como una especie de "fluir", en un sentido único, y al que podríamos definir groseramente como "flecha o sentido orientado del tiempo". A mí, personalmente, lo que terminó por cautivarme fue el nuevo concepto del "tiempo". Al manipular los ejes de los *swivels* se comprobó que estas entidades elementales no "sufrían" el paso del tiempo". ¡Ellas eran el tiempo! Largas y laboriosas investigaciones pusieron de relieve, por ejemplo, que lo que llamamos "intervalo infinitesimal de tiempo" no era otra cosa que una diferencia de orientación angular entre dos *swivels* íntimamente ligados. Aquello constituyó un auténtico cataclismo en nuestros conceptos del tiempo. Las sucesivas verificaciones demostraron, por ejemplo, que el tiempo puede asimilarse a una serie de *swivels* cuyos ejes están orientados ortogonalmente con respecto a los radios vectores que implican distancias. Según esto, descubrimos que puede darse el caso —si la inversión de ejes es la adecuada— que un observador, en su nuevo marco de referencia, aprecie como distancia lo que en el antiguo sistema referencial era valorado como "intervalo de tiempo". Es fácil comprender entonces por qué un suceso ocurrido lejos de la Tierra (por ejemplo, en un planeta del cúmulo globular M-13, situado a 22 500 años-luz) no puede ser jamás simultáneo a otro que se registre en nuestro mundo. Esto nos dio la explicación de por qué un objeto que pudiera viajar a la velocidad de la luz acortaría su distancia sobre el eje de traslación, hasta reducirse a una pareja de *swivels*. Distancia que, aunque tiende a cero, no es nula como apunta erróneamente una de las transformaciones del matemático Lorentz. Y ya que he mencionado el proceso de inversión de ejes de los *swivels*, debo señalar que, al principio, muchos de los intentos de inversión de la materia resultaron fallidos, precisamente por una falta de precisión en dicha operación. Al no lograr una inversión absoluta, el cuerpo en cuestión —por ejemplo, un átomo de molibdeno— sufría el conocido fenómeno de la conversión de la masa en energía. (Al desorientar en el seno del átomo de Mo_1 un solo nucleón —un protón, por ejemplo—, obto —el «biológico»—, que no tiene por qué guardar relación alguna con aquél. Ésta fue nuestra gran incógnita. La sugerencia de Eliseo era técnicamente viable. Sin embargo, en las experiencias efectuadas en el desierto de Mojave jamás se había manipulado el tiempo hasta esos extremos. Ignorábamos, por tanto, qué consecuencias podía provocar en el organismo humano. Y ello, evidentemente, nos preocupaba a todos. Este hecho acarrearía a quien escribe y a mi hermano gravísimos e irreversibles daños...

El polémico asunto quedó finalmente aparcado, en espera de un estudio más detallado. Curtiss, nervioso ante los acontecimientos que se avecinaban y que, lamentablemente, eran de una naturaleza más prosaica, tenía prisa por terminar la reunión.

Antes de desaparecer del Ramada Shalom nos dio las últimas instrucciones:

---

teníamos un isótopo del Niobio-10.) Cuando esa inversión fue absoluta, el protón parecía aniquilado, pero sin quebrar el principio universal de la conservación de la masa y de la energía. No fue muy difícil detectar que, por uno de esos milagros de la naturaleza, los ejes del tiempo de cada *swivel* apuntaban en una dirección común... para cada uno de los instantes que podríamos definir puerilmente como "mi ahora". Al instante siguiente, y al siguiente y al siguiente —y así sucesivamente—, esos ejes imaginarios variaban su posición, dando paso a distintos "ahora". Y lo mismo ocurría, obviamente, con los "ahora" que nosotros llamamos pasado. Aquel potencial —sencillamente al alcance de nuestra tecnología— nos hizo vibrar de emoción, imaginando las más espléndidas posibilidades de "viajes" al futuro y al pasado. Trataré de señalar, aunque sólo sea someramente, algunas de las líneas básicas de esta nueva definición de "intervalo de tiempo". Como dije, nuestros científicos entienden un intervalo de tiempo "T" como una sucesión de *swivels* cuyos ángulos difieren entre sí cantidades constantes. Es decir, consideremos en un *swivel* los cuatro ejes (que no son otra cosa que una representación del marco tridimensional de referencia), y que no existen en realidad: en otras palabras, que son tan convencionales como un símbolo, aunque sirven al matemático para fijar la posición del ángulo real. Si dentro de ese marco ideal oscila el ángulo real, imaginemos ahora un nuevo sistema referencial de los ángulos, cada uno de los cuales forma 90 grados con los cuatro anteriores. Este nuevo marco de acción de un ángulo real y el anteriormente definido definen respectivamente espacio y tiempo. Observemos que los "ejes rectores" que definen espacio y tiempo poseen grados de libertad distintos. El primero puede recorrer ángulos-espacio en tres orientaciones distintas, que corresponden a las tres dimensiones típicas del espacio; el segundo está "condenado" a desplazarse en un solo

Al día siguiente, a las 07 horas, un vehículo especial, al mando de un oficial judío, pasaría a recogernos. Hasta ese momento «era aconsejable» que no nos moviéramos del hotel.

—Sobre todo, eviten la mezquita de la Ascensión...

(Al parecer, la Operación Eleazar daría comienzo esa misma noche, con el transporte de los containers allí depositados.)

—La hora H —añadió— coincidirá con un ataque preventivo israelí. Este «golpe de fuerza» busca una doble finalidad: desviar la atención de los palestinos y del pueblo en general en una dirección opuesta a la que seguirían los convoyes de la citada Operación Eleazar.

El general hizo una pausa.

—... En cuanto al segundo objetivo, mañana os enteraréis... por la prensa. Yo no estaré en vuestro transporte especial. Mi misión ahora es velar por la integridad de los equipos. Marcharé al frente de uno de los dos convoyes. Nos veremos en la nueva «base». Suerte.

Una vez más nos dejó sumidos en la incertidumbre. ¿Qué había querido decir con lo de la prensa?

Aquél fue uno de los escasos momentos divertidos de la aventura en la que estábamos inmersos. Cuando, poco an-

---

plano. Esto nos lleva a creer que dos *swivels* cuyos ejes difieran en un ángulo tal que no exista en el universo otro *swivel* cuyo ángulo esté situado entre ambos definirán el mínimo intervalo de tiempo. A este intervalo, repito, lo llamamos "instante". Como he expresado, no puedo sugerir siquiera la base técnica que conduce a la mencionada inversión de todos y cada uno de los ejes de los *swivels*, pero puedo adelantar que el proceso es instantáneo y que la aportación de energía necesaria para esta transformación física es muy considerable. Esa energía necesaria, puesta en juego hasta el instante en que todas las subpartículas sufren su inversión, es restituida "íntegramente" (sin pérdidas), retransformándose en el nuevo marco tridimensional en forma de masa. Los experimentos previos demostraron que, inmediatamente después de ese salto de marco tridimensional, el módulo se desplazaba a una velocidad superior, sin que el cambio brusco de la velocidad (aceleración infinita) en el instante de la inversión fuera acusado por el vehículo. Este procedimiento de viaje, como es fácil adivinar, hace inútiles los restantes esfuerzos de los ingenieros y especialistas en cohetería espacial, empeñados aún en lograr aparatos cada vez más perfectos y poderosos... pero siempre impulsados por la fuerza bruta de la combustión o de la fisión nuclear...»

tes de las siete de la mañana del jueves, 22 de febrero, los directores del proyecto, Eliseo y yo coincidimos en el *hall* del hotel, no pudimos por menos que estallar en una solemne y colectiva carcajada. Nuestros respectivos atuendos podían corresponder a cualquier profesión menos a la sugerida por Curtiss: la de arqueólogo. Aunque, dicho sea en nuestro descargo, ¿quién demonios podía saber cuál es la vestimenta más usual entre estos esforzados profesionales? El caso es que dejándonos llevar por el puro instinto o por lo que cada uno recordaba de las novelas y películas relacionadas con estos menesteres, varios de mis colegas se tocaron con rudimentarios sombreros de paja (nunca supe dónde los habían conseguido), gruesas cazadoras de paño —en los más estrambóticos y chillones colores que pueda imaginarse—, altas y pesadas botas militares y, ¡cómo no!, cámaras fotográficas y pipas de dudosa utilidad. (Ahorraré una descripción de mi ropaje, que no se distanciaba gran cosa del de mis compañeros.)

Nuestro regocijo terminaría pronto. A las 07 horas, de acuerdo con lo previsto, un microbús blanco, con placa amarilla (60-609-72) y unos ventanales negros, situados a considerable altura del suelo—unos dos metros—, frenaba suavemente frente al Ramada Shalom. Al punto, un teniente con las insignias de la División de Zapadores del Ejército de Israel saltaba a tierra, saludándonos. El conductor, otro oficial de Ingenieros, se hizo cargo de los equipajes y, sin más demoras, a las siete y quince minutos partíamos con rumbo desconocido.

Como si todo hubiera sido meticulosamente planeado, sobre cada uno de los asientos que debíamos ocupar se hallaba un ejemplar del diario matutino *Jerusalem Post*. Y, recordando las palabras del general, nos lanzamos con avidez sobre sus páginas. El teniente, sentado al lado del conductor, parecía esperar esta reacción colectiva. Pero no hizo comentario alguno y se limitó a espiar nuestros rostros.

¡Dios mío! En primera página y con grandes caracteres pudimos leer dos noticias que nos estremecieron. La primera, tal y como había pronosticado Curtiss, correspondía al ataque preventivo judío...

«Fuerzas de tierra, mar y aire —rezaba la información— atacaron la noche pasada varios campamentos palestinos en el Líbano. Ha sido una de las incursiones más profundas en territorio libanés. Al parecer, hay numerosas víctimas. Los objetivos militares fueron los campos de guerrilleros y bases terroristas contra Israel en las proximidades de Trípoli, al norte del Líbano, a unos 190 kilómetros del punto fronterizo israelí más cercano. Dos unidades de la Marina lanzaron un intenso bombardeo contra el campamento de Nahar el Bard, al norte de la citada ciudad de Trípoli. Simultáneamente, helicópteros judíos tomaron tierra en un paraje próximo al campamento Badawi.»

No pude remediarlo. Al leer la escueta y trágica información me sentí cómplice de aquella masacre. Días después, al repasar los periódicos norteamericanos atrasados que llegaron a la «base», pudimos confirmar nuestras sospechas iniciales. Según un télex de la agencia palestina Prensa Wafa, «gran número de mujeres y niños habían sido muertos o heridos en aquel "golpe" del Ejército judío en territorio libanés». Según los palestinos, el número de muertos era superior a veintiuno. La organización guerrillera Al Fatah, por su parte, sostenía que los servicios jordanos e israelíes de espionaje estaban de acuerdo en la lucha contra la causa palestina.

Naturalmente, la prensa de Jerusalén «justificaba» dicho «ataque preventivo» como «una medida necesaria ante los planes terroristas de los palestinos, descubiertos a raíz de las detenciones en Jordania de Abu Daoud y de sus seguidores». Éste era el segundo objetivo al que había hecho mención el general Curtiss. Del primero, en cambio —la maniobra de distracción para sacar los equipos de la mezquita—, no se decía una sola palabra.

Como digo, me sentí deprimido. Eliseo y los demás experimentaron idéntica sensación. No eran aquéllos nuestros propósitos. Todos éramos científicos y hombres de paz... Estábamos seguros de que tenía que haber otros «métodos» menos violentos para procurar un seguro y eficaz transporte del material.

La segunda noticia, tan desoladora como la que acababa de leer, decía así:

«Aviones israelíes derribaron ayer un avión comercial libio Boeing 727, con 83 pasajeros, al ser localizado sobre la península del Sinaí y negarse a admitir las órdenes de que aterrizara.»

Las primeras y confusas informaciones hablaban de setenta pasajeros muertos y trece sobrevivientes.

«... El avión —seguía el periódico— había caído a unos veinte kilómetros al este del canal de Suez, en la zona del Sinaí. Helicópteros judíos han trasladado a los heridos al hospital de Tel Hashomer, en Tel Aviv. El Boeing 727 realizaba un vuelo regular de Bahrein —en los emiratos árabes— a Alejandría, en Egipto.»

La única «explicación», en aquellos momentos, a tan lamentable suceso fue la siguiente:

«El avión, al parecer, perdió la ruta debido a las malas condiciones meteorológicas, entrando en el espacio aéreo de Israel.»

Tanto a mis compañeros como a mí, este «razonamiento» de la prensa judía se nos antojó extraño. Habría que esperar nuevas informaciones —en especial de los periódicos árabes— para saber qué había ocurrido realmente sobre la península del Sinaí. Nadie en el equipo podía suponer entonces las gravísimas repercusiones que iba a entrañar el triste y casual (?) incidente libio-israelí. Tanto para las ya tensas relaciones de Israel con sus vecinos como para nuestra propia misión. Curtiss había hecho veladas insinuaciones sobre el agravamiento de la situación de «no guerra, no paz» existente entre Egipto, Siria e Israel. Sin embargo, a decir verdad, el plan de paz —en tres fases—, presentado el lunes, 19 de ese mismo mes de febrero, por Hafiz Ismaíl, entonces consejero de seguridad nacional egipcio (1), nos había hecho concebir esperanzas sobre

(1)   En la citada fecha, Hafiz Ismaíl voló a Londres con el fin de entrevistarse con sir Alec Douglas Home, a la sazón ministro de Asuntos Exteriores inglés. ¿Objetivos? En primer lugar, negociar una posible apertura del canal de Suez, así como un nuevo plan de paz para Oriente Medio. Dicha propuesta abarcaba tres fases.
Primera: retirada parcial de las tropas judías de la zona del Sinaí con el fin de permitir la mencionada reapertura de Suez. Esta etapa sólo sería aceptada por los árabes en el caso de que Israel se comprometiera a pasar a una segunda fase, en la que la retirada fuese completa en la zona del canal, golfo de Akaba, Jordania y Siria.

una probable y paulatina mejora de las cosas. Pero, de pronto, con el derribo del Boeing 727 de Libia, todo se oscurecía...

El microbús enfiló la carretera de Jericó. Ninguno de los componentes de la expedición parecía dispuesto a hablar. En parte, debido a la atenta vigilancia del oficial judío y, supongo, abrumados también por los trágicos acontecimientos que acabábamos de conocer.

Durante largo rato permanecí con la mirada extraviada en un cielo tormentoso, que azotaba el asfalto y los ventanales ahumados del vehículo con furiosas ráfagas de lluvia. (Era admirable. La minuciosidad de los iraelíes llegaba a extremos insospechados. En aquel microbús, por ejemplo, los cristales ahumados —en realidad se trataba de vidrios semirreflectantes— permitían la visión de dentro afuera, pero no al contrario. Esto, unido a la considerable y calculada altura de tales ventanas, hacía poco menos que imposible que un hipotético observador distinguiera quién o qué viajaba en dicho vehículo.) Por espacio de algunos minutos luché por apartar de mi mente los negros presagios que planeaban sobre la futura misión, fijando la atención en detalles como los del microbús, el creciente temporal o el paisaje. Pero fue inútil. A cada instante, como fogonazos, se presentaban en mi cerebro las sangrientas escenas de los bombardeos o del derribo del avión de pasajeros. La vieja angustia afloró entonces y formó un nudo en mi garganta. En esos momentos la mano de Eliseo —sentado a mi izquierda— presionó mi ante-

---

Segunda: el problema palestino entraría entonces en discusión, aunque se ignoraba entonces la fórmula que podía proponer Egipto. Se especuló en aquellas fechas que quizá se trataba de dar a los palestinos una voz en las negociaciones.

Tercera: se negociaría un acuerdo que diera por cerrada la guerra de 1967 y en el que los árabes se comprometerían a respetar las fronteras de Israel.

Ismaíl, el Kissinger del presidente egipcio Anuar el Sadat, celebraría en Londres la prirmera de una serie de reuniones con potencias mundiales en torno al referido plan de paz elaborado en El Cairo. En círculos pro judíos de Londres se especuló entonces que dicho plan no era de paz, sino de «no guerra». *(N. del m.)*

brazo. No hicimos comentario alguno. Mi rostro debía ser un libro abierto...

Hacia las 07.45 horas, el microbús dejó atrás el pedregoso desierto de Judá. Y los amarillos carteles indicadores, en hebreo e inglés, empezaron a confirmar lo que ya sabía. En las proximidades de Almog giramos a la derecha, dejando la estrecha carretera que conduce a la frontera con Jordania. Al avistar la plácida y verdosa superficie del mar Muerto, mi compañero me hizo una señal indicándome en un mapa de carreteras que aquella ruta conducía al Sinaí. A punto estuve de sacarle de sus dudas, dibujando el lugar —justo frente al famoso mar que ahora costeábamos— donde, si no me equivocaba, debería concluir el viaje. Pero me arrepentí y, con una sonrisa de circunstancias, devolví el lápiz al bolsillo de mi pesado chaquetón. Aquella calzada, en efecto, llevaba hasta la ciudad más meridional de Israel: Eliat, a orillas del golfo del mismo nombre y en las puertas del desierto del Sinaí.

El conductor redujo la velocidad. A intervalos, desde la escarpada pared rojiza que se levantaba a nuestra derecha, se precipitaban pequeñas y blancas cascadas de agua que invadían el asfalto, dificultando la circulación. Las torrenteras, que irían aumentando en número y caudal conforme fuimos aproximándonos a nuestro objetivo, terminaban indefectiblemente en las saladas aguas del mar Muerto (situado a cuatrocientos metros por debajo del nivel del Mediterráneo).

A las 08 horas, cuando la contemplación de las famosas cuevas de Qumrán —donde los beduinos descubrieron los célebres Rollos del mar Muerto— había logrado distraer en parte nuestra tristeza, el rotor de un helicóptero del Ejército nos devolvió a la realidad. Procedía del norte y venía costeando, a baja altura, sobre los escasos trescientos metros de dunas que nos separaban de la orilla del gran lago. Todos, instintivamente, clavamos las miradas en el teniente. Pero el oficial, impasible, se limitó a echar una ojeada al aparato. Éste, tras inmovilizarse unos segundos frente al microbús, levantando oleadas de arena y agitando sin piedad las masas de juncos y retamas, reemprendió el vuelo en dirección sur. Aunque aquella zona, desde el extremo noroccidental del mar Muerto, se encontraba alambrada y sembrada de carteles en los que se recordaba la prohibición de bañarse y el carácter militar de dicha franja, todos tuvimos el mismo sentimiento: aquel helicóptero no se hallaba precisamente en un vuelo rutinario. Y el hecho de haber efectuado un estacionario frente al vehículo aumentó nuestras sospechas. No había duda. La marcha del microbús estaba siendo vigilada.

El conductor aceleró, dejando atrás el oasis de Ein Gedi. Y a las 08 horas y 20 minutos, ante la curiosidad general, abandonaba la ruta general, tomando un desvío situado a la derecha. En mitad del inesperado cruce, un enorme cartel nos «gritó» el nombre de nuestro inminente destino. Un destino que, efectivamente, me había sido adelantado por el general Curtiss…

¡«Masada»!

Un murmullo rompió el silencio del grupo, fascinado ante la repentina aparición por el oeste de la histórica y altiva roca. En poco más de ocho minutos, el microbús salvó los escasos tres kilómetros de curvas que unen la base de la gran montaña truncada con la orilla del mar Muerto. Con el paso de los siglos, las torrenteras —como en aquellos tormentosos momentos— habían ido esculpiendo extrañas y casi mágicas formas entre las dunas y montículos ocres y amarillentos que acorralan casi en su totalidad la formidable «meseta» de Masada.

El lugar no podía ser mejor ni más acertado. Tanto para el montaje de la estación receptora de fotos como para nuestros verdaderos objetivos. Y ello por dos motivos. El primero, por las características físicas de la aislada montaña, que, en su cara este, descolla 1 300 pies sobre la superficie del mar Muerto, y por su privilegiada ubicación: a unos cien kilómetros al sur de Jerusalén y a cientos de millas de los dos focos de fricción (los altos del Golán, en la frontera con Siria, y el Sinaí). Aquel «coloso» de roca dorada por el ardiente sol del vecino desierto de Judá, con su «cima» plana y en forma de «cubierta de barco», de 1 900 pies de longitud (de norte a sur) y otros 650 (de este a oeste), prácticamente cortada a pico a todo su alrededor, era una «base» segura. Casi inaccesible e ideal para una operación como la que nos proponíamos.

El segundo motivo resultaba más íntimo e importante para los judíos que para nosotros, los hombres de Caballo de Troya. En la extensa documentación que me había facilitado el general se detallaba la insólita y emocionante historia de aquel gigantesco promontorio. Masada había sido el escenario de uno de los más dramáticos y simbólicos sucesos de la siempre agitada vida de Israel. En el año 66 de nuestra Era, el pueblo judío volvió a levantarse en armas contra el Imperio romano. Aquella guerra duraría cuatro años. Al fin, en el 70, el general romano Tito conseguiría vencer la resistencia de los defensores de Jerusalén, destruyendo la Ciudad Santa. Pero un último foco de valerosos israelitas se refugiaría en lo alto de Masada, resistiendo el cerco romano hasta la primavera del 73 (1). En el año 72, el gobernador romano Flavio Silva tomó la decisión de aplastar este último y molesto reducto de los levantiscos judíos. Y se dirigió a Masada con la Décima Legión, tropas auxiliares y miles de prisioneros israelitas. En total, alrededor de 15 000 hombres. Tanto los sitiados como los sitiadores se prepararon para un largo asedio. Silva mandó construir ocho campamentos alrededor de La montaña, así como una muralla que circunvalase Masada, cortando cualquier intento de fuga. En vista de los escarpados acantilados que forman las paredes de la roca, los romanos llevaron a cabo una faraónica obra en la cara occidental de la gran meseta: una rampa, a base de piedras y tierra blanca prensada. Cuando dicha rampa —que to-

(1)   A principios de la rebelión judía del año 66 d.C., un grupo de fanáticos tomó al asalto la escasa guarnición romana destacada en Masada. Y allí se mantuvieron durante toda la guerra. Cuando Tito tomó Jerusalén, un grupo de zelotes, con sus familias, y también algunos miembros de la secta de los Esenios, huyeron hacia el sur, refugiándose en Masada y uniéndose a los patriotas que habían conquistado la fortaleza. Durante dos años lucharon por su libertad, hostigando a los romanos desde el estratégico enclave. Según F. Josefo, el primero en fortificar esta defensa natural fue «Jonathan, el Gran Sacerdote». Pero quien verdaderamente convirtió Masada en un reducto casi inexpugnable fue el rey Herodes el Grande. Entre los años 36 al 30 a. J.C. —seguramente por miedo a una posible invasión de los ejércitos de Cleopatra—, edificó una muralla almenada que rodeaba toda la cima, una torre de defensa, grandes cisternas en la roca, almacenes, cuarteles, palacios y arsenales. Estas construcciones fueron aprovechadas por los 960 zelotes. (N. del m.)

davía se conserva— estuvo terminada, Silva levantó en el extremo de la misma una torre de ataque, provista de un formidable ariete, logrando abrir una brecha en la muralla. Aquella noche —previa a la definitiva conquista de Masada por la legión romana—, los 960 zelotes que integraban el núcleo de resistencia judía tomaron una heroica decisión. En un discurso memorable —relatado por el historiador Flavio Josefo (1)—, el jefe de los «revolucionarios», Eleazar Ben Yair, ante lo apurado de la situación, resolvió «que una muerte con gloria era preferible a una vida con infamia, y que la resolución más generosa era rechazar la idea de sobrevivir a la pérdida de su libertad». Josefo escribe:

«Antes de ser esclavos del vencedor, los defensores —960 hombres, mujeres, ancianos y niños— se quitaron la vida allí mismo con sus propias manos. Cuando los romanos llegaron a la cima, a la mañana siguiente, no encontraron más que silencio...»

«Y así encontraron [los romanos] —concluye Josefo su dramático relato— a la multitud de los muertos, pero no pudieron alegrarse de ello, aunque se tratara de sus enemigos. Ni tampoco pudieron hacer otra cosa que admirarse de su valor y resolución, y del inconmovible desprecio a la muerte que tan gran número de ellos había demostrado, llevando a cabo una acción como aquélla.»

Sólo dos mujeres y cinco niños se salvaron del suicidio colectivo, escondiéndose en una cueva. Fueron ellos quienes, según el historiador judío romanizado, relataron los hechos a los romanos.

Masada, desde entonces, ha sido y sigue siendo todo un símbolo para el pueblo de Israel. Un monumento al heroísmo y a los hombres que prefieren la muerte a la falta de honor y libertad. Esa heroica resistencia de Eleazar Ben Yair y de sus zelotes hizo exclamar a un poeta judío: «¡Masada no volverá a ser conquistada!»

Era fácil entender por qué el Gobierno de Golda Meir —permanentemente amenazado por sus vecinos, los árabes— había elegido la cumbre de Masada como el asenta-

(1)   Flavio Josefo: en sus libros *Antigüedades judías* (XIV y XV) y *La guerra de los judíos* (I, II, IV y VII). *(N. del m.)*

miento ideal para un equipo de técnicos y un instrumental que debían velar por la seguridad y, en definitiva, por la libertad de todo un pueblo. Allí, la Operación Eleazar adquiría un profundo y simbólico significado, que nosotros supimos respetar. Por otros motivos, aquel baluarte también iba a representar para Caballo de Troya un histórico e inolvidable «símbolo»...

Al pie de Masada, en su cara oriental, los israelitas habían acondicionado las pésimas tierras formadas por depósitos de greda sedimentada, construyendo un incipiente pero prometedor complejo turístico orientado a explotar las «antigüedades» de la cumbre de la gran meseta. Desde que el eminente arqueólogo judío Yigael Yadin, catedrático de Arqueología de la Universidad Hebrea, concluyera sus excavaciones y trabajos de restauración (entre los años 1963 y 1965) en la fortaleza rocosa, los curiosos y visitantes habían ido en aumento. Pero sólo a partir de 1970, cuando la compañía suiza Willy Graf, de Meilen, instaló un sistema de funiculares cerca de la base de la roca, el flujo de turistas empezó a ser considerable. El aerocarril resultaría de vital importancia para nuestros trabajos en la cima.

Hacia las 08.30 horas de aquel jueves, 22 de febrero, el microbús se detenía definitivamente en una amplia explanada, muy cerca de la base del mencionado funicular y de unas todavía modestas instalaciones turísticas. Un fuerte y racheado viento del sureste nos empapó de lluvia y de un penetrante perfume salitroso, procedente del cercano mar Muerto. Curtiss, de paisano y protegido por un grueso capote de agua, nos dio la bienvenida, invitándonos a seguirle hasta un albergue juvenil situado a poco más de cien pasos. El general parecía satisfecho. Y aquello infundió en el equipo notables esperanzas.

Desde el momento en que descendimos del microbús nos llamó la atención la presencia en el lugar de cuatro vetustos y casi destartalados camiones, cargados con enormes bloques de piedra de una bellísima tonalidad naranja. Alrededor, formando un cerrado cerco, observamos también varios vehículos militares y un nutrido grupo de soldados armados. Sinceramente, en un primer momento, no asociamos aquellos camiones de cajas verdes y sin toldo con la Operación Eleazar. Pero los judíos iban a sorprendernos nuevamente...

Al entrar en el frío albergue juvenil, dos oficiales del cuerpo de Ingenieros del Ejército judío, que esperaban sin duda nuestra llegada, se pusieron en pie saludándonos militarmente. A sus espaldas habían sido dispuestos varios mapas y grandes fotografías aéreas; todos ellos de la cumbre de Masada.

Fue Curtiss quien, tras desembarazarse del chorreante capote verde oliva, fue sirviéndonos unas reconfortantes tazas de café, invitándonos a que tomáramos asiento frente a los referidos planos.

—Bien, señores —manifestó el general con una frialdad a la que nunca llegué a acostumbrarme del todo—, como saben, la Operación Eleazar está en marcha. Parte de los equipos, el primer convoy, para ser exactos, se encuentra desde hace horas en este mismo lugar...

Curtiss hizo una fugaz alusión con su dedo índice derecho a «algo» que debía hallarse en el exterior, en la explanada. Pero ni mis compañeros ni yo acertamos a identificar el citado convoy. Ante las incrédulas miradas de algunos de los directores del programa, el general sonrió y, señalando a los silenciosos oficiales israelíes, aclaró:

—Comprendo vuestra extrañeza. Nuestros amigos y aliados, con su habitual eficacia, se las han ingeniado para transportar ese instrumental en los camiones que quizá han visto al bajar del autobús. —Curtiss, siguiendo una vieja costumbre, nos trataba de tú o de usted, según su estado de ánimo o la gravedad del momento—. Pues bien, ahora no tiene sentido seguir ocultándolo. Ese tipo de transporte civil, el único autorizado a cruzar la frontera jordana y llegar a Ammán, ha sido el camuflaje perfecto para sacar los equipos de la mezquita de la Ascensión y trasladarlos a Masada...

—Pero —intervino Eliseo— esos camiones sólo están cargados de grandes bloques de piedra naranja...

El general no respondió. Se limitó a intercambiar un guiño de complicidad con los judíos, prosiguiendo su exposición en los siguientes términos:

—Como les iba diciendo, la Operación Eleazar, en memoria de aquel Eleazar Ben Yair, se encuentra en marcha.

Hoy mismo se incorporará el resto de los hombres y el sábado, Dios mediante, llegará el segundo convoy. El transporte del instrumental a la cima de la montaña dará comienzo a las diez horas. Es decir... —Curtiss consultó su reloj—, en poco más de cincuenta y cinco minutos. Las órdenes son claras y precisas. Una vez concluido el trasvase de material desde la base a la cumbre nos instalaremos en lo alto de la roca. Repito: todos, sin excepción, acamparemos en Masada...

El énfasis puesto en aquellas últimas palabras nos alarmó. ¿Qué quería decir? ¿Qué era lo que nos aguardaba en la brumosa y desafiante meseta?

—Y ahora, por favor, presten atención.

Curtiss cedió la palabra a uno de los oficiales.

—Mi nombre es Bahat. Estoy encantado de estar a su servicio como supervisor de la Operación Eleazar. «Oficialmente» somos una nueva expedición arqueológica, patrocinada y dirigida por la Universidad Hebrea de Jerusalén, la Sociedad de Exploración de Tierra Santa y el Departamento de Antigüedades del Gobierno de Israel.

»Mi compañero, el capitán Yefet, es el jefe del campamento. Al concluir esta breve reunión informativa se les facilitarán los documentos que les acreditan como miembros de dicha operación... Mientras permanezcamos en Masada, sus nombres y profesiones serán los que figuran en esos documentos.

Minutos después, cuando el capitán Yefet repartió las falsas tarjetas de identidad, mis compañeros no cayeron en la cuenta de un detalle que reflejaba la sutileza de los servicios secretos israelitas. Al ignorar los pormenores de las anteriores expediciones arqueológicas a Masada —dirigidas por el general y arqueólogo Yadin entre 1963 y 1965—, los hombres de Caballo de Troya no descubrieron que, al menos 34 de aquellas filiaciones y profesiones, correspondían a arquitectos, arqueólogos, restauradores, supervisores y personal administrativo que, efectivamente, habían sido miembros de las expediciones dirigidas por Yadin. Los nombres de Bahat y Yefet, por ejemplo, aparecen en los relatos de aquellas históricas expediciones como «supervisor» y «jefe del campamento», respectivamente. Imagino

Vista aérea de Masada, desde el noroeste. Abajo, a la derecha, dos de los ocho campamentos romanos del general Silva. En el centro de la cara occidental de la meseta puede apreciarse la rampa de tierra blanca construida hace 1 900 años por la legión romana. (Cortesía de la Fuerza Aérea de Israel.)

que los judíos no sabían que yo lo sabía. Aunque dudo también que eso les preocupase...

—...Les mostraré ahora el nuevo asentamiento.

El supuesto Bahat —nunca supimos si aquél era su verdadero apellido— señaló una de las enormes fotografías aéreas de la cumbre de Masada.

—Observen que se trata de una considerable meseta, en forma de romboide o de «cubierta de barco». Mide alrededor de 633 metros, de norte a sur, y 216, de este a oeste. Algo más de la mitad norte de esta plataforma natural se encuentra «ocupada» por las ruinas de los palacios, almacenes, sinagoga, etc., edificados por Herodes el Grande, los zelotes y los monjes bizantinos que tomaron posesión de Masada con posterioridad. El resto, algo menos de la mitad sur, carece prácticamente de edificaciones, a excepción del «baño ritual», el acceso a una cisterna subterránea, la llamada «laguna grande» y, por supuesto, los restos de la muralla que rodeaba la totalidad de la cumbre... (1).

El oficial iba indicando en la fotografía cada una de estas reliquias arqueológicas.

—Pues bien, después de estudiar el terreno y nuestras «necesidades», la zona elegida para el asentamiento de la estación receptora de imágenes del satélite Big Bird ha sido ésta: el sur de la meseta.

Bahat se dirigió entonces a uno de los mapas topográficos que reproducía a escala la mencionada cumbre, completando su exposición:

—Notarán que el asentamiento guarda semejanza con un triángulo isósceles casi perfecto. Ahí nos moveremos. Las dimensiones son más que suficientes para nuestros propósitos: noventa metros en la base y cien de altura. En total, algo menos de 4 500 metros cuadrados, si descontamos la superficie de las ruinas que les he mencionado anteriormente.

El oficial dedicó algunos minutos más a diversos aspectos relacionados con la seguridad del campamento Elea-

(1) Con el fin de simplificar las descripciones del diario del mayor, incluyo en estas páginas una fotografía aérea de la mencionada cumbre de Masada. *(N. de J. J. Benítez)*

zar —y a los que me referiré en breve—, pasando de inmediato al capítulo de preguntas.

En realidad, las dudas de los allí presentes se hallaban centradas, sobre todo, en asuntos que nada tenían que ver con aquel montaje judío. De forma que las preguntas fueron tan escasas como simples. Sin embargo, uno de los interrogantes, formulado por uno de los directores del proyecto, sí entrañaba una cierta importancia para nuestros secretos objetivos:

—Si la cima de Masada continúa abierta al turismo, ¿con qué grado de seguridad se llevará a cabo la Operación Eleazar?

El oficial israelí parecía esperar la pregunta.

—Se ha meditado mucho esta cuestión —explicó—. En un primer momento, los responsables de nuestro Gobierno contemplaron la posibilidad de cerrar Masada al turismo y a los visitantes en general. Pero las evaluaciones de la Inteligencia variaron esta alternativa. Es más «seguro» e «inteligente» que todo siga su curso normal. En estas fechas, la afluencia de curiosos no es muy alta. Por otra parte, como comprenderán en cuanto se trasladen a la cima, se han adoptado todas las medidas posibles de seguridad. Aunque sólo formamos un «esforzado grupo de arqueólogos», entre el personal del campamento Eleazar habrá una dotación permanente y secreta, encargada de la vigilancia interior y exterior.

Adoptando un tono tranquilizador, Bahat añadió:

—No deben alarmarse. Tal y como sucedió en el primer emplazamiento, en la mezquita de la Ascensión, nuestro Gobierno no regateará medios para que su trabajo se desarrolle con un mínimo de comodidades y tranquilidad.

Aquella seguridad del oficial judío me hizo temblar. ¿Qué habían preparado en lo alto de la montaña?

—Por supuesto —concluyó, al tiempo que Yefet se hacía con los documentos de identidad, dispuesto a entregárnoslos en cuanto su compañero diera por finalizada la conferencia—, en estos días, hasta que el último container no sea depositado en el campamento, Masada permanecerá cerrada. Estimamos que para el próximo domingo la situación se habrá normalizado. De acuerdo con nuestras previsiones, el mal tiempo reinante nos ha favorecido. Es más que probable que, entre hoy y mañana, las violentas torrenteras que ustedes han tenido ocasión de contemplar en su viaje desde Jerusalén «obliguen» a sucesivos y «lamentables» cortes de la carretera... Ello hará más sencillo el obligado cierre temporal de las ruinas arqueológicas. Creo que me explico con claridad...

La intencionalidad de algunas de las palabras pronunciadas por Bahat, y que he entrecomillado, no dejaban lugar a dudas. Las intensas lluvias de febrero provocaban en aquella zona frecuentes y habituales desprendimientos o inundaciones. No era extraño por tanto que la ruta hacia el sur del mar Muerto, Ein Hatzeva, Ein Yahav y Elat, se viera afectada por las avenidas de agua procedentes del escarpado desierto de Judá.

Finalizada la reunión, el jefe de campamento repartió los falsos documentos de identidad, así como gruesos capotes de agua, requisando la totalidad de nuestras cámaras fotográficas. Y siguiendo las instrucciones de Curtiss, le acompañamos hasta la plataforma-base del funicular. La lluvia había cesado momentáneamente, pero no así el viento. Eran casi las diez de la mañana.

Al cruzar la explanada advertimos que los camiones no se hallaban en el lugar. Tampoco observamos movimiento alguno de turistas o visitantes. La explicación a la misteriosa desaparición de los camiones no tardaría en llegar.

Los responsables de la Operación Eleazar los habían alineado a los pies de la casamata que servía de refugio a la pareja de cabinas del aerocarril. Mediante una poderosa grúa instalada en un transporte militar, los bloques de piedra naranja habían empezado a ser trasladados y depositados sobre unas reducidas bases cuadradas o rectangulares provistas de ruedas, que eran rápidamente introducidas en el interior de cada una de las cabinas del funicular. Previamente, la puerta corrediza de cada módulo había sido desmontada, facilitando así el acceso de los aparentemente pesados sillares. El lugar se hallaba rodeado por el pelotón de soldados que habíamos visto poco antes junto a los camiones. Mis compañeros y yo empezamos a comprender...

Uno tras otro, una vez cargados con los bloques, cada funicular abandonaba la base, ascendiendo en dirección a la cumbre de Masada. La laboriosa operación —como pudimos experimentar personalmente en el transporte del último cargamento— encerraba un indudable riesgo. Muy especialmente si el viento alcanzaba los 60 kilómetros/hora. En ese caso, la cabina podía sufrir un peligroso balanceo. Y una caída desde 262 metros hubiera sido fatal...

Esta circunstancia obligó a un buen número de pausas en el trasvase de los bloques de piedra. A cada instante, los militares israelitas destacados en la cima de la montaña establecían conexión por radio con sus compañeros en la base del funicular, informando sobre las variaciones de los anemocinemógrafos (1). El conocimiento preciso de la intensidad y dirección de los vientos era vital. Si éstos eran nulos o inferiores a los mencionados 60 kilómetros a la hora, el funicular emprendía el ascenso.

A las 13 horas, aprovechando el transporte de los últimos bloques, la avanzadilla del equipo de Caballo de Troya (doce de los sesenta y un miembros) fue embarcando en las cabinas, rumbo a la cumbre. Yo lo hice con Curtiss y con tres oficiales judíos. El funicular que nos tocó en suerte —el rojo— se hallaba prácticamente ocupado por la última de las veintiséis misteriosas «piedras» que ya habían sido enviadas a lo alto de la roca. Nunca olvidaré aquellos tensos momentos...

Cuando habíamos recorrido la mitad de los 799 metros del tendido, sonó el telefonillo del conductor. El militar que sustituía al vigilante y «chófer» habitual de dicho funicular respondió con un seco y preocupante «¡de acuerdo!... ¡Paramos!».

Y la cabina quedó inmóvil en el vacío, a unos 780 pies de altura. Quizá la expresión «inmóvil» no sea la correcta. Porque el viento racheado comenzó a silbar entre los cables, zarandeándonos como una pluma.

Los judíos revisaron los anclajes de la piedra, y al descubrir mi palidez, sonrieron burlonamente.

---

(1)   El anemocinemógrafo es uno de los más completos aparatos que sirven en meteorología para medir la velocidad y la fuerza del viento. Suele estar formado por una veleta registradora, un anemómetro registrador del recorrido del viento y un registrador de rachas que se basa en el llamado «tubo de Pitot». *(N. del m.)*

Sujeto a las barras horizontales de sustentación, evité mirar al abismo, centrando mi atención en la escasa decoración de la frágil cabina.

«Carga máxima: 40 más 1 personas o 2 600 kilos.»

«No fumar.»

«¡Dios mío! ¿Resistirían los garfios aquella tensión?» El viento del sur seguía golpeándonos, haciendo crujir la L metálica que une el techo del funicular con la gruesa maroma de acero.

Instintivamente desvié la mirada del segundo letrero:

«262 metros: caída vertical.»

¿A quién se le ocurriría colocar allí tan macabro aviso?

«Capacidad hora: 640 personas.»

La cabina continuaba bamboleándose, comprometiendo nuestro ya precario equilibrio. E intenté mitigar el miedo —¿por qué ocultarlo?— enfrascándome en un inútil cálculo mental.

«Si la longitud del tendido es de casi ochocientos metros y la capacidad máxima por viaje es de 41 personas... eso significa un total de quince viajes a la hora o, lo que es lo mismo, un desplazamiento cada cuatro minutos... Si estamos, poco más o menos, a mitad de camino, nos quedan aún dos minutos o más para pisar esa maldita cima...»

«Hegeman-Harris C.O. N. York.»

«Ése debe ser el fabricante —pensé—. ¿O serán los suizos?»

Era lo mismo. Lo único que deseaba es que los materiales resistieran. Sin darme cuenta, estaba practicando uno de los sistemas de «descongestión mental» para situaciones de emergencia, enseñado a todos los astronautas en el instituto de la Fuerza Aérea norteamericana en Ohio. Se trataba, sin perder de vista el problema principal, de desviar la atención del piloto hacia otros asuntos, evitando así una caída emocional.

El general debió de adivinar mi situación y pensamientos. Y señalando las fotografías de unos muchachos y una pequeña maceta, con un clavel —todo ello sobre el panel de mandos del conductor—, bromeó con los oficiales preguntándoles si aquello (propiedad, sin duda, de alguno de los conductores oficiales) «formaba parte también de la Operación Eleazar».

Los militares israelíes aceptaron con gusto el relajante comentario, olvidando por unos momentos nuestra delicada situación. Lo cierto es que los minuciosos judíos corrigieron el pequeño descuido al llegar a la cumbre, haciendo desaparecer de la cabina los retratos y la flor.

El viento amainó al fin y el repiqueteo del telefonillo fue la esperada señal para continuar el ascenso.

Hacia las 14 horas —después de soportar diez largos minutos de «violenta inmovilización» sobre el abismo—, la cabina número 2 quedaba anclada en el muelle terminal de la montaña, a sesenta pies por debajo de la cumbre. En pocos momentos de mi vida he deseado con tanta vehemencia pisar tierra firme...

Los ingenieros militares judíos y el resto de nuestros amigos nos aguardaban con impaciencia. Y sin demora alguna, los técnicos desengancharon la piedra naranja, haciendo rodar la plataforma hasta el angosto pasillo de tierra existente entre la terminal del funicular y la mencionada pared rojiza de Masada. Las barreras de hierro que habitualmente delimitan los caminos de entrada y salida de los pasajeros a las cabinas habían sido igualmente desmontadas, facilitando así el movimiento de los bloques. Quedé perplejo. Por encima de nuestras cabezas, en el filo mismo de la cima, los israelitas habían ensamblado una grúa —tipo pluma— que, en cuestión de minutos, comenzó a izar la carga. De esta forma se salvaba el incómodo desnivel que separa la terminal de la meseta propiamente dicha. Al recorrer los 120 metros de cornisa que asciende por la cara este de Masada —único acceso a la cumbre desde la base del aerocarril—, comprendí igualmente que el transporte de los sillares por aquel pasillo de tres metros de anchura hubiera sido tan penoso como ineficaz. Al final de dicho sendero, una reducida casamata de cemento, que hacía las veces de control y lugar de venta de mapas de las ruinas, habría imposibilitado igualmente el paso de las piedras.

Cuando, al fin, pisamos la cumbre, una mezcla de emoción y curiosidad se apoderó de todo el equipo. El viento seguía azotando aquella increíble plataforma natural, empujando desde el sur largos jirones de niebla que se arrastraban lentamente sobre el polvo y la tierra reseca de la cima. Aquél, si no se producían cambios, iba a ser nuestro «punto de lanzamiento». La árida y majestuosa belleza de Masada iría cautivándome minuto a minuto...

Al oeste se recortaban las suaves lomas y los acantilados amarillentos del desierto de Judá, milagrosamente vivos y en «movimiento», merced a las decenas de cascadas y a los vados serpenteantes que, colmados por las lluvias, corrían incontenibles hacia la orilla occidental del mar Muerto. Durante mi estancia en Masada comprendí cómo aquellos *wadi* habían alimentado con sus turbulentas aguas las ciclópeas cisternas excavadas en la roca virgen por Herodes el Grande.

Frente a la montaña, en dirección este, a tres kilómetros escasos, las aguas verdiazules del mar Muerto espejeaban aquí y allá. Los rayos del sol perforaban en ocasiones las negras y bajas formaciones nubosas, cayendo sobre el lago salado en bellísimos celajes. Y a lo lejos, a orillas de este mar, el oasis de Ein-Gedi.

Curtiss me sacó de estas primeras observaciones. El equipo de Caballo de Troya se encaminaba ya, siempre en compañía del jefe del campamento y de Bahat, el supervisor, hacia la zona sur de la meseta.

¡Era asombroso! Junto a la grúa se apilaban buena parte de los bloques de piedra que habían sido trasladados por el aerocarril. Varios tractores oruga cargaban los sillares, transportándolos sin interrupción por el centro del irregular romboide, en dirección a una larga empalizada de madera que separaba el sur de Masada del resto de la meseta. Pero ¿cómo habían logrado situar aquellas pesadas máquinas en lo alto de la roca? Por supuesto, era imposible que hubieran subido por sus propios medios y tampoco cabían en los funiculares. La explicación llegaría esa misma noche...

La empalizada —porque de eso se trataba en realidad— había sido levantada por los judíos a base de gruesos troncos, sólidamente hundidos en el terreno. Alcanzaba la suficiente altura —unos cuatro metros— como para que nada de lo que pudiese acontecer al otro lado fuera detectado desde las ruinas del sector norte.

Al cruzar el ancho portalón por el que entraban, incansables, los tractores, un insólito espectáculo apareció ante mí. A la derecha del mencionado y único acceso, pegadas a los restos de la muralla del filo oeste de Masada, el Ejército israelí había plantado diez grandes tiendas de campaña, alineadas en una doble hilera. A continuación, siguiendo también la línea de la casamata herodiana, los judíos habían dispuesto dos barracones. Uno, a escasa distancia de las negras y cuadradas tiendas, servía ya de comedor a los técnicos y militares que, a juzgar por lo que tenía ante mí, llevaban algún tiempo en aquel paraje. El otro, mucho más pequeño, estaba situado a una veintena de metros del primer barracón y prácticamente pegado a la llamada «laguna grande», una de las escasas ruinas arqueológicas que —como nos informó el oficial— quedaba dentro del triángulo isósceles que constituía el campamento Eleazar.

Pero lo que llamó la inmediata atención del grupo fue una considerable excavación —ya concluida— abierta en el centro geométrico del triángulo. Tenía 50 metros de longitud por 30 de anchura y 10 de profundidad. La impresionante «piscina» nos dejó atónitos.

En aquellos momentos ignorábamos si el general estaba al tanto del enigmático y audaz vaciado. Pero al asomarnos y descubrir en el fondo algunos de los bloques de piedra anaranjada, empezamos a intuir la verdadera finalidad del foso. Otra potente grúa, anclada en el borde norte de la excavación, procedía a la toma de los sillares, depositándolos en el lecho de la «piscina». Tanto las paredes como el referido fondo habían sido meticulosamente cimentados y chapeados a base de un material aislante. En la esquina suroeste, un grupo de trabajadores iluminaba el fondo del supuesto estanque con las deslumbrantes y azuladas llamaradas de las soldaduras autógenas.

Algunos de los directores del programa cruzaron con Eliseo y conmigo unas significativas miradas buscando una explicación a semejante obra. Pero nadie se atrevió a formular hipótesis alguna. A nuestras espaldas, al pie de la empalizada, se apilaban cientos de sacos que, supuse, debían contener las toneladas de tierra extraídas del enorme socavón.

Los oficiales judíos nos dejaron curiosear, silenciosos y divertidos. Al cabo de unos minutos, amablemente, Yefet, el jefe de tan extraño campamento, nos invitó a pasar al comedor. El almuerzo estaba listo. Allí, por fin, saldríamos de dudas.

Aunque el barracón carecía de calefacción, la abundante comida y el vino del Hebrón templaron pronto los ánimos, haciéndonos olvidar, momentáneamente, el tropel de interrogantes que había ido acumulándose en nuestras mentes desde que pisáramos Masada. A la hora del café, cuando los últimos y rezagados ingenieros y militares judíos hubieron finalizado sus almuerzos y se reincorporaron a sus faenas, Bahat, el supervisor, cerró con llave la puerta del salón. En esta ocasión fue el general Curtiss quien se dirigió al equipo.

—Sé que están formulándose un sinfín de preguntas —comentó en tono reposado—. Parte del material, como les dije, está ya en el campamento...

El viejo zorro hizo una pausa, escrutando nuestros rostros.

—Supongo que me tomaréis por loco —añadió, acrecentando intencionadamente el halo de misterio que rodeaba todo aquello y, de paso, la curiosidad general—. Aquí sólo hay piedras, me diréis, sólidos bloques de roca dolomítica y anaranjada... Sí y no. Siguiendo un estricto plan israelí, los dos tercios del instrumental de la estación de fotografías han sido transportados hasta la cima de esta montaña, camuflados en el interior de los aparentes sillares de piedra... Como saben, esos camiones y ese tipo de cargamento son los únicos autorizados a cruzar la frontera con Jordania, llegando habitualmente hasta Ammán. Era difícil que alguien llegara a sospechar de los supuestos macizos cubos pétreos... En cuanto al resto de los equipos —prosiguió, dirigiéndose a la pareja de militares israelíes que compartía nuestra mesa—, si no hay inconvenientes, estará en lo alto de la roca en la mañana del sábado... siguiendo otro «tipo de vía».

Bahat y Yefet asintieron.

—Hasta esa fecha —continuó el jefe de Caballo de Troya—, nuestra misión será muy sencilla: esperar. Mañana, quizá a esta misma hora, el grupo electrógeno entrará en funcionamiento...

—Así está previsto —manifestó el jefe de campamento,

como si buscara nuestra indulgencia—. Hoy mismo será desembarcado. Les rogamos disculpen el retraso.

«¿Desembarcado? ¿A casi 1 400 pies de altitud? ¿Cómo?» Los judíos son capaces de todo. Así que nadie se atrevió a indagar sobre el particular.

—… La inmediata y lógica pregunta —continuó Curtiss— es dónde y cuándo será ensamblada la estación receptora. Por razones de seguridad y siguiendo igualmente las instrucciones del Gobierno de Golda, esta vez no habrá hangares al aire libre.

El general percibió nuestra extrañeza. Y echando mano de su inseparable maletín, extrajo un sobre blanco con la inconfundible estrella azul de seis puntas, emblema del Estado de Israel. Al desplegar su contenido apareció un plano del campamento Eleazar. Y en él, un pormenorizado esquema del foso que habíamos contemplado una hora antes.

No fueron necesarias muchas explicaciones. Curtiss, con su dedo índice derecho apuntando al centro de la «piscina»— así la llamaríamos en el argot de Caballo de Troya—, nos invitó a echar una ojeada. La excavación, tal y como habíamos intuido, no era otra cosa que el receptáculo de la estación de fotografías.

La casi totalidad de la mitad norte de dicho foso (20 de los 50 metros disponibles) albergaría el grueso de los equipos: consolas autónomas operacionales (números 1 y 2), paneles de mando (de distribución y alimentación eléctrica), pletinas telefónicas y de radio, armarios de telecomunicación y conversión digital de las señales del satélite (1), receptores especiales, transmisores en banda «S», monitores de televisión, subpatrones de tiempo, climatizadores y un largo etcétera.

---

(1)   Aunque no es mi intención detallar aquí la avanzada y secreta tecnología USA, utilizada en este tipo de instalaciones, puedo especificar que los dos amplificadores *maser* de la estación —de gran ganancia— procesan los datos con una pureza extraordinaria. La baja temperatura que requiere este tipo de aparatos (269 grados centígrados bajo cero) obligaría a un aislamiento especial de dichos amplificadores en el conjunto de la estructura. Los *maser* funcionaban en doble canal cada uno de ellos. Su característica fundamental era la gran capacidad de su canal de información, que le permite una recepción de datos del orden de los 200 kilobits por segundo. *(N. del m.)*

Los 30 restantes metros de la «piscina» se hallaban divididos en dos sectores: a lo largo de la pared sur (ocupando una superficie de 2 × 10 metros) habían sido dispuestos los laboratorios de revelado fotográfico y una sección auxiliar de telemetría, armarios para grabadoras de cintas magnéticas (para unidades de bandas ancha o estrecha) e impresoras ultrarrápidas, capaces de leer e imprimir datos a razón de 80 000 dígitos por minuto. El resto de la franja sur (de 20 × 2 metros) aparecía como almacén de helio.

El espacio situado entre estas «baterías» de instrumentos se encontraba prácticamente vacío. En total, 28 metros. Aquélla era otra de las «novedades» de la Operación Eleazar. Éste casi cuadrado (28 × 25 metros) en el centro de la «piscina» sería destinado a una antena parabólica orientable de 26 metros, capaz de seguir automáticamente al Big Bird y recibir sus señales desde cientos de kilómetros (1). El GSFC (2) había recomendado, desde el principio de la operación, la utilización de este tipo de antenas. Sin embargo, por razones de espacio, no fue viable en la mezquita de la Ascensión. La verdad es que el inesperado y vertiginoso desmantelamiento de las instalaciones no había permitido siquiera el ensamblaje de las antenas «buscadoras», de barrido de fase, que debían sustituir a la aconsejada por el Centro de Vuelos Espaciales Goddard.

Una vez concluido el montaje de la estación, la «piscina» quedaba cerrada con un ingenioso sistema —accionado eléctrica o manualmente— que ocultaba el gran foso. Los israelitas nos ampliaron algunos detalles al respecto. La cubierta o cierre, que se recogía por el procedimiento

(1) Esta antena parabólica —construida a base de materiales muy ligeros— puede trabajar simultáneamente en las proximidades de los dos GHz y de los cuatrocientos MHz, merced a un subreflector dicroico, transparente a ciertas frecuencias. Gracias a su extraordinaria ganancia puede aumentar un millón de veces la potencia del transmisor, siendo orientables a cualquier punto del espacio con una precisión de milésimas de grado. *(N. del m.)*
(2) El GSFC o Goddard Space Flight Center, ubicado en Greenbelt (Maryland), en Estados Unidos, es un centro destinado a la coordinación y puesta en práctica de proyectos espaciales (no tripulados). Una de las misiones del GSFC es la vigilancia de la red STDN o Red de Seguimiento y Adquisición de Datos de Vuelos Espaciales, que consta de 16 estaciones repartidas por todo el mundo. *(N. del m.)*

de tambor en la cara norte, había sido diseñada a base de una doble lámina de vidrio plastificado, de gran dureza y ductilidad, que permitía el paso de las señales radioeléctricas procedentes del Big Bird. Esto, en especial durante las transmisiones diurnas, favorecía el camuflaje de la estación. En el caso de recepciones nocturnas, la cubierta podía ser retirada, dejando al aire la superficie ocupada por la antena parabólica. Ésta, pintada de negro, era prácticamente invisible para cualquier hipotético avión de reconocimiento enemigo

Cuando el ensamblaje del instrumental hubo concluido, quedamos maravillados. La astucia y meticulosidad de los israelitas llegarían al extremo de pintar el referido cierre del mismo color de la tierra ocre amarillenta que cubría la totalidad de la meseta. Aquí y allá, con una paciencia benedictina, los ingenieros militares fueron pegando sobre dicha cubierta un sinfín de piedrecillas recogidas de la zona norte de la cumbre, que proporcionaron a la falsa superficie un mimetismo envidiable.

Con la caída del sol, encendiendo de rojo el desierto de Judá, los trabajos en el campamento Eleazar se interrumpieron. La falta de suministro eléctrico hacía difícil y peligroso el movimiento de los tractores y de la grúa. Para colmo, las lluvias y el fuerte viento seguían martirizando la cumbre de Masada. Así que, de común acuerdo, nos retiramos a las tiendas que nos habían sido asignadas. Cada uno de aquellos incómodos albergues, de recia lona negra, daría cobijo en lo sucesivo a diez miembros de la supuesta operación arqueológica. Astutamente, los judíos procuraron que uno o dos de sus hombres compartieran con nosotros los respectivos refugios de campaña. De esta forma podían estar al corriente de nuestras conversaciones y propósitos. Tal circunstancia provocaría en el equipo de Caballo de Troya algunos momentos de tensión. Sin embargo, supimos contrarrestar este sutil espionaje...

Bajo la tenue luz de la botella de gas que colgaba del techo de la tienda, con el agudo ulular del viento entre las lonas, mis pensamientos, una vez más, volvieron a Él. No cabía duda: su imagen y sus palabras formaban ya parte de mi propio ser. Y una dulce melancolía fue invadiéndome. Sólo de vez en vez, con no pocos esfuerzos, conseguía regresar a la realidad. Entonces, un puñado de dudas oscurecía aquel extraño sentimiento. Una, en especial, me impedía conciliar el sueño: «¿Cómo nos las arreglaríamos para lanzar la "cuna" desde aquel foso?» La antena parabólica —aunque podía ser desmontada— constituía un serio obstáculo...

De pronto, a eso de las nueve de la noche, un ensordecedor estruendo sacó al campamento de su obligado reposo. Como un solo hombre, los ocho norteamericanos y dos israelíes que dormitábamos en aquella tienda nos precipitamos hacia la salida.

Una inusitada agitación se había apoderado del medio centenar de hombres que ocupaba la base en aquellos momentos. En mitad de la oscuridad y de la implacable lluvia, a poco más de diez o veinte metros sobre nuestras cabezas, cuatro potentes reflectores iluminaban el extremo sur del campamento Eleazar. El bramido de los motores y los pilotos rojos y verdes, intermitentes, nos hizo comprender que se trataba de dos poderosos helicópteros. Se hallaban en estacionario entre el foso y las escaleras de piedra que conducían a la cisterna subterránea ubicada en las proximidades de la cara sureste de Masada. Al aproximarnos, gracias a la extraordinaria iluminación de los cuatro focos instalados en las panzas de los aparatos, comprobamos cómo de los CH-47 Chinook —helicópteros de transporte utilizados por la Marina israelí— colgaban sendos y enormes bultos. Poco a poco, siguiendo las indicaciones del personal de tierra, las cargas fueron arriadas. Y al instante, cumplida su misión, los Chinook apagaron sus faros, redoblando la potencia de los rotores y desapareciendo hacia el norte entre las temibles rachas de viento y agua. A la mañana siguiente, al conocer el peso, volumen y la naturaleza de lo transportado, no pude por menos que admirar a aquellos audaces pilotos judíos.

Calados hasta los huesos volvimos a las tiendas, esperando el nuevo amanecer con impaciencia. Y, verdaderamente, aquel viernes, 23 de febrero de 1973, iba a ser una jornada cargada de sorpresas.

La primera llegó con el alba. Hacia las 06.45 horas, después de una noche desasosegada en la que apenas si pude conciliar el sueño, al asomarme a la puerta de la tienda fui testigo de un inesperado espectáculo. Como un milagro, amplias zonas de la superficie del campamento y del resto de la cumbre aparecieron alfombradas de flores de todos los colores. Era admirable. En cuestión de horas, fruto de las torrenciales lluvias, la meseta había florecido, adornándose con millares de brillantes y olorosas flores amarillas, verdes y rojas. En las áreas más bajas —también hay que decirlo—, el temporal había formado inmensos charcos, convirtiendo el terreno en un lodazal. A pesar de la extrema sequedad de Masada y de su entorno —con el mar Muerto a la derecha y el desierto de Judá a la izquierda—, la realidad que tenía ante mis ojos venía a confirmar las palabras de Flavio Josefo cuando, 1 900 años antes, había descrito estas salvadoras lluvias (1).

La segunda sorpresa se produjo al entrar en el barracón habilitado para duchas, letrinas y aseo en general. Como ya comenté, había sido levantado casi pared con pared con la pieza rectangular conocida como la «laguna grande». Aquél fue otro de los múltiples detalles que pasaron inadvertidos para mí durante la primera jornada en el campamento.

Amén de la falta de energía eléctrica en lo alto de la roca, uno de los principales quebraderos de cabeza, a la hora de preparar el asentamiento de la estación receptora de imágenes, fue la ausencia de agua. Ciertamente, según nos irían explicando los técnicos judíos, ambos problemas podían haber quedado resueltos —siempre a medias—

_____

(1) Según los datos del Servicio Meteorológico de Israel —que prestaría tan valiosas informaciones a la misión—, el promedio de días soleados en la región de Masada y Sodoma, al sur del mar Muerto, es de 26 para febrero y de 31 para marzo. Esta realidad había llevado a los eruditos a continuas polémicas en torno a las afirmaciones del historiador F. Josefo en relación a las citadas lluvias sobre Masada. Josefo cuenta, por ejemplo, que antes que reinara Herodes el Grande, José y otros miembros de su familia se refugiaron en dicha cumbre. Resistiendo a las tropas de los últimos asmoneos y a las de sus aliados, los partos, estaban a punto de perecer de sed cuando, repentinamente, se abrieron los cielos y las cisternas de Masada se colmaron de agua. Y José y los suyos, dice Flavio Josefo, se salvaron. Nosotros, como anteriormente Yigael Yadin, pudimos confirmar la exactitud de los escritos del judío romanizado. (N. del m.)

practicando las correspondientes tomas de las instalaciones situadas al este de la montaña, en el emplazamiento del aerocarril. Pero ello, con los kilométricos tendidos de cables y tuberías, resultaba tan complicado como «escandaloso». El suministro eléctrico, además, hubiera sido claramente insuficiente para el alto consumo de la estación. De ahí que, después de estudiar exhaustivamente ambos asuntos, el Gobierno israelí se decidiera por el transporte hasta lo alto de Masada de un grupo electrógeno, salvando el segundo obstáculo —el del agua— de idéntica forma a como lo resolvieran las expediciones de Yadin en los años 1963 al 1965. A unas cuatro millas al oeste de la montaña existía una red de tuberías que había sido propiedad de la compañía Nafta Oil y que fueron utilizadas en su momento para prospecciones. Pues bien, por encargo del Ejército judío, la Mekorot (Compañía Nacional de Aguas) había instalado una tubería más delgada, que solucionó los problemas de Yadin y, ahora, ocho años después, los nuestros. Dicha tubería ascendía hasta lo alto de Masada, corriendo paralela a la rampa romana. En el punto donde terminaba —en el extremo noroccidental—, los ingenieros empalmaron varios cientos de metros de nuevas tuberías, ocultos bajo el suelo de tierra de la casamata o muralla de doble muro que corre por dicho filo oeste de la meseta. Al mismo tiempo, el interior de la «laguna grande» había sido aprovechado para el montaje de unos depósitos, con una capacidad de 120 000 litros. Por último, los judíos habían procedido a camuflarlos cubriendo la «laguna grande» a base de cañizos. De esta forma el suministro de agua potable al campamento y a los complejos sistemas de refrigeración o de alimentación de los equipos quedaba sobradamente cubierto. (En el supuesto de una avería, el tanque escondido entre las paredes rectangulares de la «laguna» podía satisfacer las necesidades de la estación —siempre prioritaria— por espacio de seis o siete días.)

Concluido el desayuno, Curtiss y el resto del equipo se brindaron a colaborar con los técnicos israelíes en las faenas que estimaron oportunas. Pero Yefet, después de agradecer nuestra sincera y excelente disposición, se negó, argumentando que aquéllas no eran las órdenes. El sol flotaba ya sobre los azules cerros de Moab, rumbo a un cielo transparente. El viento había cesado y la jornada, en fin, parecía presentarse tibia y apacible.

Minutos antes del desayuno, los oficiales destacados en la base del funicular habían establecido contacto por radio con el campamento, informando al general sobre las razones del retraso del medio centenar de hombres que completaba la expedición de Caballo de Troya y que, según Curtiss, debería de haber llegado a Masada la noche anterior. Al parecer, el autocar que les trasladaba desde Jerusalén se había visto obligado a dar media vuelta, como consecuencia de los cortes en la carretera.

«Su incorporación al campamento Eleazar —concluyeron los militares— se producirá a lo largo de esta misma mañana.»

Nosotros ignorábamos entonces las «malas nuevas» que portaban aquellos compatriotas y compañeros...

Dado que nuestras obligaciones eran casi nulas, cada cual se dedicó a lo que creyó más conveniente. Curtiss y varios de los directores se encerraron en la tienda que hacía las veces de estación de radio y el resto optó por descansar o curiosear por la cima de la roca, siempre bajo la discreta vigilancia de algunos de los judíos, que se ofrecieron, «encantados», como improvisados guías turísticos.

Eliseo y yo, de común acuerdo, ocupamos buena parte de la mañana en un meticuloso reconocimiento del perfil y de la topografía del triángulo que constituía nuestra base. Desde el amanecer, el campamento había recuperado su intenso ritmo de trabajo. Los tractores oruga, situados en lo alto de la meseta por los helicópteros, continuaban el febril trasvase de las piedras anaranjadas, que eran situadas por la grúa en el fondo de la «piscina». Buena parte de los ingenieros y técnicos judíos dedicaba todo su esfuerzo y atención a los dos gigantescos cajones de acero, arriados por los Chinook. Uno de ellos contenía un potente grupo electrógeno, de continuidad, perfectamente despiezado. Se trataba del «corazón» del campamento. Sin aquel generador de corriente eléctrica, todo habría sido inútil. Los israelíes lo sabían y se dieron especial prisa en retirarlo de la superficie de la roca, transportando el motor, el alternador, la bancada, los cuadros de mando, los sistemas de filtrajes, etc., al fondo de la cisterna subterránea. Hasta en esto tuvieron suerte los judíos e, indirectamente, Caballo de Troya. La ubicación del generador había constituido un arduo problema. Por elementales razones de seguridad no podía quedar a la vista y tampoco ser emplazado en la «piscina», junto a los delicados instrumentos de la estación receptora. Las continuas vibraciones, amén del rugido del motor, habrían interferido en los equipos, causando un sinfín de molestias innecesarias. De ahí que al estudiar el subsuelo y la configuración de la zona sur de la meseta, los expertos no dudasen en elegir la citada cisterna subterránea como el escondite ideal para el grupo electrógeno y para el correspondiente tanque de diario de gas-oil. La gigantesca cisterna —horadada en la roca por Herodes el Grande— tiene una capacidad de 140 000 pies cúbicos. Se trata de una formidable «sala» de ocho metros de altura a la que se accede por unos escalones, igualmente ganados a la piedra. Allí, en fin, fue trasladado y montado el flamante generador —tipo 16 cilindros (V), de la serie 149, fabricado por la General Motors—, con una potencia de 1 200 KVA o 1 300 HP y un voltaje de salida de 30 000 voltios. (Con semejante «monstruo» se hubieran podido alimentar las principales instalaciones de un aeropuerto de tipo medio.) Fue asombroso. Aquellas diez toneladas —«en seco», es decir, sin el agua y el aceite— quedaron armadas y listas para entrar en acción en 24 horas. La pericia de los ingenieros, especialmente a la hora de la decisiva operación de alineación del motor y alternador, fue total.

Por último, un abanico de cables, enterrados a un metro de profundidad y especialmente aislados, fue distribuido por el campamento, dispuesto a «dar vida» a los diferentes servicios. Aprovechando dos grandes aberturas en el techo de la referida cisterna subterránea —por las que antaño penetraba el agua y que son visibles sobre el acantilado sureste de la montaña—, los especialistas israelíes montaron igualmente un poderoso sistema de extractores y ventiladores, proporcionando así una continua y excelente renovación del aire (1). Aunque Charlie —así bau-

(1) Este tipo de generador consume, por término medio, 142 m³ de aire por minuto, sólo para la combustión del motor (éste trabaja a razón de 60 ciclos). Por su parte, la refrigeración del radiador exige 2 349 m³ de aire, también por minuto. Todo el conjunto emite un calor equivalente a 189 KW por minuto. (N. del m.)

tizamos al generador— apenas producía humos, tanto la tubería de escape de gases como el resto del complejo de aireación fueron dotados de sendas rejillas de filtrado. Si llegaba a producirse una fuga de humos o de cualquier fuente de calor, un hipotético enemigo habría sabido que «algo» anormal estaba ocurriendo en las entrañas de Masada.

El segundo cajón depositado por los helicópteros sobre el campamento Eleazar era de idéntica y vital importancia. Contenía alrededor de 350 láminas de acero, de un metro de lado cada una, destinadas a la construcción de los dos depósitos de combustible del grupo electrógeno: el de diario y el de almacenaje. Charlie consumía unos 160 gramos de gas-oil por caballo-hora. Ello exigía la presencia de un tanque de diario con una capacidad mínima de 5 420 litros. (Éste fue el consumo medio y diario del grupo electrógeno.) Como era lógico, resultaba más práctico, rentable y seguro instalar en la roca un tanque de aprovisionamiento o almacén que efectuar cada día el correspondiente trasvase de combustible. Un trasvase que, dada la situación de Masada, sólo podía practicarse con rapidez y comodidad desde el aire. En este sentido, los helicópteros cisterna del Ejército de Israel jugarían un destacado papel. Una vez cada treinta días, varios de aquellos gigantescos Sikorsky S-64 (tipo CH-54 Tarhe), previamente modificados, volaban durante la noche hasta lo alto del campamento, colmando la capacidad del citado tanque de almacenamiento: 162 600 metros cúbicos. Este segundo depósito —de 5 metros de ancho por 15 de largo y 3 de alto— fue montado en una de las cuevas que se alinean en el ya mencionado acantilado sureste de la montaña, muy próxima a la cisterna subterránea (1). Con la ayuda de la grúa y a base de

(1) En este acantilado suroriental de Masada, muy cerca de la casamata, puede distinguirse una hilera de cuevas. En la situada en el extremo sur —la más pequeña de todas—, las expediciones arqueológicas de Yadin encontraron los restos de veinticinco seres humanos. Probablemente, zelotes autoinmolados en aquella histórica noche. Entre los esqueletos había fragmentos de tejidos y trozos de lienzo. Según el doctor N. Hass, de la Facultad de Medicina de la Universidad Hebrea, aquellos huesos pertenecieron a catorce varones, seis mujeres y el resto a niños, casi con toda seguridad, defensores de Masada. Esta circunstancia, aun-

cuerdas, los israelitas, en un alarde de «alpinismo», fueron transportando las piezas de acero desde la cima a la boca de la gruta natural, jugándose el tipo en un acantilado de más de 1 000 pies de altura. Creo que nunca les estaremos lo suficientemente agradecidos. En la mañana del sábado, una vez rematada la operación de ensamblaje y soldadura del tanque, los ingenieros pusieron a punto las bombas de trasiego, uniendo ambos depósitos —el de almacenaje y el diario— con una tubería que fue anclada y camuflada en la referida pared suroriental de Masada. Dicho conducto penetraba en la cisterna subterránea a través de uno de los orificios de ventilación.

Mis conocimientos sobre la historia de Masada, de sus edificios y de los castros romanos que la rodean —todo ello fruto de la documentación facilitada por el general— resultarían muy útiles cuando, siguiendo nuestro plan de reconocimiento del terreno, nos dirigimos al norte de la meseta. Mi hermano y yo quedamos maravillados por la audacia y belleza del palacio del Norte, con sus tres terrazas escalonadas. Y sentimos una especial emoción al recorrer el laberinto formado por los restos de los almacenes que mandara construir Herodes y que sirvieron de despensa a los heroicos zelotes. Asomados desde aquella especie de «proa», en el punto más alto de Masada, comprendí por qué el rey Herodes había edificado, justamente allí, su palacio colgante. Aquel vértice de la gran roca —en especial las terrazas central e inferior— es el único punto resguardado del ardiente sol y de los temibles vientos del sur que, en ocasiones, superan las sesenta millas por hora. «De no haber sido por este apretado complejo de ruinas (palacios, almacenes, baños, edificios administrativos, puestos de guardia, etc.), el campamento Eleazar —nos explicó uno de los inseparables "guías"— habría sido dispuesto aquí mismo.»

---

que resulte increíble, condicionó grandemente la operación. A pesar de que los arqueólogos de Yadin habían registrado las restantes cuevas, no hallando nuevos esqueletos, antes de «profanar» una de aquellas grutas con el depósito de gas-oil, los israelitas practicaron una exhaustiva revisión de la caverna en cuestión, con el fin de cerciorarse de que, en efecto, no albergaba restos de sus héroes nacionales. *(N. del m.)*

Aquellos incómodos vientos del sur y sudoeste, tan frecuentes en Masada, iban a constituir una auténtica pesadilla para los hombres de Caballo de Troya; en especial, en los decisivos minutos del despegue del módulo. (Espero que Dios me conceda las fuerzas suficientes para llegar a ese punto del presente relato.) En los estudios meteorológicos de la estación de Kalya, al norte del mar Muerto, las estadísticas elaboradas en base a los datos recogidos en 1972 por los tres centros de observación (1) arrojaban, sin embargo, para febrero, una frecuencia e intensidad de los vientos relativamente bajas o soportables: la estación número 20 apuntaba un porcentaje de 18,9 para el viento sur y sólo un 4 por ciento para el suroeste. Por su parte, las estaciones números 21 y 22 —para los mismos vientos— fijaban unos índices de 18,9 y 7,9 y de 14,7 y 5,6, respectivamente. En los tres casos, las velocidades de dichos vientos oscilaban en torno a los 12-19 kilómetros por hora. Sólo las estaciones 20 y 21 preveían vientos entre 50 y 61 kilómetros por hora, pero en un tanto por ciento muy bajo (0,1). Naturalmente, la cumbre de Masada se encuentra a más de mil pies de altitud y ello se notaba.

Pero el lugar que más nos impresionó —quizá porque se conserva tal y como la dejaron los legionarios de Silva— fue la rampa de tierra y piedra prensadas que se empina desde las profundidades hasta casi tocar el filo noroccidental de la meseta (2). Aquel terraplén de asalto es, sin lu-

(1) Al no existir estación meteorológica en Masada, los datos fueron suministrados por la de Kalya Alef. Sus tres observatorios se encuentran ubicados a 395, 270 y 60 metros por debajo del nivel del mar, respectivamente. *(N. del m.)*
(2) En los escritos de Flavio Josefo se dice en relación a esta rampa: «Ya que el general romano Silva había construido una muralla en el exterior, alrededor de todo este lugar, como ya hemos dicho anteriormente, y había de tal manera construido una previsión muy adecuada para evitar que cualquiera de los sitiados huyera, se dedicó al asedio propiamente, aunque encontró tan sólo un lugar donde fuera posible edificar la rampa que tenía proyectada, ya que detrás de aquella torre que protegía el camino del palacio, y hasta la cumbre de la colina por la parte oeste, había una cierta eminencia de la roca, muy ancha y prominente, y sólo trescientos codos (500 pies) por debajo de la parte más elevada de Masada. Era llamado el «promontorio Blanco». Por tanto, se fijó en aquel lugar de la roca y ordenó a sus soldados que trajeran tierra, y cuando se

gar a dudas, una de las estructuras o «fórmula» de asedio del ejército romano más interesante del mundo. La verdad es que se encuentra francamente bien conservada. La blancura de la rampa —cuya tierra fue extraída del llamado «promontorio Blanco», justo en el nacimiento de la misma— es deslumbradora. Durante algunos minutos quedamos sobrecogidos y ensimismados ante la contemplación del terraplén y del campamento de Flavio Silva. Ahora, 1 900 años después de aquella lucha por la soberanía y libertad de un pueblo, el Estado de Israel había vuelto a Masada, precisamente, como ya insinué, para velar por esa seguridad...

Nuestro paseo por las ruinas de Masada se vio gozosamente interrumpido cuando, a media mañana, los funiculares depositaron en la cumbre a los cincuenta rezagados especialistas de Caballo de Troya. Al igual que hiciera con nosotros, Curtiss les había puesto en antecedentes de «algunos» de los detalles de la secreta misión. Y todos, como era previsible, se mostraron entusiasmados con aquel segundo intento. Su permanencia en el campamento Eleazar fue, en consecuencia, tan discreta y eficaz como era de esperar. Pero aquellos amigos no eran portadores de buenas noticias precisamente...

---

aplicaron a esta tarea con ardor gran cantidad de ellos, se levantó la rampa, que era sólida, de doscientos codos (330 pies) de altura, y, sin embargo, no se consideró esta rampa lo suficientemente alta para el uso de las máquinas guerreras que habían de instalarse allí y se elevó sobre esta rampa otra alta y grande, hecha de grandes piedras unidas, que medía cincuenta codos, tanto de altura como de anchura.» *(N. del m.)*

Superficie de la meseta de Masada. En el triángulo sur, el campamento Eleazar. 1, recinto subterráneo destinado a la estación receptora de fotografías (la «piscina»). 2, escaleras que conducen a la cisterna subterránea. 3, la laguna grande. 4, barracón destinado a los aseos. 5, comedor. 6, tiendas de campaña. 7, portalón de la empalizada. 8, la ciudadela occidental. 9, el baño ritual. 10, la muralla o casamata oriental. 11, muralla o casamata occidental. 12, viviendas de los zelotes. 13, el palomar. 14, taller de mosaicos bizantinos. 15, residencia de la familia real. 16, habitaciones de los zelotes. 17, pileta de natación. 18, villa. 19, palacio Occidental. 20, la rampa romana. 21, iglesia bizantina. 22, edificio de los oficiales. 23, la torre occidental. 24, viviendas de los zelotes. 25, cisterna abierta. 26, aerocarril. 27, puerta del camino o sendero de las víboras. 28, almacenes. 29, baños. 30, palacio del Norte: terraza superior. 31, terraza intermedia. 32, terraza inferior.

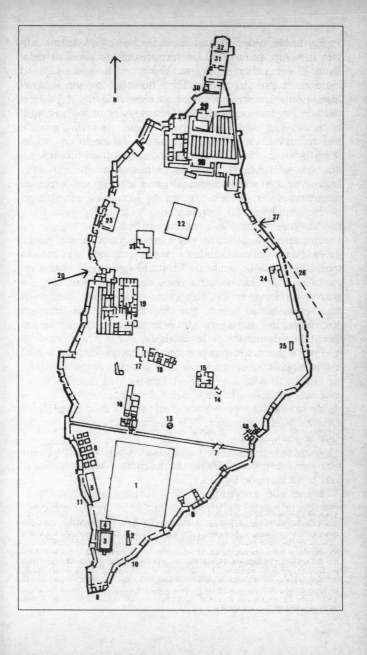

Por encargo de Curtiss habían hecho acopio de una amplia muestra de la prensa internacional de aquellos días. Tanto el general como el resto del grupo intuíamos que el reciente derribo del Boeing 727 libio sobre la península del Sinaí podía arrastrar pésimas consecuencias en el ya deteriorado panorama político de Oriente Medio. No nos equivocamos. Los comentarios y reacciones de medio mundo fueron unánimes: el ametrallamiento del avión de pasajeros y la muerte de 104 de sus ocupantes fueron condenados sin paliativos. Los países árabes se mostraron especialmente agresivos, caldeando aún más la atmósfera de preguerra hacia su vecino, Israel. La lectura de aquellos periódicos ingleses, norteamericanos y egipcios, como digo, nos llenó de confusión e incertidumbre.

La prensa de El Cairo, por ejemplo, calificaba el hecho de «asesinato premeditado» y de un «nuevo y bárbaro crimen contra civiles árabes». El diario egipcio *Al Ahram* recogía también las declaraciones de un portavoz del Gobierno de Sadat en las que, entre otras cosas, aseguraba que «el sionismo israelí, que vive de la agresión, la usurpación y el delito, pagará cara esta acción y recibirá su justo castigo, de manos de los árabes».

Por su parte, los más prestigiosos diarios de Nueva York y Washington se pronunciaban en los siguientes términos:

«La incursión israelí en el Líbano y el derribo de un avión de pasajeros sobre el Sinaí despertaron en el mercado de valores de Nueva York el miedo a que la situación en Oriente Medio empeore. Ello hizo caer en picado los precios de los valores.»

«Nixon y el secretario de Estado USA, William P. Rogers, enviaron mensajes de condolencia a Muamar Gadafi y al presidente de Egipto.»

En un editorial titulado «Tragedia en el Sinaí», *The Times* decía que el incidente no era sólo otro desgraciado hecho de guerra, sino una matanza de civiles sin consideración. Y, como tal, injustificada, si no totalmente premeditada.

El *Daily Telegraph* calificaba la acción judía de brutal, asegurando que «la matanza de civiles suponía un duro golpe a los intentos de Nixon para lograr un acuerdo sobre el canal de Suez».

Por último, porque la lista sería interminable, el *Financial Times* escribía:

«Después de un período de cinco años de "no paz, no guerra", Israel no quiere arriesgarse a negociar un verdadero acuerdo de paz.»

En todo aquello, sin embargo, se percibía algo extraño. Por más que repasamos los periódicos, en ninguno encontramos una sola reacción o declaración del vehemente coronel Gadafi. El Boeing siniestrado era de su país y, además, 55 de los 104 pasajeros fallecidos eran libios... ¿Por qué guardaba un mutismo tan anormal? ¿Es que tenía algo que ocultar a la opinión pública? ¿Por qué el avión se había desviado cientos de millas de cualquiera de las dos rutas habituales de vuelo desde Bahrain, en los Emiratos Arabes, a su aeropuerto de destino, en Alejandría? (1). No disponíamos en aquellos momentos de los datos meteorológicos de la zona en la jornada del 21 de febrero —fecha del siniestro—, pero se nos antojaba difícil de creer que «las malas condiciones climáticas» (razón esgrimida en un principio por la prensa judía) hubieran forzado al Boeing a violar el espacio aéreo de Israel, justamente sobre un sector militar. Era, cuando menos, sospechoso...

Las tímidas y escasas noticias procedentes de Tel Aviv tampoco arrojaron demasiada luz sobre lo ocurrido en el centro del Sinaí. En una conferencia de prensa celebrada en El Cairo, los periodistas aseguraron haber escuchado la voz del comandante del Boeing 727, gritando: «¡Se nos dispara! ¡Se nos dispara desde el caza!» Naturalmente, como era de esperar, la prensa judía acusaba al piloto de desobedecer las órdenes de los interceptores. El copiloto, Jean Pierre Hure, uno de los siete supervivientes, aseguró «que estaban aterrorizados y que no siguieron las instrucciones de los cazas israelíes, decidiendo escapar».

(1) Las rutas comerciales de vuelo desde Bahrain a Alejandría, en Egipto, siguen, habitualmente, las siguientes direcciones: una hacia Damasco, y, desde allí, sobrevolando el sur de Beirut y aguas internacionales del Mediterráneo, a Alejandría. La segunda vía cruza la Arabia Saudí, sobre Buraida y el norte de Medina, hasta adentrarse en Egipto. Al norte de Asuán, los aviones giran 90 grados, enfilando Alejandría. El Sinaí se encuentra en la bisectriz de ambas aerovías. *(N. del m.)*

A las pocas horas del incidente, el jefe supremo de la Fuerza Aérea israelí, general Mordekai Hod, y dos pilotos de Phantom cuyos nombres no fueron revelados, celebraron otra rueda de prensa, con el fin de informar sobre el gravísimo asunto. Según los militares judíos, «se hicieron desesperados esfuerzos para obligar a aterrizar al Boeing. Uno de los cazas incluso se aproximó lo suficiente como para hacer señas con las manos a la tripulación del avión libio para que descendiese. Pero el 727 huyó —informaron los oficiales judíos—, para evitar un conflicto diplomático».

Algún tiempo más tarde, la propia prensa de Israel lanzaría otra no menos extraña explicación: «Temían que el Boeing viajara en misión de sabotaje a Tel Aviv.» Y aunque, en efecto, las amenazas de los guerrilleros de bombardear la mencionada ciudad fueron reales, en el fondo, nadie dio crédito a ninguna de las «justificaciones». Ni a las judías ni tampoco a las árabes...

Días más tarde, a su regreso de Estados Unidos, Curtiss nos informaría sobre la verdadera «razón» de aquel lamentable derribo. Una causa que sí era suficientemente grave para los israelitas y que jamás admitirían «oficialmente»...

Nada digno de mención sucedería ya en aquel viernes, 23 de febrero. El equipo, intranquilo por aquellos sucesos, se hizo mil preguntas. Pero, por el momento, todas sin respuestas. ¿Cómo podía afectar el envenenamiento de las relaciones judío-árabes al desempeño de nuestra misión? Si todo desembocaba en nuevas hostilidades o, lo que era aún peor, en una cuarta guerra, ¿qué papel iba a jugar aquel medio centenar de norteamericanos, perdido en lo alto de una solitaria montaña?

Al atardecer, poco antes de que los funiculares dejaran de funcionar, sometiéndonos así a un forzoso aislamiento, Curtiss se las ingenió para rodearse de varios de sus directores de proyecto y, en un apacible paseo por las ruinas del sector norte —esta vez sin «guías» ni intrusos israelíes— impartió las «consignas» a tener en cuenta al día siguiente, sábado:

—Debíamos estar atentos a la llegada del resto de los equipos. Una vez en lo alto de la meseta, Caballo de Troya pondría en marcha la fase «verde» de la operación.

Ésta, como ya señalé, consistía, fundamentalmente, en el proceso de montaje de la estación y, a partir de un determinado momento, de la «cuna». Esta última parte de la fase «verde» había sufrido sustanciales modificaciones, en relación a su gemela de la mezquita de la Ascensión en la cumbre del monte de los Olivos. La especial configuración de la «piscina» y del campamento Eleazar exigía otro tipo de táctica para mantener alejados a los judíos durante el proceso de ensamblaje de los *scanners* ópticos y del resto del instrumental «clasificado». El pacto inicial de Curtiss con el Gobierno de Golda Meir, por el que el personal israelí debería abandonar la estación mientras durasen los mencionados y secretos trabajos, seguía en pie. Pero nadie estaba al tanto de la argucia planeada por Curtiss.

Cuando uno de los directores se interesó por la «vara de Moisés» y por el imprescindible combustible para el módulo —en especial por la fórmula elegida para introducirlo clandestinamente en Masada—, el general se limitó a repetir:

—Calma. Todo está previsto.

El ocaso puso punto final a los febriles trabajos de los israelitas. Excepcionalmente, dada la urgencia y naturaleza de la Operación Eleazar, los turnos de montaje de Charlie y del tanque de almacenamiento fueron liberados de la sagrada obligación de guardar el sábado. Apoyados por grandes pantallas alimentadas a base de gas, los técnicos encerrados en la cisterna subterránea y en la gruta prosiguieron sus faenas toda la noche. El resto del campamento quedó sumido en una casi total oscuridad, apenas rota por las mortecinas botellas instaladas en el interior de las tiendas y del comedor. Por obvias razones de seguridad, el Ejército había prohibido la utilización de reflectores en la superficie de la meseta. Ni siquiera cuando el grupo electrógeno entró en funcionamiento se quebró esta rígida norma. La integridad física de la estación y del centenar de hombres que formábamos el campamento así lo requería. Éramos una «simple y pacífica expedición arqueológica» y, en consecuencia, la presencia de focos en el triángulo sur de Masada sólo habría servido para levantar sospechas.

Al clarear del día siguiente, cuando nos disponíamos a desayunar, echamos en falta a Curtiss y a varios de los oficiales-jefes del campamento. Bahat, adivinando nuestras preguntas, nos invitó a que echáramos un vistazo desde el filo oriental de la roca. Y hacia allí nos encaminamos, presa de una notable curiosidad. Sinceramente, en aquellos momentos nadie recordaba las palabras del general sobre la llegada del último tercio del material.

Desde el portón de entrada del llamado «camino de serpiente o de las víboras» —una zigzagueante y angosta trocha que asciende hasta lo alto de Masada por su cara este (1)— surgió ante nosotros una visión difícil de olvidar: muy cerca de la base del aerocarril, ocupando prácticamente la explanada contigua, se agrupaba una estimable manada de camellos o dromedarios (desde aquella distancia era difícil precisar).

El grupo entró en una encendida polémica en torno a las posibles razones de la presencia en Masada de aquellos animales del desierto. ¿Es que el cargamento había llegado a lomos de los mismos? Y si era así, ¿por qué?

El debate terminó con la llegada de unos de los militares judíos. Se nos reclamaba junto a la estación de radio. Minutos más tarde, una veintena de hombres de Caballo de Troya embarcaba en el funicular, rumbo a las instalaciones de la base.

El insólito y multicolor espectáculo que nos aguardaba al pie de la roca nos dejó sin habla. Curtiss y varias decenas de israelíes se afanaban en la descarga de una serie de voluminosos bultos, ayudados en todo momento por los miembros de aquella caravana beduina. Alrededor de cuarenta o cincuenta dromedarios —los famosos «barcos del desierto»— se apretaban nerviosos frente a la plataforma del aerocarril. De sus gibas colgaban —por ambos costados— unos fardos enmallados que contenían arcones, enseres domésticos y hasta pequeños corderos. A cierta distancia, entre las dunas, permanecían otras seis u ocho bestias, portando grandes baldaquines descubiertos en los que se distinguían mujeres y niños.

(1)   Este escarpado sendero arranca prácticamente de las actuales instalaciones, al pie de la montaña, a unos 1 200 pies de la cima. A buen paso se precisan 40 o 50 minutos —quizá más— para recorrerlo. Sus «piedras escalonadas» fueron dramáticamente descritas por Flavio Josefo. Los israelitas desaconsejaron el uso del mismo para el transporte del material hasta lo alto de la meseta. *(N. del m.)*

Los nómadas, ataviados con largos albornoces negros de lana, sin mangas y con las cabezas cubiertas con gorros de pelo de camello y airosos pañolones rojos y blancos, desenganchaban las banastas, que eran trasladadas de inmediato al interior de las cabinas del aerocarril. Por un momento me pregunté para qué necesitábamos en el campamento todo aquel ajuar, con los corderos incluidos. Los beduinos habían obligado a los dromedarios a arrodillarse, manteniéndolos en esta más asequible posición gracias a una cuerda que unía las cabezas de los animales con una o ambas rodillas.

Terminada la operación, los dromedarios fueron desatados y uno de los voluntariosos árabes —el que parecía el jeque o jefe de la tribu— se despidió del oficial de máxima graduación con un seco «*Salaam aleikum*» («La paz sea contigo»). El israelí correspondió con otra leve inclinación de su cabeza, respondiendo «*Aleikum as salaam*» («Que contigo sea»).

Y beduinos y dromedarios tomaron la dirección de las dunas, uniéndose al grupo de las mujeres.

Me hallaba tan fascinado por aquellos increíbles ejemplares humanos que, de vuelta a la roca, casi no presté atención a las explicaciones del general sobre los fardos que acababan de ser descargados y sobre su insólito periplo.

Al parecer, si no recuerdo mal, tres días antes, la caravana en cuestión se había hecho cargo del citado último tercio del instrumental, perfectamente camuflado en los bultos. La recogida del cargamento tuvo lugar la noche del 21, miércoles, en un punto al noroeste de Qumrán, en pleno desierto de Judá. Aquella zona era frecuentada desde tiempo inmemorial por las caravanas de beduinos que iban y venían de Arabia. Muchas de estas tribus traficaban con armas o cambiaban vino por mujeres, cruzando con libertad la frontera de la actual Jordania. Supongo que, por un alto precio, aquella tribu o clan de los nobles shammar (1)

(1)   Los shammar constituye una de las más nobles y antiguas tribus beduinas de la Arabia septentrional. Se subdivide en cuatro grandes fracciones tribales: los abde, los singiara, los aslam y los tuman. Los shammar se consideran qahanitas, es decir, descendientes de Qathar.

había aceptado la misión de transportar hasta Masada lo que, oficial y aparentemente, sólo era un prosaico conjunto de cacharros y enseres domésticos, «necesarios en todo campamento». Los beduinos se volvieron mudos y sordos ante la generosa recompensa de los israelíes...

Verdaderamente, el plan de la Inteligencia judía funcionó a la perfección. ¿Quién hubiera imaginado que entre los fardos de aquella austera caravana viajaba un sofisticado equipo de recepción de fotografías vía satélite?

Siempre distantes de las carreteras y de los núcleos de población, los shammar habían caminado de noche —descansando durante el día— por una intrincada red de cañadas y senderos, en pleno desierto, que conocían y frecuentaban desde hacía siglos.

Pero la misión de los beduinos no había terminado. Aquel mediodía, correspondiendo a una invitación del jeque de la tribu para participar en el siempre complejo ritual de la preparación y degustación del café, Curtiss tendría la oportunidad de maquinar un nuevo y astuto plan. Una estratagema que nos «cubriría las espaldas» en el crítico momento del lanzamiento del módulo...

Aquel trabajo fue bien venido. El aislamiento en lo alto de nuestro «portaaviones» de piedra, sin suministro eléctrico ni distracción alguna y con medio centenar de hombres, mano sobre mano, empezaba a preocuparnos. Así que, espontánea y voluntariamente, el grupo de Caballo de Troya se ofreció a transportar los fardos y a depositarlos —con el resto de los bloques de color naranja— en el fondo de la «piscina». Oficialmente, la fase «verde» acababa de ser inaugurada...

Curtiss, que, como decía, fraguaba algo en su cerebro, nos pidió que apartásemos la media docena de corderos. Y el personal lo hizo encantado, sujetándolos a uno de los vientos de la tienda del general. Algunos de los muchachos, compadecidos por los lastimeros balidos de las frágiles

---

Éste, junto al mítico Ismael, es reconocido como uno de los fundadores de varias estirpes del pueblo musulmán. Se supone que los shammar se asentaron en la región comprendida entre el Yébel Agia y el Yébel Selma, al sur, y el temible desierto del Gran Nefud, al norte. *(N. del m.)*

crías, se erigieron en improvisadas «nodrizas», diezmando las reservas de leche de la cocina. La verdad es que no hubo malas caras entre los cocineros israelíes. Allí, lo único que sobraba era comida y aburrimiento. (Cada mañana, puntual y religiosamente, el funicular nos abastecía de pan caliente, leche y de aquellas viandas que empezaban a escasear en las despensas del barracón.)

Hacia las dos de la tarde, el general tomó sus seis corderillos y, acompañado por Bahat, el supervisor, cruzó el portalón de la empalizada dirigiéndose a la plataforma del aerocarril. El paciente Curtiss encajó con deportividad las chanzas de judíos y norteamericanos, divertidos ante la poco usual estampa de todo un general de la USAF pastoreando un rebaño. Cuando interrogué a Eliseo sobre las intenciones del jefe de la operación, mi hermano se encogió de hombros. Nadie en el campamento Eleazar tenía la menor idea de por qué se había hecho cargo de los animales. La posible explicación debía de estar en el interior de la larga tienda negra de lana de cabra que habían levantado los shammar aquella misma mañana sobre las amarillentas dunas que se extienden al noreste de la montaña, a un tiro de piedra de los restos del campamento romano «B» (1). Era evidente que los beduinos tenían intención de permanecer en el lugar, al menos por algún tiempo. Pero esta circunstancia no parecía inquietar a los militares israelíes. De todas formas, nos equivocamos cuando dimos por hecho que, a su regreso a la cumbre, Curtiss nos aclararía el misterio. Entre otras razones, porque el general no volvería a Masada. Hacia las cuatro de esa tarde del sábado, el fu-

(1) El plan de asedio a Masada por el general romano Silva, como ya hice mención, contemplaba la construcción de una muralla que abrazase la roca, así como el levantamiento de ocho campamentos para unos 15 000 hombres. Estos «castros» se conservan en tan buen estado que, observados desde la cumbre o desde un avión, parece como si acabaran de ser abandonados. Fueron montados dos campamentos grandes —el «B» y el «F»— y otros seis más pequeños. El primero, al este de Masada, y el «F», al oeste. Ambos se hallaban fuera de la muralla de circunvalación y son casi gemelos, tanto en dimensiones —140 × 180 yardas el «B» y 130 × 160 el «F»— como en su planificación. La mitad del grueso de la X Legión *(fretensis)* se alojó en el «B» y el resto en el «F». Este último campamento, según Josefo, fue el cuartel general de Silva durante el asedio. *(N. del m.)*

nicular dejó en la meseta a Bahat. Traía el encargo de recoger las escasas pertenencias del general y bajarlas a toda prisa a la plataforma base. El supervisor fue muy parco en explicaciones. Un coche oficial aguardaba a Curtiss. Había sido reclamado con urgencia por la embajada USA. Horas más tarde, los oficiales encargados de la radio recibirían una comunicación del propio general. Se hallaba en Tel Aviv a punto de despegar hacia los Estados Unidos. Todo aquello conmocionó a los hombres de Caballo de Troya. En los planes del jefe de la operación —al menos que nosotros supiéramos— no figuraba aquel repentino viaje. ¿Qué estaba pasando?

Las últimas palabras del mensaje de Curtiss, sin embargo, parecían tranquilizadoras: «Empiecen sin mí. Regresaré a tiempo.»

El resto de la jornada transcurrió casi sin sentir. Los hombres se refugiaron en las tiendas o en el comedor, discutiendo y polemizando sin cesar sobre tan inesperada partida.

Bien entrada la tarde-noche, las encendidas tertulias fueron momentáneamente interrumpidas por la presencia en la cumbre de los Sikorsky.

De acuerdo con el programa previsto por los israelitas, una vez finalizado el montaje de los depósitos de combustible, éstos serían llenados en el transcurso de dos noches consecutivas: las del sábado y domingo. Para la mayor parte del campamento, aquel trasiego de gas-oil constituyó uno de los peores suplicios de toda la operación. Por razones de seguridad, los gigantescos helicópteros-grúa israelíes —a cuyas panzas habían sido acoplados sendos tanques de 10 toneladas cada uno— sólo podían sobrevolar Masada en plena oscuridad y, a ser posible, sin luces. El tronar de los rotores principales, con sus seis palas, fue, como digo, una pesadilla. Cada hora, puntuales como relojes, una pareja de Sikorsky tomaba tierra en el filo suroriental del triángulo, vaciando sus cisternas. Fue inútil intentar conciliar el sueño.

Impacientes por verificar el buen funcionamiento del generador, los judíos —una vez colmados los 5 500 litros del tanque de diario— activaron a Charlie. Los sistemas respondieron a la perfección y los técnicos, lógicamente, se felicitaron mutuamente.

Hacia las cinco de la madrugada del lunes, 26 de febrero, el último S-64 despegaba de la cumbre, alejándose hacia el sur: a la base de Etzion. El laborioso trasiego de casi 170 000 litros de combustible había concluido. Un mes más tarde, si todo seguía su curso normal, los helicópteros repetirían la operación de llenado del tanque de almacenamiento. Pero antes, mucho antes, tendrían lugar «otros» acontecimientos...

Mucho antes del amanecer del domingo, 25 de febrero, más de la mitad del campamento Eleazar se hallaba en pie, desvelado por el incesante bramido de los helicópteros. De común acuerdo, aunque los rostros de los hombres denotaban un profundo cansancio, consecuencia de una noche de vigilia, los oficiales judíos y los directores de Caballo de Troya fijaron aquella misma mañana para el inicio del ensamblaje de la estación receptora de imágenes. Sin embargo, la mayor parte de la jornada fue destinada a labores preliminares, apertura de los falsos bloques de piedra y de los fardos y, muy especialmente, a una exhaustiva serie de pruebas del cierre eléctrico que debía cubrir la «piscina». Cuando los técnicos de ambos bandos quedaron satisfechos, el «techo» de la futura estación fue cerrado, iniciándose, como comentaba, las labores previas de desembalaje.

Judíos y norteamericanos, hombro con hombro, nos empeñamos con ardor en lo que, para las dos partes, significaba una misión de «vital importancia». Para ellos en un sentido y para Caballo de Troya, naturalmente, en otro muy diferente...

Sólo siete de los veintiséis cubos de «piedra» naranja —previamente marcados con un círculo negro— fueron respetados. Para nuestros «amigos», aquella parte contenía el instrumental «clasificado», que sólo podía ser abierta y manipulada por nosotros. Prudentemente, con el fin de evitar desagradables «confusiones» a la hora de manejar el material, los siete «cajones» en cuestión fueron aislados en el centro del foso y convenientemente precintados. Al establecerse los turnos de trabajo —el plan preveía cuatro de seis horas cada uno—, los directores norteamericanos designaron a tres de los diez especialistas USA (cada turno estaba formado por dos brigadas —judía y norteamericana—

de diez hombres por brigada) que integraban las respectivas «partidas», con el solapado fin de que «no perdieran de vista» tales bloques. Merced a este sutil procedimiento, la «cuna» estuvo protegida día y noche.

Conforme fueron pasando los días y la estación empezó a tomar forma, Eliseo y yo caímos en la cuenta de otro «detalle», magistralmente planeado por el equipo de directores. Como ya dije, una de nuestras muchas preocupaciones, desde que ascendiéramos a Masada, había sido la inevitable antena parabólica, prevista en el centro de la estación. Nuestra torpeza no tuvo perdón. Al situar los siete bloques de «piedra» en mitad del foso, Curtiss, astutamente, imposibilitó el inicio del ensamblaje de la referida parábola, que, en condiciones normales, podía simultanearse con el levantamiento del resto de los equipos. Esta «maniobra» nos beneficiaría considerablemente. (El asentamiento del módulo, como iremos viendo, fue fijado en el área que debía ocupar la parábola de 26 metros de diámetro.) Por otra parte, en buena lógica y con la finalidad de no entorpecer la labor de los técnicos, los israelitas se mostraron conformes con la propuesta de sus aliados: la instalación y las pruebas de la parábola se llevarían a cabo en el último momento.

Hasta el martes, 27 de febrero, no se iniciaría el ensamblaje propiamente dicho de la estación receptora de fotos del Big Bird. El lunes, finalizada la operación de trasiego de gas-oil, los israelitas, siempre minuciosos y desconfiados, colaboraron en el desembalaje de los equipos pero sus esfuerzos y máxima atención se centraron en la infraestructura que debía «mover» aquella compleja red de instrumentos e instalaciones. Buena parte de sus hombres permaneció bajo tierra, verificando y probando una y otra vez los sistemas de aireación, suministro de combustible, tendido eléctrico, etc.

Recuerdo que la llegada de la prensa —hacia el mediodía de dicho martes— trajo una prudente relajación en el campamento. Aunque las reacciones contra el derribo del 727 libio seguían siendo extremadamente duras (1), las

(1) El rey Hassan II de Marruecos llegó a anunciar que enviaría tropas a Siria en el mes de marzo. Por lo visto, estaba convencido que Israel «atacaría a sus hermanos sirios por las alturas del Golán». *(N. del m.)*

tranquilizadoras declaraciones de Hafiz Ismaíl, consejero de Seguridad Nacional de Egipto —bautizado como el Kissinger egipcio— arrojaron algo de luz sobre el tormentoso presente en Oriente Medio.

«A pesar del incidente en el Sinaí —decía Ismaíl en Washington—, aún hay esperanzas de paz.»

Al mismo tiempo, Dayán pedía un teléfono rojo para unir Israel con otras capitales árabes, a fin de evitar sucesos como el del Boeing.

Pero lo que causó un especial impacto fue el súbito viaje de Golda a Estados Unidos. Según los periódicos judíos, la primer ministro llegaría esa misma noche del martes, 27 de febrero, a USA. Fuentes oficiales adelantaban que «la visita tenía como objetivos prioritarios la celebración de conversaciones con el presidente Nixon y otras altas autoridades y, presumiblemente, la negociación de la compra de aviones de combate Phantom».

Si teníamos en cuenta que el sábado, día 24, el ministro israelí Galili había declarado al *Jerusalem Post* que la referida visita de Golda a los Estados Unidos se produciría a principios de marzo (1), ¿cómo podíamos interpretar semejante cambio de planes?

Instintivamente, los hombres de Caballo de Troya asociamos este inesperado vuelo de la primer ministro judía a Washington con el no menos repentino viaje de nuestro jefe, el general Curtiss.

«Algo» especialmente grave sucedía...

Era curioso y significativo. Por más que buceamos en la maraña de noticias no logramos hallar una sola que hiciera alusión al pensamiento o intenciones del coronel libio Gadafi. Habían pasado seis días desde el derribo del 727 e, inexplicablemente para los observadores políticos, el mesiánico y polémico líder de la revolución libia seguía mudo. Horas antes, en Bengasi, durante los funerales por las víctimas del Boeing, miles de libios habían estallado, gritando: «¡Venganza, Gadafi, venganza!» Portaban carteles en

(1) En el transcurso de la visita del Kissinger egipcio a USA —la primera de un representante del Gobierno de Egipto desde la guerra de los Seis Días (1967)—, la Casa Blanca anunciaría también la llegada de Golda Meir a Estados Unidos para primeros de marzo. *(N. del m.)*

los que se leía: «Las almas de los mártires del Sinaí sólo descansarán con la venganza» y «ojo por ojo y diente por diente».

El tumulto alcanzó tal grado de histerismo y violencia que Gadafi se vio obligado a escapar de las masas en un Land-Rover. Pero, como digo, el dirigente libio no hizo manifestación alguna.

Los egipcios, por su parte, también se habían lanzado a las calles, clamando venganza y coreando un grito que nos llenó de espanto: «¡Guerra, guerra, Sadat!»

¡Dios mío! ¿En qué podía desembocar todo aquello? Quizá la mejor síntesis fue hecha por el entonces ministro de Asuntos Exteriores de Egipto, Mohamed Hassan el Zayyat: «Oriente Medio —declaró el lunes, 26 de febrero— está próximo a estallar. Nuestro país debe emprender todos sus esfuerzos nacionales, tanto políticos, militares como económicos, para finalizar la actual situación.»

Estas manifestaciones —formuladas después de la reunión de los embajadores árabes en El Cairo para tratar sobre el incidente del Sinaí— conmovieron muy especialmente a los militares judíos del campamento Eleazar. Pero, prudentemente, guardaron silencio, negándose a hacer comentarios. Las medidas de seguridad en torno a nuestra base y en las instalaciones del aerocarril, eso sí, fueron discretamente intensificadas. Noticias procedentes de Damasco —donde había tenido lugar una reunión de guerrilleros palestinos, presidida por Yasser Arafat, líder de la OLP (organización para la Liberación de Palestina)— advertían de un inminente recrudecimiento de los atentados terroristas contra Israel, «en todo el mundo y a todos los niveles».

Aquella tarde, a petición de los israelíes, se celebraría en el campamento una reunión secreta y urgente en la que participaron nuestros directores, en calidad de representantes de Curtiss. Al día siguiente, el centenar de hombres tendría ocasión de conocer y experimentar algunas de las medidas «especiales» adoptadas por nuestros superiores...

Finalizada dicha reunión, la tienda que albergaba la radio experimentó una inusitada actividad. Los oficiales judíos entraban y salían de la misma impartiendo órdenes al personal a su cargo. A raíz de una de aquellas sigilosas comunicaciones con la estación de la plataforma base del aerocarril, la grúa y los tractores empezaron a ser desmontados a gran velocidad. Hacia las diez de la noche, el eco del motor de un helicóptero, golpeando como una gigantesca maza la pared oeste de Masada, nos sacó de los albergues. A los pocos minutos otro poderoso Sikorsky (S-64) hacía estacionario a tres metros de la cumbre. Y allí permaneció, sin tocar tierra, hasta que el container, con el material despiezado, fue convenientemente asegurado a las poleas de su panza. Después se perdería como una sombra, recortándose entre las estrellas.

De acuerdo con el Estado Mayor judío, las ruinas arqueológicas de la montaña fueron definitivamente abiertas al público en la mañana del miércoles, 28 de febrero. El tiempo había mejorado en los últimos días y, por expresa recomendación del Mossad, no convenía levantar sospechas manteniendo cerrado el acceso a la cumbre. Si, como se esperaba, las acciones guerrilleras volvían a multiplicarse, una parcial «normalidad» en Masada podía ser una excelente fórmula para desviar la atención de los palestinos. La presencia de turistas, aunque escasos, entrañaba también algunos riesgos. Pero la Inteligencia judía y los militares del campamento Eleazar supieron resolverlo satisfactoriamente. Desde aquella misma mañana, todo recobró su ritmo habitual, tanto en el funicular como en las ruinas del sector norte. Los soldados «desaparecieron», y frente al portalón de la empalizada fue levantado un enorme cartel (en hebreo e inglés) en el que podía leerse:

OBRAS DE RESTAURACIÓN DE LA CIUDADELA OCCIDENTAL.
UNIVERSIDAD HEBREA DE JERUSALÉN.
SOCIEDAD DE EXPLORACIÓN DE TIERRA SANTA.
DEPARTAMENTO DE ANTIGÜEDADES DEL GOBIERNO DE ISRAEL.
SE PROHÍBE EL PASO

Ni que decir tiene que aquel «prohibido el paso» estaba prácticamente de más. El único acceso al triángulo sur era por el citado portalón. Y éste, desde el amanecer de aquel miércoles, estuvo ya permanentemente vigilado por dos israelíes, cuya misión básica era identificar a cuantos entraban o salían. En la «cumbre» secreta del día anterior, los directores y oficiales judíos se habían puesto de acuerdo, entre otras cuestiones, para establecer rigurosos turnos de vigilancia interior y exterior del campamento, así como un curioso sistema de contraseñas. Me explicaré. Cada día —mientras durase la operación—, el jefe de seguridad recibiría del Estado Mayor, y en clave, un nombre. Esta palabra era transmitida por radio a las doce de la noche y era válida hasta la misma hora del día siguiente. El invento tuvo que ser obra de alguien que conocía bien los pormenores de las anteriores excavaciones arqueológicas de Yadin. A lo largo de dichos trabajos, los miembros de la expedición —creo recordar que fue uno de los voluntarios, domador de elefantes en su vida normal— encontraron entre las ruinas (1) once pequeños y extraños *ostraca* o trocitos de alfarería con inscripciones, que constituían en la antigüedad un material común y corriente de escritura. (Conviene recordar que el papiro y el pergamino eran muy costosos.) Pues bien, en estos once *ostraca* —distintos a las 700 inscripciones halladas en Masada— aparecían sendos nombres, todos diferentes, aunque, al parecer, escritos por la misma mano (2). Eran vocablos extraños. Algo así como apodos o motes. Por ejemplo: «Joav» o «Joab» (un nombre poco frecuente en la época del Segundo Templo y que venía a significar «hombre especialmente valeroso»).

Otro de los nombres era el mítico Ben Yair, que, seguramente, hacía referencia al caudillo zelote Eleazar Ben Yair.

(1)   Yadin cuenta que este hallazgo se produjo en uno de los lugares estratégicos de Masada: cerca de la entrada que conduce a las conducciones de agua y próximo a la plaza que se encuentra entre los almacenes y edificio administrativo, en un punto en el que confluyen todos los caminos que van a la cima. *(N. del m.)*

(2)   Los arqueólogos piensan que estos once *ostraca* pudieron ser las piezas utilizadas en el fatídico «sorteo» realizado por los zelotes. Josefo escribe en este sentido: «Entonces, ellos escogieron por sorteo a diez hombres, para que mataran a todos los demás; todos se tendieron en el suelo al lado de su mujer e hijos, y poniendo su brazo por encima de ellos ofrecieron el cuello al tajo de aquellos que, por sorteo, llevaron a cabo tan triste labor; y cuando estos diez hombres sin miedo hubieron matado a todos, siguieron la misma regla para echar a suerte entre ellos, que aquel a quien le cayera en suerte primero, mataría a los otros nueve y después se mataría.» *(N. del m.)*

Las contraseñas manejadas en aquellos días, en definitiva, se basaron en estos apodos. De acuerdo con las necesidades del campamento, cada persona que salía del mismo recibía el santo y seña del día. Sólo el jefe de seguridad y los guardianes del portalón estaban al corriente de dicho nombre. Cualquier improbable intento de penetración de un individuo ajeno a la operación se habría visto condenado al fracaso.

Además de esta medida, los israelíes designaron de entre sus hombres libres de servicio en la «piscina» un turno permanente de diez vigilantes, responsables de la seguridad general del campamento. Nosotros, de acuerdo con los planes del Ejército, fuimos relevados de tan ingrata misión. Aunque el acceso a la cima de Masada por los acantilados oriental y occidental era casi impracticable, los judíos establecieron seis puntos de observación (tres en cada una de las vertientes citadas), estratégicamente repartidos en el interior de la casamata. Con semejante despliegue, los trabajos en la meseta se vieron continua y perfectamente protegidos.

«Demasiado protegidos», lamentamos los hombres de Caballo de Troya, imaginando que aquel férreo control del campamento Eleazar sólo podría traernos «dolores de cabeza» en los decisivos momentos del despegue de la «cuna»...

Pero Curtiss no era fácil de vencer.

La rutina era casi un milagro con aquel hombre. Y una vez más nos sorprendió a todos. A las 12 horas del miércoles, 28 de febrero, cuando el primer turno de trabajo —en el que me hallaba incluido— dio por terminado su cometido en la «piscina», un sonriente y familiar rostro nos aguardaba al final de la escalerilla de acceso al foso.

¡Curtiss!

El general había regresado tan inesperadamente como se fue. Y, tal y como tenía por costumbre, no hubo demasiadas explicaciones, al menos en las primeras horas de su nueva estancia en el campamento. El personal libre de servicio le rodeó asediándole con mil preguntas. Pero, incorruptible, se limitó a interesarse por la marcha del ensamblaje de la estación. La verdad es que a raíz del suceso del Sinaí y del empeoramiento de la situación internacional, los oficiales judíos habían imprimido un acelerado ritmo a las tareas de montaje. Estaba claro que presentían algo y deseaban concluir la Operación Eleazar en un tiempo récord.

Eliseo, los directores y yo mismo apenas si intercambiamos palabra alguna con el general. Nos bastó mirarle a los ojos para comprender que ocultaba «algo» especialmente grave. Decidimos esperar. Si lo deseaba, no tardaría en hacérnoslo saber.

En efecto, así fue. Terminado el almuerzo, con la excusa de mostrarle a Charlie y las admirables instalaciones llevadas a cabo en la cisterna subterránea, los directores, mi hermano y quien esto escribe tuvimos oportunidad de conocer ese «algo». Sinceramente, he dudado a la hora de transcribir esta parte de la operación. ¿Es que, transcurridos ya cinco años, beneficia a alguien el conocimiento de lo que aconteció en aquellos primeros meses de 1973? Quizá no. De lo que sí estoy seguro —razón que en definitiva me ha impulsado a relatarlo— es de que el mundo tiene derecho a saber cómo y hasta qué extremos es manipulado secretamente por las grandes potencias. ¡Dios mío!, ¡qué ciegos estamos! Somos ignorantes de lo que se cuece en los despachos de los políticos y de los militares. Y lo peor es que muchas de esas «maniobras» y «operaciones» confidenciales —como en el caso que me dispongo a exponer— han llevado y seguirán llevando a la muerte, a la ruina y al caos a millones de inocentes...

Sirva, pues, de ejemplo cuanto voy a decir.

El general Curtiss nos explicó cómo fue reclamado con urgencia por el propio Kissinger. El mismo día de su llegada a Nueva York —domingo 25—, el entonces consejero del presidente Nixon le atendió en su apartamento de lujo del hotel Waldorf Astoria. En el más estricto secreto, Curtiss recibiría dos informaciones que justificaban sobradamente su precipitado viaje a USA y que, por supuesto, le hicieron temblar.

La primera se refería al derribo del Boeing 727 libio en el corazón de la península del Sinaí. Todos —ya lo expresé anteriormente— habíamos intuido que aquel suceso obedecía a «razones especialmente graves». No era normal que la Fuerza Aérea de Israel se dedicase a ametrallar aviones de pasajeros en pleno vuelo...

Los agentes norteamericanos en Jerusalén y Tel Aviv —siempre en estrecha conexión con la Inteligencia judía— habían confirmado un punto decisivo que, obviamente, jamás sería «reconocido» por el Gobierno de Golda: en el momento del encuentro de los cazas Phantom judíos con el 727, éste sobrevolaba el área de Refidim. En dicho punto, en aquellas fechas, se hallaba estacionado parte del arsenal nuclear israelí. (En octubre de ese mismo año de 1973, en el transcurso de las primeras y dramáticas horas de la guerra del Yom Kippur —cuando el Estado judío se vio sorprendido por los ataques sirio-egipcios—, el propio Parlamento de Israel llegó a contemplar la hipótesis de utilización de una de sus bombas atómicas sobre la ciudad de Damasco. Pero este tenebroso asunto nos llevaría muy lejos del verdadero objetivo del presente diario.) (1).

(1)   Nueve meses después del derribo del Boeing libio, el prestigioso comentarista político Hassanein Heikal, amigo personal del presidente egipcio Sadat, daría a conocer (23 de noviembre) una información que ratificaba lo apuntado por los servicios de información judío-norteamericanos. Según Heikal, Israel disponía ya en aquellas fechas de tres bombas nucleares y de la capacidad para fabricar otras en un plazo de seis meses. «Los esfuerzos de los israelíes por disponer de este tipo de armas —escribía el comentarista cairota— se remontan a 1957; es decir, después de la guerra de Suez, en la que Israel, ayudado por Gran Bretaña y Francia, atacó a Egipto. En aquella ocasión, Francia vendió a los judíos un reactor atómico que fue instalado en Dimona. Por su parte, los árabes también han pujado para conseguir bombas atómicas. Que se sepa —proseguía Heikal—, en tres ocasiones:

»La primera, antes de que estallara la guerra de los Seis Días, en 1967. Pero la falta de medios y la escasez de dinero les hizo desistir.

»La segunda, después de 1967, cuando China comenzó a estrechar lazos con los países árabes. Pero Pekín les aconsejó que, en este asunto, aprendieran a depender de sí mismos.

»La tercera fue protagonizada por el coronel libio Muammar el Gadafi, en 1970, cuando trató de comprar una bomba nuclear. El Club Atómico le respondió que "las bombas atómicas no estaban en venta".»

Un día antes de estas revelaciones del comentarista egipcio, otro prestigioso periódico —el *New York Times*— insistía sobre el tema de las armas nucleares. El diario norteamericano aseguraba que Rusia había enviado bombas atómicas a Egipto, a raíz de la guerra del Yom Kippur, en octubre de 1973. Dichas bombas se hallaban bajo el rígido control de los asesores soviéticos. Estas informaciones, logradas por los servicios de Inteligencia de USA, fueron una de las principales causas de que Nixon pusiera en estado de máxima alerta a las tropas norteamericanas en el

La desobediencia de los pilotos del avión libio, en definitiva, crispó los nervios del Estado Mayor judío, que dio la orden de «neutralizarlo». Lo que nunca se averiguó —Kissinger, al menos, parecía no saberlo— es si el 727 llegó a registrar información a su paso sobre Refidim o si, como opinaban algunos sectores del Mossad, los planos secretos de dicha base viajaban en el referido Boeing. En este supuesto, el desvío del avión podía obedecer a un afán de ratificación de lo que ya tenían. De una u otra forma, la verdad es que la caída del 727 segó de raíz ambas verosímiles posibilidades. (Hay que recordar que las víctimas —incluidos los siete supervivientes— y los restos del aparato fueron controlados desde el primer instante por el Ejército de Israel.)

Si esto era cierto, el desacostumbrado silencio del coronel Gadafi sí estaba justificado...

Según Kissinger, este incidente resultaba demasiado sospechoso como para colgarle la etiqueta de «casual» o atribuirlo a una «desgraciada audacia» de los libios, mortales enemigos de Israel. El Mossad estaba especialmente preocupado por aquel sobrevuelo. ¿Cómo habían obtenido una información tan altamente secreta? ¿Quién estaba detrás de los mediocres servicios de espionaje de Libia?

La posible respuesta aparecía irremediablemente vinculada a la segunda información proporcionada por el consejero presidencial a Curtiss. Una información que hizo palidecer a nuestro jefe y a nosotros con él...

El bramido de Charlie era tal que Curtiss nos invitó a buscar un lugar más sosegado. Pero antes, abriendo las páginas de un ejemplar del diario *New York Times* exclamó, señalando el interior del rotativo:

—¡Fíjense en esto!... ¡Mao también está aprendiendo inglés!

---

mundo durante la citada «cuarta guerra» árabe-israelí. (El 26 de octubre de ese año de 1973, el presidente Nixon declaraba al respecto: «La crisis mundial más difícil y grave desde 1962, con el envío de misiles rusos a Cuba, ha tenido lugar durante la guerra del Yom Kippur. Rusia se disponía a enviar a Egipto una "fuerza sustancial", por lo que Estados Unidos puso a su Ejército en estado de máxima alerta...)» *(N. del m.)*

Desconcertados por el insólito comentario nos precipitamos sobre el periódico que sostenía el general. En la página sexta, en efecto, entre otras informaciones de las agencias United Press International y Associated Press aparecía una breve y discreta reseña de una entrevista televisada en los estudios de la NBC (National Broadcasting Company), en Nueva York. Los protagonistas: Henry Kissinger y la temida periodista Barbara Walters.

Con la excusa de su reciente viaje a China y de su entrevista con Mao Tse-Tung, Barbara había preguntado al consejero presidencial acerca del inglés del líder chino.

—¡Lean, lean! —nos animó Curtiss—. ¡Es un diálogo que no debemos olvidar!

Nos miramos con extrañeza. ¿Qué quería decir? ¿Por qué no debíamos «olvidar» aquella trivialidad?

Refiriéndose a un comentario anterior de Kissinger —en el que afirmaba que Mao «usaba algunas frases en inglés»— la periodista le formulaba la siguiente pregunta:

«—¿Nos podría decir cuáles?

»—Siéntese, por favor —respondía Kissinger.

»—Eso es más de lo que usted puede decir en chino...

»—Así es, en efecto.»

Alguien del grupo interrogó a Curtiss sobre el interés de tan intrascendente diálogo. El jefe, tras carraspear banalmente, lanzó una huidiza mirada a los técnicos de mantenimiento del generador. Seguían distantes y ajenos a nuestra conversación.

—Simplemente —sentenció con autosuficiencia—, no lo olviden. Puede sernos útil en la fase «roja».

Obedecimos sin rechistar. Al cabo de unos minutos, cuando hubimos memorizado el diálogo, el general pasó un par de hojas, mostrándonos otra «sorpresa». Sobre la totalidad de la página dedicada a la habitual sección de «Business-Finance» había sido cuidadosamente pegada una hoja de papel, mecanografiada y con un encabezamiento que, en principio, no nos dijo gran cosa:

«EL RAPTO DE EUROPA.»

Por lo poco que alcanzamos a leer, aquel documento —tan diestramente camuflado— hablaba de un plan secreto entre la Unión Soviética y nuestro país, los Estados Unidos. Y digo que apenas si tuvimos tiempo material de pasar del primer párrafo porque cuando Curtiss estimó que había enganchado nuestra atención, cerró el diario dejándonos en suspenso. Ascendimos los escalones de piedra, y una vez en el campamento el rostro del general sufrió una drástica transformación. Días después, con el arribo de los nuevos equipos, sus ojos volverían a oscurecerse con una amargura similar.

El sol empezaba a teñir de violeta el horizonte del desierto, y sin prisas, simulando un paseo, fuimos aproximándonos a la mitad oriental de la empalizada. Allí, sentados sobre los sacos de tierra, a prudente distancia de los atareados israelíes, tuvimos conocimiento del más sucio e inhumano proyecto que pueda imaginar hombre alguno.

Curtiss abrió de nuevo el periódico y, con voz queda y destemplada, leyó aquel documento: la segunda información —altamente confidencial—, facilitada por Kissinger.

En síntesis —porque la exposición del detallado plan podría ocupar muchas páginas y no es éste mi verdadero objetivo—, tal y como habíamos leído, estábamos ante un acuerdo secreto de los dos grandes —URSS y USA— para provocar el hundimiento moral y económico de dos peligrosos «rivales» en el concierto mundial: Europa y Japón. Ambos bloques estaban poniendo en un grave aprieto los programas económicos y expansionistas de soviéticos y norteamericanos. Pues bien, semanas antes, Moscú y Washington habían trazado el llamado Rapto de Europa: título en clave (1) de una diabólica maniobra. Tanto el corrupto Nixon como el frío y despiadado Bréznnev sabían que

(1) El Rapto de Europa era un título tristemente inspirado en la mitología griega. Europa, hija de Fénix, rey de Fenicia, se hallaba un día junto a la orilla, cogiendo flores. En ese momento le llamó la atención la presencia de un toro de pelo brillante y aspecto majestuoso, que pacía entre los rebaños de su padre. Europa no imaginaba que se trataba del dios Zeus, que había adoptado esta forma para raptarla. La muchacha se acercó al animal, acariciándole. Y el toro, gentilmente, dobló las rodillas, permitiendo a la joven que montara sobre su grupa. De pronto, el toro se incorporó, lanzándose al agua y arrastrando con él a la infortunada Europa. Zeus la llevó hasta Gortina, en la costa meridional de la isla de Creta. De la unión del dios y Europa nacieron Minos, Radamantis y Sarpedón. El rey Asterión, de Creta, los adoptó, convirtiéndose en el esposo de Europa. *(N. del m.)*

la fórmula más eficaz para lograr sus propósitos era la utilización de una nueva e infalible «arma»: el petróleo. Si Europa y el imperio nipón veían cortados sus respectivos suministros de crudo, las economías de ambos quedarían violentamente frenadas. Pero ¿cómo conseguirlo? ¿Cómo hacer para que los pozos petrolíferos de oriente Medio —principales «grifos» de alimentación de la pujanza del mundo occidental— fueran cerrados? Y, sobre todo, ¿cómo lograr que ninguno de los «inspiradores» de este macabro proyecto se viera descubierto o involucrado directamente?

Ni que decir tiene que semejante plan sólo era conocido por los muy allegados a los citados Nixon y Brézhnev.

La Operación Rapto de Europa contemplaba una siniestra solución: una cuarta guerra en Oriente Medio. Así de simple y despiadado. Para ello —prosiguió el general con una voz que parecía hundirse por momentos—, siempre de común acuerdo, los «grandes» debían manipular todos los procedimientos a su alcance para «estimular y dirigir los maltrechos sentimientos patrióticos de los árabes contra el siempre odiado vencedor: Israel».

Esa guerra había sido meticulosamente planeada desde el Kremlin y el Pentágono. El documento establecía, incluso, las posibles fechas para la contienda, su duración máxima, países que deberían enfrentarse al Ejército judío, tácticas a seguir, tipo de equipos bélicos a utilizar, límites en los apoyos logísticos y de material por parte de Estados Unidos y la Unión Soviética a sus respectivos «aliados» y hasta el número de bajas estimado en las hostilidades... (1)

(1) Aunque me repugna recordar esta demencial historia, he aquí, muy resumidos, algunos de los informes de la Operación Rapto de Europa:

Las fechas más propicias para el ataque a Israel fueron determinadas inicialmente en tres momentos de 1973: en la segunda quincena de mayo, en septiembre y en el mes de octubre. De hecho, en enero de ese año, Sadat ordenaría al jefe del Estado Mayor egipcio, general Shazli, la «puesta a punto» del cruce del canal de Suez. Con el paso de los días, los rusos se inclinarían por la tercera fecha. Y el día D fue fijado para el 6 de ese mes de octubre. El ciego odio de los árabes hacia los judíos les impulsaría a elegir dicha fecha, no sólo porque el estado de la marea en el canal era el más favorable, sino, muy especialmente, porque ese día

Entre los métodos a seguir para «elevar la temperatura de preguerra» en la zona, el plan Rapto de Europa especificaba una serie de escalonadas movilizaciones de los
ejércitos árabes (desde enero de 1973, Egipto movilizaría
sus reservas en 20 ocasiones), intensas campañas terroris-

coincidía con el décimo del Ramadán. (En tal fecha, en el año 624, el
profeta Mahoma inició los preparativos para la batalla del Badr, que sería el preludio de su triunfante entrada en La Meca y del comienzo de
la expansión del islam.) En el colmo de las coincidencias, ese 6 de octubre era el Día del Perdón para los israelitas: una solemne celebración
religiosa en la que todo judío está obligado a reconciliarse y solicitar
disculpas a quien haya ofendido en el curso del año. Durante el Yom
Kippur o Día del Perdón, todo se paraliza en Israel. El maquiavelismo
árabe y —¿por qué negarlo?— ruso-norteamericano llegó a estos repugnantes extremos. «Un ataque masivo en dicha jornada —preveía el
plan—resultará ventajoso para los ejércitos atacantes: egipcios, sirios y
jordanos.» Éstos eran —según Rapto de Europa— los países árabes que
soportarían el peso de la nueva guerra. Otras naciones de Oriente Medio figuraban como «fuerzas de apoyo y reserva», tanto en el envío de
tropas como de armamento en general. A la hora de la verdad, el prudente rey jordano no caería en la trampa, limitándose a enviar la Brigada 40 cuando la guerra llevaba ya siete días y las presiones sobre él se
hicieron insoportables.
La duración máxima —¡«permisible»!— de las hostilidades —rezaba el plan secreto— será de 40 días. (Efectivamente, el acuerdo final de
alto el fuego egipcio-israelí fue firmado el domingo, 11 de noviembre, por
el general Aharón Yariv, anterior jefe del Servicio de Información Militar
judío y por el también general egipcio Ismaíl Jamsi, jefe de operaciones
del Ejército. Desde el 6 de octubre habían transcurrido 35 días.)
El plan general de ataque —bautizado con el nombre en clave de
Chispa— se basaba en dos fases: la primera, el cruce del canal de Suez
y la consolidación en el Sinaí de los ejércitos egipcios y, segunda, una
invasión masiva y simultánea de los altos del Golán por parte de las
fuerzas sirio-jordanas. Con el más gélido pragmatismo, los «artífices»
de la guerra habían previsto, incluso, el número de bajas en soldados,
blindados y aviones, en especial en el frente del canal: el más virulen-
to. En total, la operación de cruce podría costar cerca de 30 000 bajas
a los egipcios, incluyendo 10 000 muertos. El minucioso estudio ruso
norteamericano especificaba cuál podía ser el contingente de fuerzas
de ambos bandos antes de la guerra. Israel dispondría de 30 000 hombres, aunque era factible una movilización de 300 000 reservistas en
72 horas. En cuanto al potencial bélico de los egipcios, sirios y jordanos,
Rapto de Europa lo estimaba en unos 500 000 hombres (298 000 egipcios, 132 000 sirios y alrededor de 70 000 jordanos). Israel contaba con
1 700 carros de combate, de tipo mediano, contra unos 4 000 de sus
enemigos. La temida y eficaz Fuerza Aérea judía disponía, a su vez, de

tas (1), intoxicación de la opinión mundial contra Israel, difundiendo emisiones de radio que apuntasen hacia un inminente ataque de los judíos en cualquiera de sus fronteras, falsas pistas y comunicados a la prensa extranjera en relación al «deficiente material bélico de los árabes» (2) y un pormenorizado etcétera que contribuyó aún más a avergonzarnos.

---

488 aviones de combate (12 bombarderos ligeros, 9 cazas F-4, 36 Mirages, 165 caza-bombarderos Skyhawks del tipo A-4, 24 cazas Baraks, 18 Super Mystères y 23 Mystères, entre otros). Los atacantes sumaban algo más de 1 200 aparatos, sin contar los 200 aviones egipcios «en reserva».

Esta abrumadora desproporción de fuerzas y el factor sorpresa (los árabes disponían de 16 preciosos minutos antes de que saltasen las alarmas electrónicas de Israel) inclinaban la balanza de la guerra hacia el bando atacante. Sin embargo, según el documento de Curtiss, la «victoria sería parcial». Es decir, las batallas tendrían un único objetivo doble: reconquistar las alturas del Golán y parte del Sinaí y descargar un «golpe moral» sobre Israel. Los suministros de munición y equipos militares a los contendientes —tanto en el caso ruso como norteamericano— eran estimados en un máximo de 100 000 t con una inversión tope en armas (antes del conflicto) de 1 500 millones de dólares, respectivamente. El obstáculo que suponía la «no presencia de asesores soviéticos en Egipto» —expulsados en julio de 1972— fue salvado con el compromiso de sucesivas reuniones ruso egipcias y, durante la guerra, con un «puente» aéreo, a través de Yugoslavia. (En enero de ese año, Sadat visitó al mariscal Tito, consolidando el derecho de tránsito de la URSS sobre territorio yugoslavo.) *(N. del m.)*

(1) Entre los atentados y operaciones terroristas desplegados en los meses previos a la guerra del Yom Kippur, cabe destacar —como simple muestra— el asalto, el 29 de septiembre, a un tren que conducía a emigrantes judíos de Moscú a Viena. En el momento en que dicho convoy llegó a la frontera entre Checoslovaquia y Austria, dos guerrilleros palestinos se apoderaron de cinco ciudadanos judíos y un funcionario austríaco de aduanas. En el transcurso de las tensas negociaciones, el entonces primer ministro de Austria, Bruno Kreisky, propuso que a cambio de la libertad de los rehenes se cerrara el campamento de tránsito para los emigrantes israelíes de Rusia, situado en el castillo de Schonau, cerca de Viena. La medida causó indignación en Israel, forzando, incluso, un viaje relámpago de Golda Meir a Viena. *(N. del m.)*

(2) Entre los «engaños» árabes, recuerdo un extraño informe aparecido en la prensa británica sobre «el pobre estado de mantenimiento de los misiles antiaéreos en Egipto». Las «fuentes» informantes —rusas, por supuesto— aseguraban que dichas armas eran prácticamente inservibles. Después de la cuarta guerra, Sadat declararía, con evidente regocijo, que «los israelíes llegaron a tragar el anzuelo...». *(N. del m.)*

La operación concluía con un no menos exhaustivo análisis de las posiciones políticas y económicas de los países europeos y de Japón respecto a árabes y judíos y de las «casi seguras» consecuencias de dicha cuarta guerra. Unas consecuencias —como fatalmente así sucedería— que traerían la división entre los pueblos y el negro estancamiento de las economías. (Ni Rusia ni Estados Unidos dependían del crudo árabe.) En el caso del imperio nipón, por ejemplo, su consumo de petróleo desde 1971 representaba un 8 por ciento de toda la producción mundial. De ese porcentaje, el 75 por ciento procedía de los pozos de Oriente Medio...

La «trampa», en suma, era perfecta. En el fondo, el resultado de la contienda —«predibujado» por Washington y Moscú— era poco importante. La clave de la oscura operación era otra: forzar al mundo musulmán al cierre o recorte del abastecimiento de crudo. El fantasma del alza de los precios del petróleo hacía tiempo que planeaba sobre los países industrializados. Con esta «criminal jugada», Europa y Japón se verían forzados a tomar posiciones, bien a favor del dinero judío o del vital flujo del crudo árabe. La neutralidad ante la guerra era casi impensable. E, incluso en el caso de producirse, ni unos ni otros la perdonarían.

La suerte de Japón y Europa estaba echada. (Basta lanzar una ojeada a los meses que siguieron a la citada guerra del Yom Kippur para percatarse de la magnitud del diabólico plan (1). Un proyecto que nadie se ha atrevido a desvelar hasta hoy.)

(1) La gran crisis del petróleo —de la que todavía no se ha recuperado el mundo— fue, en definitiva, el resultado del enfrentamiento de 6 500 000 árabes contra 650 millones de europeos y japoneses. El 8 de noviembre de ese año de 1973, Arabia Saudita, el primer país exportador de crudo del mundo, cortaría su producción de petróleo en un 31,7 por ciento, comparándola con la producción de septiembre. Arabia Saudita planeaba para ese noviembre de 1973 una producción global de 9,1 millones de barriles diarios. Este cupo, como digo, sería reducido a 3,44 millones/día. El ejemplo de Arabia sería secundado por el resto de los países de Oriente Medio, cayendo así en la «trampa» ruso-norteamericana. El 13 de noviembre, por ejemplo, el primer ministro de Libia, Abdel Salam Jallud, declararía que el embargo de crudo a Europa y Japón continuaría en tanto siguieran negándose a facilitar armas modernas al mundo árabe. Europa se vino abajo y los países del golfo Pérsico apro-

Era grotesco. Sentados sobre unos prosaicos sacos de tierra, acabábamos de conocer uno de los secretos más celosamente guardado. Pero lo más paradójico es que nosotros estábamos allí, en lo alto de Masada, en pleno corazón de Israel, colaborando en el montaje de una estación receptora de imágenes espías y, al mismo tiempo, los que se declaraban «amigos» de los judíos —los Estados Unidos de Norteamérica— fraguaban y consentían una guerra contra dicho aliado... ¿No era para enloquecer?

En opinión de Curtiss, el derribo del Boeing libio formaba parte de la campaña orquestada por Rapto de Europa para instigar y promover el odio generalizado hacia los israelíes, contribuyendo así al creciente deterioro de la atmósfera política en Oriente Medio. En este sentido, Kissinger le había «insinuado» que, según su servicio de Inteligencia, la información sobre el arsenal nuclear en Refidim había sido suministrada a Libia, siguiendo un típico y tortuoso camino que no infundiera sospechas a los receptores de tan alto secreto. La sibilina operación fue activada a finales de 1972 por el GRU (1), servicio secreto soviético, previo conocimiento y consentimiento de la CIA. Los agentes rusos expulsados de Egipto en julio de 1972 por el presidente Sadat habían logrado hacerse con preciosos y precisos detalles en torno a la ubicación y naturaleza de las bombas atómicas judías. El Mukhabarat el Kharbeiyah (servicio de espionaje de El Cairo) había presionado a los asesores soviéticos para que le informaran sobre tan apetitoso asunto. Pero Moscú se negó en redondo. Como suele

---

vecharon la «anemia y las disputas» de Occidente para intensificar la peor de las guerras: la de la energía. Excepto Irán, los citados países del golfo —que representaban el 60 por ciento de la producción mundial de crudo— establecieron tres frentes de «batalla»: uno, aumentando el precio del oro negro en un 17 por ciento. Dos: Abu Dhabi, primero, y el resto de los países árabes, después, decidieron suspender el envío de petróleo a cualquier nación que se declarase partidaria de Israel. Además, redujeron su producción en un 10 por ciento y, más tarde, en un 5 por ciento acumulativo. Y tres: tendencia a la nacionalización de sus recursos e industrias derivadas. De haberse producido la nacionalización absoluta, la medida se habría vuelto contra USA. Pero, obviamente, eso no llegaría a ocurrir jamás... *(N. del m.)*

(1)   GRU: Glavanoie Razviedilvatelnoie Upravlenie. *(N. del m.)*

suceder en el tenebroso mundo de los servicios de información, los egipcios, contrariados, no tuvieron escrúpulos en canjear esta pista con los cada vez más numerosos hombres de la CIA en tierras egipcias. A cambio, la Inteligencia USA les proporcionó informes (1) de «segundo rango» y otros, «altamente secretos»... y falsos.

El caso es que, una vez que los rusos abandonaron el país, los servicios egipcios de espionaje —y, casi simultáneamente, los norteamericanos— se encontraron con varias sorpresas. Una de ellas, sobre todo, fue especialmente grave. Durante su estancia en Egipto, los agentes del Departamento de Tecnología e Investigación del Ministerio de Defensa de la URSS habían efectuado pruebas de guerra bacteriológica en el interior de las pirámides.

Aquello conmocionó a la CIA. Por lo que le relató Kissinger a Curtiss, las sorprendentes alteraciones de radiación dentro de dichas pirámides favorecían en extremo el desarrollo de unas determinadas bacterias, altamente letales. Los egipcios no supieron qué hacer con aquella peligrosa información. Pero la CIA sí.

Aquel mismo verano de 1972, representantes del KGB soviético y de la CIA concertaron una entrevista en terreno neutral: en París. Allí, unos y otros confirmaron la veracidad de sus respectivas sospechas: los norteamericanos sabían de las actividades rusas en las pirámides y Moscú, a su vez, del arsenal atómico judío y de la asistencia técnica de Washington a los citados emplazamientos nucleares. Y, como en ocasiones precedentes, establecieron un pacto: cada parte archivaría lo que había descubierto en relación

(1) Los servicios secretos norteamericanos se multiplicaron en Egipto a raíz de la citada expulsión de los asesores rusos. Sustanciosos créditos USA y una paciente labor de la CIA, intoxicando al Mukhabarat el Kharbeiyah y al Mukhabarat Elasma (servicio secreto de contraespionaje egipcio), «convencieron» a Sadat de que Moscú podía arrebatarle el poder, dictando la referida expulsión. Entre otros argumentos, la CIA esgrimió ante los egipcios el hecho —totalmente falso— de que los servicios de información soviéticos habían conectado con el partido comunista en El Cairo, con el fin de llevar a cabo un estudio que situara a dicho partido comunista en el poder. Para ello contaron con la ayuda de un falso agente chino que, en Kenia, contactó con un miembro del servicio secreto de Egipto, informándole sobre las ansias de hegemonía rusa en Egipto. (N. del m.)

a la otra. Ambos bandos tenían mucho que perder y, en consecuencia, el arreglo fue rápido y sencillo.

Pero, al nacer el proyecto Rapto de Europa, rusos y norteamericanos, de común acuerdo, decidieron utilizar una parte de aquella información, en beneficio mutuo.

Era un secreto a voces que Francia venía suministrando armamento —en especial aviones Mirage— a diferentes países árabes. Libia era uno de sus clientes. Pues bien, Washington y Moscú extendieron su tela de araña preparando una sutil trampa.

Casi a finales de ese año de 1972, tres agentes soviéticos en Francia —Alexei Krojin, V. Romanov y Víctor Volodin (1)— recibieron de sus superiores un dossier «altamente clasificado», con la misión específica de que terminara en manos francesas. El documento recogía una detallada y fiel información sobre la posible base nuclear en Refidim (Sinaí). Uno de los agentes rusos mencionado había organizado una red de espionaje dentro de la policía política de Francia. La «filtración» del dossier, por tanto, no fue laboriosa. Lo que ignoraban las autoridades galas, naturalmente, es que —paralelamente— Gadafi había recibido de los propios rusos algunas «insinuaciones», dándole a entender que París disponía de una preciosa información sobre el arsenal atómico de Israel. En sus conversaciones con el coronel libio, los astutos soviéticos le aconsejaron que pagara las altas cifras exigidas por Francia para la venta de los Mirages, «siempre y cuando —en justa compensación—, los franceses "acompañaran" los cazas del valioso dossier». El temperamental Gadafi mordió el anzuelo, frotándose las manos ante la magnífica posibilidad de obtener un secreto que beneficiaría a sus hermanos árabes. La ambiciosa Francia cedió finalmente a las pretensiones de Libia, cerrando la venta de veintiocho avio-

(1)   Estos espías rusos —el primero fue tercer secretario de la embajada rusa en París y jefe de entrenamiento del KGB en Francia; el segundo, agregado de prensa, y el tercero, miembro de los servicios de seguridad de dicha embajada— fueron expulsados de Francia a finales de 1972, merced a la denuncia de un cuarto agente soviético —Fedosseiev—, que se pasó a los servicios secretos de la OTAN en Inglaterra. *(N. del m.)*

nes Mirages (1). A primeros de 1973, el documento en cuestión fue transferido al jefe de la revolución libia.

El resto de la truculenta historia es fácil de imaginar. Con una más que notable torpeza, Gadafi pudo haber encomendado a los pilotos del 727 que confirmaran la información que obraba en su poder. El resultado final —de todos conocido— «elevó la tensión en Oriente Medio», tal y como deseaban los «padres» de la Operación Rapto de Europa...

Cuando Curtiss finalizó su minuciosa y dramática exposición, un silencio de muerte cayó sobre nosotros.

No era preciso que el general nos recordara el carácter «absolutamente confidencial» de tan monstruoso plan, ni tampoco el grave riesgo que corrían las vidas de todos los presentes, en el supuesto de que alguien se decidiera a advertir a israelitas o árabes. Sencillamente, estábamos atrapados bajo la gigantesca envergadura del propio secreto.

Alguien, al fin, se decidió a hacer un comentario, lamentando que todo un presidente de los Estados Unidos

(1)   Poco después de la llegada de los Mirages a territorio libio, tal y como esperaban los responsables del Rapto de Europa, el Mossad israelí descubrió la presencia de los cazas en Libia. Y el 21 de marzo, un avión de transporte norteamericano C-130, preparado para el espionaje electrónico y pilotado por personal judío, a punto estuvo de ser derribado por dos cazas libios. El C-130, con base en Atenas, pretendía corroborar las sospechas del Servicio Secreto de Israel. Al ser atacado al sur de la isla de Malta tuvo que huir precipitadamente. En aquellos momentos, la prensa internacional asoció este nuevo incidente con el derribo del Boeing libio en el Sinaí. El Gobierno de Golda denunció la presencia de aviones Mirage franceses en Libia, pero Francia, en el colmo del cinismo, negó tal acusación. Como preveían los militares israelíes, dichos cazas serían traspasados a Egipto. Pero las insistentes denuncias judías fueron sistemáticamente desatendidas. El 26 de abril de 1973, el Consejo de Ministros francés, bajo la presidencia de George Pompidou, llegó a publicar una nota en la que se decía que, «hasta ahora, no había confirmación de los rumores que circulan sobre el tema». Horas después, el comentarista Yves Cau, de *Le Figaro*, dejaría en entredicho al Gobierno de París, revelando que, en efecto, los Mirages vendidos por Francia a Libia se encontraban en bases egipcias próximas al canal de Suez. Dieciocho de los cazas salieron en la primera semana de abril de Trípoli. El traslado definitivo se llevó a efecto días después, escalonadamente, y con vuelos entre Tobruk y la base egipcia de El Nasr. De allí pasaron a las bases de Benisueif y Fayum. *(N. del m.)*

fuera capaz de semejante aberración. Y Curtiss, con las pupilas fatigadas, se apresuró a responder con unas frases que resultarían proféticas:

—Nixon pagará por esto... Watergate será su verdugo.

Antes de retirarnos a las tiendas, el general hizo un último esfuerzo aconsejándonos que olvidásemos y que nos entregáramos a nuestra verdadera y secreta misión de paz. Kissinger, al interesarse por los preparativos de Caballo de Troya para el «segundo gran viaje», le había animado a ejecutarlo «lo antes posible». Si el plan de Moscú y Washington prosperaba, no habría ya otras oportunidades. La enloquecida maquinaria de la guerra estaba en marcha. Era preciso, pues, actuar con tanta cautela como diligencia.

A la mañana siguiente, jueves, 1 de marzo, durante la sobremesa, Bahat, el supervisor, más excitado que nunca, se enfrascó en una agria polémica con otros militares judíos. El motivo no fue otro que la repentina visita a Moscú del ministro de la Guerra de Egipto. El general Ahmed Ismaíl Alí, acompañado de representantes de todas las armas de su país, había iniciado en la capital soviética una sospechosa ronda de conversaciones al más alto nivel. Aunque esta cumbre egipcio-soviética aparecía rodeada de un impenetrable secreto, el hecho de que Ismaíl Alí hubiera volado en un avión especial y escoltado por altos oficiales de todos los ejércitos egipcios, infundió en Israel un especial recelo. Para algunos de los técnicos que polemizaban con Bahat, estábamos ante una peligrosa etapa de rearme egipcio. El supervisor, en cambio, iba más allá: «Aquel súbito acercamiento de El Cairo y Moscú —expuso con tanta vehemencia como razón— sólo podía ser el preludio de la guerra.»

Curtiss, en silencio, les dejaba hablar. Al escuchar la palabra «guerra», el general, sosteniendo una elocuente mirada, nos dio a entender que Bahat no iba descaminado en sus apreciaciones. Aquellos cinco días de entrevistas en la Unión Soviética no tenían otra finalidad que «poner al corriente a los egipcios de algunos de los capítulos esenciales del siniestro plan concebido por Washington y Moscú». Naturalmente, durante las cinco horas que duró la reunión entre Ismaíl y Brézhnev, el premier ruso tuvo especial cuidado para no levantar sospechas entre sus «amigos», los egipcios, en relación a los auténticos objetivos e inspiradores del proyecto Rapto de Europa. Cuando los enviados de Sadat regresaron a El Cairo, la cuarta guerra era ya irreversible...

Aquel inevitable sentimiento de peligro —¡paradojas del destino!— beneficiaría nuestros secretos planes. Israel, desconfiado siempre, activó sus defensas y redes de información hasta límites insospechados. Y una de las consignas del Estado Mayor judío, como digo, nos afectó de lleno: «La estación receptora de fotografías tenía prioridad absoluta. No debían escatimarse hombres ni medios para su fulminante puesta en marcha.»

Y los militares y técnicos judíos —y nosotros con ellos— se lanzaron a una agotadora labor. La estación, ésta fue la orden, debía iniciar sus primeras recepciones de imágenes el 1 de abril. Ello nos proporcionaba un escaso margen de tiempo y, consecuentemente, nuevas preocupaciones. La más grave, al menos en aquellos momentos, la constituía el combustible de la «cuna». Ni los directores del programa, ni Eliseo ni yo teníamos la más leve idea de cómo y cuándo podía llegar hasta lo alto de Masada. Por supuesto, nuestras noticias respecto a la «vara de Moisés» eran igualmente nulas. Pero algo habíamos aprendido en aquella apasionante aventura: a confiar en Curtiss. Así que en el transcurso de la primera semana de marzo, aunque estos interrogantes estaban en las mentes de todos, nadie exteriorizó inquietud alguna. Sencillamente, trabajamos duro y esperamos...

Aquel jueves, al tener conocimiento del asalto a la embajada de Arabia Saudita en Jartum (Sudán), por parte de guerrilleros de Septiembre Negro, el campamento sufrió una nueva conmoción. Las acciones terroristas, tal y como preveía el Mossad, seguían su imparable espiral, beneficiando así las diabólicas maquinaciones de Rapto de Europa.

Por fin, al mediodía del sábado, 3 de marzo, nuestro jefe se decidió a hablar. Tras hacernos con la contraseña del día —«Yehohanan» (Juan)—, cruzamos el portón de salida, mezclándonos como unos turistas más con los escasos visitantes de las ruinas. El general, los directores, mi hermano y yo comunicamos a Yefet que deseábamos estirar las piernas y que estaríamos de regreso en el último servicio del aerocarril. La tensión y el esfuerzo de aquellos días habían sido tales, que los judíos lo comprendieron, no oponiendo resistencia a lo que se suponía un relajante e inofensivo paseo por el llamado «sendero de las víboras».

Y con el ánimo bien dispuesto dejamos atrás la cumbre, iniciando un pausado descenso por el zigzagueante camino de la cara oriental de Masada.

Cuando nos encontrábamos a unos cien metros de la cima, Curtiss se detuvo. Tomó asiento al filo del sendero y, con la cabeza baja, empezó a dibujar extraños signos sobre la amarillenta y calcinada tierra. Su espíritu parecía más reposado que en días anteriores. Finalmente, presa de una contagiosa excitación, nos dio a conocer sus inminentes planes:

—Dada la celeridad con que discurren los trabajos en el campamento Eleazar, es más que probable que el lunes o martes próximos nos veamos obligados a iniciar la fase secreta del ensamblaje de la estación. En ese momento —prosiguió con una burbujeante euforia— activaremos la última etapa de nuestro plan: la «roja». Como sabéis, los israelíes deberán desalojar la «piscina»...

El general hizo una pausa, como buscando las palabras y el tono adecuados a lo que pretendía comunicarnos.

—... Sé cuál va a ser vuestra respuesta —continuó, al tiempo que señalaba hacia lo alto de Masada—, pero es mi obligación preguntároslo. ¿Están los hombres de Caballo de Troya en condiciones de encajar un nuevo y considerable esfuerzo?

—¿De qué clase? —fue nuestra obligada pregunta.

—Es preciso que el módulo esté listo para la tarde-noche del viernes, 9 de marzo...

Nos miramos en silencio. Suponiendo que, en efecto, la fase secreta del montaje arrancara el lunes o martes, ello significaba un margen de tres o cuatro días...

Algunos de los directores movieron la cabeza, manifestando sus dudas.

—¿Para cuándo está previsto el lanzamiento? —intervino Eliseo con su habitual pragmatismo.

—Para esa misma noche del 9 —respondió el general sin rodeos—, si es que somos capaces de situar la «cuna» en el centro del foso...

Creo que ninguno de los presentes dudaba de la eficacia y del espíritu de entrega del medio centenar de especialistas que nos acompañaba desde el principio de la misión. Lo que sí nos inquietaba —y así se lo expusimos a Curtiss— era la falta de noticias en torno al combustible, a la «vara de Moisés» y al resto de los equipos diseñados para la segunda exploración. Amén de todo esto, las reservas de helio —vitales para el funcionamiento de los amplificadores *maser* (1)— tampoco habían llegado a lo alto de la roca. El general, como nosotros, sabía que, sin las botellas de gas, los trabajos eran inviables.

Pero el jefe de Caballo de Troya, como hiciera en fechas anteriores, cuando le manifestamos estas mismas inquietudes, no se alteró. Evidentemente, lo que le preocupaba en aquellos momentos era saber si podía contar, o no, con el supremo esfuerzo que solicitaba de nuestros hombres. Cuando, al fin, arriesgándonos a asumir el sentimiento de la mayoría, le garantizamos que la «cuna» estaría lista en el lugar y momento deseados, Curtiss alivió la ansiedad general anunciándonos que, según los planes, tanto el helio como el combustible para el módulo se hallaban en camino. Ambos llegarían al campamento en la noche del día siguiente, domingo... simultáneamente.

En previsión de un posible sabotaje palestino, el suministro de helio a la estación receptora había sido planeado —siguiendo las recomendaciones del Servicio de Informa-

---

(1) Los dos amplificadores *maser* de la estación, como creo haber explicado anteriormente, procesaban los datos con una pureza extraordinaria. Estos avanzados equipos requieren una temperatura permanente de 269 grados centígrados bajo cero. (Es decir, sólo 4 grados más alta que la del cero absoluto.) Para ello, debían sumergirse en helio 60 previamente licuado en un criogenerador que formaba parte del instrumental. Este criogenerador o *coldbox* había sido comprado a una importante multinacional suiza. Con ayuda de turbinas de expansión, gradientes o etapas de gas e intercambiadores térmicos de placas, se alcanzaba la temperatura requerida: −269 °C (4,2 K), logrando la licuefacción del helio-gas. Lógicamente, sin esas reservas de helio, el criogenerador y los *maser* no podían funcionar. *(N. del m.)*

148

ción Militar israelí— de acuerdo con una doble vía. Exceptuados, obviamente, los yacimientos rusos, el resto de las reservas naturales de este gas noble está localizado en Canadá, Polonia y en mi propio país: Estados Unidos. Esta circunstancia, y el hecho de que USA monopolice su extracción, manipulación y distribución por medio mundo, nos proporcionaron una estimable ventaja. El abastecimiento se hallaba garantizado, tanto en volumen como en periodicidad.

En cuanto a la doble vía de suministro a Masada, judíos y norteamericanos habían establecido dos puentes aéreos: uno desde Polonia y el otro desde USA. Aviones cargueros, especializados en este tipo de trasiego, debían tomar tierra en Israel en el curso de las primeras horas del domingo, 4 de marzo. Pero un sospechoso accidente de aviación, acaecido en la noche del 28 de febrero, obligó a cambiar parte de los planes, forzando a los responsables de la Operación Eleazar a prescindir de uno de los referidos puentes de suministro: el polaco.

Esa noche del miércoles último, según las informaciones llegadas hasta Curtiss, hacia las 23 horas, un aparato de las Fuerzas Aéreas polacas, tipo AN-24, se había estrellado a unos seis kilómetros del aeropuerto de Varsovia. Procedía de Golenion, cerca del puerto de Sczcecin, en el mar Báltico. Aunque la visibilidad era buena, el aparato se incendió en el aire, muriendo sus quince ocupantes. El Mossad no descartaba la posibilidad de un atentado. El Gobierno de Polonia había sido previamente advertido de las intenciones de transportar un determinado cargamento de helio a Israel —con fines puramente «industriales»: como gas portador para cromatografía— y, «casualmente», la persona que estaba al tanto de dicha transacción comercial, el ministro polaco del Interior, Wieslaw Ocieka, viajaba en dicho avión...

Como medida de seguridad, el Estado Mayor judío optó por olvidar la fuente polaca. El suministro, por tanto, procedería únicamente de los yacimientos de Estados Unidos.

El resto del paseo hasta la plataforma base del funicular discurrió en animada charla. El general había logrado contagiarnos su entusiasmo. Casi sin darnos cuenta estábamos a punto de iniciar la «cuenta atrás» de la ansiada segunda «aventura». No imaginábamos entonces que, dos días más tarde, nuestras ilusiones sufrirían un duro revés...

La consigna de Curtiss fue recibida con euforia entre la gente de Caballo de Troya: «El descenso de las botellas de helio al fondo de la "piscina" señalaría el inicio de la fase "roja".» Y todos nos dispusimos para el gran momento.

Al día siguiente, domingo, con la llegada de la noche, un estremecido resplandor rojizo y el tableteo de motores nos advirtió de la proximidad de los poderosos S-64. Dos primeros helicópteros-grúa depositaron en la cumbre de Masada un total de 360 botellas de helio-gas (N-60). Dos horas más tarde, otra pareja de Sikorsky ultimaba el trasiego con un cargamento similar.

En total, 720 botellas de 9,3 metros cúbicos cada una. Una reserva más que suficiente para garantizar el funcionamiento permanente (24 horas diarias) del criogenerador durante 30 días (1). Lo que no podían sospechar los israelíes es que, confundidas entre dichas botellas de acero de 1,60 metros de altura y 68 kilos de peso cada una, se hallaban también otras «botellas» —idénticas exteriormente—, pero con un contenido muy diferente: ¡el combustible para la «cuna»! (2). Según nos explicaría el general, la dirección de Caballo de Troya, a causa de la mayor duración del tiempo de vuelo del módulo en este nuevo «salto», había modificado el tipo de carburante, sustituyendo el peróxido de hidrógeno por una mezcla más segura y potente. Existía, además, otra razón: el fuerte carácter oxidante del H_2O_2 desaconsejaba su transporte por vía aérea. En la mezquita de la Ascensión, aunque la argucia para el ingreso del combustible había sido prácticamente la misma (confundido entre el helio-gas), Caballo de Troya no tuvo necesidad de enfrentarse, como ahora, a un trasiego aéreo de dicho cargamento.

(1) El consumo medio de helio estimado por los expertos en la licuefacción del gas era de unos 5 litros por hora. (De cada botella de 9,3 m³ se obtenía, aproximadamente, ese mismo volumen de gas.) *(N. del m.)*

(2) El nuevo combustible —tetróxido de nitrógeno (oxidante) y una mezcla al 50 por ciento de hidracina y dimetril hidracina asimétrica— había sido calculado para un período global de combustión de 5 horas y 14 minutos, con una disponibilidad máxima de 16 400 kilos. *(N. del m.)*

Lo que contaba, en fin, es que el carburante —vital para nuestros propósitos— estaba ya en el campamento Eleazar.

Como propietarios y únicos responsables del ensamblaje de los *maser*, la manipulación del helio N-60 fue dirigida y ejecutada por el grupo norteamericano. Eso era lo pactado. Los judíos, respetuosos, nos dejaron hacer. Durante esa noche, bajo la atenta vigilancia del general, arriamos las 720 botellas hasta el fondo de la «piscina», depositándolas cuidadosamente, en posición horizontal, en el recinto de 20 por 2 metros, destinado a almacén.

Al alba del lunes, 5 de marzo, cuando las nueve hileras —de 80 botellas cada una— estuvieron dispuestas, Curtiss anunció a Yefet y al resto de los oficiales israelíes que estábamos listos para iniciar la fase secreta del montaje de la estación.

Así dio comienzo la última etapa, previa al lanzamiento del módulo. Pero los «problemas», como pasaré a relatar a continuación, no habían concluido.

El equipo director de Caballo de Troya supo conjugar nuestras auténticas necesidades con las de los judíos. En el protocolo previo, Curtiss había establecido, entre otros acuerdos, un tiempo máximo de dos semanas para el completo ensamblaje del instrumental «clasificado». Durante ese período —estimado como aceptable por el Estado Mayor israelí—, la presencia de técnicos y militares judíos en el campamento Eleazar se vería reducida considerablemente. Sólo una mínima parte de los cincuenta hombres permanecería en la cumbre y, naturalmente, sin posibilidad de acceso al interior de la estación. Se mantuvieron los servicios de vigilancia, así como los correspondientes de cocina y supervisión de Charlie y del tanque de almacenamiento de gas-oil. Yefet, como jefe de campamento, fue el único oficial autorizado a seguir en la meseta, responsabilizándose de las comunicaciones. Aquella mañana del lunes, treinta y cuatro israelitas abandonaron temporalmente Masada, dispuestos a disfrutar de un merecido descanso. Su retorno fue fijado para el martes, 20 de marzo. Éste era, por tanto, el margen disponible para la puesta a punto de la «cuna», para su lanzamiento y posterior regreso. Si no surgían inconvenientes, la hora cero —es decir, el despegue del módulo— tendría lugar en la noche del viernes, 9 de marzo. (Curtiss se reservó la hora exacta hasta la mañana de ese nuevo histórico día.) De acuerdo con estos planes, Eliseo y yo nos «ausentaríamos» por espacio de 10 días. La misión debería finalizar, inexcusablemente, en la madrugada del 19 al 20 del mencionado mes de marzo. Sin embargo, como había sugerido Eliseo en una de las múltiples sesiones de trabajo de Caballo de Troya, nuestra estancia real «al otro lado» no sería de 10 días. La manipulación de los *swivels* nos brindaba la ocasión única de «vivir» un período indefinido (fijado inicialmente en 40 o 45 días), pudiendo volver a nuestro presente cronológico (1973) en el instante deseado. Como también insinué, la idea tropezó inicialmente con la lógica resistencia de algunos de los directores del proyecto. No había información sobre las posibles repercusiones de esta extrema manipulación del tiempo en el organismo humano. Era probable que no sucediera nada. Pero, basándonos en esta misma lógica, tampoco podíamos ignorar lo contrario. En definitiva, nos disponíamos a llevar a efecto un experimento singular: vivir un «tiempo» —biológico y cronológico— más prolongado y teóricamente disociado de nuestro «ahora» real. A pesar de esas comprensibles dudas, la misión resultaba tan fascinante, tanto desde el punto de vista histórico como científico, que los directores terminaron por claudicar, asumiendo, como nosotros, el posible riesgo. ¿Quién hubiera imaginado entonces que aquella genial idea de Eliseo nos conduciría a una «tercera y maravillosa experiencia»... y a la muerte?

Los hombres de Caballo de Troya, tal y como suponíamos, aceptaron entusiasmados el nuevo desafío. Disponíamos de cuatro días y algunas horas para situar el módulo en el centro de la «piscina» y proceder a su lanzamiento. Y a las 12 horas de aquel lunes, 5 de marzo, con una cierta solemnidad, el cierre hidráulico fue activado, sepultando en el foso a medio centenar de técnicos e ingenieros, absolutamente eufóricos.

En contra del deseo general, Curtiss estableció un riguroso sistema de turnos de trabajo. No convenía despertar sospechas entre los israelíes que nos acompañaban en el campamento lanzándonos —como pretendía el equipo— a una labor conjunta y sin respiro, en la que la totalidad de la plantilla norteamericana permaneciese bajo tierra. Por otra parte, amén del necesario descanso, los hombres libres de servicio deberían vigilar estrechamente los pasos y la actitud de nuestros «aliados».

Como medida precautoria, la cubierta del foso sólo sería retirada en los minutos previos al despegue de la «cuna». Hasta ese instante, las entradas y salidas del personal se efectuarían por las dos escotillas de emergencia, practicadas en el mencionado cierre hidráulico y ubicadas en el centro del mismo, junto a los lados oriental y occidental del gran rectángulo, respectivamente. De esta forma, nuestras manipulaciones en el interior de la estación quedaban a salvo de cualquier e indiscreta mirada.

Mientras los técnicos procedían a un rápido desembalaje de los siete grandes cubos de «piedra» naranja depositados en el centro de la «piscina», Curtiss y otros especialistas se afanaron en una exhaustiva revisión de las botellas de helio. Aunque, a primera vista, todas eran iguales, pronto caí en la cuenta de lo que diferenciaba a las que albergaban el combustible. En la parte superior de éstas —en la zona de la ojiva color tabaco— aparecía la etiqueta de contraste que, habitualmente, se sitúa en el cuerpo de la botella. Y junto a la indicación de presión (200 bar) podía leerse igualmente un análisis del falso contenido (1).

Era menester estar muy al corriente de lo que constituye un análisis típico del helio N-60 para detectar que uno de los componentes de dicho gas —el O_2— aparecía ligeramente alterado en su proporción. En lugar de 0,15 ppm, Caballo de Troya lo había situado en 0,16. Esta ligerísima diferencia en el índice de oxígeno y la situación de las etiquetas en las cabezas de las botellas, muy próximas a los correspondientes grifos, eran las claves para distinguir unas de otras.

Pero, súbitamente, Eliseo y yo experimentamos una profunda emoción. Al retirar los paneles de color naranja —que no eran otra cosa que gruesas planchas de acero, re-

(1) H_2O < 0,7. Ne < 0,6. N_2 < 0,6. O_2 < 0,16. H_2 < 0,08 y CH_4 < 0,01. (Siempre «ppm».) *(N. del m.)*

cubiertas exteriormente por una delgada capa de piedra dolomítica—, el módulo, nuestra querida nave, quedó al descubierto. Y al acariciar las piezas, un torbellino de recuerdos y sensaciones nos invadió a ambos...

Todo discurrió con normalidad hasta poco después de aquella comunicación desde la plataforma-base del aerocarril. Hacia las cuatro de la tarde del martes, 6 de marzo, Yefet anunció al general la llegada de los dos técnicos norteamericanos que, días atrás, habían volado a USA con los estuches blindados que, oficialmente, contenían «material de laboratorio». El regreso de nuestros compañeros con la «vara de Moisés» nos colmó de alegría. Todo parecía salir a pedir de boca... Sin embargo, para Curtiss, Eliseo y para quien esto escribe, esa satisfacción se vería empañada por una de las noticias que portaban los viajeros procedentes de la base de Edwards.

El propio jefe de Caballo de Troya, acompañado por algunos hombres libres de servicio, salió al encuentro de los recién llegados, trasladando al interior de la «piscina» las urnas que contenían las diferentes piezas que debían configurar mi añorada «vara» y dos voluminosos arcones de acero sobre los que podían leerse idénticos rótulos: «Frágil. Material de laboratorio.»

Los responsables de este transporte hicieron entrega a Curtiss de dos sobres lacrados. Y allí mismo, ante la mal disimulada curiosidad de los técnicos, que se afanaban en la puesta a punto del módulo, el general abrió uno de ellos. Tras ojear los documentos, terminó por pasárselos a uno de los directores. Aquella información —a la que me referiré en su momento— estaba relacionada con los nuevos equipos a instalar en la «cuna». Y aportaba igualmente una serie de instrucciones sobre las modificaciones practicadas en la «vara de Moisés» y sobre mi equipo personal. El nuevo instrumental se hallaba en los referidos arcones metálicos.

La lectura de la segunda misiva fue muy distinta. El general, atrapado por los informes, fue palideciendo por segundos. Uno de los documentos, en especial, debía contener algo sumamente grave. No satisfecho con un primer repaso, lo releyó, al tiempo que un casi imperceptible temblor apuntaba entre sus dedos, traicionándole. Maquinalmente extendió el primer informe a otro de los directores, guardándose el que le había afectado tan profundamente. Entonces, con el rostro demudado, me buscó entre los hombres, atravesándome con la mirada. En ese instante supe que la información tenía que ver conmigo y, presumiblemente, con mi hermano de expedición. Pero ¿en qué sentido? ¿Por qué había alterado al frío y veterano militar? La respuesta, desoladora, llegaría esa misma noche.

A partir de esos momentos, excusándose en un pertinaz dolor de cabeza, nuestro jefe desapareció del foso. Y, tras solicitar permiso para abandonar el campamento, se perdió en la soledad de las ruinas del sector norte de la meseta. Era evidente que necesitaba reflexionar y —¿quién podía sospecharlo entonces?— tomar una crítica decisión.

Eliseo, algunos de los directores y yo intercambiamos una mirada llena de funestos presagios. Pero las labores en la estación siguieron al ritmo acostumbrado.

Antes de retirarnos a descansar, Eliseo y yo fuimos requeridos por el equipo de directores, que nos mostró uno de los documentos: el contenido en el segundo sobre. Procedía del Centro Geológico de Colorado y era la respuesta de los expertos en terremotos a los sismogramas obtenidos en la cima del monte de los Olivos en la imborrable jornada del 7 de abril del año 30. Tal y como presumía Caballo de Troya, los análisis apuntaban hacia una «estimable explosión subterránea», como explicación más verosímil de lo que aparecía en los registros digitales y analógicos. Naturalmente, los sismólogos no habían sido informados del lugar ni de la fecha en que fueron captados dichos movimientos telúricos. Por esta razón, los especialistas en sismología —aunque fijaban la magnitud de las sacudidas, la posible energía liberada en la supuesta explosión y otros parámetros complementarios— hacían hincapié en la necesidad de conocer, sobre todo, las coordenadas de la estación sismográfica de la que procedían los misteriosos sismogramas. Con este dato y la datación exacta de los movimientos sísmicos —olvido calificado de incomprensible por los mencionados expertos de Colorado— era posible una consulta a la red de estaciones más cercana, completando así el estudio (1). Por supuesto, Caballo de Troya jamás les proporcionaría los informes solicitados y supuestamente «olvidados» ...

Para nosotros era más que suficiente la simple ratificación de que estábamos ante una serie de temblores, provocada por una explosión y no por un terremoto común y corriente (2). A la vista de las ondas longitudinales —del tipo «P»—, muy claras, y de las que fueron registradas a continuación —superficiales—, más pequeñas y regulares, los sismólogos habían fijado la magnitud de la segunda sacudida entre 6,0 y 6,9, inclinándose, con ciertas reservas, hacia 6,5. La energía liberada para esta última magnitud correspondía a $5,6 \times 10^{21}$ ergios. En otras palabras, una detonación equivalente a unos 125 kilotones, con una in-

(1)   Un importante parámetro para la clasificación de este tipo de explosiones consiste en la determinación de la latitud y longitud del fenómeno. La posición se establece registrando los tiempos de llegada de las ondas «P» de período corto a varias estaciones sismográficas repartidas por el mundo. Según Lynn R. Sykes y J. F. Everden, «el tiempo que tardan las ondas "P" en llegar a cada estación es función de la distancia y profundidad del foco. A partir de los tiempos de llegada, se precisa la localización de la fuente con un error absoluto inferior a 10 o 25 kilómetros, si los datos sísmicos son de alta calidad». *(N. del m.)*

(2)   Las actuales redes de instrumentos están perfectamente capacitadas para diferenciar un seísmo provocado por un terremoto o por una explosión subterránea, incluso si ésta libera una energía equivalente a un solo kilotón. (Un kilotón es la energía irradiada por una detonación de mil toneladas de trinitotolueno o TNT.) Una explosión nuclear subterránea es una fuente casi pura de ondas «P» o primarias, porque aplica una presión uniforme a las paredes de la cavidad que crea. Un terremoto, en cambio, se produce al deslizarse rápidamente dos bloques de la corteza terrestre a lo largo de un plano de falla. Merced a este movimiento en «tijera», un seísmo natural emite, sobre todo, ondas del tipo «S» o secundarias. Además, una explosión genera otro tipo de ondas sísmicas —las llamadas Rayleigh—, que proceden de complejas reflexiones de parte de la energía que portan las ondas de los estratos superiores de la corteza terrestre. A diferencia de los terremotos, las explosiones subterráneas no generan casi ondas del tipo Love. También la localización de la profundidad del foco permite distinguir a una explosión de un seísmo normal. Del 55 al 60 por ciento de los terremotos que se registran en la Tierra se producen a profundidades superiores a los 30 kilómetros. Hasta hoy, nadie ha sido capaz de perforar la corteza terrestre más allá de los diez. Las explosiones nucleares más profundas de que se tiene noticia han detonado a unos 2 000 metros. *(N. del m.)*

156

tensidad, según la escala de Mercalli, de VII, aproximadamente (1).

Gracias a un concienzudo análisis de los tiempos de llegada de las mencionadas ondas «P» y de otros parámetros más complejos, Caballo de Troya tenía la certeza de que la misteriosa «explosión» había ocurrido a varios cientos de millas al sur-sureste de Jerusalén. Quizá en alguno de los domos o cúpulas salinos o en el interior de una cavidad natural, en los depósitos graníticos de los desiertos de Jordania o Arabia. Esta verificación vino a confirmar nuestra primitiva idea: el terremoto descrito por el evangelista en los instantes que precedieron a la muerte del Hijo del Hombre no fue casual ni pudo tener un origen natural. Máxime, en una zona como Israel, de bajo índice de sismicidad. Aquél, tal y como habíamos planeado, era un motivo más para «volver». Curtiss, los directores y nosotros mismos estábamos de acuerdo en algo: una prospección en el área de la detonación podía arrojar mucha luz sobre tan increíble suceso.

Quizá la irrupción de Eliseo en mi tienda fuera providencial. Eran las nueve de la noche y el general seguía sin dar señales de vida. Preocupado, mi compañero me animó a salir en su búsqueda. No era normal que, en plena fase «roja», Curtiss se ausentara durante tanto tiempo.

La benigna temperatura de aquel martes y el rutilante firmamento de Masada invitaban a pasear. Así que, provistos de sendas linternas y de la correspondiente contraseña, dejamos atrás la empalizada.

En silencio, con una creciente inquietud, como si presintiéramos algo, sorteamos el laberinto de los almacenes herodianos, dirigiéndonos al palacio del Norte. Una vez en la «proa» del «portaaviones» de piedra distinguimos al mo-

(1) De acuerdo con la escala de intensidad Mercalli —modificada y abreviada—, en un movimiento sísmico de grado VII, «todo el mundo corre al exterior. Se registran daños de poca consideración en los edificios de buen diseño y construcción y leves o moderados en estructuras corrientes pero bien construidas. Los daños, en cambio, son considerables en estructuras pobremente confeccionadas o mal diseñadas. Se rompen algunas chimeneas y es notado por personas que conducen automóviles (VIII de la escala de Rossi-Forel)». (N. del m.)

mento la negra silueta del general. Se encontraba reclinado sobre la balaustrada semicircular que cierra la terraza superior.

Al escuchar nuestros pasos se volvió lentamente.

—Os esperaba —exclamó con voz inflamada.

Una familiar corriente de fuego —preludio siempre de situaciones graves o comprometedoras— me recorrió las entrañas.

—Os esperaba... —repitió con un hilo de voz. E introduciendo la mano derecha en uno de los bolsillos de su buzo de trabajo nos mostró los documentos que le habían hecho palidecer en el foso.

Ni Eliseo ni yo nos atrevimos a articular palabra alguna.

El general tomó entonces mi linterna, iluminando el cada vez más intrigante informe.

—Tengo malas noticias —anunció al fin con el rostro descompuesto—. Esta información, absolutamente confidencial, procede de Edwards...

—¿Y bien?

La voz de mi hermano surgió preñada de impaciencia.

—Si esto es cierto, quizá hayamos cometido un irreparable error...

Visiblemente agotado, Curtiss se detuvo de nuevo. Eliseo hizo ademán de arrebatarle los papeles, pero, sujetando su antebrazo, le supliqué calma.

—Será mejor que, como médico —reaccionó el general ofreciéndome el informe—, lo leas y opines.

Así lo hice. Y después de una atropellada lectura, mi semblante también se turbó.

Eliseo, sin pestañear, esperaba mi respuesta.

—Bueno —balbuceé sin demasiada convicción—; pero esto no parece definitivo...

—¡Por el amor de Dios! —estalló mi compañero—. ¿Qué diablos ocurre?

—Los muchachos de Mojave —inicié mi explicación, buscando términos poco enrevesados— han descubierto «algo» anormal en las ratas de laboratorio. «Algo», que al parecer, guarda estrecha relación con las experiencias de inversión de masa de los *swivels*. «Algo» que puede afectar también a nuestros cerebros...

Ante la mueca de incredulidad de Eliseo, opté por mostrarle varias de las microfotografías que acompañaban a los documentos. En una de ellas, señalados con una flecha, aparecían los pigmentos del envejecimiento (lipofuscina), típicos del paso del tiempo en las neuronas y en otras células fijas posmitóticas o sumamente diferenciadas de los mamíferos y demás animales multicelulares. La microfotografía en cuestión mostraba el aspecto característico del referido pigmento en una neurona del cerebro de una rata de ocho meses (1). (La imagen había sido aumentada 500 veces.)

—... La presencia de estos pigmentos del envejecimiento —continué sin demasiadas esperanzas de que captara el dramático sentido de mis palabras— sería normal, si no fuera por un «detalle»... escalofriante: esas neuronas de las ratas de laboratorio están sucumbiendo, ver-ti-gi-no-sa-men-te, a raíz de haber sido sometidas a sucesivos procesos de inversión de masa. Lo que en un envejecimiento natural habría necesitado meses o años, en dichas circunstancias ha mutado en cuestión de días... No sé si me explico con suficiente claridad.

—Pero ¿por qué? —nos interpeló Eliseo, que sí intuía el alcance de aquellos descubrimientos.

—Eso no está claro —repuse señalando el informe—. Parece ser que durante la fase infinitesimal de tiempo de la inversión de los *swivels* «algo» afecta a las neuronas, sobreexcitándolas o estresándolas, con el consiguiente y galopante consumo de oxígeno (2). Y eso, como quizá sepas,

(1)   Está demostrado que el cuerpo de los mamíferos, incluido el hombre, contiene en sus tejidos células que envejecen y otras que, por el contrario, conservan su aspecto juvenil, incluso en seres viejos. Un ejemplo de las primeras son las neuronas del cerebro y las que se alojan en las criptas de Lieberkuhn, en el duodeno. Las segundas —ameboides— tienen una capacidad inexhaustible de crecimiento. *(N. del m.)*

(2)   En mi calidad de médico, y a raíz de este fatal hallazgo, consulté las más avanzadas hipótesis en torno al nada claro problema del envejecimiento humano. En especial, las formuladas por hombres como Harman, de la Universidad de Nebraska («padre» de la teoría de los radicales libres); Warburg, Premio Nobel, que señaló al oxígeno como el gran responsable de la diferenciación celular; J. Miquel, jefe de la Sección de Patología Experimental del Ames Research Center de la NASA; Imre Zs-Nagy, y un largo etcétera. Todos, a su manera, coincidían en el

es un arma de doble filo. El hombre, en su servidumbre aerobia de ser pluricelular altamente diferenciado, debe al oxígeno su vida y su envejecimiento. Estamos, en suma, ante la teoría de los llamados «radicales libres», propuesta por los doctores Harman, Nagy, Hosta y otros (1). Los

---

hecho de que el «talón de Aquiles» del envejecimiento no está en las células que gozan de la capacidad de división, sino en aquellas, como la neurona, que han perdido la virtud de la proliferación y que, debido a su elevado consumo de oxígeno en las mitocondrias, sufren una desorganización peroxidativa. Miquel, que puso a prueba la teoría del doctor Harman, lo explica cuando dice: «Nuestra hipótesis es que el genoma mitocondrial es la clave. Su vulnerabilidad abre el camino a la involución senil. El envejecimiento celular es el resultado de la toxicidad del oxígeno o, más bien, de los radicales libres (R-OH). Estos radicales surgen durante la reducción univalente del oxígeno en la cadena respiratoria mitocondrial.» *(N. del m.)*

(1) Dentro de la programación genética de la duración de la vida, como señala el doctor A. Hosta, la teoría de su limitación por la toxicidad de los radicales libres a nivel celular está en línea coherente con los conocimientos y experiencias de los últimos años. La escasa divulgación del concepto de R-OH me impulsa a considerar, aquí y ahora, qué son y cómo actúan. Con ello, el lector podrá aproximarse mejor a la naturaleza de nuestra tragedia. Los R-OH son compuestos químicos de génesis plural, con una gran capacidad de reacción y alto poder oxidativo. Digo «génesis plural», ya que pueden originarse, tanto a nivel celular, resultado obligado de la respiración aerobia de la célula, como por la acción directa o inducida de la contaminación del entorno: medio ambiente, radiaciones, alimentación, etc. Los R-OH actúan interfiriendo en su capacidad reactivo-oxidativa los esquemas de funcionamiento metabólico preestablecidos. Los R-OH son responsables de la peroxidación de los ácidos grasos insaturados de los fosfolípidos componentes de las membranas biológicas. Al desorganizar las membranas celulares y sus organelos, acumulan lipopigmentos (fundamentalmente en el cerebro y corazón), incrementan el *cross-linking* de macromoléculas (especialmente colágenos y elastina), generan la fibrosis arteriolocapilar y degradan los mucopolisacáridos. El microscopio electrónico evidencia los cambios morfológicos que la acción de los R-OH introduce en la célula, sobre todo en cuanto a pérdida de estructura (membranas), disminución del número de mitocondrias (fuente de la energía celular o ATP) e inclusiones en el citoplasma de lipopigmentos inertes (lipofuscina, etc.).

Desde el punto de vista funcional, el panorama anterior conlleva una pérdida de funcionalismo de la célula, que en la destrucción de la mitocondria alcanza el clímax de la involución celular, puesto que no puede responder a la demanda de energía (el 90 por ciento de la energía celular proviene de la mitocondria), y ya no sólo a la demanda normal sino que mucho menos a los incrementos de consumo que el organismo del paciente va a exigir numerosas veces.

radicales libres, para que me comprendas, no es otra cosa que el oxígeno normal, transformado y activado por las células. Pues bien, si excitamos una neurona, su consumo de oxígeno se multiplica y los R-OH (radicales libres) actúan como poderosos y corrosivos oxidantes, acelerando el envejecimiento de la misma e, incluso, su muerte. Como ves, paradójicamente, un gasto anormal de oxígeno por parte de las neuronas nos conduce, en definitiva, a una involución senil. Aunque hay toda una gama de factores ambientales y de dieta que contribuyen igualmente a la acción oxidativa de los R-OH, el estrés es, posiblemente, uno de los grandes «verdugos». ¿Te has fijado cómo y a qué velocidad envejecen los estadistas o los ejecutivos?

Mi compañero cayó en un profundo abatimiento.

—Sin embargo —repuse, tratando de animarle y de animarme—, esto no puede tomarse como definitivo. A fin de cuentas, los resultados sobre animales de laboratorio no siempre son traspolables al hombre...

Curtiss y mi hermano me escucharon con benevolencia. La verdad es que ni yo mismo concedía demasiada credibilidad a tales razonamientos. En el fondo no podía comprender mi propio comportamiento. Yo, como Eliseo, era quizá víctima de un fatal error de la Operación Caballo de Troya. Y, sin embargo, en lugar de mostrarme nervioso o

---

La farmacología experimental puede cuantificar, en ensayos adecuados, la pérdida de funcionalismo (capacidad de apareamiento, coordinación neuromuscular, rigidez, elasticidad, etc.) que este descenso del tono vital comporta. Pero ¿es que el organismo no se defiende? La lógica de la biología nos dice que sí. Existe toda una prevención bioquímica a la degradación oxidativa, de cuya eficacia es exponente el retardo en la aparición de la involución senil. La aportación exógena de antioxidantes con la dieta, por ejemplo, puede ser la explicación del mecanismo de protección que el hombre necesita para contrarrestar el efecto tóxico de los R-OH, y hoy, más que nunca, debido al incremento de fuentes de radicales libres que el entorno actual posibilita. La presencia del α-tocoferol en su dieta (acumulado en tejido graso y circulando en sangre) como antioxidante biológico ha sido indispensable en el caminar evolutivo de la especie para asegurar una protección eficaz frente a la toxicidad de los inevitables R-OH, consustanciales a la respiración celular. Esto explicaría el aparente contrasentido entre la existencia de una vitamina tan ampliamente distribuida y el que no pueda atribuírsele un claro síndrome carencial. (N. del m.)

asustado, estaba luchando por restarle importancia al asunto. Nunca me he explicado el porqué de aquella anormal serenidad...

—Lo cierto —argumentó el general abandonando su mutismo y recuperando los documentos— es que estamos ante una grave posibilidad. Y, para confirmarla o no, sólo hay un medio: volar a casa y someteros a un minucioso chequeo. Aquí no disponemos de especialistas ni medios adecuados. Si el proceso de inversión de masa ha afectado también a vuestros cerebros, quizá aún estemos a tiempo de evitar una catástrofe...

Y el militar, levantando los ojos hacia las estrellas, suspiró ruidosamente, encerrándose en una nueva y prolongada meditación.

Un extraño temblor me invadió de pies a cabeza. Yo sabía lo que representaban las últimas frases del jefe del proyecto. Pero una súbita e importante pregunta de mi compañero vino a distraer mis temores.

—Dime, Curtiss: ¿por qué no fuimos advertidos antes del primer «salto»? ¿Es que el fallo no fue detectado en las experiencias preliminares?

Eliseo, inconscientemente, había contestado con su segunda interrogante.

El general dibujó en sus labios una amarga sonrisa.

—¿Insinúas que, de haberlo sabido de antemano, Caballo de Troya os hubiera lanzado a esta aventura?

—No, supongo que no... —reconoció Eliseo, bajando la mirada.

—... Lo único que puedo deciros —nos reveló Curtiss, rogando indulgencia— es que, en todos los ensayos previos con animales de laboratorio, el control y seguimiento de los expertos se centraron en el comportamiento de las funciones vitales de dichas cobayas. Y jamás fue detectada una alteración grave. Ciertamente, ahora lo sabemos, debimos insistir en las exploraciones con los *scanner*, a nivel cerebral, tal y como sugirió el doctor Shock, de Baltimore...

¡Dios mío! Aquella confesión trajo a mi memoria la inexplicable obsesión del general en torno a nuestra seguridad poco antes del lanzamiento del módulo en la mezquita de la Ascensión. Y aunque nunca llegaría a reprochárselo, en esos momentos tuve la certeza de que el jefe de la operación sabía «algo», mucho antes de enero de 1973.

—... Pero ¿quién podía suponer que se registraría una alteración de esta naturaleza y en un lugar tan remoto como la colonia neuronal?

En eso, Curtiss llevaba razón. Por otra parte, la mala suerte —¿o no fue la «mala suerte»?— hizo que la mayoría de aquellos animales utilizados en las inversiones de los *swivels* fueran olvidados o sacrificados una vez concluidas —«satisfactoriamente»— las mencionadas pruebas. El carácter secreto y militar de Caballo de Troya, y las prisas que siempre conllevan estas operaciones, estaban reñidos, evidentemente, con una auténtica y sensata política de investigación científica... Pero nada de esto tenía ya arreglo. Era menester afrontar los hechos.

Ahora entendía la razón de la palidez del general en la «piscina» y el porqué de su anormal aislamiento en la soledad de la roca. Se sentía responsable.

Y de pronto, como un mazazo, nos anunció lo que, sin duda, era fruto de una prolongada y penosa reflexión:

—Está decidido... No habrá segunda exploración.

Quedé paralizado. Prácticamente clavado al suelo de Masada. Y el general, sin más comentarios, hizo ademán de retirarse. De no haber sido por Eliseo, allí mismo habría concluido todo. Pero mi compañero, recuperada su habitual frialdad, se interpuso en su camino. Y posando sus manos en los hombros de Curtiss —un gesto muy «familiar» para mí—, le habló en los siguientes términos:

—Un momento. Creo que te equivocas...

Cansado, le miró sin comprender.

—En todo caso —añadió Eliseo con calor—, somos nosotros quienes deberíamos tomar esa decisión. Son nuestros cerebros los teóricamente lesionados. Si el descubrimiento de Edwards no fuera con nosotros, reconoce que habríamos perdido una oportunidad única. Si, por el contrario, están en lo cierto y nuestras neuronas han sido dañadas, ésta, ¡fíjate bien!, ésta es una ocasión que no podemos ni debemos desperdiciar...

Curtiss movió la cabeza, aturdido.

—... ¡Escucha, viejo testarudo! Nos hallamos a un paso

del despegue. Tú mismo lo has reconocido: ahora es imposible analizar nuestros malditos cerebros. En cambio, si continuamos con el plan previsto, estas tercera y cuarta inversiones pueden arrojar nuevos y preciosos datos sobre el problema en cuestión. Como comprenderás, tanto Jasón como yo estimamos nuestras vidas y no nos prestaríamos a una misión mortal o irreversible. Entiendo que los médicos y especialistas podrían quizá atajar o remediar más eficazmente la hipotética alteración neuronal si contaran con una repetitiva serie de comprobaciones.

Mi hermano buscó apoyo a su dudoso planteamiento, lanzándome una mirada que jamás olvidaré. Y dejándome guiar por la intuición, terminé de acorralar el frágil ánimo de nuestro jefe.

—Estoy de acuerdo. Si de verdad estimas nuestras vidas, permítenos seguir adelante. Eso sí —remaché con toda la autoridad de que fui capaz—, exigimos un minucioso control en el momento de inversión de los *swivels*. Como habrás observado, las condiciones físicas y mentales de tus astronautas son inmejorables. Es más —añadí sin demasiado convencimiento—, dudo mucho que nuestras neuronas estén lastimadas...

Aquella verdad a medias naufragaría en mi corazón cuando, casi simultáneamente, recordé la aparición en mi piel de las escamas y las manchas de color café. Era más que probable que tales e incipientes síntomas de envejecimiento estuvieran dando la razón a los científicos de la base de Edwards. Pero, gracias al cielo, Curtiss no fue informado... al menos en aquellas fechas.

Eliseo y yo descubrimos un trasfondo de complacencia en la resucitada mirada de nuestro amigo.

—¿Y bien? —le animó mi hermano.

El general carraspeó, intentando ganar tiempo.

—No sé... —masculló con terquedad.

—¡Curtis! En nombre de nuestra amistad: ¡confía en nosotros!

—No sé... Tengo que pensarlo.

Y zafándose de las manos de Eliseo nos dio la espalda, rumbo al campamento. Segundos más tarde se detuvo. Giró sobre sus talones y, con los ojos humedecidos, susurró:

—Dios os bendiga.

164

Aquella noche del martes, 6 de marzo, fue, sencillamente, una pesadilla. Supongo que Curtiss, como nosotros, tampoco pudo conciliar el sueño. En frío, en la soledad de mi tienda, la información procedente del desierto de Mojave se instalaría ya para siempre en mi vida. Los datos eran escasos y poco contrastados, pero trágicamente correctos. Yo lo sabía. En el fondo, desde mi perspectiva actual, quizá deba agradecer a la Providencia que las cosas sucedieran así. De no haber sido por la llegada de aquel sobre lacrado, ni mi compañero ni yo habríamos tomado una «decisión» como la que —afortunadamente— adoptamos en plena segunda exploración... Pero ésa es otra «historia» que deberé contar más adelante.

De momento —y en eso no habíamos mentido—, nuestros cerebros seguían funcionando con normalidad. Pero ¿hasta cuándo? Entre las farragosas explicaciones científicas expuestas en el fatídico documento había una que, intencionadamente, soslayé en nuestra conversación en el extremo norte de Masada. Según los neurofisiólogos, la mayor parte de las mutaciones observadas en los cerebros de las ratas se registraba en el hipocampo (1). Y yo sabía que esa área cerebral regula el concepto y la sensación del espacio y del tiempo. En multitud de casos de demencia senil, por ejemplo, el envejecimiento del hipocampo es una realidad clara e indiscutible. ¿Qué sucedería con Eliseo y conmigo si nuestros respectivos hipocampos se veían igualmente lesionados? Y lo que era peor: ¿qué sería de ambos si dichas alteraciones neuronales se presentaban en plena ejecución de la misión? Una pérdida de memoria en tales circunstancias, por poner un ejemplo, hubiera sido el fin...

Asaltado por estos y otros no menos funestos pensamientos, terminé por saltar de la litera, abandonando la tienda. Una ligera brisa había empezado a soplar desde el norte, haciendo descender la temperatura y arrancando estremecidos e intermitentes guiños blancos y azules a las estrellas. Y comencé a caminar sin rumbo fijo. A excepción

(1) El hipocampo es una eminencia alargada, que ocupa la pared externa del divertículo esfenoidal de cada ventrículo lateral del cerebro. (N. del m.)

de los diez vigilantes judíos y del correspondiente turno que se afanaba en el interior del foso, el resto del campamento dormía apaciblemente. Rodeé el filo norte de la «piscina» y, buscando un rincón solitario, me dirigí al sector este de la empalizada. Cuando me encontraba a escasos metros de los sacos de tierra, la inesperada presencia de un oscuro bulto me sobresaltó. Al verme, el individuo se puso en pie, avanzando hacia mí. La oscuridad era tal que sólo cuando lo tuve a un metro distinguí la fornida silueta de Eliseo. Como en mi caso, tampoco él podía conciliar el sueño. Pero sus razones eran otras.

Sentados sobre los sacos, sin que fuera necesario presionarle, me abrió su corazón, confesándome por qué había adoptado aquella valiente e insólita postura frente al general. En cierto modo, aquel deseo de mi hermano no era nuevo para mí. Durante nuestra estancia en Jerusalén me lo había insinuado: «Deseaba, necesitaba, ver a Jesús de Nazaret... cara a cara.» Y aquella segunda oportunidad no volvería quizá a presentarse. No podía permitir que unos malditos informes, por muy graves que fueran, arruinaran sus propósitos.

—Es más —añadió con vehemencia—, si es preciso, seguiré mintiendo y fingiendo.

—¿Mintiendo? —le interrumpí sin comprender.

—Querido amigo —manifestó como si leyera mis pensamientos—, tu destino y el mío están unidos. No nos engañemos. Sabes muy bien que no fui sincero al anteponer el interés científico de la misión a nuestra supervivencia. Me trae sin cuidado si, con las nuevas inversiones de masa, se logra atajar o no el mal que se ha instalado en nuestro organismo. Fue lo primero que se me ocurrió en aquel crítico momento y parece como si Dios me hubiera iluminado... Curtiss dudó. ¿No lo crees así?

—Por supuesto que no. El general —le dije sin tapujos— no es hombre fácil de engañar. Pero en algo sí tuviste razón y él supo captarlo y agradecerlo: la decisión de llevar a cabo la segunda exploración depende, ahora más que nunca, de nosotros.

Eliseo conocía ya mi postura al respecto, pero, con su natural candidez, me presionó para que la expresara una vez más.

—Está bien —le tranquilicé—, yo también deseo «volver». Y comparto tus sentimientos: no es la búsqueda de un remedio a nuestro mal lo que me mueve a ello. Es «Él» quien tira de mí...

Mi compañero sonrió complacido. Y aunque ambos sabíamos que la última palabra la tenía Curtiss, nos dejamos arrastrar por el entusiasmo y la esperanza, discutiendo y analizando hasta el amanecer los pormenores de nuestra segunda y todavía hipotética misión.

Y justamente al alba, nuestras dudas se verían definitivamente despejadas...

—¡Muy buenos días, muchachos!

Eliseo, perplejo, no acertó a responder al general. Tuve casi que arrastrarlo hasta la mesa en la que, en solitario, apuraba una humeante y apetecible taza de café. El rostro de nuestro jefe aparecía transfigurado. Aquel cordialísimo saludo y la abierta y sostenida sonrisa, tan opuestos al sombrío semblante de la noche anterior, nos dejó estupefactos. ¿Qué había ocurrido?

Divertido, repitió el buenos días y, tras beber un par de buches, fue directamente a lo que deseábamos oír:

—Vosotros ganáis. La misión seguirá adelante.

Poco faltó para que mi hermano saltara sobre él, abrazándole. Curtiss y yo le contuvimos, haciéndole ver que no estábamos solos en el comedor.

—...Sobre todo —sentenció, al tiempo que señalaba con su dedo índice los documentos que conservaba en uno de sus bolsillos—, que nadie sepa, al menos hasta que regreséis, de la existencia de este informe.

Aceptamos con un fulminante y afirmativo movimiento de cabeza. Sin embargo, mientras Eliseo, con el ánimo recuperado, despachaba a dos carrillos su desayuno, Curtiss leyó en mi mirada. «¿Qué le había hecho cambiar?»

—Supongo que tenéis derecho a saber el porqué de esta decisión.

El militar se restregó el rostro blandamente, cerrando los cansados y enrojecidos ojos. Cuando retiró las manos, la sonrisa inicial se había trocado en un rictus solemne.

—Como sabéis, los graves acontecimientos que se avecinan en Oriente Medio han sentenciado ya la operación

167

Caballo de Troya. Ésta es, por tanto, nuestra última oportunidad de «volver». Y puesto que vosotros, mis queridos «exploradores», libre y voluntariamente, habéis antepuesto el interés histórico y científico de la misión a vuestra propia seguridad y supervivencia, no seré yo quien se oponga. Entiendo que hay momentos en la vida de todo ser humano en los que un ideal puede y debe primar por encima, incluso, de los intereses individuales o personales. Ninguno de nosotros, ahora, es demasiado consciente de la trascendencia de lo que llevamos entre manos. Será la Historia quien, en su día, juzgue a Caballo de Troya.

Y antes de retirarse, conmovido, resumió sus sentimientos con las mismas palabras que pronunciara frente al palacio del Norte:

—Que Dios os bendiga...

Tal y como imaginaba, aunque había hecho alusión al «interés histórico y científico de la misión», el general estaba al tanto de las verdaderas motivaciones que nos habían impulsado a proseguir. Curiosamente, los tres nos habíamos convertido en cómplices de un «sueño»...

Treinta y seis horas antes del lanzamiento de la «cuna», la actividad en la «piscina» alcanzó cotas inimaginables. El renovado optimismo de Curtiss fue determinante. Todo se hallaba a punto. El módulo, definitivamente ensamblado y con los nuevos equipos a bordo, esperaba únicamente el llenado de los tanques de combustible. Pero, por estrictas razones de seguridad, el carburante no sería trasvasado hasta la mañana del día siguiente, viernes.

El resto de aquel jueves, 8 de marzo, aún arrastrando el cansancio de una tensa y dramática noche de vigilia, discurrió en un abrir y cerrar de ojos. Las reuniones con el equipo de directores se sucedieron hasta bien entrada la tarde. Los planes de la segunda exploración fueron revisados una y otra vez, prestando una especial atención a los obligados vuelos de la nave desde Masada al monte de los Olivos y viceversa. Todos éramos conscientes de la trascendencia de dicha navegación. Cualquier fallo, bien en la ida o en el retorno a la cumbre de la roca, podía ser desastroso. Pero dejaré para más adelante los pormenores de nuestro plan de vuelo, así como la descripción de algunas de las innovaciones incluidas en el módulo y en los equipos de cara a esta fascinante exploración en el año 30 de nuestra Era. Sí deseo anotar, aquí y ahora, un hecho ocurrido esa misma noche del jueves y que, en mi opinión, vino a confirmar lo que ya sabíamos en relación a las auténticas y profundas motivaciones del general Curtiss a la hora de autorizar aquel segundo lanzamiento. Por otro lado, estimo que —de acuerdo con mi intención de transcribir fiel y escrupulosamente cuanto vi y escuché en la Palestina de Cristo— éste es un momento idóneo para dar paso a un relato que había quedado pendiente: las conversaciones de Jesús de Nazaret con sus íntimos en la histórica «última cena» del jueves, 6 de abril. Por razones estrictamente éticas, como señalé en páginas anteriores, no me fue permitido estar presente en tan señalado acontecimiento. Pero merced a las grabaciones captadas desde el módulo y a mis diálogos con Andrés, el hermano de Simón Pedro, el importantísimo banquete pudo ser reconstruido por Caballo de Troya. Antes de entrar de lleno en la transcripción del mismo es mi obligación recordar algo que ya apunté en su momento: por enésima vez, como inevitable consecuencia del paso del tiempo, muchas de las palabras del Maestro de Galilea en aquella «última cena» serían mutiladas, ignoradas y, lo que es peor, tergiversadas por los llamados escritores sagrados y, en última instancia, por las propias Iglesias. Con los siglos, el maravilloso mensaje que protagonizara Jesús en aquel «jueves santo» se ha visto reducido y caricaturizado a una mera «fórmula matemática».

Fue a eso de las diez de la noche. Yo me había retirado a descansar cuando, de improviso, se presentó en la tienda uno de los vigilantes israelíes. Curtiss me reclamaba. En un primer momento imaginé que se trataba de alguna comprobación técnica. Pero al observar que nos dirigíamos al portón de la empalizada, mi curiosidad volvió a excitarse. Al proporcionarme el santo y seña, el judío me señaló en dirección al palacio del Norte, explicándome que el general y otro compañero me aguardaban junto a la terraza superior. Un tanto alarmado, dirigí mis pasos hacia el sector en cuestión. Allí, en efecto, relajados y en animada charla, encontré a mi hermano y al jefe de la operación.

Al verme, Curtiss me invitó a tomar asiento junto a ellos, sobre el suelo de la terraza. Y bajo el blanco silencio de miles de estrellas, en un tono dulce, casi suplicante, me rogó que antes de partir colmara un íntimo deseo, materialmente ahogado hasta ese momento por las circunstancias:

—¡Háblame de Él!

Ciertamente, los azarosos acontecimientos que nos habían envuelto desde que posáramos el módulo en el hangar de la mezquita de la Ascensión, sus viajes y el traslado a Masada no nos habían permitido un sereno y reposado cambio de impresiones sobre el increíble personaje, motivo de nuestro primer «salto». Y aunque me sentí feliz al poder hablar de Jesús de Nazaret, de su rotundo atractivo humano, de sus palabras y de su fascinante personalidad, tuve especial cuidado en no mostrar una excesiva vehemencia. La sagacidad del general no tenía límite y un error en este sentido, revelando mi entusiasmo por Él y poniendo en duda nuestra obligada objetividad como «exploradores de otro tiempo», habría tenido quizá unas repercusiones más severas que las del descubrimiento de Edwards. Es más. Curándome en salud, manifesté ciertas dudas en torno a su pretendida resurrección, añadiendo, con toda intención, que «la nueva exploración podría resultar altamente esclarecedora en este sentido».

Durante varias horas, Curtiss escuchó mi exposición, sin apenas formular pregunta alguna. Pero al llegar a la noche del «jueves santo» y recordarle cómo las palabras del Nazareno y de sus apóstoles habían quedado grabadas en la «cuna», el general, con la voz quebrada por una súbita emoción, me suplicó que aguardara. Y abriendo la cremallera de su buzo, extrajo un pequeño paquete, meticulosamente envuelto en papel de periódico. Lo situó en tierra y, ceremoniosamente, procedió a descubrirlo.

Al comprobar de qué se trataba, Eliseo y yo nos miramos, intuyendo cuáles eran sus intenciones. Y un relámpago de sensaciones se propagó por mi interior nublando mi voluntad.

Curtiss pulsó el diminuto magnetófono y una añorada voz —dulce, profunda y brillante como aquel firmamento— llenó el silencio de la montaña, erizando mi piel. El dedo del general detuvo la cinta, haciéndola retroceder hasta el comienzo de la grabación. Una grabación que yo conocía perfectamente...

—Jasón. Un último favor...

No pude responder. Un nudo había cerrado mi garganta.

—Quiero que me traduzcas sus palabras.

Al no contestar, Curtiss debió de caer en la cuenta de que eran casi las dos de la madrugada e interpretando mi mutismo como un lógico síntoma de cansancio, nos rogó que disculpáramos su torpeza. Echó mano del termo que sostenía mi compañero, ofreciéndome un rebosante vaso de café. Pero no era la sed o el agotamiento lo que me agarrotaba. Mi hermano sí se percató del delicado trance por el que atravesaba, y con unos reflejos envidiables, tomó la iniciativa. Con la excusa de estirar sus doloridas piernas fue a apoyarse en mi hombro derecho, golpeando con la rodilla el humeante brebaje. El vaso rodó sobre mis muslos y el dolor me hizo reaccionar. El pequeño e intencionado incidente me devolvió a la realidad. Apuré una nueva ración de café y, más sosegado, le anuncié que estaba dispuesto.

Pero antes de que pusiera en marcha el magnetófono procedí a resumirle algunos de los sucesos previos a las conversaciones que nos disponíamos a escuchar y que, desde mi punto de vista, eran fundamentales para una mejor comprensión de lo acaecido aquella noche en el piso superior de la casa de los Marcos (1).

(1) Con el fin de refrescar la memoria del lector —aunque estos sucesos a los que se refiere el mayor fueron detallados en mi anterior libro (*Caballo de Troya*, pp. 281 y ss.)— he creído oportuno recordarlos en este momento. Una vez terminada la «última cena», la narración del mayor discurría en los siguientes términos: «...Los once, al menos en aquellos instantes, se hallaban mucho más relajados que durante la mañana. Se despidieron de la familia y emprendimos el camino de regreso al campamento de Getsemaní.

»Mientras cruzábamos las solitarias calles del barrio bajo, en dirección a la puerta de la Fuente, en la esquina sur de Jerusalén, me las ingenié para descolgar a Andrés del resto del grupo. Y un poco rezagados, me interesé por el desarrollo de la cena. El jefe de los apóstoles empezó diciéndome que, tanto él como sus compañeros, estaban intrigados por la súbita desaparición de Judas y, muy especialmente, por el hecho de que no hubiera vuelto al cenáculo. "Al principio, cuando le vimos salir,

171

Conforme fui avanzando en mi exposición, el rostro del general fue reflejando la sorpresa. En cierto modo, la situación era absurda. El máximo responsable de Caballo de Troya —aunque reconozco que había sobradas razones para ello— no conocía aún muchos de los pormenores de nuestra pasada misión ni las circunstancias que rodearon

---

todos pensamos que se dirigía al piso de abajo, quizá en busca de alguno de los víveres para la cena. Otros creyeron que el Maestro le había encomendado algún encargo..."

»Los pensamientos de los discípulos eran correctos, ya que ninguno disponía de información veraz sobre el complot. Por otra parte, con la excepción de David Zebedeo —que no había asistido al convite pascual—, ni Andrés ni el resto sabían aún que el Iscariote había cesado como administrador y que el dinero común estaba desde esa misma tarde en poder del jefe de los emisarios.

»Y Andrés continuó con su relato, haciendo hincapié en un hecho, acaecido nada más entrar en el piso superior de la casa de los Marcos, que —desde mi punto de vista— aclaraba perfectamente por qué el Nazareno se decidió a lavar los pies de los discípulos. Los evangelistas habían ofrecido una versión acertada: Jesús llevó a cabo este gesto, poniendo de manifiesto la honrosísima virtud de la humildad. Sin embargo, ¿cuál había sido la "chispa" o la causa final que obligó al Maestro a poner en marcha el citado lavatorio de los pies? ¿Es que todo aquello se debía a una simple y pura iniciativa de Jesús? Sí y no...

»Al visitar la estancia donde iba a celebrarse la cena pascual, yo había reparado en los lavabos, jofainas y "toallas", dispuestos para las obligadas abluciones de pies y manos. La costumbre judía señalaba que, antes de sentarse a la mesa, los comensales debían ser aseados por los sirvientes o por los propios anfitriones. Ésa, repito, era la tradición. Sin embargo, las órdenes del Maestro habían sido tajantes: no habría servidumbre en el piso superior. Y la prueba es que —según pude comprobar— los gemelos descendieron en una ocasión con el fin de recoger el cordero asado. Pues bien, ahí surgió la polémica entre los doce...

»—Cuando entramos en el cenáculo —continuó Andrés—, todos nos dimos cuenta de la presencia de las jofainas y del agua para el lavado de los pies y manos. Pero, si el rabí había ordenado que no hubiera sirvientes en la estancia, ¿quién se encargaría del obligado lavatorio? Debo confesarte humildemente que, tanto yo como el resto, tuvimos los mismos pensamientos. "Desde luego, yo no caería tan bajo de prestarme a lavar los pies de los demás. Ésa era una misión de la servidumbre..."

»"Y todos, en silencio, nos dedicamos a disimular, evitando cualquier comentario sobre el asunto del aseo.

»"La atmósfera empezó a cargarse peligrosamente y, para colmo, el enojoso asunto del aseo personal se vio envenenado por otro hecho que nos hizo estallar, enredándonos en una agria polémica. El Maestro no terminaba de subir y, mientras tanto, cada cual se dedicó a inspeccionar

los once últimos días de la vida del Cristo... De ahí que, por ejemplo, el incidente de los divanes y la negativa de los apóstoles a lavarse los pies y las manos causaran en él una especial conmoción. Ninguno de los evangelistas —como apuntó acertadamente— hacía alusión a tales hechos, creando con ello un imperdonable «vacío informativo» que

---

los divanes. Saltaba a la vista que el puesto de honor correspondía al diván más alto —el situado en el centro— y nuevamente caímos en la tentación: ¿Quién ocuparía los lugares próximos a Jesús? Supongo que casi todos volvimos a pensar lo mismo: "Será el Maestro quien escoja a los discípulos predilectos." Y en esos pensamientos estábamos cuando, inesperadamente, Judas se fue hacia el asiento colocado a la izquierda del que había sido reservado para el rabí, manifestando su intención de acomodarse en él, "como invitado preferido". Esta actitud por parte del Iscariote nos sublevó a todos, produciéndose una desagradable discusión. Pero Judas se había instalado ya en el diván y Juan, en uno de sus arranques, hizo otro tanto, apoderándose del puesto de la derecha.

»"Como podrás imaginar, la irritación fue general. Pero las amenazas y protestas no sirvieron de nada. Judas y Juan no estaban dispuestos a ceder. Quizá el más enojado fue mi hermano Simón. Se sentía herido y defraudado por lo que llamó "orgullo indecente" de sus compañeros. Y visiblemente alterado, dio una vuelta a la mesa, eligiendo entonces el último puesto, justamente, en el diván más bajo. A partir de ese momento, el resto se fue instalando donde buenamente pudo. Tú sabes que Pedro es bueno y que ama intensamente al Maestro pero, en esa ocasión, su debilidad fue grande. Conozco a mi hermano y sé por qué hizo aquello...

»—¿Por qué? —le animé a que se sincerara conmigo.

»Andrés necesitaba contárselo a alguien y descargó sobre mí:

»—Aturdido por los celos y por la impertinente iniciativa de Judas y Juan, Simón no dudó en acomodarse en el último rincón de la mesa con una secreta esperanza: que, cuando entrase el Maestro, le pidiera públicamente que abandonara aquel diván, desplazando así a Judas o, incluso, a Juan. De esta forma, ocupando un lugar de honor, se honraría a sí mismo y dejaría en evidencia a sus "orgullosos" compañeros.

»"Cuando el rabí apareció bajo el marco de la puerta, los doce nos hallábamos aún en plena acometida dialéctica, recriminándonos mutuamente lo sucedido. Al verle se hizo un brusco silencio.

»"Jesús permaneció unos instantes en el umbral. Su rostro se había ido volviendo paulatinamente serio. Evidentemente había captado la situación. Pero, sin hacer comentario alguno, se dirigió a su lugar, ante la desoladora mirada de mi hermano Pedro.

»"Fueron unos minutos tensos. Sin embargo, Jesús fue recobrando su habitual y característica dulzura y todos nos sentimos un poco más distendidos. Al poco, la conversación volvió a surgir, aunque algunos de mis compañeros siguieron empeñados en echarse en cara el incidente de la elección de los divanes, así como la aparente falta de consideración

mermaba la realidad histórica. La escena del lavatorio de los pies aparece en los Evangelios Canónicos como una simple iniciativa del Galileo, desvinculada de cualquier otro suceso anterior. Sin embargo, basta repasar esos textos que los cristianos consideran sagrados para observar que el Maestro no era muy amante de las iniciativas «gratuitas». Todos sus actos y palabras tuvieron siempre una razón de ser. Pero, como ya he relatado y seguiré descu-

---

de la familia Marcos al no haber previsto uno o varios sirvientes que lavaran sus pies.

»"Jesús desvió entonces su mirada hacia los lavabos, comprobando que, en efecto, no habían sido utilizados. Pero tampoco dijo nada.

»"Tadeo (el gemelo Santiago) procedió a servir la primera copa de vino, mientras el rabí escuchaba y observaba en silencio.

»"Como sabes, una vez apurada esta primera copa, la tradición fija que los huéspedes deben levantarse y lavar sus manos. Nosotros sabíamos que el Maestro no era muy amante de estos formulismos y aguardamos con expectación.

»"Y ante la sorpresa general, el rabí se incorporó, caminando silenciosamente hacia las jarras de agua. Nos miramos extrañados cuando, sin más, se quitó la túnica, ciñéndose uno de los lienzos alrededor de la cintura. Después, cargando con una jofaina y el agua, dio la vuelta completa a la mesa, llegando hasta el puesto menos honorífico: el que ocupaba mi hermano. Y arrodillándose con gran humildad y mansedumbre, se dispuso a lavar los pies de Pedro. Al verle, los doce nos levantamos como un solo hombre. Y del estupor pasamos a la vergüenza. Jesús había cargado con el trabajo de un criado cualquiera, recriminándonos así nuestra mutua falta de consideración y caridad. Judas y Juan bajaron sus ojos, aparentemente más doloridos que el resto...

»—¿También Judas? —le interrumpí con cierta incredulidad.

»—Sí...

»Andrés detuvo sus pasos y, mirándome fijamente, preguntó a su vez:

»—Jasón, tú sabes algo... ¿Qué sucede con Judas?

»Me encogí de hombros, tratando de esquivar el problema. Pero el jefe de los apóstoles insistió y —dado lo inminente del prendimiento— le expuse que, efectivamente, yo también dudaba de la lealtad del Iscariote.

»Proseguimos y, al cruzar el Cedrón, mi acompañante salió de su sombrío mutismo. Le supliqué que continuara con su relato y Andrés terminó por aceptar.

»—Cuando Simón vio a Jesús arrodillado ante él, su corazón se encendió de nuevo y protestó enérgicamente. Como te he dicho, mi hermano ama al Maestro por encima de todo y de todos. Supongo que al verle así, como un insignificante sirviente y dispuesto a hacer lo que ni él ni nosotros habíamos aceptado, comprendió su error y quiso disuadirle. Pero la decisión del rabí era irrevocable y Pedro se dejó hacer. Uno a uno, como te

briendo en próximas páginas, no fueron éstos los únicos acontecimientos escamoteados —consciente o inconscientemente— por los citados evangelistas...

El micrófono, disimulado en la base del farol que había alumbrado la mesa en forma de «U» de la «última cena», había respondido a la perfección. El sonido fue captado «5 × 5» en los instrumentos del módulo (1).

En mitad de un solemne silencio, Curtiss activó la grabación. Y mi corazón voló a tan histórica noche.

La extrema sensibilidad del micrófono había registrado hasta el chirriar de la puerta de doble hoja, empujada por

---

decía, Jesús fue lavando nuestros pies. Después de las palabras de Pedro, ninguno se atrevió a protestar. Y en un silencio dramático, el Maestro fue rodeando la mesa, hasta llegar al último de los comensales.

»"Después se vistió la túnica y retornó a su puesto.

»—¿Juan y Judas seguían a derecha e izquierda del Maestro, respectivamente?

»—Sí, nadie se movió de sus asientos, a excepción de Judas, que salió de la estancia poco antes de que fuera servida la tercera copa: la de las bendiciones...

»La proximidad del campamento me obligó a suspender aquel esclarecedor relato. Sin embargo, en mi mente se acumulaban aún muchas interrogantes. ¿Cómo había sido la revelación de Jesús a Juan sobre la identidad del traidor? ¿Cómo era posible que el resto de los apóstoles no lo hubiera oído? Indudablemente, así era ya que ninguno estaba al tanto de los manejos del Iscariote. Sólo había sospechas...» *(N. de J. J. Benítez.)*

(1) Este complejo micrófono, de poco más de 10 gramos de peso, medía 20 mm de largo por 12 de ancho y 6 de espesor, con una antena de 25 cm de longitud y un hilo de 2 mm de diámetro. (La pequeña antena, al igual que el emisor multidireccional, habían sido perfectamente camuflados entre los flecos que colgaban del fanal.) Los especialistas de Caballo de Troya habían hecho un excelente trabajo al incorporar a la microemisora un convertidor A/D (analógico-digital) miniaturizado, que eliminaba cualquier ruido extraño. Dado que el sonido debía cruzar varios muros antes de propagarse hasta la cima del monte de los Olivos, dividiendo así por dos su alcance máximo (calculado en unos dos kilómetros), la transmisión había sido apoyada por un telemicrófono, de tipo unidireccional, montado sobre la «cuna», que apuntaba directamente al piso superior de la casa de Elías Marcos. Esta especie de teleobjetivo sonoro —sincronizado en la misma frecuencia del micro multidireccional (130 Mhz)— actuaba como un *zoom*, «enganchando» y facilitando el «transporte» del sonido emitido por el micro «espía». Un excepcionalmente sensible receptor Sony, alimentado por la pila SNAP-10A, hacía el resto. *(N. del m.)*

los íntimos de Jesús cuando penetraron en la estancia, dispuestos a celebrar el convite.

—El Maestro —fui comentando mientras escuchábamos una serie de pasos y algunos murmullos— se hallaba en el piso inferior, departiendo con la familia de Elías Marcos...

Las voces —todas ellas en un claro arameo occidental o galilaico (la lengua hablada por Jesús)— fueron haciéndose más fuertes y nítidas, conforme los doce comenzaron a distribuirse en torno a la «U». Durante cuatro o cinco minutos, todo transcurrió con normalidad. Pero, de pronto, se hizo un brusco silencio. Segundos más tarde, la señal experimentó una considerable elevación. En una confusa mezcolanza fueron surgiendo amenazas, protestas y hasta maldiciones. Los discípulos, encolerizados, recriminaban a Judas que se hubiera recostado en el diván situado a la izquierda del puesto de honor. Aquel vocerío se incrementó aún más cuando —a juzgar por los comentarios— Juan Zebedeo hizo otro tanto, acomodándose en el diván de la derecha. La voz de Simón Pedro, más exaltado que el resto, era fácilmente distinguible. Pero, también de improviso, el ronco y poderoso tono del fogoso Pedro se esfumó. Y entre las acaloradas acusaciones oímos unos pasos que, precipitadamente, se alejaban de la curvatura de la mesa.

—Ése es Pedro —intervine, interrumpiendo la grabación—. Está buscando el diván más bajo y distanciado, tal y como explicó su hermano Andrés...

—¿Cuál fue la distribución definitiva en torno a la mesa? —preguntó el general.

—Según mi informante, Judas Iscariote y Juan se hallaban a la izquierda y derecha del Maestro, respectivamente. Éste, como sabes, ocupaba el diván de honor, en el centro de la «U». El resto se distribuyó en el siguiente orden: Simón el Zelote, Mateo, Santiago Zebedeo y Andrés, a continuación de Judas. A la derecha de Juan, los gemelos Alfeo, Felipe, Bartolomé, Tomás y Simón Pedro en este extremo de la «U».

Al pulsar el magnetófono, y por espacio de cinco o seis minutos, las violentas recriminaciones de los discípulos se sucedieron en un más que bochornoso tono. Probablemente, años más tarde, cuando algunos de aquellos apóstoles y seguidores del Nazareno se decidieron a poner por escrito la vida y el mensaje del Hijo del Hombre tuvieron sumo cuidado en «olvidar» un incidente que, aunque humano, dejaba en entredicho la dignidad del recién nacido «colegio apostólico».

Súbitamente, los doce guardaron silencio. Los registros del módulo habían captado el leve crujir de una puerta.

—Ahí está Jesús... —exclamé, imaginando al Maestro en el umbral del cenáculo.

Cinco segundos después, rotundos en mitad de un espeso silencio, se oían los pasos del gigante, en dirección al centro de la mesa.

Un minuto. Dos... El mutismo era general, apenas roto por algún que otro embarazoso carraspeo. Poco a poco, las voces fueron brotando en la sala, algo más distendidas y cordiales. Jesús de Nazaret seguía mudo, observando con toda probabilidad a sus amigos. Y, al fin, como si nada hubiera ocurrido, su voz se propagó dulce y conciliadora, llenándonos de una indescriptible emoción:

«—He deseado grandemente —fui traduciendo con un hilo de voz— comer esta cena de Pascua con vosotros... Quería hacerlo una vez más antes de sufrir... Mi hora ha llegado y, en lo que concierne a mañana, todos estamos en las manos del Padre, cuya voluntad he venido a cumplir. No volveré a comer con vosotros hasta que no os sentéis conmigo en el reino que mi Padre me entregará cuando haya terminado aquello para lo que Él me ha enviado a este mundo.»

El Maestro guardó silencio y las conversaciones se reanudaron. Pero ninguno de los comensales hizo referencia a las proféticas palabras del rabí. Al contrario, varios de los discípulos resucitaron la agria polémica de los divanes, criticando igualmente a la familia Marcos por no haber previsto uno o dos criados que hubieran zanjado el desagradable tema de las abluciones.

Por un momento imaginé el rostro grave y quizá decepcionado del Galileo, atento a la polémica. Como me advirtiera Andrés, sus ojos buscarían las jarras destinadas al lavatorio, verificando que, en efecto, no habían sido usadas.

El ardor de la discusión fue decayendo, siendo sustituido por el inconfundible sonido del vino al ser escanciado en los recipientes de cristal. Era el ritual de la primera copa. Dos minutos más tarde, cumplida la ceremonia de la mezcla del agua y el vino, Tadeo volvió a su lugar y la voz de Jesús de Nazaret —más severa que en la anterior ocasión— llenó nuevamente el recinto. Tras dar las gracias, exclamó:

«—Tomad esta copa y divididla entre vosotros. Y cuando la hayáis compartido, pensad que ya no beberé con vosotros el fruto de la vid... Ésta es nuestra última cena...»

Eliseo, Curtiss y yo captamos una sombra de tristeza en aquella breve pausa.

«—... Cuando nos sentemos otra vez —concluyó el Maestro— será en el reino que está por llegar.»

Un nuevo silencio cayó sobre la sala. Como ya cité, la tradición judía establecía que, una vez apurada esta primera copa, los comensales debían levantarse, procediendo al formulismo de las abluciones. Pero, tal y como había referido el jefe de los apóstoles, los registros sonoros no detectaron movimiento alguno entre los doce. Mejor dicho, sólo grabaron el roce de las vestiduras de un hombre que se levanta de su asiento y unos pasos —los del Nazareno—, rodeando la «U» en dirección a las jofainas. Acto seguido, desde aquel rincón de la cámara, escuchamos el borboteo de un líquido —el agua de una de las jarras— al ser vertido en una vasija ancha y metálica. Después, tres o cuatro nuevos pasos, el golpe seco de una de las jofainas al ser depositada en el piso y otro impacto —de naturaleza desconocida— sobre el suelo de la estancia. (Posiblemente, el ruido producido por el Galileo al dejarse caer de rodillas sobre el entarimado.) Apenas un par de segundos más tarde, el micrófono nos hacía llegar una confusa y aparatosa mezcla de sonidos: copas depositadas sobre la mesa, algunas exclamaciones de sorpresa y cuerpos que se erguían con precipitación. Eran los doce, levantándose de sus bancos, aturdidos al descubrir las intenciones de su Maestro. Y por espacio de varios y prolongados minutos, silencio. Un total y elocuente silencio... Nadie parecía dispuesto a reconocer la infantil y torpe actitud general. El final de aquel dramático vacío corrió a cargo de Pedro. Con una voz temblorosa e insegura, preguntó:

«—Maestro, ¿realmente vas a lavar mis pies?»

Jesús debió de levantar su rostro hacia el impetuoso y

decepcionado pescador porque, a renglón seguido, se le oyó decir:

«—Puede que no comprendáis lo que me dispongo a hacer... Pero, de ahora en adelante, conoceréis el sentido de todas estas cosas.»

Un profundo suspiro escapó de la garganta de Simón Pedro.

«—Maestro —se le volvió a oír—, ¡nunca me lavarás los pies!»

Un tímido siseo acompañó a esta imperativa resolución del discípulo. Estaba claro que los once aprobaban las palabras de su compañero, rechazando lo que calificaban de penosa humillación. ¡Cómo deseé haber estado presente en aquella escena y, sobre todo, haber escrutado el rostro del Iscariote! ¿De verdad compartía aquel sentimiento?

«—Pedro —replicó Jesús en un tono que no dejaba lugar a dudas—, en verdad te digo que, si no te limpio los pies, no tomarás parte conmigo en lo que estoy a punto de llevar a cabo.»

Silencio. Quince, veinte, treinta segundos de angustioso silencio. No era difícil imaginar los atónitos ojos de Simón. Y, finalmente, otra de las típicas explosiones del buen galileo:

«—Entonces, Maestro, no me laves sólo los pies... ¡También las manos y la cabeza!»

Nadie en la sala parecía respirar. Sólo el chapoteo del agua revelaba que el rabí había iniciado el lavatorio.

«—Aquel que ya está limpio —intervino de nuevo el Maestro— sólo necesita que se le lave los pies. Vosotros, que os sentáis conmigo esta noche, estáis limpios...»

Se produjo una pausa.

«—... Aunque no todos.»

Aguzamos los oídos, tratando de captar alguna pregunta en relación a la alusión del Cristo. Pero quizá aquellos hombres no supieron valorar la velada acusación del rabí...

Y la voz de Jesús, entremezclada con el ruido del agua, continuó así:

«—...Deberíais haber lavado el polvo de vuestros pies antes de sentaros a tomar el alimento conmigo. Además, quiero hacer este servicio para ilustrar un nuevo mandamiento que voy a daros.»

No hubo más comentarios. Durante el tiempo que el Galileo permaneció lavando los pies de sus íntimos —36 minutos en total—, sólo sus pasos, el sucesivo arrodillarse en torno a la «U» y el chapoteo del agua en la jofaina fueron los únicos registros grabados en el módulo.

Concluida la operación, Jesús de Nazaret retornó a su diván. El crujir de la madera bajo sus pies fue, en esta ocasión, más lento y reposado. Como si el lavatorio le hubiera relajado.

Al poco, su potente voz sonó clara y cálida:

«—¿Comprendéis lo que os he hecho?»

Silencio.

«—Me llamáis «rabí» —añadió en un tono condescendiente— y decís bien, pues lo soy. Entonces, si el Maestro ha lavado vuestros pies, ¿por qué os negabais a lavaros los unos a los otros?… ¿Qué lección debéis aprender de esta parábola en la que el Maestro, tan gustosamente, ha hecho un servicio que vosotros os habéis negado mutuamente? En verdad, en verdad os digo que un sirviente no es más grande que su amo. Ni tampoco es más grande el enviado que aquel que le envía. Habéis visto cuál ha sido la forma de mi servicio en vida. Bendito sea quien tenga la graciosa valentía de hacer otro tanto. Pero ¿por qué sois tan lentos en aprender que el secreto de la grandeza en el reino del espíritu nada tiene que ver con los métodos del mundo de lo material? Cuando llegué a esta habitación, no sólo rehusabais lavaros los pies unos a otros sino que, además, discutíais sobre quién debe ocupar los lugares de honor en torno a mi mesa. Esos honores los buscan los fariseos… y los niños. Pero no será así entre los embajadores del reino celestial. ¿Es que no sabéis que no puede haber lugar de preferencia en mi mesa? ¿No comprendéis que os amo a cada uno de vosotros como al resto? El lugar más próximo a mí puede no significar nada en relación a vuestro puesto en el reino de los cielos. No ignoráis que los reyes de los gentiles tienen poder y señorío sobre sus súbditos y que, incluso, son llamados benefactores. En el reino de los cielos no será así. Si algunos de vosotros quiere tener la preferencia, que sepa renunciar al privilegio de la edad. Y si otro desea ser jefe, que se vuelva sirviente. ¿Quién es más grande: el que se sienta a comer o el que sirve? ¿No se considera al primero como al principal? Y, sin embargo, observad que yo estoy entre vosotros como el que sirve...

»En verdad, en verdad os digo que si así actuáis, haciendo conmigo la voluntad de mi Padre, entonces sí tendréis un lugar, a mi lado, en el poder.»

Cuando Jesús hubo terminado detuve la cinta, alertando al ensimismado general sobre las escenas que nos disponíamos a escuchar y que arrojan una nueva luz en torno a las confusas explicaciones de los evangelistas acerca de Judas y de su traición.

Hacia las ocho de aquella noche del jueves, 6 de abril del año 30 de nuestra Era —a la hora, más o menos, de iniciada la histórica última cena—, los sensibles receptores instalados en la «cuna» registraron una serie de pasos y el agudo lamento de los goznes de la puerta de doble hoja al ser abierta. Aquellos sonidos correspondían a la primera salida de los discípulos del cenáculo. Eran los gemelos, Santiago y Judas de Alfeo, que descendían a la planta baja para recoger parte del menú. Recuerdo muy bien sus rostros, desacostumbradamente tristes.

El retorno a la cámara quedó igualmente marcado por un segundo chirriar de la puerta, nuevos pasos sobre el entarimado, el entrechocar de los platos y el alegre borboteo, aquí y allá, del agua y el vino al ser escanciados nuevamente.

Por espacio de breves minutos, Curtiss asistió —entre divertido y escandalizado— a una inconfundible «sinfonía» de sonidos. Aquellos hombres rudos no se distinguían, precisamente, por su delicadeza a la hora de deglutir los manjares o de sorber las bebidas...

Era evidente que los apóstoles tenían hambre. Durante cinco o diez minutos, nadie hizo el menor comentario. Pero, poco a poco, mediado este segundo plato, empezaron a surgir algunas bromas acerca del cordero asado. El Galileo, recuperado su característico y habitual buen humor, intervino también, haciendo un encendido elogio de la *jarôset*: una mermelada a base de vino, vinagre y frutas machacadas, confeccionada por la madre del pequeño Juan Marcos y cuya misión era aliviar el riguroso sabor de las obligadas yerbas amargas. Así, progresivamente, la conversación fue haciéndose más alegre e intrascendente. Como si nada hubiese ocurrido.

Pero el Maestro tenía aún muchas cosas que decir. Y su voz volvió a sonar, «5 × 5», anunciando, pública y oficialmente, la traición del Iscariote:

«—Ya os he dicho cuánto deseaba celebrar esta cena con vosotros...»

Jesús de Nazaret parecía turbado.

«—...Y sabiendo en qué forma las demoníacas fuerzas de las tinieblas han conspirado para llevar a la muerte al Hijo del Hombre, tomé la decisión de cenar con vosotros, en esta habitación secreta y un día antes de la Pascua...»

Los discípulos, a juzgar por los esporádicos chasquidos de sus lenguas, el golpeteo de los huesos al ser arrojados sobre los platos y algún que otro generoso eructo, seguían comiendo, más atentos, al parecer, a las exquisitas viandas que a las proféticas frases del rabí.

«—...ya que, mañana, a esta misma hora, no estaré con vosotros.»

El dramático anuncio del Cristo sí debió ser captado por algunos de los apóstoles porque, de pronto, el trasiego de la cena decreció. Y el silencio se hizo más intenso.

«—...Os he dicho en repetidas ocasiones —continuó el Nazareno— que debo volver al Padre. Ahora ha llegado mi hora, aunque no era necesario que uno de vosotros me traicionase, poniéndome en manos de mis enemigos.»

Tras estas palabras, la ausencia de sonidos fue tal que Curtiss llegó a insinuar si se había producido algún fallo en la transmisión. Negué con la cabeza. Por primera vez, los íntimos del Galileo —alertados por el propio rabí— empezaban a tomar conciencia de la existencia de un renegado en el seno del grupo. Aquello fue tan grave e inesperado que necesitaron varios minutos para reaccionar. Al fin, uno tras otro, con temor, formularon la misma pregunta:

«—¿Soy yo?»

Con toda intención, con el propósito de que el general advirtiera lo que estaba a punto de acontecer, fui sumando e identificando el origen de las sucesivas interrogantes. Al llegar al undécimo «¿soy yo?» —todos ellos sin respuesta por parte del Nazareno—, detuve la cinta.

—Habrás notado —le comenté— que el único que no ha preguntado ha sido Judas...

—Es obvio—replicó Curtiss—. El Iscariote, aunque traidor, no era necio.

—Pues observa lo que viene a continuación...

Activé la grabación y, tras el referido y undécimo «¿soy yo?», surgió la voz del Cristo, repitiendo parte de lo ya expuesto con anterioridad:

«—Es necesario que vaya al Padre. Pero, para cumplir su voluntad, no era preciso que uno de vosotros se convirtiera en traidor. Esto es fruto de la maldad de uno que no ha conseguido amar la Verdad... ¡Qué engañoso es el orgullo que precede a la caída espiritual! Un viejo amigo, que incluso, ahora, come mi pan, está deseoso de traicionarme. Incluso ahora —reiteró el Galileo, dando un especial énfasis a sus palabras—, que hunde su mano conmigo en el plato...»

Esta nueva alocución fue seguida de murmullos y de algún que otro y repetitivo «¿soy yo?». Pero el Maestro no respondió. Los comentarios entre los discípulos se generalizaron y ésta, casi con toda seguridad, fue la razón de que ninguno de los once prestara atención a un inmediato y lacónico coloquio entre el Iscariote y Jesús.

En mitad de aquel maremágnum de opiniones, Judas —reclinado a la izquierda del Maestro— preguntó a su vez, aunque en un tono difícilmente perceptible para el resto:

«—¿Soy yo?»

A petición mía, durante las horas que precedieron al despegue del módulo y en las que tuve ocasión de escuchar esta grabación por primera vez, Eliseo había neutralizado el ruido de fondo, amplificando al máximo aquel breve diálogo y los escasos sonidos que parecían proceder del centro de la curvatura de la «U». Gracias a este milagro de la técnica fue posible reconstruir un detalle que, como digo, no aparece del todo claro en la exposición de los evangelistas.

Una vez formulada la pregunta de Judas, el rabí hundió un trozo de pan en el plato de hierbas que tenía frente a él, ofreciéndoselo al traidor. Segundos después de percibir el crujido del pan al quebrarse contra el fondo de madera del plato, Jesús —también a media voz— respondió con su fatídico... «¡Tú lo has dicho!»

No hubo silencio o síntoma alguno que, tras la escueta conversación entre el Iscariote y el rabí, revelaran que los otros once habían escuchado la definitiva confirmación de la traición. Normalizados los registros, la cinta sólo ofreció una continuación de los atropellados y confusos comentarios de los apóstoles, discutiendo afanosamente sobre la identidad del hipotético renegado. Por pura lógica, si uno solo de los que se sentaban junto al Galileo le hubiera oído, la polémica habría muerto. Prueba de ello es que, al poco, Juan Zebedeo —tumbado a la derecha del Maestro—, y en un nivel de audición sumamente bajo —como si la pregunta hubiera sido formulada casi al oído (el propio San Juan, al referir este episodio, especifica que «se recostó sobre el pecho de Jesús»)—, le plantearía:

«—¿Quién es?… Debemos saber quién es infiel a su creencia.»

Y el rabí —en un tono igualmente confidencial —respondió:

«—Ya os lo he dicho: incluso, aquel a quien doy la sopa…»

No hubo respuesta de Juan. La costumbre por parte del anfitrión o del invitado de honor de ofrecer pan mojado en una salsa era tan usual en aquellas celebraciones que, muy probablemente, ninguno de los once —en el caso de haberlo advertido— debió conceder demasiada importancia a tan específico gesto. En aquellos momentos previos a la segunda exploración dudamos, incluso, de que Juan, tan próximo a la escena en cuestión, hubiera captado la «señal» de Jesús. (Éste era otro de los muchos puntos a aclarar en el inminente «regreso» al año 30.)

Jesús de Nazaret permaneció callado. En la sala proseguía la batalla dialéctica. Y, de improviso, desde uno de los extremos de la mesa, una excitada e inconfundible voz eclipsó a las demás. Era Simón Pedro.

«—¡Pregúntale quién es!… o, si ya te lo ha dicho, dime quién es el traidor.»

Por la dirección del sonido, parecía probable que la sugerencia del nervioso galileo hubiera sido dirigida a Juan. Sin embargo, éste no tuvo oportunidad de satisfacer la curiosidad de Pedro. (Suponiendo, claro, que lo supiera en esos instantes.)

Los cuchicheos y las peregrinas hipótesis de los apóstoles fueron zanjados de golpe por Jesús.

«—Me apena —les manifestó— que este mal haya llegado a prosperar. Esperaba, incluso hasta esta hora, que el poder de la Verdad triunfase sobre las decepciones del mal. Pero estas victorias no se ganan sin la fe y un sincero amor por la Verdad. No os hubiera dicho esto en nuestra última cena, de no ser porque deseo advertiros y prepararos acerca lo que está ahora sobre nosotros.»

A pesar de la nitidez de sus palabras, Curtiss, Eliseo y yo estuvimos de acuerdo en algo: «aquellos once toscos judíos no parecían comprender el verdadero alcance de tales manifestaciones». Como ya relaté anteriormente, los sucesos registrados en las horas que siguieron a dicho convite nos darían la razón.

«—...Os he hablado de esto porque deseo que recordéis, después que me haya ido, que sabía de todas estas malvadas conspiraciones y que os advertí de la traición. Y lo hago sólo para que podáis ser más fuertes frente a las tentaciones y juicios que tenemos justamente delante.»

Concluidas estas advertencias, el Nazareno, en un tono imperativo y lo suficientemente alto como para que todos pudieran oírle, se dirigió a Judas, comunicándole:

«—Lo que has decidido hacer... hazlo pronto.»

Eran las nueve de la noche. El Iscariote no abrió la boca. Se levantó de su asiento y el precipitado crujir de la madera bajo sus sandalias de cuero nos reveló que se dirigía hacia la puerta y hacia lo inevitable...

En esta ocasión, Juan Zebedeo llevaba razón. Ninguno de los presentes —ni siquiera el propio evangelista— entendió el sentido real del mandato de Jesús. Entre otras razones porque, como expliqué en anteriores páginas, suponían que Judas seguía como administrador del grupo. (El Iscariote, como es sabido, hacía horas que había traspasado la bolsa común a David Zebedeo, el jefe de los emisarios.) Todos dieron por hecho que el encargo del Maestro —«lo que has decidido hacer..., hazlo pronto»— guardaba relación con su cotidiano menester como pagador o «habilitado».

Cuando Judas Iscariote hubo abandonado la sala, Curtiss hizo un interesante juicio. Una observación que ha provocado ríos de tinta y punzantes polémicas a lo largo de la Historia:

—Entonces es cierto que el traidor no llegó a comulgar...

Mi respuesta —una inmediata e irónica sonrisa— le dejó perplejo.

—No te comprendo —añadió en un tono de lógico reproche.

—Lo entenderás en seguida —repliqué—. Prepárate a oír algo que nada tiene que ver con lo que han escrito tres de los cuatro evangelistas y, muchísimo menos, con la posterior interpretación de las Iglesias...

—¿Es que no hubo institución de la Eucaristía?

Me negué a responder. Pulsé de nuevo la grabación, invitándole a que prestara toda su atención.

Como decía, los discípulos no concedieron demasiada importancia a la precipitada salida del Iscariote. Es más, la discusión sobre la identidad del traidor se prolongaría por espacio de algunos minutos. Es casi seguro que Jesús hiciera alguna señal porque, de improviso, la polémica cesó. Se escucharon unos pasos que se aproximaban al diván del rabí y, acto seguido, el ruido del agua y el vino —a partes iguales—, al ser vertidos en la copa del Maestro. El discípulo encargado de esta ceremonia —conocida como la «tercera copa» o «de la bendición»— retornó a su puesto. El Galileo se puso en pie e, inmediatamente, el resto hizo otro tanto. Tras una breve pausa —posiblemente, de acuerdo con la tradición y con su propia costumbre, Jesús bendijo la copa—, su voz llenó de nuevo el silencio de Masada:

«—Tomad esta copa y bebed todos de ella... Ésta será la copa de mi recuerdo. Ésta es la copa de la bendición de un nuevo designio divino de gracia y verdad. Éste será el emblema de la otorgación y del ministerio del divino Espíritu de la Verdad.»

De la solemnidad, el rabí pasó a la tristeza.

«—... Ya no beberé con vosotros hasta que no lo haga en una nueva forma, en el reino eterno de mi Padre.»

Los apóstoles parecían sobrecogidos. Una vez que hubieron bebido, la copa de cristal fue depositada sobre la mesa. En ese instante, el suave roce de las vestiduras de Jesús reflejó que estaba inclinándose hacia la «U». Tomó algo y, después de dar las gracias, se escuchó el crujido del pan al ser troceado. El micrófono multidireccional captaría igualmente un movimiento generalizado. Como si los discípulos distribuyeran los trozos entre ellos.

«—Tomad este pan y comedlo —les anunció el Maestro—. Os he manifestado que soy el pan de la vida, que es la vida unificada del Padre y del Hijo en un solo don. La palabra del Padre, tal como fue revelada por el Hijo, es realmente el pan de la vida.»

Cuando hubieron comido se reclinaron sobre los divanes, haciéndose de nuevo el silencio. Parecía como si el Galileo —no sé si sus hombres también— hubiera entrado en una profunda reflexión.

A punto estuve de intervenir. Ardía en deseos de comentar aquellas últimas frases sobre el vino y el pan, tan distintas a las que figuran en los escritos de Mateo, Marcos y Lucas. Pero, con buen criterio supongo, lo dejé para el final de la grabación.

Al fin, Jesús rompió su mutismo:

«—Cuando hagáis estas cosas, recordad la vida que he vivido en la Tierra y regocijaos porque continuaré viviendo con vosotros. No luchéis para averiguar quién es el más grande entre vosotros. Sed como hermanos. Y cuando el reino crezca hasta alcanzar numerosos grupos de creyentes, no luchéis tampoco por esa grandeza o por buscar el ascenso entre tales grupos. Y tan a menudo como hagáis esto, hacedlo en memoria mía. Y cuando me recordéis, primero mirad atrás: a mi vida en la carne. Y recordad que una vez estuve con vosotros. Entonces, por la fe, percibid que todos cenaréis alguna vez, conmigo, en el reino eterno del Padre. Ésta es la nueva Pascua que os dejo: la palabra de la eterna verdad, mi amor por vosotros y el derramamiento del Espíritu sobre la carne...»

A una señal del Maestro, los once se levantaron y entonaron el Salmo 118:

«—¡Aleluya!

»¡Dad gracias a Yavé, porque es bueno, porque es eterno su amor....!»

La voz del Cristo, recia y sostenida —envidia de cualquier buen barítono— se impuso desde el principio, eclipsando y conduciendo las de sus hombres.

«… Yavé está por mí, no tengo miedo,
¿qué puede hacerme el hombre?…»

Sentí un nuevo escalofrío. Hasta las estrofas parecían especialmente escogidas para aquel momento…

«… La piedra que los constructores desecharon,
en piedra angular se ha convertido;
ésta ha sido la obra de Yavé…»

Finalizado el cántico, algunos de los discípulos comentaron la necesidad de volver a Getsemaní. La cena había terminado y, obviamente, se hacía tarde. Pero Jesús les indicó que se sentaran.

«—Recordáis bien cuando os envié sin bolsa ni cartera e, incluso, os advertí que no llevaseis ropa de repuesto…»

Los apóstoles, con monosílabos, respondieron afirmativamente.

«—… Todos recordaréis que nada os faltó. Sin embargo, ahora los tiempos son difíciles. Ya no podéis depender de la buena voluntad de las multitudes. Por tanto, en adelante, aquel que tenga bolsa, que la lleve. Cuando salgáis al mundo a proclamar este evangelio, haced provisión para vuestro sustento, como mejor os parezca. He venido a traer la paz pero, por un tiempo, ésta no aparecerá.

»Ha llegado el tiempo en que el Hijo del Hombre será glorificado y el Padre, en Él…»

Su voz volvió a turbarse.

«—… Amigos míos: voy a estar con vosotros sólo un poco más. Pronto me buscaréis, pero no me hallaréis, pues voy a un lugar al que, esta vez, no podéis venir. Cuando hayáis terminado vuestro trabajo en la Tierra, al igual que yo he concluido el mío, entonces vendréis a mí en la misma forma en que yo me preparo ahora para ir al Padre.»

Los solapados comentarios de varios de los discípulos evidenciaban que no terminaban de entender a su Maestro. Pero Jesús, como si no los hubiera oído, continuó:

«—En muy poco tiempo voy a dejaros… Ya no me veréis en la Tierra, pero todos me veréis en el tiempo venidero, cuando ascendáis al reino que me ha dado mi Padre.»

Herida por la tristeza, su voz se vino abajo. Y los once, aunque sin demasiada decisión, se enzarzaron en una nueva disputa, pujando por desvelar el misterioso significado de aquellas frases.

Jesús de Nazaret les dejó hablar y, al cabo de unos minutos, incorporándose, les dirigió unas palabras que, al igual que otras muchas, han sido pésimamente transmitidas.

«—Cuando os referí una parábola, señalando cómo debéis estar deseosos de serviros los unos a los otros, os dije también que deseaba daros un nuevo mandamiento. Lo haré ahora ya que estoy a punto de dejaros. Conocéis perfectamente el mandamiento que ordena amaros recíprocamente y a vuestro prójimo como a vosotros mismos...»

Jesús hizo una estudiada pausa.

«—Sin embargo, no estoy del todo satisfecho, incluso con esta sincera devoción por parte de mis hijos. Deseo que hagáis mayores actos de amor en el reino de la hermandad de los creyentes. Por eso, he aquí mi nuevo mandamiento: que os améis los unos a los otros como yo os he amado.»

La expresión «como yo os he amado» fue reforzada con una clara elevación del tono de su voz.

«—Si así lo hacéis, los hombres sabrán que sois mis discípulos.»

Acto seguido, el Nazareno se refirió a algo que tampoco ha sido recogido en su totalidad. Ni siquiera por Juan, que se hallaba a su diestra.

«—...Con este nuevo mandamiento no cargo vuestras almas con un nuevo peso. Al contrario: os traigo nueva alegría y hago posible que experimentéis un nuevo placer, al conocer las delicias de la donación, por el amor, hacia vuestro prójimo. Yo mismo estoy a punto de experimentar el supremo regocijo, aun cuando soporte una pena exterior, con la entrega de mi afecto por vosotros y por el resto de los mortales.

»Cuando os invito a amaros los unos a los otros, tal y como yo os he amado, os presento la suprema medida del verdadero afecto. Ningún hombre puede alcanzar un amor superior a éste: el de dar la vida por sus amigos. Vosotros sois mis amigos y continuaréis siéndolo si tan sólo deseáis hacer lo que os he enseñado. Me habéis llamado Maestro, pero yo no os llamo sirvientes. Si os amáis los unos a los otros como yo os estoy amando, entonces seréis mis amigos y yo os hablaré alguna vez de aquello que mi Padre me ha revelado. No sois vosotros quienes me habéis elegido, sino yo. Y os he ordenado que salgáis al mundo para entregar el fruto del servicio amoroso a vuestros semejantes, de la misma forma que yo he vivido entre vosotros y os he revelado al Padre. Ambos trabajaremos con vosotros y experimentaréis la divina plenitud de la alegría si tan sólo obedecéis este nuevo mandamiento: amaros unos a otros como yo os he amado.

»Si compartís el regocijo del Maestro, debéis compartir su amor. Y compartir su amor significa que habéis compartido su servicio. Tal experiencia de amor no os libra de las dificultades de este mundo. Pero, ciertamente, hace "nuevo" al viejo mundo…»

A continuación, Jesús de Nazaret pronunciaría unas frases —una de ellas en especial—, que, de haber sido conocidas, quizá hubieran modificado algunos de los incongruentes conceptos religiosos sobre el «sacrificio».

«—Recordad: es lealtad lo que yo pido. No sacrificio. La conciencia de sacrificio implica la ausencia de ese afecto incondicional, que hubiera hecho de dicho servicio amoroso una suprema alegría. La idea de deber u obligación significa que, mentalmente, os convertís en sirvientes, perdiendo así la poderosa sensación de practicar vuestro servicio como amigos y para los amigos. La amistad trasciende el significado del deber y el servicio de un amigo hacia otro jamás debe calificarse como sacrificio. El Maestro os ha enseñado que sois los hijos de Dios. Os ha llamado hermanos y ahora, antes de partir, os llama sus amigos.»

El Cristo optó por abandonar su diván. Y, mientras caminaba de un extremo a otro del salón, les dirigió la siguiente parábola:

«—Yo soy la verdadera cepa y mi Padre, el labrador. Yo soy la vid y vosotros los sarmientos. Mi Padre sólo pide que deis mucho fruto. La viña sólo se poda para aumentar la fertilidad de sus ramas. Todos los sarmientos que brotan de mí y que no dan fruto, mi Padre los arrancará. En cambio, aquellos que lleven fruto, el Padre los limpiará para que multipliquen su riqueza. Ya estáis limpios, a través de las palabras que os he dirigido, pero debéis continuar limpios. Debéis morar en mí y yo en vosotros. Si es separado de la cepa, el sarmiento morirá. Así como la rama no puede llevar fruto si no mora en la viña, así vosotros no podéis rendir los frutos del amor si no moráis en mí. Recordad: yo soy la verdadera cepa y vosotros los sarmientos vivientes. El que vive en mí, y yo en él, dará mucho fruto y experimentará la suprema alegría de la cosecha espiritual. Si mantenéis esta conexión viviente y espiritual conmigo, vuestros frutos serán abundantes. Si moráis en mí y mis palabras en vosotros, podréis comunicaros libremente conmigo. Entonces, mi espíritu viviente os infundirá de tal forma que podréis solicitar lo que queráis. El Padre garantizará nuestra petición. Así es glorificado el Padre. Que la cepa tenga muchas ramas vivientes y que cada sarmiento proporcione mucho fruto. Cuando el mundo vea esas ramas vivas y cargadas de fruto, es decir, a mis amigos que se aman como yo les he amado, los hombres sabrán entonces que sois en verdad mis discípulos. Como mi Padre me ha amado, así os he amado. Vivid en mi amor, al igual que yo vivo en el del Padre. Si hacéis como os he enseñado, moraréis en mí y, tal y como he prometido, en su amor.»

Los discípulos seguían sin comprender. El Maestro guardó un par de minutos de silencio, pero siguió paseando por la estancia, escuchando —como nosotros— las dispares opiniones de sus hombres sobre el mensaje de la cepa y los sarmientos. Finalmente, deteniéndose frente a la puerta, solicitó silencio, insistiendo una vez más sobre su inminente partida:

«—Cuando os haya dejado, no os desalentéis ante la enemistad del mundo. No decaigáis cuando creyentes de débil corazón se vuelvan, incluso, contra vosotros y unan sus manos a las de los enemigos del reino. Si el mundo os odia, recordad que me odió a mí antes que a vosotros. Si fueseis de este mundo, entonces el mundo amaría lo suyo propio. Pero, como no lo sois, el mundo se niega a amaros. Estáis en este mundo, pero vuestras vidas no deben ser de este mundo. Os he escogido de entre el mundo para representar el espíritu de otro mundo. Recordad siempre mis palabras: el sirviente no es más grande que su amo. Si se atreven a perseguirme, también os perseguirán a vosotros.

Si mis palabras ofenden a los no creyentes, también las vuestras ofenderán a los sin Dios. Os harán todo esto porque no creen en mí ni en el que me envió. Por eso sufriréis muchas cosas en nombre de mi evangelio. Pero, cuando soportéis estas tribulaciones, recordad que yo también sufrí antes que vosotros en el nombre de este evangelio del reino celestial.

»Muchos de los que os asalten son ignorantes de la luz del cielo. Esto, en cambio, no es así para algunos que ahora nos persiguen. Si no les hubiésemos enseñado la Verdad podrían hacer cosas extrañas, sin caer en la condena. Pero ahora, puesto que han conocido la luz y se han atrevido a rechazarla, no tienen excusa para su actitud. El que me odia, odia a mi Padre. No puede ser de otro modo. Del mismo modo que la luz os salvará, si es aceptada, os condenará si, a sabiendas, resulta rechazada.

»¿Y qué he hecho yo para que estos hombres me odien con tanto ahínco? Nada, salvo ofrecerles la hermandad en la Tierra y la salvación en el cielo. ¿Es que no habéis leído en la Escritura?: "Y me odiaron sin una causa."

»Pero no os dejaré solos en el mundo. Muy pronto, después que me haya ido, os enviaré un Espíritu ayudador. Tendréis entonces con vosotros a uno que tomará mi lugar. Uno que continuará enseñando el camino de la Verdad y que, incluso, os consolará.

»No permitáis que se turben vuestros corazones. Creéis en Dios. Continuad creyendo también en mí. Aunque yo debo dejaros, no estaré lejos de vosotros. Ya os he dicho que en el universo de mi Padre hay muchos lugares donde quedarse. Si esto no fuera verdad, no os hubiese hablado repetidamente sobre ello. Voy a volver a esos mundos de luz: estaciones en el cielo del Padre, a las que alguna vez ascenderéis. Desde estos lugares vine a este mundo y ahora ha llegado el momento en el que debo volver al trabajo de mi Padre en las esferas de lo alto.

»Por tanto, si voy antes que vosotros al reino celestial del Padre, tened la seguridad de que enviaré a por vosotros para que podáis estar conmigo en los lugares que fueron preparados para los hijos mortales de Dios, antes de que existiese este mundo...»

—Extrañas palabras —musitó Curtiss, refiriéndose a los «mundos de luz»—. Muy extrañas...

—Sobre todo para aquellos hombres del año 30... —remaché con toda intención.

«—... Aunque deba dejaros —continuó Jesús ante la lógica incomprensión de los atentos discípulos—, seguiré presente en espíritu. Finalmente, estaréis conmigo, en persona, cuando hayáis ascendido hasta mí, en mi universo, así como yo estoy a punto de ascender a mi Padre, a su universo mayor (1). Y lo que os digo es eterno y verdadero, aunque ahora no lo comprendáis del todo. Yo voy al Padre y, aunque ahora no podáis seguirme, ciertamente lo haréis en épocas venideras.»

Los pasos del Galileo se dirigieron a su diván. Y, una vez reclinado, uno de los apóstoles se puso en pie, poniendo de manifiesto su peculiar sentido práctico. Era el pragmático Tomás:

«—Maestro —le dijo—, no sabemos a dónde vas. No conocemos el camino. Pero, si nos lo muestras, esta misma noche te seguiremos...»

Aquellas palabras resumían a la perfección el desconcierto y el amor de los once por su rabí.

La respuesta del Maestro no se hizo esperar:

«—Tomás, yo soy el camino, la Verdad y la vida. Ningún hombre va al Padre si no es a través mío. Todos los que encuentran al Padre, primero me encuentran a mí. Si me conocéis, conocéis el camino hacia el Padre. Y vosotros me conocéis porque habéis vivido conmigo y ahora me veis.»

Jesús quedó en suspenso, como buceando en los corazones de sus amigos. Pero, como se verá a continuación, sus razonamientos eran demasiado profundos. Tomás tomó asiento de nuevo y, en mitad de un significativo silencio, sólo se escuchó un lejano intercambio de opiniones entre dos de los discípulos. Eran Felipe y Bartolomé. El primero, atendiendo quizá un ruego o a una sugerencia del segundo, se incorporó y, dirigiéndose al rabí, habló así:

(1) Al releer estas frases en el diario de mi amigo, el mayor, no puedo resistir la tentación de recordar al lector uno de mis últimos libros —*La rebelión de Lucifer*—, en el que, desde mi punto de vista, se aporta una estimable información sobre esos «universos» y «esferas de lo alto» a los que se refiere Jesús. (*N. de J. J. Benítez.*)

«—Maestro, muéstranos al Padre y todo cuanto has dicho quedará claro.»

El Nazareno replicó en un tono de evidente decepción:

«—Felipe, ¿he estado tanto tiempo contigo y aún no me conoces? De nuevo os declaro: quien me haya visto a mí ha visto al Padre. ¿Cómo puedes decir entonces "muéstranos al Padre"? ¿No crees que yo estoy en el Padre y Él en mí? ¿No os he enseñado que las palabras que yo hablo no son mías sino del Padre? Yo hablo por el Padre y no por mí mismo. Estoy en este mundo para hacer su voluntad y eso es lo que he hecho. Mi Padre mora en mí y actúa a través mío. Creedme cuando digo que el Padre está en mí y que yo estoy en Él. O, si no, creed al menos en nombre de la vida que he llevado y en nombre mis obras.»

Los once, con más buena fe que otra cosa, se enzarzaron en una nueva discusión. Y nosotros percibimos cómo el Maestro se levantaba de su asiento, dirigiéndose hacia el lugar en el que se hallaban las vasijas y las jarras de agua. Escuchamos entonces un chapoteo —como si alguien procediera a refrescarse el rostro— y, a continuación, las pisadas del rabí, retornando a su diván. La polémica fue encrespándose y, en mitad de aquel laberinto de voces, se impuso de nuevo el vozarrón de Simón Pedro. Al parecer, se disponía a lanzarse a la aventura de un extenso discurso. Sus palabras fueron cortadas en seco por el Galileo.

«—Cuando haya ido al Padre —intervino de nuevo Jesús— y después que Él acepte el trabajo que he hecho en la Tierra para vosotros y yo reciba la soberanía final de mi propio dominio, entonces diré a mi Padre: habiendo dejado a mis hijos solos sobre la Tierra, de acuerdo con mi promesa, les envío otro enseñante. Y cuando el Padre lo apruebe, yo vertiré el Espíritu de la Verdad sobre toda la carne. El Espíritu de mi Padre está ya en vuestros corazones y, cuando llegue ese día, también me tendréis a mí con vosotros, así como ahora tenéis al Padre. Este nuevo don es el Espíritu de la Verdad viviente. Los no creyentes no escucharán sus enseñanzas, pero los hijos de la luz lo recibirán con agrado y con todo su corazón. Y conoceréis a este Espíritu cuando venga, de la misma forma que me habéis conocido a mí. Y recibiréis este don en vuestros corazones y Él morará en vosotros. ¿Os dais cuenta, por tanto, que no voy a dejaros sin ayuda y sin guía? No os dejaré en la desolación. Hoy sólo puedo estar con vosotros en persona. En los tiempos venideros estaré con vosotros y con el resto de los hombres que deseen mi presencia, donde quiera que estéis y con cada uno al mismo tiempo. ¿No os dais cuenta que es mejor para mí que me marche y que os deje en la carne para que pueda estar con vosotros en espíritu?

»Dentro de unas pocas horas, el mundo no me verá más. Pero continuaréis conociéndome en vuestros corazones hasta que os envíe al nuevo enseñante: al Espíritu de la Verdad. Así como he vivido con vosotros en persona, así viviré entonces en vosotros: seré uno con vuestras experiencias personales en el reino del espíritu. Y, cuando haya llegado el momento de que esto suceda, sabréis ciertamente que yo estoy en el Padre y que, mientras vuestra vida está oculta con el Padre en mí, yo también estaré con vosotros. He amado al Padre y mantenido su palabra. Me habéis amado y mantendréis mi palabra. Así como mi Padre me ha dado de su espíritu, así os daré yo del mío. Y este Espíritu de Verdad que yo otorgaré sobre vosotros os guiará y confortará y, finalmente, os conducirá a toda la Verdad.

»Os digo estas cosas para que podáis prepararos mejor y soportar las pruebas que están ahora frente a nosotros. Cuando ese nuevo día llegue, seréis habitados por el Hijo y por el Padre. Y estos dones del cielo trabajarán siempre el uno con el otro, al igual que el Padre y yo hemos forjado sobre la Tierra, y ante vuestros ojos, al Hijo del Hombre como a una sola persona. Este Espíritu amigo os traerá a la memoria todo cuanto os he enseñado.»

Aquéllas, sin duda, difíciles palabras terminaron por confundir los ya diezmados ánimos de los discípulos. Nadie replicó. ¿Quién podía asociar la profundidad de dicho mensaje a las arraigadas ideas de un Mesías político y libertador del yugo romano? Necesitarían tiempo y la irrupción de ese Espíritu de Verdad para empezar a vislumbrar la grandeza de lo que Jesús acababa de anunciarles. Pero no adelantemos acontecimientos...

El caso es que, en medio de tanto silencio y confusión, uno de los más tímidos apóstoles —el gemelo Judas de Alfeo— se atrevió a levantarse y a preguntar:

«—Maestro... siempre has vivido entre nosotros como

un amigo. ¿Cómo te conoceremos cuando ya no te manifiestes a nosotros, sino a través de ese espíritu? Si el mundo no te ve, ¿cómo estaremos seguros de ti? ¿Cómo te mostrarás a nosotros?»

«—Hijitos míos —la voz del Cristo era sumamente cordial—, yo me marcho. Vuelvo al Padre. Dentro de muy poco ya no me veréis como lo hacéis ahora, como carne y sangre. Y en muy poco tiempo os enviaré mi Espíritu, que es igual a mí, excepto por este cuerpo material. Este nuevo enseñante es el Espíritu de la Verdad, que vivirá con cada uno de vosotros, en vuestros corazones. Por tanto, todos los hijos de la luz serán uno. De esta forma, tanto mi Padre como yo podremos vivir en las almas de cada uno de vosotros y también en los corazones de los otros hombres que nos aman y que hacen realidad ese amor, amándose unos a otros como yo, ahora, os estoy amando.»

Por espacio de algunos minutos, Pedro, los hermanos Zebedeo y Mateo se dirigieron al Maestro, formulándole preguntas sobre el misterioso Espíritu de la Verdad y sobre su no menos incomprensible partida. Jesús de Nazaret pasaría a responder a todas ellas en lo que, evidentemente, era su discurso de despedida.

«—Os digo todo esto —repitió por enésima vez— para que podáis estar preparados frente a lo que os aguarda y no caigáis en el error. Las autoridades no se contentarán con arrojaros fuera de las sinagogas. Os aviso: se acerca la hora en que aquellos que os maten crean que están haciendo un servicio a Dios. Os harán todo esto porque no conocen al Padre. Y han rehusado conocerle porque han rehusado recibirme. Y ellos rehúsan recibirme cuando os rechazan. Os cuento estas cosas por adelantado para que, cuando os llegue la hora, como ha llegado ahora la mía, podáis reconfortaros al recordar que todo me era conocido y que mi espíritu estará con vosotros en todos vuestros sufrimientos. Era con este fin por el que he estado hablando tan claramente desde el comienzo. Incluso os he advertido que los enemigos de un hombre pueden ser los de su propia casa. Aunque este evangelio del reino nunca deja de traer gran paz al alma del creyente, no traerá paz a la Tierra hasta que el hombre se muestre deseoso de creer en mi enseñanza con todo su corazón, estableciendo la práctica de hacer la voluntad del Padre como el propósito principal de toda vida mortal.

»Y ahora que os dejo, viendo que ha llegado la hora en que estoy a punto de ir al Padre, estoy sorprendido de que ninguno de vosotros me haya preguntado: "¿Por qué nos dejas?"

»De todas formas, sé que os hacéis estas preguntas en vuestros corazones. Os hablaré con claridad. Como un amigo a otro…»

El silencio se hizo más denso. Señal inequívoca de la expectación despertada por el Maestro.

«—… Es en verdad provechoso para vosotros que yo me marche. Si no me fuera, el nuevo enseñante no podría venir a vuestros corazones. Debo ser despojado de este cuerpo mortal y restituido a mi lugar, en lo alto, antes de que pueda enviar a ese espíritu enseñante. Y cuando mi Espíritu venga a morar en vosotros, Él iluminará la diferencia entre el pecado y la rectitud y os hará capaces de juzgar sabiamente.»

El cansancio debía estar haciendo estragos entre sus hombres porque, de pronto, Jesús hizo alusión a ello:

«—Aún tengo mucho que deciros, aunque veo que ya no os tenéis en pie. Cuando el Espíritu venga, Él os conducirá finalmente a toda la Verdad, haciéndoos pasar por las muchas moradas del universo de mi Padre. Este Espíritu no hablará de sí mismo. Os mostrará lo que el Padre ha revelado al Hijo e, incluso, las cosas venideras. Él me glorificará, así como yo lo he hecho con el Padre. Él viene después de mí y os revelará mi verdad. Todo lo que el Padre tiene en este dominio es ahora mío. Por tanto, este nuevo enseñante tomará de lo que es mío y os lo manifestará.

»Dentro de muy poco os dejaré, aunque por poco tiempo. Después, cuando volváis a verme, yo estaré ya camino de mi Padre. Entonces, incluso, no me veréis por mucho tiempo.»

Como era de esperar, los apóstoles resultaron nueva y profundamente confundidos. Y aprovechando el silencio del Maestro, empezaron a preguntarse unos a otros:

«—¿Qué es lo que nos ha contado?… ¿En breve voy a dejaros y, cuando me veáis, será por poco tiempo, pues estaré camino del Padre? ¿Qué puede querer decir con ese

"dentro de muy poco" y con el "aunque por poco tiempo"?...
No podemos comprender lo que nos está diciendo...»

Las respuestas a estas obvias preguntas —fácilmente comprensibles para los que saben de la resurrección del Hijo del Hombre— no tardarían en producirse. Pero los fatigados discípulos necesitarían semanas para asimilarlas en su totalidad.

«—¿Os preguntáis qué quise decir cuando hablé de que dentro de muy poco no estaría ya con vosotros y que, cuando me vieseis otra vez, estaría de camino a mi Padre? Os he hablado claramente —insistió Jesús—. El Hijo del Hombre debe morir, pero se volverá a levantar. ¿Es que no podéis discernir el significado de mis palabras? Primero os apenaréis. Más tarde, cuando estas cosas hayan sucedido, os regocijaréis con todos aquellos que lo comprendan. Una mujer está verdaderamente afligida a la hora del parto. Pero, una vez libre del hijo, olvida de inmediato su angustia ante la alegría de saber que ha traído un hombre al mundo. Y así estáis: a punto de afligiros ante mi partida. Pero pronto os volveré a ver y, entonces, vuestra tristeza se convertirá en regocijo. Y recibiréis una nueva revelación sobre la salvación de Dios. Una revelación que ningún hombre podrá arrebataros. Y todos los mundos serán benditos en esta misma revelación de vida, al llevar a cabo el derrocamiento de la muerte. Hasta ahora habéis hecho todas vuestras peticiones en nombre de mi Padre. Después de que volváis a verme, también podréis pedir en mi nombre y yo os oiré.

»Aquí abajo os he enseñado en proverbios y os he hablado en parábolas. Lo hice así porque sólo erais niños en el espíritu. Pero ha llegado el tiempo en que os hablaré claramente con respecto al Padre y a su reino. Y lo haré porque el mismo Padre os ama y desea ser plenamente revelado a vosotros. El hombre mortal no puede ver al Padre espíritu. Por eso he venido al mundo: para mostrároslo. Cuando el crecimiento del espíritu os perfeccione, entonces veréis al mismo Padre.»

Ante nuestro asombro, algunos de los discípulos replicaron con frases como éstas:

«—Mirad, realmente nos habla con claridad. Seguramente, el Maestro ha venido de Dios. Pero ¿por qué dice que debe volver con el Padre?»

A pesar de sus reiterados esfuerzos, saltaba a la vista que no le comprendían. Aquellos rudos galileos estaban muy lejos de captar el glorioso y esperanzador sentido de sus palabras. Pero, curiosamente —e invito a los cristianos a que lo comprueben por sí mismos—, ninguno de los evangelistas reconoce esta humana limitación de sus cerebros en aquellos dramáticos momentos...

Finalizado lo que podríamos calificar de discurso de despedida, el Nazareno se separó de su diván. Algunos de los apóstoles le imitaron y, durante quince o veinte minutos, departieron amistosamente, rememorando algunas de las experiencias de su vida en común. Después, todos ocuparon sus respectivos puestos.

—Jesús se dispone a impartir los últimos consejos —advertí al no menos fatigado general.

Pero Curtiss me hizo un gesto tranquilizador. Estaba dispuesto a escuchar hasta el final.

Cuando los once volvieron a reclinarse en sus divanes, el Maestro, en pie, les habló así:

«—Mientras permanezco con vosotros, bajo la forma de carne, no puedo ser más que un individuo en medio del mundo. Pero, cuando haya sido liberado de esta investidura de naturaleza mortal, podré volver como espíritu y morar en cada uno de vosotros y en los otros creyentes en este evangelio del reino. Así, el Hijo del Hombre se volverá una encarnación espiritual en las almas de todos los creyentes verdaderos.

»Cuando haya vuelto a vosotros en espíritu podré guiaros mejor a través de esta vida y de las muchas moradas de la vida futura, en el cielo de los cielos. La vida en la eterna creación del Padre no es un descanso, una ociosidad sin fin...»

Aún no sé por qué lo hice. El caso es que detuve la grabación, rebobinando parte de la misma. Curtiss y Eliseo me miraron sorprendidos. Pero no preguntaron.

«—... a través de esta vida —volvió a escucharse la voz de Jesús— y de las muchas moradas de la vida futura, en el cielo de los cielos. La vida en la eterna creación del Padre no es un descanso, una ociosidad sin fin o una egoísta comodidad, sino una incesante progresión en gracia, verdad y gloria. Cada una de las muchas moradas en la casa de mi Padre es un lugar de paso; una vida diseñada para que os sirva de preparación para la siguiente. Y así, los hijos de la luz seguirán de gloria en gloria hasta que alcancen el estado divino, en el que serán espiritualmente perfectos, al igual que el Padre es perfecto en todas las cosas.»

—¡Dios mío! —estallé sin poder contenerme—. ¿Habéis oído lo mismo que yo? ¡Es la promesa más clara y rotunda, no de una, sino de muchas «vidas» en continua y progresiva perfección...! Pero ¿qué pueden ser esas «moradas»?

—He aquí otra maravillosa razón para volver —remachó mi compañero, clavando su mirada en Curtiss.

El general asintió en silencio.

Acto seguido, el Maestro haría una sutil recomendación. Una insinuación que, cuando se analiza detenidamente, pone en tela de juicio el empeño de muchos cristianos en imitar en todo al Hijo del Hombre.

«—Si me seguís cuando os deje, poned vuestros más ardientes esfuerzos en vivir de acuerdo con el espíritu de mis enseñanzas y con el ideal de mi vida: hacer la voluntad de mi Padre. Haced esto en lugar de intentar imitar mi natural vida en la carne...

»El Padre me envió a este mundo, pero sólo unos pocos han elegido recibirme en plenitud. Yo vertiré mi espíritu sobre toda carne, pero no todos los hombres elegirán recibir a este nuevo enseñante como guía y consuelo de su alma. Sin embargo, los que lo reciban se verán iluminados, limpios y confortados. Y este Espíritu de la Verdad se transformará en ellos en un pozo de agua viva, manando a la vida eterna.

»Y ahora, puesto que estoy a punto de dejaros, quiero transmitiros palabras de consuelo. Os dejo la paz. Mi paz os doy. Y doy estos dones, no como los da el mundo, por medidas. Doy a cada uno de vosotros todo lo que seáis capaces de recibir. No permitáis que vuestro corazón se turbe, ni que se muestre temeroso. Yo he superado al mundo y, en mí, todos triunfaréis por la fe. Os he advertido que el Hijo del Hombre será muerto, pero os aseguro que volveré antes de ir al Padre, aunque sólo sea por un poquito.

Y después que haya ascendido al Padre, con seguridad enviaré al nuevo enseñante para que habite en vuestros mismos corazones. Y cuando veáis que llega el momento en que todo esto ocurre, no os consternéis. Creed. Tanto más cuanto que lo sabíais con antelación. Os he amado con gran afecto y no os dejaría, pero es la voluntad del Padre. Mi hora ha llegado.

»No dudéis de estas verdades, aunque os halléis dispersos en el extranjero a causa de las persecuciones o abatidos por muchas penas. Cuando os sintáis solos en el mundo, yo sabré de vuestra soledad, de la misma forma que vosotros sabréis de la mía cuando dejéis al Hijo del Hombre en manos de sus enemigos. La diferencia es que yo nunca estoy solo. El Padre siempre está conmigo. Incluso en esos momentos rogaré por vosotros. Os he dicho todas estas cosas para que podáis tener paz y la tengáis abundantemente. En este mundo tendréis tribulaciones, pero estad de buen humor. Yo he triunfado en el mundo y os he mostrado el camino hacia la eterna alegría y hacia el servicio eterno. No dejéis que se turbe vuestro corazón... ni le dejéis tener miedo.»

Aquellas hermosas palabras pusieron casi punto final a la llamada «última cena». Sólo restaba un postrero y emotivo capítulo: el de las despedidas personales...

Uno... dos pasos. El Maestro fue a situarse frente al diván ocupado por Juan Zebedeo. Éste se levantó al punto. Y el Galileo, en un cálido y entrañable tono, le dirigió las siguientes palabras de despedida:

«—Tú, Juan, eres el más joven de mis hermanos. Has estado muy cerca de mí y, aunque os amo a todos con el mismo afecto que un padre tiene por sus hijos, fuiste designado por Andrés como uno de los tres que siempre debía estar cerca de mí...»

Curtiss rogó que detuviera la cinta.

—¿Qué significa esto? —me interrogó, dando por hecho que conocía la respuesta—. ¿De qué designación habla?

Por supuesto, yo tampoco tenía una explicación. La enigmática elección de Andrés, el jefe de los apóstoles, debía ser un suceso acaecido mucho antes de nuestra primera exploración. Ciertamente —como había tenido oportunidad de comprobar en la oración del huerto de Getsemaní—, Jesús de Nazaret parecía más próximo a tres de sus hombres que al resto. En otros muchos pasajes de los textos evangélicos —pasajes siempre de una especialísima trascendencia—, Juan, su hermano Santiago y Simón Pedro se hallaban siempre muy cerca de la figura del rabí. Todos los exégetas y comentaristas bíblicos han atribuido este hecho a una concreta predilección del Maestro por dichos hombres. Al no existir una sola referencia en los Evangelios y demás Escritos Sagrados a esta específica designación de Andrés, era lógico suponer que la continua presencia de los «elegidos» junto al Nazareno tuviera un origen puramente emotivo. Sin embargo, cuando se conoce y estudia en profundidad la vida y el comportamiento del Hijo del Hombre, resulta difícil aceptar que el Cristo hiciera distinciones personales, provocando así hipotéticas y nada aconsejables situaciones de envidias o celos entre los que le rodeaban a diario. Aunque en aquellos momentos lo ignoraba todo sobre la aludida designación, la sospecha de que ésta hubiera sido cosa, precisamente, de los propios apóstoles y no del Maestro, empezó a ganar terreno en mi corazón. ¿Y si la elección de aquellos tres galileos obedeciera a un afán puro y simple de proteger a la persona del Maestro? Esto, al menos en teoría, sí podía encajar con la forma de actuar del Cristo y, sobre todo, con la general y pacífica aceptación de los mencionados «guardaespaldas» por parte del grupo. De la misma forma que Felipe y Judas Iscariote habían sido nombrados intendente y administrador de los fondos comunes, respectivamente, los hermanos Zebedeo y Pedro podían haber ostentado también la responsabilidad de la seguridad de su líder. Con la excepción del Iscariote, el resto de los discípulos jamás se había mostrado disconforme con esta permanente «escolta» en torno a Jesús. Síntoma inequívoco de que habían participado en dicha designación o, cuando menos, de que daban su aprobación a la decisión de Andrés. Quizá ahora, con el paso de los siglos, cuando las figuras de los apóstoles han adquirido un natural halo de santidad y elevación espiritual, resulte difícil imaginar a estos hombres empeñados en la tarea de designar todo un servicio de protección. Pero, en honor a la verdad, no debemos olvidar que, durante buena parte de sus vidas, sus reacciones y pensamientos no fueron tan santos como hoy nos inclinamos a creer. Una buena prueba de lo que digo, por ejemplo, es el hecho de que fueran armados...

Naturalmente, tanto Eliseo como yo prometimos al general que aquél sería otro de los misterios a desvelar en nuestro ya inminente «salto» en el tiempo. Lo que no podíamos imaginar entonces eran las «circunstancias» en las que llegaríamos a obtener esta información. Pero prosigamos con el «adiós» de Jesús de Nazaret a Juan:

«—... Además de esto has actuado por mí mismo y debes continuar así, trabajando en favor de los asuntos relacionados con mi familia en la Tierra. Yo voy al Padre, Juan, teniendo plena confianza en que seguirás velando por aquellos que son míos en la carne. Cuida que su presente confusión, respecto a mi misión, de ninguna manera te impida darles toda la simpatía, consejo y ayuda que, lo sabes, yo les daría si debiese permanecer en la carne.

»Y ahora, mientras entro en las horas finales de mi carrera en la Tierra, permanece cerca, a mano, para que pueda dejar cualquier mensaje a mi familia.»

En esta ocasión fui yo quien interrumpió la grabación. Deseaba que el jefe del proyecto captara la especial importancia de aquella última frase del rabí.

«...permanece cerca, a mano, para que pueda dejar cualquier mensaje a mi familia».

Esto daba cumplida explicación al casi permanente seguimiento de Juan Zebedeo durante las horas del prendimiento, interrogatorios y crucifixión y muerte del Galileo. Como ya comenté en otro lugar de este diario, el audaz discípulo se uniría al pelotón que detuvo al Maestro en las afueras de la finca de Getsemaní, no separándose ya de Él, con excepción de los trágicos momentos de la paliza durante uno de los descansos en el simulacro de juicio por parte de Caifás, en el interior de la fortaleza Antonia, en la no menos dramática flagelación y a lo largo del camino hacia el Gólgota (1).

Aunque habrá tiempo de comentarlo, nunca pude entender por qué Juan ni el resto de los evangelistas no re-

(1)   Ver *Caballo de Troya*, pp. 312 y ss. *(N. de J. J. Benítez.)*

fieren estas despedidas en sus respectivos escritos. En el primer caso, la constatación de la orden del Galileo —pidiendo a Juan que no se apartase de su lado— hubiera ahorrado múltiples y peregrinas explicaciones exegéticas sobre las «razones» del Zebedeo para permanecer al lado del Maestro. Como vemos, las cosas casi siempre son más sencillas de lo que creemos.

«—...Por lo que respecta a mi obra, puesta en mis manos por el Padre —prosiguió Jesús—, está terminada, con excepción de mi muerte en la carne. Y estoy preparado para beber esta última copa. En cuanto a las responsabilidades dejadas por José, mi padre en la Tierra, así como yo las he atendido durante mi vida, ahora dependo de ti para que actúes en mi lugar, resolviendo estos asuntos. Y te he elegido para que hagas esto por mí, Juan, porque eres el más joven y, por tanto, es probable que sobrevivas a los otros apóstoles.»

Esta insólita revelación de Jesús de Nazaret —ignorada también por los evangelistas— venía a corroborar mis sospechas sobre lo anteriormente expuesto. La designación de Juan como «custodio» de sus asuntos familiares —incluido el cuidado de María, su madre— no obedecía a razones sentimentales o de especial simpatía hacia el Zebedeo. Todo lo contrario. A juzgar por estas palabras del Nazareno, eran de lo más pragmáticas: Jesús «sabía» o «intuía» que, al ser el de menor edad, su estancia en el mundo de los vivos tenía que ser más prolongada. Y no se equivocaría. Juan el Evangelista debió fallecer en la década de los años noventa de nuestra Era. Quizá cerca del cien.

«—Una vez te llamé a ti y a tu hermano hijos del trueno. Comenzaste con nosotros con una mente recia e intolerante. Pero has cambiado mucho desde que me rogaste que hiciera caer fuego del cielo contra los ignorantes e irreflexivos no creyentes. Y aún debes cambiar más. Tienes que llegar a ser el apóstol del nuevo mandamiento que os he dado esta noche. Dedica tu vida a enseñar a tus hermanos a amarse los unos a los otros como yo os he amado.»

Cuando hubo terminado, un incontenible gimoteo empañó el silencio de los allí reunidos. Juan estaba llorando. Y con la voz entrecortada, respondió:

«—Y así lo haré, Maestro. Pero ¿cómo puedo aprender a amar a mis hermanos?»

«—Aprenderás a amar más a tus hermanos —replicó solícito Jesús— cuando aprendas a amar primero a su Padre del cielo y cuando llegues a estar verdaderamente interesado en el bienestar de todos ellos... en el tiempo y en la eternidad. Y todo este interés humano se ve favorecido con el servicio generoso, con la comprensión, con la simpatía y con el perdón ilimitado. Ningún hombre despreciará tu juventud. Pero te exhorto a que concedas siempre la debida consideración al hecho de que la vejez representa, normalmente, experiencia. Y nada en los asuntos del hombre puede reemplazar a la auténtica experiencia. Esfuérzate en vivir apaciblemente con todos los hombres. En especial con tus amigos en la hermandad del reino celestial. Y recuerda siempre, Juan: no luches con las almas que podrías ganar para el reino.»

Sin poder contener su llanto, Juan procedió a sentarse. Los pasos del Galileo rodearon entonces su propio diván, en dirección al otro brazo de la «U». Pero al llegar a la altura del asiento que había ocupado Judas, se detuvo. Y permaneció allí, inmóvil y en silencio, durante veinte o treinta segundos. No hubo comentario o señal que nos permitiese reconstruir el semblante o la actitud de Jesús ante el vacío diván del traidor. (Más adelante, de «regreso» a la Palestina del año 30, Andrés me definiría aquellos críticos instantes como de «suma tristeza para el Maestro». El único pensamiento que cruzó entonces por las mentes de los once fue la anormal tardanza del Iscariote. «Habían sucedido tantas cosas desde que Judas desapareció de nuestra vista —añadiría el jefe de los apóstoles— que llegamos, incluso, a olvidarnos de él.»)

Al cabo de ese breve período de reflexión, Jesús de Nazaret siguió avanzando, deteniéndose frente al aguerrido Simón el Zelote. Una vez en pie, el posible miembro o simpatizante del grupo guerrillero escuchó las siguientes palabras:

«—Tú eres un verdadero hijo de Abraham. Pero ¡cuánto tiempo he tratado de convertirte en un hijo del reino celestial!... Te quiero y también todos tus hermanos. Sé que me amas, Simón, y que amas también el reino, pero continúas intentando que este reino sea de acuerdo con tu gusto. Sé muy bien que, finalmente, comprenderás la naturaleza espiritual y el significado de mi evangelio y que realizarás un valiente trabajo en su proclamación. Pero estoy preocupado por lo que pueda ocurrirte cuando me vaya. Me alegraría saber que no dudarás. Sería feliz si pudiese saber que, después que vaya al Padre, no dejarás de ser mi apóstol y que te comportarás aceptablemente como embajador del reino celestial.»

El ardiente patriota no dudó en su respuesta:

«—Maestro, no temas por mi lealtad. He vuelto la espalda a todo para poder dedicar mi vida al establecimiento de tu reino en la Tierra y no fallaré. Hasta ahora he sobrevivido a todas las decepciones y no te abandonaré.»

Estas manifestaciones del Zelote eran de suma importancia para entender mejor el grado de frustración de algunos de los seguidores del Galileo, convencidos hasta el último momento del papel político y terrenal de Jesús. Pero tiempo habrá de profundizar en este espinoso asunto, tan escasamente contemplado por los evangelistas...

Al oír tan vehemente afirmación, el Maestro replicó con cierta crudeza:

«—Es realmente refrescante oírte hablar así en un momento como éste. Pero, mi buen amigo, todavía no sabes de lo que estás hablando. Ni por un momento dudaría de tu lealtad o devoción. Sé que no vacilarías en ir adelante en la lucha y en morir por mí, como lo harían éstos...»

Un murmullo general de aprobación interrumpió las palabras del Cristo.

«—... Pero no se requerirá eso de vosotros. Os he dicho repetidamente que mi reino no es de este mundo y que mis discípulos no lucharán para llevar a cabo su establecimiento. Os lo he dicho muchas veces, Simón, pero no queréis enfrentaros a la verdad. No estoy preocupado por vuestra lealtad hacia mí o hacia el reino. Pero ¿qué haréis cuando me marche y despertéis al fin y os deis cuenta que no habéis comprendido el significado de mi enseñanza y que tenéis que ajustar vuestros conceptos erróneos a otra realidad?»

Simón intentó hablar. Pero Jesús prosiguió:

«—Ninguno de mis apóstoles es más sincero y honesto

206

de corazón que tú, pero ninguno estará tan abatido y perturbado como tú después que yo me vaya. Durante tu desaliento, mi espíritu morará en ti y éstos, tus hermanos, no te abandonarán. No olvides lo que te he enseñado sobre la relación entre los ciudadanos del mundo y la "ciudadanía" de los otros hijos: los del reino de mi Padre. Medita bien todo lo que te he dicho sobre dar al César lo que es del César, a Dios lo que es de Dios y a mí lo que es mío. Dedica tu vida, Simón, a mostrar cuán aceptablemente puede el hombre mortal cumplir mi precepto referente al reconocimiento simultáneo del deber temporal para con los poderes civiles y el servicio espiritual en la hermandad del reino. Si eres enseñado por el Espíritu de la Verdad, nunca habrá conflicto entre las obligaciones que impone la ciudadanía de la Tierra y las de ser hijos del cielo... a no ser que los dirigentes temporales pretendan de vosotros el homenaje y adoración que sólo pertenecen a Dios. Y ahora, Simón, cuando veas finalmente todo esto, te hayas sacudido la depresión y salgas adelante, proclamando con gran poder este evangelio, nunca olvides que yo estaba contigo, incluso en toda tu época de descorazonamiento y que continuaré contigo hasta el mismo fin. Siempre serás mi apóstol y, cuando llegues a ver con el ojo del espíritu y sometas plenamente tu voluntad a la del Padre del cielo, entonces volverás a trabajar como mi embajador. A pesar de tu lentitud en comprender las verdades que te he enseñado, nadie te quitará la autoridad que te he dado. Así, Simón, te aviso una vez más: los que luchan con la espada, mueren con la espada. Sin embargo, los que trabajan en el espíritu consiguen la vida eterna en el reino y la paz y la alegría en la Tierra. Cuando la misión encomendada a tus manos haya sido terminada en el mundo, tú, Simón, te sentarás conmigo en mi reino. Y verás realmente el reino por el que has suspirado. Pero no será en esta vida. Continúa creyendo en mí y en lo que te he revelado y recibirás el regalo de la vida eterna.»

A continuación, el Maestro se situó frente a Mateo Leví.

«—Ya no te corresponderá cuidar de la caja del grupo apostólico. Pronto, muy pronto, todos os dispersaréis. No os será permitido disfrutar siquiera del reconfortante y continuo apoyo de uno solo de vuestros hermanos. Cuando vayáis predicando este evangelio del reino tendréis que buscar nuevos compañeros. Os he enviado de dos en dos durante el tiempo de entrenamiento pero, ahora que os dejo, después que os hayáis recuperado del golpe, iréis solos y hasta los confines de la Tierra, proclamando esta buena noticia: que los mortales vivificados en la fe son los hijos de Dios.»

Mateo, con su habitual calma y sentido práctico, preguntó a su vez:

«—Pero, Maestro, ¿quién nos enviará y cómo sabremos a dónde ir? ¿Nos enseñará Andrés el camino?»

«—No, Leví —respondió Jesús, confirmando así lo que yo ya sabía y que dejé bien claro en relatos precedentes: la jefatura del hermano de Simón Pedro—, Andrés ya no os dirigirá en la proclamación del evangelio. En verdad, continuará como vuestro amigo y consejero hasta el día en que llegue el nuevo maestro. Entonces, el Espíritu de la Verdad os guiará al extranjero para que trabajéis por la ampliación del reino. Muchos cambios han sobrevenido sobre vosotros desde aquel día, en la casa de aduanas, cuando, por primera vez, empezasteis a seguirme. Pero muchos más deben ocurrir antes de que podáis contemplar la visión de una hermandad en la que gentiles y judíos se sienten en asociación fraternal. Pero seguid adelante en vuestras prisas por ganar a vuestros hermanos judíos. Cuando estéis totalmente satisfechos, volved entonces con fuerza hacia los gentiles. De una cosa puedes estar seguro, Leví: has ganado la confianza y el afecto de tus hermanos. Todos te quieren.»

Un nuevo y colectivo murmullo de aprobación subrayó las últimas palabras de Jesús.

«—Leví, sé de tus ansiedades, sacrificios y trabajos para mantener llena la caja. Tus hermanos no lo han sabido. Y me siento contento de que, aunque el que lleva la bolsa no está, el embajador publicano esté aquí, en mi reunión de despedida, con los mensajeros del reino. Ruego porque puedas discernir el significado de mi enseñanza con los ojos del espíritu. Y cuando el nuevo maestro llegue a tu corazón, sigue adelante. Él te guiará. Y muestra a tus hermanos y a todo el mundo lo que el Padre puede hacer con un odiado recaudador de impuestos, que se atrevió a seguir al Hijo del Hombre y a creer en el evangelio del reino. Incluso desde el principio, Leví, te quise como quise a estos otros galileos. Sabiendo entonces muy bien que ni el Padre ni el Hijo tienen en cuenta a las personas, mira de no hacer esas distinciones entre los que lleguen a ser creyentes en el evangelio a través de tu ministerio. Y así, Mateo, dedica toda tu vida de servicio futuro a mostrar a los hombres que Dios no tiene en cuenta la posición de las personas. Que, a la vista del Padre y en la hermandad del reino, todos los humanos son iguales, todos son hijos de Dios.»

Santiago Zebedeo, el hermano de Juan, aguardaba en pie al Maestro. Éste se encaminó hacia él, diciéndole:

«—Santiago, cuando tú y tu hermano pequeño llegasteis una vez hasta mí, buscando preferencias en los honores del cielo y os respondí que esos honores eran otorgados por el Padre, os pregunté si seríais capaces de beber mi copa. Los dos respondisteis que sí. Aunque ni entonces ni ahora estéis preparados para ello, pronto estaréis dispuestos para tal servicio, a causa de la experiencia que estáis a punto de atravesar. Por aquel comportamiento reñiste a tus hermanos. Si todavía no te han perdonado del todo, lo harán cuando vean que bebes mi copa. Tanto si tu ministerio es largo o corto, conserva tu alma en paz. Cuando el nuevo maestro venga, deja que te enseñe el equilibrio de la compasión y esa amable tolerancia que nace de la sublime confianza en mí y en la perfecta sumisión a la voluntad del Padre. Dedica tu vida a demostrar afecto humano y dignidad divina combinados. Y todos los que vivan así revelarán el evangelio, incluso en la forma de su muerte. Tú y tu hermano Juan iréis por distintos caminos y uno de vosotros puede que se siente conmigo en el reino eterno mucho antes que el otro...»

Sutilmente, Jesús de Nazaret estaba anunciando a Santiago que su muerte ocurriría mucho antes que la de su hermano.

«—Os ayudaría mucho saber que la verdadera sabiduría comprende discreción y coraje a un mismo tiempo. Aprenderéis sagacidad, para que acompañe a vuestra agresividad. Llegarán supremos momentos en los que mis discípulos no dudarán en dar sus vidas por este evangelio. Pero, en las demás circunstancias, en las ordinarias, será mejor aplacar la ira de los no creyentes para que podáis vivir y continuar predicando las buenas noticias. Mientras tengáis fuerzas, vivid largamente para que vuestra labor sea fructífera en almas ganadas para el reino celestial.»

Terminadas sus palabras de despedida a Santiago, Jesús caminó hasta el final de la mesa. Allí se encontraba Andrés, su fiel ayudante. Sus frases relacionadas con la jefatura del apóstol no dejaron lugar a dudas:

«—Andrés, me has representado con fidelidad como cabeza de los embajadores del reino celestial. Aunque hayas dudado muchas veces y en otras ocasiones hayas manifestado una clara y peligrosa timidez, así y con todo, siempre has sido sinceramente justo en tus relaciones con tus compañeros. Desde tu ordenación y la de tus hermanos como mensajeros del reino has sabido gobernarte a ti mismo en los asuntos administrativos del grupo. En ningún otro asunto temporal he actuado para dirigir o influir tus decisiones. Y lo hice así para enseñarte, con vistas a tus deliberaciones en los grupos futuros. En mi universo y en el universo de los universos de mi Padre, a nuestros hijos-hermanos se les trata como individuos en todas sus relaciones espirituales. Pero en las de grupo procuramos que exista una dirección. Nuestro reino es un reino de orden y, donde dos o más criaturas actúen en cooperación, siempre existe esa autoridad.

»Y ahora, Andrés, puesto que eres el jefe de tus hermanos por la autoridad de mi nombramiento y puesto que así has servido, como mi representante personal, ya que estoy a punto de marcharme e ir a mi Padre, te libero de toda responsabilidad en lo concerniente a los asuntos temporales y administrativos. De ahora en adelante puedes no ejercer jurisdicción sobre tus hermanos, excepto la que hayas ganado por tu capacidad como líder espiritual y que ellos reconozcan libremente. Desde este momento puedes no ejercer ninguna autoridad sobre tus hermanos, a no ser que ellos te la restauren. Pero esta liberación como cabeza administrativa del grupo, de ninguna manera disminuye tu responsabilidad moral para hacer todo lo que esté en tu mano respecto al mantenimiento de la unión de todos éstos en el período de prueba que se avecina. De ahora en adelante sólo ejerceré autoridad espiritual sobre y entre vosotros.

»Si tus hermanos desean retenerte como consejero, te digo que debes hacer todo lo que puedas para promocionar la paz y la armonía, tanto en los asuntos temporales como espirituales, entre los grupos de sinceros creyentes en el evangelio. Dedica el resto de tu vida a impulsar los aspectos prácticos del amor fraterno. Sé amable con mis hermanos en la carne. Manifiesta una devoción amorosa e imparcial a los griegos del oeste y a Abner, del este. Aunque éstos, mis apóstoles, van a ser esparcidos muy pronto por los cuatro confines de la Tierra para proclamar la buena nueva de la salvación, debes mantenerles unidos durante el tiempo de prueba que se avecina. En esa época debéis aprender a creer en este evangelio sin mi presencia personal. Y así, Andrés, aunque no recaigan en ti las grandes labores que ven los hombres, conténtate con ser el maestro y consejero de los que las hacen. Sigue adelante con tu trabajo en la Tierra, hasta el final, y así continuarás este ministerio en el reino eterno. ¿No te he dicho muchas veces que tengo otras ovejas que no son de este rebaño?»

La siguiente despedida fue para los gemelos Alfeo. En pie, entre ambos, les anunció:

«—Hijitos míos. Vosotros sois uno de los tres grupos de hermanos que eligió seguirme...»

Al no conocer con exactitud cómo se produjo la elección de los doce, aquellas palabras nos desconcertaron. ¿Es que sólo la mitad de los discípulos —los hermanos Alfeo, Andrés y Simón Pedro y los también hermanos Juan y Santiago de Zebedeo— eligió seguir al Maestro? ¿Y los otros seis?

Los motivos que justificaban nuestro «regreso» seguían multiplicándose...

«—...Los seis —prosiguió Jesús— habéis trabajado bien y en paz con vuestra propia carne y sangre. Pero nadie lo ha hecho mejor que vosotros. Se avecinan tiempos duros... Puede que no comprendáis todo lo que va a suceder, pero no dudéis que una vez fuisteis llamados para la tarea del reino. Por algún tiempo no habrá multitudes a quienes dirigir. Pero no os descorazonéis. Cuando vuestro trabajo en esta vida haya concluido, os recibiré en lo alto y allí, en la gloria, hablaréis de vuestra salvación a los ejércitos seráficos y a las multitudes de los altos Hijos de Dios. Dedicad vuestra vida a engrandecer las tareas triviales. Mostrad a todos los hombres y a los ángeles cuán alegre y valiente puede llegar a ser el hombre mortal. Y tras vuestra época al servicio de Dios, volved a las labores de los días pasados. Si, por el momento, veis concluido vuestro trabajo en los asuntos exteriores del reino, volved a las faenas cotidianas. Y hacedlo con la nueva luz de la experiencia de saberos hijos de Dios. A vosotros, que habéis trabajado conmigo, todo se os ha hecho sagrado. Toda labor terrenal ha llegado a ser un servicio al Dios Padre. Y cuando oigáis noticias de los hechos de vuestros anteriores compañeros apostólicos, regocijaros con ellos y continuad vuestra labor diaria como los que esperan en Dios y sirven mientras esperan. Habéis sido mis apóstoles y siempre lo seréis y os recordaré en el reino que ha de llegar.»

Era la primera vez que Jesús de Nazaret daba por hecho que varios de sus hombres más cercanos no desempeñarían la labor de evangelizadores una vez que Él hubiera desaparecido. La verdad es que, con la excepción de unos pocos discípulos, las actividades apostólicas del resto del grupo apenas si han quedado reflejadas en los escritos y tradiciones de los cristianos.

Felipe fue el siguiente. En pie, como el resto, escuchó atentamente a su rabí:

«—Felipe, me has formulado muchas y locas preguntas. Y he hecho lo posible para responder a todas ellas. Ahora contestaré a la última que ha surgido en tu muy honesta aunque poco espiritual mente. Todo el tiempo he estado acudiendo a ti, mientras te preguntabas: "Qué haré si el Maestro se marcha y nos deja solos en el mundo?" ¡Oh, tú, hombre de poca fe! Y así y con todo, tienes casi tanta como muchos de tus hermanos... Has sido un buen sirviente, Felipe. Nos fallaste pocas veces. Y uno de esos fallos lo utilizamos para manifestar la gloria del Padre...»

—¿A qué puede referirse? —intervino Curtiss.

Tampoco supe responderle. Sabía que Felipe era el responsable de la intendencia general del grupo pero, en esos momentos, no podía imaginar de qué hablaba el Galileo. ¿Quién podía suponer que yo mismo contemplaría el «fallo» en cuestión? Pero no adelantemos acontecimientos...

«—... Tu oficio de servidor está a punto de concluir. Pronto deberás hacer el trabajo para el que fuiste llamado: la predicación de este evangelio. Felipe, siempre has querido que se te muestren las cosas. Pronto verás grandes hechos. Puesto que has sido sincero, incluso en tu visión material, vivirás para ver cumplidas mis palabras. Y entonces, cuando seas bendecido con la visión espiritual, sigue adelante en tu trabajo, dedicando tu vida a la conducción de la Humanidad hacia la búsqueda de Dios y de las realidades espirituales, pero con los ojos de la fe; no con los de la mente material. Recuerda, Felipe, tienes una gran misión en la Tierra. El mundo está lleno de hombres que miran la vida como tú lo has hecho. Tienes un gran trabajo por hacer, y, cuando esté terminado, vendrás a mí, en mi reino y tendré gran placer en enseñarte lo que no ha visto el ojo, escuchado el oído ni concebido la mente mortal. Entretanto, sé como un niño pequeño en el reino del espíritu y permíteme, como espíritu del nuevo maestro, guiarte hacia el reino espiritual. De esta forma podré hacer mucho por ti: lo que no pude llevar a cabo cuando permanecí contigo como un mortal. Y recuerda siempre, Felipe: quien me haya visto, ha visto al Padre.»

Al terminar, Felipe volvió a reclinarse. Y los pasos del Maestro se dirigieron al siguiente diván: el de Bartolomé o Natanael. Éste se había puesto en pie pero Jesús le indicó que se sentara. Al momento, el rabí hizo otro tanto, acomodándose a su lado. Y le habló así:

«—Natanael, has aprendido a vivir por encima de los prejuicios y a practicar una tolerancia cada vez mayor, puesto que te hiciste mi apóstol. Pero aún hay mucho que aprender. Has sido una bendición para tus compañeros, siempre amonestados con tu sinceridad. Cuando me haya ido, puede que tu franqueza interfiera en las relaciones con tus hermanos, tanto con los antiguos como con los nuevos. Debes aprender que incluso la expresión de un buen pensamiento tiene que ser modulada de acuerdo con el nivel intelectual y el desarrollo espiritual del que escucha. La sinceridad es más útil en las tareas del reino cuando se casa con la discreción.

»Si aprendieses a trabajar con tus hermanos podrías finalizar muchas más cosas. Pero si te encuentras a ti mismo en la búsqueda de aquellos que piensan como tú, en ese caso, dedica tu vida a demostrar que el discípulo conocedor de Dios puede llegar a ser un constructor del reino, incluso cuando esté solo y separado de sus hermanos creyentes. Sé que serás fiel hasta el final. Y algún día te daré la bienvenida al amplio servicio de mi reino, en lo alto.»

Bartolomé se dirigió entonces al rabí, preguntándole:

«—He escuchado tus enseñanzas desde la primera vez que me llamaste al servicio de este reino. Pero, honestamente, no puedo comprender todo el significado de lo que nos dices. No sé qué más debemos esperar. Y creo que la mayoría de mis hermanos están perplejos, al igual que yo, aunque dudan en confesar su confusión. ¿Puedes ayudarme?»

«—Amigo mío —respondió el Cristo al instante—, no es extraño que te encuentres perplejo en tu intento por comprender el significado de mis enseñanzas espirituales. Arrastráis el preconcepto de la tradición judía y os empeñáis en interpretar mi evangelio de acuerdo con las enseñanzas de los escribas y fariseos. Os he enseñado por la palabra de mi boca y he vivido mi vida entre vosotros. He hecho lo posible para alumbrar vuestras mentes y liberar vuestras almas, pero lo que no habéis conseguido hasta ahora por mis enseñanzas, debéis adquirirlo de la mano de ese maestro de maestros: la experiencia real. En esa nueva andadura, yo iré por delante y el Espíritu de la Verdad estará con vosotros. No temáis. Lo que ahora no podéis comprender, el nuevo maestro, cuando haya venido, os lo revelará en esta vida y en vuestro aprendizaje en el tiempo eterno.»

Jesús dirigió entonces su voz hacia el centro de la mesa:

«—No os turbéis porque no podáis asimilar todo el significado del evangelio. No sois más que hombres finitos y mortales y lo que os he enseñado es infinito, divino y eterno. Sed pacientes. Tened valor. Tenéis las edades eternas ante vosotros. En ellas continuaréis vuestra progresiva perfección, así como vuestro Padre del Paraíso es perfecto.»

Curtiss, Eliseo y yo nos miramos. Los tres nos vimos asaltados por el mismo sentimiento. Parecía como si aquellas últimas frases del Maestro —dirigidas al centro de la «U», al punto donde se encontraba el micrófono— no hubieran sido destinadas únicamente a sus íntimos...

Jesús se incorporó y caminó hasta la posición de Tomás. Y se le oyó decir:

«—Tomás. A menudo te ha faltado la fe. Sin embargo, a pesar de esos momentos de duda, nunca has carecido de coraje. Sé muy bien que los falsos profetas y maestros no te engañarán. Después que me haya ido, tus hermanos apreciarán mucho más tu forma crítica de ver y enjuiciar las enseñanzas. Y cuando todos os disperséis por los confines de la Tierra, recuerda que aún eres mi embajador. Dedica tu vida a la gran obra de mostrar cómo la mente crítica material puede triunfar sobre la inercia de la duda intelectual, cuando se enfrenta con la demostración de la manifestación de la verdad viva.

»Tomás, estoy contento de que te hayas unido a nosotros. Y sé que, tras un corto período de perplejidad, seguirás adelante, en el servicio del reino. Tus dudas han confundido a tus hermanos, pero no a mí. Tengo confianza en ti e iré delante tuyo a los más remotos lugares de la Tierra.»

Y Jesús, lentamente, fue a situarse frente a uno de sus hombres más difíciles y queridos: Simón Pedro. Estábamos a punto de asistir a otra profética alocución...

En el caso de Pedro, como se verá, los reproches del Maestro fueron más duros.

«—Pedro, sé que me amas. Y sé que dedicarás tu vida a la proclamación pública de este evangelio del reino a judíos y gentiles. Pero estoy apenado... Tus años de tan firme asociación conmigo no te han ayudado lo suficiente a pensar antes de hablar...»

Fue una lástima no haber estado presente en aquella reunión. Estoy seguro que la expresión de Pedro debía de ser un libro abierto.

«—... ¿Qué experiencia debes vivir para que aprendas a ser cauteloso con tu boca? ¡Cuántos problemas nos has dado por tu irreflexión y por tu presuntuosa confianza en ti mismo! Y estás destinado a crearte muchos más si no dominas esa debilidad. Sabes que, a pesar de ese defecto, tus hermanos te aman. Y debes entender igualmente que esa debilidad de ningún modo disminuye mi afecto hacia ti. Pero te resta eficacia y multiplica tus problemas...»

El tono de Jesús se hizo menos severo.

«—... Sin duda, la experiencia que pasarás esta noche te será de gran ayuda. Y lo que ahora te digo, Simón Pedro, sirve también para todos los aquí reunidos: esta noche correréis grave peligro de tropezar conmigo. Sabéis que está escrito: "El Pastor será castigado y las ovejas esparcidas fuera." Cuando esté ausente habrá el riesgo de que algunos de vosotros sucumbáis ante la duda y tropecéis por lo que a mí me suceda. Pero ahora mismo os prometo que volveré por un corto tiempo y que, entonces, entraré en Galilea.»

El fogoso Pedro no tardó en replicar:

«—No importa si todos mis hermanos sucumben ante la duda por tu causa. Prometo que no tropezaré con nada que tú puedas hacer. ¡Iré contigo! Y, si es necesario… ¡moriré por ti!

El estremecido y voluntarioso apóstol aguardó la respuesta de su Maestro. Y ésta llegó como un jarro de agua helada.

«—Pedro, en verdad, en verdad te digo que esta noche no cantará el gallo antes de que me hayas negado… tres o cuatro veces.»

—¿Tres o cuatro veces? —exclamó el general que, obviamente, no conocía aún nuestra versión sobre lo acaecido esa madrugada del jueves al viernes.

—Afirmativo —me apresuré a responder—. Fueron tres negaciones públicas y una, prácticamente en privado.

«—… De esta forma —continuó Jesús—, lo que no has conseguido aprender de tu pacífica unión conmigo, lo asumirás entre problemas y penas. Y cuando hayas entendido esta necesaria lección, deberás reconfortar a tus hermanos y seguir adelante, llevando una vida entregada a la predicación de este evangelio. Aunque puedas ir a prisión y, quizá, seguirme, pagando el precio supremo por el amoroso servicio en la construcción del reino del Padre.»

Simón Pedro, como el resto, no entendieron entonces el trágico alcance de aquellas proféticas palabras.

«—Pero recuerda mi promesa: cuando haya resucitado, me quedaré con vosotros un tiempo antes de ir al Padre. Incluso esta noche haré súplicas para que os fortalezca ante lo que debéis soportar. Os amo a todos con el amor con que el Padre me ama y, por tanto, de ahora en adelante, debéis amaros los unos a los otros como yo os he amado.»

El grupo se puso en pie y, dirigidos por Jesús de Nazaret, entonó un nuevo cántico.

Hacia las 22.30 horas de aquel jueves, 6 de abril del año 30, los pasos y los murmullos de los doce se perdían hacia el piso inferior de la casa de Elías Marcos. La «última cena» había concluido.

Los tres caímos en un prolongado silencio. En efecto, había demasiados puntos sobre los que meditar. Y aunque dejo al hipotético lector de este diario el derecho a sacar sus propias conclusiones, estimo que es mi obligación dar cuenta de algunas de las apreciaciones y comentarios que se vertieron aquella madrugada en la soledad de la cumbre de Masada.

Para el general —mucho más afectado que nosotros por lo que acabábamos de oír— resultaba del todo incomprensible que los evangelistas no hicieran mención, entre otras cosas, de los incidentes de los divanes y del lavatorio y de las once últimas despedidas del Galileo. Sólo uno de los escritores sagrados —Lucas— deja entrever que «algo» raro sucedió entre los apóstoles: «Entre ellos hubo también un altercado sobre quién de ellos parecía ser el mayor» (22, 24). ¿Por qué ninguno de los otros tres habla de ese extraño «altercado»?

Para Eliseo, como para mí, la posible respuesta —siempre a título de hipótesis de trabajo— estaba justamente en el denominador común de las mencionadas tres situaciones. Tanto en la ácida polémica sobre quién debía ocupar los puestos más cercanos al rabí, como en la orgullosa postura de no querer lavarse los pies mutuamente y en las despedidas, los apóstoles no salían muy bien parados. Como hemos visto, en cada «adiós» del Maestro flotaba una considerable carga de reproches. Jesús, una vez más, llamó a las cosas por su nombre, sacando a la luz los principales defectos de sus íntimos. Y esto, insisto, con el paso de los años, no debió considerarse como «constructivo» por el «colegio apostólico» o por los responsables de las respectivas redacciones evangélicas. Tampoco es el único caso en los Evangelios Canónicos...

Abundando en este mismo sentido, resulta altamente extraño, por no decir sintomático, que sólo uno de los evangelistas, Juan, recuerde en sus escritos el bellísimo gesto de Jesús al lavar los pies de sus discípulos. ¿Por qué Mateo,

Marcos y Lucas se olvidan por completo de un suceso tan aleccionador? ¿No sucedería que, a la hora de redactarlo, se vieron en la obligación moral de contar los hechos tal y como ocurrieron, eligiendo finalmente el «silencio» al posible menoscabo de su imagen individual y colectiva? En defensa de la objetividad informativa de los evangelistas —aunque hay demasiadas fisuras para creer en ella— cabe alegar también que, quizá, las actuales versiones de los textos de Mateo, Marcos y Lucas no corresponden a lo verdaderamente escrito en sus orígenes. El primer documento sobre la vida y enseñanzas del Cristo —al menos del que se tiene noticia— fue obra de Mateo. La tradición asegura que este Mateo fue uno de los doce. Sin embargo, los cristianos no disponen de una prueba irrefutable en este sentido. Concediendo incluso que el Mateo Leví, autor de dicho evangelio, fuera el apóstol, nos encontramos con otro hecho demoledor: el texto primigenio, redactado en lengua aramea, se ha perdido. Nos queda, eso sí, un evangelio de Mateo, en griego, que no es otra cosa que una refundición —plagada de posibles modificaciones— del genuino Mateo. Para colmo de males, la actual versión, en griego, debió de ser confeccionada alrededor de los años sesenta de nuestra Era. Es decir, unos treinta años después de la muerte del Salvador. Un tiempo, aunque históricamente corto, demasiado largo para poder recordar con exactitud los extensos y profundos discursos de Jesús. Yo añadiría que los diez o veinte años que pudieron transcurrir desde la desaparición del Galileo hasta la mencionada redacción del primer evangelio —el Mateo arameo— son demasiados para intentar memorizar y retener con pulcritud los cientos de miles de palabras que salieron de la boca del Maestro. En cuanto a los otros evangelistas —Marcos y Lucas—, la situación aún se ensombrece más. El primero fue quizá aquel adolescente —Juan Marcos— que, en efecto, conoció y convivió con el Galileo (1). Pero su permanencia junto al

(1)   Juan Marcos, el hijo de la familia de Elías Marcos, en cuya casa se celebró la última cena. En el evangelio de Marcos (14, 51-53) se ofrece una sutil pista sobre su propia identidad: «Un joven le seguía cubierto sólo de un lienzo; y le detienen. Pero él, dejando el lienzo, se escapó desnudo.» *(N. del m.)*

Maestro fue muy espaciada y esporádica. Es más que seguro que a la hora de poner por escrito sus recuerdos e investigaciones sobre el Cristo tuviera que recurrir a las fuentes ya existentes: Mateo y otros documentos que circulaban entre las comunidades cristianas. Al no estar presente en la última cena, Marcos tuvo que fiarse de versiones ajenas. Y, o bien el «altercado» de los divanes y el tema del lavatorio ya habían sido censurados o, de mutuo acuerdo con los apóstoles sobrevivientes, estimó como más prudente el ignorarlos. La verdad es que nunca sabremos las razones de este triple vacío informativo.

El caso de Lucas resulta más lógico. Los expertos han demostrado que su evangelio fue escrito, basándose —en buena medida— en los textos de Mateo y de Marcos (1). El evangelista copió, modificó y suprimió un sinfín de pasajes, de acuerdo con su criterio y, sin duda, con los de los que le rodeaban. Su versión en consecuencia, deja mucho que desear, aunque, como he dicho, cometió un «desliz» al insinuar lo del «altercado»…

Pero quizá el capítulo más delicado es el de la institución de la Eucaristía. No me andaré con rodeos. Desde mi punto de vista, Jesús de Nazaret no instituyó ninguna Eucaristía, tal y como hoy entienden los cristianos este sacramento. Y una prueba importante de lo que afirmo está justamente en el único testigo —con total seguridad— que vivió y escribió sobre dicha cena: Juan. Si el Cristo hubiera pronunciado en verdad esas conocidas palabras —«tomad, éste es mi cuerpo» o «ésta es mi sangre»—, el discípulo, que se encontraba a su derecha, no las hubiera ignorado. El hecho, de haber sido así, reviste una importancia tal que, por sí solo, eclipsa muchos otros pasajes de la vida del Galileo. ¿Por qué entonces no aparece en la narración de Juan el Evangelista? Algunos exégetas intentan parchear el suceso, alegando que la misión de Juan al escribir su evangelio era tan sólo la de completar las lagunas de los otros tres. La hipótesis resulta muy endeble. Si ésa hubiera sido en realidad la intencionalidad del Zebedeo, ¿por qué repe-

(1) Por simple comparación de los textos se aprecia que en Lucas hay 350 versículos comunes a Marcos y Mateo (tradición triple) y unos 50 en común con Marcos (tradición doble). *(N. del m.)*

tir tantos pasajes que figuran ya en los evangelios de sus compañeros? ¿Por qué insistir, por ejemplo, en la muerte y resurrección?

A todo lo largo de su vida, el Hijo del Hombre jamás dejó un sólo legado o consigna que no fuera su mensaje y su actitud ante la vida. Fue tan sutil que, incluso, no dejó nada por escrito. Ni siquiera nos han quedado sus restos mortales. ¿Por qué razón iba a arriesgarse a cristalizar en unas palabras algo que, con el paso del tiempo, podía ser motivo de interpretaciones y definiciones que limitasen sus grandes verdades espirituales? Era más lógico que, bajo el simbolismo del pan y del vino, hablara a sus discípulos de una simple cena de recuerdo. Ésta, en mi opinión, pudo ser su verdadera intención: que supiéramos y tuviéramos conciencia de que, cada vez que se reúnen los creyentes, Él está presente. Pero lo está siempre, sin necesidad de «fórmulas mágicas o matemáticas» que, en definitiva, constituyen hoy la Eucaristía. Una vez más, sus palabras e intenciones han sido sometidas y enclaustradas por los falsos y pueriles juicios del hombre, que siente una especial atracción por los dogmas. Cuando se produce una reunión de fieles creyentes no es necesario asociar la presencia divina a un trozo de pan o a una copa de vino. El Espíritu viviente del Hijo de Dios —tal y como Él repitió— se hace físicamente presente en cada uno de los espíritus de los congregados.

«Tomad esta copa y bebed de ella. Ésta será la copa de mi recuerdo...»

La manipulación del hombre, una vez más, ha sido total. Dudo mucho que Jesús deseara destruir el concepto individual de la divina comunión, estableciendo una fórmula tan precisa y extraña a sus habituales maneras como la que hoy practican los cristianos. Su estilo no fue precisamente el de limitar la imaginación espiritual del creyente acorralándola con formalismos.

«Tomad este pan y comedlo. Os he manifestado que soy el pan de la vida, que es la vida unificada del Padre y del Hijo en un solo don. La palabra del Padre, tal como fue revelada por el Hijo, es realmente el pan de la vida.»

¿Qué relación guardan estas frases con las que nos han transmitido los tres evangelistas? En mi opinión, ninguna.

Ni en la letra ni en el espíritu. Desafortunadamente, de todas sus parábolas y enseñanzas, ésta, quizá, ha sido la más manipulada y «estandarizada». Pero como se verá más adelante, no es el único suceso deformado o ignorado...

En consecuencia, considerando que no hubo transformación del pan y del vino en el cuerpo y sangre del Galileo, tal y como hoy dicta la creencia de los cristianos, tampoco puede polemizarse sobre si Judas llegó a «comulgar» o no. El trozo de pan mojado en la salsa fue, sencillamente, una costumbre y una señal. Una «pista» que tampoco fue captada por sus discípulos. Tal y como hemos visto, ni siquiera Juan —que se hallaba reclinado a la derecha del rabí— se percató del breve diálogo entre el Maestro y el traidor. Es obvio, por tanto, que el llamado «anuncio de la traición de Judas», que escribe Juan, fue un hecho «descubierto» por el Evangelista, no en los momentos en que se produjo, sino *a posteriori*. Con seguridad, los once salieron del cenáculo ignorantes de las maquinaciones del Iscariote. Fue después cuando se enteraron.

Por último —ya que la revisión de la «última cena» nos llevaría muy lejos—, ¿por qué los textos evangélicos no dicen una sola palabra sobre la jefatura de Andrés, el hermano de Simón Pedro? ¿Por qué no dedican más espacio a las hermosas y esperanzadoras revelaciones de Jesús sobre «su universo» y el «universo de los universos de su Padre» o sobre las «moradas» o «lugares de paso» en el más allá? ¿Es que el universo del Hijo del Hombre es uno y el de su Padre otro? (1).

¿Es que no interesaba dejar constancia de todo ello o, simplemente, que no lo comprendieron?

Imagino que la lectura de algunas de estas apreciaciones personales puede herir o inquietar el ánimo de los cristianos menos evolucionados. No es ésa mi intención. Pocas personas en este mundo profesan una fe en el Cristo como la que me ha sido regalada. Pero ello no tiene por qué significar una esclavizante sumisión a dogmas o rituales que

(1) Sobre estas insólitas revelaciones en torno al «universo particular» de Jesús y al «universo de los universos» del Padre, me atrevo a sugerir al lector que se aventure en mi último libro: *La rebelión de Lucifer. (N. de J. J. Benítez.)*

no me satisfacen y que, sobre todo, no hubieran sido deseados por el Maestro...

Nuestras discusiones terminaron con el amanecer. Y no por falta de temas o de interés. Simplemente, por agotamiento. Curtiss, comprendiendo que se había extralimitado, nos recomendó que durmiéramos hasta nueva orden. Y así lo hicimos.

A eso de las dos de la tarde de aquel viernes, 9 de marzo de 1973, Eliseo me sacó de un profundo y reparador sueño. Su rostro aparecía feliz. Iluminado.

—Vamos —me susurró sin disimular su emoción—. Todo está dispuesto.

El tiempo había cambiado bruscamente. Negras y amenazadoras nubes se levantaban por el norte, empujadas por un fuerte viento. Mi compañero percibió mi inquietud y, empujándome hacia el comedor, me rogó que olvidara la meteorología.

Poco después, tras un frugal almuerzo, descendimos al foso. La febril actividad de la jornada anterior había decaído sensiblemente. El formidable esfuerzo de los hombres de Caballo de Troya empezaba a dar sus frutos. En el centro de la «piscina» —reluciente y majestuoso— aguardaba el módulo, con sus casi 23 pies de altura. En esos instantes, al rodearlo, un escalofrío me sacudió de pies a cabeza. Y creo que fue a partir de ese momento cuando intuí que «algo» extraordinario e inimaginable nos esperaba al «otro lado».

El carburante —la dimetilhidracina y el tetróxido de nitrógeno— habían sido ya trasvasados a los tanques. En total, 16 400 kilos. Más que suficiente para nuestros propósitos. Con aquellas casi 16 toneladas y media disponíamos de un margen máximo de vuelo de 5 horas y 14 minutos.

En esta oportunidad, como consecuencia de los nuevos equipos y de la mayor duración de la misión, el peso de la «cuna» había aumentado considerablemente, hasta alcanzar las 25 toneladas. De éstas, como queda dicho, casi 17 correspondían a los depósitos y a los mencionados propelentes.

El general nos hizo una señal, invitándonos a que nos uniéramos a la reunión con los directores del proyecto.

Allí, al fin, tuvimos noticia de la «hora cero». El lanzamiento, salvo imprevistos, tendría lugar a las 01 horas del sábado, 10 de marzo.

Cuando nos interesamos por las medidas de seguridad que debían arropar ese crítico momento, Curtiss, sin perder la sonrisa, esquivó la cuestión.

—No hay problema —se limitó a responder—. Será como un paseo.

—Pero ¿y los vigilantes? —presioné alarmado.

El jefe de la operación ni siquiera me escuchó. Y siguió enfrascado en los detalles de la exploración.

Por unanimidad, la inclinación de los ejes de los *swivels* había sido fijada a las 01 horas del domingo, 9 de abril del año 30. De esta forma, una vez practicada la inversión de masa del módulo, tendríamos tiempo suficiente para alcanzar la cima del monte de los Olivos antes de las tres de la madrugada de ese mismo día (1). La razón era simple: yo debía estar en el jardín, propiedad de José de Arimatea, justo cuando se produjera la primera de las supuestas apariciones del Resucitado. Como ya señalé, la «vara de Moisés» había sufrido ciertas modificaciones. Una de ellas —que describiré en su momento— consistía en la incorporación de un revolucionario sistema basado en «transductores de helio», que, en opinión de los científicos, podía resultar de gran utilidad a la hora de analizar el misterioso cuerpo «glorioso» de Jesús de Nazaret. Pero las cosas no iban a ser tan sencillas...

El general y los directores se mostraban especialmente preocupados por la falta de datos concretos sobre las referidas «apariciones» del Maestro de Galilea. Éstas, insisto, constituían uno de los objetivos básicos de la misión. Pero, a la hora de trazar un plan, las múltiples contradicciones de los evangelistas —nuestra principal fuente informati-

(1) El establecimiento de dicha hora (01 de la madrugada del domingo, 9 de abril) encerraba además un segundo y secreto propósito: tratar de averiguar las posibles repercusiones de lo que, en el proyecto, denominamos «Ubicuidad». Dado que nuestro retorno, en el «primer salto», había tenido lugar a las 07 horas y 2 minutos de dicha madrugada, ¿qué podía suceder si módulo y pilotos «coincidían» por segunda vez en el mismo «ahora»? Pero de esta no menos fascinante incógnita me ocuparé en su momento. *(N. del m.)*

va— sólo contribuyeron a complicar las cosas. Mientras Mateo y Lucas, por ejemplo, sólo hablan de dos apariciones, Marcos cita tres y Juan, el más fiable, cuatro (1).

Uno de los pocos puntos coincidentes en los cuatro evangelios era el de la fecha de la primera aparición: «el

(1)   He aquí los textos evangélicos que nos sirvieron de soporte inicial. Mateo, en su capítulo 28, versículos 1 al 11, escribe: «Pasado el sábado, al alborear el primer día de la semana, María Magdalena y la otra María fueron a ver el sepulcro. De pronto se produjo un gran terremoto, pues el Ángel del Señor bajó del cielo y, acercándose, hizo rodar la piedra y se sentó encima de ella.

»Su aspecto era como el relámpago y su vestido blanco como la nieve. Los guardias, atemorizados ante él, se pusieron a temblar y se quedaron como muertos. El Ángel se dirigió a las mujeres y les dijo: "Vosotras no temáis, pues sé que buscáis a Jesús, el Crucificado; no está aquí, ha resucitado, como lo había dicho. Venid, ved el lugar donde estaba. Y ahora id en seguida a decir a sus discípulos: 'Ha resucitado de entre los muertos e irá delante de vosotros a Galilea; allí le veréis. Ya os lo he dicho.'" Ellas partieron a toda prisa del sepulcro, con miedo y gran gozo, y corrieron a dar la noticia a sus discípulos.

»En esto, Jesús les salió al encuentro y les dijo: "¡Dios os guarde!" Y ellas, acercándose, se asieron a sus pies y le adoraron. Entonces les dice Jesús: "No temáis. Id, avisad a mis hermanos que vayan a Galilea; allí me verán."»

Más adelante (versículos 16 al 18) se dice: «Por su parte, los once discípulos marcharon a Galilea, al monte que Jesús les había indicado. Y al verle adoraron; algunos sin embargo dudaron...»

En cuanto a Marcos (16, 1-19), he aquí su versión: «Pasado el sábado, María Magdalena, María la de Santiago y Salomé compraron aromas para ir a embalsamarle. Y muy de madrugada, el primer día de la semana, a la salida del sol, van al sepulcro. Se decían unas a otras: "¿Quién nos retirará la piedra de la puerta del sepulcro?" Y levantando los ojos ven que la piedra estaba ya retirada; y eso que era muy grande. Y entrando en el sepulcro vieron a un joven sentado en el lado derecho, vestido con una túnica blanca, y se asustaron. Pero él les dice: "No os asustéis. Buscáis a Jesús de Nazaret, el Crucificado; ha resucitado, no está aquí. Ved el lugar donde le pusieron. Pero id a decir a sus discípulos y a Pedro que irá delante de vosotros a Galilea; allí le veréis, como os dijo." Ellas salieron huyendo del sepulcro, pues un gran temblor y espanto se había apoderado de ellas, y no dijeron nada a nadie porque tenían miedo...

»Jesús resucitó en la madrugada, el primer día de la semana, y se apareció primero a María Magdalena, de la que había echado siete demonios. Ella fue a comunicar la noticia a los que habían vivido con él, que estaban tristes y llorosos. Ellos, al oír que vivía y que había sido visto por ella, no creyeron. Después de esto, se apareció, bajo otra figura, a dos

224

primer día de la semana». Es decir, el domingo. No sucedía lo mismo, en cambio, con la hora. Para Mateo, las mujeres que acudieron al sepulcro —sobre cuya identidad y número tampoco están de acuerdo los escritores sagrados— lo hicieron «al alborear» el día. Marcos, como hemos

---

de ellos cuando iban de camino a una aldea. Ellos volvieron a comunicárselo a los demás; pero tampoco creyeron a éstos.

»Por último, estando a la mesa los once discípulos, se les apareció y les echó en cara su incredulidad y su dureza de corazón, por no haber creído a quienes le habían visto resucitado. Y les dijo: "Id por todo el mundo y proclamad la Buena Nueva a toda la creación. El que crea y sea bautizado, se salvará; el que no crea, se condenará. Éstas son las señales que acompañarán a los que crean: en mi nombre expulsarán demonios, hablarán en lenguas nuevas, agarrarán serpientes en sus manos y aunque beban veneno no les hará daño; impondrán las manos sobre los enfermos y se pondrán bien."

»Con esto, el Señor Jesús, después de hablarles, fue elevado al cielo y se sentó a la diestra de Dios.»

Lucas dedica el último capítulo de su evangelio, el 24, a relatar los sucesos en los siguientes términos:

«El primer día de la semana, muy de mañana, fueron al sepulcro llevando los aromas que habían preparado. Pero encontraron que la piedra había sido retirada del sepulcro, y entraron, pero no hallaron el cuerpo del Señor Jesús. No sabían qué pensar de esto, cuando se presentaron ante ellas dos hombres con vestidos resplandecientes. Como ellas temiesen e inclinasen el rostro a tierra, les dijeron: "¿Por qué buscáis entre los muertos al que está vivo? No está aquí, ha resucitado. Recordad cómo os habló cuando estaba todavía en Galilea, diciendo: 'Es necesario que el Hijo del Hombre sea entregado en manos de los pecadores y sea crucificado, y al tercer día resucite.'" Y ellas recordaron sus palabras.

»Regresando del sepulcro, anunciaron todas estas cosas a los once y a todos los demás. Las que decían estas cosas a los apóstoles eran María Magdalena, Juana y María la de Santiago y las demás que estaban con ellas. Pero todas estas palabras les parecían como desatinos y no les creían.

»Pedro se levantó y corrió al sepulcro. Se inclinó, pero sólo vio las vendas y se volvió a su casa, asombrado por lo sucedido.

»Aquel mismo día iban dos de ellos a un pueblo llamado Emaús, que distaba sesenta estadios de Jerusalén, y conversaban entre sí sobre todo lo que había pasado. Y sucedió que, mientras ellos conversaban y discutían, el mismo Jesús se acercó y siguió con ellos; pero sus ojos estaban retenidos para que no le conocieran. Él les dijo: "¿De qué discutís entre vosotros mientras vais andando?" Ellos se pararon con aire entristecido.

»Uno de ellos llamado Cleofás le respondió: "¿Eres tú el único residente en Jerusalén que no sabe las cosas que estos días han pasado en ella?" Él les dijo: "¿Qué cosas?" Ellos le dijeron: "Lo de Jesús el Nazareno,

visto, habla de «a la salida del sol». Lucas es más impreciso: «muy de mañana». Finalmente, Juan, más minucioso, nos ofrece un dato importante: «de madrugada..., cuando todavía estaba oscuro».

Para nosotros, aunque disponíamos de la hora exacta

___

que fue un profeta poderoso en obras y palabras delante de Dios y de todo el pueblo; cómo nuestros sumos sacerdotes y magistrados le condenaron a muerte y le crucificaron. Nosotros esperábamos que sería Él el que iba a librar a Israel; pero, con todas estas cosas, llevamos ya tres días desde que esto pasó. El caso es que algunas mujeres de las nuestras nos han sobresaltado, porque fueron de madrugada al sepulcro, y, al no hallar su cuerpo, vinieron diciendo que hasta habían visto una aparición de ángeles, que decían que él vivía. Fueron también algunos de los nuestros al sepulcro y lo hallaron tal como las mujeres habían dicho, pero a Él no le vieron."

»Él les dijo: "¡Oh insensatos y tardos de corazón para creer todo lo que dijeron los profetas! ¿No era necesario que el Cristo padeciera eso y entrara así en su gloria?" Y, empezando por Moisés y continuando por todos los profetas, les explicó lo que había sobre Él en todas las Escrituras.

»Al acercarse al pueblo a donde iban, Él hizo ademán de seguir adelante. Pero ellos le forzaron diciéndole: "Quédate con nosotros, porque atardece y el día ya ha declinado." Y entró a quedarse con ellos. Y sucedió que, cuando se puso a la mesa con ellos, tomó el pan, pronunció la bendición, lo partió y se lo iba dando. Entonces se les abrieron los ojos y le reconocieron, pero Él desapareció de su lado. Se dijeron uno a otro: "¿No estaba ardiendo nuestro corazón dentro de nosotros cuando nos hablaba en el camino y nos explicaba las Escrituras?" Y, levantándose al momento, se volvieron a Jerusalén y encontraron reunidos a los once y a los que estaban con ellos, que decían: "¡Es verdad! ¡El Señor ha resucitado y se ha aparecido a Simón!" Ellos, por su parte, contaron lo que había pasado en el camino y cómo le habían conocido la fracción del pan. Estaban hablando de estas cosas, cuando Él se presentó en medio de ellos y les dijo: "La paz con vosotros." Sobresaltados y asustados, creían ver un espíritu. Pero Él les dijo: "¿Por qué os turbáis, y por qué se suscitan dudas en vuestro corazón? Mirad mis manos y mis pies; soy yo mismo. Palpadme y ved que un espíritu no tiene carne y huesos como veis que yo tengo." Y diciendo esto, les mostró las manos y los pies. Como ellos no acabasen de creerlo a causa de la alegría y estuviesen asombrados, les dijo: "¿Tenéis aquí algo de comer?" Ellos le ofrecieron parte de un pez asado. Lo tomó y comió delante de ellos...

»Los sacó hasta cerca de Betania y, alzando sus manos, los bendijo. Y sucedió que, mientras los bendecía, se separó de ellos y fue llevado al cielo. Ellos, después de postrarse ante Él, se volvieron a Jerusalén con gran gozo, y estaban siempre en el Templo bendiciendo a Dios.»

Por último, Juan el Evangelista (20, 1-31 y 21, 1-25) habla de cuatro apariciones:

en que se registraron los enigmáticos sucesos que rodearon a la supuesta resurrección, el hecho de poder determinar con precisión el momento en que las mujeres irrumpieron en la propiedad de José de Arimatea era de especial interés. Si teníamos en cuenta que el orto solar en dicha fecha

«El primer día de la semana va María Magdalena de madrugada al sepulcro cuando todavía estaba oscuro, y ve la piedra quitada del sepulcro. Echa a correr y llega donde Simón Pedro y donde el otro discípulo a quien Jesús quería y les dice: "Se han llevado del sepulcro al Señor, y no sabemos dónde le han puesto." Salieron Pedro y el otro discípulo, y se encaminaron al sepulcro. Corrían los dos juntos, pero el otro discípulo corrió por delante más rápido que Pedro, y llegó primero al sepulcro. Se inclinó y vio las vendas en el suelo; pero no entró. Llega también Simón Pedro siguiéndole, entra en el sepulcro y ve las vendas en el suelo, y el sudario que cubrió su cabeza, no junto a las vendas, sino plegado en un lugar aparte. Entonces entró también el otro discípulo, el que había llegado el primero al sepulcro; vio y creyó, pues hasta entonces no habían comprendido que según la Escritura Jesús debía resucitar de entre los muertos. Los discípulos, entonces, volvieron a casa.»

En cuanto a la aparición a la Magdalena, Juan dice:

«Estaba María junto al sepulcro fuera llorando. Y mientras lloraba se inclinó hacia el sepulcro, y ve dos ángeles de blanco, sentados donde había estado el cuerpo de Jesús, uno a la cabecera y otro a los pies. Dícenle ellos: "Mujer, ¿por qué lloras?" Ella les respondió: "Porque se han llevado a mi Señor, y no sé dónde le han puesto." Dicho esto, se volvió y vio a Jesús, de pie, pero no sabía que era Jesús. Le dice Jesús: "Mujer, ¿por qué lloras? ¿A quién buscas?" Ella, pensando que era el encargado del huerto, le dice: "Señor, si tú lo has llevado, dime dónde lo has puesto, y yo me lo llevaré." Jesús le dice: "María." Ella se vuelve y le dice en hebreo: *Rabbuni* —que quiere decir "Maestro"—. Dícele Jesús: "No me toques, que todavía no he subido al Padre. Pero vete donde mis hermanos y diles: subo a mi Padre y vuestro Padre, a mi Dios y vuestro Dios." Fue María Magdalena y dijo a los discípulos que había visto al Señor y que había dicho estas palabras.

»Al atardecer de aquel día, el primero de la semana, estando cerradas, por miedo a los judíos, las puertas del lugar donde se encontraban los discípulos, se presentó Jesús en medio de ellos y les dijo: "La paz con vosotros." Dicho esto, les mostró las manos y el costado. Los discípulos se alegraron de ver al Señor. Jesús les dijo otra vez: "La paz con vosotros. Como el Padre me envió, también yo os envío." Dicho esto, sopló sobre ellos y les dijo: "Recibid el Espíritu Santo. A quienes perdonéis los pecados, les quedan perdonados; a quienes se los retengáis, les quedan retenidos."

»Tomás, uno de los doce, llamado el Mellizo, no estaba con ellos cuando vino Jesús. Los otros discípulos le decían: "Hemos visto al Señor." Pero él les contestó: "Si no veo en sus manos la señal de los clavos

se había producido sobre Jerusalén a las 05 horas y 42 minutos, la tendencia general entre los hombres de Caballo de Troya se inclinaba por la versión de Juan el Evangelista. Pero habría que verificarlo «sobre el terreno».

En lo que concierne al famoso «terremoto» que cita Mateo —ignorado por los otros tres escritores—, nuestro escepticismo fue casi total. Las vibraciones y el zumbido que acompañaron o precedieron —porque este punto no estaba del todo claro— a la «desaparición» del cadáver del interior de la gruta nada tenían que ver con lo que hoy interpretamos como un seísmo. En cuanto a la piedra que cerraba

---

y no meto mi dedo en el agujero de los clavos y no meto mi mano en su costado, no creeré." Ocho días después, estaban otra vez sus discípulos dentro y Tomás con ellos. Se presentó Jesús en medio estando las puertas cerradas, y dijo: "La paz con vosotros." Luego dice a Tomás: "Acerca aquí tu dedo y mira mis manos; trae tu mano y métela en mi costado, y no seas incrédulo sino creyente." Tomás le contestó: "Señor mío y Dios mío." Dícele Jesús: "Porque me has visto has creído. Dichosos los que no han visto y han creído."»

Finalmente, tras afirmar que Jesús realizó otras muchas señales en presencia de sus discípulos, Juan relata la aparición a orillas del lago de Tiberíades:

«Después de esto se manifestó Jesús otra vez a los discípulos, a orillas del mar de Tiberíades. Se manifestó de esta manera. Estaban juntos Simón Pedro, Tomás, llamado el Mellizo, Natanael, el de Caná de Galilea, los de Zebedeo y otros dos discípulos. Simón Pedro les dice: "Voy a pescar." Le contestan ellos: "También nosotros vamos contigo." Fueron y subieron a la barca, pero aquella noche no pescaron nada. Cuando ya amaneció, estaba Jesús en la orilla; pero los discípulos no sabían que era Jesús. Díceles Jesús: "Muchachos, ¿no tenéis pescado?" Le contestaron: "No." Él les dijo: "Echad la red a la derecha de la barca y encontraréis." La echaron, pues, y ya no podían arrastrarla por la abundancia de peces. El discípulo a quien Jesús amaba dice entonces a Pedro: "Es el Señor." Cuando Simón Pedro oyó "es el Señor" se puso el vestido —pues estaba desnudo— y se lanzó al mar. Los demás discípulos vinieron en la barca, arrastrando la red con los peces; pues no distaban mucho de tierra, sino unos doscientos codos. Nada más saltar a tierra, ven preparadas unas brasas y un pez sobre ellas y pan. Díceles Jesús: "Traed algunos de los peces que acabáis de pescar." Subió Simón Pedro y sacó la red a tierra, llena de peces grandes: ciento cincuenta y tres. Y, aun siendo tantos, no se rompió la red. Jesús les dice: "Venid y comed." Ninguno de los discípulos se atrevía a preguntarle: "¿Quién eres tú?", sabiendo que era el Señor. Viene entonces Jesús, toma el pan y se lo da; y de igual modo el pez. Ésta fue ya la tercera vez que Jesús se manifestó a los discípulos después de resucitar de entre los muertos…» (N. del m.)

el sepulcro, las contradicciones eran igualmente palpables. Mateo «culpa» al Ángel del Señor que bajó del cielo. Marcos, Lucas y Juan, prudentemente, coinciden en que, cuando las mujeres llegaron al lugar, la citada piedra ya había sido desplazada. Pero ¿cómo o por quién? Posiblemente, como yo mismo tuve ocasión de escuchar desde el palomar, el movimiento, no de una, sino de las dos losas, obedeció a alguna fuerza o entidad invisibles a los ojos humanos.

Respecto a los «jóvenes» o «ángeles» de vestiduras blancas y resplandecientes que fueron vistos por las mujeres, el asunto se complicaba hasta límites insospechados. Mateo y Marcos hablan de uno solo. Para el primero, fuera del sepulcro. El segundo, en cambio, lo sitúa en el interior de la cripta. Lucas y Juan citan a dos, respectivamente...

¿Con qué versión nos quedábamos?

El primero de los evangelistas —Mateo—, cuando refiere la aparición a las mujeres, entra de nuevo en flagrante oposición con Juan. Mientras aquél afirma que Jesús salió al encuentro de dichas mujeres y que éstas, «acercándose, se asieron a sus pies y le adoraron», el Zebedeo asegura algo muy diferente: que María Magdalena «se volvió —estando aún junto al sepulcro— y vio a Jesús». Es más: llegó a confundirlo con el jardinero, rogándole que le dijera dónde había dejado el cuerpo del Maestro. Cuando, finalmente, la de Magdala reconoce al Galileo, éste le prohíbe que le toque, «ya que aún no ha subido al Padre».

En fin, ¿para qué continuar? El estudio y revisión de estos pasajes sólo contribuyó a confundirnos. Era menester «reconstruir» los hechos. Y hacerlo desde el principio. De ahí que mi presencia en el jardín fuera vital. Y, a ser posible, como había planeado Caballo de Troya, desde los momentos de la supuesta resurrección.

Pero el destino tenía otros «planes»...

Por el segundo de los libros atribuidos a Lucas —los *Hechos de los apóstoles*— sabíamos que la última de las apariciones del Maestro a sus discípulos (denominada entre los cristianos como la «ascensión a los cielos») pudo producirse a los cuarenta días de su resurrección. Es decir, hacia el 18 de mayo, jueves. Pero, lógicamente, el dato no era muy seguro. Así y con todo, aunque el tiempo destinado a esta segunda exploración quedaba por entero en nuestras manos, Caballo de Troya se preocupó de llenar la despensa del módulo con una reserva de agua y alimentos suficiente para unos doce días. Aunque menor, ésta fue otra de las preocupaciones del general. Si la misión, como estaba previsto inicialmente, se prolongaba hasta un total de 40 o 45 días, Eliseo y yo deberíamos suplir la falta de provisiones, acudiendo a «las fuentes naturales de nuestro entorno». Dadas las deficientes condiciones higiénicas de la época, el equipo de directores había fijado una serie de drásticas normas, de carácter preventivo, que debíamos cumplir estrictamente. Pero prefiero dejar este asunto para más adelante...

La mayor parte de las reservas alimenticias de la «cuna», al igual que sucediera en el primer «salto», había sido meticulosamente estudiada, siguiendo —¡cómo no!— las directrices y costumbres de la NASA. En el diario plan de trabajo —que afectaba sobre todo a mi hermano— se contemplaban tres epígrafes muy concretos: «desayuno», «almuerzo» y «cena». En total, Caballo de Troya había seleccionado un régimen de comidas integrado por 35 manjares distintos, todos ellos deshidratados; es decir, sin agua. La dieta diaria abarcaba desde espaguetis con salsa de carne hasta cóctel de gambas, pasando por los más variados jugos de frutas, pastel de manzana, queso, leche y un sinfín de verduras y otros alimentos ricos en glúcidos o hidratos de carbono, lípidos, vitaminas (1) y minerales. Este último capítulo recibió una especial atención por parte de nuestros expertos. Como se sabe, los minerales, al igual que las vitaminas, no suministran energía, pero tienen mucha importancia en la regulación de todas las funciones vitales. El hombre puede tolerar la falta de vitaminas durante semanas. Sin embargo, cualquier pequeña alteración en la concentración de cloruro sódico en la sangre, por poner un ejemplo, puede revestir fatales consecuencias. De ahí que

(1)   La lista de alimentos ricos en vitaminas abarcaba los siete grupos esenciales. I: verduras y hortalizas; II: frutos cítricos (naranjas, mandarinas y limones); III: patatas y frutas diversas; IV: leche y sus derivados; V: carne, pescado y huevos. VI: pan, pasta, cereales y sus derivados, y VII: mantequilla, margarina enriquecida con vitamina A y aceites vegetales. *(N. del m.)*

las provisiones ricas en minerales —sobre todo en sodio, potasio, hierro, magnesio, calcio, fósforo, iodo, cobalto, cloro y flúor— fueran especialmente mimadas.

Aquellos alimentos que terminaban por deshacerse en migas fueron reunidos por bocados. Cada uno perfectamente envuelto en una capa de fécula que evitaba que se desmigajasen. La preparación del correspondiente «menú» obligaba a un tratamiento previo, a base de agua fría o caliente, dependiendo de los gustos personales y de la naturaleza de los manjares. Cada «desayuno», «almuerzo» y «cena» había sido acondicionado en sendos recipientes cilíndricos y todo ello, a su vez, herméticamente protegido en un compartimento destinado a «despensa» y ubicado en la «popa» de la nave. Teniendo en cuenta la forma prismática de la «cuna» —con algo más de 60 metros cúbicos de capacidad—, en lo que podríamos denominar la «proa» había sido dispuesto el grueso de los equipos electrónicos, de navegación y el ordenador central: nuestro servicial y utilísimo Santa Claus. A derecha e izquierda de los asientos de pilotaje, ocupando la casi totalidad de las paredes laterales, los depósitos de carburante, agua y gases auxiliares. Todo ello, en compartimentos estancos, fabricados en una especial aleación de aluminio. Las juntas y otras zonas que podían verse sometidas a mayores esfuerzos mecánicos eran de titanio. Bajo nuestros pies, como creo haber comentado ya, el motor principal y los dos reactores auxiliares y regulables. Los otros ocho cohetes se hallaban repartidos estratégicamente en las diferentes caras del módulo. La «popa», además de la «despensa» y las literas, albergaba complejos circuitos de radio, de medición ambiental interna y externa y una batería atómica —tipo SNAP 27—, capaz de transformar la energía calorífica del plutonio radiactivo en corriente eléctrica (50 W), con una vida útil de un año. Esta pila, especialmente blindada, era el «corazón» del módulo. Todos los circuitos e instrumentos, en mayor o menor grado, dependían de ella. No quiero ni pensar lo que hubiera sido de nosotros de producirse un fallo en el suministro eléctrico... Como medida precautoria, Caballo de Troya añadió a los nuevos equipos una batería de espejos metálicos —doce en total—, que podían ser montados en el exterior de la «cuna», aprovechando la radiación solar y pudiendo generar hasta 500 W (1).

Entre los asientos de los tripulantes se hallaba el núcleo de control de los ejes de los *swivels*, esencial para la inversión de masa y el retroceso en el tiempo (2). Este enjambre de equipos era controlado por el ordenador central —Santa Claus—, del que ya he hablado (3) y cuya naturaleza nada tiene que ver con sus «hermanos», los computadores de válvulas de alto vacío o de estado sólido. La coordinación de los principales sistemas —propulsión, inversión de los ejes, *anclaje* espacial barrido visual para vuelos, descensos del módulo, detección y emisión, controles del medio biológico, alimentación general de los equipos, etc.— era ejecutada mediante la técnica conocida como «control por retroacción con el auxilio de computadores» (4).

Y aunque no pretendo extenderme en las siempre difí-

---

(1) Estos espejos, de vidrio con revestimiento de plata, tenían 29,3 cm de diámetro. Al dorso llevaban adheridas sendas películas de cobre, pudiendo ser fijados a un estribo de hierro, en disposición azimutal biaxial. Ideado por el profesor israelí Tabor, el sistema, gracias a la fórmula especular asimétrica y al desplazamiento del eje de giro horizontal en el centro de la curvatura de la imagen, permitía que toda la radiación reflejada incidiese en un solo punto. Aunque la capacidad de reflexión del vidrio con revestimiento de plata era alta —un 88 por ciento—, Caballo de Troya nos abasteció también de otras planchas de repuesto, a base de acero dulce plateado y metal electroplateado, con índices de reflexión de 91 y 96 por ciento, respectivamente. *(N. del m.)*

(2) Este núcleo de control había sido ubicado en una pequeña cúpula cilindroide. La «red» del sistema de inversión de masa se extendía sin embargo a toda la estructura sólida de la «cuna», incluyendo, naturalmente, la «membrana» que recubría el blindaje externo y a la que me referí al comienzo de este diario. Cualquier partícula subatómica o *cuantum* energético que se hallara en dicho recinto era invertido automáticamente, incluidas, por supuesto, las masas de los astronautas, gases, etc. La inversión simultánea de los ejes orientados de los *swivels* alcanzaba también a una reducida área del entorno cortical que envolvía a la nave: hasta una distancia de 0,0329 m. *(N. del m.)*

(3) Ver *Caballo de Troya*, pp. 64 y ss. *(N. del a.)*

(4) Santa Claus, el ordenador central, operaba en una primera fase mediante un análisis de las funciones continuas o analógicas. Posteriormente, por un proceso automático de muestreo estadístico, seleccionaba los parámetros básicos, efectuando los cálculos digitalmente. De esta forma nos ofrecía una respuesta definitiva y cuantificada. La fiabilidad de los resultados era extraordinaria: prácticamente la unidad. *(N. del m.)*

232

ciles y complejas características técnicas del instrumental y de los sistemas utilizados, tanto mi compañero de aventuras como yo mismo sentimos una profunda complacencia cuando, al revisar el interior de la «cuna», comprobamos que Caballo de Troya había accedido a algunas de nuestras sugerencias, de cara a la inminente exploración. En la «popa», debidamente acondicionados, se hallaban, entre otros, los siguientes aparatos y «herramientas»:

Dos microscopios. Uno del tipo Ultropack, de la casa Leitz, muy útil para la visualización de cuerpos opacos, y el segundo, más complejo, que en aquellas fechas iniciaba sus primeros pasos en el mundo de la investigación científica: el denominado de «efecto túnel» —que procuraré detallar en su momento— y que resultaría de gran utilidad para los propósitos de la misión. El considerable peso y volumen del microscopio electrónico a escansión nos hizo desistir de su instalación en el interior de la nave.

Además, un microdensitómetro y un avanzado «interpretador» de imágenes que contribuirían —¡y de qué forma!— a lo que, sin duda, fue uno de los más sensacionales hallazgos de este segundo «salto».

El «grueso» del nuevo instrumental lo completaban un láser experimental, destinado a comunicaciones a larga distancia; un aparato miniaturizado de rayos X de modulaciones guiadas; material termográfico de alta velocidad y otros «dispositivos» que, como digo, iré desvelando cuando llegue la ocasión.

En uno de los compartimentos de la «despensa» —protegidos a baja temperatura— fueron incluidos también diversos reactivos y una amplia muestra de los antibióticos, sulfamidas y otros fármacos sintéticos, imprescindibles en un clima templado, en especial para combatir posibles infecciones microbianas (1). Junto a esta generosa representación de la más moderna quimioterapia —reservada, en principio, de acuerdo con el estricto código ético de la ope-

(1)   Aunque habrá ocasión para hablar de ello, sirva de adelanto que entre dicho arsenal de medicamentos figuraban, por ejemplo, penicilinas, aminoglucósidos y aminociclitoles, cefalosporinas, macrólidos y lincosamidas, tetraciclinas, péptidos, antibióticos antimicóticos, cloranfenicol, etc. *(N. del m.)*

ración, a los ocupantes del módulo—, el general Curtiss y algunos de los directores habían insistido en la necesidad de abastecer a la nave de una cumplida reserva de plantas medicinales. En total, 147 especies altamente beneficiosas y que, en caso de necesidad y de acuerdo con nuestro criterio, podían ser sacadas de la «cuna». La mayor parte de ellas, según los estudios de nuestros especialistas, se daba en aquellos tiempos en Palestina y en las regiones circundantes. Su presencia, por tanto, no rompía los esquemas o el «cuadro» evolutivo del momento. Y debo reconocer que la idea resultaría muy útil y fructífera... Cada hierba, debidamente seca, fue introducida en pequeños frascos de vidrio, etiquetados con el nombre de la planta y la fecha en que fue recolectada. Santa Claus recibió igualmente una completísima información sobre la naturaleza, origen y propiedades curativas de todas ellas.

Por último, entre las «novedades» contábamos también con unas valiosas réplicas de los «cuadrados» astrológicos utilizados por los egipcios en tiempos de Jesús, así como de una serie de astrolabios asirios —igualmente tallados en tablillas de madera policromada—, que debían «ayudarme» en mi tarea como «augur» y «adivino».

Pero lo que más llamó nuestra atención fue una caja de acero cuadrada, herméticamente cerrada, situada también a «popa» y directamente conectada con el ordenador central. Por más que inspeccionamos sus paredes —de 40 centímetros—, fuimos incapaces de descubrir una sola inscripción o pista que revelasen su contenido. Al hallarse firmemente atornillada, fue imposible valorar su peso o intuir siquiera la razón de su presencia en el interior del módulo. Eliseo y yo, de mutuo acuerdo, interrogamos a Curtiss sobre tan misterioso recipiente. El general parecía estar esperando la pregunta. Su rostro se ensombreció fugazmente y, en un tono autoritario, poco común en él, replicó:

—Lo siento. «Eso» es materia clasificada... Alto secreto.

Y dando media vuelta, se alejó en dirección a la escotilla de emergencia del foso.

Naturalmente, acatamos la orden. Pero Curtiss sabía que aquella actitud de sigilo militar sólo podía contribuir a excitar nuestra curiosidad y, tarde o temprano, a intentar desvelar la misión de tan enigmática caja...

Hacia las cuatro y media, el general retornó a la «piscina». Ocupados en la enésima revisión de los equipos de a bordo, no advertimos su llegada. Fue uno de los ingenieros quien, asomando la cabeza por la escotilla abierta en el suelo de la «cuna», nos anunció que el jefe reclamaba nuestra presencia. Al descender por la escalerilla hidráulica del módulo nos aguardaba otra sorpresa: la totalidad del turno de trabajo y otros hombres libres de servicio se habían reunido frente a la nave. Curtiss, en primera fila y sonriente, sostenía entre sus manos un cilindro de cristal. Consultó su reloj y, derrochando satisfacción, exclamó:

—Muchachos, dentro de siete horas y treinta minutos, si todo marcha correctamente, iniciaremos la cuenta atrás... Esta vez no estaré físicamente presente. Vuestra seguridad y la de todo el equipo dependen, en buena medida, de esta ausencia mía... temporal. Pronto lo comprenderéis.

Bajó los ojos y, haciendo acopio de toda su energía, fue a plasmar en una sola frase los deseos y sentimientos de cuantos allí estábamos:

—¡Suerte... y que Él os bendiga de nuevo!

Con la mirada humedecida extendió sus manos hacia Eliseo, haciéndole entrega del vástago de olivo que contenía la urna.

—Una última súplica —añadió—. Llevad también este retoño y plantadlo en nombre de los que quedamos a este lado... Será el humilde y secreto símbolo de unos hombres que sólo buscan la paz. Una paz sin fronteras. Una paz sin limitaciones de espacio... ni de tiempo. ¡Gracias! Y repito: ¡buena suerte!

Antes de que pudiéramos reaccionar, nos abrazó, abriéndose paso de inmediato y con celeridad entre los emocionados técnicos del proyecto, perdiéndose por la escalerilla, rumbo a la superficie de Masada.

Eliseo y yo, con los corazones acelerados, sólo tuvimos fuerzas para musitar un doble y estremecido «gracias». Al igual que ocurriera en el primer despegue, en la mezquita de la Ascensión, las palabras se negaron a fluir de nuestros labios.

Restablecida la normalidad en la estación, los directores nos explicaron el porqué de la inesperada ausencia del general en los últimos momentos de la fase «roja».

Días atrás, Curtiss había convencido a Qasim, el jeque beduino que había plantado su tienda a un tiro de piedra de la plataforma-base del aerocarril, para que celebrara una típica cena nómada, justamente en la noche del viernes, 9 de marzo. Los corderos y un sustancioso «presente» —en dólares, claro— habían sido decisivos. La finalidad no era otra que mantener a Yefet, el jefe del campamento Eleazar, alejado de la cumbre de la roca durante la apertura de la «piscina» y el posterior lanzamiento de la «cuna».

El capitán israelí y nuestro jefe eran los únicos invitados. Yefet interpretó el gesto como una manifestación de la tradicional hospitalidad beduina, aceptando encantado. Por un lado, rechazar la invitación de los shammar habría sido un insulto. Por otro, la fiesta rompía la monotonía y el duro enclaustramiento a que se hallaba sometido desde febrero.

A las cinco de esa tarde, una de las cabinas del funicular los condujo a la base de Masada. Dado que el servicio del aerocarril finalizaba con el crepúsculo, ambos deberían pernoctar en la tienda nómada. Como precaución extra, el jefe de Caballo de Troya había establecido un código en clave; a utilizar en los siguientes e hipotéticos casos: si algo fallaba en el foso y el despegue del módulo resultaba abortado, uno de nuestros hombres debería transmitir de inmediato, a la estación de radio ubicada en la plataforma-base del funicular, una de las frases de la conversación sostenida entre el doctor Kissinger y la periodista de la NBC, Barbara Walters, a propósito del inglés que estaba aprendiendo Mao Tse-tung:

«Siéntese, por favor.»

Si, por el contrario, Yefet era reclamado inesperadamente a la cima, viéndose obligado a abandonar la hospitalidad de los shammar antes de la una de la madrugada del sábado, Curtiss tendría que ingeniárselas para salvar los doscientos metros que separaban la tienda de la estación de radio y comunicar al campamento otra de las frases que nos había recomendado memorizar durante la visita al generador:

«Eso es más de lo que usted puede decir en chino.»

—Esperemos por el bien de la misión y de todos —convinimos— que no sea necesario echar mano de ninguna de las dos ridículas frases...

Sin embargo, desde nuestro punto de vista, no todo parecía tan sencillo. Aunque el peligroso Yefet había sido alejado de la meseta, quedaban otros veinticinco israelíes. ¿Cómo íbamos a despistarlos? Sobre todo, ¿cómo neutralizar a los veinte vigilantes? A primera vista, el plan del general era bueno. Con los dos técnicos encargados del mantenimiento de Charlie no había problema. Al encontrarse en la cisterna subterránea era improbable que vieran o escucharan nada anormal. En cuanto al resto —los cocineros y los dos grupos de vigilantes—, las órdenes eran drásticas. Poco antes de la cena, hacia las nueve de la noche, uno de nuestros hombres debía infiltrarse en la cocina, mezclando en el menú, en el agua y en el vino una dosis reducida de nembutal, un anestésico cuya acción —dependiendo del número de miligramos— se prolonga entre 30 minutos y 5 o 6 horas. De esta forma, tanto el turno que iniciaba la vigilancia desde las casamatas oriental y occidental a las diez de la noche, como el que la abandonaba y que acudía al comedor tras el relevo, quedarían bajo los efectos del somnífero a los 45 o 50 minutos, como máximo, de haberlo ingerido.

Con el fin de no levantar suspicacias, la veintena de especialistas de Caballo de Troya, que terminaba su servicio en la «piscina» hacia las 21.30 horas, debía acudir normalmente al comedor, compartiendo con nuestros aliados la cena... y el nembutal. Si al día siguiente, alguno de los vigilantes se decidía a confesar que se había quedado dormido en su puesto de observación —cosa poco probable—, descubriéndose quizá que el resto había corrido la misma suerte, los militares israelíes se verían obligados a reconocer que también los norteamericanos libres de servicio sufrieron idéntica «anomalía». La argucia no era mala. Sin embargo, confiamos en que la situación no llegase a tales extremos. En el campamento era un secreto a voces que, en general y a partir de las once o las doce de la noche, la mayoría de los vigilantes terminaba por acomodarse en sus improvisados catres «echando alguna que otra cabezada...» De no haber sido por la obligada apertura del cierre hidráulico del foso y por el silbido de los motores del módulo al despegar, quizá aquella serie de precauciones hubiera sido innecesaria. Como ya mencioné, la «cuna» disfrutaba de un sistema de emisión de radiación infrarroja que la hacía invisible a los ojos de cualquier hipotético observador. Esta fuente energética radiaba desde toda la «membrana» que, como también expliqué, recubría la nave totalmente (1).

23 horas.
Eliseo cerró la escotilla del módulo.
—Sesenta minutos para el inicio de la cuenta atrás.

(1) Las funciones básicas de esta «membrana» eran las siguientes:
En primer lugar, como queda dicho, apantallamiento del módulo mediante un «escudo» o «colchón» de radiación infrarroja (por encima de los 700 nanómetros). Este requisito era imprescindible para nuestras observaciones, no lastimando así el ritmo natural de los individuos que se pretendía estudiar o controlar.

En segundo lugar, procurar la absorción —sin reflejo o retorno— de las ondas decimétricas, utilizadas fundamentalmente en los radares. (En el caso de las pantallas militares israelíes, estos dispositivos de seguridad fueron previamente ajustados a las ondas utilizadas por tales radares: 1347 y 2402 megaciclos.) Este procedimiento anulaba la posibilidad de localización electrónica de la «cuna» mientras era elevada a 800 pies, punto ideal para la inmediata fase de inversión de masa de los *swivels*. Por último, la «membrana» que cubre el blindaje exterior de la nave, cuyo espesor es de 0,0329 m, debía provocar una incandescencia artificial que eliminase cualquier tipo de germen vivo y que siempre podían adherirse a su superficie. Esta precaución evitaba que tales gérmenes resultaran invertidos tridimensionalmente con la nave. Un involuntario «ingreso» de tales organismos en otro «tiempo» o en otro marco tridimensional hubiera podido acarrear consecuencias imprevisibles de carácter biológico. Como información puramente descriptiva, puedo decir que dicha «membrana» posee unas propiedades de resistencia estructural muy especiales. Este recubrimiento poroso de la «cuna», de composición cerámica, goza de un elevado punto de fusión: 7 260,64 °C, siendo su poder de emisión externa igualmente alto. Su conductividad térmica, en cambio, es muy baja: $2,07113 \times 10^{-6}$ Col/ Cm/s/oC. (Para esta «membrana» es muy importante que la ablación se mantenga dentro de un margen de tolerancia muy amplio.) Para ello se utiliza un sistema de enfriamiento por transpiración, en base al litio licuado. Además fue provista de una fina capa de platino coloidal situada a 0,0108 m de la superficie externa. *(N. del m.)*

238

—Recibido...

La voz de los técnicos llegaba fuerte y clara. Nuestro siguiente paso fue enfundarnos los trajes especialmente diseñados para el proceso de inversión de masa, chequeando en el ordenador el nuevo dispositivo de RMN (1), alojado en las escafandras y que debería «fotografíar» los tejidos neuronales durante el cambio de los ejes de los *swivels*. Aquélla había sido una de nuestras «exigencias» para seguir adelante con la misión. Durante el tiempo infinitesimal de las dos «inversiones» previstas inicialmente, el sistema miniaturizado de RMN o resonancia magnética nuclear permitiría un fiel y minucioso seguimiento de la actividad de nuestras neuronas, aportando, quizá, nueva información sobre el mal que —estábamos seguros— aquejaba a nuestros cerebros. Santa Claus verificó e interpretó aquellos primeros «cortes» de la masa cerebral, fijando el siguiente encendido automático de la RMN a las 24 horas y 45 minutos; es decir, un cuarto de hora antes del despegue. Ello permitiría —suponiendo que regresásemos— un análisis comparativo del comportamiento y posibles modificaciones de los pigmentos del envejecimiento, antes, durante y después de la inversión axial. Esta especie de «radiografías magnéticas» son totalmente inocuas. Sin embargo, el sistema fue rechazado en nuestra primera exploración. En principio debería de haber sido incorporado a la «vara de Moisés», con la misión básica de estudiar el cerebro de Jesús de Nazaret durante su Pasión y Muerte. Pero el hecho de que la RMN provoque la orientación de ciertos átomos en la dirección del campo magnético fue estimado como

(1) El fundamento de la RMN se basa en la peculiar característica del núcleo de los átomos de hidrógeno. Empleando palabras sencillas, vienen a ser como microscópicos imanes, capaces de originar un fenómeno de resonancia magnética. Sometiendo dichos átomos a un campo magnético de alta frecuencia (0,15 teslas), los núcleos de hidrógeno se alinean. Al ser excitados mediante ondas de radio, dichos núcleos atómicos «giran» sobre sí mismos, perdiendo la energía inicial en forma de radiación. Ésta puede ser captada y procesada con el auxilio de un ordenador, siendo «traducida» a imágenes. Nuestro dispositivo RMN —especialmente miniaturizado—, trabajando en un campo magnético de dos teslas, podía explorar a fondo la totalidad de nuestras masas cerebrales, interpretando cada órgano y región en tres dimensiones simultáneas y reconstruyendo los «cortes» en forma sagital, axial u oblicua. *(N. del m.)*

una forma de alteración del organismo humano a observar. Y esto, como quedó dicho, estaba terminantemente prohibido. El sistema, además, no fue miniaturizado a tiempo y hubo que olvidarlo. Ahora, en cambio, las cosas eran diferentes. Desde un punto de vista ético no nos pareció reprobable el intentar estudiar un cuerpo «glorioso» con la ayuda de la mencionada resonancia magnética nuclear. El empeño, lo sabíamos, tenía más de sueño que de realidad científica. Ni siquiera estábamos seguros de la existencia de ese «organismo» resucitado. Y en el caso de que fuera visible y real, ¿con qué podíamos enfrentarnos?

Pero me doy cuenta que estoy cayendo en la vieja tentación de adelantarme a los hechos...

23.30 horas.
Sentados frente al gran panel de instrumentos, mi hermano dio comienzo a la última lectura del ordenador central...

—Medidores del campo gravitatorio...
—*OK*.
—Indicadores de velocidad...
—*OK*.
—Panel de instrumentos de vigilancia de motores: temperatura de toberas...
—*OK*.

La revisión concluyó a las 23.40. En realidad, tanto el despegue como el vuelo y aterrizaje, así como la mayoría de las funciones de abastecimiento, pilotaje, etc., se hallaban controladas por Santa Claus. Nuestro papel, en consecuencia, era de meros supervisores o, en casos extremos, de rectificadores.

—00 horas.
—Sesenta minutos para el despegue...

El inicio de la cuenta atrás aceleró nuestra frecuencia cardíaca.

Si hemos de ser sinceros, durante buena parte de aquellos interminables sesenta minutos, aunque siguiéramos mecánicamente la evolución de los parámetros de vuelo que suministraba el ordenador, nuestros pensamientos estaban fuera de la nave. Justamente en la tienda que albergaba la estación de radio. A aquellas alturas de la noche —ya madrugada del sábado, 10 de marzo—, a juzgar por las indicaciones de los técnicos que permanecían en contacto con el interior del módulo, el somnífero hacía tiempo que había surtido efecto, sumiendo al campamento en un profundo silencio. En cuanto al receptor-transmisor de radio, continuaba «maravillosamente mudo»...

E, instintivamente, imaginamos al viejo general, rodeado de beduinos y con los ojos fijos en su cronómetro.

—00 horas y 30 minutos.

—A 30 para el despegue...

Nerviosamente tecleé sobre una de las terminales de la computadora central, buscando el último parte meteorológico. Aquellas nubes y el fuerte viento que amenazaban Masada a primeras horas de la tarde seguían fijos en mi mente.

La respuesta de Santa Claus fue tranquilizadora:

«Temperatura: 11,8 grados centígrados. Humedad relativa: 81 por ciento. Velocidad del viento: 11 kilómetros por hora...»

Respiré aliviado.

«...Dirección del viento: 270 grados...»

Había amainado y rolado al oeste.

«...Nubosidad: 7/8. Cumulonimbus. Altitud: 2100 metros. Últimas precipitaciones a las 20 horas: 1,6 mm.»

Eliseo miró de reojo el monitor y, tras verificar aquellos datos con las previsiones estimadas por la estación de Kalya, al norte del mar Muerto, comentó:

—Te dije que no te preocuparas... La «cuna» subirá como una bala.

—00 horas y 45 minutos.

Santa Claus activó el dispositivo de la RMN.

—00 horas y 55 minutos.

—Lista la absorción de ondas decimétricas y el apantallamiento infrarrojo...»

—... Señales de alarma en negativo...

—Controles de graduación de pre-encendido en automático...

—*OK*, muchachos —resonó la voz del control externo—. El cierre hidráulico ha sido retirado...

—00 horas y 58 minutos.

—¡Atención!... ¡Ignición a 120 segundos!

—¿Comprobación de silenciadores?

—Roger... ¡Ahí vamos!

—*OK*... os escuchamos «5×5». Ignición en 60 segundos y sigue la cuenta atrás.

Aquél fue otro minuto interminable. Crucé una mirada con Eliseo. A pesar del vertiginoso ritmo cardíaco —casi 130 pulsaciones—, sus ojos destellaron con una luz especial.

Me hizo un guiño y siguió pendiente del panel electrónico, absorto, como yo, en el caudalímetro de carburante y del peligroso e inminente encendido del motor principal.

—... 45 segundos.

Sobre nuestras cabezas, las negras nubes de desarrollo vertical habían empezado a resquebrajarse. Y la luna —como un presagio—, apuntando el cuarto creciente, apareció brevemente, con su afilada forma de hoz.

—¡Atención, muchachos!... ¡Diez, nueve, ocho, siete, seis, cinco, cuatro, tres, dos, uno!...

Fueron las últimas palabras del control.

—¡Ignición!

—¡Roger!... ¡Ahí vamos!

Y el módulo, envuelto en una espesa y blanca nube, fue catapultado hacia los cielos de Masada.

Los relojes marcaban las 01 horas del sábado, 10 de marzo de 1973.

La aventura había comenzado...

—¡Vamos!... ¡Vamos!... ¡Arriba!, ¡arriba, preciosa!

Los sistemas respondieron con una dulzura casi humana.

—Altitud: 300 pies sobre Masada y ascendiendo a 0,1 por segundo... 350... 375...

—¡Roger, preciosa, Roger!

Nuestras voces se entremezclaban, cargadas de emoción y nerviosismo.

—¿Lectura del caudalímetro y temperatura de tobera?

—Correctas —replicó Eliseo—, quemando a 5,2 kilos por segundo...

La «cuna» prosiguió su ascenso.

—... 700 pies... 750... A 50 para nivel de estacionario.

—*OK*, vigila la lectura de Santa Claus...

—¡Listos cohetes auxiliares!

—Roger... ¡800 pies!... ¡Maniobra de frenado!

—*OK*, vamos bien...

—Ajustado nivel de estacionario: estamos a 800 pies sobre la meseta.

—Dame combustible y tiempo de ascensión.

—Treinta segundos desde el encendido... Consumo estimado hasta nivel 8: 156 kilos. Estamos a 99,1 por ciento.

Aquello significaba que contábamos con un total de 16 244 kilos de carburante. Más que de sobra para los vuelos de ida y vuelta y para las maniobras de aterrizaje y despegue. Pero, aunque las comunicaciones con tierra habían sido cortadas en el instante mismo de la ignición y el módulo se hallaba apantallado, no convenía prolongar la situacion de inmovilidad o estacionario. En esas condiciones, el consumo de propelentes era siempre brutal.

—Lista incandescencia «membrana» blindaje exterior...

—¡Roger!... Programada a 5 000 grados.

—¡Atención! Activación de los sistemas de inversión axial y *anclaje* espacial a 01 horas y 60 segundos.

—Dispositivo en automático... Dame el «WX». Quiero saber si necesitaré un paraguas...

Eliseo agradeció la broma. Aquellos segundos previos a la inversión simultánea de los ejes de las partículas subatómicas del módulo y de todo cuanto encerraba en su interior eran siempre de especial tensión. Más aún, cuando ambos sabíamos que los nuevos cambios de marcos tridimensionales podían acarrearnos funestas consecuencias neuronales.

—WX a 10 millas: visibilidad 6 300 BRKN. Viento 190 grados... No hay variación de velocidad a nivel 8. En altura, por encima de los cumulonimbus, vientos en 030 a 25. Nivel: 10 000 pies (1).

---

(1) «WX» o condiciones meteorológicas. Visibilidad 6 300 BRKN quiere decir 6 300 pies de altura —base de las nubes— y «BRKN», abreviatura de *broken* (roto, en inglés), que dichas nubes aparecen rotas en algunas zonas del cielo. Están cubiertos más de cuatro octavos de cielo. Viento 190 grados: dirección suroeste. Nivel 8: a 800 pies de altura. Vientos en 030 a 25: que tienen dirección noreste y que alcanzan una velocidad de 25 nudos o 50 kilómetros por hora, aproximadamente. *(N. del m.)*

—*OK*, amigo —anuncié a mi hermano—, allá vamos.

—01 horas y 55 segundos...

—¡Suerte!

—01 horas y 60 segundos.

El computador central disparó el mecanismo de incandescencia del blindaje externo y, al mismo tiempo, el sistema de inversión de masa, «aniquilando» todo tipo de gérmenes que hubiera podido adherirse al fuselaje, «lanzándonos» a lo que podríamos calificar como «otro ahora» en el permanente fluir del tiempo (1).

(1) No es mi deseo desviarme ahora hacia los revolucionarios descubrimientos de los especialistas de Caballo de Troya en relación al Tiempo y al Espacio (parte de los mismos ya han sido someramente descritos). Como simple apunte complementario, mencionaré algunas definiciones de lo que nosotros entendemos ahora como «tiempo». En el continuo «espacio-tiempo» —erróneamente concebido aún por muchos físicos—, el hombre no es otra cosa que una especie de «arruga» más de ese Espacio; una «depresión» a través de la cuarta dimensión que podríamos definir matemáticamente con 10 dimensiones. En suma, una «masa» con volumen y tiempo asociados. Para la mayoría de los seres humanos actuales, ese hombre es un ser de tres dimensiones, que «vive» el fluir del tiempo a través de una sucesión encadenada de hechos o sucesos. Para esas personas sólo hay «recuerdos» de acontecimientos o situaciones pretéritas. El presente es la única realidad y el futuro, naturalmente, no existe. Nuestros hallazgos han demostrado que esa concepción es errónea. Pondré un ejemplo: imaginemos todos los sucesos que ha vivido, vive y vivirá un ser humano a lo largo de su existencia. E imaginémoslos alineados sobre un eje que represente la dimensión «tiempo». Cada acontecimiento aparece con una fecha. Pues bien, de acuerdo con nuestros descubrimientos, el espacio y el tiempo se encuentran tan estrechamente vinculados, que, si fusionamos todos esos sucesos, formando una única imagen, resultará una extraña «criatura» de cuatro dimensiones (volumen más tiempo), muy semejante a un «cilindro» o «embutido». Cada «loncha» o sección será la representación de un suceso. A ese formidable «tubo» podríamos calificarlo como un «continuo y permanente presente». Uno para cada individuo. ¿Y qué representa un corte o sección de ese «continuo presente»?: un suceso en el que el ser humano es protagonista. Pero dicho suceso es una mera ficción. Como sería una ilusión interpretar o creer que la totalidad del «cilindro» no se puede cortar en rodajas, formando un todo inviolable. Echaré mano de otro símil. Supongamos un bosque por el que serpentea un túnel de cristal o plástico transparente. El interior de dicho túnel se encuentra repleto de muebles, enseres y objetos de diversa naturaleza. E imaginemos a un hombre —nuestra consciencia— que va caminando por él. Es de noche y porta una linterna. A lo largo de su caminar, el in-

244

Y los ejes del tiempo de los *swivels* fueron empujados a un ángulo equivalente al retroceso deseado: las 01 horas del domingo, 9 de abril del año 30 de nuestra Era (1).

Décimas de segundo después, el primitivo sistema referencial (1973) era «sustituido» por el nuevo «tiempo». Los cronómetros monoiónicos de la nave habían iniciado un esperado y fascinante contaje: «30-04-09» y la hora real

---

dividuo va iluminando los objetos que encuentra a su paso e, incluso, parte de los árboles más cercanos a las paredes de vidrio del sinuoso corredor. Sorprendido, nuestro protagonista llegará a ver otros puntos luminosos (otras linternas), que no son otra cosa que infinidad de hombres como él que recorren sus respectivos túneles. Tanto el pasadizo como el bosque existían ya antes de la aparición de cada humano. Sin embargo, el que lo transita piensa que lo que está iluminando en ese instante acaba de ocurrir en ese preciso momento. Y lo llama «presente». Lo que ha dejado atrás es estimado como «pasado» y los objetos que aún no ha visto, como «futuro». Por supuesto, ni unos ni otros —«pasado» y «futuro»— existen para ese ser humano. Evidentemente se equivoca. «Todo es un permanente presente.»

Puede argumentarse, con razón, que esta situación restaría libertad. Ahí, justamente, interviene otro «factor» —al que me referiré más adelante— y que «descubrimos» en nuestra segunda exploración: lo que muchos llaman «alma». Una entidad difícil de etiquetar, adimensional, que goza de una sublime prerrogativa: poder «modelar» la conducta del cuerpo en el que se aloja. Aunque, insisto, más adelante me referiré a este sensacional hallazgo —el descubrimiento científico del «alma»—, quizá un nuevo ejemplo resulte esclarecedor, de momento. Imaginemos de nuevo que ese túnel, largo y flexible, es adquirido por su «propietario» (el alma), pudiendo curvarlo y extenderlo por el bosque con entera libertad. Obviamente, tendrá que adaptarlo a la topografía, sorteando los árboles y accidentes geográficos y, muy especialmente, procurar que el trazado no perturbe a los restantes túneles. Con una sola ojeada, el verdadero «propietario» podrá contemplar la totalidad de «su» túnel. El hombre que, al nacer, empieza a caminar por él no es el auténtico dueño. Sólo se trata de un cuerpo y una «consciencia». La «conciencia» real es otra cosa. Pero estas diferencias entre «conciencia» y «consciencia» nos llevarían muy lejos... *(N. del m.)*

(1)   El cálculo exacto de los días y horas que debíamos «retroceder» en el tiempo no constituyó problema alguno para los ordenadores de Caballo de Troya. Los especialistas se basaron en el sistema conocido como «fecha juliana». Para hallar el tiempo transcurrido entre dos fechas muy alejadas es preciso tener en cuenta las correcciones de los distintos calendarios, las diferentes Eras, los años bisiestos, etc. La «fecha juliana», que nada tiene que ver con el calendario juliano, comienza a contar los días a partir del lunes, 1 de enero del año 4713 a. J.C. Ese día lleva el número «1». *(N. del m.)*

de nuestra «aparición»: 01 de la madrugada. Y ante nosotros, un maravilloso enigma: 40 o 45 días de exploración... Habíamos retrocedido 709 637 días.

9 DE ABRIL, DOMINGO (AÑO 30)

—¿Todo bien?

Eliseo respondió con un nuevo guiño. Y durante algunos segundos procedimos al obligado y rutinario chequeo de los instrumentos. Los altímetros especiales —a los que aludiré en breve— no habían modificado sus lecturas: 800 pies sobre el terreno situado bajo la «cuna». El siguiente paso fue certificar nuestras coordenadas. Mi compañero, auxiliado por un sextante, determinó las nuevas posiciones de la luna y de algunas de las estrellas, remitiendo los datos a Santa Claus. El ordenador efectuó el cómputo y, en segundos, leímos en el monitor lo que ya suponíamos: el módulo no había variado —teóricamente— su ubicación en el espacio.

—Reglaje de la plataforma de inercia sin variación...

Algo más tranquilos, echamos un vistazo al exterior. La luna, a las «tres» de nuestra posición, casi llena, rielaba con fuerza sobre las inmóviles aguas del mar Muerto. No había rastro de la nubosidad que cubriera la región..., ¡1943 años «después»! A nuestros pies, trémulamente iluminada, la meseta de Masada. La luz acerada de la luna permitía adivinar los perfiles de los edificios herodianos, ahora intactos. En el sector norte, a espaldas de los almacenes, y junto a la torre occidental despuntaban sendas hogueras. Eran las únicas señales de vida en lo alto de la roca. Posiblemente, obra de los turnos de guardia de la escasa guarnición.

—01 horas, 65 segundos...

Tras comprobar el WX —viento en calma, visibilidad ilimitada, baja humedad relativa y 10 grados de temperatura, en ascenso—, Santa Claus, de acuerdo con lo programado, procedió al giro del motor principal (el J85), cuyo anillo cardan había sido modificado en esta ocasión, permitiendo así una propulsión horizontal del módulo (1).

—Roger —exclamó Eliseo, sorprendido una vez más por la precisión del ordenador central—, *pegeons*: 010 grados... ¿distancia estimada al punto Gedi?: 9,7 millas... (2).

—*OK*. ¿Lectura de combustible?

—Estamos a 99 por ciento.

Y la «cuna» inició su vuelo hacia el noreste, en busca del llamado oasis de En Gedi. Una vez allí, automáticamente, el computador rectificaría el rumbo, variando hacia el noroeste.

—Oscilación nula... Manteniendo el nivel.

—*OK*, Eliseo. ¿Tiempo estimado para el punto Gedi?

Mi compañero consultó el «plan de vuelo».

—A partir de este instante, dos minutos y seis segundos.

A las 01 horas, 2 minutos y 5 segundos —es decir, un minuto después de haber roto el estacionario— la nave se situó en la velocidad de crucero prevista: 400 kilómetros por hora.

—¿Nivel?

—Dos mil pies...

Nuestros altímetros «gravitatorios» (3), al igual que los

(1)   Al igual que los Apolo, nuestro módulo fue programado para utilizar dos tipos de procedimientos de navegación y dirección: el inercial y el de orientación óptica. El primero, fundamentado en una plataforma orientable situada en una posición constante, cualesquiera que fueran los virajes de la nave, merced a tres giroscopios. Las estrellas y el horizonte podían servir como sistemas de referencia. Tres dispositivos sensibles a la aceleración medían todos los cambios de posición. Estos parámetros eran transferidos a Santa Claus que, tras compararlos con los correspondientes a los de la trayectoria de vuelo programada, efectuaba las correcciones oportunas. Toda desviación desencadenaba un impulso eléctrico que disparaba los propulsores de control, con objeto de modificar la trayectoria. Por supuesto, nosotros podíamos desconectar este sistema automático y utilizar los mandos manuales. *(N. del m.)*

(2)   Dar *pegeons*, en el lenguaje aeronáutico, proporcionar el rumbo y la distancia. 010 grados: rumbo noreste. El punto Gedi correspondía a la zona ubicada a orillas del mar Muerto: el oasis de En Gedi, situado a 9,7 millas de la vertical de Masada. *(N. del m.)*

(3)   Los especialistas en ingeniería aeronáutica y geofísica de Caballo de Troya habían puesto a punto para esta misión unos altímetros que algún día, cuando sean conocidos por la navegación comercial, desplazarán los actuales procedimientos para medir la altitud a que vuela una

barométricos y los radioaltímetros, reflejaban que la «cuna» se desplazaba siguiendo la orilla oeste del mar Muerto.

—Punto Gedi...

Eliseo siguió leyendo en el monitor.

—Rectificación a radial 335... *OK* ¡Santa Claus es una bendición!

———————

aeronave. Estos altímetros especiales utilizan medidas que evalúan la altura en función del valor de «g» (constante de la aceleración de la gravedad). El valor de «g», como es sabido, varía, de acuerdo con la distancia del punto en que se mide y el centro del planeta. Así, mientras en la superficie de la Tierra «g» equivale a 9,8 m/seg^2, un astronauta que ascienda en un cohete a velocidad constante percibirá una paulatina reducción de ese valor inicial de «g», siendo evaluado como una pérdida de peso. Aunque no estoy autorizado a revelar todos los detalles de esta nueva tecnología, sí ofreceré algunas de sus principales características. Para empezar diré que tales altímetros fueron reducidos a un volumen equivalente a unos pocos milímetros cúbicos, consiguiendo, además, una precisión equivalente a una cienmilésima de gal. El volumen total de dicho instrumento no alcanza los 29 mm^3. Casi todos sus elementos se hallan integrados en un minúsculo cristal de boro (isótopo estable de peso atómico 11). He aquí un sucinto esquema de su funcionamiento: la célula básica está formada por un recinto cilíndrico, de 9 micras de calibre, perforada verticalmente en un módulo miniaturizado de boro cristalizado, químicamente puro y deshidratado. El interior del recinto cilíndrico capilar no contiene una sola molécula de gas y sus paredes se mantienen fuertemente polarizadas con carga electrostática negativa. En la zona superior, un recinto esférico termoestable, contiene una cantidad infinitesimal de gas enrarecido, formado por moléculas ionizadas de tiocianato de mercurio con cargas negativas. Una célula discriminadora selecciona secuencialmente moléculas aisladas de tiocianato, liberándolas en el extremo superior del capilar. Abandonada la molécula con un nivel de energía cinética nulo, ésta inicia un proceso de caída libre en el interior del capilar, cuyo eje se mantiene vertical y tangente a las líneas de fuerza del campo gravitatorio. La molécula no llega nunca a adherirse a las paredes del capilar, debido a la fuerza de repulsión que el campo electrostático generado por la distribución de carga negativa ejerce sobre la propia molécula, ionizada también negativamente.

En un entorno cercano —recinto esférico excavado también en el cristal de boro—, un dipolo magnético (lámina elíptica «microscópica» formada por una aleación de cromo y hierro) es obligado a girar con velocidad angular constante de unos 60 radianes por segundo. El dipolo se encuentra en suspensión de una masa líquida que rellena la cavidad (diámetro: 0,74 mm. Emulsión lípida). Se consigue así un campo magnético rotatorio muy débil, pero suficiente para ser detectado por un transductor de bismuto (valor del campo H: 0,00002 Oersted).

Cuando la molécula de tiocianato de mercurio ionizado desciende,

248

La nave, en efecto, había girado hacia el noroeste, rumbo al punto «B».

—Distancia estimada: 24,13 millas... Santa Claus calcula el tiempo de vuelo en seis minutos y cinco segundos.

—Roger..., parece que todo va saliendo a pedir de boca...

La verdad es que no tardaría en arrepentirme de aquel comentario.

—Manteniendo 18 000 pies por minuto.

A los tres minutos de iniciado el nuevo rumbo, los radares detectaron un núcleo humano a las «ocho» de nuestra posición (aproximadamente, hacia el suroeste). En la lejanía, efectivamente, a algo más de 900 metros de altitud, la ondulante semioscuridad de las estribaciones del desierto de Judá aparecía rota por un apretado y amarillento parpadeo. Eran las antorchas y lámparas de aceite de Hebrón.

—El perfil del terreno sigue elevándose... 1 092 pies... 1 263... 1 485. ¿Efectuamos corrección ascensional?

Consulté los altímetros «gravitatorios»:

—Margen de seguridad a 515 pies...

—No, procederemos sobre el punto «B» —respondí, señalándole nuestra altitud: 2 000 pies—. De momento vamos bien... ¿Me das combustible?

—98,7 por ciento...

—Entendí 98,7.

—Afirmativo.

---

genera a su vez un débil campo magnético, que perturba el campo rotatorio generado por el dipolo anterior. Esta perturbación es función de la velocidad instantánea de la molécula en análisis, en cada punto de su recorrido. Pero, a su vez, la velocidad instantánea molecular dependerá del valor de «g». Tal perturbación es detectada y valorada, aunque su nivel diferencial sea del orden de una trillonésima de milioersted.

Un minicomputador recibe tres canales de información:

1. Información por vía eléctrica del campo magnético detectado.

2. Información por vía óptica (filamento vítreo) sobre velocidad de rotación del dipolo.

3. Información por vía eléctrica sobre aceleraciones del vehículo sobre el que se monta el altímetro «gravitatorio».

Esta última información es muy importante para neutralizar los errores debidos a otras fuerzas actuantes sobre la molécula de tiocianato, discriminándolas de la gravitatoria. El computador de integrador suministra directamente por canal información sobre la altura. *(N. del m.)*

El radar alertó de nuevo a mi compañero.

—¡Atención!... Veo el Herodium «5×5»... 72 segundos para la vertical del punto «B».

—Roger.

El Herodium, con su forma cónica, semejante a un volcán, estaba a la vista. Eso significaba que nos encontrábamos a unos ocho kilómetros al sureste del punto «B». La especial configuración de este promontorio, aislado entre los desolados montes de Judea, nos había llevado a considerarlo —en los momentos iniciales, cuando planeábamos la presente segunda expedición— como uno de los posibles lugares de asentamiento de la estación receptora de fotografías del Big Bird. Ascendiendo a la cima del Herodium, uno descubre un formidable cráter artificial, y en su interior, un magnífico palacio fortificado, residencias reales, piscinas y jardines escalonados, todo ello comunicado con una ciudadela superior a través de doscientas gradas de mármol. Fue otra de las ciclópeas obras del rey Herodes el Grande. Al parecer, el sanguinario Herodes murió en Jericó, pero dejó escrito que fuera sepultado en la fortaleza que lleva su nombre. En la actualidad, a pesar de las excavaciones arqueológicas, el espléndido féretro de oro con incrustaciones de piedras preciosas no ha sido hallado. Nuestra idea, como reflejo en el presente diario, no llegó a prosperar. Los judíos eligieron Masada.

—Herodium en pantalla y a 15 segundos...

—Recibido.

—¡Herodium en nuestra vertical! Rectificación a radial 360 grados...

—Dame nivel.

—1 500 pies y ascendiendo... 1 600...

—¿Distancia estimada para reunión con punto «B»?

—Lo tenemos a 4,4 millas...

—*OK*, vigila a Santa Claus.

Eliseo siguió mis órdenes, constatando con satisfacción cómo la computadora forzaba en varios grados la dirección del chorro del motor principal, elevando la nave a un nuevo nivel de vuelo.

—Roger... Alcanzando los 3 000 pies... 35 grados... 20 grados... Módulo estabilizado.

—¡Atención!... Punto «B» a la vista... El radar da lectura clara: colinas pétreas... Perfil: 2 400 pies.

—Repite nivel de vuelo.

—Estabilizado en 3 000.

—Roger...

La verdad es que de haber dispuesto de un margen de tiempo más amplio a la hora de planificar esta nueva exploración y de haber contado, naturalmente, con un conocimiento previo del lugar de asentamiento de la estación, Caballo de Troya habría podido simplificar el «plan de vuelo» de la «cuna», introduciendo en el ordenador el sistema SMAC de conducción (1). Pero las cosas estaban como estaban...

—¡Contacto con punto «B»!

Sentí un estremecimiento. Allí abajo, a escasos 600 pies, entre atormentadas colinas y barrancas salpicadas de enormes y blancas piedras, se hallaba otro de los objetivos de nuestra exploración. ¡Belén!

La oscuridad no nos permitió visualizar con claridad la exacta posición de la aldea. Por otra parte, lo irregular y escabroso del terreno hacían muy deficiente la lectura del radar. Casi en la cima de uno de aquellos montículos, orientado hacia el norte, se dibujaba el perfil de un reducido núcleo de pequeñas casas, casi todas de una planta. Y aquí y allá, desperdigadas por los alrededores, alguna que otra luz...

—Activada corrección automática de vuelo... Virando a radial 015 grados. Distancia a vertical de «base madre» confirmada.

—*OK*.

—... «Base madre» en 015 y 4,56 millas.

—Roger..., reduciendo a 9 000 por minuto...»

—Dime nivel.

(1) El SMAC (Scene Matching Area Correlation), un sistema utilizado en las tristemente famosas bombas o misiles «inteligentes», consiste en un dispositivo que regula la trayectoria del artefacto, en base a imágenes sucesivas del suelo, comparándolas con las previamente almacenadas en el ordenador y que pueden ser tomadas por aviones de reconocimiento o satélites artificiales, mediante la técnica de barrido televisual. De esta forma, el proyectil va «leyendo» el terreno sobre el que vuela, sorteando los obstáculos. *(N. del m.)*

—Perfil descendiendo... 2 000 pies... ¡Ahora subiendo!: 2 220 pies...

—¡Roger!..., ¡ahí lo tenemos!

—¡Gracias a Dios!

La pantalla de radar empezaba a dibujarnos el perfil sur del monte de los Olivos, nuestra «base madre».

—Confirma reducción de velocidad y combustible.

—Afirmativo. Sigue descendiendo: 6 000 por minuto... Tanques a 98,2.

La tensión de aquellos últimos minutos nos envolvió por completo. El módulo había sido programado para volar hasta la vertical de la cota máxima del monte de las Aceitunas —situada hacia el norte y a 2 454 pies sobre el nivel del mar— y, una vez allí, proceder al descenso. El «punto de contacto» era prácticamente el mismo de nuestro anterior «salto».

—Comprueba coordenadas.

—*OK*: 31 grados, 45 minutos norte... 35 grados, 15 minutos este... Afirmativo: el radar presenta el perfil de una ciudad a las «nueve» de nuestra posición.

—¡Jerusalén!

—¿Y qué esperabas?... ¿Honolulú?

Eliseo no respondió a la broma. Y, de pronto, el corazón me dio un salto. Bajo la mortecina luz rojiza de cabina, su frente aparecía bañada en un copioso sudor.

—¿Te encuentras bien?

Movió la cabeza afirmativamente y siguió con los ojos fijos en el panel de instrumentos.

En principio no concedí excesiva importancia a dicha exudación. Aunque la temperatura ambiente en el interior del módulo no sobrepasaba los 15 grados centígrados, me tranquilicé a mí mismo, atribuyendo el sudor a la fuerte excitación de aquellos últimos instantes.

—Activados retrocohetes... A 60 segundos para estacionario.

El ordenador central, puntual y seguro, redujo la fuerza del J85, haciéndolo girar 90 grados.

—Dame nivel de vuelo...

Eliseo no respondió.

—Repito: nivel de vuelo...

—Tres mil pies... y a 30 para estacionario.

—¿Tanques?

—A un noven...

—¡Repite! ...

¡Dios mío!, mi compañero no pudo concluir la lectura. Yacía sobre el respaldo del asiento, con el rostro pálido y brillantemente moteado por el sudor.

—¡Eliseo!, ¡responde!... ¡Eliseo!

Fue inútil. Chequeé sus constantes vitales. La frecuencia cardíaca había descendido bruscamente: de 120 a 90, provocando una pérdida de conciencia.

—¡Oh Dios !

Con los nervios a punto de estallar, las señales acústicas y luminosas del panel de alarmas vinieron a romper el silencio de la cabina, devolviéndome a la crítica realidad: había que descender el módulo.

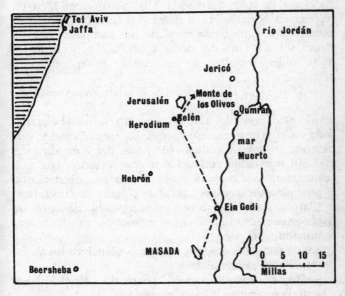

Trayectoria del módulo. Despegue en Masada. Vuelo hacia Ein Gedi, Belén y monte de los Olivos.

253

«01 horas, 11 minutos, 41 segundos.»

La nave había cubierto las 38,39 millas de vuelo (casi 70 kilómetros) y acababa de hacer estacionario a 546 pies sobre la cima norte del monte de los Olivos. No había tiempo que perder. Si me dejaba arrastrar por el pánico, nuestras vidas y la misión podían terminar allí mismo...

«00 grados. Oscilación nula.»

—¡Vamos!... ¡Abajo, abajo, preciosa...!

—¡Eso es!... Bajando a 23 pies por minuto.

En voz alta, animándome a mí mismo, fui controlando el descenso, atento al intenso flujo de lecturas del computador central.

Santa Claus, con precisión matemática, había «colimado» el pequeño calvero de dura piedra caliza sobre el que ya se había aposentado la «cuna» en la primera misión. Pero, súbitamente, el ordenador rectificó el plan de vuelo, deteniendo el descenso. Y ante mi desconcierto, activó automáticamente los cohetes auxiliares, prosiguiendo hacia el sur, en vuelo horizontal. Y las alarmas me hicieron reparar en la pantalla del radar —el Gun Dish—, localizando «algo» que había olvidado por completo. Allí, en efecto, sobre la cima del monte, aparecía el perfil de un familiar objeto metálico... Y en décimas de segundo comprendí...

—¡Dios!... ¡La «Ubicuidad»!... ¡Estaban en lo cierto! ¡Es real!

El «otro» módulo, ante mi asombro, se hallaba aterrizado en el primer calvero rocoso. La «superposición» de tiempos en ambos «saltos» (01 horas del 9 de abril del año 30) nos había conducido a una situación tan aparentemente irreal como delicada. Por fortuna, obedeciendo el programa de los especialistas de Caballo de Troya, Santa Claus acababa de salvarnos de un posible desastre. De haber impactado con «nosotros mismos», la misión habría terminado... ¿O no?

Cinco segundos después, la «cuna» silenciaba los motores auxiliares, descendiendo.

—¡Roger!... Tanques a un 98,1 por ciento... Nivel: 320 pies y bajando a cuatro... ¡Roger, preciosa!

Eliseo continuaba inconsciente.

—¡Eso es!... 200 pies y descendiendo. Cuatro y medio y abajo.

Aunque había sido previsto para el momento de la toma de tierra, activé el dispositivo de seguridad del módulo, proyectando a 30 pies de la «cuna» una «pared» de ondas gravitatorias en forma de cúpula, que nos protegería ante una posible irrupción de hombres o animales en el referido entorno.

Los registros electrónicos seguían vomitando parámetros.

«... 75 pies para la toma de contacto... Reducción de velocidad a 2,5 pies por minuto... 50 pies... 45... Reducción a dos...»

—¡Dios mío!, ¡casi es nuestro!

Y, de pronto, un seco frenazo. Los cuatro pies extensibles de la nave chocaron con otro grupo de lajas calcáreas, disparando las luces de contacto en el panel de mando.

Inspiré profundamente. Los cronómetros señalaban las 01 horas de la madrugada, 13 minutos y 11 segundos. La nueva «base madre» —seleccionada esta vez por el providencial Santa Claus— se hallaba a unos 350 metros al sur del calvero en el que continuaba posado el «primer módulo». ¡Era increíble! «Cuna» y tripulantes estábamos en dos lugares físicos a la vez...

«¡Al fin, de vuelta!» Pero no eran aquéllas las circunstancias que había imaginado para el ansiado retorno a la Palestina de Cristo...

Santa Claus anunció una ligera inclinación en el módulo: 15 grados. De inmediato procedí al equilibrado de las secciones telescópicas del tren de aterrizaje, nivelando la nave.

Haciendo caso omiso de lo planeado por Caballo de Troya, desactivé el J85, anulando la orden del computador, que preveía el mantenimiento del encendido del motor principal durante minuto y medio, a partir del aterrizaje. En caso de emergencia, hubiera bastado un rápido tecleo y Santa Claus —cumpliendo el programa de retorno— habría elevado de nuevo la «cuna», efectuando el plan de vuelo inverso al que acabábamos de verificar...

Unos segundos más tarde, silenciada la casi totalidad de los circuitos, verifiqué el apantallamiento infrarrojo, dejando en automático los sensores del segundo cordón de seguridad que rodeaba la «cuna». A 150 pies del módulo —a todo nuestro alrededor—, cualquier ser vivo que cruzase dicho perímetro podía ser visualizado en los monitores, merced a las radiaciones infrarrojas emitidas por sus cuerpos. Como ya comenté, si el intruso seguía avanzando, la «membrana» exterior estaba en condiciones de emitir un flujo de ondas gravitatorias que se comportaban —a 30 pies de la nave— como un viento huracanado, imposibilitando el paso de hombres o bestias.

Y con el ánimo maltrecho, me dediqué por entero a mi hermano, olvidando el asunto de la «Ubicuidad»... Tiempo habría de prestarle la debida atención.

—¡Responde!... ¡Maldita sea!

De pronto, al tomarle por los hombros, descubrí que su dispositivo de RMN seguía funcionando. Malhumorado, procedí a retirarlo, así como la escafandra.

—¡Eliseo!... ¡Dios de los cielos!

La palidez y la fría y abundante sudoración me tenían confundido y angustiado. ¿A qué podía obedecer aquella súbita pérdida del conocimiento?

En tan dramáticos minutos no acerté a asociar el estado de postración de mi compañero con el recién efectuado proceso de inversión de los ejes de los *swivels* y, consecuentemente, de la red neuronal. De haberlo intuido siquiera, quizá mi reacción hubiera sido radicalmente distinta. Lo más probable es que habría dado la misión por concluida, retornando al punto a Masada y a «nuestro tiempo».

Pero el destino, como se verá, tenía otros planes...

Procuré acomodarlo en el piso de la nave, situando las piernas en alto, sobre su asiento de pilotaje. Si aquel desvanecimiento —pensaba atropelladamente— se debía a la falta de sueño y al agudo estrés de las últimas jornadas, sin menospreciar la tensión del vuelo hasta la «base madre», era posible que estuviéramos ante un pasajero y nada preocupante síncope, por insuficiencia de riego cerebral. Al repasar las constantes vitales de Eliseo durante aquel período de inconsciencia, el ordenador refrendó mi primer diagnóstico: descenso brusco de la frecuencia cardíaca, problemas respiratorios y de tensión arterial... Conclusión estimada: «lipotimia». Sin embargo, aunque el estricto seguimiento de Santa Claus acusaba a la «noxa» (1) como posible responsable del desmayo, algunos de los parámetros no encajaban en el cuadro clínico de esta clase de síncopes. Me llamaron la atención, sobre todo, las insólitas alteraciones electrocardiográficas y unos poco comunes cambios patológicos en las arterias carótidas: las que suministran el riego sanguíneo a la cabeza. Pero la confusión del momento me hizo olvidar el asunto, al menos durante algún tiempo.

Tras propinarle un par de buenas bofetadas, buscando desesperadamente algún tipo de reacción, consulté el pulso. Seguía bajo. Cada vez más aturdido me dirigí a la reserva de fármacos. A los pocos minutos, luchaba por hacerle beber una mezcla de agua con una veintena de gotas de un analéptico respiratorio, especialmente recomendado para estos casos de pérdida de conciencia. El restaurador estimuló también su circulación y a los diez minutos volvía en sí. Poco a poco, su frecuencia cardíaca, ritmo arterial y el color fueron estabilizándose.

—¡Jasón!..., ¡el módulo!

Aquellas primeras y titubeantes palabras me devolvieron parte del sosiego. Trató de incorporarse, pero le hice desistir, rogándole que permaneciera algunos minutos más en la misma posición.

—¡Calma!, todo está bajo control —le tranquilicé—. Lo peor ha pasado... Estamos en tierra.

Eliseo cerró los ojos y, tras inspirar profundamente, me indicó con la cabeza que estaba de acuerdo y que obedecía mi sugerencia.

Y siguiendo un primer impulso, tecleé frente a Santa Claus. Al instante, la memoria del ordenador me ofreció una completa información sobre las plantas medicinales existentes en la nave y que podían aliviar a mi hermano:

«Efedra. Contiene alcaloides (efedrina, pseudoefedri-

(1) Según el eminente profesor Seyle —gran estudioso del origen de los estados de tensión o estrés—, los estímulos o causas principales del mismo, a los que bautizó con el nombre de «noxa», se hallan muy imbricados. La «noxa», brevemente, actúa así: estimula las glándulas endocrinas, activando las suprarrenales y el sistema adrenosimpático. Las endocrinas envían glucocorticoides a la sangre. El segundo lo hace con cantidades adicionales de adrenalina y noradrenalina. *(N. del m.)*

na, etc.), taninos, saponinas, flavona, aceite esencial. Efec
to: vasodilatador, aumenta la tensión arterial, estimula la
circulación, antialérgico...»

«Escila. Contiene glucósidos cardíacos escilareno A, glu
coescilareno A, proescilaridina, mucina, tanino, algo de acei
te esencial y grasa. Efecto: diurético, estimula el músculo
cardíaco, regula el ritmo cardíaco...»

«Ginkgo. Contiene aceite flavonoide alcanforado (kam
ferol), quercetina, luteolina, compuestos de catequina, re
sina, aceite esencial y grasas. Efecto: aumenta el flujo san
guíneo por vasodilatación...»

La lista empezaba a hacerse interminable y, sin más
opté por el ginkgo, una planta extraída del árbol del mis
mo nombre y oriundo de China y Japón.

A la media hora, Eliseo, con su habitual docilidad, in
gería el extracto preparado con dicho espécimen.

No tardó en incorporarse y a las 02 horas y 30 minutos
plenamente recuperado, regresó a su puesto, frente al ta
blero de mandos. Mis recomendaciones para que se tum
bara en la litera y descansase no fueron aceptadas. En
ese sentido, Eliseo llevaba razón. Había mucho que hacer
y el tiempo perdido era ya preocupante. Mi presencia en el
huerto propiedad de José de Arimatea había sido fijada por
Caballo de Troya para las 03 horas, aproximadamente.

De mutuo acuerdo, antes de poner en marcha la pri
mera fase de la exploración, llevamos a efecto una minu
ciosa revisión de los equipos básicos. La pila atómica con
tinuaba abasteciendo con regularidad y los sistemas de
infrarrojo no detectaban anormalidad alguna en el exterior
Las reservas de propelentes se hallaban en el nivel previa
mente calculado para el momento de la toma de tierra: a
un 98 por ciento escaso. La verdad es que, aunque nuestra
confianza en Santa Claus era casi absoluta y sabíamos que
habría sido el primero en alertarnos en caso de posibles
fallos o deterioro en los instrumentos, tanto mi compa
ñero como yo nos quedamos más tranquilos después de
aquella última verificación general.

Pero, ¿es que voy a silenciarlo? No, por supuesto...

Cuando digo que «no se detectaba anormalidad alguna
en el exterior» no estoy siendo sincero del todo. Allí, algo
más al norte de nuestra posición, continuaba en tierra el

«otro módulo». Y al informar a mi hermano, Eliseo recordó, cayendo en la cuenta de lo captado en el radar en las últimas horas que precedieron al final del «primer salto».

Mi hermano palideció. Me miró y percibí una sombra de terror. E instintivamente adoptamos una férrea decisión: ignorar a los «otros». Por nada del mundo penetraríamos en su zona de seguridad. La curiosidad debía ser controlada y dominada. El fenómeno de la «Ubicuidad» había sido demostrado. No iríamos más allá. Nuestra misión era otra... Y, de acuerdo con lo planeado, acometimos los preparativos para mi inmediato descenso a tierra.

Eran las 02 horas y 45 minutos.

No fue mucho lo que tuve que dejar en el módulo. Como he repetido en alguna ocasión, la operación no permitía, obviamente, que los exploradores a otro «tiempo» portaran objetos que pudieran resultar anacrónicos para los moradores de la época histórica a estudiar.

—Cronómetro de pulsera, sortija de oro... y la chapa de identidad.

Eliseo se hizo cargo de mis pertenencias. Una vez desnudo, tal y como fijaba el plan, cooperó conmigo en una minuciosa revisión de mi cuerpo. Cualquier descuido hubiera sido comprometedor.

Fue en dicha operación, previa a la implantación de la llamada «piel de serpiente», cuando mi hermano reparó en «algo» que yo había olvidado.

—¿Y esto?

Al señalar las escamas que cubrían parte de las caras anteriores de mis piernas y las áreas dorsales de los antebrazos, sólo pude encogerme de hombros.

Eliseo me fulminó con la mirada. Y, ante su insistencia, no tuve más remedio que contarle la verdad. En efecto, hacía días que aquellas zonas de mi cuerpo presentaban una anormal sequedad y las referidas escamas. Al mismo tiempo, le puse en antecedentes de la no menos extraña colonia de pecas o lentigo senil —de color café— que salpicaba los dorsos de mis manos, parte del cuello, brazos y antebrazos.

—Y bien...

Mi compañero, poco amante de los rodeos o componendas, fue derecho a lo que ambos teníamos en mente.

259

—... ¿Puede guardar relación con el hipotético ataque a los tejidos neuronales?

Era muy difícil saberlo. Y así se lo expliqué. Lo único claro es que la mencionada descamación —un fenómeno conocido como xerosis— obedecía a un innegable cambio involutivo de las estructuras epidérmicas y demás anexos cutáneos. Un fenómeno muy bien estudiado por la gerontología o especialidad que ha asumido la investigación de los procesos de envejecimiento, tanto en sus aspectos biológicos y psicológicos como sociales. Había, por tanto, una probabilidad de que, en efecto, las citadas manifestaciones en mi piel tuvieran un origen mucho más profundo y grave: la alteración de los pigmentos del envejecimiento en el seno de las neuronas. Sin embargo, en un intento por descargar la cada vez más enrarecida atmósfera que nos envolvía, hice especial énfasis en otra posible causa de aquellas pecas y escamas:

—Quizá estamos llevando las cosas demasiado lejos. No podemos descartar tampoco el posible efecto de la «piel de serpiente» sobre la epidermis, o, incluso, en la dermis. Esa sequedad, en definitiva —añadí con escaso poder de convencimiento—, está en relación directa con una menor producción cutánea de sebo. Y tú debes saber que eso ocurre, a veces, por el uso de jabones no grasos o por el roce de prendas de lana y lino. A nuestro regreso hablaremos de ello con Curtiss.

Eliseo dibujó en su rostro una media y escéptica sonrisa. La «piel de serpiente» había sido probada sobradamente y jamás había originado problemas como aquél (1).

Y mi compañero, inteligentemente, cambió de conver-

(1) Creo haber hablado ya de esta segunda «piel», de gran utilidad en mis correrías. Mediante una tobera de aspersión, el cuerpo era pulverizado con una sustancia que formaba una fina película. El elemento base era un compuesto de silicio en disolución coloidal en un producto volátil. Al ser pulverizado sobre la piel, este líquido evapora rápidamente el diluyente, quedando aquélla recubierta, como digo, de una delgada capa porosa de carácter electrostático. Esta epidermis artificial y milimétrica protegía al explorador de posibles ataques bacteriológicos y mecánicos, soportando, por ejemplo, impactos equivalentes al disparo de una bala (calibre 22 americano) a una distancia de 20 pies. Este eficaz «traje» protector permitía, además, el normal proceso de transpiración. (N. del m.)

260

sación, olvidando el incidente. Eso, al menos, fue lo que yo creí en aquellos instantes...

Sin más interrupciones me sometí a la pulverización, «enfundándome» la valiosa y necesaria «armadura». Al igual que en la primera exploración, elegí también una «piel de serpiente» totalmente transparente, que evitara preguntas o situaciones comprometedoras. Y a diferencia de aquel primer descenso, teniendo en cuenta la mayor duración de la presente misión y el teórico incremento de los riesgos, la pulverización no se limitó a las zonas críticas: tronco, vientre, genitales y cuello. Por expreso deseo de los directores del proyecto, la «piel de serpiente» cubrió también la totalidad de mis extremidades superiores e inferiores, excluyendo, únicamente, los pies y la cabeza.

Por estrictas razones de continuidad, mi atuendo no fue modificado. Para las personas con las que me había relacionado desde el jueves, 30 de marzo, a la madrugada del domingo, 9 de abril del año 30, todo —incluida mi indumentaria— debía seguir siendo igual. La verdad es que para ellas, desde un punto de vista puramente cronológico, apenas si habían transcurrido unas pocas horas desde que me vieran por última vez.

El cielo quiso que, al ajustarme el taparrabo, mi hermano rompiera a reír. Mi aspecto no debía ser muy ortodoxo y la insólita estampa vino a dulcificar los amargos momentos por los que habíamos atravesado. Aquella especie de *saq*, muy similar al que usaba la casi totalidad de los hombres de la Palestina del siglo I, había sido confeccionado y «suavizado», en la medida de lo posible, con algodón, tomando como modelos los *saq* o taparrabos que aparecen en los documentos arqueológicos de Egipto y Mesopotamia. El algodón, dado el carácter íntimo de la prenda, era una concesión de los expertos. En realidad, de haber seguido al pie de la letra la información existente, mi taparrabo tendría que haber sido fabricado en un tejido mucho más grosero: en tela de saco. Por otro lado, el hecho de ser un «rico comerciante griego de Tesalónica» —dedicado al trasiego de vinos y maderas— me autorizaba a disponer de una indumentaria más acorde con mi estatus social...

Cuando el *saq* fue atado alrededor de mi cintura, Eliseo ayudó a enfundarme el faldellín marrón oscuro y la sencilla túnica de color hueso. Esta última, tejida sin costuras y a base de lino bayal por hábiles tejedores sirios —herederos del antiguo núcleo comercial de Palmira—, respetando la costumbre griega, era algo más corta que el *chaluk* o túnica judía. Se trataba en realidad de una réplica del *chiton* de mis «compatriotas», los helenos. De acuerdo con las medidas estándar de dichas túnicas o *chiton*, la mía se prolongaba unos pocos centímetros por debajo de las rodillas.

Aunque el cinto o ceñidor hubiera podido ser de mejor calidad, de acuerdo con mi rango y posición económica, Caballo de Troya estimó que no convenía llamar la atención, ni tentar la codicia ajena con una pieza de oro o plata. Para su trenzado, fueron suficientes unas modestas cuerdas egipcias.

El manto o *chlamys* —al que nunca llegué a acostumbrarme— resultaba algo más llamativo que el utilizado comúnmente por los judíos: el *talith*. Tejido igualmente a mano, con lana de las montañas de Judea, lucía un discreto pero aterciopelado color azul celeste, fruto del glasto utilizado en el tinte. Esta prenda, que procuraba arrollar en torno a mi cuello y hombros, era del todo imprescindible en la cotidiana vida de aquella sociedad. Además de constituir un símbolo de dignidad (para los judíos era de mal tono presentarse sin él en el Templo o ante un superior), servía para múltiples situaciones: como frazada o «manta» con la que uno podía cubrirse cuando dormía al raso, cubresilla y hasta para arrojarlo al paso de un héroe o personaje relevante (1).

Los dos pares de sandalias que me habían sido asignados sí fueron modificados, de acuerdo con el planteamiento de la última fase de nuestra exploración y que, como narraré más adelante, exigía de nosotros un especial esfuerzo físico. Aunque el material empleado era básicamente el mismo —esparto trenzado en las montañas turcas de An-

(1) El famoso «domingo de ramos» tuve ocasión de comprobarlo. El *talith* o manto judío desempeñaba un papel tan vital en aquella sociedad que la Ley —*Éxodo*, XXII, 26, y *Deuteronomio*, XXIV, 12— obligaba a un acreedor que lo había recibido como señal o prenda de una deuda a devolvérselo a su dueño antes de la caída de la tarde. *(N. del m.)*

kara—, las suelas fueron sustituidas por un sólido aglomerado de juncos y corteza de palmera... parcialmente hueco. En unos reducidos «nichos», los especialistas habían camuflado dos complejos sistemas. Dado que una de las postreras etapas de nuestra estancia en Israel preveía, como digo, varias y duras caminatas, las sandalias habían sido acondicionadas con un microcontador de pasos, con el correspondiente cronómetro digital e interruptor de programa. El sistema había sido probado tiempo atrás por el astronauta Aldrin en uno de sus paseos por la superficie lunar. Los sensores situados en la suela permitían conocer las distancias recorridas, tiempos invertidos e, incluso, el gasto de calorías en cada desplazamiento. Además, si así lo estimábamos, podíamos activar una minúscula célula que elevaba la temperatura del calzado, protegiendo los pies en situaciones de extrema inclemencia (1). Aquellas sandalias «electrónicas» —como las llamábamos entre nosotros— nos reportarían un notable servicio. Cada ejemplar fue perforado manualmente, incrustando en el perímetro de las suelas sendas parejas de finas tiras de cuero de vaca, convenientemente empeinadas. Cada cordón —de 50 centímetros— permitía sujetar el calzado, con holgura suficiente como para poder enrollarlo a la canilla de la pierna con cuatro vueltas.

El segundo dispositivo, alojado también en la suela, tenía un carácter puramente logístico. Consistía en un microtransmisor, capaz de emitir impulsos electromagnéticos a un ritmo de 0,0001385 segundos. Esta señal era registrada en la «vara de Moisés» y, a continuación, amplificada y «transportada» a larga distancia por un especialísimo láser que procuraré describir en su momento. Merced a este procedimiento, de una estimable precisión, Eliseo podía seguir mis «pasos» en el radar de la «cuna». Esta «radioayuda» sería activada, únicamente, cuando —por necesidades de la exploración— me viera obligado a alejarme del

(1) Como es sabido, los pies constituyen una de las partes más sensibles a las bajas temperaturas. En un ambiente de 23 °C, por ejemplo, sólo alcanzan un nivel de 25 °C. Las manos, por el contrario, pueden mantener una media de 30. Y aunque abril no es ya un mes riguroso en Palestina, Caballo de Troya prefirió añadir este sistema, en previsión de posibles cambios climatológicos. (N. del m.)

módulo más allá de los 15 000 pies. A partir de ese límite, la banda de recepción de la «conexión auditiva», que también debía portar en el interior de mi oído derecho, se hacía inservible.

Y tras un último repaso a mi «uniforme», tomé asiento, indicando a mi hermano que estaba dispuesto para recibir la correspondiente «cabeza de cerilla». Así habíamos bautizado a las cápsulas acústicas miniaturizadas que eran excitadas por un equipo de ondas gravitatorias. Esta «conexión auditiva» —de inestimable valor, tal y como se demostró en la pasada misión— nos proporcionaría una clara y permanente comunicación, mientras yo estuviese en el «exterior».

La implantación de la prótesis, aunque sencilla, requería de unas manos expertas. Y a los pocos minutos quedaba encajada a escasos milímetros del orificio de entrada del conducto auditivo externo, entre las paredes cartilaginosas.

Eliseo fue a situarse entonces frente al receptor-transmisor, haciéndome una señal para que probara. Presioné con los dedos la zona central de la oreja, hundiendo el «trago» y el «antitrago». Al momento, sendas alertas —un agudo pitido y un piloto naranja— confirmaron la excelente «conexión auditiva».

—OK!... y no olvides que eres sordo de nacimiento (1).

Agradecí el buen humor de mi compañero. Los cronómetros avanzaban inexorablemente y yo empezaba a inquietarme. La misión tenía que haber arrancado a las 02.30 horas y eran ya las cuatro de la madrugada... Pero Eliseo, señalando la pantalla del Gun Dish, intentó tranquilizarme, haciendo alusión a «algo» que casi había olvidado:

—Debemos esperar... Recuerda que, en el «primer salto», tu ingreso en la «cuna» tuvo lugar a las cuatro... «Ellos» están ahí...

Tenía razón. Aquel cúmulo de circunstancias, demo-

(1)   Como expliqué también, aunque yo podía recibir la voz de Eliseo directamente, mis llamadas al módulo, en cambio, exigían que, previamente, presionara la parte externa de mi oído derecho, activando la cápsula acústica. Con el fin de evitar suspicacias entre los habitantes de Jerusalén y alrededores, Caballo de Troya había establecido que fingiera una leve sordera. (N. del m.)

rando el inicio de la operación, parecía mágico. ¿Qué hubiera sucedido de haber arrancado puntualmente? Lo más probable es que, en algún lugar de la Ciudad Santa o en el camino hacia el monte de los Olivos, quien esto escribe habría terminado por tropezar con el «otro» Jasón... Y aunque las órdenes de Caballo de Troya, en este sentido, eran tajantes —«evitar todo contacto físico»— me estremecí.

Sí, debía seguir el consejo de mi hermano. Esperaría a que el «otro» penetrara en la «primera cuna»...

Curtiss desestimó el tercer dispositivo de enlace con la nave. Con la «cabeza de cerilla» y el microtransmisor en la suela de mi sandalia derecha había más que suficiente para garantizar una continua y nítida conexión. La hebilla de bronce que había sujetado mi manto en la pasada investigación y que ocultaba un emisor para mensajes de corta duración fue, por tanto, desestimada. Quedó en la «cuna», lista para ser utilizada en caso de emergencia. En su lugar, la *chlamys* fue dotada de una fíbula normal, de cadenillas, también en bronce y de un gran parecido con nuestros alfileres «imperdibles».

Finalmente eché mano de la bolsa de hule impermeabilizado, introduciendo en ella los 100 denarios sobrantes de la última exploración, media libra romana en pepitas de oro, las incómodas pero necesarias lentes de contacto «crótalos» y el salvoconducto que aún conservaba y que me fue extendido por el gobernador romano en la mañana del 5 de abril, miércoles.

La primera fase de la misión consistía en una breve incursión, con una duración máxima de ocho horas. Es decir, suponiendo que yo hubiera descendido a tierra a la hora fijada —las dos y media de la madrugada—, mi vuelta al módulo debía registrarse a las 10.30. En ese espacio de tiempo, yo tenía encomendados dos primeros e importantes objetivos: intentar una aproximación y consiguiente análisis del supuesto cuerpo «glorioso» del Maestro y hacerme con un «tesoro». Un «tesoro» científico y arqueológico, se entiende. Un «tesoro» que debía ser trasladado a la nave, sometido a una exhaustiva investigación y, naturalmente, devuelto a su lugar de origen en el menor plazo posible...

Por esta razón, dado que debía regresar en aquella mañana del domingo, las restantes piezas de mi equipo personal —a utilizar a lo largo de la exploración— no serían retiradas del módulo en esta primera salida. Esta circunstancia aconsejaba igualmente que los «dineros» a manejar en aquellos momentos fueran los justos para unas primeras necesidades. Caballo de Troya, en consecuencia, fijó los 100 denarios y la media libra —unos 163 gramos en oro— como «suficientes» (1). Eso sí, primero había que canjearla por monedas de curso legal en Palestina: denarios de plata y piezas fraccionarias; especialmente, siclos, ases y óbolos o sestercios.

—04.15 horas…

Mi hermano armó la «vara de Moisés» y, al entregármela, exclamó con la voz recortada por la emoción:

—Vía libre… ¡Suerte!

Aunque mi ausencia no era larga, le hice jurar que al menos síntoma de desfallecimiento o malestar me lo haría saber de inmediato. Eliseo comprendió y estimó mi sincera preocupación y, sonriéndome, regresó al tablero de mandos. Verificó los sensores de infrarrojo y, tras comprobar que los alrededores de la «cuna» seguían desiertos y silenciosos, me señaló el monitor y la última lectura meteorológica:

—Temperatura en superficie: 12,8 grados centígrados. Viento en calma. Humedad relativa: por debajo del 17 por ciento.

Y con un golpe seco —sin desviar la mirada de los controles electrónicos— accionó el mecanismo de descenso de la escalerilla.

Yo tampoco era muy amante de las despedidas. Así que, sin más, notando cómo mis ojos se humedecían, dejé caer mi mano izquierda sobre el hombro de mi hermano. Y girando sobre mis talones, me introduje por la escotilla de salida, desapareciendo.

Eran las 04 horas y 28 minutos…

(1) Al cambio, aquellos 163 gramos de oro equivalían a unos 379 denarios. Debo recordar que el precio de un par de pájaros era de un as. A su vez, cuatro denarios de plata o dracmas representaban un siclo de plata. Un denario se subdividía en 24 ases o 96 cuadrantes o 192 leptas. El denario romano tenía entonces un serio competidor: el zuz, una pieza de plata de similar valor y acuñada por los banqueros fenicios de Tiro. (N. del m.)

Necesité un par de minutos. Mis pupilas fueron acomodándose a la oscuridad y, al poco, la oblicua luz de la luna arrancaba miles de destellos a las cenicientas copas de los olivos que cercaban el calvero por el sector meridional. Di cuatro o cinco pasos pero me detuve. Un pastoso y anormal silencio se había apoderado del lugar. Como en el primer descenso sobre la Palestina de Cristo, las emisiones de ondas y la polvareda del J85 habían hecho enmudecer a los insectos y avecillas que colonizaban aquella segunda cima del Olivete. Paseé la mirada a todo mi alrededor, perforando la azulada oscuridad que se recortaba entre los negros y epilépticos troncos de los olivos. Todo, en efecto, parecía en calma. Pero aquel silencio... Si al menos hubiera recibido el gorjeo del zamir...

Tras unos segundos de vacilación, reanudé la marcha, adentrándome en el monte bajo que cerraba el asentamiento de la nave por su cara oeste. Si mi sentido de la orientación no fallaba, en cuestión de minutos debería alcanzar el nacimiento de la ladera. Una vez allí, con Jerusalén al otro lado del desfiladero, mi camino resultaría más cómodo.

Al sortear los macizos de arrayanes y acantos, conforme me aproximaba al filo de la cumbre mi corazón empezó a desbocarse y una incontenible excitación hizo flaquear mis piernas. No tuve más remedio que volver a detenerme. Y por pura inercia llevé mis dedos a la oreja derecha...

—¡Dios mío!

Eliseo oyó mi exclamación. Y abriendo el enlace, preguntó:

—Te recibo «5 por 5»... ¿Qué ocurre?

Antes de responder tomé varias y largas bocanadas de aire, buscando apaciguar mi pulso.

—¡Roger!, yo también te recibo fuerte y claro... ¡Nada!, debe ser la emoción... Estoy a punto de reunirme con la vieja ciudad y eso me trae recuerdos... Cambio (1).

(1) Al ingresar en el módulo en la madrugada de aquel domingo, 9 de abril, al final casi de nuestra primera aventura, Eliseo tuvo la feliz iniciativa de pulsar la grabación registrada en la «última cena». Esto supuso la lógica anulación de la conexión auditiva. De no haber sido así, la primera comunicación con la «cuna» en este «segundo salto» habría sido captada por los «otros»... *(N. del m.)*

—*OK!*… ¡Ánimo!

Sequé el sudor de mis manos y asiendo con fuerza la «vara», repetí las inspiraciones. La intensa y agradable fragancia del matorral, anuncio de la espléndida primavera judía, me salió al encuentro. Y mi espíritu, agradecido y estimulado, fue recobrando el temple.

Cuando me había alejado medio centenar de metros del «punto de contacto», la voz de mi solitario amigo volvió a sonar en mi cabeza:

—¡Atención, Jasón!… Estás en el perímetro del segundo cinturón de seguridad. El radar te «ve» a 150 pies de la «cuna»… Cambio.

Di media vuelta y, dirigiendo la mirada hacia la plataforma rocosa en la que se hallaba posado el «invisible» módulo, presioné mi oído, replicando a media voz:

—Recibido, cambio.

—Creo que, antes de continuar, debes probar las «crótalos»… Y dame el resultado.

Llevaba razón. Los nervios de aquellos momentos me habían hecho olvidar la necesaria verificación de las lentes especiales de contacto (1). Las extraje del pequeño estuche depositado en mi bolsa y, tras adaptarlas a mis ojos, levanté el rostro hacia el centro del calvero. La radiación infrarroja que emitía la nave apareció como una roja e infernal visión, pulsante y gigantesca en mitad de un negro y frío escenario. Bajo aquella masa granate destellaba una franja blanca amarillenta, consecuencia del calor acumulado por el motor principal. Y algo más al norte, una segunda y gemela masa roja…

—Te veo «5 por 5»… Y también a los «otros»… ¡Impresionante! Ahora sigo el descenso.

—*OK!*… y, de nuevo, ¡suerte!

Tal y como suponía, minutos más tarde, ya al borde de la gran barranca del Cedrón, la claridad lunar presentó ante mí los perfiles de la añorada Ciudad Santa.

—¡Jerusalén!

Y una cascada de escalofríos y sensaciones me paralizó. Allí estaba: majestuosa, con sus altas murallas teñidas de

(1) Amplia información sobre las «crótalos» en *Caballo de Troya*, pp. 294 y ss. (*N. del a.*)

un azul espectral y la cúpula del Templo apuntando blanca —casi nevada— hacia un cielo transparente y tachonado por una Vía Láctea hecha espuma.

La cuarta y última vigilia de la noche corría ya hacia su fin y las serpenteantes y angostas callejas de los barrios alto y bajo —pésimamente iluminadas por las teas y lámparas de aceite— aparecían desiertas. Ajenas al extraordinario suceso que había acontecido una hora antes y que, en breve, al alba, haría estremecer a sus habitantes.

Efectué una nueva conexión con el módulo y Eliseo me anunció la hora exacta:

—04.50 horas.

No había tiempo que perder. La salida del sol se produciría a las 05.42. Y, de acuerdo con nuestros cálculos, la irrupción de las mujeres en el jardín de José de Arimatea, dispuestas a culminar el lavado y amortajamiento del cadáver del Galileo, debía producirse de un momento a otro... si es que no se había registrado ya.

Aunque, por un lado, nos había protegido, aquella lamentable cadena de imprevistos y contratiempos nos retrasó también peligrosamente. Apenas si restaba una hora para el orto solar. Si la primera de las supuestas apariciones del Maestro había ocurrido ya, me vería obligado a probar fortuna con la «segunda», citada por el evangelista Lucas. Según ese texto, ese mismo día —aunque sin precisar la hora—, el resucitado había acompañado a dos de los discípulos, cuando caminaban hacia el pueblo de Emaús. Pero, como digo, el relato evangélico resultaba confuso. ¿Cómo y dónde localizar a tales discípulos?

Me consolé, pensando que, en el peor de los casos, si fracasaba en ambos intentos, siempre quedaba una tercera oportunidad: la reunión de los apóstoles «en el atardecer de aquel domingo, primer día de la semana», según palabras de Juan...

«¡Menos de una hora para el amanecer!»

La situación era más comprometida de lo que habíamos imaginado. Era menester un cambio de planes. Caballo de Troya, de acuerdo con mis sugerencias, había previsto mi acceso al sepulcro por el camino más largo... y seguro. Una vez en el «exterior» debía buscar la senda que, procedente de Betania, cruzaba la cumbre del monte de las Aceitunas, para descender hacia el extremo sur de la ciudad. Mi ingreso en la misma sería por la puerta de la Fuente y, aprovechando las vacías calles, atravesar la urbe sigilosamente y desembocar en el extremo norte, por la puerta de los Peces. El trecho entre la muralla septentrional y la propiedad de José podía ser cubierto en cuestión de minutos.

Una breve reflexión me convenció. Era preferible olvidar el itinerario inicial y, con el fin de ganar tiempo, aventurarse por el camino más corto y peligroso. No había elección si, en verdad, deseaba estar presente en la citada primera aparición.

Con el fin de no inquietar inútilmente a mi hermano, guardé silencio sobre mi decisión. Era la primera violación del plan fijado por Curtiss y, por suerte o por desgracia, no sería la última…

Y con el ánimo dispuesto, me lancé ladera abajo, al encuentro del fondo del valle que me separaba de la muralla oriental del Templo.

Aquel voluntarioso gesto me costaría caro…

La abrupta y empinada pendiente me recibió como era de suponer. Guardando el equilibrio con dificultad, aferrándome aquí y allá a los lentiscos y retamas y sorteando los afilados peñascos, fui ganando terreno. En más de una ocasión maldije mi torpeza. La descompuesta *chlamys* quedaba enganchada en los espinosos galgales, atrincherados entre la agreste vegetación. De no haber sido por la «piel de serpiente», mis brazos y piernas habrían presentado un deplorable y sangriento aspecto.

Unos quince minutos después hollaba el lecho de la seca y pedregosa torrentera.

Me detuve buscando aire. Recompuse mi desordenado manto, lamentando los desgarros y, con el corazón retumbando, lancé una ojeada a mi alrededor. Los cincuenta o sesenta metros de profundidad del Cedrón en aquel punto y la ya inminente caída de la luna por detrás de la muralla oeste habían sepultado el desfiladero en unas inquietantes tinieblas.

Tras unos segundos de nerviosa cscucha y más que difícil observación, decidí cruzar la vaguada, dirigiendo mis pasos hacia el informe muro que cerraba el Templo y la ciudad y que se levantaba como una continuación de la nueva pendiente que tenía frente a mí. Todo en aquel tétrico lugar era silencio. Un plomizo e irritante silencio...

Muy cerca de donde me encontraba, algo más al norte, discurría otra de las pistas que, naciendo en las vecinas aldeas de Betania y Betfagé, remontaba el Olivete y, deslizándose por la ladera oeste, iba a morir en las proximidades de la puerta Dorada, en la referida muralla oriental del Templo. Allí mismo, muy cerca de la esquina noreste del recinto sagrado, el sendero en cuestión se ramificaba y, doblando la muralla, se perdía paralelo al muro norte y a la fortaleza Antonia, desdoblándose, a su vez, frente a la puerta de los Peces, en sendas rutas: una que llevaba a la costa, a Cesarea, y la otra, directamente al norte, a Samaria y Galilea. Mi intención era salir al encuentro de dicha pista y, rodeando Jerusalén, acceder rápidamente a la finca y al sepulcro. El camino elegido, sensiblemente más corto, era también muy solitario y, en consecuencia, teóricamente poco recomendable a aquellas horas de la noche. Por un momento me vino a la memoria el desagradable tropiezo con el ladrón, en la noche del «jueves santo». Y tuve que hacer acopio de fuerzas para proseguir.

Procurando esquivar los enormes cantos rodados que salpicaban el cauce del Cedrón, avancé algunos metros. Súbitamente, «algo» me paralizó. Eran gruñidos. Unos amenazadores gruñidos... Inmóvil como una estatua pujé por perforar la negra torrentera. Pero las tinieblas eran tan densas que mis ojos se perdieron entre las rocas e isletas de maleza. De nuevo se hizo el silencio. Un negro silencio.

Me revolví, escrutando inútilmente la zona sur del desfiladero. El corazón, en máxima alerta, bombeaba fuerte. Y una inconfundible sensación de miedo erizó mis cabellos.

Por segunda vez —ahora a mi espalda—, aquel gruñido disparó mi adrenalina, agarrotando mis músculos. Giré despacio. Lo que fuera se hallaba hacia el norte y, a juzgar por la intensidad del sonido, bastante más próximo.

Forcé la vista en un desesperado intento por localizar algún bulto o, cuando menos, el movimiento del ramaje. Fue inútil.

Con un incipiente temblor, deslicé mi mano derecha hacia lo alto de la «vara de Moisés», buscando uno de los clavos de cabeza de cobre. Si los gruñidos pertenecían a un animal salvaje, aquélla era una inmejorable ocasión para probar el dispositivo de defensa, incorporado a mi nuevo «equipo».

Pulsé el clavo...

«¡Maldición!»

No portaba las «crótalos». Sin las lentes especiales de contacto, la eficacia del sistema disminuía notablemente...

Y, aturdido, eché mano de la bolsa de hule. Pero cuando me disponía a abrirla, varias de las carrascas situadas a cinco o seis metros oscilaron violentamente. Sentí cómo la sangre se enfriaba en mis venas...

«Algo» avanzaba hacia mí. Era una sombra baja y alargada. ¡No!, dos...

Retrocedí un par de pasos, pero con tan mala fortuna que tropecé en uno de los peñascos, desplomándome estrepitosamente... Pulsé la conexión auditiva.

—¡Dios!

—¡Jasón!... ¿Qué sucede?

Eliseo había escuchado mi exclamación y, alarmado, abrió la conexión auditiva.

No hubo tiempo para una respuesta. Los bultos se habían detenido y, casi simultáneamente, emitieron unos agudos y estremecedores aullidos.

—¡Jasón! —insistió mi hermano—. ¿Qué ha sido eso? ¡Responde!

Me incorporé de un salto. Un nuevo y despiadado escalofrío tensó los cabellos de mi nuca, erizándolos como clavos.

—¡No... lo... sé! —repliqué sin aliento—. ¡Parecen chacales!... ¡O quizá perros salvajes!

Yo había tenido ocasión de contemplar en mi anterior exploración algunas de las manadas de perros asilvestrados —mitad lobos, mitad chacales comunes o *Canis aureus*, tan peligrosos como sus congéneres, los africanos de lomo negro o los bandeados— deambulando por los alrededores de la Ciudad Santa y devorando carroña. Aquellos famélicos, ariscos y peligrosos perros-chacales, muy distintos a los canes domésticos que hoy conocemos, eran una pesadilla para el infortunado peregrino que viajaba solo. Y aquel desfiladero y el basurero ubicado al sur —la célebre *Géhe-*

ne— constituían un territorio muy propicio para sus correrías.

Las sombras fueron acercándose.

—¡Jasón!...

Cuando los tuve a poco más de tres o cuatro metros, dos pares de ojos semirrasgados y de color miel relampaguearon en la oscuridad. Y levantando las cabezas, arreciaron en sus aullidos, que rebotaron una y otra vez entre las paredes de la barranca.

Al instante, los aullidos cesaron y una de las alimañas, gruñendo sordamente, levantó sus largas y puntiagudas orejas, mostrándome unos afilados y húmedos colmillos. Luché por desatar la bolsa...

—¡Oh Dios...!

Aquella bestia tensó sus nervudos corvejones y se arrancó, saltando como un rayo hacia mi cuello.

En un movimiento reflejo interpuse mi brazo izquierdo, inclinándome hacia atrás instintivamente.

—¡Jasón!... ¡Responde!...

Las fauces hicieron presa en mi muñeca, cerrándose como un cepo sobre mi piel. Mejor dicho, sobre la «piel de serpiente». Y a los pocos segundos, con un crujido, algunos de los colmillos saltaron por los aires. El animal, ciego en su salvaje ataque, siguió revolviéndose en tierra, sin soltar su presa.

—¡Maldita sea!... ¡Jasón!

Aterrorizado, con los músculos como piedras, forcejeé por librarme de sus mandíbulas. Pero la situación vino a complicarse cuando el segundo chacal o perro salvaje, intuyendo quizá que su hermano había logrado inmovilizar parcialmente a la víctima, se precipitó hacia mi costado derecho, propinándome toda suerte de dentelladas en el muslo y bajo vientre.

En algunos de sus furiosos embates, el último chacal desgarró parte de la túnica y el manto.

Traté de golpearlo con la base de la «vara», pero sus continuos ataques y retrocesos y los fuertes tirones del primero hacían imprecisos mis golpes y patadas.

Tenía que arriesgarme. Y, bañado en sudor, casi sin aliento, apunté el extremo superior del bastón en dirección al cráneo del que bregaba, entre espumarajos y gruñidos, por quebrar mi muñeca izquierda. El dispositivo ultrasónico de defensa falló en los primeros intentos. E inclinándome hasta percibir el nauseabundo olor de la fiera, aproximé la banda negra de la «vara» a un palmo de la base de su cabeza. El segundo animal, en un nuevo y frenético ataque, se había levantado sobre sus cuartos traseros, hundiendo sus fauces y sus falciformes y aceradas uñas en mi brazo y costado. Y sus colmillos y garras corrieron idéntica suerte que los del primero...

Esta vez sí hubo suerte. Y el haz de ondas penetró por uno de los ojos de la bestia. Al recibir la «descarga» de 21 000 Herz, emitió un lastimero y corto sonido, soltando mi brazo.

—¡Jasón!... ¡Jasón!

Dolorido, el segundo chacal saltó hacia atrás, huyendo precipitadamente y, al igual que el que había recibido los ultrasonidos, lloriqueando y gimiendo y con la larga cola entre las patas.

En menos de un segundo desaparecieron en la oscuridad. Y sus quejidos fueron distanciándose hasta que, al poco, el silencio volvió a dominar la quebrada.

—¡Jasón!, ¡responde!

Eliseo, desesperado, insistía una y otra vez. Me dejé caer sobre uno de los cantos y, temblando de pies a cabeza, presioné el oído, explicándole lo ocurrido.

—¡Por mi vida que...!

Con razón, mi compañero se desahogó, tachándome de inconsciente e insensato. Pero lo peor había pasado. La defensa ultrasónica (1) y la «piel de serpiente» habían fun-

(1)   Uno de los dispositivos ubicado en el interior del cayado —el de ondas ultrasónicas, de naturaleza mecánica, y cuya frecuencia se encuentra por encima de los límites de la audición humana (superior a los 18 000 Herz)— había sido modificado con vistas a esta nueva misión. Caballo de Troya prohibía terminantemente que sus «exploradores» lastimaran o mataran a los individuos, objetivo de sus observaciones. El código moral, como dije, era estricto. Pero, en previsión de posibles ataques de animales o de hombres, como medio disuasorio e inofensivo, Curtiss había aceptado que los ciclos de las referidas ondas fueran intensificados más allá, incluso, de los 21 000 Herz. En caso de necesidad —como hemos visto—, el uso de los ultrasonidos podía resolver situaciones comprometidas, sin que nadie llegara a percatarse del sistema utilizado. Como expliqué también, tanto los mecanismos de «teletermo-

cionado. La citada frecuencia, que podía ser forzada hasta 10^{10} Herz, rayando casi en los hipersonidos, resultaba fulminante entre determinadas especies animales...

¿He dicho que «lo peor había pasado»?... Sí, ése fue mi pensamiento. Pero las «sorpresas» en aquella madrugada no habían hecho más que empezar.

---

grafía» como los de ultrasonidos eran alimentados por un microcomputador nuclear, estratégicamente alojado en la base del bastón. La «cabeza emisora», dispuesta a 1,70 m de la base de la «vara», era accionada por un clavo de ancha cabeza de cobre, trabajado —como el resto—, de acuerdo con las antiquísimas técnicas metalúrgicas descubiertas por Glueck en el valle de la Arabá, al sur del mar Muerto, y en Esyón-Guéber, el legendario puerto de Salomón en el mar Rojo. Los ultrasonidos, por sus características y naturaleza inocua, eran idóneos para la exploración del interior del cuerpo humano. En base al efecto piezoeléctrico, Caballo de Troya dispuso en la cabeza emisora, camuflada bajo una banda negra, una placa de cristal piezoeléctrico, formada por titanato de bario. Un generador de alta frecuencia alimentaba dicha placa, produciendo así las ondas ultrasónicas. Con intensidades que oscilan entre los 2,5 y los 2,8 miliwatios por centímetro cuadrado y con frecuencias aproximadas a los 2,25 megaciclos, el dispositivo de ultrasonidos transforma las ondas iniciales en otras audibles, mediante una compleja red de amplificadores, controles de sensibilidad, moduladores y filtros de bandas. Con el fin de evitar el arduo problema del aire —enemigo de los ultrasonidos—, los especialistas idearon un sistema, capaz de «encarcelar» y guiar los citados ultrasonidos a través de un finísimo «cilindro» o «tubería» de luz láser de baja energía, cuyo flujo de electrones libres quedaba «congelado» en el instante de su emisión. Al conservar una longitud de onda superior a 8 000 angström (0,8 micras), el «tubo» láser seguía disfrutando de la propiedad esencial del infrarrojo, con lo que sólo podía ser visto mediante el uso de las lentes especiales de contacto («crótalos»). De esta forma, las ondas ultrasónicas podían deslizarse por el interior del «cilindro» o «túnel» formado por la «luz sólida o coherente», pudiendo ser lanzadas a distancias que oscilaban entre los cinco y veinticinco metros. El sobrenombre de «crótalos» se debía a la semejanza en el sistema utilizado por este tipo de serpiente. Las fosas «infrarrojas» de las mismas les permiten la caza de sus víctimas a través de las emisiones de radiación infrarroja de los cuerpos de dichas presas. Cualquier cuerpo cuya temperatura sea superior al cero absoluto (menos 273 ºC) emite energía del tipo IR, o infrarroja. Estas emisiones de rayos infrarrojos, invisibles para el ojo humano, están provocadas por las oscilaciones atómicas en el interior de las moléculas y, en consecuencia, se hallan estrechamente ligadas a la temperatura de cada cuerpo. *(N. del m.)*

No había tiempo para contemplaciones. Así que, haciendo caso omiso de los descarados jirones que arruinaban el manto y la túnica, eché a caminar, presto a salir, de una vez por todas, de aquella funesta vaguada.

Apenas si faltaban doce minutos para el alba...

«¿Qué habría ocurrido en el huerto de José?»

Enredado en estas reflexiones, después de remontar otros cien o ciento cincuenta pasos Cedrón arriba, comprendí que seguía perdiendo el tiempo. Y, en un arranque, renuncié a la búsqueda del sendero. Me eché a la izquierda, atacando la suave y breve ladera que conducía al muro oriental del Templo.

Al asomar a la estrecha explanada que corría paralela a la imponente muralla, una claridad malva ascendía ya por detrás del monte de los Olivos, segando estrellas y arrancando lejanos cantos entre los madrugadores gallos. Las trompetas de los levitas no tardarían en resonar, anunciando el nuevo día. Había que acelerar la marcha. En cuestión de minutos, los ahora solitarios extramuros de la ciudad se verían paulatinamente animados por hombres y animales. Y los miles de peregrinos que habían celebrado la Pascua, así como los habitantes de Jerusalén, emprenderían sus cotidianas faenas. Aquello podía complicar mucho más nuestros planes.

Y sin pensarlo dos veces, me lancé a una frenética carrera. El golpeteo de mis sandalias contra el polvo del camino y el escandaloso ondear al viento del ropón asustaron a las palomas que dormitaban entre los sillares del muro. Y un blanco tableteo se elevó por encima de las torretas.

Doblé la esquina noreste y, animado ante la soledad del lugar, forcé la marcha, procurando dosificar la respiración. Dejé a la derecha el oscuro promontorio de Beza'tha y los imprecisos perfiles de la piscina de «las cinco galerías», enfilando el último tramo: el que me separaba del bastión norte de Antonia.

«¡La fortaleza Antonia!»

Un súbito sentimiento de peligro me hizo aminorar. Con el corazón catapultado contra las paredes del pecho, distinguí a lo lejos los fuegos de dos de las cuatro *stationes* o puestos de guardia emplazados en lo más alto de las torres que se erguían airosas en cada uno de los ángulos del formidable «castillo» (1).

Y, de pronto, cuando me restaban escasos metros para situarme a la altura del parapeto de piedra que circunvalaba el foso del cuartel general de Poncio, escuché unos gritos. Sin detenerme, levanté los ojos. En la torre más próxima, entre las almenas grisáceas, unos soldados gesticulaban, intercambiando sus voces con la *uigiliae* o patrulla nocturna apostada en la torre noroeste. El vocerío no duró mucho. Y con la certera sospecha de que aquellos gritos de alerta tenían mucho que ver conmigo, forcé mis piernas. Apenas faltaban cien metros para la bifurcación del sendero...

Vano empeño. Como una exhalación, antes de que hubiera recorrido una décima parte de ese trayecto, tres infantes romanos irrumpieron en mitad del camino, cerrándome el paso.

Era evidente que había cometido dos nuevos y lamentables errores. Primero, lanzarme a tan sospechosa carrera y, segundo, olvidar la vigilancia nocturna de Antonia y la abertura o «puerta» existente en el referido parapeto, permanentemente custodiada.

Frené en seco. Y, sin resuello, esperé a que se aproximaran. Huir habría sido un tercer error...

Mientras llenaba mis pulmones en un fatigoso intento por calmarme, un familiar ronroneo llegó hasta mis oídos.

(1) El historiador judío-romano Flavio Josefo asegura en su libro —*Guerra de los judíos* (libro Sexto)— que tres de estas torres tenían 50 codos (uno 22,50 m) de altura y, la cuarta, que se hallaba adosada al muro norte del Templo, 70 codos (alrededor de 31,50 m). Aquel «castillo», sede de los gobernadores romanos durante las grandes solemnidades, tenía forma rectangular, con unos 100 m de largo por 50 de ancho. Había sido rodeado por un muro o parapeto exterior de metro y medio de altura y por un foso de 22,50 m excavado por Herodes el Grande cuando ordenó reedificar la antigua fortaleza macabea y a la que dio el citado título de Antonia, en honor a su protector, Marco Antonio. Los cimientos del castillo eran una gigantesca peña, alisada en su cima y paredes. Herodes, en previsión de posibles ataques, había recubierto dichas paredes con planchas de hierro. Desde Antonia, unas escaleras conducían al atrio de los Gentiles, facilitando así el acceso de la guarnición al Templo. En el centro, como quedó detallado, se abría un patio enlosado, con un estanque central dedicado a la diosa Roma. *(N. del m.)*

Era la diaria molienda del grano. Jerusalén despertaba. Y como una fatal confirmación, la repentina claridad del día cayó sobre la ciudad, haciendo reverberar los bruñidos y verdosos cascos de bronce de los mercenarios.

Bregué con mi cerebro. Tenía que encontrar alguna buena disculpa. Pero ¿cuál?

Los infantes se detuvieron. Y, cautelosamente, sin mediar palabra, me recorrieron con la vista. Al reconocer sus indumentarias de campaña me estremecí. No pude evitar una profunda emoción. Eran los primeros seres humanos con los que tropezaba en aquel nuevo y accidentado «salto».

Y el primer tañido de bronce de las trompetas del Templo, anunciando el amanecer, retumbó entre las murallas, agitando el cielo azul con decenas de remolinos de palomas y el negro planear de las golondrinas.

Los levitas, desde lo alto del santuario, y siguiendo una ancestral costumbre, advertían a los habitantes de la Ciudad Santa que el sol estaba a punto de asomar por el azulado horizonte de los montes de Moab.

Eran las 05 horas y 42 minutos.

Mi sucio y desaguisado ropaje y el sudor que chorreaba por mis sienes, goteando por las barbas, no debió inspirar una excesiva confianza a los soldados. Y abriéndose hacia los lados, prosiguieron su avance, apuntándome con las largas lanzas o *pilum*.

Los tres aparecían enfundados en sendas cotas, trenzadas a base de mallas de hierro y que portaban como una túnica corta (hasta la mitad del muslo). Estas corazas, muy flexibles y sólidas, descansaban sobre un jubón de cuero de idénticas dimensiones. Por último, el pesado atuendo se hallaba en contacto con una túnica roja, de mangas cortas (hasta el codo) y sobresaliendo diez o quince centímetros por debajo de la armadura, justo por encima de las rodillas.

Cuando se hallaban a tres metros, los infantes situados en los flancos se detuvieron por segunda vez. Y las brillantes puntas de flecha de sus *pilum* quedaron a un metro de mi vientre.

Al observar sus rostros fatigados y somnolientos deduje que se trataba de una de las patrullas, de servicio durante la cuarta y última vigilia de la noche (1). Para mi desgracia, había llegado en el peor momento: justo cuando aquellos soldados iban a ser relevados. Su disgusto y contrariedad aparecían dibujados en la fuerte contracción de sus mandíbulas y en la mirada, enrojecida y acusadora.

Levanté mi brazo izquierdo, con la palma de la mano extendida, en señal de paz y sometimiento. Y al instante, el situado en el centro de la formación llevó su mano izquierda al costado derecho, desenvainando la espada: una *hispanicus* de cincuenta centímetros y doble filo.

Una corriente de fuego me lastimó las entrañas. ¿Qué se proponía aquel infante?

El segundo toque de las siete trompetas, advirtiendo la apertura de la célebre puerta de Nicanor, en el Templo, hizo dudar al legionario. Su *gladius*, a un palmo de mi esternón, destelleó brevemente, aumentando mi ya copiosa sudoración.

Con voz ronca y levantando la espada hasta mi garganta, el soldado pronunció unas palabras que no comprendí. Debía de tratarse de uno de los infantes de la tropa auxiliar, integrada por tracios, sirios, germanos o españoles.

Negué con un leve gesto de mi cabeza, haciéndole ver que no entendía su lengua. Pero el infante, visiblemente alterado, repitió la pregunta en tono imperativo, clavando la punta de la *hispanicus* bajo mi barbilla.

—¡Jasón! …

Eliseo estaba a la escucha. Pero ¿qué podía hacer en tan críticos momentos? Sentí el afilado metal, hundiéndose ligeramente en mi piel y obligándome a levantar la cabeza. Saltaba a la vista que, ante el menor movimiento sospechoso, podía darme por muerto. Esforzándome por mantener la cabeza en tan violenta posición, repliqué en griego, con la esperanza de que alguno de los soldados me comprendiera.

(1) La división de las horas durante la noche era más vaga aún que durante el día. En los tiempos de Jesús, tanto judíos como romanos «repartían» la noche en «vigilias»: cuatro en total. El nombre de «vigilia» venía asociado a las horas que el centinela permanecía vigilando, o el pastor velando sus rebaños. Cada una sumaba tres horas, aproximadamente. Empezaban con el ocaso y finalizaban con la «vigilia de la mañana», cuando el horizonte se iluminaba con los primeros rayos. *(N. del m.)*

—Soy… de Tesalónica…

El infante situado a mi izquierda pareció entender y, en la misma jerga utilizada por el que sostenía el arma bajo mi mentón, comentó algo con sus compañeros. El individuo en cuestión se adelantó y, colocándose junto al de la afilada *hispanicus*, me lanzó una serie de acusadoras preguntas:

—¿Por qué corrías?… ¿A quién has robado?… ¡Reconoce que eres un bastardo y sucio judío! ¡Habla!

Difícilmente podía hacerlo. Y señalando con el índice izquierdo la punta de la espada, les supliqué que bajaran el arma. La presión cedió, pero el *gladius* permaneció a escasos centímetros de mi cuello.

Tragué saliva y, simulando un inexistente picor, presioné mi oído derecho, al tiempo que intentaba deshacer aquel entuerto:

—¡Lo siento!… No era mi intención… Soy griego y amigo del gobernador. ¡Tengo un salvoconducto!

La dureza de mi acento y la mención del salvoconducto aliviaron la tensión. Pero el improvisado «intérprete», desconfiando y levantando los desgarros de la túnica con la punta de su *pilum*, insistió:

—¿Y esto?…

Cuando me disponía a aclarar la razón de mi lamentable atuendo, el infante situó de nuevo su lanza en posición vertical y, en un arrebato, me propinó una fuerte y sonora bofetada.

—¡Mientes!… ¿Por qué corrías?

Mi rostro se endureció. Y presionando las mandíbulas en un ataque de ira, me encaré con el joven infante, lanzándole en pleno rostro:

—¡Civilis!… ¡Llevadme ante vuestro *primipilus*!

El nombre del centurión, comandante en jefe de las sesenta centurias y hombre de confianza de Poncio, causó el efecto deseado. Los labios del mercenario que me había golpeado aletearon nerviosamente y la expresión de su rostro cambió. Balbuceó unas ininteligibles palabras y, al momento, la *hispanicus* regresó a su funda de madera.

Cuando me disponía a mostrarles el rollo con la firma y el sello del gobernador, el «intérprete», sin perder el tono autoritario, me ordenó que les acompañara.

Al franquear el parapeto de piedra y distinguir al fondo, al otro lado del puente levadizo, la monumental puerta coronada por un arco de medio punto y provista de dos sólidos batientes de madera, nuevos y estremecedores recuerdos acudieron a mi mente. ¡Qué lejanas y próximas resultaban aquellas escenas de los interrogatorios de Pilato y de la enfurecida muchedumbre, clamando por la liberación de Barrabás.

Un nutrido grupo de soldados apareció entonces bajo el portalón. Vestían también la indumentaria de campaña e iban provistos de sendos escudos rojos, rectangulares —de unos 80 centímetros de altura— y con la misma y hermosa águila amarilla que había contemplado en ocasiones precedentes, decorando el *umbón* o protuberancia central. Avanzaron con ciertas prisas y en el filo mismo del foso se unieron a mis tres guardianes. Cambiaron algunas palabras y, sin dejar de observarme, se pusieron nuevamente en movimiento, conminándome a cruzar con ellos el puente de gruesos troncos y a penetrar en el interior de la fortaleza.

Hasta esos momentos —casi las seis de la madrugada— la esquiva suerte sólo nos había proporcionado disgusto tras disgusto...

Y, resignado, me dejé conducir.

Al cruzar la muralla pensé que la patrulla se dirigía hacia la terraza donde Poncio había intentado administrar justicia —desde la silla *curul*— en la mañana del viernes. No fue así. Nada más pisar el ancho patio y los blancos cantos rodados que lo empedraban, se detuvieron. Y dos de ellos se destacaron hasta un cuartucho de adobe, adosado al muro y a la izquierda de la gran puerta practicada en la muralla que, al parecer, hacía las veces de «puesto de guardia».

Por un momento, en el silencioso desperezarse del amanecer, acudieron a mi mente los gritos de la multitud, congregada en aquel mismo recinto, reclamando la libertad de Barrabás, el revolucionario, y la ejecución del Maestro.

La fornida silueta de un suboficial, recortándose en la penumbra de la puerta del «puesto de guardia», disipó mis recuerdos. Era un *optio*, una especie de ayudante u hombre de confianza de los centuriones y responsable de la *uigiliae* o vigilancia nocturna en aquel sector. Vestía como los mercenarios, con el *gladius* a la derecha y un pequeño puñal en el costado opuesto. La única diferencia la constituía una pieza metálica —especie de *greba*— que se adaptaba a la pierna derecha, cubriéndola desde la rodilla al nacimiento del pie. (Sin duda, un vestigio militar de la época manipular. Según autores como Arriano y Vegecio, esta coraza sólo se usaba en la mencionada pierna derecha, ya que la izquierda quedaba protegida por el escudo.) Las *caligas* o sandalias de correas, de suelas recias y claveteadas, ceñían los tobillos y dorsos de los pies, completando su atuendo de campaña.

Durante breves instantes, reclinado displicentemente en el quicio de la puerta y con sus dedos jugueteando en el interior de una escudilla de madera, me «repasó» de pies a cabeza. Concluido el examen, fue aproximándose con lentitud y aire cansino. Al llegar a mi altura bajó los ojos, recreándose en los jirones del manto y de la túnica. Extrajo un dátil del fondo del cuenco y, con una maliciosa sonrisa, se lo llevó a la boca. La negra caries que azotaba las escasas piezas en pie fue un exacto reflejo de sus pensamientos. Masticó el fruto parsimoniosamente y, ante la expectación de sus hombres, escupió el hueso entre mis sandalias.

No pestañeé. Y con idéntica frialdad, sosteniendo su mirada desafiante, le tendí el salvoconducto.

Mi entereza le hizo dudar. Y, de un manotazo, me arrebató el rollo.

—¿Y por qué deseas ver a Civilis? —preguntó al fin, devolviéndome el documento.

Era preciso arriesgarse. Y dando por hecho que la patrulla de vigilancia en el sepulcro había regresado ya a la fortaleza y que la noticia de la extraña desaparición del cadáver del crucificado era sobradamente conocida por el *optio*, le anuncié que «había ocurrido algo especial».

—¿Especial? —añadió con curiosidad—. ¿Dónde?

—En la tumba situada en la propiedad de José, el miembro del Sanedrín y que, como sabes, era vigilada por levitas y hombres de esta guarnición.

El suboficial frunció el ceño.

—¿Qué sabes tú de ese asunto?

Pero, moviendo la cabeza, le hice ver que sólo hablaría de ello en presencia de Civilis o de Poncio.

—¿Sabes que podría apalearte por eso? ¿Quién eres tú, miserable andrajoso, para pretender molestar al gobernador de toda la Judea?

Tomó un segundo dátil y, antes de que tuviera ocasión de replicarle, formuló una tercera pregunta:

—¿No habrás sido tú uno de los ladrones...?

Sin querer, acababa de confirmar mis sospechas: los diez infantes que integraban la escolta de vigilancia en el sepulcro debían estar de vuelta. Sin duda, una vez recuperados de su pasajera inconsciencia, al comprobar que la tumba se hallaba vacía, habían optado por regresar a la fortaleza, dando parte de lo ocurrido. Pero, ¿por qué había mencionado la palabra «ladrones»?

Decidido a terminar con tan estéril diálogo, le expuse con severidad:

—¡Cuida tus modales! Poncio está al corriente de mi reciente estancia en la isla de Capri, junto al divino Tiberio... Y dudo que ambos aprueben que se apalee a un astrólogo al servicio del «viejecito».

El nombre del César fue decisivo. El *optio*, atónito, engulló el dátil y, entre los sarcásticos cuchicheos de la tropa, dio las órdenes oportunas para que Civilis fuera informado de mi presencia en el lugar.

A los diez minutos, ante el asombro de todos los presentes, el propio comandante en jefe aparecía en lo alto de la terraza, descendiendo apresuradamente las escalinatas. Detrás, con evidentes dificultades para seguirle, distinguí a otro centurión y al infante que había hecho de mensajero.

Me adelanté y, cruzando el patio, fui a reunirme con el salvador *primipilus*.

Civilis, al verme, me sonrió. Lucía su habitual cota de mallas y un fulgurante casco plateado, rematado con una *crista* o cimera transversal sobre la que destacaba un penacho semicircular de plumas rojas. Sus largas zancadas hacían flotar la capa granate, diestramente sujeta por su mano izquierda. Con la derecha sostenía el emblema del centurionado y símbolo, a la vez, de la disciplina del ejército romano: la *uitis* o rama de vid, tan temida entre los soldados.

Al llegar frente a mí, sin dejar de sonreír, levantó su brazo derecho, saludándome.

—¡Salve, Jasón!... Pero ¿qué te ha sucedido?

Complacido por el encuentro con el leal y eficaz jefe de centuriones, le correspondí con idéntico afecto. Y, sobre la marcha, mientras iniciábamos un corto paseo ante la descompuesta mirada del suboficial y de sus infantes, fui improvisando.

No había visto a Civilis desde la mañana del viernes y, como pude, le resumí mis andanzas durante aquellas setenta y dos horas.

En parte fui sincero. Le manifesté cómo, tras escuchar repetidas veces la extraña historia que circulaba por Jerusalén sobre la posible resurrección del rabí de Galilea, mi curiosidad de «augur» me había empujado a esconderme en los alrededores de la tumba y cómo, a eso de las tres de la madrugada, había sido testigo de un sin par y sobrecogedor fenómeno luminoso que, brotando de la boca de la cueva sepulcral, se propagó hasta los árboles próximos, arrojando por tierra a los bravos legionarios que montaban la guardia.

Los oficiales me escuchaban atentamente.

—...Después —proseguí, aparentando gran desaliento—, al igual que tus hombres, yo también me vi sorprendido por una fuerza maléfica y caí a tierra, privado de los sentidos. Cuando los dioses quisieron que pudiera volver en mí, la tumba estaba vacía... Y el miedo me hizo correr y vagar sin un rumbo fijo. Sé que algo sobrenatural, obra de los dioses, ha acaecido en ese huerto... Y al alba, con el espíritu más sereno, tomé la decisión de acudir a Antonia y relatarte cuanto he visto y oído.

El comandante se detuvo. Llevó la mano izquierda a la empuñadura de su espada y, con gesto grave, preguntó:

—¿Y por qué a mí? Sabes que no creo en esas patrañas...

Me sentí atrapado. Pero Eliseo, atento desde el módulo, vino a ofrecerme un inmejorable argumento. Y así se lo expuse a Civilis.

—Es muy simple. En mi deambular por las calles de la ciudad —le mentí— he tenido ocasión de escuchar una versión, alimentada por esas ratas del Sanedrín, que ha empezado a correr por Jerusalén. Caifás y sus secuaces han lanzado el rumor de que sus levitas y tus soldados se quedaron dormidos y que, aprovechando tal circunstancia, los discípulos del Galileo procedieron al robo del cadáver...

El comandante asintió con la cabeza.

—...Yo, como te digo, he sido testigo de excepción de lo ocurrido y he visto cómo los policías del Templo, en efecto, huían como cobardes. Pero no así la patrulla romana. Fueron los dioses quienes redujeron a tus bravos soldados.

Esta vez Civilis no replicó a mi encendida exposición. Aquel mutismo me hizo suponer que el centurión, en efecto, estaba al corriente de los hechos. Y, tras unos segundos de reflexión, me interrogó de nuevo:

—¿Estarías dispuesto a repetir todo eso ante el gobernador?

Aquella inesperada oportunidad de volver a entrevistarme con Poncio me dejó perplejo. No entraba en nuestros planes pero, intuyendo que podría resultar altamente beneficiosa, me apresuré a aceptar, remachando el clavo de la curiosidad con una sentencia que —estaba seguro— avivaría la supersticiosa mente del gobernador.

—Poncio debe saber, además, que el milagro del sepulcro es sólo el principio...

Hice una estudiada pausa.

—... de otros no menos prodigiosos fenómenos.

—¿A qué te refieres?

Conforme improvisaba, una idea había ido germinando en mi cerebro. Y me propuse utilizarla.

Sonreí y, colocando mi mano izquierda sobre el hombro de mi amigo, le supliqué que no me preguntara.

—Ahora debo adecentar mi aspecto y meditar... Mañana, si el gobernador lo estima oportuno, tendré sumo placer en haceros partícipes de lo que he leído en los astros.

Civilis golpeó su pierna con la vara de vid y, cerrando el asunto, me propuso la hora tercia (las nueve de la mañana) del día siguiente para dicha reunión.

Cuando, al fin, dejé atrás el foso y el parapeto de Antonia, mi hermano reanudó la conexión auditiva, interesándose por los detalles de mi captura y, sobre todo, por la maquinación concebida en el patio de la fortaleza. Mi «plan», como suponía, sólo contribuyó a duplicar su inquietud...

Me sentí abatido. Los cronómetros del módulo, devorando dígitos, se acercaban a las 06.30 de la mañana. Habían transcurrido 5 horas, 16 minutos y 49 segundos desde la toma de contacto en el Olivete... ¡y estábamos como al principio! Arrastrábamos o, para ser justo, arrastraba más de 180 minutos de retraso sobre el plan de Caballo de Troya. A un centenar de pasos de la bifurcación a Cesarea y Samaria —con la muralla gris azulada de Antonia a mi izquierda— dudé:

«¿Qué adelantaba dirigiéndome al huerto de José? Lo más probable es que se hallara desierto. ¿No sería más prudente seguir lo planeado y adentrarse en la Ciudad Santa, a la búsqueda de los apóstoles y de las mujeres? Ellas sí estarían en condiciones de relatarme lo ocurrido.»

A punto estuve de confiar tales inquietudes a Eliseo. Pero, no deseando ensombrecer más su su soledad, guardé silencio. Si mis suposiciones eran correctas, hacía una hora —quizá más— que los soldados romanos habían abandonado la finca del de Arimatea. Por lógica, las mujeres tenían que haber llegado al sepulcro una vez que la guardia hubiese desaparecido. A lo sumo, al tiempo que aquélla —constatada la desaparición del motivo de su custodia— tomaba la decisión de retornar al cuartel general. Con los diez romanos en el jardín, las amigas del Maestro no se hubieran atrevido a traspasar la cerca de madera de la propiedad.

«¿Qué hacer?»

Y volví a experimentar un curioso fenómeno. Mientras mi lógica y sentido común me dictaban el camino de Jerusalén, otra fuerza que no sé explicar y que cada día se ha hecho menos sutil, tiraba de mí hacia el sepulcro.

«¿Qué podía encontrar allí?»

Y como un autómata dejé el sendero a mi espalda, adentrándome en una pradera que ascendía hacia el norte, hasta morir en las romas cumbres de los promontorios que, encadenados, circundaban Jerusalén desde Gareb al Cedrón. Aquel atajo me situaba a unos 300 o 400 metros del huerto de José. Y me propuse averiguar por qué aquella tumba ejercía semejante atracción sobre mi atormentado espíritu.

Frente a mí, desde los 800 metros de altitud del Gareb —al oeste—, hasta los 735 de Beza'tha —situado a mi derecha—, aquella suave sucesión de colinas se hallaba sembrada de pequeños y medianos huertos, repletos de higueras, cipreses de perfumada y apretada madera, enebros de hasta veinte metros de altura, terebintos ramificados y exuberantes, de hojas muy parecidas a las del nogal y de penetrante fragancia y, en fin, de abundantes y selectos frutales. Ante semejante vergel, comprendí las serias dificultades de Tito cuando, 36 años más tarde, al sitiar Jerusalén, avanzó con su ejército desde el monte Scopus, algo más al norte de donde yo me encontraba.

De haber continuado por el sendero inicial, tomando frente a la puerta de los Peces el desvío que llevaba a Samaria, quizá mis problemas se hubieran multiplicado. Mi aspecto era penoso y llamativo y, muy probablemente, habría despertado la curiosidad de los comerciantes, campesinos y pastores que, mucho antes de aquella «aurora de dedos rosados» —como había cantado Homero—, arreaban sus jumentos y rebaños en dirección al gran mercado del barrio alto de la ciudad: el *sûq ha-'elyon*. (Muchas de las hortalizas, grano y otros productos del campo procedían en aquellos tiempos de Samaria y de la llanura fronteriza con Idumea.)

Contemplada desde la muralla norte de Jerusalén, bien desde la referida puerta de los Peces o desde los muros de Antonia, la finca de José se asentaba a la derecha de la citada ruta norte —la de Samaria—, derramándose hacia el este, en una recogida hondonada, fronteriza con las colinas de Beza'tha. Era un auténtico prodigio que los israelíes hubieran conquistado aquellos suelos calcáreos y pedregosos, transformando cada palmo de tierra útil en una bendición. A pesar de ello, las blancas calvas pétreas despuntaban aquí y allá, entre los macizos de árboles y sembrados. Mi objetivo, precisamente, era una de aquellas formaciones rocosas. Y atraído por aquella fuerza irresistible, me aventuré por la verdeante pradera. La tibia primavera y las lluvias de marzo habían alzado la hierba, salpicándola de gladiolos silvestres y de las pequeñas flores «del viento» —las anémonas—, con sus campanillas de color violado púrpura.

El rocío del alba no tardó en humedecer mis sandalias, y decenas de gotitas de agua fueron quedando prendidas entre el vello y la «piel de serpiente» de mis piernas.

Aunque había tomado algunas referencias en mi primera visita a la finca del anciano sanedrita —durante el triste traslado del cuerpo sin vida del rabí—, tal y como me temía, nada más salvar el corto prado, un endemoniado laberinto de cercas, serpenteantes veredas y altos setos de amargas artemisas retrasó mi avance. Guiándome por las cuatro torres de Antonia (siempre a mi espalda), el estallido rojo del nuevo sol (por mi derecha) y los esporádicos balidos del ganado que descendía por el camino de Samaria (a mi izquierda), fui penetrando entre los huertos, con la esperanza de topar, de un momento a otro, con la cerca de estacas blanqueadas que cerraba la propiedad de José. Y, súbitamente, a mi izquierda, escuché un típico saludo judío:

—*Schalom alekh hem...!*

Aquel «la paz sea contigo» procedía de un madrugador campesino quien, al verme pasar frente a su campo, se destacó por detrás de un magnífico sicomoro. Llevaba el *chaluk* o túnica arrollada a la cintura, mostrando unas piernas velludas y famélicas. Cargaba sobre su hombro derecho un hinchado pellejo de cabra.

—¡Salud! —me apresuré a responder, adoptando un tono cordial—. Busco el huerto de José, el de Arimatea...

Al percibir mi acento extranjero, el judío torció el gesto, manifestando su contrariedad. Y refunfuñando algunas maldiciones —entre las que llegué a distinguir un «¡maldita sea tu madre!»—, me dio la espalda, continuando con un singular riego de la tierra. Al abrir el cuello del rústico odre, un chorro rojizo se precipitaba sobre los surcos. Era sangre. En realidad no se trataba de un riego propiamente dicho, sino de un fertilizante. Buena parte de la sangre que corría en los patios del Templo durante los sacrificios rituales de animales era aprovechada por la casta sacerdotal, siendo vendida a los agricultores. La explanada de dicho Santuario, perfectamente enlosada y en declive, había sido acondicionada con una red de canalillos que recogía los miles de litros de sangre de bueyes, corderos, etc., almacenándolos en cisternas subterráneas. La sangre sobrante se perdía en la torrentera del Cedrón, sabiamente conducida por un canal de desagüe. Ésta era la explicación a la misteriosa «agua roja» que habíamos detectado desde el módulo en nuestra primera aproximación a la Ciudad Santa.

No excesivamente contrariado por el desplante del hortelano —a fin de cuentas, aquellos saludos jamás eran dirigidos a los gentiles—, proseguí mi lento avance. Al referirle el incidente y el curioso sistema de abono, Eliseo, tras consultar a Santa Claus, me amplió detalles sobre el particular (1).

A los pocos minutos, entre el ramaje de unos almendros o «acechadores» *(saqed)* —como llamaban los judíos a estos precoces anunciadores de la primavera—, creí distinguir, semiocultas por las nevadas flores, las estacas puntiagudas, de un metro de altura del ansiado huerto. Corrí hacia ellas. En efecto, el corazón latió imperiosamente al descubrir a lo lejos, como una blanca confirmación entre el apretado verdor de ciruelos, manzanos y granados, la casita en la que, sin duda, moraba el corpulento jardinero que había ayudado a José en el atardecer del viernes.

Y tomando la referencia del sol, caminé hacia mi derecha, sin separarme de la cerca. No tardé en encontrar la cancela de entrada. La puerta de tablas se hallaba abierta. Misteriosamente abierta...

Esta vez advertí a la «cuna» de mis intenciones. Me disponía a aventurarme en el interior de la silenciosa finca. Éste, quizá, es otro concepto no muy bien interpretado por los cristianos. Al leer los textos evangélicos se tiene la idea de que el lugar donde fue sepultado el Maestro era un sen-

(1) Según la información acumulada en el computador central, textos rabínicos como el *Middot* (III, 2), *Pesahim* (V, 8), *Me'ila* (III, 3), *Tamid* (IV, 1) y *Yoma* (V, 6 y 8), entre otros, describen estos canales de desagüe, así como el uso que se daba a la sangre. Los hortelanos, por ejemplo, compraban la sangre a los tesoreros del Templo y, quien la aprovechaba sin pagar, cometía un robo contra el Santuario. El *Talmud* babilónico (en *Pesahim*, 65b) dice: «El orgullo de los hijos de Aarón consistía en andar por la sangre "de las víctimas" hasta los tobillos.» La abundancia de dicha sangre en el atrio de los sacerdotes era, por tanto, muy considerable. *(N. del m.)*

cillo huerto, con un sepulcro nuevo, como reza Juan. En realidad, más que huerto, la propiedad de José podría ser calificada como de plantación. Y nada modesta, por cierto. Toda una finca de recreo, con decenas de frutales y hortalizas, una rústica casa, un palomar y, por supuesto, como correspondía a su elevada posición, un panteón familiar. Pero sigamos con lo que importa.

Como digo, no era normal que la cancela se hallara de par en par. Aquello me hizo sospechar que algo inusual había ocurrido —o estaba ocurriendo— en la plantación.

Y lentamente, con los cinco sentidos en máxima alerta, fui adentrándome, siguiendo el estrecho sendero que, naciendo en la misma cerca, se perdía hacia el norte, dejando a uno y otro lado hileras de mimados frutales.

El silencio era absoluto. Muy significativo...

Me detuve una o dos veces, esperando escuchar algún sonido. Quizá el retozar o los ladridos de los dos perros que guardaban la propiedad. Nada en absoluto.

A medio centenar de metros de la entrada, la vereda se dividía en dos. El ramal de la izquierda, como había tenido oportunidad de comprobar en mi anterior visita, corría a los pies de la casa del hortelano, perdiéndose después entre cargados camuesos y brillantes guinjos o azufaifos. Esta vez la chimenea parecía apagada.

El de la derecha llevaba a la cripta. A cosa de una veintena de pasos, delicadamente sombreada por los árboles que la circundaban, distinguí la calva rocosa que se erguía poco más de metro y medio sobre el nivel del terreno. Me estremecí.

«¿Y si todo hubiera sido un sueño? ¿Y si el Maestro no hubiera resucitado?

Tan absurdos pensamientos quedaron prácticamente desmontados cuando, medio oculto entre los menudos troncos de los frutales, comprendí que, en efecto, las patrullas judía y romana habían desaparecido. Lo lógico es que, si no hubiera acaecido nada anormal, siguieran allí, frente a los escalones y al rústico callejón que conducían a la cueva funeraria.

Prudentemente, dediqué varios minutos a una concienzuda exploración de los alrededores. Lo único que descubrí fueron restos de comida, armas y algunos mantos, desperdigados sobre el terreno arcilloso que rodeaba la formación calcárea. No había duda: levitas y romanos habían desalojado el lugar. Y los primeros, a juzgar por lo que fui encontrando, después de su vergonzosa huida, aún no habían regresado.

Algo más confiado, me separé del bosquecillo, aproximándome cautelosamente a los restos de la fogata que había alumbrado y calentado a la guardia romana. Las cenizas se hallaban tibias. Soplé y algunos de los tizones se reavivaron fugazmente. Era probable que los leños se hubieran consumido hacía poco más de media hora...

En cuclillas dirigí una esquiva mirada a la boca del callejón que llevaba al sepulcro. Y mi corazón respondió con fuerza. Pero, haciendo un esfuerzo, me contuve. Primero debía examinar aquellos restos.

En el paño de tierra que había ocupado la decena de levitas o policías del Templo, el desorden era total. Ropones amarillos, teñidos de croco azafrán, pisoteados en la precipitación; bastones y porras —típicos de los servidores de los sumos sacerdotes betusianos y temidos por sus revestimientos de clavos—, semienterrados en la roja y esponjosa arcilla; un carcaj de cuero, cilíndrico, repleto de flechas de 50 centímetros de longitud y una doble hacha de combate, igualmente olvidada en la fuga, constituían el desolador escenario. Por último, tumbada como consecuencia de algún golpe de los aterrorizados *ammark'lîn*, o guardianes del Santuario, una ventruda tinaja de barro conservaba en su interior parte de la cena: un espeso guiso a base de sémola de trigo cocida, con abundantes pedazos de carnero. Y algo más allá, cuidadosamente envueltos en un paño de lana, varios «redondeles» de pan de trigo y otra «corona» u hogaza de forma circular, a medio empezar. Al pie de uno de los árboles descubrí también un odre de piel de cabra, cuidadosamente curtida y cerrado con una clavija de madera. Pesaba unos diez *log* (algo más de cuatro litros y medio) y, al agitarlo, deduje que servía para almacenar agua o quizá vino. Vertí parte del contenido y, al olerlo, comprobé que se trataba de la *schechar*, una especie de cerveza —casi sin fuerza—, elaborada a base de mijo y cebada y con un remoto parecido a la *cervisia* latina.

En el sector ocupado por los mercenarios romanos, en

cambio, y con excepción de las cenizas de la hoguera, no pude hallar una sola señal que apuntara hacia un deshonroso abandono del lugar. Los romanos, como ya comenté en su momento, conocían muy bien qué clase de pena les aguardaba en caso de fuga o deserción (1). Por el contrario, los levitas no se hallaban sujetos a una disciplina tan férrea. A esta nada despreciable circunstancia hay que añadir que, sin ningún género de dudas, los infantes del Ejército romano eran hombres, física y psicológicamente, mejor preparados para afrontar el miedo y los peligros del combate o, sencillamente, de una guardia nocturna. No tienen sentido, en consecuencia, las afirmaciones del evangelista Mateo cuando, en su capítulo 28 (11-16), dice textualmente: «Mientras ellas iban (se refiere a las mujeres), algunos de la guardia fueron a la ciudad a contar a los sumos sacerdotes todo lo que había pasado. Éstos, reunidos con los ancianos, celebraron consejo y dieron una buena suma de dinero a los soldados, advirtiéndoles: "Decid: sus discí-

(1)   Los castigos en el Ejército romano se hallaban muy bien tipificados. Desde la época manipular, las infracciones podían dividirse en delitos comunes y de carácter militar. Polibio, por ejemplo, habla de ello en VI 37,9-10. Eran «comunes» el robo en el campamento, el falso testimonio, los delitos contra las buenas costumbres, y un largo etcétera. Entre los delitos «militares» aparecían: la cobardía, falsear los hechos, abandonos del armamento o de las guardias y la rebelión, sedición o deserción. Estas faltas conducían inexorablemente a la muerte. Las penas, además, podían clasificarse en individuales y colectivas y, desde otro punto de vista, en infamantes y corporales. Los soldados eran generalmente apaleados y los oficiales ejecutados con el hacha del *lictor*. Como penas pecuniarias individuales existía la retención de sueldo, garantizada en ocasiones con el embargo (ver Polibio, VI 37,8); el descuento en la participación en el botín y en la pensión de retiro. Entre los castigos infamantes aparecían la degradación, la expulsión del Ejército y los llamados «Ignominia». Eran impuestos por el general y publicados en la *contio*. Arrastraban, además, la disminución del sueldo y de los derechos pasivos. Entre los castigos colectivos, el más grave era diezmar a la unidad, tal y como citan Suetonio, Dión Casio, Tácito y otros. Solía imponerse por fuga deshonrosa, sedición o rebelión. Una décima parte de los soldados, designada por sorteo, se sometía a la muerte por apaleamiento. El resto era racionado a base de cebada —en lugar de trigo— y, en caso de guerra, obligado a pernoctar fuera del campamento o de la fortaleza. Entre las circunstancias modificativas de la responsabilidad tenían especial relieve la reincidencia. Si era doble determinaba la pena capital para cualquier infracción (Polibio, VI, 37,9). *(N. del m.)*

pulos vinieron de noche y le robaron mientras nosotros dormíamos. Y si la cosa llega a oídos del procurador, nosotros le convenceremos y os evitaremos complicaciones." Ellos tomaron el dinero y procedieron según las instrucciones recibidas. Y se corrió esa versión entre los judíos, hasta el día de hoy.»

Si Mateo se refiere a los infantes romanos —cosa nada clara—, comete, al menos, dos errores. Primero: estos soldados estaban sujetos a las órdenes y a la disciplina del Ejército romano y no a la autoridad de los sumos sacerdotes judíos. ¿Por qué recurrir entonces a Caifás y a sus secuaces en el Sanedrín? De haber hablado, lo habrían hecho a sus mandos naturales: *optio* o centurión correspondientes.

Segundo: estos infantes —veteranos en su mayoría— conocían el precio a pagar por un abandono del servicio o, lo que venía a ser lo mismo, por quedarse dormidos en plena *uigiliae* y, en el colmo de los colmos, ser robados y burlados... Las palabras del evangelista en este sentido no resultan muy sensatas. Es preciso ser un ingenuo para creer que los romanos —que odiaban a los israelitas— podían aceptar semejante trato. No olvidemos que una noticia de aquella índole —la supuesta resurrección de un crucificado— era imposible de ocultar. Y mucho menos, al gobernador. Desde el sábado, 8 de abril, Jerusalén se hacía lenguas sobre la profecía del rabí de Galilea, en torno a su vuelta a la vida. Miles de peregrinos y vecinos de la Ciudad Santa estaban pendientes del «tercer día»; es decir, del domingo. Si los soldados de Antonia hubieran aceptado el soborno, ¿cuánto habría durado la satisfacción por el dinero recibido? Es más: ¿de qué les hubiera servido, si el castigo inmediato e inapelable era la muerte? Los romanos podían ser ambiciosos o corruptos, pero no estúpidos...

Personalmente creo que el evangelista se refería a la guardia del Templo: a los levitas y no a los infantes romanos. Aquéllos sí tenían la obligación de acudir a los sumos sacerdotes, sus jefes. Y tanto unos como otros eran muy capaces de brindar y aceptar este tipo de soborno.

¿Qué ha ocurrido entonces con el texto de Mateo? ¿Se equivocó el escritor sagrado? ¿Fue deformada o mal interpretada la versión aramea? ¿Por qué el resto de los evangelistas tampoco hace mención de este espinoso asunto?

Pero volvamos a aquella mañana del domingo, 9 de abril del año 30...

Conforme fui aproximándome al nacimiento de los escalones que conducían al estrecho callejón, «antesala» de la tumba, mi alma fue tensándose. Mi respiración se agitó y, al enfrentarme a la «boca» de la cripta, los viejos escalofríos aparecieron incontenibles. Durante algunos minutos —¡quién sabe cuántos!— permanecí inmóvil e hipnotizado ante aquella abertura cuadrangular, parcialmente taponada por la tosca y pesada rueda de molino que servía de cierre. En esos momentos —presa de una angustia y unas dudas inenarrables— no caí en la cuenta de un muy interesante «detalle» relacionado con la mencionada losa circular. Mi espíritu racional y científico seguía revelándose. A pesar de lo vivido con el Maestro, a pesar del innegable poder de aquel Hombre, a pesar de su misteriosa y atractiva naturaleza, a pesar de todo... yo seguía dudando.

«No es posible —me repetía una y otra vez—. No es posible que un cadáver, después de 36 horas...»

Unos familiares saquitos de arpillera, cuidadosamente depositados sobre el último de los escalones, vinieron a rescatarme de tanta y tan profunda incertidumbre. Eran los utilizados por José y Nicodemo durante los agitados minutos que precedieron al cierre del sepulcro. Y recordé cómo las mujeres, ya de regreso a Jerusalén, se habían hecho cargo de las cien libras de acíbar y mirra, con las que, nada más morir el sábado, se proponían rematar el precipitado lavado y embalsamamiento de Jesús.

Descendí las escalinatas e, inclinándome sobre el saco más grande, procedí a examinarlo. Estaba sin abrir. Creí reconocerlo. Se trataba de los 15 o 20 kilos de polvo granulado, de color amarillo oro y sumamente aromático. Debía ser el acíbar o áloe.

A su lado, un hato escondía el mismo y campanudo jarro de cobre que había visto manipular a los amigos del rabí en el sepulcro. Se hallaba meticulosamente lacrado con un tapón de tela. Deduje que estaba ante aquella sustancia pastosa, gomorresinosa, que identifiqué como mirra.

En un tercer envoltorio firmemente anudado descubrí

al tacto un segundo recipiente de metal. Lo agité y creí escuchar el sonido del agua. Quizá fuera una vasija, destinada al aseo del cadáver.

Por último, en un cesto de mimbre de regular tamaño aparecieron varios rollos de tela, una rígida y ennegrecida esponja, un frasquito de vidrio con un líquido color «coñac» —posiblemente nardo— y una bolsa de cuero de unos 20 centímetros, delicadamente cerrada con un pasador o fíbula de bronce en forma de arco. La curiosidad pudo más que yo. Presioné su interior, percibiendo «algo» duro y alargado. Desenganché el «imperdible», y presa de gran excitación, extraje su contenido. ¡Era una llave! Una de aquellas curiosas llaves, utilizadas por los judíos para las puertas y arcones. Disponía de un mango de madera y un cuerpo —en bronce—, doblado en forma de «L», con cinco dientes, largos y paralelos, en el extremo.

No pude por menos que sonreír. Aquel símbolo, depositado sobre un difunto, representaba su soltería o celibato. A veces, en lugar de una llave, dejaban también una pluma. Y si se trataba de una novia, ésta tenía derecho —así lo fijaba la Ley— a un palio.

La delicadeza de las mujeres hacia su querido rabí me conmovió.

Ya no había duda. Las fieles seguidoras del Maestro habían estado allí. Transmití al módulo mis descubrimientos, añadiendo que las sacas parecían abandonadas. Obviamente no habían sido utilizadas. Pero ¿por qué? ¿Qué extraño acontecimiento había empujado a las israelitas a suspender el lavado y embalsamamiento del crucificado?

La respuesta —yo lo sabía— sólo podía estar allí: en el fondo de la cueva sepulcral.

Me puse en pie y, sintiendo cómo mis piernas flaqueaban, dirigí la mirada hacia la «boca» de la cripta...

¿Por qué dudaba? No podía comprenderlo. Yo había visto el sepulcro vacío... Sin embargo, mi espíritu racional y científico se resistía a admitir su vuelta a la vida. A pesar de haberle conocido, de su irresistible personalidad, de su poder y de sus propias palabras —anunciando su resurrección—, a pesar de todo ello, seguía dudando...

«No es posible —me repetía machaconamente—. No es posible…»

Pero, paso a paso, fui salvando los 2,20 metros que separaban aquel último peldaño de la fachada del panteón.

La claridad de la mañana moría oblicuamente en el interior, a un par de cuartas del umbral de aquella boca cuadrada de noventa escasos centímetros de lado. Eché de menos una antorcha. Y el miedo volvió a tentarme. ¿Entraba?

«Es preciso —me dije a mí mismo—. Tengo que estar seguro. Necesito comprobarlo una vez más…»

Obsesionado por esta idea, no me di cuenta entonces de la ausencia de los sellos del gobernador. Tras el sobrecogedor corrimiento de las piedras que taponaban la tumba, habían quedado esparcidos por el suelo del callejón.

Apoyé la «vara de Moisés» contra la roca y, llenando los pulmones, me situé en cuclillas, lanzando una temerosa mirada hacia el fondo de la cripta. Pero las tinieblas imposibilitaban cualquier observación. No había más remedio que entrar. Cerré los ojos y, obligando a mis músculos a obedecer, me introduje de un golpe.

El pavor —más que miedo— me secó la garganta. Abrí los ojos y, durante algunos segundos, permanecí en la misma postura: de rodillas sobre el arisco y rocoso piso, peleando por dominar mis nervios y por distinguir algo en aquella cámara de 3 metros de lado por 1,70 de alto. Necesité varios minutos —interminables como siglos— para adivinar las formas de los capazos, repletos de escombros, y del pequeño pico situados en un rincón de la sepultura.

¿Hacía frío o es que el terror había helado mis venas?

Y lentamente, con la remota esperanza de que mis dedos tropezaran con el cuerpo del Maestro, extendí los brazos. Si no recordaba mal, el banco excavado en la piedra se hallaba a poco más de medio metro del suelo.

Entre temblores, las yemas chocaron con la pared y una convulsión lastimó mis entrañas.

Tanteé el muro. Fui alzando las manos y, al instante, percibí el filo. Me detuve.

«¡Un poco más…!»

Y en un arranque disparé los dedos hacia la oscuridad.

«¡Dios mío!»

Sólo encontré el vacío. Un espeso y revelador vacío. Recorrí el aire, a derecha e izquierda, en un vano intento por palpar el cadáver. Nada. Y al depositar las manos sobre la plataforma rocosa, un nuevo e intenso calambre me sacudió hasta la médula. Identifiqué la sábana de lino. Parecía descansar en la misma posición que había visto horas antes.

Me incorporé e, inclinándome sobre la mortaja, me dispuse a explorarla. En la cabecera, bajo el lienzo, percibí una forma dura, rígida y ovalada.

«¡No puede ser!»

Con toda la delicadeza de que fui capaz levanté la parte superior de la sábana, tratando de confirmar mis sospechas. Pero la negrura era tal que el intento resultó inutil. Y decidido a salir de dudas, deslicé la mano derecha entre las dos mitades del lienzo hasta tocar el bulto.

«¡Increíble!»

En efecto, se trataba del pañolón o sudario que Nicodemo había retorcido y anudado en torno a la cabeza de Jesús, levantando así el maxilar inferior y evitando la caída de la boca.

—¡Dios de los cielos! —exclamé sin poder contener mi admiración—, ¿cómo es posible?

La desconcertante desaparición del cuerpo no había alterado la primitiva posición del sudario, que seguía en el mismo lugar y «abrazando» un cráneo inexistente.

La lógica y mi sentido común se vieron en un serio aprieto. Y durante más de un minuto continué allí, sumido en el desconcierto.

«Si el cadáver había sido robado —luchaba por racionalizar el asunto—, ¿por qué las prendas aparecían como si nadie hubiese tocado al rabí?»

Lo normal habría sido, al manipular el cuerpo, que el lienzo que lo envolvía hubiese caído al suelo. Incluso que, junto con el pañolón, hubiera acompañado los restos del crucificado. El transporte habría sido más cómodo, aprovechando precisamente la larga sábana...

Tuve que rendirme a la evidencia. Aunque sé que no tiene la menor consistencia científica, aquel cadáver parecía haberse «esfumado» o «evaporado». Sólo así podía entenderse que el lino que reposaba sobre su parte frontal se hubiera «desinchado», cayendo dulcemente sobre la mitad dorsal.

Conmovido, antes de abandonar el lugar, me dejé llevar por otro e irresistible impulso. Aproximé mis labios a la sábana y deposité en ella un cálido beso. En ese instante capté algo nuevo: un penetrante y, en cierto modo, familiar olor. Pero no supe identificarlo.

Lancé una última ojeada a la cripta y, rápidamente, retorné a la radiante claridad.

Mi habitual torpeza y lo angosto de la boca de la sepultura hicieron que, al salir, recibiera un fuerte golpe en mi hombro derecho. Mi intención era regresar a Jerusalén y localizar a las mujeres. Tenía que reconstruir lo acaecido en la propiedad de José durante los minutos que precedieron al alba. Pero aquel encontronazo con la muela fue providencial. Recuperé la «vara» y, mientras palpaba el dolorido hombro, reparé en otro singular detalle. Al contrario de la segunda piedra —la que servía habitualmente para cerrar el brocal del pozo y que fue dispuesta por los guardias junto a la losa circular, fortificando así el pesado cierre—, la citada muela de molino no se hallaba caída en el callejón. Había rodado hacia la izquierda, siguiendo el cauce del canalillo de 20 centímetros de profundidad y 30 de anchura que corría al pie y a todo lo ancho de la fachada.

«¿Cómo puede ser...?»

Ni los soldados ni yo mismo habíamos visto salir a nadie de la tumba. Por supuesto, imaginar que alguien, desde dentro, hubiera podido remover aquellos 700 kilos —quizá más—, resultaba poco creíble. La cuestión es que la mole circular de un metro de diámetro había sido desplazada, dejando la boca prácticamente al descubierto. Sólo una parte de la misma —unos 30 centímetros— seguía obstruida por el borde derecho de la muela. Naturalmente, aquel hueco era suficiente para permitir el paso de una persona...

Pero, en contra de lo que había supuesto Caballo de Troya, el movimiento de las piedras, a juzgar por lo que tenía ante mis ojos, no pudo deberse a una «explosión» en el interior de la cueva. Cierto que había visto brotar una llamarada de «luz», que se propagó hasta los árboles más próximos. Aquella lengua blanco azulada, sin embargo, no estuvo acompañada de detonación alguna y, además, fue posterior al corrimiento del cierre. De haberse registrado una onda expansiva, la losa principal se habría desplomado, quebrándose incluso por su base.

Examiné la piedra sin encontrar vestigio alguno de la hipotética explosión. Estaba claro que «algo» o «alguien» —con una fuerza más que respetable— la había hecho rodar. El misterio, lejos de aclararse, se enredaba minuto a minuto.

Ascendí los escalones y, cuando me encontraba en lo alto, me volví hacia el sepulcro. Era extraño, muy extraño, que aquella «llamarada lumínica» no hubiera chamuscado los peldaños o las paredes del foso. Medí con la vista la distancia en línea recta desde la boca hasta donde me encontraba. No llegaba a los tres metros. Y a continuación, guiado por la intuición, di la vuelta, encarándome con los frutales situados a poco más de cuatro metros. La «lengua» se había prolongado —siguiendo una lógica vía de escape— en sentido oblicuo y hasta el ramaje de dichos árboles. En total, unos siete metros.

Caminé hasta la base de un corpulento sicomoro que, de acuerdo con la trayectoria de la radiación, tendría que haber sido el más afectado. Estaba en lo cierto. Parte de la hojarasca y un buen número de bayas presentaban un aspecto diferente al del resto del árbol. El ramaje se hallaba reseco y ceniciento. Como si una súbita ola de calor lo hubiera calcinado. Quebré una pequeña muestra, haciéndome también con algunos de los higos. Y al olerlos, recibí la misma sensación que al besar la sábana. Las bayas, sobre todo, me desconcertaron. Aparecían consumidas y duras como fósiles. Rodeé el hermoso ejemplar, pero no pude descubrir ninguna otra señal de sequedad. El sicomoro presentaba un florecimiento normal. Quizá un meticuloso análisis en la «cuna» pudiera arrojar algo de luz sobre tan desconcertante enigma. Y, tras guardar en la bolsa un par de bayas, varias hojas y dos o tres pequeñas porciones de una de las ramas, me dirigí a la cancela, dispuesto a buscar a las mujeres. Ellas —estaba seguro— podrían ayudarme.

Eran las 07 horas y 2 minutos… Seis segundos después, Eliseo abría la conexión, dando cuenta de un hecho que, en esos instantes, la verdad, poco o nada podía preocuparme:

—Atención, Jasón... Los «otros» despegan... Regresan... Continúan ascendiendo...

Treinta segundos más tarde, mi hermano confirmaba el estacionario de la nave, alertándome sobre el inminente «bang» sónico. E instintivamente me detuve, aguardando.

07 horas... 05 minutos.

Un lejano y seco «trueno» me hizo sonreír. La inversión axial se había consumado. Y opté por olvidar, reanudando la marcha...

Desde los breves promontorios del norte, Jerusalén se presentaba al caminante como «un ciervo acostado en las colinas». La luz de la mañana blanqueaba sus murallas, pintando de rojo y amarillo la caliza de sus abigarradas viviendas, que trepaban cuadradas a ambos lados del valle del Tiropeón. En los dos grandes barrios —el del noroeste y el de Akra o *sûq ha-tajtôn*— se elevaban ya, perezosas, buen número de finas columnas de humo gris. La vida despertaba pujante y desenfadada. Y entre el ocre cúbico de aquellos miles de casuchas, tabicado con otras tantas y móviles sombras, los palacios de los Asmoneos, de Herodes y de los sumos sacerdotes, con sus torres de agujas doradas y sus blancas azoteas. Más allá, en el oeste, el peregrino podía distinguir el quebrado perfil de la muralla, abrazando la ciudad y corriendo desafiante hasta la cumbre del cerro del Gareb.

Un cosquilleo fue invadiéndome conforme me acercaba a la transitada puerta de los Peces, en el muro norte. Desde tempranas horas, el trasiego de hombres, bestias y carros era incesante.

Lancé una mirada a mi comprometedor atuendo y, con una punta de recelo, aferrándome con fuerza a la «vara», caí en aquella marea de comerciantes, hortelanos, pastores, peregrinos de mil tierras y rebaños de monótonos balidos.

Jornaleros tan andrajosos como yo, portando toda suerte de herramientas agrícolas, salían en cuadrillas o en solitario, rumbo a los huertos y campiñas.

Y a las puertas de la ciudad, lisiados, mendigos y pícaros alargaban sus famélicos brazos al paso de los viandantes, haciendo sonar algún que otro leptón en el fondo de sus escudillas, pregonando sus miserias entre gañidos o solicitando la benevolencia y la caridad.

Varios traficantes de Alejandría, luciendo lujosas galas de lino, contemplaban extasiados la resplandeciente y altiva cúpula del Templo, provocando comentarios de admiración entre los judíos menos favorecidos por la fortuna. Y entre semejante barahúnda, cientos de peregrinos, entrando y saliendo del recinto amurallado, esquivándose mutuamente o disculpándose con exagerados e interminables ademanes cuando tropezaban entre sí. Los había de todas las latitudes: hebreos de Babilonia de negros mantos hasta las sandalias, persas de rutilantes sedas recamadas de oro y plata, judíos de las mesetas de Anatolia con sus típicas hopalandas o faldas de pelo de cabra y fenicios de calzones multicolores...

Al cruzar el arco de la puerta de los Peces, un penetrante olor a pescado me recordó que aquél era el asentamiento habitual de los tirios. A la sombra de la muralla, una decena de fenicios —todos ellos paganos— animaba a la clientela a comprobar las excelencias de las «recientes capturas del lago de Genesaret y de la vecina costa de Tiro». Al echar una ojeada a los carros pude distinguir algunos hermosos ejemplares de percas, salmones, tímalos y lucios, diestramente protegidos entre helechos y gruesa sal diamantina. Astutamente, colocaban a la vista los peces estimados como «puros». Los que la Ley de Moisés calificaba de «impuros» —todos los que carecían de escamas o aletas natatorias— eran escondidos bajo los carros. Para haber soportado de doce a quince horas desde su posible salida del litoral mediterráneo, la mercancía no se hallaba excesivamente deteriorada. La nieve, aunque conocida y utilizada como medio de conservación de los alimentos, era todavía un artículo de lujo, asequible tan sólo a las mesas de los emperadores o de los grandes magnates.

Cuando rechacé la oferta de uno de los vendedores, al captar mi acento extranjero, el tirio me hizo un guiño. Echó mano de un cesto oculto bajo el improvisado puesto y, en tono de complicidad, me informó que sus «rayas, lampreas, langostas, anguilas y siluros nada tenían que envidiar a los peces "puros"».

Le correspondí con una sonrisa y, deseándole «salud», me alejé del apestoso y enloquecedor corrillo. Curiosamente, la mayor parte de los «clientes» eran hombres —judíos de pobladas barbas y bigotes rasurados—, ataviados con sus clásicos ropones de rayas verticales rojas y azules y portando en su mano izquierda sendos capacetes de paja, en los que iban depositando las viandas.

A trompicones fui abriéndome paso hacia el sur, a la búsqueda de la muralla que separaba aquel sector noroccidental del no menos concurrido barrio o ciudad baja. (Tal y como narra Josefo en *La guerra judía*, V, 4², 143, esta muralla, conocida como la «primera», «partía del flanco norte, donde la torre Hippico, se extendía hasta el Xisto, continuando luego hasta la Curia y terminando en el pórtico occidental del Templo».)

Las callejuelas de Jerusalén, con su infernal desorden, fueron siempre un tormento. Y las que confluían en el gran mercado del barrio alto —el *sûq ha-'elyon*— no lo eran menos. Las casas y talleres de adobe, recostados las unas sobre los otros y éstos sobre aquéllas, amasados en un laberinto de sombras, callejones sin salida y cientos de peldaños húmedos y pestilentes por los orines de la chiquillería y de las bestias de carga, representaban un serio problema a la hora de orientarse. Aunque parezca mentira, fueron los ruidos y los olores —característicos según las zonas de la ciudad— los que más me ayudaron a saber dónde demonios me encontraba.

En aquellos momentos, por ejemplo, el chapoteo mate y monótono de los bataneros, lavando, impermeabilizando y convirtiendo en fieltro la pelusilla de la lana y los tejidos procedentes de los telares, me recordó que me hallaba aún en el mencionado barrio alto; el sector pagano por excelencia, donde —según los doctores de la Ley— «el esputo de uno de aquellos bataneros era tomado por impuro».

Conforme fui descendiendo, procurando no resbalar en los desgastados y redondos adoquines —en Jerusalén era imposible caminar más de quince minutos seguidos sin bajar o subir escalones—, el inconfundible y rítmico golpeteo de los caldereros fue eclipsando la actividad de los bataneros.

De vez en vez me veía forzado a pegarme a las paredes, dejando paso a alguno de los numerosos y dóciles asnos «mascate», de largas orejas y gran alzada, de un pelo casi blanco y arreados sin piedad por niños, viejos y adultos. Aquellos sufridos animales —cargados con pringosas y chorreantes canastas en las que se balanceaban campanudas ánforas de aceite o vino— eran tan abundantes en la Ciudad Santa y en toda la Palestina, que sus heces, apisonadas por el constante ir y venir de las gentes, formaban un todo con el «pavimentado» de las calles. En realidad, sólo algunas plazas y las escasas arterias principales —las dos calles de columnatas de ambos mercados, por ejemplo— eran barridas a diario por los recogedores de inmundicias y basureros «oficiales». (R. Shemaya bar Zeera escribe que las calles de Jerusalén se barrían todos los días. Y era cierto. Pero la limpieza se limitaba a una mínima parte del casco urbano.)

A las puertas de las tenebrosas viviendas, mujeres de sobrados mantos verdes, marrones y de otros colores indefinidos por la suciedad, se afanaban sobre sus pucheros de barro cocido, llenando el aire con el olor acre de la grasa caliente y de las especias y cubriéndose el rostro al paso de los hombres. Y entre los escalones y descansillos de aquella red de callejas pestilentes, decenas de niños de cabezas rapadas, ojos negros y profundos y piel fustigada por nubes de moscas y costras purulentas, todo ello consecuencia de la pésima higiene. La chiquillería, ajena a tanta miseria, llenaba la mañana del primer día de la semana con sus gritos, saltos y juegos, soñando aventuras con «leviatanes» o pequeños cocodrilos de madera, pajarillos de tosca y rojiza arcilla, trepidantes carracas y alguna que otra canica de piedra, decorada con bellos colores. Aunque la escuela se hallaba instituida desde hacía años, muchos de aquellos niños y adolescentes eran instruidos por sus padres —casi básicamente en la *Torá*—, pasando desde los cinco años al aprendizaje del oficio de su progenitor. En la mayoría de los casos, sus vidas estaban marcadas ya por la profesión del padre. Espero poder referirme más adelante a este curioso capítulo de la enseñanza, exclusivamente dedicada a los varones…

Y al fin avisté la ancha y porticada calle principal, sede del mercado del barrio alto. Allí, el tumulto rebasaba todo lo imaginable.

Bajo las columnas y sobre el enlosado central, los gremios se afanaban en sus tareas, reclamando la atención de los posibles compradores con sus chillidos, cánticos y estentóreos anuncios. Los buhoneros ambulantes proponían tratos y trueques: túnicas púrpuras de Sidón, anillos y medias lunas de oro, alfombras o telas finas de *bysus* a cambio de plantas medicinales, maderas, frutas, miel o, por supuesto, denarios de plata...

Muchos de aquellos artesanos —la Biblia cita hasta veinticinco oficios— eran fácilmente reconocibles por sus emblemas o distintivos. Los carpinteros, por una viruta en la oreja. Los sastres, por una gruesa aguja de hueso pinchada en la ropa. Un trapo de color, por ejemplo, diferenciaba a los tintoreros.

Mientras cruzaba aquel «zoco», esquivando toda suerte de cachivaches de bronce y las más variopintas «exposiciones» de sandalias de cuero de vaca o piel de camello, mantos de Judea, chales y túnicas de los hábiles tejedores galileos, alfarería del Hebrón, Maresa, Cef y Socob, redomas de vidrio, marfil, refinado alabastro o piedra calcárea que encerraban ungüentos y perfumes, me llamó la atención el «corro» ocupado por los médicos. En aquellos tiempos, el concepto de médico era mucho más impreciso que en nuestros días. Eran considerados como artesanos —*'ûmanut*— y, como anuncia una sentencia del tratado rabínico *Kidduchin* (LXXXII, a), tan pésimamente valorados como en el resto de los tiempos. «¡El mejor de los médicos —se lamentaba uno de los rabí en el citado *Kidduchin*— está destinado a la *Géhena*!» Sus honorarios, como siempre, oscilaban de acuerdo con su categoría. Los había tan «notables» que jamás se ocupaban del pueblo, prefiriendo los regalos y buenos dineros de los poderosos. Los «médicos de las tripas», por ejemplo, eran los responsables del cuidado de los sacerdotes del Templo, aquejados casi siempre de problemas intestinales a causa de las excesivas dietas de carne. Otros, cuyos precios eran muy bajos o irrisorios, eran tomados por «inútiles»...

Al percibir mi curiosidad, uno de los «galenos» se puso

en pie y señalando mi descuidada barba, se ofreció a recortarla por un as. Al negarme, siguió con el resto de sus «habilidades»: ¿extracción de alguna muela? ¿Circuncisión? ¿Una sangría?... ¿Un brebaje?

El hombre, empeñado en atenderme en lo que fuera menester, me invitó a inspeccionar su «botica». La verdad es que sus explicaciones ponían de manifiesto un profundo conocimiento de las virtudes curativas de las plantas. El hebreo invocó el *Libro de Salomón*, haciéndome ver que estaba al tanto de la detallada lista de remedios allí consignada:

—Aceite para unciones suavizantes. Miel para las heridas abiertas o como remedio para las anginas...

—¿Sufres de ántrax? Aquí tengo un prodigioso emplasto de higos... ¿O prefieres el vino mezclado con áloe púrpura?

Mudo y sonriente le dejé explicarse.

—Si tienes hijos, dales este culantrillo. Termina con las lombrices en un abrir y cerrar de ojos...

El médico señaló entonces una batería de cestillos de paja descolorida, repletos de las más diversas hierbas: romero, hisopo, centinodia, ruda, «caramillo de pastor» o bignonia...

—Son excelentes contra las enfermedades del vientre... También tengo «agua de Dekarim».

Al preguntarle sobre aquel remedio, el judío me indicó que se extraía de la raíz de ciertas palmeras. Pero, celoso de sus conocimientos, me rogó que comprendiera su parca explicación.

—¿Padeces de palpitaciones? ¡Tengo lo mejor!

Y echando mano de un picudo cántaro, me animó a que lo examinara. Un nauseabundo olor a leche cuajada me hizo torcer el gesto. El médico sonrió.

—Es una mezcla de cebada mojada y leche de camella cuajada... Puedes probarlo.

Me negué en redondo.

Y el artesano-médico-curandero —inasequible al desaliento—, prosiguió la enumeración del género que tenía a la vista:

—¿Cataplasmas de salmuera de pescado para el reumatismo? ¿Ajo o raíz de parietaria para el dolor de muelas?

¿Sal o levadura para las encías? ¿O gustas de un pellizco de mandrágora?

Me hizo un guiño, añadiendo que aquella solanácea —tan parecida a la belladona— podía «estimular mi fuerza sexual»...

—¿Tienes padre?

No me dejó contestarle.

—Este extracto de hígado es lo indicado para curar la catarata... También dispongo de ventosas, colirios contra la dureza del sol...

Agotado su repertorio, concluyó mostrándome una afilada daga.

—Si no has cumplido aún los cuarenta, puedo practicarte una beneficiosa sangría cada treinta días. ¿Qué dices?

Por mi aspecto saltaba a la vista que sí había rebasado, y cumplidamente, aquella edad. Y por no defraudarle, solicité medio log de la apestosa leche cuajada, de dudosa eficacia como sedante. Poco después, en la casa de Elías Marcos, tendría ocasión de probar sus cantadas excelencias.

Al trasvasar los 250 gramos de la pócima en una minúscula redoma de vidrio verdoso, el *'úmman* no dejó de ensalzar «mi alta inteligencia y mejor gusto», asegurándome que había hecho una buena compra. Pero sus desmedidos elogios se convirtieron en gritos de admiración y sorpresa cuando, obligado por las circunstancias, no tuve más remedio que depositar en sus sarmentosas manos un denario de plata... En aquellos momentos carecía de moneda fraccionaria y, para mi desgracia, los aullidos de alegría del médico alertaron a los restantes vendedores, que se precipitaron hacia mi persona como cuervos carroñeros sobre una suculenta pieza.

Salté como pude entre la cacharrería y los cestos de cidros y hortalizas, zafándome de las garras de los gesticulantes y parlanchines perfumistas, sastres, zapateros y demás tropa artesanal, huyendo calle abajo y confundiéndome entre los peatones que entraban y salían del agitado bazar.

Nadie me siguió. Una vez repuesto de la acometida, crucé la «primera muralla», bordeando el mastodóntico palacio de los Asmoneos en dirección oeste. Aquel grandioso edificio —que sería remozado y ampliado por Agripa II— marcaba para mí el inicio de la ciudad baja.

Aquella zona de Jerusalén se hallaba ligeramente mejor urbanizada que el territorio de los tirios, griegos, sirios y demás «impuros paganos». Algunas de sus callejuelas, adoquinadas con piedras blancas y calizas, guardaban un simulacro de paralelismo, casi obligado por el profundo desnivel entre los dos extremos del sector sur de la Ciudad Santa. El situado a la sombra de la muralla occidental —dominado por el palacio de Herodes y los jardines reales— se levantaba en una de las cotas máximas de Jerusalén: 760 metros. Desde allí, los racimos de casas cúbicas, encaladas y de mezquinas puertas y ventanas, se precipitaban en sucesivas e interminables terrazas hacia el lado opuesto: el muro oriental. En este lugar, como ya dije, junto a la piscina de Siloé y la puerta de la Fuente, el nivel del terreno se hallaba mucho más bajo: 660 metros, aproximadamente. Tan acusada inclinación había obligado a los constructores a una edificación escalonada, abierta cada cien o cincuenta metros por rampas —más que calles— que, naciendo en el citado palacio de Herodes el Grande, cubrían el millar de metros que separaba dicho punto del ángulo sur. Eran éstas las «arterias» mejor pavimentadas, disfrutando, incluso, de canalillos centrales que aliviaban el agua en las fuertes lluvias. Disponía igualmente de otra calle «principal» —la del mercado sur—, que discurría paralela al muro oeste del Templo y de la que partía otro entramado de vías menores, tan oscuras, estrechas y pestilentes como las que acababa de dejar atrás. El piso de dicha arteria porticada soportaba las dovelas de un arco —hoy conocido como «de Robinson»— que enlazaba el atrio de los Gentiles con la parte norte.

Apremiado por el tiempo y sin el menor deseo de repetir mi anterior y agitada experiencia, tomé como referencia las altas torres de Marianne y Phasael, en el palacio herodiano, dirigiendo mis pasos hacia poniente. Rodeé el barrio de las tintorerías y, tras unos momentos de duda, identifiqué la gran casona de Anás y el murete enrejado que cercaba el memorable patio de las negaciones de Pedro. Y a cosa de un minuto, al doblar una de las esquinas, se presentó ante mí la lujosa mansión de los Marcos.

Eliseo, con cierta premura, me recordó que faltaban dos horas y media para mi obligado regreso al módulo.

Avancé despacio, paseando la mirada por la sólida fachada de piedra trabajada, acarreada por los padres de Elías Marcos desde las canteras de Beth-Kerem, en una colina próxima a Téqoa. Aquella mansión de dos plantas —de tan cálidos recuerdos— parecía muerta. Silenciosa... Me situé frente a la alta y pesada puerta de roble, contemplando y reconociendo la *mezuza* que adornaba su costado derecho: una fina tira de madera de sicomoro de 10 por 3 centímetros, empotrada en la jamba y en cuya superficie habían sido grabados al fuego los mandamientos de Dios. Todo judío respetuoso con la tradición ponía especial cuidado en tocar la *mezuza* con los dedos, llevándoselos después a los labios cuando salía o retornaba a su hogar.

E inspirando profundamente empujé una de las hojas, que giró perezosa en sus goznes.

Salvé el corto vestíbulo y, al asomarme al espacioso patio a cielo abierto, distinguí al fondo algunas caras conocidas. El joven Juan Marcos, en cuclillas, observaba atentamente a uno de los sirvientes. Armado de un largo bastón, el criado batía con ímpetu un hinchado odre de piel de cabra que colgaba de un trípode de madera. Un segundo sirviente, arrodillado frente a los toscos maderos, sujetaba dos de ellos, procurando que los certeros bastonazos no los removieran del rojizo enladrillado. Era una ancestral y habitual fórmula entre los pueblos de Oriente a la hora de elaborar la mantequilla. El pellejo en cuestión se llenaba de leche agria —generalmente de cabra u oveja, ya que la de camella carece de nata— y, de acuerdo con las costumbres de cada región, golpeado o mecido, removiendo así el contenido.

—¡Paz a los de esta casa!

Al escuchar mi tímido saludo, el hijo de Elías volvió el rostro, al tiempo que el criado suspendía la faena. Los ojos negros del audaz adolescente se abrieron de par en par y, de un salto, se abalanzó hacia mí, abrazándose a mi pecho.

—¡Jasón!... ¿Has oído lo que dicen las mujeres?

Tomé su rostro entre mis manos y, agradeciendo aquel gesto de afecto, le sonreí, negando con la cabeza.

—¿Dónde has estado? Todo el mundo habla del Maestro... Su tumba está vacía. Las mujeres dicen...

Pasé mi brazo sobre sus hombros y, atropelladamente, mientras nos aproximábamos a los criados, fue informándome de algunos de los pormenores de los sucesos registrados poco antes.

—¡Paz, hermano! —replicaron los sirvientes, reanudando el batido del odre.

El muchacho, cada vez más excitado, saltaba de un tema a otro, multiplicando mi ya considerable confusión. Le rogué que se sentara y, acariciando sus demacradas mejillas, tomé la iniciativa.

—Dime, hijo... ¿Están aquí las mujeres?

—Lo están, amigo Jasón.

La aclaración llegó de labios de María, la madre, quien, con el rostro radiante de felicidad, me contemplaba desde una puerta situada a espaldas de los sirvientes, en el extremo opuesto al lugar por donde yo había ingresado en el patio. Y aunque no era costumbre entre los judíos, me apresuré a salir a su encuentro, aliviándola del pesado cántaro que descansaba sobre su cadera izquierda.

—¡Bien venido, hermano!

Y, sin más comentarios, se encaminó a uno de los ángulos del patio, atendiendo a la cocción del pan. La seguí en silencio. Ardía en deseos de interrogarla, pero, prudentemente, aguardé a que concluyera. La mujer se inclinó sobre una plancha de hierro abombado, examinando las diez o doce tortas redondas que presentaban ya una apetitosa tonalidad dorada. Aquella especie de escudo metálico descansaba sobre un hogar igualmente circular, formado por negras piedras basálticas. Junto al fuego, esparcidos por el piso, conté tres lebrillos de piedra de diferentes diámetros y profundidad, un gran caldero de bronce y otro cacillo, también de metal. Una vez molido el grano, las mujeres habían dispuesto la masa, elaborada a base de harina, agua, sal y levadura, que aparecían repartidas en los mencionados recipientes. Una vez amasada a mano, la pasta lechosa era delicadamente troceada en forma de tortas, descansando sobre el candente e improvisado horno.

María tocó una de las hogazas con la punta del dedo índice izquierdo y, suspirando, se enderezó, llevando las manos a los riñones.

—Este dolor terminará conmigo...

Antes de que pudiera interesarme por su salud, se perdió por la oscura portezuela por la que la había visto aparecer. Deposité el cántaro en el pavimento de ladrillo, descubriendo que se trataba de leche caliente. Juan Marcos, de nuevo a mi lado, había comprendido mis verdaderas intenciones. Y dispuesto a complacer «al pagano que —según él— había demostrado más coraje que muchos de los discípulos de su amado rabí», me hizo la pregunta clave:

—¿Quieres hablar con ellas?

Agradecí su buena voluntad, insinuándole que quizá debiera aguardar el permiso de la señora de la casa. Y en ello estaba cuando, tan diligentemente como había desaparecido de nuestra vista, así se presentó de nuevo la esposa de Elías Marcos. Sostenía una ancha bandeja de madera y, sobre ella, dos torretas de hondos cuencos, igualmente de blanca madera de pino.

Al verme esbozó una sonrisa de complicidad. En aquellos instantes no comprendí la razón de su desbordante alegría. Luego lo supe. Ella, como David Zebedeo y muy pocos seguidores más, sí recordaban y creían la promesa del Galileo. María fue de las primeras en conocer la realidad del sepulcro vacío y no dudó en asociarla con la prometida resurrección. ¡Flaco servicio el de los evangelistas al no dejar constancia de esta «élite» de desdibujados personajes que, a diferencia de los apóstoles, supieron estar a la altura de las circunstancias! Pero no precipitemos los acontecimientos...

Me indicó que le ayudara con la bandeja. Y, una tras otra, fue rescatando las tortas de trigo, apilándolas junto a las escudillas. Después, asentando el cántaro en su cadera, me guiñó el ojo, indicándome que le acompañase. La aguda intuición de la hebrea venía a simplificar mi cometido...

Juan Marcos, alborozado, corrió por delante, desapareciendo en la penumbra del vestíbulo. Y al atacar los peldaños que conducían a la planta superior, mi corazón se aceleró. Si mis noticias no estaban equivocadas, allí mismo, en la cámara donde tuviera lugar la última cena, se hallaba recluida la mayor parte de los íntimos de Jesús de

310

Nazaret. La tarde-noche anterior —la del sábado—, como quedó dicho, los once apóstoles y otros discípulos habían celebrado algo así como una asamblea de urgencia, en la que analizaron su penosa situación.

Y aunque intuía cuál era el estado de ánimo general, la extraordinaria posibilidad de verificarlo por mí mismo me llenó de excitación. ¿Qué me esperaba al otro lado de aquella puerta?

Me equivoqué. La escena que se ofreció a mis ojos fue más dolorosa y deprimente de lo que había imaginado.

María entró en primer lugar. Y su hijo, sosteniendo la doble hoja, me franqueó el paso.

Recuerdo que mi primera impresión fue un desabrido tufo. Un característico y acre olor a lugar cerrado y largamente ocupado por seres humanos. La luz matinal entraba muy mermada por las espigadas «troneras» de los muros de aquella memorable sala rectangular de veinte metros de longitud por seis o siete de anchura. Y las lucernas adosadas a las paredes, con sus cimbreantes y amarillentas llamitas, no eran suficientes. Sobre la mesa en forma de «U», los sirvientes habían situado otro par de lámparas de aceite, que sólo contribuían a endurecer los perfiles de los allí presentes.

Me costó trabajo situarme y empezar a distinguir las formas y siluetas de los inquilinos de la oscura y cargada cámara. La mayor parte de los divanes seguía prácticamente en los mismos lugares donde yo los había visto en la noche del jueves: estratégicamente repartidos alrededor de la «U». Sólo uno había sido desplazado y pegado materialmente al muro de la derecha (tomando siempre como referencia la puerta de entrada al salón). Mis ojos fueron ajustándose a la penumbra y, entre las sombras, mientras la madre de Juan Marcos abandonaba la leche junto a la mesa liberándome de la bandeja, creí oír unos gemidos. Al fondo, en el ángulo izquierdo, descubrí entonces el origen de los apagados lamentos. Eran cuatro o cinco bultos.

Avancé uno o dos pasos, sintiendo el crujido del entarimado. Juan Marcos se agarró a mi brazo, empujándome hacia aquel rincón. Frente a mí, reclinados o sentados en nueve de los doce bancos, se hallaba la mayoría de los apóstoles. El mutismo entre ellos era total. En una primera y deficiente observación no supe si los que se encontraban tumbados dormían o, simplemente, descansaban. Creo que ni me miraron. Me dejé arrastrar por el muchacho, desfilando lentamente junto a los abatidos galileos. Sí, quizá sea ésa la expresión más adecuada: abatidos, con los rostros bajos y las manos prietas y crispadas entre los pliegues de los mantos multicolores. Me detuve un instante, contando de nuevo y tratando de identificarlos. Faltaban dos. El Iscariote, por supuesto, y otro... Pero ¿cuál? El décimo hombre, el que se hallaba reclinado en el diván apostado junto a la pared, tenía el rostro pegado al muro. Alrededor de la «U» distinguí a los hermanos Zebedeo, a Mateo Leví, a los gemelos —que, con su habitual presteza, terminaron por incorporarse, ayudando a María a llenar los cuencos con la leche caliente—, a Felipe, el «intendente» y a Bartolomé —ambos acostados y con las cabezas semicubiertas por los ropones—, al jefe de todos ellos, Andrés, que no dejaba de mirar hacia el rincón del que partían los intermitentes sollozos, y a Pedro, sentado y restregando su redonda cara con ambas manos. El décimo apóstol —el que se ocultaba a la derecha de la estancia— sólo podía ser Simón, el Zelote o Tomás...

Juan Marcos terminó por conducirme hasta el punto donde, en efecto, se agrupaban cinco mujeres. Una de ellas era rodeada y asistida por el resto. Pero, de pronto, cuando me disponía a averiguar la identidad de la que gimoteaba, una conocida, potente y enronquecida voz me obligó a volverme.

—¡Visiones!... ¡Eso es lo que habéis tenido! ¡Visiones propias de mujeres asustadizas y necias!

Pedro, en pie, gesticulando y con el cuello hinchado por aquel súbito arrebato, prosiguió en un tono de reproche:

—¡La tumba vacía...! El ayuno y el llanto te han trastornado... ¡Maldita sea! ¿Por qué no nos dejas en paz con nuestra pena?

Andrés intercedió, pidiendo calma a su fogoso hermano. Y Simón, refunfuñando, accedió a sentarse de nuevo, mientras Judas de Alfeo —uno de los gemelos— le ofrecía una escudilla y una de las tortas de trigo. Pero el pescador, de un manotazo, arrojó el cuenco contra el suelo, esparciendo la leche por el brillante piso de madera. La violenta y típica reacción de Pedro sólo contribuyó a revolver los ya agitados ánimos. Y varios de los discípulos le recriminaron su actitud, enzarzándose en un agrio intercambio de insultos e improperios.

Aquel estallido —así me lo confirmaría Andrés poco después— no era otra cosa que la lógica y humana consecuencia de la fuerte presión a que se hallaban sometidos desde la captura y crucifixión de su rabí. No eran las dudas o la desesperación las que habían nublado la inteligencia de aquellos hombres. Era algo mucho peor: el miedo al Sanedrín y a la policía del Templo y la vergüenza individual y colectiva ante la ignominiosa ejecución de su «líder». El hecho de haber permanecido en la planta superior de la casa de los Marcos durante tantas horas, con las espadas ceñidas en sus costados y sin fuerzas para regresar a sus hogares, en la Galilea, era la mejor y más palpable demostración del terror que les dominaba. Por supuesto, esta tensa situación les había hecho olvidar, incluso, las promesas de Jesús sobre su vuelta a la vida. Por ello, cuando las hebreas acudieron presurosas al cenáculo, todos —sin excepción— las tomaron por locas, necias y visionarias.

Y en mitad de los gritos y maldiciones, mientras María, silenciosa y pacientemente, procuraba enjugar la leche derramada y Juan Marcos, asustado, se apretaba a mi brazo, unos golpes secos retumbaron en la estancia. El discípulo que yacía en el diván, al pie del muro, había empezado a golpearse la frente contra la piedra. Juan, el Zebedeo, saltó de su banco y se precipitó hacia su compañero sujetándole por los hombros. Pero el fornido apóstol, presa de un ataque de histeria y desesperación, continuó lanzando su cráneo contra la pared. Impotente, el enjuto discípulo se revolvió hacia el grupo solicitando ayuda. Y al momento, Andrés y los gemelos acudieron a su lado, inmovilizando a Simón, el Zelote. Efectivamente, se trataba del impulsivo simpatizante del grupo revolucionario. Tal y como le había prevenido el Maestro en la «última cena», aquella tragedia le había sumido en una desolación que no tenía igual entre sus hermanos. Todos sus ideales, sus sueños y sus ansias de libertad habían caído con la noticia de la muerte de Jesús.

En un impulso me deshice del cayado y, aproximándome al convulsivo galileo, me esforcé por examinarle. Simón, con los ojos cerrados, batallaba por desembarazarse del abrazo de sus amigos. Cabeceaba una y otra vez, buscando la superficie del muro, emitiendo una serie entrecortada de agudos y angustiados chillidos. Como pude, me hice con su muñeca, intentando valorar el pulso. Era muy acelerado. Eché mano de la redoma con la cebada y la leche cuajada y, a una señal mía, Andrés y el Zebedeo pujaron por abrirle la boca. Sin dudarlo un segundo, vertí parte de la pócima entre la negra e hirsuta barba. Al sentir el repugnante mejunje, sus ojos se abrieron espantados. Estaban enrojecidos por largas horas de llanto. Y poco a poco, entre suspiros y esporádicos estremecimientos, fue calmándose. No sé si fue el brebaje o las palabras de consuelo de sus hermanos, pero Simón el Zelote cayó en un dulce sopor. Y entornando los ojos nuevamente volvió a reclinarse en el diván, ajeno por completo a cuanto acontecía a su alrededor.

Los gemelos permanecieron a su lado mientras Juan y Andrés, con la mirada entristecida, retornaban a la mesa. El patético espectáculo de Simón, arremetiendo contra la piedra, había fulminado la discusión. Y aquellos hundidos seguidores del Nazareno se entregaron, impotentes, a oscuras meditaciones.

Pero el silencio duraría poco. Tras recuperar la «vara», di media vuelta, dispuesto a proseguir mis averiguaciones cerca del grupo de mujeres. No fue preciso. Una de ellas —la que había estado sollozando— acababa de destacarse de entre sus compañeras, plantándose a medio metro del asiento de Pedro. Era María, la de Magdala, una de las hebreas más significadas, temeraria y juiciosa a un tiempo de cuantas seguían al rabí.

Al verla quedé paralizado. Ahora empezaba a comprender el porqué de sus quejidos...

Y aquella brava mujer, de mentón hipoplásico (1), cara

(1) Hipoplásico: de barbilla o mentón recortado y de desarrollo claramente incompleto. Dentro de la tipología kretschmeriana, María Magdalena hubiera encajado, en buena medida, en el biotipo de los «leptosomáticos»: tipos de silueta alargada, flacos y larguiruchos, en los que

estrecha y triangular y ojos perdidos en profundas cuencas sombreadas por anchas ojeras, se encaró valiente con el hombre que la había amonestado. La furia inflamó las arterias de su largo y grácil cuello y una temible chispa destelló en su mirada de azabache. Pedro apenas si tuvo tiempo de alzar sus apagados ojos claros. Como un terremoto, la de Magdala, colocando sus largas y huesudas manos sobre su escaso pecho, le juró por el divino nombre de Dios vivo que no mentía, que no sufría de ·alucinación alguna y que —«¡tozudo galileo!»—, si lo deseaba, fuera con ella misma a comprobarlo...

Simón Pedro palideció ante la justificada cólera de la Magdalena. En su vehemencia, el manto que cubría su cabeza terminó por resbalar hasta el suelo, dejando al descubierto unos cabellos suaves, negros y desordenados. Y los finos cordoncillos dorados que colgaban de los orificios practicados en los lóbulos de las orejas oscilaron rítmicamente, al tiempo que en la silenciosa sala se escuchaba el entrechocar de su collar de conchas.

Una de las mujeres, discretamente, recogió el manto y, ofreciéndoselo a la enfurecida María, trató de disuadirla. Pero ésta —no en vano había sido cortesana en la industriosa y disoluta villa de Magdala (1)— sabía enfrentarse a los hombres y con la fuerza que proporcionan la seguridad y el conocimiento de la verdad, rechazó a su compañera, añadiendo:

—¡Y no sólo doy fe, como éstas, de que la tumba se hallaba vacía...! ¡También os juro que le he visto y hablado con Él!

Pedro, harto de tanta palabrería, fue a rascarse la calva. Y encogiéndose de hombros le dio la espalda.

Juan Marcos vino a salvar la embarazosa situación. Antes de que la Magdalena arremetiera nuevamente contra el

_____

el eje vertical del cuerpo domina poderosamente. Sólo su nariz, recta y recogida, no correspondía al perfil típico de esta clasificación humana. Su piel pálida y seca, sus hombros estrechos y sus largos miembros sí eran en cambio habituales entre los «leptosomáticos». *(N. del m.)*

(1) Magdala, a orillas del lago de Galilea, es conocida hoy como El-Megdel. Antaño fue famosa por sus tintorerías, su mercado de palomas y pichones y por sus burdeles. *(N. del m.)*

incrédulo apóstol, el niño se interpuso entre ambos contendientes, suplicando a la mujer que me relatara lo que decía haber visto y oído. El espontáneo arranque del benjamín de la casa pareció templar los nervios de la hebrea. Y ante la expectación general fui a acomodarme en uno de los divanes vacíos, ratificando la súplica de Juan Marcos. La de Magdala me observó con desconfianza. Al parecer, era el único hombre entre los allí reunidos que mostraba interés por sus palabras. María, la señora de la mansión, contribuyó a distender la desagradable atmósfera, colmando las restantes escudillas y ofreciendo —solícita y conciliadora— las ya frías hogazas de trigo. Todos aceptaron gustosos, incluido Pedro, quien, con la misma espontaneidad, pidió perdón a la esposa de Marcos.

Y la de Magdala, con aire cansino, sin conceder demasiado crédito a mi buena fe, recogió los pliegues de su túnica verdehierba, sentándose a horcajadas en el diván de honor. Al descubrir parte de sus piernas, un finísimo destello hizo que me fijara en uno de sus tobillos. A la trémula luz de las lucernas, vi brillar un aljófar —una pequeña perla—, engarzado en una cadenilla que rodeaba dicho tobillo.

Le sonreí, animándola a que diera comienzo. Y tras cubrirse con el manto, suspiró con gran sentimiento. Clavó sus ojos en mí, y al fin, una sonrisa de gratitud dejó al descubierto una joven e impecable dentadura. Estaba a punto de conocer lo que —según aquellas mujeres— constituía el primero de una larga cadena de misteriosos e inquietantes sucesos...

—Éstas que ves aquí —señaló la de Magdala a las cuatro mujeres que habían ido a sentarse a sus pies—, y otras diez o quince creyentes en el reino de nuestro Maestro, pasamos la fiesta del *shabbat* recluidas en la casa de José, el de Arimatea. Nuestra tristeza era tan grande y tan profunda nuestra desolación que muchas creímos morir.

»Y antes de que apuntara el primer día de la semana, de acuerdo con lo prometido a José y Nicodemo, cargamos con los aceites y aromas...

—Entonces —le interrumpí tratando de atar cabos—, ¿erais cinco?

—Sí.

Y María fue señalando e identificando a cada una de ellas.

—Juana, esposa de Chuza... María, la madre de los gemelos Alfeo... Salomé, de Juan y Santiago de Zebedeo y Susana, la más joven, hija de Ezra, el de Alejandría (1).

Sólo el curtido rostro de Salomé me era familiar. La verdad es que eran tan numerosas las mujeres que habían seguido habitualmente a Jesús y al grupo apostólico que resultaba problemático retener sus nombres o fisonomías. Pero algún día tendré que hablar también de estas esforzadas, imprescindibles y olvidadas discípulas del rabí de Galilea... Sí, quizá más adelante, suponiendo que Dios me siga iluminando y sosteniendo.

—Caminamos presurosas. No tardaría en amanecer y deseábamos concluir lo antes posible el doloroso trance del lavado y de la preparación del cuerpo de nuestro Señor. Llegamos a la tumba y, al ver la losa...

María Magdalena iba demasiado veloz en su narración. Yo necesitaba más detalles. Por ejemplo, ¿qué sabían de las patrullas de vigilancia apostadas en el sepulcro? ¿Cómo pensaban ingeniárselas para que les permitieran el acceso a la cripta?

—...¡Estaba removida! ¿Comprendes, Jasón?

De nuevo me enfrentaba a una delicada situación. Debía moverme con un tacto exquisito. Extremo. Por nada del mundo podía sugerir, anticipar o revelar lo que ya sabía. Ello hubiera ido contra el rígido código moral de la operación. Así que, sopesando mis pensamientos y palabras, fui conduciendo a la vehemente Magdalena hacia donde me interesaba.

—...Por el camino —prosiguió la mujer—, mis hermanas y yo habíamos mostrado cierta inquietud por el asunto de la roca. Tú la has visto y sabes que hacen falta cuatro o cinco hombres para moverla. Pero, como te decía, al asomarnos a los escalones, la vimos desplazada.

Levanté mis manos, indicándole que deseaba intervenir. La de Magdala, intrigada, me dejó hacer.

(1)   Chuza o Cusa: al parecer, uno de los administradores o superintendentes de la Casa de Herodes. Tanto Juana como Susana, según el evangelista Lucas (8, 1-3), fueron curadas por Jesús de Nazaret. Desde entonces le seguían. (N. del m.)

—Pero ¿y la guardia?

Mi pregunta despertó interés entre algunos de los apagados discípulos.

—¡Ah, sí! ¡Esos bastardos...!

—¿Estaban allí? —presioné.

Con la mente confusa por tantas y tan excitantes emociones, la hebrea —como sospechaba— había olvidado algo. Fue Salomé quien se encargó de recordarlo:

—Cuando llegamos a la puerta de los Peces nos cruzamos con una patrulla de Antonia. Eran unos diez soldados romanos. Y parecían tener mucha prisa. Gritaban entre ellos y no cesaban de mirar hacia atrás. Como si alguien les persiguiera...

»Extrañadas, intentamos averiguar lo que sucedía. Esa zona, tú lo sabes, está desierta a esas horas y temimos que hubiera algún peligro...

—¿Como cuál?

—No sé... quizá bandidos o animales salvajes. Pero los soldados, desencajados y sudorosos, nos ignoraron y siguieron su precipitada marcha hacia la fortaleza.

Era extraño. Aquellos infantes romanos estaban más que acostumbrados a bregar con los salteadores de caminos y con las bestias. Las mujeres deberían de haber tenido en cuenta esta indiscutible circunstancia. Si parecían huir, la causa tenía que ser de otra naturaleza. Yo la conocía pero, durante algunos minutos, me intrigó por qué las cinco israelíes no se habían planteado el dilema.

—Un momento —intervine nuevamente—, entonces, ¿nadie os advirtió de la custodia designada por Poncio?

—No, en esos instantes ignorábamos que el sepulcro estuviera guardado por una patrulla.

La de Magdala, intuyendo quizá algo anormal en mis cuestiones, me miró directamente a los ojos.

—Y tú, ¿cómo sabías lo de los guardias?

Juan Zebedeo, que no perdía detalle, me ahorró la explicación:

—Él estaba conmigo cuando, en la mañana del sábado, José nos dio la noticia de la sucia maniobra del Sanedrín.

La mujer quedó satisfecha y, retomando el hilo del relato, continuó en los siguientes términos:

—Salomé lleva razón. La huidiza actitud de los mercenarios nos intranquilizó. Pero no la asociamos con la sepultura del Maestro. Como te hemos indicado, ni siquiera estábamos al corriente de que hubiera vigilantes.

Mis sospechas, por tanto, tenían fundamento. José de Arimatea —ignoro las razones— no les había informado sobre las patrullas. Las mujeres, en consecuencia, partieron de la casa del anciano absolutamente ignorantes del cerco policial que rodeaba la tumba. Quizá fue lo mejor. De haber estado al tanto, lo más probable es que los hechos se hubieran desarrollado de otra forma. Quizá habrían cuestionado el acceso al sepulcro e, incluso, podrían haber desistido de sus propósitos. En verdad, los caminos de la Providencia son misteriosos...

La Magdalena, como siempre, fue rotunda. A juzgar por sus palabras, ni ella ni sus amigas contemplaron siquiera la posibilidad de que el rabí hubiera resucitado. No me cansaré de insistir en este punto. Salvo David Zebedeo, el resto de los discípulos y simpatizantes del Cristo no creyeron, en absoluto, en las promesas del Galileo. De haber sido así, aquellas mujeres no se hubieran molestado en preparar los ungüentos y demás enseres destinados al embalsamamiento.

—... Así que, muertas de miedo —añadió—, cruzamos los huertos, adentrándonos finalmente en la propiedad de José.

—¿Había amanecido?

La de Magdala, cada vez más confusa con mis aparentemente superficiales preguntas, miró a sus compañeras, tratando de recordar.

—No...

Sus amigas asintieron.

—Pero no faltaba mucho. Creo que estábamos al final de la última vigilia de la noche.

Por algunos de los detalles que fui obteniendo a lo largo de aquella instructiva charla, y por las informaciones que pude recoger al día siguiente, en mi entrevista con la patrulla de Antonia, casi estoy en condiciones de afirmar que el encuentro de las mujeres con los soldados romanos (los levitas habían huido mucho antes) pudo producirse alrededor de las 05 o 05.15 de esa madrugada. Es decir, faltando 45 o 30 minutos para el orto solar. Juan, el Evangelista, en consecuencia, era el que más se aproximaba a la verdad: «Cuando todavía estaba oscuro» (*Juan*, 20,1).

—...Durante un tiempo, desconcertadas ante la visión de la tumba abierta, no acertamos a movernos del filo de las escaleras. No sabíamos qué hacer. Y el miedo fue apoderándose de todas. Algunas insinuaron que debíamos regresar y dar cuenta a los hombres. Pero yo sentí una irresistible curiosidad. Y les animé a bajar los escalones. Dejamos los bultos en el suelo y, sacando fuerzas de flaqueza, me acerqué a la boca de la gruta. Todo estaba oscuro y, al no disponer de teas, mi primera observación del interior fue nula.

Sonreí para mis adentros. La narración de la Magdalena empezaba a resultarme «familiar»... Y comprendí su terror.

—Mis hermanas, inmóviles al pie de los peldaños, me suplicaron que lo dejara y que volviera con ellas. Sin embargo, aunque todo mi cuerpo temblaba, tomé la firme decisión de entrar y averiguar qué estaba sucediendo. Y así lo hice. Sin pensarlo, desaparecí en el oscuro agujero. Y, tanteando, di al fin con el banco de piedra sobre el que debía reposar el cadáver del Señor. Al notar que se hallaba vacío, casi caigo desmayada. Grité horrorizada. Y, medio enloquecida por el susto, con las manos extendidas, luché por encontrar la salida. Pero él pánico confundió mis sentidos y fui a chocar con una de las paredes de la sepultura. Fueron momentos angustiosos...

Estremecida por los recuerdos hizo una pausa.

—Cuando, al fin, palpé las aristas de la boca y salí al exterior, éstas habían desaparecido.

Dirigí entonces la mirada hacia las cuatro atentas mujeres. Y una de ellas, Susana, confirmó lo dicho:

—Al oír el alarido de María, la tensión y el pavor estallaron y nos precipitamos escaleras arriba. No sabíamos qué ocurría, pero corrimos. Corrimos como locas, tropezando aquí y allá, hasta llegar a las mismísimas murallas. Una vez junto a la ciudad, mientras intentábamos recuperar el aliento, Juana, más serena que nosotras, nos hizo ver que habíamos abandonado a María. Discutimos, pero, por último, cogidas de la mano y tiritando de miedo, deshicimos el camino, entrando de nuevo en el huerto.

La de Magdala disculpó a sus amigas con una sonrisa. Y añadió:

—Cuando las vi aparecer me lancé a su encuentro, gritándoles: ¡Ya no está! ¡Se lo han llevado!

Estas primeras expresiones de la Magdalena, desde mi punto de vista, eran especialmente importantes. Venían a reflejar sus auténticas creencias y pensamientos en tan críticos momentos. No gritó «ha resucitado». Sencillamente, su lógica materializó lo que resultaba evidente: «que se lo habían llevado». Pero, deseoso de escucharlo de sus propios labios, cargué las tintas en dicho grito.

—¿Se lo han llevado? ¿Eso fue lo primero que pensaste?

Humildemente, sin el menor deseo de arrogarse una falsa fe en la promesa de Jesús, replicó con un rotundo «sí».

Guardé silencio, emocionado por su sinceridad.

—Entonces, casi a rastras, las conduje hasta la boca del sepulcro, obligándoles a que entraran y certificaran lo que les decía.

—Así lo hicimos —confirmaron todas.

—¿Y cuál fue vuestro primer pensamiento?

—El de María: que alguien había robado o trasladado el cuerpo a otro lugar.

Poco me faltó para insinuarles si habían visto «algo» más. Por ejemplo, los «ángeles de vestiduras luminosas» que citan los evangelistas o si, incluso, escucharon o sintieron el «terremoto» de que habla Mateo. Pero opté por esperar y tantear el asunto algo más adelante —cuando ellas hubieran concluido su versión— y con la suficiente delicadeza como para no levantar suspicacias. De todas formas, ya era muy sintomático que ninguna de las mujeres hubiera hecho referencia alguna a un acontecimiento tan fuera de lo común como la posible aparición de un «ángel del Señor». De haberse producido tal suceso, ninguna lo habría ignorado...

—¿Y qué hicisteis después?

—Estábamos tan confusas que, durante un buen rato, nadie dijo nada. Fuimos a sentarnos en la segunda piedra, la que se hallaba tirada en el centro del callejón, y empezamos a discutir entre nosotras. Ni José ni Nicodemo nos habían insinuado que el cuerpo debiera ser trasladado. Llegamos a enfadarnos, incluso, molestas por lo que estimábamos una falta de delicadeza. Pero, casi al momento, rechazamos esta posibilidad. El hurto tenía que ser obra de otras personas. Seguramente, comentamos, los responsables han sido Caifás y sus ratas... Además, había otro detalle inexplicable. Cuando empezó a clarear, con algo más de luz y serenidad, entramos de nuevo en la tumba, confirmando el extraño orden de los lienzos.

Aquello me interesaba sobremanera. Y simulando no haber entendido, les rogué que repitieran sus explicaciones. Efectivamente, las mujeres —más perspicaces que los hombres para estas cuestiones— también habían reparado en la singular disposición de la sábana y del pañolón.

—Era muy raro —insistieron—. Si alguien roba un cadáver, ¿por qué va a entretenerse en dejar la sábana tan bien dispuesta?

En aquellos momentos de confusión, a pesar de la evidencia de la mortaja, la Magdalena y sus compañeras siguieron empeñadas en que todo aquello era obra humana. Tuvo que suceder «algo» muy especial para que empezaran a entender...

—El primer toque de las trompetas del Templo —avanzó la de Magdala— nos sacó de tan enmarañada discusión. Y nos disponíamos regresar para comunicar estos sucesos cuando, de improviso, al subir las escaleras del panteón, vimos a un hombre bajo los árboles.

—¿Y cómo supisteis que era un hombre?

La súbita pregunta de Simón Pedro llevaba una irritante carga de ironía. Y la mayoría de los discípulos rió la ocurrencia.

El rostro de la Magdalena volvió a endurecerse. En ese momento reparé en el jarrón de barro situado sobre la mesa. Allí continuaban los manojos de espliego y los lirios blancos y morados que yo había arrancado en los alrededores de Getsemaní y que habían adornado la «U» durante la última cena. Conservaban aún buena parte de su fragancia y lozanía. Y en un desesperado intento por aliviar la tensión y demostrar mi fe en las palabras de la hebrea, alargué el brazo, tomando una de las delicadas flores. Me incorporé, abrí las palmas de sus manos y, con una dulce sonrisa, le supliqué que la aceptara. María, consternada, pasó del dolor y la rabia a la gratitud. Regresé a mi diván y, ante el estupor de los mordaces discípulos y la mirada de aprobación de Juan Marcos, le hice ver que ardía en deseos de conocer el resto.

Haciendo un esfuerzo —y respondiendo directamente a Pedro—, la Magdalena continuó:

—Su túnica y manto eran los de un hombre. Algo diferentes, sí, pero los de un hombre...

—¿Por qué? —pregunté intrigado.

—No sabría explicártelo.

Paseó la mirada entre sus compañeras, como buscando apoyo.

—Eran de lino y lana. De eso casi estamos seguras. Pero sus colores... Las ropas parecían nevadas.

Pedro soltó otra inoportuna y sonora carcajada. Pero, esta vez, María hizo como si no la hubiera oído.

—¿Brillantes, quieres decir? —la animé.

La cabeza de la Magdalena osciló a derecha e izquierda, en señal de duda.

—No exactamente. Su brillo era mate. En un primer momento tuve la impresión de que sus vestidos se hallaban cubiertos de miles de pequeñísimos copos de nieve. Pero sé que eso es imposible...

—Está bien. Continúa, por favor.

—Nos quedamos quietas. En silencio. Observándole. Estaba a cierta distancia...

—¿A cuánto?

—No sé... bajo los frutales.

Eso quería decir a unos cuatro o cinco metros del filo de los escalones.

—Parecía absorto en algo que había en el suelo. Creo recordar que eran unos mantos amarillos y unos bastones claveteados.

—¿Unos bastones? —pregunté simulando extrañeza.

Pero las mujeres se encogieron de hombros. Evidentemente no conocían el porqué de la presencia de aquellos objetos en las proximidades del sepulcro. Y guardé un prudencial silencio.

—Una de mis compañeras nos susurró algo sobre el jardinero de José. Pero no estábamos seguras. Era tan alto y fuerte como el hortelano, eso sí, pero vestía de forma muy diferente. Además, su rostro...

Al pronunciar aquella palabra, el silencio en la cámara se hizo más denso. Aunque algunos trataban de disimularlo, la verdad es que la casi totalidad de los apóstoles seguía el relato con especial curiosidad.

—...Su rostro, no te rías, Jasón, era como el cristal.

Por supuesto que no moví un solo músculo. Y la mujer agradeció mi prudente actitud.

—¡Es tan difícil de explicar!...

—¿Quieres decir que su cara era luminosa?

—No, ninguna recuerda que aquel hombre emitiera luz. Era otra cosa. Aunque siempre nos mantuvimos a una cierta distancia, pudimos apreciar sus rasgos y sus cabellos. No eran como los de un ser humano. ¡Parecían transparentes!

Un inevitable cuchicheo de desaprobación se difundió por la sala.

—¡Os digo lo que éstas y yo hemos visto!... ¡Que Dios me fulmine si miento!

«¿Transparentes?» Aquello sí era nuevo para mí. Y debo ser sincero. Al oírlo, dudé. Estaba alboreando. La luz era todavía difusa. La visión de las cosas, muy parcial y limitada. Las mujeres se hallaban sometidas a un intenso *shock*... La imaginación y los deseos de volver a ver a su Maestro bien pudieron jugarles una mala pasada. Era preciso que yo pudiera presenciar alguna de aquellas supuestas apariciones. Así que, luchando por no traslucir mis serias dudas, obvié el asunto de las descripciones, preguntándole sin rodeos:

—¿Y qué ocurrió?

—Mis hermanas no se atrevieron a dar un solo paso. Pero yo, pensando que aquel hombre sabía algo sobre la desaparición del cadáver, me fui hacia él. Y cuando estaba a dos o tres metros llamé su atención, preguntándole: «¿Dónde has llevado al Maestro? ¿Dónde reposa? Di, para que vayamos a recogerlo.»

»El extranjero no contestó. Ni siquiera me miró. Siguió allí, con los largos brazos desmayados a lo largo de la túnica y la cabeza baja, mirando hacia el suelo.

—¿Extranjero? —intervine—. ¿Por qué le has llamado «extranjero»?

—Porque no le conocía. Además, sus ropas...

Aunque ahora, en nuestra época, el gesto de María nos parezca normal, saliendo al paso de un hombre e interrogándole, en aquel tiempo no era así. Todo lo contrario. La sociedad malmiraba a la mujer que tenía la osadía de dirigir la palabra a los hombres o de detenerse en la calle a conversar con un extraño.

El caso es que la de Magdala, al límite de su resistencia y al no obtener respuesta por parte del misterioso personaje, rompió a llorar, derrumbándose sobre el suelo arcilloso de la finca.

—En mitad de mi desesperación —añadió María con renovados bríos—, aquel «extranjero», al fin, levantó su rostro y nos habló.

—¿Recuerdas sus palabras... exactamente?

—Una por una. Parece que le estoy viendo y oyendo...

María llevó el lirio a sus labios. Y las aletas de su nariz temblaron levemente.

—«¿Qué buscáis?...»

»Quedé desconcertada. Aquella voz... Me sequé las lágrimas como pude y, mirándole, acerté a responder:

»—Buscamos a Jesús... enterrado en la tumba de José... Pero ya no está. ¿Sabes tú dónde le han llevado?

La impaciencia me consumía. Y sin dejar que terminara, abordé su comentario sobre la voz del «extranjero», pidiéndole más detalles.

La de Magdala, con los ojos humedecidos, movió la cabeza afirmativamente. Creo que le faltaban las palabras. Finalmente, en un tono más cálido, casi confidencial, remontó su emoción:

—Era Él... Entonces lo supe. Su voz..., su voz...

Ocultó el rostro entre las manos y, por un instante, creí que estaba a punto de echarse a llorar. Todos los allí reunidos, conmovidos, no se atrevieron a respirar.

—Su voz. Sí, yo la conozco. ¡Era Él!

—Pero ¿qué respondió?

—«Este Jesús, ¿no os ha dicho, hasta en la misma Galilea, que moriría, pero que resucitaría?»

—¿Estás segura que ésas fueron las palabras del «extranjero»?

María, apretando los dientes, ahogada en sus sentimientos, sólo pudo contestar con varios y consecutivos movimientos de cabeza. Al final, sus lágrimas corrieron por las blancas mejillas. Varias de las mujeres se apresuraron a consolarla, mientras el silencio se hacía violento, pastoso.

—Todas nos conmovimos —prosiguió Salomé—. Todas comprendimos... Pero no supimos reaccionar. Al poco, volvió a hablar. Su voz, dulce y afectuosa, pronunció un nombre:

»—"¡María!"

Esperé a que la de Magdala recuperara la calma. Secó su llanto y, al comprobar que mis ojos seguían fijos en ella, se disculpó, pidiéndome que no tuviera en cuenta su flaqueza. Algo debió de notar en mi mirada porque, maldibujando una sonrisa, exclamó:

—¡Gracias, Jasón!... Tú eres distinto a todos éstos. No sé la razón, pero me inspiras confianza. Es como si te conociera de antiguo... También tu voz, tu mirada, tus extrañas preguntas me recuerdan a alguien.

El brillo de mis ojos fue la mejor respuesta. Y la valiente hebrea continuó así:

—Entonces, al escuchar mi nombre, ya no dudé. ¡Era el Maestro! Pero, ¡estaba tan cambiado!...

»Y presa de una mezcla de alegría, sorpresa y miedo, enterré mi rostro en el polvo de la finca, murmurando: "¡Mi Señor!... ¡Mi Maestro!"

»Mis hermanas me imitaron y cayeron igualmente de rodillas, atónitas. Sé que puede parecerte una niñería, pero, ardiendo en deseos de abrazarle, de besarle, de estrujarle entre mis brazos, fui acercándome a Él. Y cuando me disponía a hacerlo, retrocedió, diciendo:

»—"¡No me toques, María! No soy el que tú has conocido en la carne..."

La interrumpí de nuevo. Y mi pregunta —lo sé— debió parecerle absurda. Pero tenía que hacérsela.

—¿Llegaste a verle los pies?

María, desconcertada, sin terminar de captar mis intenciones, frunció el ceño.

—No sé... Creo que sí.

—¿Cómo eran? —intervine sin darle tiempo a recapacitar.

—Bueno... ahora mismo no recuerdo. Espera, sí...

¡eran como el vidrio! ¡Sí, Dios mío! ¡Podía ver la tierra a través de ellos!

No hice más comentarios. El detalle de la «transparencia» me tenía trastornado. Por un lado dudaba, pero, por otro, la seguridad de la testigo parecía tan sólida...

—Por supuesto, no me atreví a desobedecerle. Y me quedé allí, de rodillas, ensimismada...

—¡Visiones! Eso es todo...

Pedro volvió a las andadas, removiéndose inquieto en su diván y mascullando su teoría.

—¿Por qué crees que te dijo que no era el que tú habías conocido en la carne?

En esta ocasión, María replicó con una lógica aplastante:

—Porque, aunque tenía forma humana, no parecía de carne y hueso.

—¿Dijo algo más?

—Sí. Después de ordenarme que no le tocara, añadió: «... Bajo esta forma permaneceré entre vosotros antes de ir cerca del Padre.»

«¿Bajo esta forma?» ¿A qué podía referirse la mujer? ¿Qué clase de «cuerpo» era el que aseguraban haber visto? ¿Qué nuevo misterio tenía ante mí?

La de Magdala se levantó y, con los ojos fijos en el tozudo Pedro, gritó:

—¡Y dijo algo más!

Rodeó los divanes y, aproximándose al pescador, estalló:

—«Ahora id todas y decid a mis apóstoles, ¡y a Pedro!, que he resucitado y que me habéis hablado.»

La reacción del tosco galileo nos desconcertó a todos. Al oír su nombre se alzó y, lívido, sin desviar los ojos de la Magdalena, tartamudeó:

—¿Di... jo mi nom... bre?

—Todas lo escuchamos —respondieron las mujeres al unísono.

—¿Estáis... se... guras?

—«Ahora id todas y decid a mis apóstoles, y a Pedro, que he resucitado y que me habéis hablado.»

María repitió las palabras de Jesús, poniendo especial énfasis en la alusión al incrédulo galileo.

Lo comprendí al momento. Aquellos hombres, con sus

burlas y reproches, ni siquiera les habían dejado explicarse y narrar lo sucedido en su integridad. Y algo que yacía dormido en el corazón de Pedro despertó, obligándole a reaccionar. Se echó el manto por los hombros y, en otro de sus característicos arranques, salió de la estancia a la carrera.

Un segundo después, como movido por otro resorte, Juan Zebedeo le imitaba. Saltó del banco y corrió tras él.

Ninguno de los restantes discípulos movió un solo dedo. La incredulidad continuaba pintada en sus rostros.

No lo pensé dos veces. Tomé el cayado y, sin cruzar palabra alguna con los presentes, salvé la distancia que me separaba de la puerta, desapareciendo.

En mi mente se acumulaban aún muchas preguntas. El relato de la Magdalena no había hecho sino estimular mi curiosidad. Pero debía cumplir lo planeado por Caballo de Troya. Era imprescindible que estuviera cerca de Pedro y de Juan en el momento en que descubrieran la demoledora realidad de la tumba vacía. ¿Cómo reaccionarían? ¿Ocurrirían los hechos como cuentan algunos de los escritores sagrados?

En este aspecto, por lo que llevaba visto y oído, ni siquiera el fiable Juan había respetado el orden cronológico de aquellos primeros sucesos. Es más: esa parte de su evangelio aparece trastocada. En el capítulo 20, como es fácil de comprobar, la famosa carrera hacia el sepulcro es intercalada antes de la aparición del rabí a María Magdalena. Leyendo al evangelista en cuestión, uno tiene la impresión que la de Magdala acudió a la tumba en solitario, sin las mujeres. Y que, nada más descubrir el sepulcro vacío, corrió a la ciudad, lo anunció a los discípulos y Pedro y Juan se precipitaron hacia la finca de José. Incomprensible.

Como ya he referido más de una vez, y como seguiré demostrando, la pulcritud de los evangelistas como historiadores y notarios de los hechos y dichos de Jesús de Nazaret deja mucho que desear...

Al salir de la casa establecí una fugaz conexión con el módulo, anunciando a Eliseo que me disponía a cubrir otro de los objetivos del plan. Eran las 08 horas y 45 minutos.

El bullicio había ido en aumento en las calles de la ciudad y, siguiendo la inteligente recomendación de mi hermano, decidí evitar las aglomeraciones. Había perdido de vista a los discípulos, pero imaginaba cuál podía ser su derrotero. Con toda probabilidad, recorrerían —a la inversa— el mismo camino que yo había seguido para llegar a la mansión de Elías Marcos. Si actuaba con diligencia, quizá llegase a la finca al mismo tiempo que ellos...

Ascendí rápidamente por la rampa que desembocaba en la fachada sur del palacio herodiano, abandonando el recinto amurallado por la puerta de los Jardines o del Ángulo. Y desde allí, corriendo siempre en paralelo a los sectores oeste y norte de la muralla, no tardé en avistar la doble joroba rocosa del Gólgota. Mi espíritu se estremeció al reconocer las *stipes* verticales, negras y desnudas, recortándose sobre el fondo azul del cielo. Procuré no mirar y seguí mi frenética carrera, entre las atónitas miradas de los peregrinos que habían montado sus tiendas al socaire de los muros y que, sentados sobre sus esteras, se afanaban en la molienda del grano, peinaban sus barbas y cabelleras con anchos peines de madera o removían los grandes calderos comunitarios. Dejé atrás el concurrido camino que partía de la puerta de Efraim en dirección a Jaffa, no sin antes escuchar las maldiciones de un indignado aguador con el que había topado y cuyo odre, inevitablemente, rodó por tierra. No estoy muy seguro, pero creo que mi descenso desde el cerro del Gareb hacia el valle del Tiropeón se vio acompañado de alguna que otra piedra, furiosamente arrojadas por el atropellado y por los arreadores de ovejas cuyos rebaños quedaron medio descontrolados a mi paso.

Jadeante, crucé la senda de Cesarea, corriendo pendiente abajo, al encuentro de la ruta que conducía al norte. Al pisar el camino de Samaria me detuve unos segundos. Necesitaba oxígeno. Me asomé a la vertiente oriental de la calzada, tratando de reconocer la propiedad de José. Un destello me hizo volver el rostro hacia la izquierda. Y con no poca inquietud distinguí al fondo del polvoriento camino una *turma* romana: una pequeña unidad de la caballería. En total, unos treinta jinetes, con sus relucientes corazas de hierro trenzado y sus característicos pantalones rojos y ajustados. Seguramente regresaban a la fortaleza Antonia. Y aunque sus caballos tordos cabalgaban al paso y se hallaban aún a cosa de doscientos metros, evité un nuevo encuentro con las largas y afiladas jabalinas de los soldados. Salté sobre el pronunciado talud, ocultándome entre los corros de acebuches y el monte bajo. Esta vez la fortuna estuvo de mi lado. Al poco, cuando sentí alejarse a la patrulla, reanudé la marcha, dejando entre los cardos y ortigas el ya diezmado manto.

No tardé en divisar la cerca de madera encalada. Salté y, procurando hacer el menor ruido posible, tras consultar la posición del sol, me encaminé hacia el sureste. Aquella zona occidental de la plantación se hallaba cubierta de hortalizas. Fui esquivando como pude las hileras de «escalonias» —la cotizada variedad de cebolla egipcia—, así como los «ajos de caballo» o puerros, las hermosas y cuidadas escarolas y berenjenas y, de inmediato, a mi derecha, entre las primeras filas de frutales, reconocí las inmaculadas paredes de la casa del hortelano. El silencio seguía reinando en la finca.

Frente a mí se abrían las altas vides —las «datileras de Beirut»—, que el anciano propietario había importado de la costa fenicia y que mimaba con gran esmero. Al otro lado del viñedo se levantaba el palomar, de angustioso recuerdo para mí.

¿Qué hacía? ¿Me ocultaba de nuevo en el gran cajón? Rechacé la idea. Lo primero que debía averiguar era si los discípulos habían llegado. Elegí la mancha de frutales y, sigilosamente, como en ocasiones precedentes, fui avanzando entre ellos. Era muy extraño que los perros no dieran señales de vida. Pero lo atribuí a la prolongada presencia de los policías y soldados romanos. Rodeé la casita por su parte posterior y, dejando el brocal del pozo a mi derecha, terminé por agazaparme entre los menudos troncos de los árboles que empezaban a sombrear el suave promontorio rocoso. Todo frente a las escalinatas que llevaban al panteón continuaba inalterable: los mantos, mazas y la marmita seguían allí, olvidados. No había señal alguna de Pedro o de Juan. Y, acertadamente, supuse que su tránsito por las congestionadas callejuelas de Jerusalén no había resultado tan rápido como el mío.

Aquellos minutos me ayudaron a recobrar el resuello. Confirmé a Eliseo mi posición y éste, prudentemente, me recordó que eran las 09 horas y que tenía 90 minutos para retornar a la «cuna». No lo había olvidado. Pero antes debía ingeniármelas para sustraer temporalmente una de las piezas vitales en todo aquel enredo y, por supuesto, en nuestra nueva «exploración».

No tuve que esperar mucho. A los pocos segundos de cerrar la conexión auditiva, Juan se presentó en la bifurcación del sendero que nacía en la cancela de entrada a la finca. Venía sudoroso, muy agitado, respirando escandalosamente por la boca y con sus negros y grandes ojos desorbitados. En su rostro había una mezcla de miedo y esperanza.

Antes de elegir el ramal que conducía al sepulcro dedicó unos instantes a inspeccionar los alrededores. El discípulo sabía lo de la guardia y, aunque la de Magdala había repetido que el lugar estaba desierto, optó por cerciorarse. Convencido de que la zona se hallaba en calma, dio unos cuantos y cautelosos pasos, deteniéndose al descubrir los esparcidos mantos de los levitas. Aquello le sorprendió. Se agachó y, tomando uno de los bastones, masculló con rabia:

—¡Bastardos!

Soltó el arma con asco y, secándose el sudor de la frente con la amplia manga izquierda de su túnica color hueso, miró al frente, directamente a los peldaños que descendían al foso o antesala de la cueva funeraria. Dudó. Y al bajar el primer escalón quedó inmóvil. Volvió la cabeza en dirección a la vereda por la que había llegado y, con una mueca de impaciencia ante la tardanza de su amigo, se encogió de hombros. Lo vi salvar las breves escaleras y detenerse de nuevo en el estrecho callejón. Al hallarse de espaldas no pude saber cuál fue su reacción ante la visión de las rocas removidas. Seguía indeciso. Se situó frente a la boca de la cueva y, tras lanzar una segunda ojeada a sus espaldas, se inclinó, intentando escrutar el oscuro interior de la cripta. Así permaneció, en cuclillas y con la mano izquierda apoyada en el filo superior de la losa circular que medio taponaba la entrada, hasta que unos resoplidos y dramáticos jadeos le alertaron y obligaron a girar por tercera vez. Era Pedro.

Aunque, en efecto, yo le había visto salir el primero de la mansión de los Marcos, su mayor edad y la nada despreciable grasa que se acumulaba en su vientre y lomos lo habían dejado rezagado.

No pude evitarlo. Sentí pena por el agotado pescador. Juan se precipitó escalones arriba y, al verle, Simón Pedro se quedó quieto, interrogándole con la mirada. Pero su esfuerzo había sido excesivo y tuvo que reclinarse en uno de los frutales, llenando el silencio del lugar con interminables y anhelosas respiraciones. Su recortada barba cana goteaba un copioso sudor, mientras su túnica aparecía empapada y pegada a las carnes.

Pero su curiosidad e inquietud eran más fuertes que el cansancio. Y con un gesto de sus manos —incapaz de articular palabra—, interrogó de nuevo a su compañero. Juan, desde el filo de los escalones, negó con la cabeza. Pero no supe qué quiso decir. E imagino que Pedro tampoco interpretó correctamente aquel gesto negativo. ¿Se refería el discípulo a la ausencia del cadáver o trataba de explicarle que no había tenido ni tiempo ni oportunidad de penetrar en la gruta?

Pesadamente, sin dejar de jadear, con un mal disimulado disgusto que hacía más pronunciadas las arrugas de su rostro, Simón se fue hacia su amigo y, sin mediar pregunta o comentario por ninguna de las dos partes, se lanzó peldaños abajo. A mitad de camino, al descubrir el negro orificio de entrada, titubeó. Fue una décima de segundo. Y, como un meteoro, se puso de rodillas, entrando en tromba en el sepulcro. Juan, perplejo y admirado ante el indudable valor de su compañero, no se movió.

No había transcurrido ni un minuto cuando vi aparecer la calva del galileo. Esta vez, su salida de la cueva fue lenta y cansina. Tanto Juan como yo estábamos pendientes de su faz y de su posible reacción. Se incorporó con dificultad y, con pasos tambaleantes, sin despegar los labios, fue a buscar acomodo en la roca que servía de protección a la boca del pozo y que, como dije, se hallaba tumbada frente a la fachada de piedra del panteón. Sus ojos claros estaban fijos en ninguna parte. Parecía hipnotizado. Pálido y ajeno a cuanto le circundaba.

Juan, nervioso e impaciente, le increpó desde la boca del sepulcro. Entonces comprendí que el Zebedeo no había tenido ocasión de distinguir con claridad la superficie del banco donde descansó el cuerpo de su Maestro. Era lógico. Aunque el sol había remontado ya el perfil del monte de los Olivos, iluminando las tierras con una dulce y meridiana claridad, la luz que irrumpía en la cámara mortuoria era escasa. Y supongo que el decidido Pedro, como la Magdalena y como yo mismo, se había contentado con palpar el vacío...

—¿Qué...?

Simón Pedro no pestañeó siquiera. Y con un vago ademán de su mano izquierda le invitó a que entrara.

Juan torció el gesto y, contrariado por el mutismo de su compañero, se situó en cuclillas. Agachó la cabeza y se perdió en las tinieblas del sepulcro.

Su estancia en el interior fue algo más prolongada que la de su predecesor. Cuando retornó, a diferencia de Pedro, su cara aparecía radiante, transfigurada...

Durante un par de minutos no dijo nada. Se dejó caer de espaldas contra el frontis de la cripta y, entornando los ojos, le vi llorar. Fueron unas lágrimas silenciosas, apacibles, que decían más que todas las palabras del mundo.

Pedro terminó por volver a la realidad y, con un amargo rictus en sus labios, exclamó:

—¡Hijos de mala madre!... ¡Han profanado su tumba!

La reacción del pescador debió encender a Juan. Y abriendo sus ojos fue a sentarse a su lado. Visiblemente alterado, señalando a la boca de la cueva, el más joven de los Zebedeo trató de convencerle de algo en lo que, al parecer, no había reparado su amigo: la extraña disposición de la mortaja. ¿Cómo explicarlo? ¿Por qué los supuestos profanadores no se habían llevado la sábana y el sudario?...

Los argumentos —tan agudos como razonables— no conmovieron a Pedro. Mientras Juan discutía, refunfuñaba y le llamaba «terco» y «necio», Simón, inalterable, se limitaba a negar con la cabeza, repitiendo como un papagayo:

—¡Lo han robado!... ¡Lo han robado!

El discípulo, que parecía convencido de la misteriosa resurrección, invocó incluso la promesa del rabí, de volver a la vida al tercer día. Fue inútil. Su alegría y arrollador entusiasmo se estrellaban una y otra vez contra el escéptico Pedro.

En un desesperado y postrero intento por hacerle entender que aquel sepulcro vacío no podía ser obra de ladrones, Juan tiró de él, invitándole a que entrara de nuevo. El galileo accedió a regañadientes. Y ambos se perdieron por segunda vez en la oscuridad de la tumba.

Ignoro lo que hablaron, pero casi estoy seguro que los dos tantearon la superficie de la plataforma rocosa, encontrando, como yo, la blanda sábana de lino y el pañolón, misteriosa e inexplicablemente «deshinchados»... y vacíos.

Al rato regresaron a la luz. Pedro, sin cambios aparentes: confuso y atornillado a la explicación de los profanadores. Juan, en cambio, exultante. Reafirmado en la creencia de que el Maestro había resucitado. Le vi saltar de júbilo. Golpear la fachada del panteón con ambas manos y repetir a voz en grito:

—¡Lo hizo!... ¡Lo cumplió!... ¡Las mujeres tenían razón!

Simón, malhumorado y temeroso, intentó hacerle callar. Sus recelos hacia los sanedritas no habían desaparecido. El miedo a ser igualmente capturado seguía dominando y dirigiendo su débil voluntad. Y como viera que su impulsivo amigo no cedía, dio media vuelta, retirándose del callejón.

La verdad es que, al rememorar este pasaje, no supe qué pensar. Juan el Evangelista no refleja en ningún momento la dura y arisca postura de Simón Pedro. Al leer dicho texto (*Juan*, 20, 1-10), el escritor deja claro que él sí «vio y creyó». Pero ¿por qué no hace mención de la incredulidad y cerrazón mental de su compañero? ¿Fue por compasión? ¿Quizá por benevolencia? ¿O, como ya vimos en la «última cena», porque no convenía empañar la imagen del que después sería cabeza visible de la Iglesia?

Las escenas de la famosa carrera y de la entrada en el sepulcro habían concluido. Pero no así las sorpresas de aquella agitada mañana del domingo, 9 de abril del año 30...

En el fondo, como pasaré a relatar, la imprevista irrupción de aquella mujer en la finca contribuyó —y no poco— a multiplicar mi desolación. Esto fue lo que presencié.

Pedro, como decía, subió los peldaños y, gesticulando y farfullando incongruencias, se dirigió hacia el sendero. Parecía dispuesto a dejar plantado a su amigo. Pero, súbitamente, unos apresurados pasos le obligaron a detenerse. Yo, que me había alzado y me disponía a salir al encuentro de los apóstoles, hice otro tanto. Aquello no estaba previsto ni figura en los textos evangélicos.

Al fondo de la vereda, entre el ramaje de los árboles, se aproximaba rauda una silueta. Juan terminó por asomar a la pequeña explanada abierta frente a la roca y, despacio, fue a situarse junto a su expectante compañero. No hablaron. Pedro llevó su mano izquierda a la empuñadura de su espada y, temiendo quizá un desagradable encuentro, esperaron.

La alta y espigada figura llegó a la bifurcación del caminillo. Y al descubrir la presencia de los galileos detuvo su nervioso caminar. Era una mujer. Llevaba el rostro embozado en un holgado manto verde hierba. Creí reconocer el talle y aquellas delicadas vestiduras. Y fue Juan quien confirmaría mis suposiciones.

—¡María! —exclamó el Zebedeo. Y abriendo sus brazos se precipitó hacia la hebrea—. ¡María! ¡Perdóname!... ¡Es cierto, es cierto!

La de Magdala descubrió su cara, acogiendo al feliz discípulo. Simón retiró sus dedos del gladius y, respirando aliviado, permaneció inmóvil. Juan y la Magdalena habían roto a llorar. Y así siguieron durante algunos minutos, fuertemente abrazados. Pero Simón, cuya paciencia no era precisamente generosa, trató de cortar aquella emotiva escena, recriminándoles su «infantil credulidad» e instando a Juan a salir cuanto antes de aquel «peligroso lugar». Fue entonces, al lanzar una inquieta mirada a su alrededor, cuando descubrió mi presencia entre los frutales. El pescador, sobresaltado, desenvainó la espada. Pero, saliendo de mi escondrijo, me di a conocer, invitándole a no perder la calma.

Al reconocerme, Juan secó sus lágrimas y, ante el gesto contrariado de Simón, acudió a mí, haciéndome partícipe —entre gimoteos y convulsivas sonrisas— de lo que ya sabía. Durante algunos instantes no supe qué hacer ni qué decir. Era plenamente consciente que no podía influir, en ningún sentido, en los ánimos o decisiones de aquellos hombres. Mi papel era el de mero espectador. Sin embargo, en situaciones como aquélla, la fría y necesaria imparcialidad resultaba extremadamente difícil... Y me limité a escucharle, acariciando sus revueltos y sedosos cabellos.

Fue Pedro quien, más sereno, vino a sacarme de tan comprometida situación. Dejándose llevar de su lógica y sentido común, ignorando a María, dio un corto paseo entre los bastones y la marmita de los policías del Templo, exponiendo lo que, en principio, me pareció una excelente sugerencia:

—Debemos anunciar el robo a José y a los demás...

Al oír la palabra «robo», la de Magdala arreció en su llanto presa de un nuevo ataque de desesperación. Pero el tozudo galileo ni la miró. Y haciendo presa en la muñeca de Juan, lo arrastró vereda arriba, desapareciendo de nuestra vista.

Por un lado me alegré. La intransigencia del pescador había empezado a crisparme los nervios.

La misión me obligaba a permanecer en el huerto, atento a la suerte de los lienzos mortuorios. Ése era mi inminente y delicado objetivo: hacerme con ellos y, durante unas horas, someterlos a un exhaustivo análisis científico en el interior del módulo. Una vez depositados en la «cuna», daría comienzo la segunda fase de aquella, por el momento, accidentada aventura. Pero sigamos el orden cronológico de los hechos...

Conmovido, me aproximé a María. Se había arrodillado y, abatida, ocultaba su cara entre las manos. La dejé llorar y desahogarse. Cuando comprobé que sus sollozos y suspiros empezaban a espaciarse, fui retirando delicadamente sus largas manos, rogándole que tuviera paciencia. Pero la de Magdala, con los ojos hinchados y enrojecidos, movió la cabeza, transmitiéndome su impotencia y profunda angustia. Era triste y desesperante para mí no poder ayudar mejor a aquella hermosa hebrea de treinta años. Hubiera deseado anticiparle algo de lo que conocía. Pero el estricto código moral que regía nuestro trabajo se impuso una vez más.

De rodillas frente a ella, pendiente de su amargura, tuve de pronto la sensación de que alguien nos observaba. Fue un escalofrío en la nuca. Y, al volverme, en efecto, tropecé con la fornida figura de un hombre. Se hallaba descalzo. Quizá por ello no le había oído llegar. Levanté la vista y respiré con alivio al reconocer al hortelano de José. Vestía un tosco *chaluk* de lana cenicienta y descolorida, tocándose con un no menos gastado sombrero de hoja de palma. En su mano izquierda portaba una antorcha. El *am-ha-arez* —así denominaban a los sufridos obreros del campo y a la masa del pueblo— me sonrió, dejando al descubierto las dos o tres únicas piezas que seguían en pie en sus inflamadas y negras encías.

Creo recordar que aquélla fue una de las pocas ocasiones en que le oí hablar. El hombre, fiel seguidor de las enseñanzas de Jesús de Nazaret, había escuchado los rumores que ya circulaban por la ciudad sobre la desaparición del cadáver del Maestro y, en un casi indescifrable arameo galilaico, me preguntó si sabía algo al respecto (1).

Me puse en pie y, señalando hacia María, improvisé, explicándole que sí, que algo había oído, pero que no estaba seguro...

El jardinero cayó entonces en su habitual mutismo. Miró a la mujer e, hierático como un poste, se alejó en dirección al foso. Comprendí que estaba dispuesto a comprobarlo por sí mismo y, tras unos segundos de vacilación, decidí unirme a él. La presencia de la tea era importante. Hasta ese momento, mis sucesivas incursiones a la cripta se habían desarrollado siempre en precarias condiciones de visibilidad. Y sin más, olvidándome por completo de la de Magdala, me apresuré a seguir los decididos pasos del hortelano.

En mala hora...

El nauseabundo olor del sebo de vaca que impregnaba la tea lo llenó todo. Y la cimbreante llama, entre esporádicos chisporroteos, fue arrancando rojizos reflejos a las paredes de la gruta, alargando y deformando nuestras sombras. El silencioso hortelano, con la cabeza y el torso inclinados

(1)   El acento de los galileos, como vimos en el incidente de las negaciones de Pedro, era tan acusado que, por ejemplo, una palabra tan común como cordero *(immar)*, podía ser confundida con *hamar* (vino) o con *hamor* (asno). Esta circunstancia y las costumbres más liberales de la Galilea o *Guelil*, como la llamaban los judíos del sur, habían hecho que los paisanos del Nazareno fueran despreciados y discriminados y sus tierras, bautizadas con el sobrenombre de *guelil-al-goyim* o «el círculo de los paganos». Pero de estas interesantes diferencias entre los judíos hablaré más adelante. *(N. del m.)*

para no tropezar con el techo, permaneció con los ojos fijos en el banco vacío. Parecía hipnotizado.

Durante unos segundos me dediqué a observarle, esperando algún comentario o reacción de sorpresa. Me equivoqué. Frío como el hielo, se limitó a pasear el hacha por encima de la plataforma rocosa, verificando, como yo, que el lienzo presentaba una posición anormal.

Transcurridos unos minutos, hizo ademán de retirarse del lúgubre recinto. Pero —¡torpe de mí!— le hice una señal y el seco aunque complaciente servidor de José accedió a mi ruego, aproximando la antorcha al lino. Obviamente, debido a la oscuridad, en las anteriores oportunidades no había tenido ocasión de reparar en un «detalle» que, ahora, a la luz de la flama, me dejó atónito. Un «detalle» del que había tenido conocimiento «en mi tiempo» pero que, honradamente, nunca valoré como «serio» y «científico». Me estoy refiriendo a unas asombrosas manchas, de un tinte acaramelado, que aparecían en ambas caras interiores del paño de lino. Pero vayamos por orden.

Recuerdo que, en una primera exploración de la mitad superior de la sábana, me llamó la atencion una serie de coágulos y reguerillos de sangre. Pegué casi la nariz sobre tales manchas, observando con no poca perplejidad que aparecían intactas. «Limpias». Perfectamente definidas. Aquello era incomprensible. Después de treinta y cuatro horas —tiempo aproximado de permanencia del cadáver en la sepultura—, la mayoría de las heridas y grumos sanguinolentos debería de haber quedado encolada a la tela. Si el cuerpo fue robado o trasladado, lo lógico hubiera sido que, en el trasiego, al despegarse, dichas coagulaciones habrían chafarrinado o emborronado la sábana. Los calcos de sangre, en cambio, se conservaban intactos.

¡Dios mío!, ¿qué había sucedido en aquel negro aposento en la madrugada del domingo?

Levanté la cara superior del lino y, a la luz de la tea, entre una constelación de rastros sanguíneos igualmente nítidos, descubrí aquellas «manchas» doradas. ¿O no eran «manchas»? Nervioso y confundido ante tanto desatino científico, acaricié la superficie de la mitad inferior de la mortaja. Las yemas de los dedos rozaron primero algunos de los grumos de sangre. Sí, no cabía duda: aquello sólo era sangre. Pero al hacer lo mismo sobre las supuestas «manchas» de color tostado, no percibí la rugusidad de los coágulos. La deficiente iluminación y la prohibición establecida por Caballo de Troya de manipular o alterar la posición de aquellos lienzos —al menos mientras permanecieran en la tumba— no me permitieron llegar a conclusión alguna. Mientras duró la corta y apresurada exploración me vinieron a la mente varias hipótesis. ¿Se trataba de manchas originadas por los ungüentos? ¿O quizá estaba ante posibles fluidos de origen orgánico —consecuencia de la descomposición del cadáver— que habían empapado la tela?

Lo asombroso era que tales «manchas» venían a reproducir los perfiles del cuerpo que había sido envuelto en la mencionada sábana.

—¡Esto es de locos!

Mi exclamación debió de remover el gélido talante del jardinero. Porque, imitándome, acercó su rostro al interior de los lienzos. Cruzamos una mirada de incredulidad. Sin embargo, no fueron las misteriosas «manchas» color oro o la desconcertante estructura de los coágulos lo que había sorprendido al sagaz hortelano. Supongo que estas sutilezas escaparon a su fino instinto. No así, en cambio, otro «detalle» que, de no haber sido por él, seguramente habría pasado inadvertido para mí. Sin pronunciar una palabra, señaló con su dedo índice derecho hacia el centro del lino. Al ver «aquello», el corazón me dio un salto. Casi en la mitad del banco, descansando entre ambas partes de la sábana y justamente en el punto donde habían reposado las muñecas del Nazareno, se encontraba la estrecha tira de tela que, una vez espolvoreada de acíbar, había servido para anudar sus destrozadas manos. Lo increíble es que la «venda» en cuestión aparecía enrollada, como un «anillo», perfectamente anudada y abrazando... ¡el vacío!

Cerré los ojos. ¿Es que yo también era víctima de una alucinación o de la histeria colectiva? Pero no. Al abrirlos, el «descubrimiento» del jardinero seguía allí, desafiando a la lógica humana. Al igual que ocurriera con el pañolón que había sujetado la mandíbula inferior del rabí y que, como dije, se encontraba firme y «en su lugar», aquella pieza de tela —obligada en los enterramientos judíos de la época— no mostraba signos de manipulación por parte de manos humanas. Si un hipotético profanador hubiera cargado con el cuerpo, ¿por qué iba a entretenerse en soltar dichas tiras para anudarlas nuevamente y, en el colmo de lo absurdo, situarlas delicada y estudiadamente en el mismo punto y posición que habían ocupado?

Allí había ocurrido «algo» extraordinario. «Algo» que rebasaba mi capacidad mental. Pero ¿qué?

Tal y como imaginé, la «venda» que Nicodemo había anudado a la altura de los tobillos del Maestro se presentó ante mis atónitos ojos en idéntica posición. Meticulosamente enrollada y con los nudos intactos...

Satisfecha mi curiosidad —no así mis dudas—, hice descender la referida mitad superior del lino hasta su posición original. Ahora más que nunca debía hacerme con aquella mortaja y someter el tejido, los coágulos y las «manchas» doradas a un exhaustivo análisis médico-científico. ¡Qué poco imaginaba entonces las múltiples sorpresas que nos depararían dichos estudios! Pero antes había que resolver un «pequeño problema»: ¿cuándo y cómo sustraer los lienzos?

Creo que estábamos a punto de abandonar la cripta cuando, de pronto, una sucesión de gritos hizo que el hortelano y yo nos mirásemos alarmados. ¿Qué había sucedido?

En efecto, creo que fue una torpeza por mi parte. Jamás debí retener al hortelano en la tumba. Pero el destino, como se verá, tiene estas cosas...

Fui el primero en salir. Medio cegado por la fuerte claridad de la mañana, a punto estuve de tropezar con la segunda losa.

Las voces procedían del lugar donde, poco antes, habíamos dejado a la afligida María. No parecían gritos de miedo o de dolor. Era difícil de explicar. Sonaban como invocaciones... Como si alguien —una mujer sin duda— reclamara la atención o la presencia de otra persona.

Al ganar el último escalón quedé desconcertado. De espaldas, la de Magdala, arrodillada y con los brazos en alto, no cesaba de clamar, repitiendo una misma y única palabra:

—*Rabbuní!*...

El término —«Maestro»— se refería al fallecido rabí de Galilea. De eso estoy seguro. Pero ¿por qué invocaba su nombre? Y, sobre todo, ¿por qué lo hacía en aquel extraño tono?

Tuve un presentimiento. Dirigí la mirada a mi alrededor pero no tardé en rechazar tan absurda idea. Allí no había nadie. Todo se hallaba en calma. Además, los textos evangélicos consultados por Caballo de Troya no hablan de una segunda aparición de Jesús a la Magdalena.

La mujer no se había movido prácticamente de la linde de los árboles. Quizá —pensé— ha sido víctima de otra depresión.

El encargado de la finca se situó a mi altura y, de nuevo, nos miramos sin comprender. Y despacio, procurando no asustarla, caminamos hacia ella.

—*Rabbuní!*

Aquello era una llamada.

Nos detuvimos uno a cada lado y, por espacio de algunos minutos, la contemplamos con tanta inquietud como curiosidad. La Magdalena presentaba una expresión diametralmente opuesta. El anterior abatimiento se había borrado de su faz. Era muy extraño...

Sus ojos, muy abiertos, sin pestañear, parecían atrapados en un punto invisible del espacio. Había en ellos una sombra de espanto y sorpresa. Fue entonces, al mirar sus manos, cuando reparé en la dirección y posición de los dedos. Se encontraban rígidos, crispados y en actitud de querer tomar o agarrar algo...

—*Rabbuní!*

María, inmóvil como una estatua, no se percató de nuestra presencia. Sólo repetía el título del Nazareno. Y su tono, evidentemente, era de clara súplica. No supe qué pensar. Todos los síntomas apuntaban hacia una nueva crisis. Y empecé a cuestionarme si la salud y equilibrio mentales de la antigua cortesana eran correctos.

De no haber sido por la fulminante reacción del jardinero, quizá aquella situación hubiera podido prolongarse indefinidamente. Pero el hombre, comprendiendo que María se hallaba fuera de sí, terminó por echarse sobre ella y, zarandeándola por los hombros, la levantó casi en el aire. Las secas y violentas sacudidas surtieron efecto. Y la de

Magdala pestañeó varias veces, «volviendo» a la realidad. Sus mejillas fueron recobrando el color y, bajando la cabeza, suspiró ansiosamente.

—¿Estás bien? —me atreví a preguntar.

Alzó los ojos y sus pupilas azabaches hablaron en silencio y con una fuerza que me recordaron la poderosa mirada del Hijo del Hombre. Me estremecí y ella, lo sé, lo percibió. Sonrió con una íntima satisfacción y, levantando su mano izquierda hacia los frutales, comentó sin titubeos:

—¡Le he visto!

El hortelano, instintivamente, giró la cabeza hacia el lugar señalado por la mujer.

—Sí, nos lo has contado… —repliqué en tono conciliador.

—¡No! —estalló temblorosa—. ¡Ahora!… ¡Ha sido ahora!

Esta vez fui yo quien palideció. Pero, al momento, sospechando que la Magdalena podía ser víctima de sus propias emociones, me esforcé por conservar los nervios, siguiéndole la corriente.

—Ten calma. Sabes que yo he creído tu testimonio. Sé que le visteis…

—¡No! —me interrumpió con violencia. Su faz había cambiado. La de Magdala había comprendido que, una vez más, no era creída—. ¡Os repito que le he visto por segunda vez!… ¡Aquí!

Y avanzando un par de pasos fue a situarse a un metro de los árboles.

El silencioso jardinero torció el gesto. Volvimos a mirarnos y, prudentemente, no hicimos comentario alguno. Una segunda supuesta aparición del no menos supuesto resucitado era demasiado… Y, sin querer, me vi arrastrado al mismo escepticismo de Pedro y que, paradójicamente, yo había criticado en mi interior. Era curioso. A pesar de la vehemencia de la hebrea, fui incapaz de creer en sus palabras. ¿O es que la sensación de frustración que venía germinando en mi ánimo nublaba mi mente hasta el punto de rechazar su testimonio, buscando así mi propia justificación? Ahora sé que la sola idea de que aquello fuera cierto, y de que Él hubiera estado tan cerca, había empezado a minar mis fuerzas…

—¡Era Él!…

Y María, sin que nadie le preguntase, repitió la misma descripción del «extranjero de túnica y manto "nevados"». La dejamos desahogarse. ¿Qué otra cosa podíamos hacer?

—...Y me ha hablado —prosiguió con una creciente emoción—. Ha dicho: «No permanezcas en la duda. Ten valor... Cree lo que has visto y oído. Vuelve con los apóstoles y diles otra vez que he resucitado... que apareceré ante ellos y que, pronto, como he prometido, les precederé en Galilea.

Ella observó nuestros rostros. El significativo silencio que siguió a su exposición fue revelador. Pero, en esta oportunidad, la de Magdala no se alteró. No hubo reproches o lamentos. Comprendió cuáles eran los pensamientos de aquellos hombres y, ocultando su rostro con el filo del manto, se alejó con paso presuroso.

Eran las 09 horas y 40 minutos. Suponiendo que esta segunda manifestación del Maestro hubiera sido real, el hecho pudo registrarse tres o cuatro minutos antes...

Pasmados, sin saber qué decir, vimos cómo la mujer entraba en el sendero y echaba a correr. En estos instantes, al tiempo que desaparecía en dirección a la cancela, otras dos figuras se recortaron entre el ramaje. Al cruzarse con la Magdalena se detuvieron, pero ésta, al parecer, no respondió al saludo de los dos hombres y, sin dejar de correr, se perdió vereda arriba. Los nuevos visitantes, visiblemente contrariados, dudaron durante breves segundos. Pero al descubrir nuestra presencia, reanudaron la marcha. Eran José, el de Arimatea y dueño del lugar, y el eficaz David, hermano de los Zebedeo y jefe de los «correos».

Tanto uno como otro, al igual que la mayoría de los seguidores de Jesús que yo había tenido ocasión de contemplar hasta esos momentos, traían en sus rostros el agotador cansancio de dos días y dos noches de vigilia, la angustia y el horror de la tragedia y, sobre todo en el caso de David Zebedeo, una chispa de esperanza en sus ojos.

Ambos se alegraron al verme. Y José, sabedor desde un principio de la existencia de la férrea vigilancia del panteón, elogió mi presencia en el lugar, comparándola con la «mezquina y cobarde actitud» de muchos de los íntimos del Maestro. Traté de disuadirle, pero el anciano, cambiando de conversación, nos preguntó por lo que constituía el verdadero motivo de la visita de ambos a su propiedad: el sepulcro. Las mujeres que habían acompañado aquella madrugada a la de Magdala —nos aclararon—, después de transmitir a los apóstoles las noticias de la tumba vacía, de la desaparición de las patrullas y de la supuesta presencia del rabí en el jardín, acudieron a la mansión de José, poniendo en conocimiento de la hija de éste y de las restantes hebreas todo lo que —según ellas— habían visto y oído. Poco después, la hija del de Arimatea y las cuatro testigos en cuestión se presentaron en la casa de Nicodemo. Allí estaban David Zebedeo y el anciano miembro del Sanedrín. Repitieron su historia, pero, según las propias palabras de José, casi todos dudaron de la veracidad de tales hechos. Sobre todo, del poco creíble asunto de la resurrección del Nazareno. Tanto Nicodemo como los discípulos que se ocultaban en la casa se inclinaron a creer que el cadáver podía haber sido robado. Sólo David y José recordaban las promesas del Hijo del Hombre y, movidos por la esperanza y la curiosidad —en el caso de José, esta última pesaba bastante más que la primera—, tomaron la decisión de acudir a la cripta e intentar aclarar el enigma.

David apenas abrió la boca. Contempló la explanada con minuciosidad y, acto seguido, temblando de impaciencia, rogó al anciano que no perdieran más tiempo y que le precediera en el ingreso en la tumba. José asintió y, a una señal suya, el hortelano encabezó la reducida comitiva. Yo, cautelosamente, me quedé atrás y aguardé en mitad de las escaleras. Durante los minutos —no muchos— que duró la nueva constatación, un pensamiento, casi una obsesión, me atormentó sin piedad:

«¿Y si aquella segunda aparición hubiera sido cierta?»

Tampoco los acontecimientos que estaba presenciando figuran en los Evangelios. Ni la segunda y hasta ese momento supuesta aparición del Maestro a la Magdalena, ni la espontánea visita de José y David a la tumba, ni muchísimo menos lo que ocurriría poco después. No me cansaré de repetirlo: ¡lástima que los escritores llamados «sagrados» no se empeñaran en una narración más minuciosa y completa de los sucesos que rodearon la vida y la muerte del Hijo del Hombre! De haberlo hecho así, los cristianos y no creyentes habrían comprendido mejor a los protagonistas de dicha época. ¡Qué razón lleva Juan el Evangelista cuando, en su último versículo (21, 25), asegura que «hay además otras muchas cosas que hizo Jesús...»! Pero me niego a caer en nuevas disquisiciones personales.

Curiosamente, aquellos dos hombres serían los últimos fieles seguidores del Cristo que tuvieron acceso a la cueva cuando todavía se hallaba «intacta»; es decir, con los lienzos mortuorios tal y como habían aparecido después de la enigmática desaparición del cadáver.

El de Arimatea no tardó en volver al exterior. Su actitud, en un principio, fue agria. Se llevó las manos a la espalda y, mientras daba cortos paseos por el callejón, se limitó a mover la cabeza, como si rechazase la posibilidad de una resurrección. En cierto modo me recordó a Simón Pedro.

David Zebedeo, en cambio, al igual que Juan, su hermano menor, apareció vivificado. Con una elocuente felicidad en los ojos.

Antes de que el responsable de los emisarios formulara comentario u opinión algunos, el *euschēmōn* —designación utilizada también en aquel tiempo al referirse a un rico hacendado— se plantó a dos palmos de su amigo y, mirándole fijamente, le preguntó sin rodeos:

—¿Qué opinas?

La respuesta del galileo, a mi entender, fue perfecta:

—Hice bien al convocar a mis hombres para hoy... Siento curiosidad por conocer las reacciones de los apóstoles. Iré a la casa de Elías y les preguntaré. Jesús prometió resucitar al tercer día y lo ha cumplido. En cuanto llegue el último de mis «correos» daré las órdenes oportunas para que difundan la buena nueva.

—Pero...

La previsible impugnación de José no llegó a ser formulada. Un lejano vocerío nos hizo girar las cabezas hacia el final de las escalinatas. David interrogó con la mirada al sanedrita. Pero éste, encogiéndose de hombros, consultó al hortelano. Ninguno sabía de qué se trataba.

Ascendieron los peldaños cautelosamente y, una vez arriba, se detuvieron. Me apresuré a seguirles. Esparcidos entre los árboles —juraría que desplegados en orden de combate— se aproximaba una veintena de hombres. Vestían de forma muy distinta. Cinco o seis, con largas túnicas verdes que rozaban el suelo arcilloso y «camisas» de escamas metálicas hasta la mitad del muslo. Se tocaban con cascos bruñidos y cupuliformes y portaban sendos arcos de doble curvatura. Avanzaban en el centro de la formación y uno de ellos —quizá el jefe— lo hacía ligeramente adelantado y con una tea encendida en su mano izquierda.

Otros se cubrían con ropones amarillos, idénticos a los que habían quedado en tierra. Reconocí en sus siniestras y entre las fajas algunos de aquellos largos y temibles bastones claveteados. El resto, al menos de los que caminaban en primera línea, vestía unas curiosas prendas —parecidas a nuestras camisetas—, de un recio paño y cortas mangas, todas de idéntico color pardo-canela. Sobre una menguada túnica del mismo tinte —quizá se tratase de una única pieza— ceñían la cintura con una ancha faja de cuero reluciente, de unos treinta centímetros, y dividida en tres bandas, con todas las características de una coraza abdominal. Sus cabezas aparecían cubiertas con unos turbantes de igual tono que las vestiduras. Uno de los colgantes de aquel simulacro de casco caía sobre la oreja derecha, con largos flecos que descansaban sobre la clavícula. Una lanza de madera de más de dos metros y punta de hierro triangular y un espeso escudo ovalado, también de madera de sicomoro (capaz de resistir a los gusanos), completaban el armamento. La estampa de aquellos guardias del Templo —porque de eso se trataba— trajo a mi memoria el detalle de uno de los relieves descubierto en el palacio de Senaquerib, en Nínive, en el que se representa la conquista de la ciudad judía de Lakís, en el 701 antes de Cristo.

Al vernos aparecer en lo alto del callejón, la policía judía detuvo su marcha. Varios de ellos, los que portaban los arcos en forma de yugo, echaron atrás sus manos, extrayendo sendas flechas de unos carcaj cilíndricos y granates. Pero el situado en cabeza hizo una señal con el hacha y las flechas volvieron a las aljabas.

David Zebedeo, intuyendo las intenciones de aquellos *ammarkelîn* o *stratēgoi*, como los llamó Flavio Josefo, desenvainó su *gladius* y, frío como un témpano, fue a cubrir a su anciano amigo. Pero éste, consciente de la superioridad de los esbirros de Caifás, obligó al discípulo a guardar su arma. Y adelantándose hacia la linde de los frutales, increpó al que parecía el cabecilla, llamándole por su nombre. Se trataba de un tal Eleazar, uno de los *sagan* o jefe del Templo (1). El capitán de los levitas se reunió al punto con el dueño de la plantación y, por espacio de breves minutos, discutieron acaloradamente. Por último, tras hacer una indicación al grupo que permanecía atento y a corta distancia, se abrió paso desde detrás de los policías un hebreo de larga túnica blanca, de lino, con un ceñidor de tela del mismo color, del que colgaba una pequeña caja de fina madera. Me impresionó su porte noble, tranquilo y mesurado. Debía rondar la misma edad de José: unos sesenta años. El recién llegado saludó al de Arimatea con una leve reverencia e introduciendo su mano en la amplia manga derecha le mostró un rollo de piel de borrego, cuidadosamente sujeto por un cordoncillo rojo. José lo desplegó, procediendo a una minuciosa lectura. Sin poder resistir la curiosidad, me incliné disimuladamente sobre David, susurrándole al oído si podía adelantarme una explicación. El Zebedeo, sin dejar de observar a los tres hombres, me hizo ver que no estaba seguro:

—Quizá pretendan la clausura de la tumba...

Pero el jefe de los heraldos se equivocaba. Las intenciones de aquellos individuos o, para ser más preciso, del sumo sacerdote Caifás y los saduceos que le secundaban en el «problema» llamado Jesús, eran mucho más sibilinas...

El de Arimatea devolvió el pergamino al anciano y, dando media vuelta, se encaminó hacia nosotros. Su rostro, habitualmente apacible, se hallaba congestionado. Nos indicó con la mano que nos echáramos a un lado, dejando libre el acceso al foso, y, con un escueto y seco comentario, resumió la situación:

—Orden de registro...

(1) Los jefes del Templo gozaban de una gran consideración. Además de la supervisión del culto administraban todo lo concerniente a la seguridad y trabajos policiales desempeñados por los levitas. En el año 66, por ejemplo, otro Eleazar llegó a ordenar la supresión del sacrificio en honor al emperador romano. Aquello fue casi una declaración oficial de guerra contra Roma. Fue el comienzo de la insurrección. *(N. del m.)*

—Pero ¿por qué?... ¿De quién?

José miró a David y respondió con una cínica sonrisa. Fue el Zebedeo quien se contestó a sí mismo y acertadamente, claro:

—¡Caifás!... ¡Ese bastardo!

Al principio, como mis compañeros, no comprendí el sentido de aquel registro. El sumo sacerdote había sido informado por la propia patrulla judía de la desaparición del cadáver y del no menos inquietante fenómeno de las piedras, rodando solas. ¿Qué oscuras intenciones podían ocultarse, por tanto, detrás de aquella absurda orden? No tardaría en averiguarlo.

Los levitas cercaron finalmente el acceso a la cueva y nosotros, en silencio, permanecimos a un lado, pendientes de la desconcertante maniobra. El capitán reclamó entonces la presencia de dos individuos que no parecían formar parte del cuerpo de vigilantes del Templo. Vestían como la mayoría de los *am-ha-arez* o plebeyos: túnicas raídas y de un color devorado por la inseparable mugre. Uno de ellos presentaba la cabeza fajada a la altura de las sienes. Las vendas le ocultaban la oreja derecha. Y al fijarme con mayor detenimiento me pareció reconocer al siervo del sumo sacerdote que había provocado el altercado en las cercanías del huerto de Getsemaní. Aquel sirio o nabateo (1), que respondía al nombre de Malco, y que yo había buscado infructuosamente en las postreras horas de mi primer «salto», parecía muy recuperado del terrorífico mandoble propinado por Simón Pedro. Si las circunstancias no hubieran sido tan rígidas, seguramente habría intentado satisfacer una íntima curiosidad: examinar la oreja y el hombro derechos del inoportuno siervo. Pero no tuve más remedio que dominarme. «Quizás haya una tercera ocasión», me dije a mí mismo. De todas formas, mientras Eleazar, el capitán de los guardias, daba instrucciones a los desarrapa-

---

(1) El nombre de Malco aparece frecuentemente en las inscripciones palmireas y nabateas. Dos reyes de la mítica Nabatea —Malco I (50-28 a. J.C.) y Malco II (40-71 d. J.C.)— parecen refrendarlo. También el historiador Josefo lo atestigua (*B.j.*, I 29, 3 y *Ant.*, XVII 3, 2). Según nuestras informaciones, Le Bas y Waddington se inclinan más por un origen sirio, ofreciendo hasta un total de 28 testimonios epigráficos. (*N. del m.*)

dos, pude aclarar otro interesante extremo. Aquellos individuos no eran en realidad unos sirvientes, en el sentido que podemos atribuir hoy a tal calificativo. El descarado orificio en el lóbulo de la oreja derecha del segundo personaje revelaba a las claras que se trataba de esclavos. En este caso, esclavos paganos. (Procuraré, más adelante, adentrarme en el tenebroso y poco conocido mundo de la esclavitud en Israel en los tiempos de Cristo y a la que, incomprensiblemente, Jesús no prestó una excesiva atención.)

El caso es que, ante mi sorpresa y desconcierto, el jefe del Templo cedió la tea a Malco y, éste, en compañía del segundo esclavo y de tres de los levitas de túnicas verdes, descendieron los peldaños, dirigiéndose a la boca del sepulcro. El capitán ordenó que fueran recogidos los mantos, garrotes y la marmita de la patrulla que había prestado servicio frente a la tumba, y, acto seguido, bajó al callejón, introduciéndose en la cripta. Por lo que pude apreciar, sólo los esclavos y el jefe de aquel nuevo pelotón entraron en la cueva. Este último, por cierto, se deslizó por la estrecha abertura con unas precauciones que se me antojaron tan absurdas como excesivas. Los tres levitas restantes se mantuvieron frente a la fachada, custodiando el acceso al interior.

La explicación a la casi teatral manera de Eleazar de ingresar en el panteón —evitando por todos los medios el rozar siquiera la piedra circular que servía para clausurarlo— me fue dada por David quien, espontáneamente, rememoró una diatriba del Maestro:

—¡Sepulcros encalados!

¿Qué había querido decir el Zebedeo? Muy sencillo. La ley mosaica era estricta en lo que al contacto y a la contaminación con cadáveres se refería. En la *Misná*, por ejemplo, capítulo *Ohalot* (1), se dicta, entre otros, los siguientes

(1) En el tratado de las «Tiendas» *(Ohalot)*, en un total de dieciocho extensos capítulos, la *Misná* establece los casos concretos de impureza por contacto con cadáveres «bajo una tienda». El libro de *Números* (19, 14) afirma en este sentido: «Ley para cuando un hombre muere dentro de la tienda: el que entre en la tienda y todo lo que hay en ella quedan impuros.» Por «tienda» no se entendía sólo la tienda o albergue, sino todo aquello que, como una tienda, ofrece techo o proyecta sombra, «tal como puede ser un palo, una mano, un animal, una losa, el mismo ca-

preceptos, fundamentados en el libro de *Números* (19, 14): «La piedra circular que cierra la tumba —reza el capítulo II— y las piedras de apoyo propagan impureza por contacto y bajo la tienda, aunque no por transporte...

»Las siguientes cosas son puras si son defectivas —es decir, si no alcanzan la medida—: como media aceituna de un cadáver como media aceituna de sustancia cadavérica putrefacta, una cucharada de podredumbre, un cuarto de *log* de sangre (un *log* equivalía a 500 gramos), un hueso del tamaño de un grano de cebada, un miembro de un ser vivo al que le falta el hueso.

»Si una persona toca a un muerto y luego a unos objetos o si proyecta su sombra sobre un cadáver y luego toca unos objetos, éstos devienen impuros. Si proyecta su sombra sobre un muerto y luego la proyecta sobre unos objetos o si toca a un muerto y luego proyecta su sombra sobre unos objetos, éstos permanecen puros. Pero si su mano tiene una extensión de un palmo cuadrado, los objetos devienen impuros...»

Todas estas medidas —que en un principio tuvieron sin duda un carácter higiénico-sanitario— habían sido deformadas y manipuladas por los doctores de la Ley, transformándose, con el paso de los siglos, en una pesadilla. Y aunque la mayoría del pueblo hacía caso omiso de aquellos cientos de reglas y absurdas prescripciones, no sucedía lo mismo con los sacerdotes y demás castas, directa o indirectamente vinculadas al Templo o a la Ley. Éste era el caso del jefe de turno de los levitas. Y ésta era la razón por la que se habían hecho acompañar de dos «despreciables esclavos paganos», que no se hallaban obligados por la fuerza del ritual sobre «impurezas». Como tendría ocasión de presenciar minutos más tarde, aquellos «sepulcros blanqueados» guardaban las formas externas hasta el extremo de negarse a tocar los lienzos mortuorios, obligando a Mal-

---

dáver, etc.». Precisamente se escogió el término *ohalot*, con la terminación desusual del femenino, para indicar que las tiendas de las que ahí se trata tienen un sentido más amplio que el ordinario. En el caso de un sumo sacerdote, el contacto con un cadáver resultaba muy grave: le exigía una ceremonia de siete días antes que pudiese oficiar de nuevo. *(N. del m.)*

co y al segundo gentil a manipularlos. Lo raro, incluso, era que Eleazar se hubiera dignado franquear la puerta de la cripta. Pero sus órdenes, al parecer, le obligaban a tal «aberración religiosa»... Siguiendo las costumbres de Caifás, dadas las especiales circunstancias, la Ley, en este caso, había sido acomodada a los inconfesables intereses de la jerarquía.

A los pocos minutos, en efecto, el «registro» fue ultimado. Y vimos aparecer al capitán y a sus hombres. El de la oreja perforada llevaba bajo el brazo un envoltorio. José reconoció al momento la sábana de lino que él mismo había comprado y que sirvió para el transporte y provisional amortajamiento del cuerpo de su rabí. Enfurecido, salió al paso del jefe de la patrulla, exigiéndole los lienzos. Eleazar le apartó bruscamente. Fueron segundos de especial tensión. David llevó su mano izquierda a la empuñadura, pero, antes de que la espada llegara a deslizarse en la vaina de madera, los levitas que nos rodeaban clavaron los hierros de sus lanzas en nuestros riñones y vientres.

Las protestas del anciano sanedrita fueron estériles. Y, cumplida su misión, los soldados del sumo sacerdote se dispusieron a abandonar el huerto. Antes, a empellones y bajo la continua amenaza de las jabalinas, el hortelano, David y yo, fuimos forzados a retirarnos hacia el sendero de salida de la plantación. Pero el de Arimatea, que no retrocedía ante las dificultades volvió a encararse con el capitán. Y señalando al viejo de la túnica de lino, le recordó que aquélla era su propiedad y que estaba obligado, cuando menos, a levantar acta de lo confiscado. Eleazar, desorientado, esperó la respuesta del rabí o escriba. Éste, conocido por el nombre de Johanan ben Zakkai, asintió parsimoniosamente. El jefe del Templo cedió y, a una señal suya, los levitas nos obligaron a regresar a la explanada. Íbamos a servir de testigos.

El siervo que sostenía el hato de ropas lo arrojó al suelo y, al instante, tras consultar a Eleazar, se apresuró a deshacerlo. Tanto el capitán como los esbirros retrocedieron varios pasos, como movidos por un resorte. Y el anciano, después de asegurarse que su sombra y las de los levitas no eran proyectadas sobre el lío funerario, fue a sentarse a la turca frente a las prendas que estaban siendo requisadas.

Situó la caja rectangular sobre los muslos y, en silencio, recreándose en lo que sin duda constituía todo un ceremonial, procedió a abrirla. Quedé fascinado. Se trataba de una especie de módulo, chapeado en fina madera, con dos huecos redondos en uno de sus extremos. En ellos se almacenaban los panes de colores solidificados. Uno negro y el otro rojo. Posiblemente se trataba de hollín y ocre, mezclados con goma, que se diluían en agua a la hora de emplearlos. (Algo similar a nuestra tinta china, que permitía fáciles lavados y, naturalmente, toda suerte de falsificaciones.) La masa rojiza se obtenía también de la *sikra*, un polvo que resultaba de la molienda de cochinillas y que, en muchas ocasiones, era igualmente aprovechado por las hebreas como cosmético. En el centro de la caja había sido dispuesto un tercer orificio en el que se acomodaban los útiles propios de la escribanía: los cálamos o pequeños juncos marítimos, que hacían las veces de plumas. Habían sido sesgados por uno de los extremos y, por el otro, machacados, pudiendo utilizarse como pinceles.

Por último, en otro hueco practicado en la caja, el escriba almacenaba una serie de tablillas de madera —extremadamente delgadas— y cubiertas con cera. Junto a éstas descubrí un estilo de hueso. Una de las puntas formaba una espátula que debía servir para aplastar la cera y borrar así lo escrito, aprovechando de nuevo la tablilla. El extremo opuesto era muy afilado y puntiagudo.

El tal Zakkai tomó una de aquellas tablillas y, con la izquierda, se dispuso a perforar la cobertura de cera. Dio la señal con el estilo y el esclavo fue levantando las diferentes piezas mortuorias, mostrándolas a los presentes.

De derecha a izquierda, en arameo —el hebreo sólo lo utilizaban para cuestiones religiosas—, el rabí fue escribiendo sin prisas y con letras grandes:

«Un sudario… Dos vendas para fajado de manos y pies… y una sábana de lino de Palmira.»

Al izar parcialmente el largo lienzo, todos los allí congregados, incluidos David y el de Arimatea, pudimos observar «algo» que, sobre todo a mí, nos desconcertó. A la clara luz de la mañana entre los restos sanguinolentos, la sábana presentaba unas insólitas «manchas» doradas —las que había descubierto en la cripta— que reproducían parte de una figura humana. Aunque breve, la exposición del paño permitió distinguir las plantas de unos pies desnudos y la mitad inferior de unas piernas. El increíble «dibujo» —en esos momentos no supe definirlo mejor— no pasó inadvertido para Eleazar y el escriba. Éste, al reparar en dichas «manchas», permaneció un instante con la pluma en el aire, atónito. David Zebedeo me miró de soslayo, interrogándome con una casi imperceptible elevación de su cabeza. Yo me limité a enarcar las cejas, dándole a entender que tampoco tenía una explicación.

La fulminante reacción del capitán fue muy significativa. Al intuir que en aquel lienzo había «mucho más» que coágulos de sangre, simulando unas súbitas prisas, dio por concluido el protocolo, ordenando al esclavo que amarrara de nuevo el hato. Y el rabí, tras estampar su sello al pie de tan concisa «acta», guardó el instrumental, poniéndose en pie.

A partir de ahí, todo se desarrolló con rapidez. Los levitas nos azuzaron con sus armas, obligándonos a salir de la finca, mientras el resto del pelotón, con Eleazar a la cabeza, nos seguía a corta distancia. Traspuesta la cerca de madera, los soldados nos dejaron en paz. Fueron a unirse a sus compañeros, y José y David, indignados por lo que consideraban un atropello, me invitaron a que les acompañase hasta la casa de Elías Marcos. Dudé. Aquella parte de la misión no había sido rematada. Yo debía hacerme con los lienzos mortuorios y trasladarlos a la «cuna». Pero ¿cómo? El siervo que los custodiaba no parecía dispuesto a perderlos o a entregárselos a nadie. Y, excusándome, les dije que nos veríamos más tarde. Sin más, mis amigos se perdieron en dirección a la ciudad. El hortelano preguntó al jefe de Templo si podía reincorporarse a sus faenas en la plantación y, una vez autorizado, desapareció igualmente por la vereda del huerto. En cuanto a mí, como digo, las cosas volvían a ponerse difíciles. Mi única obsesión era apoderarme de la sábana. Pero la fortuna no parecía de mi lado. ¿Qué podía hacer?

El parlamento de Eleazar con su gente fue brevísimo. Yo tenía que mantener los ojos bien abiertos y seguir la pista del lino. No cabía otra solución. Y simulando un inexistente cansancio, me dejé caer al pie de la empalizada, sintiendo la agradable y tibia caricia del sol en mi rostro. Medio cerré los ojos, lamentando no haber sido más rápido en la incautación de la mortaja. Caballo de Troya, en el planeamiento de esta segunda misión, había sido terminante: el análisis de aquella tela era vital en nuestro intento por esclarecer el hipotético fenómeno que los cristianos llaman «resurrección». En consecuencia, debía trasladarla al módulo a cualquier precio. Pero aquel pensamiento fue rechazado de plano. Ya no tenía remedio. Además, habría ido contra el natural devenir de los sucesos que, en parte, había presenciado. Un error de esta índole, confiscando la mortaja antes de tiempo, hubiera podido cambiar sustancialmente los hechos históricos, tal y como hoy los conocemos. Si yo me hubiera hecho con ella en una de mis primeras incursiones en el interior de la tumba, lo relatado por Juan el Evangelista, por ejemplo, no habría sido igual. Ni él ni Simón Pedro, después de la famosa carrera, habrían tenido oportunidad de ver dichos lienzos y su insólita disposición sobre el banco de piedra. Mi responsabilidad, una vez más, era muy grande. Había que esperar. Era menester aguardar el momento propicio. Un momento en el que el envoltorio pasara a un segundo plano, históricamente hablando. Pero ¿cuándo y dónde? ¿Y si las intenciones del sumo sacerdote apuntaban hacia la destrucción del mismo? De Caifás y su gente podía esperarse cualquier cosa. Si el hato que portaba el siervo terminaba en algún oscuro rincón de Jerusalén o, sencillamente, era incinerado, adiós a nuestros objetivos...

Pero quizá estaba sobrevalorando la agudeza de aquellos esbirros. A juzgar por lo que hicieron, no estaban convencidos —ni muchísimo menos— de que los rumores sobre la vuelta a la vida del Galileo fueran ciertos.

La patrulla, congregada en torno a su jefe, dio por finalizado el «cónclave» y, mientras el grueso de la misma se ponía en movimiento hacia la muralla norte, Eleazar, el esclavo que sostenía el envoltorio funerario y dos de los arqueros dieron media vuelta, alejándose en sentido contrario al de la pequeña tropa. Y un rayo de esperanza se abrió paso en mi abatido corazón. ¿Qué se proponían?

Ni siquiera repararon en mí. Los cuatro individuos cruzaron ante aquel desarrapado y aparentemente dormido extranjero, rodeando la cerca de la finca en dirección noreste y a grandes zancadas. Los vi difuminarse en el interior de un corro de espesos algarrobos de llamativas flores rojas. Fue una excelente referencia.

Me incorporé rápido y, tras asegurarme que el grueso de los levitas proseguían su camino hacia la puerta de los Peces, salté el seto de brabántico de la propiedad situada frente a la de José, procurando rodear el bosquecillo de algarrobos por su cara este.

No tuve que caminar mucho. En su vertiente oriental, la reducida mancha de árboles aparecía cortada bruscamente por una de las múltiples depresiones de las estribaciones de las colinas y desfiladeros de Beza'tha. Se trataba de una de las mil pendientes rocosas de margocaliza senoniena, tan frecuentes en la atormentada superficie de Judea. Me pegué al polvo rojizo del terreno y, oculto entre los matorrales, distinguí al capitán y a sus hombres, al filo del precipicio. Eleazar señaló hacia el roquedo y el esclavo, obedeciendo la orden, arrojó el envoltorio al fondo del acantilado. Cumplida la misión, se alejaron de la sima por el mismo camino que habían traído.

Aguardé unos minutos. Todo en aquel recóndito paraje se hallaba desierto y silencioso. Verdaderamente, el lugar elegido para deshacerse de la mortaja era inmejorable. La carretera más cercana —la de Samaria— quedaba mucho más al oeste y la barranca peñascosa, aislada de vereda o trocha alguna. ¿Quién podía aventurarse en semejante sima?

Adoptando toda clase de precauciones fui aproximándome al declive rocoso. No tardé en divisar mi objetivo. Había quedado medio enganchado en los pimpollos de un alcaparro silvestre. La verdad es que, desde el borde del bosquecillo, no hubiera sido muy difícil localizarlo. Cualquier hipotético observador habría advertido sin dificultad el extraño lío, salpicado por aquel sinfín de manchas sanguinolentas, oscurecidas ya por el paso de las horas.

Tentado estuve de desanudar el envoltorio y satisfacer mi punzante curiosidad. Aquellas «manchas» de color tostado me intrigaban sobremanera. Pero no era el momento

ni el lugar adecuados. Tiempo habría de examinar el paño...
y de sobrecogerse con su «contenido».

Rasgué mi ya inservible manto y anudé el jirón a una
de las tiernas ramas del alcaparro. De esta forma, aunque
recordaba el punto de caída de la tela con exactitud, no habría quizá demasiados problemas a la hora de restituir el
hato al primitivo e histórico lugar en el que fue oculto y
abandonado.

Tampoco los evangelistas hablan de este asunto. Quizá
no lo consideraron importante. Quizá Juan, el único de los
escritores sagrados que «vio» dichos lienzos «allanados»,
no tuvo oportunidad de reparar en las misteriosas «manchas». O, si lo hizo, como en otros muchos capítulos de la
vida del Hijo del Hombre, lo pasó por alto. Sin embargo,
en nuestra opinión, como tendré ocasión de demostrarlo
más adelante, los referidos lienzos —en especial la sábana— tenían una decisiva importancia a la hora de enfocar
el controvertido fenómeno de la resurrección. Me estoy
refiriendo, naturalmente, al lado científico del tema; no al
de la fe.

Como seguramente habrá adivinado ya el posible lector
de estos recuerdos y apresuradas notas, ese largo paño de
lino que sirvió para envolver al cuerpo sin vida del Maestro tenía mucho que ver con una polémica reliquia, vene-
rada en el siglo xx en la ciudad italiana de Turín. Yo, como
he comentado, había tenido conocimiento de la misma.
Pero no supe prestarle la debida atención. Como tantas
otras reliquias de los cristianos, me pareció algo poco serio, desde el ángulo de la ciencia. ¡Qué equivocado estaba!

Y sin poder contener mi alegría, comuniqué a Eliseo mi
«hallazgo», anunciándole que partía de inmediato hacia la
«base madre» y con la totalidad de las piezas mortuorias.

Eran las 10.45 horas. Mi ingreso en el módulo iba a producirse con un estimable retraso sobre el programa previsto por Caballo de Troya. Un retraso que provocaría nuevas
frustraciones a este pésimo explorador...

Sin la menor contemplación, rasgué el lino bayal de mi
túnica, ocultando «mi tesoro» en el costado izquierdo. El
sol corría desafiante hacia el cenit y, a buen paso, tomando como referencia la piscina de las «cinco galerías» y el

monumento al batanero, en el ángulo nordeste de la muralla septentrional, fui a desembocar en la polvorienta pista que discurría por la garganta del Cedrón y que culebreaba por la falda occidental del monte de los Olivos. Con el auxilio de las «crótalos», la localización de la «cuna» fue extremadamente sencilla. Y a las 11.15 de esa mañana del «domingo de gloria», exhausto y pletórico de satisfacción volvía a abrazar a mi hermano.

No había tiempo que perder. Sustituí mis destrozadas ropas por otra túnica y ropón exactamente iguales, amarrando al ceñidor una segunda bolsa confeccionada a base de tosca estopa (una especie de harpillera), cuadrada, de 25 centímetros de lado, que contenía los astrolabios asirios y los «cuadrados» astrológicos egipcios, todo ello en madera policromada. Eliseo, que parecía totalmente repuesto de su pasajera indisposición, no hizo muchas preguntas. Ambos éramos conscientes del grave retraso en el programa y de lo mucho que quedaba por hacer en aquella intensa y memorable jornada del domingo, 9 de abril. Ni siquiera me molesté en añadir nuevas pepitas de oro a la bolsa de hule. Los primitivos 163 gramos-oro y los cien denarios —que no había tenido tiempo material de cambiar por moneda fraccionaria— seguían siendo más que suficientes para mis necesidades. Después de todo, mi segundo y forzoso retorno al módulo debería producirse a las pocas horas. De acuerdo con el plan, una vez examinados, los lienzos debían ser devueltos, intactos lógicamente, al punto de donde yo los hubiera sustraído.

Antes de abandonar la nave, mientras colaboraba con mi hermano en la apertura de la mesa giratoria de aluminio y acero inoxidable, especialmente diseñada por Caballo de Troya para la exploración del gran lienzo, Eliseo, consumido por la curiosidad, no pudo resistir la tentación y me interrogó sobre uno de los objetivos fundamentales de aquella primera fase de la operación: la supuesta resurrección del Maestro. No supe qué responder. Y señalándole la impresionante figura que se destacaba sobre la sucia y sanguinolenta sábana, comenté:

—Quizá los análisis de «esto» te digan mucho más de lo que yo, por ahora, podría adelantarte.

Al observar la «mancha» dorada —réplica fiel de un cuerpo yacente—, mi compañero quedó boquiabierto.

—Esto...

La sorpresa y admiración de Eliseo estaban justificadas. Al igual que yo, también había identificado la majestuosa figura «impresa» en el lino con la de la Síndone de Turín, la enigmática reliquia a la que ya me he referido.

—¿Tú crees que se trata de lo mismo?

Preferí no pronunciarme. El origen y la historia de dicha Sábana Santa son francamente oscuros (1). Y allí le

(1)   Una de las muchas objeciones planteada por los científicos a la citada Síndone o Sábana Santa de Turín fue la del arqueólogo francés F. de Mély. En una publicación de 1902, *Le Saint Suaire de Turin est-il authentique?*, Mély presentaba hasta 44 santuarios que se atribuían la custodia del «auténtico» lienzo de Cristo. Algo realmente sospechoso. Veamos esa lista de santuarios: Aix (Provence), Aquisgrán, Albi, Annecy, Aosta, Arlés, Besançon, Boukovinez (Rusia), Cadouin, Cahors, Campillo, Carcasona, Chartres, Clermont, Compiègne, Constantinopla, Corbeil, Corbie, Enxobregas, Halberstadt, Jerusalén, Johanavank (Armenia), Karltein, Le Mans, Lirey, Maguncia, Milán, Mont-Dieu Champaña, Pairis (Alsacia), París, Port-d'Aussois, Reims, Roma (San Juan de Letrán, Santa María la Mayor y San Pedro), Breines, San Salvador, Silos (España), Soissons, Turín, Utrecht, Vézelay, Vicennes y Zinte. De todos estos supuestos lienzos mortuorios, sólo el de Turín reúne una serie de curiosos factores que lo destacan sobre los demás. Sin embargo, como decía, su origen no aparece suficientemente documentado. En algunos de los llamados Evangelios Apócrifos —el de los *Hebreos* (siglo II), traducido al griego y latín por San Jerónimo y en las Actas de Pilatos (también del siglo II)— se hacen breves y muy fantásticas referencias a dicha mortaja. En el primero, por ejemplo, puede leerse: «El Señor, después de haber entregado la Síndone al Siervo del Sacerdote fue y apareció a Santiago.»

Francamente, esta alusión no parece muy seria. E idéntico parecer merecen a los historiadores las leyendas de Arcufo, de los ebionitas, etc. El primer dato medianamente riguroso sobre la aparición de la Síndone de Turín se remonta al siglo XIII, con la Cuarta Cruzada (1204). En el saqueo de Constantinopla, Roberto de Clary cuenta que la Santa Síndone solía exponerse a los fieles todos los viernes, doblada en ángulo diedro, de forma que ambas figuras —tanto la frontal como la dorsal— se presentaban «de pie»; es decir, en posición vertical. La reliquia se veneraba en la iglesia de Santa María de Blaquernae. Y cuentan igualmente las crónicas medievales que uno de los jefes de la tristemente célebre Cruzada, Otto de la Roche, consiguió mantener a raya a los francos allí acuartelados, evitando el saqueo de la referida basílica. En 1206, la Síndone reaparece misteriosamente. Esta vez en poder de Poncio de la Roche, padre de Otto. A partir de entonces, después de mil peripecias, el

dejé, entusiasmado en su nuevo trabajo. Uno de los más ambiciosos del proyecto.

Y a las 12.15 horas, con el ánimo recuperado, me alejé del calvero que nos servía de base. El resto del día prometía ser especialmente intenso...

Tomé esta vez el camino que conducía al extremo meridional de la ciudad, con el propósito de entrar por la puerta de la Fuente. Desde allí, ascendiendo por el barrio bajo, la mansión de los Marcos no quedaba muy lejos. Y mientras pasaba junto a las improvisadas tiendas de los peregrinos galileos, muchos de los cuales habían empezado a recoger sus enseres con la indudable intención de regresar a las tierras del norte, fui haciendo una recapitulación de lo que llevaba visto y oído en aquellas primeras y agitadas horas. No podía quitarme del pensamiento las dos supuestas apariciones de Jesús a la de Magdala y a las cuatro restantes mujeres. Según los textos evangélicos, aún debían producirse otras dos o tres materializaciones del rabí, amén de las consignadas en el lago de Tiberíades. Pero esta parte de la misión quedaba muy lejos. Era preciso encontrar la fórmula para estar presente en alguno de los sucesos ocurridos en Jerusalén o en el camino hacia la aldea de Emaús. Si los evangelistas decían verdad, ese mismo atardecer, en el piso superior de la casa de Elías Marcos tenía que ocurrir una de aquellas poco creíbles apariciones. Y digo «poco creíbles» porque, teniendo en cuenta lo observado hasta esos momentos, algunos de los pasajes de los cuatro escritores sagrados sobre la resurrección no parecían tener el menor fundamento. Nadie había hablado, por

---

famoso lienzo termina en poder de los duques de Saboya, futuros reyes de Piamonte e Italia. Hay constatación histórica de que, en 1532, un incendio en Chambéry estuvo a punto de destruir la reliquia. Una gota de plata fundida de la urna que la protegía quemó parte del lienzo, que fue posteriormente remendado por las monjas clarisas. De la capilla de Chambéry, la Síndone fue trasladada a Turín (1578), donde se encuentra desde entonces. Desde 1694, gracias al duque Víctor Amadeo II, el lienzo fue depositado en una suntuosa capilla, obra de Guarini, construida sobre la catedral de San Juan Evangelista, en la mencionada ciudad italiana de Turín. Se encuentra enrollada en torno a un cilindro de madera y guardada en una urna de plata que descansa en el altar mayor, en el centro de la rotonda de la capilla. *(N. del m.)*

ejemplo, de los famosos ángeles o jóvenes de vestidos resplandecientes que, dicen, fueron vistos en el interior del sepulcro e, incluso, sentado sobre la piedra que había cerrado la tumba. El bueno de Mateo se había dejado llevar por su entusiasmo y calenturienta imaginación, haciendo creer a los cristianos que la apertura de la cripta fue obra de un ángel del Señor que, además, provocó un terremoto. Ni la Magdalena ni el resto de las hebreas observaron a tales personajes celestes ni, por supuesto, hubo seísmo alguno. En cuanto al asunto de las «vendas» —mencionado por Lucas y Juan—, tampoco resulta fiable. Por supuesto, no estaban «en el suelo», como cita Juan. De haber sido así, ¿por qué iba a creer en algo sobrenatural? Ello sí hubiera sido una clara señal de profanación o robo del cadáver. No me cansaré de insistir: los lienzos estaban allanados y el pañolón y los dos pares de vendas utilizados para amarrar las muñecas y tobillos del rabí, en sus correspondientes y exactos lugares, como si el cuerpo se hubiera «esfumado». Tanto los traductores de estos textos como el propio afán de los evangelistas de enaltecer el suceso de la tumba vacía ha llevado, casi con toda seguridad, a errores y falsas interpretaciones. La verdad iba a ser más simple y sublime.

Pero antes de «enfrentarme» a esa Verdad me aguardaba toda una carrera de obstáculos y decepciones...

En la residencia de los Marcos no aprecié cambios importantes. Después de mi precipitada salida, los discípulos habían continuado enclaustrados y sumidos en el miedo y la tristeza. La primera en regresar fue María, la de Magdala. Relató a los íntimos su segunda y supuesta aparición de Jesús en la finca de José pero, por lo que pude deducir, tampoco fue creída. Simón Pedro y Juan retornaron poco después. Su intento de localizar al de Arimatea había resultado infructuoso. Tal y como imaginé, el anciano y David, alertados por las otras mujeres, abandonaron la casa minutos antes de que el escéptico pescador y el Zebedeo llegaran a ella. Aunque la versión de ambos sobre el sepulcro vacío no fue muy convincente, lo cierto es que el resto de los apóstoles dejó de reírse de la Magdalena. Algo había ocurrido en la cripta. Eso estaba claro para todos. Pero la casi totalidad de las opiniones eran coincidentes:

ese «algo» sólo podía obedecer a un robo o a una astuta maniobra de Caifás y sus odiados secuaces. Y el terror de aquellos galileos se multiplicó, hasta el punto que solicitaron de la señora de la casa unos maderos con los que apuntalar la puerta del cenáculo. Y las discusiones entre ellos arreciaron nuevamente.

Entristecido por aquel patético panorama, terminé por bajar al patio. Allí, en compañía de Juan Marcos y de María, su madre, la de Magdala, que había optado por ignorar a los tozudos amigos de Jesús, refirió una y otra vez su segunda visión. Y fue ella quien me informó igualmente de la visita de José y de David Zebedeo a los discípulos. Al parecer, siguiendo los deseos expresados por el jefe de los «correos» en la plantación, ambos se habían dirigido directamente desde la finca a la casa de Elías Marcos. Su parlamento con los ocho apóstoles giró al principio en torno al panteón vacío y a la posible resurrección del Maestro. Pero, a pesar de los argumentos y razonamientos de David, aquellos hombres seguían empeñados en la teoría del robo.

—David no quiso discutir —me explicó la de Magdala, elogiando la postura del hermano de los Zebedeo—, pero les dijo lo que pensaba. Éstas fueron sus palabras: «Vosotros sois los apóstoles y deberíais comprender estas cosas. No voy a discutir con vosotros. Sea lo que sea, me voy a casa de Nicodemo, donde he citado a los mensajeros. Cuando estén todos, los enviaré a cumplir la última misión: la de anunciar la resurrección del Maestro. Le oí decir que, después de su muerte, resucitaría al tercer día. Y yo lo creo.»

Por enésima vez me maravilló la inquebrantable fe de aquel discípulo de «segunda fila».

Los apóstoles, derrotados y, lo que era peor, desesperados, no le prestaron demasiado crédito. Y David, tras despedirse, depositó sobre las rodillas de Mateo Leví la bolsa que Judas le confiara antes de los tristes sucesos del jueves. Eran los dineros del grupo. Ignoro si en aquellos momentos conocían la suerte del traidor. Posiblemente, no. Pero tampoco se extrañaron por el traspaso de los fondos. Su humillación y miedo ante una posible «redada» de los policías del Templo eran tales, que sus únicos pensamientos giraban en torno a una obsesión: huir de la ciudad. Ésa fue su verdadera preocupación: la supervivencia. Algunos, incluso, planearon la fuga en cuanto cayera la noche. ¡Qué escasa y deficientemente se reflejaría después esta dramática y prolongada angustia de los más cercanos a Jesús de Nazaret durante aquel interminable domingo!

El tiempo apremiaba, pero, aunque uno de mis «trabajos» obligados en aquella jornada consistía en la recuperación del micrófono que había servido para la transmisión de la «última cena», la información de la Magdalena sobre las intenciones del jefe de los emisarios me puso en alerta. Aquello tampoco figuraba en los textos de los evangelistas. Y pensé que quizá fuera útil e interesante estar presente en dicha reunión de los «correos». Después de todo, las siguientes y supuestas apariciones del Cristo —siempre según los Evangelios— no deberían producirse hasta el atardecer. Lo planeado por Caballo de Troya era tan sencillo como problemático. Si fracasaba en las primeras manifestaciones del resucitado —como así había sido—, debería dirigir mis esfuerzos a la localización de los discípulos que menciona Lucas (24, 13-35) y que, según este relato, habitaban en un pueblo llamado Emaús, a unos sesenta estadios de la Ciudad Santa. Si el empeño volvía a naufragar, la operación había fijado mi inexcusable presencia en el que parecía el último acontecimiento «prodigioso» de aquel domingo: la parición en el cenáculo. En caso de fracaso, tenía por delante otras oportunidades: la que menciona Juan, «ocho días después y con la presencia de Tomás», o los intrigantes sucesos de la Galilea. Pero estos últimos acontecimientos —que constituían nuestra fase final— quedaban aún muy lejos. De momento, como digo, mi preocupación se centraba en los discípulos de Emaús. Y antes de partir hacia la casa de Nicodemo, simulando un especial interés por las mimbreras que, al parecer, crecían en la Ammaus que cita Flavio Josefo (*Guerra*, VII, 217) (1), hice algunas

(1) En el período de preparación de esta segunda exploración tuvimos serios inconvenientes a la hora de localizar el Emaús que cita el evangelista. Las cosas, una vez más, no estaban tan claras como pueda parecer. El verdadero nombre parecía ser Ammaus, citado en la Biblia, en Josefo y en la *Misná*. Era una ciudad destacada, en la que nació el famoso Julio el Africano. Se hallaba ubicada en el emplazamiento de la

discretas preguntas entre los sirvientes de Elías Marcos, enfocándolas fundamentalmente en el sentido que me preocupaba: la búsqueda e identificación de «alguien» próximo al grupo de fieles del Nazareno, que viviera en dicha aldea y que pudiera auxiliarme en el falso cometido de la compra de mimbre. Como comerciante, no tenía nada de extraño que hubiera puesto mis ojos en el lucrativo negocio de las referidas mimbreras. Me estaba terminantemente prohibido hacer la menor alusión sobre la supuesta aparición en el camino hacia Ammaus o Emaús y, consecuentemente, debía practicar mis pesquisas con un celo exquisito. Pero nadie en la casa —ni siquiera la madre de Juan Marcos o la Magdalena— supo darme razón. Deseché la idea de interrogar a los apóstoles reunidos en el piso superior. Y algo intranquilo por aquella nueva frustración, me consolé a mí mismo, imaginando que quizá David Zebedeo —excelente conocedor de las gentes que habían rodeado a Jesús— podría sacarme de dudas.

Y con esta excusa, previa autorización de su madre, el joven Juan Marcos y quien esto escribe se encaminaron hacia la residencia de Nicodemo, otro notable personaje en la vida de la Ciudad Santa y amigo público —nada «secreto», como insinúan los evangelistas— del rabí de Galilea. Por el camino, mientras cruzábamos el barrio alto, el muchacho fue respondiendo a algunas de mis preguntas sobre aquel rico fariseo, miembro del Sanedrín y emparentado con la rama de los ben Gorión. Años más tarde —según cita Josefo (*B.j.*, IV, 3, 9)—, un tal Gorión o Gurion ocuparía un puesto preeminente en la Jerusalén del 70. Nicodemo o Naqdemón comerciaba con trigo, habiendo llegado a amasar una envidiable fortuna, estimada por sus enemigos

—————
actual Amwâs, próxima a Latrun. Pero no era la única Ammaus bíblica. En Josefo, como dije, también se cita otra población del mismo nombre, muy próxima a Jerusalén, al pie de la ruta de Jaffa y que hoy se conoce por Kolonieh. Ésta fue arruinada por la guerra de 1948 y, según parece, ocupaba el sitio de la antigua Motza, citada en el libro de *Josué* (18, 26). El nombre procedía de la colonia para veteranos romanos, instalada en Kolonieh después de la destrucción de Jerusalén en el año 70. En principio desechamos la primera Ammaus, ya que se encontraba a 160 estadios (unos 30 km): una distancia excesiva para recorrerla en un solo día en un doble viaje de ida y vuelta. (*N. del m.*)

en más de un millón de sestercios (1). Entre los seis mil «santos» o «separados», como se denominaba a la casta de los fariseos, contabilizados en la Palestina de los tiempos del rey Herodes (2), nuestro hombre —como el de Arimatea y otros miembros de la «nobleza»— se había distinguido siempre por su espíritu liberal y «aperturista», más próximo a la escuela de Hillel que a la de Schammai (3). Ambas ideologías o tendencias dentro del fariseísmo de la época apuntaban hacia una especie de «derecha» e «izquierda». Hillel, que fue ganando terreno, simbolizaba la izquierda: más abierta, prudente y comprensiva que la de Schammai, rígida, reaccionaria y más ritualista. Y Nicodemo, siguiendo el ejemplo del propio Maestro —que tuvo muy en cuenta la escuela de Hillel—, se sentía más cercano a la referida y cada vez más numerosa «ala de izquierdas». Y aunque habrá otras oportunidades de profundizar en el curioso «mundo» de las comunidades fariseas o *habûrôt* y en los igualmente «separados» esenios —ambas ramas partían de un tronco común—, creo que no es malo insistir de vez en cuando en un hecho que ya apunté en otros momentos de este diario y que puede ser útil a la

(1)   Para que nos hagamos una idea aproximada de lo que representaba una suma así, en los reinados de Augusto y Tiberio, un tal Gavio Apicio disponía de una de las mayores fortunas del mundo: entre 60 y 100 millones de sestercios. Y cuentan que se suicidó cuando, por un error de cálculo, creyó que había descendido a 10 millones. *(N. del a.)*

(2)   En aquellas fechas, la población estimada que residía habitualmente en Jerusalén era de unos 25 000 a 30 000 individuos. El total de sacerdotes y levitas era de unos 18 000 y los esenios contaban con unos 4 000 miembros (Josefo en *Ant.*, XVIII 1,5). *(N. del m.)*

(3)   En tiempos de Cristo, éstas eran las dos grandes escuelas o tendencias dentro del grupo político-religioso formado por los fariseos. Los jefes de ambas eran los doctores Hillel y Schammai, respectivamente. Sus diferencias eran tan numerosas como extremas. En la Beth Hillel se practicaba el liberalismo. En la Beth Schammai, el integrismo. D. Rops cuenta una anécdota, en este sentido, realmente esclarecedora. Se dice que un día, un pagano se acercó al rabí Schammai y le comentó con ironía: «Me hago judío si eres capaz de explicarme la Ley en el tiempo en que puedo mantenerme en equilibrio en un solo pie.» El estricto y austero Schammai satisfizo al pagano con un duro golpe de su regla. Y se cuenta que Hillel, al ser preguntado sobre idéntico asunto, replicó: «No hagas a otro lo que no quieres que te hagan a ti: ésa es toda la Ley.» *(N. del m.)*

hora de distinguir a unos fariseos de otros. Desgraciadamente, el mundo moderno los ha metido a todos en la misma olla. Y no es justo. Hubo fariseos que defendieron a Jesús, que se distinguieron y enorgullecieron por su amistad con el Galileo y que, incluso, como en el caso de algunos de los diecinueve sanedritas ya citados, no dudaron en dimitir del Consejo cuando observaron las irregularidades de Caifás en el proceso seguido contra el Maestro. Las diatribas del rabí de Galilea no iban dirigidas contra éstos, casi todos solidarios con las enseñanzas de Hillel. Las famosas invectivas de Mateo (13) —«¡Ay de vosotros, escribas y fariseos, hipócritas...!»— fueron lanzadas contra los fariseos de «derechas». Era un secreto a voces que tales «santos» eran «mentirosos», «sepulcros blanqueados» y que «echaban a lomos de otros las cargas que ellos se negaban a llevar». Eran los popularmente conocidos como «fariseos teñidos» y que un viejo apólogo, recogido por el Talmud, retrata a las mil maravillas. El apólogo en cuestión reza así: «Hay siete clases de fariseos: el fariseo "¿dónde está mi interés?" El fariseo "bien lo parezco". El fariseo "me sangra la cabeza", porque camina con los ojos bajos para no ver a las mujeres y tropieza con los muros. El fariseo majadero, que camina tan encorvado que parece una mano de almirez en un mortero. El fariseo "¿cuál es mi deber para cumplirlo?" El fariseo "hago una buena acción cada día" y, finalmente, el único y verdadero fariseo: el que lo es por temor y amor de Dios.»

Y en esta barahúnda de criterios y posturas, Nicodemo, como digo, había tenido el suficiente coraje como para, no sólo enfrentarse a los de «derechas», sino, incluso, a muchos de sus compañeros de «izquierdas», para quienes las enseñanzas del difunto Galileo eran dudosas y excesivamente radicalizadas hacia una especie de «extrema izquierda». Así fueron calificadas las palabras del Hijo del Hombre cuando defendía a las prostitutas y a los «impuros gentiles» o cuando aceptaba en su grupo a mujeres e, incluso, a un publicano o recaudador de los impuestos indirectos, como fue el caso de Mateo.

¡Dios mío!, ¡qué poco parecen haber cambiado las cosas después de dos mil años! ¿Cuántos miembros de las iglesias del siglo XX encajarían en la rigidez e intransigencia de aquellos fariseos de «derechas»?

De buena gana me hubiera acercado a los numerosos corrillos de hebreos que fuimos encontrando conforme nos acercábamos a la muralla norte. Discutían, polemizaban y se comunicaban mutuamente las «últimas noticias» sobre el sepulcro vacío del rabí de Galilea. El suceso, lógicamente, había terminado por filtrarse a la población y Jerusalén fue convirtiéndose en un increíble mentidero, donde, incluso, se cruzaban apuestas sobre la suerte del crucificado. Era la comidilla del día. Y tan excitante e inevitable situación me alarmó. El sumo sacerdote y quienes habían maquinado para perder al Maestro no recibirían con agrado aquellos imparables rumores sobre la pretendida resurrección y la consiguiente magnificación del odiado galileo. Algo inventarían para anular tal movimiento...

Crucé de nuevo la puerta de los Peces y, guiado por el muchacho, tomamos la ruta de Cesarea, hacia el oeste. La mansión de Nicodemo —mucho más lujosa que la de José— se asentaba a cosa de tres estadios de la ciudad (unos 500 metros), en lo más alto de las estribaciones del cerro del Gareb: a unos 778 metros sobre el nivel del mar y en lo que podríamos considerar como la zona privilegiada de los extramuros de Jerusalén. En dicho promontorio, situado entre las calzadas de Cesarea y Samaria, los judíos adinerados habían levantado sólidas y espaciosas villas —muchas de ellas siguiendo las tendencias arquitectónicas romanas y helenas—, a la sombra de corpulentos terebintos, encinas y cipreses. Quedé maravillado por la paz del lugar y por las soberbias edificaciones, que nada tenían que ver con las míseras casuchas de adobe y paja triturada de los dos grandes barrios de la ciudad santa.

El solícito y eficaz Juan Marcos se detuvo al fin frente a uno de aquellos palacetes de dos plantas, perfectamente acordonado por un muro de piedra, rematado por un enrejado de casi dos metros de altura y que aparecía semienterrado por una tupida red de enredaderas. Un amplio jardín de fina y mimada hierba se derramaba frente a la casa. A la derecha de la cancela de hierro divisé un pozo, sombreado por varias y altas encinas. Las había del tipo «*velani*», de unos quince metros de altura, y las casi eternas «de agallas», de menor corpulencia.

Un estrecho sendero de inmaculados guijarros de río —blancos como los muros de la mansión— conducía al frontis de la casa. Siguiendo la moda de aquella época, Nicodemo había levantado su villa de acuerdo con el más puro estilo de las residencias romanas o *domus*. El *atrium* o parte semipública destacaba por su clara forma de tetrastilo, consistente en un desahogado patio cuadrangular, rodeado por columnas y sostenidas por un pilar en cada uno de los ángulos del citado patio. En el centro del enlosado, como había observado en la casa de Lázaro, se abría una cisterna rectangular en la que se recogía el agua de lluvia. Unas relucientes y semicirculares escalinatas de mármol blanco daban acceso a la morada propiamente dicha. Pero, en esta ocasión, no tuve oportunidad de visitarla. David Zebedeo, el dueño del lugar y un nutrido grupo de personas —quizá treinta o treinta y cinco en total— dialogaban a la izquierda del tetrastilo, a la sombra de aquella zona de la columnata.

Por una vez había llegado a tiempo. Y allí fui testigo de otro suceso que, aunque anecdótico, resultó tan emocionante como nuevo.

Cuando nos aproximamos, varios de aquellos hebreos, jóvenes en su mayoría, cubiertos por los típicos mantos a rayas verticales azules y rojas, discutían al estilo judío: a grandes voces y gesticulando sin medida. Nicodemo, sentado en una silla de tijera, contemplaba la escena en silencio. Al verme llegar sonrió, levantando su mano izquierda en señal de amistad. Mi obligada presencia al pie de la cruz me había valido la estima de muchos de aquellos fieles seguidores del Maestro. Porque, conforme fui adentrándome y comprendiendo el motivo de la polémica, deduje que todos los presentes eran eso: discípulos del rabí. David, en pie y a la izquierda del anfitrión, seguía las opiniones con atención pero con una sombra de tristeza y decepción en sus ojos garzos. Una veintena de hombres se hallaba sentada a los pies del Zebedeo, pendiente del menor movimiento o palabra del jefe de los emisarios. ¿Serían aquellos

los «correos» convocados por el hermano de Juan y Santiago?

La discusión discurría —¡cómo no!— en torno al sepulcro vacío y a la pretendida resurrección de Jesús. La mayor parte de las opiniones de los discípulos me resultó harto familiar. Parecían contagiados del escepticismo de Pedro y demás apóstoles. Se burlaban descaradamente de la de Magdala, calificándola de «cortesana beoda», «mentirosa como buena mujer» y «visionaria trastornada». El tono de los insultos fue adquiriendo índices preocupantes y, con un autoritario gesto de sus manos, el Zebedeo impuso silencio, recordando a los más enfurecidos que, «entre aquellas mujeres visionarias se hallaba su madre, Salomé...».

Avergonzados, los hebreos bajaron las cabezas, pero continuaron mascullando su retahíla de «imposible», «increíble» y «fantástico»...

Y David, a quien no recuerdo haber visto perder su temple, retiró el manto que cubría su cabeza, dejando al descubierto su gran mata de pelo crespo y ligeramente blanqueado por unas prematuras canas. Y dirigiéndose a los que estaban sentados en el enlosado, les habló así:

—Vosotros todos, hermanos míos, me habéis servido siempre de conformidad con el juramento que nos hicimos mutuamente. Ahora os tomo como testigos de que jamás di una falsa noticia...

No cabía duda: aquellos veinte o veinticinco hombres eran los «correos», que tan eficaces servicios habían prestado al grupo apostólico del Cristo.

—... Os voy a confiar la última misión como mensajeros voluntarios del reino. Al hacer esto, os libero de vuestro juramento. Amigos: declaro que hemos terminado nuestro trabajo. El Maestro no necesita ya de mensajeros humanos. ¡Ha resucitado de entre los muertos!

El cálido timbre de voz de David había ido ganando en excelencia y solidez, haciendo vibrar los corazones de sus hombres. Algunos de los discípulos negaban con la cabeza...

—Antes de su arresto —prosiguió sin inmutarse ante los gestos de desacuerdo de los hebreos— nos dijo que moriría y que resucitaría al tercer día.

Hizo una pausa y, clavando sus ojos en los disconformes, exclamó con una fuerza que no dejaba opción a la duda:

—He visto su tumba. ¡Está vacía!... Hablé con María Magdalena y con otras cuatro mujeres que se entrevistaron con Jesús. Ahora os despido y os digo adiós, al tiempo que os envío a vuestras respectivas misiones con el siguiente mensaje, que llevaréis a los creyentes.

El silencio apenas si fue roto por los alegres trinos de las golondrinas que planeaban sobre el patio.

—Jesús ha resucitado de entre los muertos. La tumba está vacía.

Al momento, el Zebedeo hizo una señal y uno de los sirvientes de la casa avanzó desde detrás del grupo, cargando entre sus manos una torre de cartuchos cilíndricos, confeccionados a base de cuero y con un cordoncillo en forma de lazada en uno de los extremos. Fue a situarse junto a David y éste, tomando uno de los tubos marrones, levantó la caperuza, extrayendo un pequeño rollo de piel de cabra. Leyó el contenido y, con un gesto de aprobación, lo devolvió al interior. Como un solo hombre, los emisarios se pusieron en pie y, uno tras otro, fueron acercándose a su jefe, quien, tras abrazarles, les iba entregando el correspondiente cilindro. A cada uno le llamó por su nombre. Y a cada uno le deseó suerte. En total conté veintiséis «correos». Todos, sin excepción, eran jóvenes: entre veinte y treinta años. Portaban armas y un par de sandalias de repuesto que colgaban en las anchas y ceñidas fajas o *hagorah*.

Pero la emotiva escena se vio enturbiada por nuevas y agrias intervenciones de los discípulos, que buscaban convencer a David Zebedeo para que desistiese de su «loco propósito», transmitiendo un mensaje que —en opinión de la mayoría— era falso. Sin embargo, el imperturbable jefe de los emisarios no replicó ni se dignó mirarles. Continuó con sus entregas, sin dejar de sonreír a sus hombres. Éstos, conforme recibían el cartucho, pasaban el cordón por sus cabezas, dejando que el cilindro colgara sobre sus pechos.

En vista del nulo éxito con David, los hebreos, desolados y furiosos, la emprendieron con los emisarios, tratando de persuadirles. Pero el resultado fue igualmente desastroso. Aquellos jóvenes y entusiastas corredores tenían una fe ciega en David. Jamás les había defraudado y ahora, como en tantas ocasiones, se dispusieron a cumplir su último trabajo en el particular servicio de postas organizado por el Zebedeo (1). Hacia las 14.15 horas, los últimos «correos» abandonaban la mansión de Nicodemo, rumbo a los cuatro puntos cardinales: Damasco y Siria en el norte; Beersheba, en el sur; Alejandría en el oeste y Filadelfia y Betania en el este. Gracias a aquellos esforzados y valientes emisarios, la noticia de la resurrección iba a ser conocida por primera vez a cientos de kilómetros de Jerusalén y por miles de seguidores del Hijo del Hombre. En el fondo era triste y paradójico que, mientras aquellos veintiséis hebreos que apenas si habían conocido a Jesús de Nazaret corrían por los caminos de Palestina con la buena nueva, los íntimos del Maestro —sobre los que pesaba la responsabilidad de la extensión del reino— siguieran recluidos, cargados de miedo, incertidumbre y desesperación. Sin proponérmelo, había asistido a toda una lección de audacia y fe. Una lección que tampoco consta en los Evangelios...

Tras la marcha de los mensajeros, apenas si crucé unas palabras con David. Los incrédulos discípulos siguieron atosigándole y, deseoso de perderlos de vista, se despidió de Nicodemo, informándole de sus inmediatas intenciones. Pasaría por la casa de José de Arimatea, recogería a Salomé, su madre, y, acto seguido, emprendería viaje a Betania, a la residencia de Lázaro y sus hermanas. Allí se alojaba parte de la familia de Jesús. Por lo que pude escuchar, el Zebedeo había prometido a Marta y a María acompañarlas hasta Filadelfia, con el fin de reunirse con su hermano Lázaro, huido a causa de las amenazas del Sanedrín.

Y dicho y hecho. David salió del palacete de Nicodemo, regresando a la ciudad. En el corto trecho en el que Juan

_____

(1) Tanto este curioso servicio de correos, como los que existían en aquella época, estaban basados en el que había inventado el rey persa Darío, en el siglo v antes de nuestra Era. Después, el Imperio romano copiaría dicho servicio de postas, creando un auténtico ministerio, con un complejo personal de corredores, vigilantes y guardianes de relevos. Estaban previstas, incluso, velocidades diferentes, de acuerdo con la urgencia de las cartas o mensajes. En este sentido es muy ilustrativa la *Vita Romana*, de Paoli. El sistema, lógicamente, no era muy rápido: el correo imperial, de Roma a Cesarea, por ejemplo, tardaba 54 días. Y una carta de Siria a la capital del Imperio, 100 días. *(N. del m.)*

Marcos y yo pudimos acompañarle, el jefe de los «correos», tal y como suponía, me facilitó una escueta pero valiosa información. Efectivamente, conocía a los famosos discípulos de Emaús. Pero, ante mi sorpresa, me aseguró que no eran exactamente discípulos o creyentes en el reino. Se trataba de dos hermanos, pastores por más señas y, en consecuencia, de pésima reputación. Uno de ellos, un tal Cleofás, el mayor, parecía sentir ciertas simpatías por Jesús. Pero nada más. El otro, Jacobo, en opinión de David, era una persona inquieta y curiosa que, de vez en vez, acudía a las conferencias y enseñanzas del Galileo.

«Seguramente podrás encontrarlos en la casa de José», añadió, advirtiéndome que —como buenos pastores— quizá tratasen de engañarme.

No era la primera vez que oía un comentario como aquél. Para ciertos sectores de la Palestina del tiempo de Cristo, además de la pureza de origen, existía otra realidad de gran peso social: los llamados oficios o profesiones despreciables, que rebajaban de forma más o menos inexorable a quienes los ejercitaban. Y Jeremías hizo un magnífico estudio al respecto. (*Zöllner und Sünder:* ZNW, 30, 1931.) Y llegaron a redactarse hasta cuatro listas con estos trabajos repudiados y repudiables (1).

La verdad, como siempre, se encontraba en un término medio. Aunque muchos de estos oficios podían conducir a sus ejercitantes a la tentación del robo, de la picaresca o de la mentira, la realidad, como digo, no era tan dramática. Cierto que para muchos sacerdotes, escribas, fariseos y puritanos de la Ley, todos los médicos o pastores o buhoneros eran unos indeseables. Oficialmente, por ejemplo, a los pastores les estaba prohibida la venta de lana, leche o cabritos. (Se suponía que podían ser productos robados a los

---

(1) Según el escrito rabínico *Qiddushin* (IV-2), los oficios detestables eran los siguientes: asnerizo, camellero, marinero, cochero, pastor, tendero, médico y carnicero. En el *Ketubot* (VII-10[8]): recogedor de inmundicias de perro, fundidor de cobre y curtidor. En el *Qiddushin* (82.ª bar.[9]): orfebre, cardador de lino, molero, buhonero, tejedor, sastre, barbero, batanero, sangrador, bañero y curtidor. Y en el *Sanhedrin* (25[b]): jugador de dados, usurero, organizador de concurso de pichones, traficante de productos del año sabático, pastor, recaudador de impuestos y publicano. *(N. del m.)*

legítimos dueños de los rebaños o a otros pastores.) Pero, en general, el pueblo liso y llano convivía encantado con estos artesanos, solicitando sus servicios cuando lo creía oportuno.

De todas formas, la advertencia de David —precisamente por proceder de un hombre que consideraba justo y sincero— me puso en guardia. Y al cruzar bajo la muralla norte nos despedimos. Él siguió hacia el extremo meridional de Jerusalén y Juan Marcos y yo, hacia el este, en dirección al Templo.

Sus últimas palabras volvieron a sumirme en la confusión:

—Amigo Jasón —manifestó sin rodeos—, hace tiempo que te observo. Sé que otros, antes que yo, te han manifestado la misma pregunta: ¿dónde nos hemos conocido anteriormente? Tu presencia me trae el recuerdo de otro griego muy querido, también llamado Jasón. Pero aquél podría ser tu padre...

Y volví a negar, atribuyendo el hecho al azar. ¡Estúpido de mí!

Y, naturalmente, me equivoqué de nuevo. Si hubiera seguido su consejo, acudiendo con él a la mansión de José de Arimatea, no habría tenido que lamentar, una vez más, mi escasa fortuna...

Antes de partir de la casa de Elías Marcos, yo había solicitado de María, la dueña, un pequeño favor. La mujer consintió sin reservas ni recelos. Como extranjero, necesitaba de un guía que simplificase mis idas y venidas por la ciudad. En cierto modo, así era. Y el joven Juan Marcos saltó de alegría al recibir la autorización de su madre. Durante aquella jornada —«y todas las que hubiere menester», según la señora— podría encontrar a su benjamín, presto y encantado para servirme. Y gracias a la generosidad de tan entrañable familia, mis pasos por Jerusalén no fueron tan torpes ni infructuosos como en la primera aventura. A pesar de ello, como salta a la vista y como expondré poco a poco, el destino seguiría burlándose de mí...

La razón por la que no acompañé a David Zebedeo hasta la mansión del anciano sanedrita de Arimatea fue casi banal. Pero así había sido establecida por Caballo de Troya y yo debía ajustarme a lo programado, siempre que fuera posible. Como ya mencioné, las siguientes y siempre supuestas apariciones del Cristo no se registrarían hasta el atardecer. El ocaso tendría lugar a las 18 horas y 22 minutos. Nos aproximábamos a la hora «nona» (las 15) y, en consecuencia, al disponer de un relativo margen de tiempo, todos mis esfuerzos debían concentrarse en otro de los objetivos clave de la misión: el rastreo, localización y rescate del micrófono, involuntariamente extraviado. El farol en cuyo interior yo había disimulado la minúscula y compleja pieza electrónica —que por nada del mundo podía quedar perdida en aquel tiempo— resultó dañado en el par de movimientos sísmicos registrados en las primeras horas de la tarde del viernes, 7 de abril. Y María Marcos había encomendado su reparación a uno de los artesanos en la ciudad alta. Ése, en fin, era mi siguiente e inmediato trabajo. Pero antes debía cumplir otro obligado y necesario trámite: cambiar parte de la media libra romana en oro por monedas fraccionarias. Así que, confiado, me dejé llevar por el muchacho.

Sinceramente, si hubiera intentado repetir la travesía por aquel sector del barrio alto y en solitario, el fracaso habría sido mayúsculo. Nada más perder de vista el mercadillo de los tirios, Juan Marcos se echó a la izquierda, entrando en un fétido y claroscuro laberinto de recovecos, pasadizos y callejones sin aparente salida. Aquello no eran calles. Era una demencial red de casuchas imbricadas entre sí, formando un dédalo infernal, apestoso, devorado por una humedad que roía la cal de las paredes de adobe y que me recordó las peores zonas de la Casba de Argel. Del interior de muchas de las viviendas (?), formadas en su mayoría por una única y cavernosa estancia, escapaba un vapor agresivo, con un penetrante olor urinoso, que me recordó el carbonato de sosa o *natrum carbonicum*. Al asomarme al negro umbral de una de las puertas, medio percibí a dos o tres individuos, chapoteando y restregando una serie de lienzos en el interior de enormes lebrillos de barro. En uno de los rincones, excavado en el suelo de tierra apisonada, un grosero hogar hacía borbotear un gran caldero de bronce del que, justamente, se elevaba aquel vaho, común a toda la zona. Eran los bataneros o «lavanderos», auténticos parias de la sociedad judía, paganos en su casi totalidad, luchando por espumar las mugrientas vestiduras de muchos de sus paisanos. Utilizaban para ello el natrón, unas pastillas de carbonato de sosa, importado de Siria y Egipto y que hacía las veces de nuestro jabón. Una vez lavadas, las túnicas, ropones, faldellines, etc., eran colgados entre casa y casa, convirtiendo los ya angostos y confusos callejones en un tendedero multicolor y chorreante. De vez en vez, a causa del irritante vapor, los bataneros carraspeaban, escupiendo sus esputos y salivazos en mitad de los atormentados e irregulares adoquines. Aquella sucia y repugnante costumbre, forzada en realidad por las duras condiciones del oficio, había derivado, con el paso de los años, en un símbolo de impureza religiosa. Y aunque constituía un hábito generalizado en todas las clases sociales —incluidas las más refinadas—, el alambicamiento de las leyes y prescripciones religiosas había conducido a situaciones tan absurdas como la siguiente: el esputo de un pagano del barrio alto contaminaba; el de un judío del sector opuesto —de la ciudad alta— no. La «contaminación», naturalmente, era de carácter ritual o religioso. Hacia el año 20, como consecuencia de uno de esos salivazos, llegó a imponerse, incluso, la obligada reclusión nocturna del sumo sacerdote, durante la semana anterior al solemne día de la Expiación. Por lo visto, Simeón, hijo de Kamith, que ejerció como sumo sacerdote entre los años 17 al 18 después de Cristo, tuvo la mala fortuna de recibir el esputo de un árabe en la noche anterior al referido día de la Expiación, viéndose imposibilitado para oficiar.

Sorteando la tela de araña de los tendederos, la mugrienta chiquillería que se asomaba a nuestro paso, y que no dudaba en extender sus manos con la esperanza de alcanzar algún que otro leptón o sestercio, y las hornillas chisporroteantes plantadas por las mujeres en mitad de los pasadizos, desembocamos por fin en la arenosa explanada de Xisto, en la margen derecha del valle del Tiropeón. La altiva muralla oeste del Templo se presentó ante mí blanca y caldeada por el sol. Y respiré aliviado. A pesar de los cientos de agujas y puntas resplandecientes que coronaban el Santuario central, levantadas para evitar a los pájaros, grandes bandos de palomas y golondrinas hacían de las suyas sobre el majestuoso edificio, sombreándolo con sus rápidos y anárquicos vuelos.

Cruzamos uno de los puentecillos de piedra edificado sobre la seca torrentera que sajaba Jerusalén de norte a sur, ascendiendo las escalinatas del arco de Robinson. Aquel acceso, en forma de «L», llevaba a una de las trece puertas del Templo: a la situada en el extremo suroeste del gran rectángulo amurallado. Un gran vano, abierto en la ciclópea muralla y provisto de enormes puertas de madera de ébano recubierta con planchas de bronce en los dos extremos, conducía directamente al atrio de los Gentiles: la inmensa y hermosa planicie de 225 metros de longitud en la que estaba permitido el acceso a todos los *goyims*; es decir, a paganos, hombres y mujeres, e, incluso, herejes, impuros, gente enlutada y excomulgados. Como ya referí en anteriores ocasiones, aquella explanada venía a ser una especie de plaza pública, foro romano o ágora ateniense, en la que se paseaba, discutía, se pronunciaban los más variados discursos y, por supuesto, se traficaba con todo tipo de mercancías.

Aunque la solemne fiesta de la Pascua de aquel año —doblemente festiva por haber coincidido en sábado— había concluido, la animación seguía siendo extraordinaria. A lo largo del pórtico Real y de Salomón, en las caras sur y este del gran rectángulo, respectivamente, los vendedores y cambistas se afanaban en atraer la atención de los posibles compradores, en un confuso maremágnum de gritos, regateos y encendidas polémicas que, en la mayor parte de los casos, no pasaban de los insultos o de los mutuos reproches. Bajo los techos de madera de cedro, entre la triple columnata de once metros de altura del pórtico de Salomón, numerosos hebreos —escribas en su mayoría— paseaban cogidos de la mano, deteniéndose en ocasiones para contemplar el embriagador paisaje del monte de los Olivos. A lo lejos, en el ángulo noroccidental, los cascos bruñidos de los mercenarios romanos, de guardia en las torres de Antonia, destellaban sin cesar, anunciando la pronta caída del sol.

Fuimos sorteando las mesas y tenderetes de los vendedores de tórtolas y palomas, más abundantes ahora que los traficantes de especias, y que, con monótonas cantinelas, mostraban a los posibles clientes los «excelentes y baratos pájaros y aves», destinados en su mayoría a las obligadas ofrendas que debían realizar las parturientas o los leprosos que lograban curarse.

La operación de canje de moneda era siempre engorrosa y ardua. Por supuesto, conocía la técnica del regateo —obligada en cualquier tipo de transacción— y, aun sabiendo que el cambista procuraba siempre engañar al que tenía enfrente, simulé ante Juan Marcos una cuidadosa elección de la mesa sobre la que debía efectuarse la operación. El adolescente, habituado a estos trajines, me recomendó desde el primer momento un viejo caldeo, tocado con un turbante granate y de amplios *sarabarae* o pantalones persas de seda púrpura. Accedí y, tras una exagerada reverencia, mi joven acompañante me presentó como un honrado comerciante griego, de paso por Jerusalén. Los ojillos del cambista recorrieron en un santiamén mi pulcro atuendo y señalando hacia la pequeña balanza romana que descansaba sobre el tablero de pino de su tenderete, correspondió con otra no menos falsa y pronunciada inclinación de cabeza. El muchacho, despierto como una ardilla, advirtió mi tardanza en replicar al saludo y, con un disimulado toque de su sandalia, me hizo comprender que estaba siendo descortés. Doblé la cerviz, y antes de que tuviera tiempo de exponerle el motivo de mi presencia, el hombre, en un griego casi perfecto y mostrando orgulloso los hilos de oro que apuntalaban varios dientes postizos (réplicas en marfil de los naturales), dio comienzo a una letanía en la que mezcló su remoto y sagrado origen babilónico con mi sabiduría por haber sabido escoger al «más honesto de los cambistas de monedas puras». El monótono preámbulo formaba parte del ceremonial y, sin ánimo de contrariarle, aguardé pacientemente a que concluyera. Así supe que su nombre era Serug y que descendía del bisabuelo del mismísimo Abraham. También me señaló que, desde lejanos tiempos, una rama de los Serug se había instalado al oeste de Jarán, fundando la ciudad de Sarugi. Por supuesto, no creí una sola palabra, aunque los nombres y datos eran correctos.

Y al fin, cuando se sintió satisfecho, entramos en materia. Le entregué uno de los dos saquitos en los que Caballo de Troya había repartido los 163 gramos de oro y, tras derramar su contenido sobre la palma de la mano, jugueteó con las pepitas con la punta del dedo meñique. Tomó una. La levantó sobre su cabeza. Comprobó el brillo y, por último, fue a depositarla cuidadosamente sobre la mesa. Me observó con gesto severo y, como si se tratase de pura rutina, echó mano de una piedra de toque. Frotó la pepita con energía, aplicando a la «señal» dorada un líquido (quizá algo parecido al aguafuerte), comparando el resultado con una prueba-testigo de otra pepita de su propiedad (1). Satisfecho, pasó a la siguiente verificación tomando un mazo de madera situado junto a la balanza. Lo levantó un par de cuartas por encima de la pepita y descargó un preciso y sonoro mazazo que, naturalmente, aplastó el noble y blando oro. Al primer martillazo le siguieron otros dos, que convirtieron la pepita en una lámina. Naturalmente, el oro era excelente (2) y, con un profundo suspiro, convencido de su autenticidad, recogió la porción, uniéndola al resto de los 81,5 gramos. Preguntó qué clase de moneda deseaba y le aclaré que sequel y sestercios. Yo sabía que aquel cuarto de libra romana en oro era equivalente a unos 189 denarios-plata o, lo que era lo mismo, alrededor de 47 sequel o 1 134 sestercios.

El problema, en principio, estaba en las pesas utilizadas por el cambista y en el tipo de interés que marcase por la operación. Vació el oro sobre uno de los platillos de latón de la balanza, buscando a continuación en un cajón de madera en el que se alineaba una batería de pesas de bronce. Yo había sido entrenado para este menester y reconocí las minas (cuyo peso oficial debía ser 571 gramos), los siclos (de 11,4 gramos), los medios-siclos (de 5,7 gramos) y los óbolos (de 0,6 gramos).

(1)   La prueba del viejo y experto cambista no tenía otro fin que averiguar si mi oro era realmente puro. Por supuesto, las pepitas habían sido revisadas minuciosamente, de forma que no albergaran inclusión alguna de cuarzo, circunstancia que habría hecho bajar el precio de las mismas al limitar el contenido de oro. *(N. del m.)*

(2)   Quizá el cambista pensó en un primer momento que trataba de colarle «gato por liebre», es decir, pirita de hierro por oro. Aunque para averiguarlo deberían haber procedido a quemar la pepita. En este caso, si se trataba de pirita, la muestra se habría desintegrado. *(N. del m.)*

Pero, tal y como sospechaba, ninguna arrojaba el peso exigido por la Ley. No tardé en comprobarlo. Acostumbrado a este tipo de manipulaciones, el caldeo fue directamente a los siclos, tomando media docena de aquellas cúbicas y desgastadas pesas. Las fue depositando con gran teatralidad sobre el platillo opuesto y, al hacer la número seis, la balanza se equilibró. Tuve que hacer grandes esfuerzos para no sonreír. Era obvio que debería haber situado siete de aquellas pesas y aún habrían faltado algunas décimas de gramo... El pícaro cambista acababa de robarme algo más de 11,5 gramos de oro. Aún faltaba la tasa o interés fijado como margen en dicho negocio. Y el amigo Serug echó mano de una tablilla de madera encerada que colgaba de un mugriento cordel atado a su faja, garrapateando no sé qué extrañas inscripciones con un fino estilete de hueso que hizo aparecer de debajo del turbante. Fue murmurando para sí una prolija e indescifrable cadena de operaciones matemáticas y, finalmente, con aquella falsa sonrisa colgada de su renegrido rostro, me mostró la tablilla, cantando el resultado final:

—40 sequel y 874 sestercios.

Hice un rápido cálculo mental, deduciendo que, además del robo en el peso, aquel maldito cambista me había aplicado la tarifa más alta permitida: el medio óbolo o media *guerá* por cada medio siclo o medio *šeqel* ofrecido. Algo así como un 10 por ciento sobre el valor total.

Juan Marcos volvió a darme otro puntapié, animándome a rechazar la oferta, o cuando menos, a regatear. Pero el tiempo apremiaba y desoyendo los justos consejos del muchacho, acepté la proposición. El pagano abrió sus ojos de par en par, sin comprender, y, mudo ante la inesperada reacción de aquel griego supuestamente tonto o excesivamente rico, se apresuró a entregarme la cantidad convenida. Esta vez su reverencia casi le hizo topar con la mesa de cambio.

Y a grandes zancadas, con los reproches de mi amigo a mis espaldas, abandoné el tumultuoso atrio de los Gentiles.

Juan Marcos había empezado a tomarme verdadero cariño. Y yo a él. Y aunque Caballo de Troya, en sus estrictas normas, prohibía cualquier relación que pudiera conducir al nacimiento de lazos de carácter sentimental, dejé hacer al destino. Acaricié sus sedosos cabellos negros y le di a entender que, en el asunto del cambista, el engañado en realidad era el caldeo. Mientras cruzamos de nuevo el Tiropeón le recordé las enseñanzas de su añorado ídolo: Jesús de Nazaret. «La mentira —le dije parafraseando a Chesterfield y a Geibel— es el único arte de los mediocres y el refugio de los viles. Y aunque sea astuta, siempre termina por romperse una pierna.»

Aunque tales frases no habían sido dichas por el Hijo del Hombre, el muchacho alabó mi fidelidad hacia el Maestro, y su estima por el viejo comerciante de Tesalónica creció un poco más.

Cuando me interrogó sobre nuestro próximo destino quedó sorprendido. Le supliqué que guardara el secreto y, con voz queda, le anuncié que deseaba hacerle un pequeño obsequio a su madre. Sus vivaces ojos se iluminaron y, tomándome de la mano, tiró de mí hacia el sector noroccidental de la ciudad. Le había pedido que me condujera al taller donde, al parecer, él mismo había trasladado el farol cuadrado de hierro forjado que resultó dañado en el terremoto. Realmente deseaba corresponder a las atenciones de la esposa de Elías Marcos y no se me ocurrió mejor argucia que cargar con la reparación de dicho farol. De esta forma —ésa era mi intención—, mi acceso al micro no resultaría sospechoso. Suponiendo, naturalmente, que aún siguiera en su sitio...

Caminamos a todo lo largo de la muralla que separaba los dos grandes barrios y, cuando avistamos las torres del palacio herodiano, giramos a la derecha, atravesando el gran arco de la puerta de Ginnot. Inmediatamente distinguí el martilleo del clan de los herreros; un sonido que, cuando cesaba, servía a las gentes de los alrededores de recordatorio del final de la jornada.

Me asombró la diferencia entre aquella área del barrio alto —pulcramente pavimentada, de fachadas revocadas con cal y sin orines ni excrementos de caballerías en los adoquines gris-azulados— y las míseras callejas que había pisado poco antes, en el extremo opuesto. La explicación podía estar en la relativa proximidad del palacio de Herodes. Poco después, al ingresar en una de las fundiciones y descubrir lo que allí se hacía, comprendí las razones del tetrarca para mantener contentos a tales artesanos o «gentes de oficio», como también se les llamaba.

El caso es que, de pronto, me vi en un amplio patio descubierto de unos 15 por 10 metros. Ante mí se abría un espectáculo que hubiera sido reconocido por los hombres de la Edad Media e, incluso, del siglo XIX. Media docena de hombres musculosos, de piel tostada y bañados en sudor, cubiertos únicamente por los *saq* o taparrabos, se afanaba sobre otros tantos yunques. Con la mano izquierda, ayudados de grandes tenazas de hierro, sujetaban diversas piezas rusientes, que eran rítmica y sistemáticamente golpeadas con pesados y negros martillos. De vez en vez, suspendían el golpeteo, introduciendo los enrojecidos metales en unas cubas de madera repletas de agua o arena, provocando silbantes columnas de humo blanco. El estruendo era tan ensordecedor que Juan Marcos, que se había adelantado hacia uno de los herreros, tuvo que hablarle casi por señas. Al fondo del recinto se alineaban tres curiosas fraguas. Dos eran semiesféricas, rematadas por unas picudas y altas chimeneas. La tercera —construida también a base de bloques calizos— tenía la forma de un pozo. En la base de las dos primeras, a través de sendas «ventanas» practicadas en las piedras, flameaban unos fuegos rojizos y voraces. Según el quenita que regentaba el taller —descendiente de una antigua familia fenicia de herreros ambulantes—, los hornos cerrados se destinaban habitualmente a la fundición de pequeñas cantidades de cobre. El «tueste» preliminar del mineral, extraído de las minas del wadi Arabá, al sur del mar Muerto, se practicaba en hornos situados en las proximidades de dichos yacimientos. En cuanto a los lingotes destinados a la exportación, eran preparados en otra gran fundición: la de Esyón-Guéber, obra de Salomón. A Jerusalén, por tanto, el metal llegaba listo para su última y definitiva transformación. Un ingenioso sistema subterráneo en forma de «L» y recubierto de ladrillo hacía las veces de conducto de aire. Éste era insuflado mediante grandes y no menos artesanales «globos», más que fuelles. Consistían en voluminosos pellejos de buey o vaca, amarrados por el cuello y ano e hinchados a pulmón. Una plancha circular, de madera de pino, provista de una abrazadera y fijada con cuerdas a la parte superior de cada odre, servía para deshincharlos. Cuando los hogares perdían fuerza, uno de aquellos herreros situaba el largo «cuello» del buey en el orificio de entrada del tiro subterráneo y, con gran habilidad, procedía a soltar el nudo que contenía el aire, presionando con todo el peso de su cuerpo la referida tapa superior. De esta guisa, el fuelle soltaba su contenido, avivando la leña o el carbón vegetal depositados en el lecho del crisol. Después, lenta y penosamente, el obrero debía soplar hasta llenar de nuevo el pellejo.

En el momento en que el cobre o cualquier otro metal alcanzaba su punto exacto de moldeo, los sufridos y excelentes artesanos retiraban los catines cónicos, de barro, atrapándolos con una de sus largas tenazas.

Tanto el suelo terroso como las altas tapias del taller aparecían repletos de las más variadas herramientas, armas e instrumentos domésticos de la época. Quedé fascinado. Allí había rejas de arado, aguijadas, hachas ordinarias —muy similares a las actuales—, dobles hachas, zapapicos (una especie de hacha y azadón), bocados de caballos, grandes paños de armaduras, cuchillos de múltiples formas y dimensiones, brazaletes, ajorcas, toda suerte de cuencos, tazas y platos y un sinfín de adminículos de uso común en las casas u otros talleres: cinceles, espátulas, agujas, tenazas, hebillas, etc.

Juan Marcos me sacó de mi observación. El capataz o jefe de la fragua se aproximó con él hasta el lugar donde yo esperaba. El muchacho le había explicado mis intenciones y, levantando la voz sobre el frenético martilleo de sus compañeros, me dio a entender que el farol de Elías no había sido reparado aún. Lo comprendí. Aunque la pieza había sido trasladada a la herrería en la misma tarde del viernes, la entrada del sábado y la celebración de la Pascua habían retrasado su arreglo. El quenita, converso a la religión judaica, aprovechó aquellos minutos de descanso para desanudar la banda de tela que rodeaba su frente y cabellos, retorciéndola y escurriendo el abundante sudor que la empapaba. Después me invitó a que le siguiera hasta el rincón donde guardaba el dichoso farol.

Acostumbrado a distinguir y manipular toda clase de objetos metálicos, identificó al momento el motivo de mi presencia en la fragua, rescatándolo sin demasiados miramientos de entre un ingente montón de calderos y cachivaches herrumbrosos. Temí que se entretuviera en revisarlo. Y di gracias al cielo por la providencial jornada festiva. Si aquellos artesanos hubieran puesto manos a la obra, casi con toda seguridad que habrían detectado la extraña pieza y la antena camuflada entre los flecos. En ese supuesto, mi situación habría sido comprometida.

El golpe había quebrado el pie sobre el que se sustentaba la caja de hierro, que resultó igualmente dañada en una de sus aristas y en tres de las cuatro láminas de vidrio coloreado. Con cierto nerviosismo, simulando un especial interés por el labrado del farol, le rogué que me dejara examinarlo. Y el hombre, encogiéndose de hombros, lo extendió hacia mí. Noté cómo las piernas me flaqueaban. Entre las fisuras de los cristales percibí la triple mecha de cáñamo y el cuenco destinado a las cargas de aceite. Y por debajo, tanteando con los dedos, ¡el micrófono!, sólidamente imantado a la base del farol.

Ahora debía desprenderlo y ocultarlo en la bolsa de hule. Pero el herrero y Juan Marcos seguían pendientes de mis movimientos y de mi decisión. Tenía que encontrar la fórmula de distraerlos o alejarlos de mí durante unos segundos.

Pregunté al capataz cuándo calculaba que estaría listo y a cuánto podía subir la reparación. No supo responder a ninguna de las cuestiones. Aquello, aparentemente tan fácil, empezaba a enredarse. Y el jefe del taller, impaciente por lo que, en efecto, parecía una minucia, hizo ademán de retirar el farol. Por un momento creí desfallecer. Pero, recordando mi promesa de obsequiar a la madre del zagal, retuve la pieza, manifestándole algo que sí complació al quenita. A gritos, aproximando mi rostro a su oído, le expuse que deseaba comprarle algún objeto, con la condición de que fuera realmente valioso y original. Al no especificarle que el destinatario era una mujer, el artesano interpretó que el regalo en cuestión iba dirigido a un hombre. La verdad es que en aquellos tiempos y en la sociedad judía no era muy frecuente que los varones obsequiasen a las mujeres. Y mucho menos tratándose de un pagano y extranjero...

El involuntario error por ambas partes iba a conducirme a un sensacional descubrimiento, al menos desde la óptica de la industria metalúrgica.

—¿Valioso y original? —repitió el herrero.

Asentí sin titubear.

Y dando media vuelta se dirigió hacia el tercer horno: el que tenía forma de pozo. Mi guía se fue tras él y, sin pensármelo dos veces, introduje la mano por la base del farol, despegando el micrófono. Sin darme mucha cuenta de lo que hacía, arrojé la caja metálica sobre las marmitas de bronce, apresurándome a guardarlo. Sin poder evitarlo, cerré los ojos y respiré con todas mis fuerzas.

El quenita y Juan Marcos retornaron al punto. El primero sostenía entre sus manos un fino paño de algodón negro, que, obviamente, servía para envolver algo. Pero ese «algo», si juzgaba por las dimensiones de la tela que lo cubría, debía ser largo. El herrero, al notar mi curiosidad, sonrió divertido. Y retirando la parte superior del paño dejó al descubierto toda una obra de arte: una espada de unos sesenta o setenta centímetros enfundada en una vaina de marfil, finamente esculpida por ambas caras con un trenzado de estrellas de cinco puntas.

Comprendí que había un error. Pero, fascinado, eché mano de la blanca y cilíndrica empuñadura, también de marfil, desenvainando el arma. Como los *gladius* romanos, disponía de doble filo y una parca pero afilada punta. Al blandirla noté algo raro. Pesaba muy poco. Y, de pronto, el reflejo rojizo de las fraguas se difundió por la hoja, arrebatando mi atención. Examiné el supuesto hierro y, desconcertado, descubrí que ambas caras se hallaban cruzadas por una oleada de bellas y suaves marcas ondulantes que le daban una tonalidad blanca-azulada. Levanté los ojos y la sonrisa de profunda satisfacción del quenita me confirmó en mis sospechas. Aquello no era hierro. ¡Era acero! Pero ¿cómo podía ser? Las primeras descripciones conocidas del denominado acero de «Damasco» datan del año 540 después de Cristo. Tenía que haber una confusión. Me aproximé a una de las bocas de los crisoles y, a la luz del hogar, repasé con la vista y con los dedos la enigmática superficie de la espada. Yo había tenido oportunidad de contemplar en más de una ocasión el fascinante ejemplar existente en el Museo de Arte Metropolitano de Nueva York —una cimitarra persa del siglo XVII—, trabajada a base de un acero con altas concentraciones de carbono y con las típicas marcas verticales o «escalera de Mohammed» en su hoja.

Sí, no cabía duda. Aquellas regiones blanquecinas del acero eran carburo de hierro o cementita. Y las bandas oscuras del fondo, hierro con un índice inferior de carbono.

Ciertamente, yo sabía que el uso del acero de «Damasco» (1) pudo ser conocido en los tiempos de Alejandro Magno (323 años antes de nuestra Era). Pero, hasta ese momento, no había una constatación fidedigna de que hubiera sido utilizado y manipulado en el siglo I.

El herrero se resistió a revelarme su secreto. Pero, tras asegurarle que sólo deseaba averiguar el lugar de origen del «misterioso material» que permitía la confección de semejante arma, me llevó a un pequeño cobertizo de paja, mostrándome una pastilla de unos 75 milímetros de diámetro, de color plomizo y muy similar a los discos usados en el hockey sobre hielo. Era el famoso *wootz* o acero fabricado en la India y que —eso no quiso decírmelo— había empezado a llegarle regularmente con una de las caravanas mesopotámicas.

En el tercer horno, siempre en el mayor de los secretos, el herrero sumergía la pieza de *wootz* a temperaturas que oscilaban entre los 650 y 850 grados centígrados, forjando después el acero. (Los aceros con muy alto contenido de carbono son dúctiles en este intervalo de temperaturas.) Al carecer de termómetros, estos ingeniosos herreros estimaban las diferentes temperaturas por referencias antiquísimas, transmitidas de padres a hijos, como la encontrada en el templo Balgala, en el Asia Menor. Decía así: «Caliéntese el *bulat* [acero de "Damasco"] hasta que no brille, tal como el sol naciente en el desierto, enfríese después por debajo del color de la púrpura real, e introdúzcase en el

(1) El nombre de acero de «Damasco» no proviene de su lugar de origen, sino del punto donde los cruzados las descubrieron. Las mejores espadas de este tipo se fabricaron en Persia, siendo difundidas por los musulmanes y llegando hasta la Rusia medieval, donde se les dio el nombre de *bulat*. La proporción de carbono en estas espadas oscilaba entre el 1,5 y el 2 por ciento. Eran de extraordinaria resistencia a la compresión y, durante siglos, constituyó un celoso «secreto de Estado». *(N. del m.)*

cuerpo de un esclavo musculoso... la fuerza del esclavo se transfiere a la hoja y es la única que confiere su resistencia al metal.»

Al margen de esta última y fantástica «prescripción», la verdad es que las indicaciones de los colores —«sol naciente» y «púrpura real»— eran bastante aproximadas. Alrededor de mil grados Celsius para el «sol naciente» y unos ochocientos para la «púrpura real». Por último, las piezas eran templadas en salmuera caliente, a unos treinta y siete grados Celsius.

Debo confesarlo. Mi primer pensamiento fue adquirir aquel ejemplar «supersecreto» —desconocido, incluso, para las legiones romanas— y depositarlo en el módulo. Pero la acción no habría sido aprobada por Caballo de Troya y, tal y como había planeado, opté por obedecer mi impulso inicial: regalárselo, no ya a María, la madre del muchacho, sino a Elías, su padre. En el fondo, mi presente sería igualmente bien acogido por ambos. No hubo problemas ni regateos en la venta. Los 50 denarios exigidos por el herrero me parecieron justos. A cambio, conseguí que el arreglo del farol entrara también en aquel precio final. Al recibir las monedas de plata, el quenita, desbordado por la inesperada y redonda operación, echó mano del amuleto que colgaba de su cuello, besándolo. ¡Era un clavo de bronce de un ajusticiado en suplicio de cruz! Quizá más adelante se presente la ocasión de hablar también de las increíbles supersticiones de los judíos y paganos que poblaban la Palestina de Cristo. Pero ¡Dios mío, son tantas las cosas que debo contar...! Sólo pido fuerzas para llegar al final del relato de lo que fue nuestra segunda... y tercera aventuras.

Consulté la posición del sol. Faltaban alrededor de dos horas para el ocaso. Debía apresurarme si quería localizar a los pastores de Emaús. Lucas habla en su evangelio de que «atardecía cuando se acercaban al pueblo» y que los discípulos intentaron convencer al aparecido para que pernoctara con ellos, ya que «el día declinaba». Estas «pistas», aunque inseguras, eran las únicas de que disponía. Si la aldea en cuestión se encontraba a sesenta estadios —dato aportado también por Lucas (24, 13-14)— era lógico suponer que los hermanos, buenos andarines, dada su condición de pastores, deberían partir de Jerusalén hacia las 17 o 17.30; es decir, una hora u hora y media antes del ocaso, fijado en esa fecha para las 18.22, tal y como ya he comentado en otras ocasiones. Con un poco de suerte, quizá los encontrase aún en la mansión de José...

Al pillarnos de camino, nos detuvimos unos minutos en la residencia del joven Juan Marcos. El muchacho, feliz, corrió al encuentro de su madre, relatándole atropelladamente nuestras incidencias. Elías, el esposo, no había regresado aún, e, impaciente por acudir al encuentro del anciano de Arimatea, deposité mi regalo en manos de María, agradeciéndole de paso sus bondades. La mujer, atónita, no acertó a pronunciar palabra alguna. Y sin darle opción a rechazar el presente, me despedí, adelantándole que, casi con toda seguridad, volveríamos a vernos con la caída de la tarde. El silencio reinante en la casa —en especial en el piso superior— me dio a entender que todo seguía igual entre los íntimos del Maestro. Y sin aguardar a Juan Marcos, salí precipitadamente, descendiendo veloz por una de las rampas semiescalonadas que moría en el ángulo sur de la ciudad. Crucé otro de los puentecillos sobre el cauce del Tiropeón, rodeando la alta edificación que encerraba la piscina de Siloé. Los rayos del sol, muy oblicuos ya, iluminaban las columnas que remataban los muros del popular estanque. El tiempo seguía corriendo en mi contra. Esta vez no podía fallar. Era vital que localizase a los pastores y que me enfrentara —cara a cara— con el misterioso resucitado.

La sólida casa de José, erigida al pie de la muralla este y muy próxima a la sinagoga de los Libertos, fue siempre uno de los emplazamientos más fáciles de ubicar. El escudo circular, con una estrella de David y las cinco letras hebreas entre las puntas, formando la palabra «Jerusalén», primorosamente labrado en el pétreo dintel, era la última y definitiva confirmación para mí.

Antes de entrar establecí una rutinaria conexión con la «cuna». Eliseo parecía muy excitado y animadísimo. Sus trabajos sobre el lienzo mortuorio habían empezado a dar unos frutos sorprendentes. Confirmé la hora —las 16.55— y, tras desearnos mutua suerte, crucé el umbral con decisión. Pero mi entusiasmo no tardaría en venirse abajo...

Ya desde la puerta pude escuchar una mezcla de gritos y cánticos que me alarmó. Salvé el vestíbulo y al pisar el enlosado de ladrillo del patio central, lo que presencié terminó por desconcertarme. Hombres y mujeres, discípulos y seguidores de Jesús en su mayoría, corrían de un lado para otro, tropezando entre sí y como si huyeran de algo. Chillaban, reían o lloraban, abrazándose y elevando los brazos hacia el cielo. En uno de los ángulos, en el claustro porticado que rodeaba el lugar, otro grupo de mujeres batía palmas, danzando en círculo. No entendía nada. Al oír los lamentos pensé que alguna súbita desgracia había acaecido en la casa del anciano sanedrita. Pero, por otra parte, las danzas y muestras de alegría...

De improviso, por una de las puertas que desembocaba en el patio, vi aparecer a José, seguido de uno de los sirvientes. El esclavo portaba un cántaro y un lienzo blanco que colgaba de su brazo derecho. Ambos llevaban prisa. Al verme, el de Arimatea, sin detenerse, me hizo un gesto, invitándome a seguirle. Y así lo hice, intrigado y confuso.

Entramos en una de las estancias, débilmente iluminada por cuatro o cinco lucernas de aceite. Al principio sólo distinguí unos bultos encorvados que se agitaban en la penumbra. José y el siervo se abrieron paso entre las sombras y fue entonces cuando advertí que se trataba de otro núcleo de hebreas lloriqueantes. Me asomé por encima de las mujeres y descubrí en el suelo, desmayada sobre las esteras, a mi vieja amiga: la de Magdala. Sentí un escalofrío. ¿Qué le había sucedido en esta ocasión? Me arrodillé al lado de José y, mientras el sirviente mojaba el lienzo en el agua de la jarra, le tomé el pulso. No parecía grave. Al contacto con el frescor del pañuelo, la demacrada Magdalena se estremeció.

—¿Qué ha sucedido? —pregunté al sanedrita sin poder hacerme una idea de lo ocurrido.

A José le costó responder. Su faz presentaba una palidez tan acusada como la de la mujer. Y haciendo un esfuerzo, como si le faltaran las palabras, susurró, al tiempo que dibujaba un círculo en el aire, señalando al corro de mujeres:

—Éstas... que dicen que le han visto.

Había escuchado perfectamente. Pero, durante segundos, quedé mudo. Perplejo.

—¿Otra vez? —acerté a balbucear.

El de Arimatea se puso en pie y yo le imité. Y ambos nos despegamos del grupo que, solícito, atendía a la Magdalena. María empezaba a recuperarse de su desfallecimiento. Y una vez distanciados, le rogué que se explicara con mayor precisión.

—No sé —dudó el anciano—, yo no estaba aquí... Dicen que ha vuelto a presentarse.

—Pero ¿quién?

Mi interlocutor me miró con un cierto reproche. En efecto, la pregunta había sido absolutamente estúpida.

—¡Ah!, comprendo —rectifiqué, clavando mis ojos en los suyos.

Pero José esquivó la mirada y antes de que acertara a expresarle mi profundo escepticismo, se adelantó, diciendo:

—Sé lo que piensas. Pero, esta vez, hay algo más... Algo que, seguramente, aún no conoces.

Aguardé expectante. Pero la entrada en escena del siervo frustró la aclaración del nervioso dueño de la casa. El esclavo había concluido su cometido y preguntó al amo si consideraba necesario reclamar la presencia de un médico. El de Arimatea me repitió la cuestión y, yo, convencido de que los síntomas reflejaban únicamente un trastorno pasajero y de poca monta, negué con la cabeza. El inoportuno sirviente se retiró y José, que parecía haber olvidado sus anteriores palabras, dio media vuelta, reincorporándose al grupo. María, casi repuesta, se hallaba recostada sobre varios almohadones. Alguien le acababa de proporcionar una copa de vino y, sorbo a sorbo, luchaba por entonarse.

El de Arimatea solicitó silencio. Y dirigiéndose a la de Magdala, le preguntó:

—¿Quieres repetirnos lo ocurrido?

La mujer levantó los ojos. Nos miró con un infinito cansancio y accedió con un casi imperceptible movimiento de cabeza. Una solitaria lágrima había empezado a rodar por su mejilla derecha. Sentí lástima. Tres apariciones, y en todas como testigo, era demasiado... Aquella situación empezaba a preocuparme seriamente. ¿Estaba la de Magdala en su sano juicio? ¿No sería que la muerte de su adorado

Maestro la había trastornado? En aquellos momentos lamenté no haber indagado en los antecedentes de María. ¿Qué había querido decir el evangelista cuando asegura que la Magdalena fue curada por Jesús, «expulsando de ella siete demonios»? ¿Se trataba de algún tipo de enfermedad mental? ¿Quizá de una ninfomanía? ¿O estaba refiriéndose a un contagio venéreo? No podía olvidar sus años como prostituta en la villa de Magdala... Claro que la citada expresión —«siete espíritus malignos o inmundos»— podía ser igualmente una «clave» o una imagen esotérica o cabalística, a las que eran tan aficionados los orientales. Y me prometí a mí mismo que a la primera oportunidad hablaría con ella e intentaría reconstruir su «historial clínico». A primera vista, María era una mujer sana. Con demasiada experiencia para su edad —fruto de su trabajo como cortesana—, valiente y sincera. Se revelaba contra la odiosa e injusta opresión de sus compañeras en la sociedad judía. Siempre me había llamado la atención su audacia y claridad mental. Y, por enésima vez, me pregunté si estaría siendo víctima de algún tipo de alucinación o de neurosis. Dentro del complejo mundo de la psicopatología de la percepción, el estado afectivo del individuo puede condicionar gravemente la objetividad de lo que observa o de lo que cree observar. Y el ánimo de María, como el de muchos de los discípulos, se hallaba quebrantado por los últimos y funestos sucesos (1).

Repasé mis viejos conocimientos de psiquiatría y psicopatología, en un afán por racionalizar aquel cada vez más enredado fenómeno de las supuestas apariciones cristológicas. De acuerdo con la clásica definición de Ball sobre la alucinación, ésta resulta una «percepción sin objeto», con el pleno convencimiento por parte del sujeto de la realidad del mismo. De esta forma, la alucinación verdadera o psicosensorial es definida por Ey y Claude en función de tres parámetros: proyección objetivante en el espacio exterior

(1) Los especialistas saben que la percepción humana arrastra una compleja secuencia de acontecimientos que, basándose en los niveles más biológicos (estructuras del SNC), involucra al sujeto en sus aspectos más psicológicos. Como dice el profesor V. Ruiloba, «las anomalías en alguno de los factores implicados en el proceso dan lugar a los llamados trastornos de la sensopercepción». (N. del a.)

al sujeto, cuya personalidad entera queda implicada en este acto perceptivo anómalo; ausencia del objeto, y juicio de realidad positivo.

Para la de Magdala y el resto de las testigos, el «objeto» —Jesús en este caso— constituía algo real y exterior a ellas. Con formas físicas claras e, incluso, con voz. Las cosas, por tanto, se complicaban extremadamente. Esta supuesta «realidad» externa descartaba la primera categoría dentro de las alucinaciones. La que Ey llama «seudoalucinación» o alucinación psíquica y que constituye con frecuencia un trastorno común en las esquizofrenias y otros delirios crónicos. Uno de los datos más definitorios es su aparición en el interior del individuo. Que yo supiera, ninguna de aquellas hebreas sufría de esquizofrenia alguna.

En cuanto al segundo tipo de alucinación —la «alucinosis»—, tampoco aparecía demasiado claro. Las alucinosis son definidas como percepciones «sin objeto» y correctamente criticadas por el protagonista, que las vive como algo patológico (1). Que yo recordara, la Magdalena siempre rechazó la posibilidad de que lo que había visto y oído fuera irreal. Ella, incluso, trató de abrazarse a los pies «transparentes» del Maestro... De todas formas, como digo, el asunto era confuso. Yo desconocía si la mujer había padecido o padecía en esos momentos alguna enfermedad somática.

Quedaba la tercera categoría —la «ilusión»—, que supone una deformación de algo real y que suele darse en personas sanas y en enfermos. Si son numerosas y de gran vivacidad se denominan «pareidolias». Es bien conocido el ejemplo de individuos que, partiendo de las ramas de un árbol, creen ver caras o figuras de lo más diverso. En este nuevo supuesto, tropezaba con otro no menos espinoso problema: ¿qué podía haber sido ese «algo» real que, tanto la Magdalena como las otras, habían falsificado en sus

(1) El gran experto, Ey, atribuye a la alucinosis las siguientes características: formas bien constituidas y de gran pregnancia. Anomalías intrínsecas de los estímulos. Estructura parcial marginada de la situación real, del contexto perceptivo y del juicio. Conciencia de irrealidad y etiología orgánica a nivel periférico o central. Por ejemplo, ver figuras de gran colorido que se mueven delante del sujeto, el cual es consciente de su carácter irreal y, por tanto, de su significación patológica (*Psicopatología de la percepción*, de J. Vallejo). (*N. del a.*)

mentes, convirtiéndolo en una ilusión? ¿O no se trataba de una ilusión?

Al carecer de elementos de juicio, no quise plantearme siquiera la o las posibles causas de las alucinaciones en cuestión, suponiendo, repito, que fueran tales. (Por supuesto, algunas de las teorías patogénicas de las alucinaciones no encajaban en el caso de María.) Y dentro del capítulo psiquiátrico de la clasificación de los trastornos perceptivos, según el canal sensorial, las denominadas «alucinaciones visuales» tampoco encajaban del todo con lo descrito por las hebreas. Las características en estas alucinaciones varían extraordinariamente: aparecen como elementales o complejas, móviles o estáticas, en blanco y negro o en color, agradables o amenazantes (que son las más comunes), de tamaño reducido o «liliputienses» o gigantes («gulliverianas») (1).

Las descripciones que llevaba oídas —un Jesús estático, nada amenazante, en color y a tamaño natural— constituían una enrevesada mezcolanza que coincidía a medias con los rasgos típicos de las citadas alucinaciones «visuales». En suma: que estaba hecho un verdadero lío.

(1)   Baruk dividió las alucinaciones visuales de la siguiente y acertada forma:

1.   Sensorial: como toda alucinosis, supone una conciencia crítica de trastorno y se produce en base a una afectación orgánica, cuya localización puede situarse a cualquier nivel del sistema óptico.

2.   Onírica: lo característico en estos casos es el «onirismo», instalado, por definición, en un estado de obnubilación de conciencia. La base de este trastorno suele ser una psicosis tóxica o infecciosa, cuyo modelo viene dado por el *delirium tremens*, que se presenta en alcohólicos crónicos, frecuentemente durante los primeros días del período de abstinencia. Las zoopsias (visiones de animales) son típicas de estas psicosis alcohólicas, que se acompañan de otros síntomas o signos característicos, tales como el temblor de manos, la sudoración, la agitación, la desorientación temporo-espacial, etc.

3.   Alucinaciones visuales que acompañan a la disgregación de pensamiento: tienen un componente sensorial reducido y entran más en el campo de las seudoalucinaciones o alucinaciones psíquicas, que propiamente en el de las alucinaciones. Se presenta en el contexto de una personalidad profundamente desorganizada, como es la psicótica, y producen en el paciente una actitud de atención y abstracción notable. (Ver *Introducción a la psicopatología y la psiquiatría*, de J. Vallejo, A. Bulbena, A. González, A. Grau, J. Poch y J. Serralonga.) *(N. del a.)*

—Por favor... —animé a la Magdalena—. ¿Qué ha sucedido?

Suspiró y, entre gimoteos, comenzó así:

—Me hallaba aquí, con éstas, refiriendo las dos apariciones del rabí en Betania cuando...

No pude contenerme. Al oír aquello reaccioné con brusquedad.

—¿Betania? ¿Dos qué...?

El tono no gustó a la de Magdala. Y José, conciliador, me rogó calma.

—... Estaba hacia la mitad de lo sucedido en la casa de Lázaro —prosiguió ella— cuando, inexplicablemente, sentimos frío. Fue una clara sensación. Como de un viento helado. Nos miramos mutuamente, en silencio, extrañadas... Esa puerta estaba abierta, sí, pero afuera no hay viento ni hace frío.

A pesar de su evidente cansancio, María razonaba con su habitual dominio y sentido común. Y esto me hundió en una confusión mayor.

—... Y, de pronto, en el centro del corro, vimos la forma del Maestro.

Al escuchar el relato, algunas de las mujeres rompieron a llorar nerviosamente. Me impacienté. Pero el anciano, con voz imperativa, ordenó silencio.

—... ¡Era Él! Y nos saludó, diciendo: «Que la paz sea con vosotras.»

Preferí no hacer preguntas. Primero debía escuchar la versión de la Magdalena.

—... Después nos dijo: «En la comunión del reino no habrá ni judío ni gentil. Ni rico ni pobre. Ni hombre ni mujer. Ni esclavo ni señor... Vosotras también estáis llamadas a proclamar la buena nueva de la liberación de la Humanidad por el evangelio de la unión con Dios en el reino de los cielos. Id por el mundo entero anunciando este evangelio y confirmar a los creyentes en esta fe. A la vez que hacéis esto, no olvidéis a los enfermos y alentar a los tímidos y temerosos. Siempre estaré con vosotras hasta los confines de la tierra.» Y dicho esto desapareció. Nosotras, como ya sabéis, caímos de rodillas, muertas de miedo. Supongo que perdí el sentido. El resto lo conocéis.

Terminada la exposición, cayó en un cerrado mutismo.

Evidentemente, María se hallaba muy afectada. Yo diría que bastante más que en las ocasiones precedentes. Su actitud, incluso, era diferente. Había pasado de la euforia, de los gritos y de la lucha contra los escépticos a una introversión y melancolía, impropios de su temperamento. Lloraba, sí, pero dulce y sosegadamente. No mostraba deseos de hablar o de comunicarse. Era muy extraño...

Pero yo necesitaba aclarar aquel «manicomio». ¿Qué había querido decir con lo de las apariciones en Betania? ¿Es que seguían repitiéndose las supuestas visitas del resucitado? Aquello no tenía ni pies ni cabeza... Los evangelios no hablan para nada de posibles «materializaciones» de Jesús en la casa de Marta y María y tampoco de aquella tercera y dudosa «presencia» a la Magdalena y a las hebreas que la acompañaban. Claro que, en ese sentido, tampoco me fiaba de los evangelistas...

Si María y las otras no estaban mintiendo y no eran víctimas de alguna alucinación, las palabras del Hijo del Hombre y el hecho en sí de haberse aparecido a mujeres solas eran sumamente interesantes y significativos. Repito: si era cierta la presencia del rabí, la confirmación del papel de las mujeres en la predicación del Evangelio del Reino había sido escamoteada por los hombres. Así de claro y rotundo. Y no era de extrañar, dado el secundario, casi infantil y menospreciado puesto de las hembras en la sociedad de entonces y de los siglos posteriores. He aquí un testimonio que, de haber sido publicado, quizá habría variado los estrechos, mezquinos y machistas esquemas de las iglesias en relación con las mujeres.

Esta vez respeté el silencio de María. Y tomando a José por el brazo, nos encaminamos al exterior. Eran muchas las preguntas que deseaba formularle.

Mis prisas desaparecieron. El inesperado giro en los acontecimientos de aquel agitado domingo me hizo olvidar temporalmente los planes de la misión. Si aquellas nuevas y supuestas apariciones eran reales, ¿qué podía importar ya la localización y el seguimiento de los pastores de Emaús? Jesús de Nazaret era capaz de presentarse en el lugar más insospechado... Debía mantener los ojos bien abiertos. Dejarme guiar por la intuición y, naturalmente, tratar de reconstruir aquel galimatías.

Paseamos largo tiempo bajo el artesonado de cedro de los claustros. Las mujeres, más sosegadas, proseguían con sus cánticos. Uno de los sirvientes nos salió al encuentro, ofreciéndonos una deliciosa y reconfortante copa de vino negro y dulce, aromatizado con miel. La verdad es que el bueno de José no supo darme muchas explicaciones sobre el asunto de Betania. Se encontraba entregado a otros menesteres cuando, a eso de las cuatro o cuatro y cuarto de esa tarde, los criados le anunciaron la visita de María Magdalena. Venía de la residencia de Marta y María, en la pequeña aldea del este. Al parecer, después de su segunda «visión» en el huerto y de su nuevo y estrepitoso fracaso con los apóstoles, tomó la decisión de acudir a la casa de Lázaro, con el fin de hacerles partícipes de las noticias que, en parte, había protagonizado. Un par de horas antes, como ya sabía, David Zebedeo había pasado por la mansión del de Arimatea. Recogió a Salomé, su madre y se despidió de todos, encaminándose al mismo destino que la de Magdala. Cuando ésta llegó a Betania, los rumores sobre la tumba vacía circulaban ya por la población. Los numerosos peregrinos y caminantes se habían encargado de difundirlos y eran conocidos por las hermanas del «primer resucitado» y por los miembros de la familia de Jesús que se albergaban en dicha finca.

—No lo sé muy bien —comentó el sanedrita—, pero imagino que los hermanos del Maestro dudaron también de las palabras de la Magdalena. El caso es que, a eso de la hora sexta [hacia las 12], cuando María conversaba con los de Betania, ocurrió otra vez...

El de Arimatea se detuvo frente a la urna en la que guardaba sus valiosas piedras ovoides y esféricas y el vaso de diatreta encontrado en la Germania y, durante algunos segundos, se perdió en un grave silencio. Después, como tratando de convencerse a sí mismo, murmuró:

—Pero en esa ocasión no fue visto por mujeres asustadizas...

El anciano, con no poca sorpresa por mi parte, terminó su escueto relato —tomado a su vez del de la Magdalena—, informándome que el testigo de esa aparición (la tercera, según mi contabilidad) había sido Santiago, uno de los hermanos del Nazareno. Este hecho, como digo, había confundido mucho más al de Arimatea. Santiago, en efecto, era un hombre muy sensato y cabal. María, a pesar de su natural locuacidad, se había mostrado algo remisa a la hora de describir la visión.

—Por lo visto —añadió José—, la entrevista con Jesús fue muy particular.

La segunda visión de Betania —siempre según el anciano— ocurriría horas más tarde. Pasada la nona (más o menos, las 15). Y como en la anterior narración, José hablaba de oídas. Aun así, este cuarto suceso —considerado en un estricto orden cronológico— parecía haberle afectado tanto o más que el de Santiago. La razón era muy sencilla: esa nueva aparición del Hijo del Hombre, registrada también en la casa de Lázaro, había sido compartida por Marta, María, la familia del Galileo y por David Zebedeo y su madre, que, al parecer, acababan de llegar a la aldea. Yo conocía un poco el carácter frío y asentado del jefe de los «correos» y comprendí, al igual que mi amigo, que David no era persona fácil de engañar o sugestionar. El dato me dejó perplejo.

Al interesarme por las circunstancias de esta última presencia y por el posible mensaje de Jesús, el anciano se encogió de hombros. La de Magdala —que también había presenciado el increíble acontecimiento— apenas si lo había referido.

¡Dios santo! El laberinto empezaba a convertirse en una pesadilla. La Magdalena, según esto, había «visto» y «oído» al resucitado... ¡cuatro veces! Luego estaban aquellos hombres —Santiago y David—, dignos de toda confianza. Y mis convicciones sobre el fenómeno de las apariciones empezaron a desmoronarse. Ya no estaba tan seguro de que todo fuera pura imaginación, fruto de la neurosis de unas mujeres alteradas emocionalmente o simples alucinaciones individuales o colectivas. Lo confieso honestamente: mi mente, en blanco, se negó a razonar. Quizá fue lo mejor... Lo único que, supongo, me animó a continuar en aquellos difíciles y confusos momentos fue el rígido sentido de mi educación militar. Ahora, más que nunca, debía conservar la calma y la frialdad.

Por supuesto, mi visita a Betania era obligada. Y aunque figuraba en el programa de Caballo de Troya, decidí adelantarla. Las entrevistas con David y con el hermano de Jesús eran vitales.

Estaba decidido a poner orden en la «tela de araña» que me envolvía y, gracias al cielo, lo lograría. Pero antes —¡cómo no!— debería soportar nuevos «sustos»…

Supongo que fue un fallo de mi memoria. Nunca me había ocurrido. Y aunque no entra en mis cálculos el justificarme, aquel lapsus y lo que me sucedería poco después, cuando estaba a punto de entrar en el cenáculo, fueron del todo ajenos a mi voluntad. Iré por partes.

A eso de las 18 horas, en pleno camino de regreso a la casa de los Marcos, caí en la cuenta de que no había preguntado por los hermanos de Emaús. Y, como digo, achaqué el olvido a las emociones y al frenético discurrir de los acontecimientos.

Con la mansión a la vista me detuve, planteándome el dilema: ¿qué hacía? ¿Me aventuraba por la ruta de Jaffa, a la caza y captura de los pastores o permanecía en la residencia de Elías, a la espera de la pretendida aparición a los íntimos del Nazareno? Evalué mis posibilidades. La noche caería a las 18.22 horas. En realidad, como decían los hebreos, «ya casi no se distinguía un hilo blanco de otro negro…».

Si me lanzaba tras Cleofás y Jacobo necesitaría —con suerte— alrededor de hora y media para cubrir los once kilómetros que me separaban del pueblo de las mimbreras. Es decir, por mucho que corriera —y la oscuridad no me facilitaría las cosas—, la noche me sorprendería a mitad de camino. La «piel de serpiente» y los ultrasonidos de la «vara» eran una buena protección. Sin embargo, Caballo de Troya recomendaba no correr riesgos. Sobre todo, innecesarios. No sé si he comentado la problemática de los caminos de Israel en aquella época. Los ladrones, bandoleros, mendigos hambrientos, esclavos fugitivos y «sicarios» o revolucionarios que formaban partidas contra los romanos o contra las huestes de la numerosa familia herodiana eran legión en las calzadas y cañadas. Sobre todo en las del este. Ello aconsejaba no viajar nunca de noche y muchísimo menos en solitario. Por otra parte, el hecho de no conocer físicamente a los pastores y la posibilidad de que pudiera cruzarme con ellos en plena marcha terminó por disuadirme. Lo más prudente y práctico era esperar los acontecimientos en compañía de los Marcos. «Después de todo —razoné mientras llamaba a la puerta—, si lograba estar presente en la que se menciona como última aparición del resucitado en aquel domingo, los objetivos de la misión se verían satisfechos en buena medida...»

Alguien, desde el otro lado de la puerta, me obligó a identificarme. Sólo entonces, y con unas exageradas medidas de seguridad, pude ingresar en la mansión. Aquel cambio me alarmó. ¿Qué estaba pasando? Pronto lo comprobaría por mí mismo.

El caso es que, entre los Marcos y sus sirvientes reinaba una agitación especial, mezcla de nerviosismo y de una alegría incontenible. Al principio no entendí muy bien tan contradictoria situación.

El dueño, de regreso del campo, me recibió en el patio con el tradicional ósculo de la paz. Le correspondí con otro beso en la mejilla y, durante algunos minutos, tuve que soportar, sonriente, sus paternales recriminaciones. Mi regalo —dijo— era tan regio como innecesario.

María, la esposa, vino a rescatarme, amonestando al bueno de Elías por su mucha palabrería y poco tacto para con un amigo. La noté feliz. Me obligó a tomar asiento en uno de los taburetes estratégicamente repartidos en torno a un fuego sobre el que se balanceaba una marmita de cobre de casi medio metro de diámetro. El enorme puchero se hallaba suspendido de una cadena que, a su vez, había sido fijada a una de las vigas de madera calafateada que cruzaban el mencionado patio a cielo abierto. El aroma que escapaba de la olla me recordó que hacía muchas horas que no probaba bocado. (En realidad, 1 943 años...)

No vi a Juan Marcos. Su madre siguió removiendo el guisote, y mientras el anfitrión me escanciaba una generosa copa de vino del Hebrón, me preguntó si estaba al tanto de las noticias que corrían por Jerusalén. Le respondí que «a medias », y deseosa de hacerme partícipe de su contento, fue desgranando algunos de los muchos rumores que ya conocía. Pero mis pensamientos estaban puestos en el piso superior y, con el pretexto de curiosear el guisado, me acerqué a María Marcos, interesándome por el estado de los íntimos de Jesús. La señora guardó su casi permanente sonrisa, resumiendo la situación con una palabra:

—¡Hundidos!

Y alzando sus ojos hacia la planta donde continuaban encerrados, me insinuó que podía comprobarlo por mí mismo.

El tufillo de las borboteantes lentejas, sabiamente condimentadas a base de cebolla y laurel, me distrajo momentáneamente. La mujer se dio cuenta y, curiosa, preguntó si tenía apetito. Reconocí que mucho, «a pesar de haber almorzado —le mentí— tan fuerte y tan temprano que sesenta corredores no habrían podido darme alcance». María sonrió, reconociendo el viejo adagio hebreo y, tras probar las humeantes lentejas en la punta de su cucharón de madera, llamó a uno de los sirvientes para que me acompañara hasta el piso superior.

Provisto de una concha marina en la que flotaba una especie de lamparilla de aceite, el fiel criado me precedió en el camino hacia el lugar donde se hallaban los diez. En aquellos instantes, el largo y triste sonido del *sofar* —el cuerno de macho cabrío— anunció el final del día. La luna de Nisán no tardaría en lucir en el sereno cielo de la Ciudad Santa.

En aquel momento no me pareció grave. Ahora sé que debo contarlo. Ocurrió al subir las diez o quince escaleras de piedra que conducían al cenáculo. Fue cosa de segundos…

De repente mi vista se nubló. Y creí perder la noción del tiempo y del espacio. Todo fue vertiginoso. Tuve que apoyarme en el muro e, instintivamente, practicar varias, rápidas y profundas inspiraciones. Sacudí la cabeza sin comprender. Un sudor frío empañó mis sienes, y al momento, la fugaz obnubilación cesó. ¿Qué me había pasado?

Repuesto del extraño vahído, me tranquilicé achacándolo a las casi diecisiete horas de ininterrumpido ir y venir y a la ausencia de alimentos. Días después, en el tercer retorno al módulo, comprendería que aquella pasajera indisposición obedecía a razones más serias. Pero hablaré de ello en su momento.

El siervo golpeó tres veces con los nudillos. Y al poco, al otro lado de la puerta, se escuchó una voz:

—¿Quién va?

—¡Un creyente! —replicó el criado.

No había salido de mi asombro cuando oí e identifiqué el rechinar del madero que apuntalaba el acceso al ser desplazado. La doble hoja fue entreabierta y, verificada la identidad del sirviente, el discípulo —uno de los gemelos— nos franqueó el paso. Mi gentil acompañante se retiró por donde había venido y, al punto, como si de ello dependiera su vida, Judas Alfeo se abalanzó sobre la tranca, atrincherando la puerta. Le observé entre atónito y divertido. Cualquier levita o policía del Templo habría podido abrirla de un puntapié. Pero el terror de aquella gente era tal que parecían ciegos. ¿Es que la absurda, casi grotesca, contraseña les hubiera servido de algo, en el supuesto de que la casa fuera abordada por sus enemigos?

¡Dios de los cielos! ¡Qué abismal diferencia se respiraba entre ambas plantas de la casa! Abajo, los seguidores del Cristo estaban prácticamente convencidos de su resurrección. La esperanza y el júbilo eran un hecho físico palpable. Allí, a tan escasos metros, entre los «grandes» del reino, sólo encontré desolación. ¡Qué mal y cuán escuetamente ha sido reflejada esta dramática situación por los evangelistas!

La media docena de lucernas de aceite de oliva que alumbraba la estancia, a duras penas había sido reducida a dos precarias e insuficientes llamitas. Una, en la pared de la derecha y la otra, sobre la mesa en forma de «U». En los primeros momentos tuve problemas de identificación. La visión era pobrísima. El apóstol que nos había abierto y Juan Zebedeo me acogieron de inmediato, asaeteándome a preguntas. Parecían los únicos con un mínimo de vitalidad en aquel decepcionante cuadro. Mientras me aproximaba a uno de los divanes vacíos, fui respondiendo con monosílabos y sin la menor precisión. Por lo que pude captar, el joven Juan Marcos les había ido informando de la marcha de los acontecimientos, aunque ignoraban los sucesos de Betania y, por supuesto, el recientísimo de la casa de José de Arimatea. Prudentemente, no hice la menor alusión a los mismos. Mi papel seguía siendo el de un observador y por nada del mundo podía ni debía condicionarles. Supongo que esta extrema parquedad mía les defraudó. Y durante algunos minutos me dejaron en paz. Mis ojos, acostumbrados nuevamente a la difícil penumbra, recorrieron la sala, tratando de distinguir a los allí enclaustrados y de adivinar su situación anímica. Todo continuaba más o menos como yo lo había dejado. Quizá peor. Simón el Zelote, tumbado en su asiento y de cara a la pared. Parecía dormido. Simón Pedro, sentado junto a su hermano, con la cabeza descansando entre sus gruesas manos y cuchicheando sin cesar. El resto, reclinado en los bancos rojizos o dormitando sobre el entarimado. Dos de ellos —el segundo gemelo y Mateo Leví— roncaban beatífica y rítmicamente. Me pareció la actitud más inteligente. Santiago, el hermano de Juan, fue quizá quien más me preocupó en aquella primera ojeada. Había ido a sentarse al fondo del salón, recostándose contra el muro. En un inabordable silencio, mataba el tiempo en un menester que hoy podría estremecer a los cristianos pero que entonces, dadas las circunstancias y su deplorable concepción de los sucesos que padecían, no tenía nada de extraño. Mecánica y pacientemente hacía pasar la hoja de su espada sobre una piedra negruzca que, probablemente, contenía corindón granoso y que facilitaba el afilado del arma. Ahora sé que aquel silbante sonido —el único que rompía el cargado ambiente junto a los ronquidos y los cuchicheos de Pedro y Andrés— era en verdad el mejor resumen de los pensamientos de los allí presentes. Sólo importaba la supervivencia.

Llevaba poco más de un cuarto de hora en la sala cuando, cansado quizá de soportar las lamentaciones de su hermano, Andrés —el que había sido jefe de los apóstoles— vino a sentarse a mi lado. Y sostuvimos una interesante e ilustrativa conversación. Sobre todo para mí.

El sufrimiento de aquel pescador, como el de la mayoría de sus compañeros, era digno de piedad. El galileo, solícito y agradecido ante la oportunidad de poder descargar su angustia y sus temores, fue respondiendo a mis preguntas. Ciertamente habían discutido la idea de huir de la ciudad. Pero su miedo al Sanedrín, no me cansaré de insistir en ello, era total. Y por unanimidad decidieron hacerlo durante la noche. ¡Era increíble! Conocían, por supuesto, los insistentes rumores que rodaban por Jerusalén. Rumores contradictorios, es cierto, pero que, en su mayoría, coincidían en el posible y milagroso fenómeno de la vuelta a la vida de su añorado Maestro. Sin embargo, ni uno solo había tenido el valor de lanzarse a las calles e interrogar a las gentes. En realidad, la incursión de Pedro y Juan hasta la tumba sólo había servido para avivar las dudas, las mutuas agresiones verbales y el pánico a un posible arresto. «Si Caifás ha sido capaz de terminar con la vida de Jesús —se decían con razón—, ¿qué clase de benevolencia podemos esperar sus seguidores?»

Andrés se lamentó también del escaso aprecio que habían hecho hasta esos momentos del excelente servicio de David Zebedeo y sus «correos». Ahora, aunque Juan Marcos y algunas mujeres les mantenían informados, comprendían la importancia de dicho trabajo. Debo ser sincero una vez más. El hundimiento y tristeza de aquellos pobres e infortunados discípulos eran tales que me faltó muy poco para ponerles al tanto de lo que sabía.

Y casi sin darnos cuenta, poco a poco, Andrés y yo fuimos repasando la situación personal de cada uno de los presentes.

El ex jefe de los apóstoles —que se sentía grandemente aliviado por el hecho de haber sido relevado de su responsabilidad en tan crudos momentos— elogió sin rodeos a Juan Zebedeo. Fue el único que sostuvo su fe en la resurrección de Jesús. Les recordó en cinco ocasiones las promesas del rabí y —siempre según mi informante— en otras tres oportunidades aludió a las palabras del Maestro sobre la fecha exacta de su vuelta a la vida: «al tercer día». Bartolomé se sintió especialmente reconfortado por la machacona insistencia de Juan. Pero, al parecer, la menor edad del Zebedeo restó seriedad y peso a sus esperanzadoras palabras. Y el grupo terminó por olvidarle o hacerle callar.

Santiago, uno de los más racionales, absorto en el afilado de su *gladius*, había apoyado en un principio la sugerencia de acudir en masa a la tumba y verificar lo que contaban las mujeres, Simón Pedro y su propio hermano. «Había que llegar al fondo del misterio», llegó a decir por la mañana. Pero, ante las exigencias de Bartolomé y de varios más de no mostrarse en público, no exponiendo así sus vidas, tal y como había pedido el Maestro, el Zebedeo terminó por ceder, recluyéndose en aquel triste mutismo.

Como la mayoría, se limitó a esperar los acontecimientos, bastante defraudado, eso sí, ante el «inexplicable comportamiento de Jesús».

—¿Inexplicable comportamiento? —le interrogué sin comprender.

Andrés, bajando el tono de su voz, me hizo ver que no eran tan estúpidos y que, naturalmente, ante el torrente de noticias sobre las apariciones del rabí, muchos pensaban que tales y misteriosas «presencias» del Maestro podían ser ciertas. Pero, en ese supuesto, ¿por qué Jesús no se presentaba primero a los «elegidos»? ¿Qué razón había para que lo hiciera a unas «tontas e inútiles mujeres, cuyo papel en la evangelización del reino era reconocido públicamente como nulo»?

—Admite con nosotros —sentenció convencido— que, si Jesús hubiera resucitado de entre los muertos y decidiera hacerse visible, lo haría primero y antes que nada a sus íntimos. A nosotros…

Le miré desconcertado. Andrés hablaba absolutamente en serio. He aquí otro «detalle» hábilmente «olvidado» por los evangelistas, hombres a fin de cuentas…

Después de lo que llevaba oído, la verdad es que escuché sus restantes explicaciones con cierta desazón y desgana.

Bartolomé, con su típica y siempre indecisa conducta, no terminaba de decidirse. En ningún momento negó la posibilidad de que Jesús hubiera resucitado, pero tampoco se declaró a favor. Alentó a sus hermanos, cierto, pero en un nivel puramente humano.

—En cuanto a Simón el Zelote —señaló Andrés hacia el diván donde permanecía tumbado—, ya ves… no ha dicho esta boca es mía. Creo que está aterrado.

Por las aclaraciones del pescador deduje que el simpatizante de los zelotas se había negado a participar en las discusiones. Su concepto del «reino» se había venido abajo. En un momento de lucidez llegó a intervenir en la polémica, asegurando con una peligrosa carga de pesimismo que, en realidad, «el hecho de la discutible resurrección del rabí no cambiaba las cosas». Él, al menos, se sentía incapaz de discernir en qué modificaba la deshonrosa situación general el poco creíble suceso de la vuelta a la vida del crucificado. Tal y como le había pronosticado el Galileo, su decepción, miedo y ruina moral necesitarían de mucho tiempo para ser remontados.

El caso de Mateo Leví, dulcemente ausente gracias al sueño, reflejaba también su especial idiosincrasia. Según Andrés, «todo su problema eran las finanzas». Como ya comenté, David Zebedeo le había hecho entrega de la bolsa con los dineros de la comunidad y, desde ese momento, su viejo espíritu de recaudador de impuestos se impuso sobre todo lo demás. No dio su opinión sobre la discutida resurrección. Eso le traía sin cuidado en aquellas horas. Su obsesión era la falta de un jefe hábil y capacitado para sacar adelante el proyecto del reino y, como digo, las cuentas... «No tomaré decisiones —resumió Mateo antes de echarse a dormir— hasta que haya visto a Jesús frente a frente...»

Sin querer, Mateo había descubierto su subconsciente, reconociendo que creía —o deseaba creer— en la resurrección del rabí.

Los gemelos de Alfeo, como siempre, eran caso aparte. Sus únicas preocupaciones serias habían sido de orden doméstico: comidas, atrincherado de la puerta, contraseña, etc.

—Sólo en una oportunidad —manifestó Andrés con una sonrisa de benevolencia— se atrevieron a dar su opinión y forzados ante una directísima pregunta de Felipe. «Nosotros, dijeron, no entendemos muy bien toda esa historia del sepulcro vacío y de la resurrección de Jesús, pero nuestra madre dice que ha hablado con el Maestro y la creemos.»

No hice más comentarios sobre los ingenuos pero fieles gemelos.

Felipe, hablador y dicharachero, había hecho honor a su fama de bromista y parlanchín incorregible. Fue el que más intervino en las discusiones, zascandileando sin cesar por la estancia.

Andrés hizo un gesto de desaprobación, ante lo que calificó de «dudas infantiles» por parte de su compañero. Por lo visto, la máxima preocupación de Felipe, el intendente, repetida hasta la saciedad en el transcurso de aquella tarde, había sido si Jesús —una vez resucitado— presentaría o no las huellas físicas de su crucifixión. Como vemos, no era sólo Tomás —refugiado en la aldea de Betfagé— el único que mostraba interés por tan banal hecho... Por supuesto, los otros nueve, aunque le escucharon con agrado y paciencia, no tuvieron en demasiada consideración las morbosas reflexiones de Felipe. Simón Pedro, en especial, se mostró corrosivo con el inocente apóstol.

El dejar al hermano de Andrés para el penúltimo lugar en aquel apresurado examen no fue casual. Pedro me interesaba especialmente. Su contradictoria personalidad y cuanto llevaba vivido desde el prendimiento de Jesús de Nazaret merecían un análisis detallado y lo más racional posible. Su conducta en aquella jornada del domingo —lo creo sinceramente— no ha sido reflejada en su verdadera dimensión. Y es preciso conocerla para entenderle y entender su gigantesca tragedia interior...

El fogoso pescador de Galilea —eso entendí— había ido pasando por las siguientes fases: tristeza, desmoronamiento y miedo durante las horas que siguieron a la captura y crucifixión de su Amigo. En la madrugada del primer día de la semana, al conocer la noticia de la sepultura vacía y la supuesta aparición de Jesús, irritación y un escepticismo brutal, todo ello bañado en un creciente pavor a la policía del Sanedrín. Después, al comprobar por sí mismo la veracidad del sepulcro vacío, unas dudas igualmente espantosas que fueron perfectamente controladas y reducidas hasta quedar constreñidas a la «teoría del robo del cadáver». Pero las noticias y rumores sobre nuevas apariciones siguieron multiplicándose y Simón Pedro —que deseaba como ninguno la «vuelta» de su Señor— fue derivando hacia una posición más dúctil y peligrosa a un mismo tiempo. Avanzado el día, sin demasiados ánimos para negar con la ofuscación de los primeros momentos, el atormentado apóstol llegó a decir: «Pero si ha resucitado y hablado con las mujeres, ¿por qué no se presenta ante sus apóstoles?»

Y un lamentable pensamiento empezó a cristalizar desde entonces en su corazón. Andrés estaba convencido —así se lo había oído decir a su hermano— de que Simón Pedro se sentía culpable...

—¿Por qué? —le interrumpí sin saber adónde quería ir a parar.

Andrés movió la cabeza como si tuviera ante sí a un niño.

—¿Y tú lo preguntas, Jasón?

Lanzó una compasiva mirada sobre su hermano y continuó:

—Huyó como todos nosotros y, además, renegó de Él. Es natural que se sienta mal...

Empezaba a intuir la nueva obsesión del rudo pescador. Y así me lo confirmaría Andrés. Simón Pedro —a pesar del relativo y pasajero consuelo que significó para él la expresa mención de su nombre en una de las apariciones— había caído en el error de creer que el Hijo del Hombre no terminaba de presentarse ante los «escogidos» por culpa de su cuádruple traición en el patio de Anás, el suegro del sumo sacerdote. Por otra parte, para terminar de enredar su ya confusa mente, seguía resistiéndose a aceptar el testimonio de las mujeres. La disyuntiva y el pánico a caer prisionero le tenían acorralado. Poco antes, cuando le vi cuchichear con Andrés, Pedro había llegado a una decisión: estaba dispuesto a separarse del grupo apostólico. Sólo así —pensaba el aturdido discípulo—, suponiendo que Jesús hubiera resucitado realmente, se produciría la ansiada aparición del Maestro a los suyos. Quedé perplejo.

—¿De verdad tiene intención de marcharse?

El hermano asintió con resignación.

—Y nada ni nadie podrá hacerle cambiar de criterio —remachó.

De eso sí estaba seguro. El que más adelante llegaría a ser una de las «cabezas» del movimiento cristiano era lento y tardío en sus decisiones, pero, una vez adoptadas...

—¿Y cuándo piensa retirarse?

Andrés no lo sabía con exactitud.

—No me lo ha dicho, pero imagino que esta misma noche...

Para mí estaba claro que Simón Pedro era víctima en aquellas horas de una aguda crisis neurótica. Bastaba con verle y saber sus continuos, complejos y absurdos cambios para intuir que atravesaba lo que hoy habríamos definido como alguna de las formas clínicas de la neurosis: de angustia, histérica, fóbica u obsesiva. Quizá fuese una mezcla de la primera y de la última.

El estado anímico de mi acompañante —Andrés— era quizá uno de los más estables: aliviado por su liberación como jefe de aquellos despojos humanos y prudentemente esperanzado. Su gran preocupación en aquellos momentos era Pedro. Solamente Pedro.

Del apóstol ausente —Tomás— prácticamente no hablamos.

Y contagiado en cierto modo de la inquietud de Andrés, me fui hacia Simón Pedro. Me acomodé a su lado y, durante breves minutos, me dediqué a observarle. Cualquier psiquiatra habría sido feliz —y yo también— de haber podido someter al pescador a cualquiera de los test o cuestionarios que sirven para calibrar el nivel de neuroticismo y ansiedad: Cattell, NAD, Hamilton, SN59, Taylor, etc. Pero eso, evidentemente, hubiera resultado un tanto comprometedor. Sin embargo, me propuse intentarlo... más adelante. La experiencia podía ser apasionante...

De momento me contenté con una mediocre exploración de algunas de sus constantes vitales. Pasé mi brazo derecho sobre sus hombros y, procurando transmitirle todo mi afecto y simpatía, intenté animarle. Apenas si me miró. Y desde ese instante percibí algunas de las características de los individuos atrapados por la neurosis: una gran rigidez perceptivo-motora y escaso control postural. Me faltaba un tercer elemento y, en tono de complicidad, de forma que los demás no pudieran oírme, le susurré si le molestaba la luz. Negó con la cabeza y, al punto, reprochó a sus hermanos que hubieran apagado las lucernas. Tal y como sospechaba, su adaptación sensorial a la visión a oscuras era mediocre. (Otro síntoma indicativo del grave momento por el que atravesaba.)

Noté que su ritmo respiratorio sufría bruscos altibajos y, recordándole mi condición de «sanador», le tomé el pulso. Accedió con desgana. Efectivamente, su actividad nerviosa estaba precipitando el ritmo cardíaco, con una muy posible elevación de la tensión arterial. La conductancia cutánea parecía muy alta. Palpé sus antebrazos y el flujo sanguíneo se reveló muy atropellado (1). De haber tenido

(1)   En un estudio más concienzudo, en el plano somático, los parámetros bioquímicos de Simón Pedro nos hubieran señalado, entre otros, un elevado nivel de cortisol, catecolaminas, 17-OHCS plasmáticos, aumento ligero de la actividad tiroidea, inhibición quizá del sistema hipófiso-gonadal, incremento de los lípidos séricos y participación del ión lactato en el síndrome de angustia. *(N. del m.)*

acceso a un análisis de sangre, quizá hubiéramos encontrado una elevación de colinesterasa.

—¿Sientes frío?

—Un poco...

La verdad es que no había motivo. La temperatura ambiente en el exterior era moderada —quizá unos 12 o 14 grados— y en la estancia, algo superior. Aquella especial sensibilidad al frío y la fácil fatigabilidad de Pedro eran nuevos síntomas que venían a enriquecer mi provisional diagnóstico. Y aunque sé que este cuadro biológico debe ser utilizado con prudencia a la hora de dictaminar, era indicativo de una insuficiencia energética general y de un estado de hiperactivación o elevado *drive* o «arousal» (ansiedad), propio de lo que hoy llamamos estrés.

—¿Qué me ocurre, Jasón?

La voz enronquecida del apóstol me sumió en una indescriptible tristeza. Como los de Juan y Simón el Zelote, sus ojos aparecían hinchados, enrojecidos por la falta de sueño y las lágrimas y cercados por unas lamentables y negras ojeras.

¡Cuánto deseé en ese momento decirle la verdad! Anunciarle lo que le reservaba el destino y, así, enjugar su pena y la mía... Pero no era ése mi trabajo. Y palmeando sus fuertes espaldas, sólo se me ocurrió una difusa y nada reconfortante respuesta:

—Se trata de un trastorno... pasajero.

El bueno de Pedro intentó corresponder con una sonrisa. Pero no lo logró. Y ocultando su rostro en aquellas velludas y encallecidas manos de pescador, comenzó a sollozar entre esporádicos temblores.

Tuve que retirarme, maldiciendo el código moral al que estaba sujeto.

Pero, de improviso, unos golpes vinieron a sacarme de mi aturdimiento.

La reacción del grupo fue fulminante y digna de haber sido narrada por los evangelistas.

Santiago Zebedeo se puso en pie de un salto, blandiendo la espada. Pedro, con los ojos desencajados por el miedo, fue a parapetarse tras el diván, no acertando, en su nerviosismo, a desenvainar el *gladius*. Juan y los gemelos, lívidos, no movieron un solo músculo. Bartolomé, en su afán por escurrirse hacia el fondo de la oscura estancia, se pisó el manto, cayendo de bruces sobre el entarimado. Felipe corrió a despertar a Mateo Leví, y Andrés, tan pálido e indeciso como el resto, permaneció sentado, paralizado por el terror. Yo, por supuesto, también me asusté. Y haciendo acopio de toda mi serenidad, me eché a un lado, pegándome al muro derecho. A punto estuve de tropezar con el diván de Simón el Zelote. Su estado de postración era tal que ni siquiera escuchó los golpes.

Evidentemente, el que se hallaba al otro lado de la puerta no sabía o no recordaba la contraseña. Y en mitad del silencio y de alguna que otra entrecortada respiración, el «intruso» aporreó de nuevo la doble hoja, estremeciendo a los desolados discípulos. Santiago Zebedeo, más frío y audaz que sus amigos, dio unos sigilosos pasos, aproximándose a la puerta. Se situó a un lado, levantó la afilada arma por encima de su cabeza y, con la mano derecha, ordenó a Andrés que desatrancara el madero. En medio de una gran tensión, el hermano de Pedro caminó despacio hasta la viga y, cuando se disponía a retirarla de una patada, una aguda y familiar voz nos llenó de perplejidad. ¡Era Juan Marcos!

Un suspiro de alivio resonó en el cenáculo, al tiempo que algunos de los íntimos de Jesús se precipitaban hacia la puerta. Pero Santiago, el «hijo del trueno», con la espada en alto, les obligó a echarse atrás.

—¡Puede ser una trampa!

Y Andrés, ayudado por Mateo Leví, procedió a liberar el acceso. El muchacho penetró en tromba en la sala. Sudoroso y jadeante, gesticulando y señalando hacia el exterior, luchó por articular alguna palabra. Pero su excitación era tan considerable que necesitó algunos segundos para conseguirlo. Desconfiados, los gemelos, siguiendo la dirección marcada por el benjamín, asomaron sus cabezas al exterior. Al momento se volvieron hacia sus expectantes compañeros, encogiéndose de hombros. Allí, en efecto, no había nadie.

Superada la falsa alarma, los discípulos, sumamente irritados, amonestaron al muchacho. Pero Juan Marcos, haciendo caso omiso, fue a sentarse en uno de los divanes. Y al fin acertó a decir:

—¡Le han visto!... ¡Otra vez!

Supuse que se refería a la última y pretendida presencia del Cristo en la casa de José de Arimatea. Volví a equivocarme. Y tan perplejo como los demás, escuché de labios del niño otra no menos singular e increíble noticia. Éste fue su atropellado relato:

—Ha sido a eso de las cuatro y media... En la casa de Flavio... Y lo han visto más de cuarenta griegos...

Andrés se arrodilló frente al zagal y le pidió calma. Juan Marcos tragó saliva y dijo que sí con la cabeza. Fue inútil. Su corazón estaba a punto de saltarle por la boca...

—Y me han dicho —continuó con los ojos llenos de luz— que les ha hablado...

Los apóstoles, formando una piña en torno al atolondrado «correo», se lo comían con los ojos, pendientes de cada gesto y de cada palabra. Nadie que los hubiera observado en aquellos instantes habría jurado que se trataba de hombres escépticos e indecisos. Yo mismo llegué a dudar... Pedro, sobre todo, con la boca abierta y la mirada extraviada, se frotaba nerviosamente las manos, asintiendo rítmicamente con la cabeza a cada una de las explicaciones del muchacho. Y una inmensa aunque momentánea alegría me hizo temblar de emoción.

—...¿Y qué ha dicho? —estalló impaciente Juan Zebedeo.

—No lo recuerdo...

La decepción se dibujó en los rostros y más de uno masculló una irreproducible maldición. Pero Juan Marcos era tan sincero como eficaz. Y rebuscando entre los pliegues de su túnica, fue a mostrar un trozo de arcilla cocida —probablemente los restos de un cántaro o de una escudilla— en la que, con signos mal trazados, había copiado las palabras —o supuestas palabras— del Galileo en esta nueva aparición.

Mostró orgulloso aquella especie de *ostraca* y, adoptando un tono de solemnidad, leyó así las toscas letras, practicadas con alguna piedra u objeto punzante:

—«Que la paz sea con vosotros. Aun cuando el Hijo del

Hombre haya aparecido en la tierra entre judíos, traía su ministerio para todos los hombres...»

El muchacho parecía tener problemas con su propia y apresurada escritura.

—¿Qué más?

Los «incrédulos» apóstoles se revolvieron nerviosos.

—¡Ah!, sí —anunció Juan Marcos—, ahora lo entiendo... «traía su ministerio para todos los hombres. Dentro del reino de mi Padre, no hay ni habrá judíos ni gentiles. Todos seréis hermanos... Los hijos de Dios».

—Eso último no está bien —sentenció Mateo.

Juan Marcos repasó de nuevo el trozo de arcilla y, levantando los ojos hacia el impaciente grupo, comentó:

—«Todos seréis hermanos... Los hijos de Dios.» Eso me dijeron que dijo.

Aquel posible error de transcripción —tan próximo y «caliente»— era todo un símbolo. Si el voluntarioso benjamín de los Marcos no había sido capaz de copiar con precisión algunas de las palabras del Maestro, ¿qué podía esperarse de unos textos elaborados decenas de años más tarde y por personas que ni siquiera habían conocido o escuchado las enseñanzas del rabí de Galilea?

—¡Está bien... está bien! ¡Continúa!

—«... Id por lo tanto por el mundo entero extendiendo este evangelio de salvación, como lo recibisteis de los embajadores del reino y yo os recibiré en la comunión de la fraternidad de los hijos del Padre en la fe y la verdad.»

El mensajero guardó silencio.

—¿Y qué más? —insistieron varios de los presentes.

—Nada más —aclaró Juan Marcos—. Se despidió y desapareció de su vista.

Los discípulos intercambiaron algunas miradas, interrogándose en silencio. Nadie se atrevió a pronunciarse en primer lugar. Pero, mientras volvían a acomodarse, la electrizada atmósfera alcanzó su techo y fue suficiente un espontáneo y despreciativo comentario para que surgiera la polémica.

—¡Griegos!

No sé muy bien quién pronunció aquella palabra. Tampoco me sentí aludido. No había razón. El caso es que, en un segundo, como un tornado, Simón Pedro, con las manos a la espalda y sin dejar de pasear arriba y abajo, se erigió de nuevo en cabecilla de los recalcitrantes.

—¿Por qué a los paganos...?

Juan Zebedeo, paladín de los que creían en la resurrección del Maestro, reprochó a Pedro el poco caritativo comentario. Y al instante, como digo, se enzarzaron en el viejo círculo vicioso de «resurrección sí, resurrección no y por qué primero a estúpidas mujeres e impuros infieles». Mal estaba que se hubiera presentado a las hebreas antes que a los «elegidos del reino», pero «aquello de los griegos» —argumentaban los incrédulos— colmaba toda medida...

Los gritos, acusaciones mutuas y desafueros fueron en aumento, convirtiendo el lugar en una jaula de despropósitos donde sólo se respiraba malestar.

Cansado y deprimido, rescaté a Juan Marcos de aquella locura y descendí al patio. El aire fresco de la noche me reconfortó. María y los sirvientes continuaban felices, entregados a las faenas de preparación de la cena. Tomé al pequeño de la mano y paseamos sosegadamente junto a las enredaderas y los perfumados jazmines que adornaban el alto muro derecho. Así supe que aquel Flavio era un pagano, vecino de Jerusalén y viejo conocido de Jesús. En cuanto a los griegos, según las informaciones del benjamín, yo había tenido la oportunidad de conocer a muchos de ellos en el atrio de los Gentiles, en el almuerzo celebrado en la casa de José de Arimatea y en la finca de Getsemaní. Al parecer, se trataba de los mismos que habían presenciado el prendimiento del Hijo del Hombre y que, juntamente con Pedro y Juan Zebedeo, se habían lanzado contra Malco y los levitas.

Me sentí tan defraudado que no quise sacar conclusiones. Si todas aquellas historias eran ciertas, mi misión empezaba a constituir un estrepitoso fracaso. Bastaba con repasar la cronología de las referidas y supuestas «presencias» del Galileo en aquel domingo para reconocer que no había tenido mucha suerte. Siempre llegaba tarde...

Primero, al alba, en el primer encuentro de la Magdalena y las cuatro mujeres en la plantación de José. ¿Dónde estaba yo? Perdido en estúpidos problemas...

Después, en la segunda y no menos supuesta visión de la de Magdala, hacia las 09.35 horas, a pocos metros pero «ausente», ensimismado en el examen de los lienzos mortuorios...

A las doce, mientras se aparecía en Betania, yo me encontraba a punto de abandonar la «cuna»...

A las 15.30, aproximadamente, en la cuarta aparición —también en la casa de Marta y María—, yo andaba estúpidamente ocupado en el cambio del oro por monedas fraccionarias...

¡Y qué decir de la quinta visión, acaecida, según los testigos, hacia las 16.30 y en la casa del anciano sanedrita de Arimatea! Si no me hubiera entretenido en el asunto del acero «damasquinado»...

Respecto a la sexta —la de los griegos—, que quizá tuvo lugar a los pocos minutos de la protagonizada por María Magdalena y las restantes hebreas, me pilló, como es sabido, en pleno hogar de José...

Si tenía en cuenta que había desistido de la séptima —la de los hermanos de Emaús—, y de la que todavía no tenía noticia, ¿qué me quedaba? Tan sólo la del cenáculo...

¡Pobre de mí! La «carrera de obstáculos» en que se había convertido mi particular persecución del resucitado estaba a punto de sufrir otro increíble descalabro...

A eso de las 19.30 horas, uno de los criados me sacó de tan negros pensamientos. La cena estaba lista. Y a pesar de las protestas de la señora de la casa, colaboré en el transporte de las escudillas de madera, rebosantes de un apetitoso y humeante guisado de lentejas a las que María había añadido un pellizco de *jeezer*, una variedad de romero silvestre. Era curioso. Ignorando olímpicamente las controvertidas opiniones de los «íntimos» del Maestro, la familia —gozosa y convencida de la realidad de la resurrección— había decidido celebrarlo por todo lo alto. Aquella cena, en realidad, era una de las primeras manifestaciones del regocijo y de la fe de los verdaderos creyentes. Y amén del delicioso primer plato, María y su gente se habían esforzado por redondear el pequeño banquete con una de las especialidades de la madre de Juan Marcos: los buñuelos de miel. En una hornilla aparte, conforme iban consumiéndose las lentejas, la mujer, auxiliada por uno de los sirvientes, iba friendo en un ancho perol de hierro porciones de una masa, previamente elaborada a base de harina, levadura, miel, huevos y leche de cabra. Alternativamente, al tiempo que veía desaparecer los dorados y crujientes buñuelos, completaba el postre con otra no menos exquisita fritura: unas tortas, también de flor de harina, perfumada con comino, canela, hierbabuena y hasta trocitos de langosta.

Estas viandas, así como varias bandejas repletas de higos secos, dátiles y cidros, fueron sucesivamente transportadas al cenáculo.

Yo me instalé en uno de los extremos de la «U» y, previamente, tuve que someterme al protocolo del lavado de los pies. Los criados, diligentemente, cumplieron con las obligadas normas de la hospitalidad oriental. Y aunque algunos de los discípulos no estaban de humor para tales abluciones, lo cierto es que la suculenta cena les hizo olvidar sus discrepancias, reuniéndose todos en torno a la mesa y devorando en silencio los manjares que iban llegando desde el patio. Cada uno, de acuerdo también con la costumbre, debía lavarse sus propias manos. Bastaba con la derecha.

Las lámparas de aceite fueron encendidas en su totalidad y, quizá con la gratificante intención de alisar las angustias y tensiones de los apóstoles, Elías hizo subir de su bodega un excelente y espeso vino tinto, rico en alcohol y tanino, previamente filtrado. Siguiendo una de las modas grecorromanas, y a petición de cada uno, el anfitrión fue añadiendo en algunas de las copas de bronce y latón pequeñas porciones de canela, tomillo e, incluso, flores de jazmín. El truco servía para aromatizar el caldo. Los más prudentes —una minoría— prefirieron mezclar aquel vino del sur de Judea con agua. El resto, quizá en un muy humano deseo de aliviar sus penas, apuró copa tras copa, sin más parapeto y ayuda que las generosas raciones de lentejas o de buñuelos.

Santiago Zebedeo, Simón Pedro, los gemelos y Mateo Leví, siguiendo también normas de buena conducta, se deshicieron previamente de sus espadas, que reposaron destellantes a lo largo de la baja mesa de madera. Simón el Zelote fue el único que no probó bocado. Juan Marcos, que se sentó con su padre y conmigo junto a los nueve, le ofreció una de las escudillas. Pero el discípulo la rechazó amablemente.

Y durante cosa de diez o quince minutos, en la estancia sólo se escuchó el sordo entrechocar de las cucharas de madera hundiéndose en las lentejas, el descarado paladear de los manjares, el alegre y cantarín borboteo del vino escanciado una y otra vez en las copas de metal estañado y, por descontado, los obligados eructos.

Elías luchó en vano por animar la reunión, refiriendo las buenas noticias procedentes de sus propiedades en la Galilea y que, concretamente en la operación de «cavar el lino», eran altamente prometedoras. (Este trabajo, que solía llevarse a cabo en los meses de marzo y abril, consistía en cortar las plantas a ras del suelo para no estropear los tallos, siendo utilizadas después —una vez secadas— en el floreciente negocio de la confección de telas y cuerdas.) Con la más absoluta de las descortesías, los allí presentes ignoraron al dueño de la casa, pendientes únicamente de satisfacer su sed y su apetito. Juan Zebedeo y Pedro no podían liberarse fácilmente de la «losa» que pesaba sobre ellos. Picotearon aquí y allá y, dando muestras de inapetencia, se recostaron en sus divanes.

A eso de las ocho de la noche, Simón Pedro, que no podía apartar de su mente las incidencias del día, se puso en pie, visiblemente alterado. O mucho me equivocaba o era presa de otra crisis.

Dio unos pasos, golpeó con el puño uno de los tapices que colgaban de la pared y, volviéndose hacia la «U», permaneció un par de minutos con la vista fija y vidriosa en la llama ambarina de una de las lucernas de aceite. Ninguno de los comensales le prestó la menor atención. Mejor dicho, ninguno no. Andrés y yo, que espiábamos sus movimientos, cruzamos una mirada de preocupación. Sabíamos sus intenciones de desertar del grupo y ambos nos preguntamos si quizá había llegado el momento.

De pronto, sin despedirse ni dar explicación alguna, se encaminó hacia la salida, que permanecía entreabierta.

Esperé la reacción de su hermano. Sin embargo, Andrés no hizo nada. Palideció. Llenó su copa y, lentamente, apuró el vino de una sola vez.

Por enésima vez me sentí confundido. Aquello no estaba en los Evangelios. ¿Cumpliría el pescador su intención de huir de la ciudad? ¿Me lanzaba tras él? ¿Permanecía en la cámara a la espera de esa postrera y teórica aparición, tan esperada por todos, incluido yo?

Atormentado, reparé en el manto y el *gladius hispanicus* de Simón. Habían quedado sobre el diván y la mesa, respectivamente. Eso me tranquilizó. Quizá volviese a recogerlos. Pero ¿y si no lo hacía?

Transcurridos unos quince minutos mi desasosiego fue en aumento. Comprendí que había obrado mal. Precisamente por nueva, y por tratarse de quien se trataba, aquella situación tenía prioridad. Así que, olvidando la seguramente próxima y siempre hipotética aparición que mencionan los evangelistas, elegí lo seguro: seguir al pescador.

Solicité de Elías el permiso para retirarme, pero, cuando estaba a punto de dejarles, la inesperada intervención de Andrés me retuvo momentáneamente. Tan impaciente como yo, en una de las entradas de la servidumbre se interesó por su hermano. Uno de los criados nos tranquilizó a los dos. El galileo se hallaba en el patio, paseando.

«Quizá ha cambiado de idea», me dije, al tiempo que —contrariado— buscaba con prisas una excusa que me permitiera descomponer mi anunciada marcha. El cielo quiso que mi pequeño amigo Juan Marcos, perspicaz como pocos, saltara de su banco. Se interpuso en mi camino y preguntó dónde pensaba pasar la noche. No supe responderle. La verdad es que no me lo había planteado. Ante mi indecisión, el padre del benjamín intervino, haciendo el resto. Me brindó su casa y, con suma facilidad —lo reconozco—, me «convencieron» para que aceptara su hospitalidad. Forcejeé por puro compromiso y, finalmente, lo agradecí encantado, retornando a mi lugar en la mesa.

Eran las 20.35 horas. Nuevos y singulares hechos estaban a punto de maravillarnos.

Pero antes de intentar transcribir lo que vivimos en la estancia —ojalá el Todopoderoso siga dándome luz y fuerzas para ello—, por una sola vez y en beneficio de esta torpe narración, presiento que debo saltarme el orden cronológico de los acontecimientos. Y así lo haré.

Aquella noche, cuando los ánimos se dulcificaron, sostuve una larga entrevista con Pedro. Así fue cómo conocí lo que rondaba por su cabeza cuando ocurrió lo que ocurrió...

Tanto Andrés como yo teníamos razón al sentirnos inquietos por la suerte del ofuscado pescador de hombres. Mientras permanecíamos en el cenáculo, Simón, decidido a escapar pero temeroso de ser reconocido por los «espías» o los levitas de Caifás, se propuso abandonar la casa cuando la noche despejara las calles de Jerusalén. Y sin voluntad para volver al salón, se refugió en el amplio patio. Los siervos, en efecto, le vieron pasear a lo largo del muro, con las manos a la espalda y la cabeza baja. Pero, respetuosos con su dolor y silencio, fueron retirándose. En aquellos amargos momentos —según me confesó el apóstol—, los remordimientos por su traición eran insoportables. Su complejo de culpabilidad era tal que pensó, incluso, en la muerte. Estaba convencido de que había perdido su puesto como embajador del reino. A esta negra trama había que añadir su íntimo convencimiento de que Jesús —si es que en verdad había resucitado— no se aparecería a los suyos mientras él siguiera allí. Sin embargo, y sin que supiera cómo ni por qué, también fueron amaneciendo en su corazón otros recuerdos preñados de esperanza. «Vio» los ojos del Maestro, llenos de ternura, cuando, al salir del palacete de Anás, le miró durante unos breves segundos. Y le vino igualmente a la memoria el mensaje de Jesús a las mujeres, citándole: «Id a decir a mis apóstoles y a Pedro...»

—No sé lo que me sucedió, Jasón, pero me eché a llorar...

En el fondo era muy simple. Simón Pedro, a pesar de sus violentas y encabritadas reacciones, amaba a su Amigo y Señor. Durante muchas horas había sofocado su ardiente deseo de creer en las promesas del Hijo del Hombre. Pero, finalmente, un rayo de luz vino a iluminar su desesperación y, mientras caminaba por el patio, su dormida fe triunfó.

—No sé cómo fue, Jasón, pero, de pronto, me detuve, apreté los puños y, levantando los ojos hacia las estrellas, grité: «¡Creo que ha resucitado de entre los muertos! ¡Y voy a decírselo a mis hermanos!»

Hecha esta aclaración, volvamos al cenáculo y a la hora ya mencionada: las 20.35.

Recuerdo que, nada más sentarme, me serví una copa del pastoso vino tinto del Hebrón. Me disponía a levantarla hacia mis labios, cuando un ciclón humano, un terremoto o un poseso —no tengo palabras para describirlo— empujó la doble hoja de la puerta, llenando la cámara con sus gritos, saltos y carcajadas. ¡Era Pedro! Nos quedamos sin respiración. Hasta Simón el Zelote, asustado, se incorporó en su diván.

—¡He visto al Maestro!

Fue la primera frase que logré entender. El galileo, con la faz iluminada y sus ojos azules danzando en las órbitas, corría enloquecido alrededor de la «U».

—¡Le he visto!

Los apóstoles habían perdido el habla y el color de sus rostros. Santiago Zebedeo, ágil como un felino, al ver irrumpir a Pedro con semejante estruendo y aparato se apresuró a empuñar la espada, convencido de que alguien perseguía al pescador.

Pero Simón, al borde de la locura o del colapso cardíaco, seguía brincando entre los divanes y, alzando los brazos, repetía a gritos:

—¡He visto al Maestro!

Sinceramente, al verle en aquel estado, pensé que me había quedado corto en mi diagnóstico.

Y a la tercera vuelta, Andrés y Mateo le echaron mano, sujetándole. Al momento, el resto de los hombres corrió en auxilio del «trastornado galileo». Ése fue el pensamiento colectivo. Pero nos equivocamos. Simón estaba perfectamente. Su frecuencia cardíaca, que procuré comprobar de inmediato, era agitadísima. Y también su respiración. Pero, segundos más tarde, al escucharle, no tuve más remedio que inclinarme ante la realidad. Aquel alboroto obedecía únicamente a su alegría.

—¡Le he visto!… ¡Ha estado en el jardín!

Obligado a sentarse en uno de los bancos, Elías, implorándole calma, le ofreció una copa de vino. Simón se aferró a ella con ambas manos, bebiendo sin control.

—¡Os digo que le he visto! —clamó de repente, atragantándose.

Andrés le zarandeó por los hombros y, gritándole a un palmo de la cara, le ordenó que no fuera niño y que se dejara de tonterías. Fueron momentos de tenso silencio. Y el pescador, comprendiendo su paradójica situación, templó sus nervios. Dejó el vino sobre la mesa y, alejando suavemente a su hermano, refirió lo ocurrido con un dominio que todavía me sorprende.

—Yo estaba en el patio, paseando y decidido a renunciar a mi misión en el reino, cuando, frente a mí, apareció la forma de un hombre. No le reconocí, pero sí su voz...

La voz... Aquel «detalle» volvía a repetirse. ¿Por qué ninguno de los testigos parecía reconocerle por su físico y sí por la voz?

—... Y aquella voz familiar me habló. Y me dijo: «Pedro, el enemigo quería poseerte, pero yo no te he abandonado.»

Sus rojos y carnosos labios se abrieron en una sonrisa interminable y feliz. Nos miró uno por uno y, suplicando nuestro beneplácito, asintió con su gruesa y redonda cabeza. Pero nadie respondió.

—... Entonces me dijo: «Sabía que en tu corazón no habías renegado de mí. Por ello, te perdoné antes de que me lo pidieras. Ahora hay que dejar de pensar en uno mismo y en las actuales dificultades. Prepárate a llevar la buena nueva del evangelio a aquellos que se encuentran en las tinieblas. No te preocupes por lo que puedas conseguir del reino. Más bien, mira lo que tú puedas dar a los que viven en la horrenda miseria espiritual. Estate presto, Simón, para el combate de un nuevo día, para la lucha contra el oscurantismo espiritual y las nefastas dudas del pensamiento natural de los hombres.»

Esa noche, el propio Pedro reconoció que no entendió del todo las palabras del resucitado. Pero, en el fondo, eso era lo de menos.

—¡Creedme! —añadió Simón al descubrir las caras de asombro e incredulidad de sus compañeros—. Después de esto, aquel Hombre y yo paseamos por el patio durante más de cinco minutos, recordando cosas del pasado. Y hablamos también del presente y del futuro. Después, al despedirse, volvió a decirme: «Adiós, Pedro, hasta que te vea en compañía de tus compañeros.»

Después de aquella visión, Simón permaneció unos minutos en el patio, como hipnotizado. Y cuando comprendió que había visto y hablado con el Galileo, salió a la carrera —loco de alegría— hacia el piso superior.

—¿Y cómo desapareció?

—¿Cómo estás seguro que era el Maestro?

—¿Le viste las heridas?

—¿No te confundirías con alguno de los siervos de Marcos?

El torbellino de preguntas de los discípulos fue inevitable. Y Simón Pedro, con la boca abierta y sin saber a quién responder, terminó por bajar los ojos, consciente de que era objeto de las mismas dudas y suspicacias que él había manifestado a lo largo de toda la jornada. Y le vi llorar amargamente. A partir de ese momento, el decepcionado pescador se negó a pronunciar palabra alguna.

Como era previsible, la nueva aparición removió los rescoldos de las anteriores divisiones. Pero, curiosamente, poco a poco, la mayoría de los apóstoles empezó a ceder, concediendo su apoyo al hermético y silencioso galileo. Y probablemente hubieran abandonado sus dudas de no haber sido por la súbita, fría y despiadada intervención de Andrés. Con expresiones muy bien calculadas, recordó a los presentes las «fantasías» de su hermano, «capaz de ver cosas irreales, incluso encima de las aguas...»

Al instante asocié esta afirmación con uno de los más famosos y misteriosos pasajes evangélicos: el de Jesús caminando sobre la superficie del lago de Tiberíades. ¿Qué había querido insinuar el ex jefe de los apóstoles? Y en lo más íntimo de mi corazón me propuse averiguarlo. Pero ésta es una historia que quizá cuente más adelante...

Andrés, con una dureza implacable, impropia de él, continuó arengando a sus compañeros, con el único y abierto fin de que olvidaran las «majaderías de Simón». Éste se sintió herido en lo más profundo y, alzándose del diván, se retiró a una esquina de la estancia. Sólo los gemelos tuvieron la delicadeza y el coraje de acudir junto al humillado pescador, consolándole y declarando a voz en grito —de forma que todos pudiéramos oírles— que ellos sí le creían y que su madre también había visto al Señor.

El hermano de Pedro miró despreciativamente a los Alfeo y, cada vez más enfurecido, siguió en su empeño, pujando por borrar de las mentes de los apóstoles las supuestas vivencias del galileo.

Pero la encendida perorata de Andrés se vería súbitamente frustrada.

En parte me alegré. El impertinente discurso del ex jefe de los apóstoles estaba causando estragos.

Al principio oímos un pequeño tumulto. Voces de hombres y algún que otro breve pero agudo chillido de mujer. El hermano de Simón Pedro titubeó. Elías giró la cabeza hacia la puerta y Juan Marcos, que jugueteaba con un puñado de huesecillos de dátiles, formando sobre el tablero de la mesa la cabalística palabra *Yeshua* o Jesús, pero que en aquella lengua significaba también *Yah* (Yavé y «salud»), «borró» de un manotazo el querido nombre de su ídolo, atemorizado ante la posibilidad de que fueran los policías del Templo. Guardamos silencio y varios de los discípulos, a una señal de Santiago Zebedeo, tomaron sus armas. Elías se indignó. Y con gesto autoritario les recordó que se hallaban en su casa y que no permitía violencias de ningún tipo. El alboroto fue haciéndose más nítido. Se oyeron pasos que ascendían por las escaleras de acceso a la planta donde nos encontrábamos y nuevas voces. Santiago y algunos más se incorporaron, maldiciendo a los gemelos por no haber atrancado la puerta. Pero ya era tarde.

Unas bruscas y fuertes manos empujaron la doble hoja y, al momento, bajo el dintel, aparecieron dos individuos que no había visto en ninguna de mis exploraciones. Detrás, entre cuchicheos mal contenidos, se adivinaban las menudas siluetas de María, la esposa de Elías, y de otras mujeres.

El gesto del «hijo del trueno» y de los demás, arrojando los *gladius* sobre la «U», lo interpreté como una nueva falsa alarma.

Tras unos segundos de vacilación, el anfitrión hizo un ademán invitando a los hombres a que se acercaran. Al aproximarse a la débil y amarillenta luz de las candelas, sus atuendos me hicieron sospechar que se trataba de pastores o, quizá, porquerizos.

«¿Pastores?»

Mi pulso se descompuso. ¿Eran aquéllos los hermanos de Emaús?

Uno de los recién llegados tomó asiento al lado del dueño, mientras su compañero y las hebreas —entre las que reconocí a María Magdalena— se repartían alrededor de la mesa. Los hebreos, como ocurriera con Simón Pedro poco antes, presentaban una respiración muy agitada. El sudor corría alarmantemente por sus frentes, haciendo brillar sus pieles curtidas y las negras y revueltas barbas. Parecían cansados. Uno de ellos, el que permanecía en pie, se deshizo del grueso e impermeable manto de pelo de camello que soportaba sobre los hombros, dejándolo en el suelo. La pieza era tan rígida y pesada que se quedó tiesa y vertical sobre la madera. En mis entrenamientos previos yo había tenido noticias de estos capotes, especialmente diseñados para el frío y la lluvia y que solían fabricarse en las tierras de Cilicia y Anatolia. Entre el ceñidor de cuero que abrazaba la tosca túnica de lana se distinguía la empuñadura de un enorme puñal. Al igual que su acompañante, aquel desconocido cubría sus piernas, hasta la altura de las rodillas, con unas polainas formadas por tiras de cuero negruzco y mugriento. (Aquella costumbre había sido introducida por los soldados romanos, quienes, a su vez, la habían importado de la Galia.)

No cabía duda. La peste a borrego que llenó la sala en cuestión de minutos y que parecía fluir de cada centímetro cuadrado de aquellos individuos confirmó mi primer pensamiento: eran pastores; los controvertidos pastores de la Judea...

—¿Y bien? —preguntó Elías, dando a entender que esperábamos una explicación por tan brusco allanamiento.

El que se hallaba sentado, algo más locuaz que el otro, empezó por presentarse. Al parecer, salvo uno o dos de los presentes, nadie les conocía. Dijo llamarse Cleofás. El que le acompañaba era Jacobo, su hermano menor.

Sentí un estremecimiento. Estaba a punto de escuchar otra de las supuestas —¿o no debía emplear ya este término?— apariciones del Maestro.

Tras un prolijo preámbulo, en el que procuró congraciarse con los allí reunidos, asegurando que creía en Jesús y que por esta razón había sido echado de una de las sinagogas de su pueblo —Ammaus—, el pastor explicó la razón de su presencia en Jerusalén. Como buenos creyentes, habían asistido a los sacrificios, ceremonias y demás festejos de la Pascua. Y esa misma tarde, faltando unas dos horas para el ocaso, partieron de la casa de José, el de Arimatea, rumbo a su cercana población, distante, como afirma Lucas, unos sesenta estadios.

¿Unas dos horas antes del ocaso? Hice cuentas, llegando a la triste conclusión que la pareja había partido de la mansión del sanedrita alrededor de las cuatro o cuatro y media. Teniendo en cuenta el tiempo necesario para cruzar Jerusalén, era muy verosímil que Cleofás y Jacobo hubieran abordado el camino de Ammaus no más allá de las cinco de la tarde. Y digo «triste conclusión» porque mi entrada en la referida casa se produjo minutos más tarde.

Pero vayamos a lo que importa.

Los discípulos habían seguido las dilatadas explicaciones y circunloquios de los hermanos, sin saber a dónde querían ir a parar. En uno de los momentos de la exposición levanté el rostro, buscando el de María Marcos o el de la de Magdala. Ésta se encontraba a mis espaldas y sólo pude distinguir el de la esposa de Elías. La mujer, sonriente, me hizo uno de sus típicos guiños de complicidad. Algo sabía...

El caso es que, por lo que pude captar en el enrevesado lenguaje del inculto pastor, cuando se encontraban casi a medio camino —es decir, a unos cinco kilómetros de la ciudad de Jerusalén—, tanto Jacobo como Cleofás mataban la soledad de la ruta dialogando sobre la noticia del día: la tumba vacía. Discutieron. Él se sentía inclinado a creer lo que repetían las mujeres sobre la figura de un resucitado. Jacobo, en cambio, pensaba que todo era una superchería.

—Y así, conforme nos íbamos acercando a la villa —le vi resumir—, nos salió al encuentro un hombre...

Un murmullo corrió entre los comensales.

—¿Un hombre? ¿Y cómo era?

Agradecí la oportuna pregunta del impulsivo Felipe.

Cleofás volvió la cara hacia su izquierda, buscando al que interrogaba. Entonces descubrí unas profundas cicatrices que marcaban su ceja y pómulo derechos. Aquel viejo desgarro le había vaciado el ojo. Parecía la huella de un zarpazo.

—¡Un hombre!...

La respuesta del pastor fue así de sencilla y contundente. Aquello me dio que pensar. No había preguntado a Pedro sobre el particular, pero ni el galileo ni el vecino de Ammaus habían hecho referencia alguna a la extraña «transparencia» descrita en cambio por la Magdalena y las mujeres.

—¿Quieres decir que era un hombre de carne y hueso y vestido como nosotros?

Juan Zebedeo, irritado ante la nueva cuestión del intendente, le amonestó sin contemplaciones, ordenándole que no interrumpiera al pastor.

Cleofás no supo qué hacer. Y ante los gestos generalizados de impaciencia, optó por continuar su relato.

—... A nosotros nos pareció un hombre. Se cubría con un manto ligero y de color vino.

Juan Marcos, pendiente de todo, se sobresaltó al oír aquella descripción. Efectivamente, aquél era el color habitual del ropón de su Maestro. Pero eso no quería decir nada. Mantos de esa tonalidad los había a miles en Israel.

—... Yo había visto al rabí..., perdón —se disculpó ruborizándose—, al difunto rabí. Comí en su compañía en varias ocasiones y sé cómo era.

Varios de los apóstoles se miraron intrigados. No recordaban al tal Cleofás y, mucho menos, asistiendo a algunas de las comidas con el Nazareno. Tuve la impresión que dudaban de la veracidad de las palabras del pastor. No en vano tenían fama de mentirosos...

—... Sin embargo —prosiguió pensativo—, no le reconocí...

Aquello era demasiado. ¿Tampoco unos pastores, acostumbrados a distinguir el ganado desde largas distancias, habían podido identificar al supuesto Jesús?

—Nos acompañó un trecho y, de buenas a primeras, sin venir a cuento, nos desconcertó con la siguiente pregunta: «¿Cuáles eran las palabras que intercambiabais con tanta seriedad cuando me he aproximado a vosotros?»

»Mi hermano y yo, perplejos, nos detuvimos, mirándole sin dar crédito a lo que habíamos escuchado. ¿Cómo sabía aquel hombre lo que nos traíamos entre manos? Y yo le dije: ¿Es posible que vivas en Jerusalén y no sepas los acontecimientos que han ocurrido? Y él preguntó: «¿Qué acontecimientos?»

»Si desconoces esos hechos, le dije un tanto malhumorado, eres el único en la ciudad que no está al tanto de los rumores referentes a Jesús de Nazaret, que era un profeta rico en palabras y obras ante Dios y el pueblo. Los jefes de los sacerdotes y los dirigentes judíos le han entregado a los romanos, exigiendo su crucifixión. Pero esto no es todo, añadí, convencido de que, en efecto, aquel forastero no sabía nada sobre el Maestro. Muchos de nosotros esperábamos que librase a Israel del yugo de los gentiles. Además, hoy estamos en el tercer día desde su crucifixión y algunas mujeres nos han asombrado, declarando que habían salido muy de mañana hacia el sepulcro, encontrando la tumba vacía. Y estas mismas mujeres repiten con insistencia que han conversado con Jesús y sostienen que ha resucitado de entre los muertos. Cuando lo contaron a los hombres, dos de los discípulos corrieron a la tumba y también la hallaron vacía…

Juan Zebedeo, con el rostro radiante, asintió con la cabeza.

Y Jacobo, adelantándose hacia la mesa, interrumpió a su hermano.

—Diles toda la verdad…

Cleofás torció el gesto.

—Bueno —consintió a regañadientes—, éste, después de mis explicaciones sobre la visita de los apóstoles al sepulcro, comentó para vergüenza de los dos: «Pero no han visto a Jesús.»

Jacobo se dio por satisfecho, retirándose a su posición original, junto al manto de pelo de camello. Ya no volvió a hablar.

—Seguimos caminando —continuó el azorado pastor— y, después de un rato de silencio, aquel hombre habló y nos dijo: «¡Qué lentos sois para comprender la verdad! Si decís que el motivo de vuestra discusión eran las enseñanzas y las obras de este hombre, os lo voy a aclarar, ya que estoy más acostumbrado a estas enseñanzas. ¿No recordáis lo que siempre dijo y predicó Jesús?: ¿que su reino no era de este mundo y que todos los hombres son hijos de Dios? Por ello deben encontrar la liberación y la libertad en la alegría espiritual de la comunión fraterna del servicio afectuoso en este nuevo reino de la verdad del amor del Padre celestial.»

Cleofás enmudeció. Y con cierto pudor pasó a interrogar a los presentes.

—¿Qué pudo querer decir con esas intrincadas palabras?

Elías le sonrió con cariño, rogándole que no se preocupara ahora por esa cuestión. La retentiva del pastor era excelente, aunque no así sus entendederas.

—Él siguió hablando. Y dijo: «¿No recordáis cómo el Hijo del Hombre proclama la salvación de Dios para todos los hombres, sanando a los enfermos y a los afligidos y liberando a aquellos que estaban unidos por el miedo y que eran esclavos del mal? ¿No sabéis que este hombre de Nazaret avisó a sus discípulos de que habría que ir a Jerusalén y de que le entregarían a sus enemigos, que le condenarían a muerte, resucitando al tercer día? ¿No habéis leído los pasajes de las Escrituras relativos a este día de salvación de los judíos y gentiles, donde se dice que en Él todas las familias de la tierra serán en verdad bendecidas, que oirá el grito lastimero de los necesitados y que salvará las almas de los pobres que buscan su ayuda y que todas las naciones le calificarán de bendito? ¿No habéis oído que este Liberador aparecerá a la sombra de una gran roca, en un país desértico? ¿Que alimentará el rebaño como un verdadero pastor, acogiendo en sus brazos a los corderos y llevándolos dulcemente sobre su pecho? ¿Que abrirá los ojos a los ciegos espirituales y liberará a los presos de la desesperación en plena libertad y luz?...»

Al escuchar aquellas últimas palabras, Simón Pedro abandonó su oscuro rincón, uniéndose al grupo con timidez y curiosidad.

—«... ¿Que todos los que moran en las tinieblas verán la gran luz de la salvación eterna? ¿Que curará los corazones destrozados, proclamará la libertad de los cautivos del pecado y abrirá las puertas de la cárcel a los esclavos del miedo y del mal? ¿Que llevará el consuelo a los afligidos y extenderá sobre ellos la alegría de la salvación, en lugar del dolor y de la opresión? ¿Que será el deseo de todas las naciones y la alegría perpetua de los que buscan la justicia? ¿Que este Hijo de la Verdad y de la rectitud se levantará sobre el mundo con una luz de curación y un poder de salvación? ¿Que perdonará los pecados a sus fieles? ¿Que buscará y salvará a los extraviados? ¿Que destruirá a los débiles, pero que llevará la salvación a todos aquellos que tienen hambre y sed de justicia? ¿No habéis oído que los que crean en Él gozarán de la vida eterna? ¿Que extenderá su espíritu sobre toda la carne, y que en cada creyente este Espíritu de la Verdad será un manantial de agua viva, incluso en la vida eterna? ¿No habéis comprendido la grandeza del Evangelio del Reino que ese hombre os ha dado? ¿No veis cuán grande es la salvación de la que os beneficiáis?»

El pastor hizo otra pausa, abrumado sin duda por muchas de aquellas ideas, extrañas e inalcanzables para su corto entendimiento. Yo, sencillamente, no tuve más remedio que maravillarme. Si el rudimentario Cleofás —que no sabía leer ni escribir— era capaz de «inventar» frases como las que llevaba oídas, una de dos: o era un genio o un loco iluminado. Claro que también podía contemplarse una tercera opción: que, simplemente, estuviera diciendo la verdad...

—No nos atrevimos a abrir la boca —se lamentó el judío—. ¿Qué podíamos replicarle nosotros, pobres miserables arreadores de ganado? Y así llegamos a la aldea. La noche apuntaba ya por el este y le rogamos que se quedara con nosotros. Le mostramos nuestra humilde choza y, aunque parecía tener el propósito de seguir su camino, terminó por aceptar. Jacobo y yo, nerviosos y felices por tan distinguida compañía, nos esmeramos en la cena: la mejor hogaza de pan, el mejor queso y el mejor vino... Nos sentamos a la mesa y, a la luz de la lámpara de aceite, le hice entrega del «redondel» de pan de trigo. Me excusé. Estaba un poco duro... Pero el hombre sonrió y, troceándolo con gran facilidad, lo bendijo, dándonos un trozo a cada uno...

Observé a los presentes. Al describir el troceado de la hogaza, todos comprendieron...

—¡Por mi santa madre, que en la gloria esté! —Los ojos del mocetón se humedecieron—. ¡Entonces caí en la cuenta! ¡Era Jesús! Y, cuando, tras dar un codazo a mi hermano, comenté «¡Es el Maestro!», desapareció.

Esta vez fui yo quien rompió el silencio que cayó sobre la sala.

—¿Desapareció? ¿Quieres decir que se fue por la puerta?

Cleofás negó con la cabeza. Y secándose las lágrimas con

la renegrida manga de lana de su túnica, espetó sin demasiado entusiasmo:

—¡Desapareció de nuestra vista! No sé cómo, pero lo hizo...

Otra oleada de murmullos y cuchicheos se propagó entre los discípulos y las mujeres.

—No era de extrañar que nuestros corazones ardieran inquietos mientras caminábamos hacia el pueblo. —Cleofás parecía hablar consigo mismo—. Él estaba abriendo nuestras inteligencias...

La exposición del pastor concluiría con algunos pormenores finales y sin mayor trascendencia: suspendieron la cena y salieron precipitadamente de Ammaus, dispuestos a comunicar la noticia a los fieles, amigos y seguidores del rabí de Galilea. Habían corrido sin respiro hasta Jerusalén, entrando primero en la casa de José de Arimatea. Éste no se hallaba en la mansión y fueron la de Magdala y las restantes hebreas quienes les aconsejaron y acompañaron hasta donde nos encontrábamos. El resto era sabido de todos.

Elías, terminado el relato, rogó a uno de los criados que sirvieran a los pastores cuanto desearan. Pero Cleofás, incorporándose, agradeció las atenciones del anfitrión, comunicándole que —una vez cumplida su misión— debían retornar a la aldea. El trabajo era inaplazable...

Y pasadas las nueve de la noche se retiraron.

Yo esperé los acontecimientos. No tenía fuerzas para nada. Había perdido la cuenta, incluso, de las «visiones». Me sentía desmoralizado e incapaz de poner orden en mi cerebro. Por estas razones, apenas si presté atención a las palabras de la Magdalena, que vino a ratificar la buena nueva de los pastores con la ya conocida aparición del Maestro en la casa del sanedrita. En la inevitable discusión participaron esta vez María Marcos, las mujeres que venían con la de Magdala y hasta la servidumbre. La unanimidad era casi total. Con excepción de Andrés y de Simón el Zelote —mudos de asombro—, el resto se felicitaba y repetía los detalles de las últimas visiones. Juan Zebedeo, en un arranque de alegría, comenzó a bailar, mientras Felipe y Bartolomé vaciaban las ya exhaustas jarras de vino. Durante diez o quince minutos aquello fue una fiesta en la que yo mismo me vi obligado a corear las palmas. Quizá lo más emotivo fue la reacción de Simón Pedro. Nada más desaparecer los hermanos de Ammaus, se arrojó a los pies de la Magdalena y, gimiendo como un niño, le suplicó su perdón. La muchacha, horrorizada, le obligó a alzarse, abrazándole entre la aprobación y el contento de todos.

El jolgorio, sin embargo, duraría poco. Una mala noticia entró de pronto en la cámara, traída por el propio José de Arimatea.

Fue como si cayera un rayo. Al ver el rostro grave del sanedrita, inmóvil bajo la puerta, las risas, palmas y efusivos abrazos fueron desapareciendo, dejando paso a un embarazoso silencio. Algo sucedía. Algo grave. Todos lo intuimos. La faz de José, como la de cualquier amigo o simpatizante del Cristo, debería presentar otra lámina...

El de Arimatea dejó que Elías se acercara. Entonces, ante la inquietud general, le susurró algo al oído. El dueño le miró sin comprender pero, obedeciendo, hizo un gesto y la servidumbre y las mujeres se retiraron. María Marcos, discreta y sumisa, tomó a su hijo por la mano, cerrando la puerta tras de sí.

Acto seguido, siguiendo las indicaciones de José, varios de los apóstoles apuntalaron nuevamente la doble hoja, reforzándola con uno de los divanes.

En mitad de un silencio de muerte —supongo que muchos de los presentes empezaban a imaginar cuál era la naturaleza de la información que portaba el miembro del Consejo del Sanedrín—, los íntimos del Maestro, con excepción de Simón el Zelote, tomaron asiento en torno a la «U». José lo hizo en el diván de honor. Rechazó la copa de vino que le ofreciera uno de los gemelos y, ocultando sus manos entre los pliegues del grueso manto negro, miró entristecido a los nueve apóstoles.

—Poco después de la caída del sol —arrancó ante la mal disimulada expectación de todos— he tenido conocimiento de una reunión urgente y secreta de Caifás y los suyos...

Algunos rostros se volvieron lívidos. Quien más quien menos sabía lo que eso podía significar.

—... Os supongo bien informados sobre la constelación

de noticias y rumores que circulan por la ciudad desde primeras horas de la mañana.

Varios de los discípulos asintieron en silencio.

—Bien, ésta es la situación. El sumo sacerdote, su suegro y los saduceos, escribas y demás fanáticos han tenido cumplida notificación de la tumba vacía, de algunas de las visiones de la gente que dice haberle visto y de no sé qué concentración en la Galilea...

El de Arimatea debía de estar hablando de uno de los mensajes de Jesús, cuando anunció que «precedería a los suyos en el camino a Galilea». Una vez más, como ha ocurrido siempre, los bulos y rumores, a fuerza de rodar, terminaban siendo irreconocibles.

—... En esa asamblea, según mis confidentes, se han adoptado, entre otras, las siguientes medidas. Unas medidas —carraspeó el anciano— que os conciernen muy especialmente.

»Primera: todo aquel que hable o comente, en público o en privado, los asuntos del sepulcro o la resurrección del Maestro será expulsado de las sinagogas.

Los apóstoles protestaron en el acto.

—Segunda...

Elías rogó silencio.

—Segunda —repitió José, adoptando una mayor solemnidad—: el que proclame que ha visto o hablado con el resucitado... será condenado a muerte.

Una general exclamación de repulsa y desconcierto puso punto final a las graves noticias del sanedrita. Y la cercana alegría de aquellos hombres se esfumó por completo. Lentamente, sus comentarios y reproches se fueron extinguiendo y el miedo campó de nuevo sobre sus corazones.

—Esta última propuesta —declaró el de Arimatea en un inútil intento por animar a los íntimos de Jesús— no pudo ser sometida a votación.

—¿Por qué? —intervino Elías que, junto a Mateo Leví, Simón Pedro y Santiago Zebedeo, parecía no haber perdido la serenidad.

José esbozó una irónica sonrisa.

—Por lo visto, ante el continuo fluir de noticias sobre las apariciones, no sólo a mujeres, sino también a judíos honestos y a griegos valerosos, el miedo se apoderó de la asamblea y más de uno ha tenido que correr a su casa para cambiarse de *saq*...

La broma no fue bien recibida. Lo peor que podía suceder es que Caifás y sus esbirros se vieran desbordados por su propio terror. En ese caso, los allí reunidos y muchos más podían considerarse hombres muertos. Con razón apunta Juan el Evangelista que «las puertas se hallaban cerradas por miedo a los judíos»...

—Es preciso —concluyó José— que salgáis de la ciudad. ¡Y cuanto antes!

Simón Pedro se opuso. Y recordó a sus hermanos las palabras del Maestro, en el patio: «Adiós, Pedro, hasta que te vea en compañía de tus compañeros.» Andrés rechazó la sugerencia de su hermano. ¿Quién podía saber cuándo se llevaría a efecto dicha aparición, «suponiendo —remachó con ritintín— que todo eso sea cierto...»?

Santiago Zebedeo, Mateo y Elías se manifestaron conformes con la propuesta de José, alegando que, además, faltaba el «Mellizo» (Tomás). La justa aclaración confundió al principio a Simón Pedro pero, rehaciéndose, insistió en que no debían moverse del cenáculo. Y en otro de sus clásicos arrebatos, señaló las espadas que descansaban sobre la mesa, jurando por su vida y familia que no volvería a traicionar a su Maestro.

Se puso en pie y con las venas del cuello hinchadas, vociferó:

—¡No! ¡Nunca más!... ¡Nadie me obligará a huir de nuevo!

Juan Zebedeo aplaudió a su fogoso amigo, mientras Andrés, gritando por encima de Pedro, le llamaba visionario y loco de atar.

La disputa se disparó. José y Elías eran incapaces de restablecer la calma y el buen sentido. Y a punto estaban de llegar a las manos cuando, en mitad de aquella trifulca, las llamitas de las seis o siete lámparas de aceite oscilaron violentamente, como tumbadas por un súbito y gélido viento. Y la cámara quedó a oscuras.

Después de «aquello», en una furtiva conexión con el módulo, supe que las mechas se habían apagado alrededor de las 21.30 horas...

430

El miedo, como un mazazo —lo confieso—, me clavó al asiento. Fue tan rápido e inesperado que ninguno pudo reaccionar. Yo también experimenté aquella especie de brisa helada. Y los demás, por lo que averigüé después, coincidieron conmigo al describirla como un «millón de agujas clavándose en la piel». Increíblemente para mí, para Eliseo y para cuantos miembros de Caballo de Troya tuvieron conocimiento de este hecho, la «piel de serpiente» que me cubría falló.

Como decía, fue instantáneo. Al quedarnos a oscuras, las maldiciones e improperios cesaron. Y antes de que volviéramos a abrir la boca, un chisporroteo nos hizo girar los rostros hacia el fondo de la sala. Concretamente hacia la zona opuesta al muro de entrada. A causa de las densas tinieblas, aquella especie de «zigzagueante, infinitesimal y azulada chispa eléctrica» se destacó en el aire como un relámpago en la más negra de las tormentas. Debí quedarme lívido. Del resto no puedo hablar: no les veía.

El culebreo azul metálico se repitió por segunda vez. Pero, ahora, ¡oh, Dios, no tengo palabras!... esta vez la «cabeza» de la chispa rasgó la oscuridad, dibujando una figura... ¡humana!

Mi garganta se secó como el esparto. Y mi corazón, mi cerebro, mis pulmones, todo mi ser, se negaron a funcionar. Nunca he sabido si estuve vivo o muerto...

Con precisión matemática —como si fuera gobernada por un ordenador—, la chispa, terminado el mágico recorrido, desapareció. Y allí quedó, nacida de la negrura, una silueta de hombre, maravillosamente perfilada por una sutil línea violeta.

Y como si una cascada de luz, también violácea, se derramase desde un punto indeterminado del cerebro de aquel «ser», así fue colmándose la figura. Cuando toda su estructura estuvo repleta y llena de la luz mate, ante nuestros ojos apareció el volumen de un «hombre luminoso». Lo siento. No tengo otra calificación...

Quizá fue el miedo. No lo sé. O quizá la ausencia de sombras y de los naturales relieves. Lo cierto y verdadero es que no supe reconocerlo. Era, parecía, la réplica de un humano. De un adulto de largos cabellos, barba recortada y túnica hasta los pies. Pero, insisto, quizá todo esto sólo sean suposiciones mías... y siempre *a posteriori*.

Tuve la impresión de que el tiempo y el espacio se hubieran hecho hielo.

Y, de pronto, los brazos de aquel «ser» de luz se movieron. En una situación tan crítica es difícil precisar o fijar detalles tan nimios, pero juraría que, a la par que levantaba los brazos en señal de saludo, varias copas y espadas de las situadas en la curvatura de la «U» —el punto más cercano a la «aparición»— entrechocaban, cayendo incluso al suelo.

Y como en un sueño, aquella forma violácea habló. Fue una voz familiar que me erizó hasta el último vello. Era increíble. La voz no nacía de un punto concreto —presumiblemente de la parte superior— sino de todas y de ninguna parte a un tiempo. Llenaba la estancia, perforando mi mente como un sable. ¡Ojalá se me hubiera ocurrido pulsar mi oído derecho! Eliseo habría sido un valioso testigo... Pero mi compañero se hallaba enfrascado en las tareas de investigación de los lienzos mortuorios.

—¡La paz sea con vosotros!

¡Era Él! Su timbre de voz... Pero su figura... ¿Por qué no pude reconocerla?

—¿Por qué estáis tan asustados, como si se tratara de un espíritu?

Los comentarios que ahora acompañan a este suceso han sido, lógicamente, fruto de mis reflexiones posteriores. En aquellos momentos no pensaba, no respiraba. Sólo veía y sentía. El caso es que las primeras palabras de la «visión» —¿cómo podría definirla mejor?— no tenían demasiado sentido. Era lógico que cualquier ser humano sintiera, no miedo, ¡terror!

—¿No os dije que los principales sacerdotes y dirigentes me entregarían a la muerte, que uno de vosotros me traicionaría y que resucitaría al tercer día?

Jesús de Nazaret —porque tenía que ser Él— fue bajando los brazos muy despacio.

—... Entonces —prosiguió la «voz»—, ¿a qué tantas discusiones y dudas sobre lo que manifestaron las mujeres, Cleofás, Jacobo o el mismo Pedro? Y ahora que me veis, ¿me vais a creer?

Nadie respondió. ¿Quién, en su sano juicio, lo hubiera hecho?

—Uno de vosotros todavía está ausente. Cuando os reunáis una vez más y sepáis con seguridad que el Hijo del Hombre ha resucitado, marchad para Galilea...

¿Marchar para el norte? Otra vez aquella consigna...

—... ¡Tened fe en Dios! ¡Tened fe los unos en los otros! Así entraréis en el nuevo servicio del reino de los cielos.

El «ser» hizo una brevísima pausa. ¡Era asombroso! ¡Había matices en el timbre de su voz!

—Permaneceré en Jerusalén hasta que estéis en condiciones de partir hacia Galilea. Os dejo en paz.

Y en una fracción de segundo —quizá en menos—, toda la figura de luz se esfumó, recogiéndose sobre sí misma, hasta que sólo quedó un punto brillante, blanco como el más potente de los arcos voltaicos, en el lugar que debía ocupar el supuesto «cerebro» del no menos supuesto «hombre»...

Después, también ese punto se disolvió. Y en las retinas de mis ojos siguió «vivo», oscilando a cada parpadeo, como cuando se observa fijamente el disco solar.

Del resto de lo ocurrido en aquella estancia en la noche del domingo, 9 de abril del año 30 de nuestra Era, apenas si puedo dar fe...

No sé si transcurrió un minuto o una hora. Lo cierto es que alguien rompió a aullar. Fue como un detonante. Contagiados, todos nos precipitamos hacia todos, buscándonos en la oscuridad con los brazos extendidos. Yo el primero. Tropezamos con los divanes, con la mesa y entre nosotros, rodando como fardos sobre el entarimado. Un pánico irracional —casi químico— estalló en toda su magnitud. Algunos lloriqueaban. Otros reían nerviosamente. Y José y Elías, entre gritos y consignas de «calma» y «tranquilidad», empujaban a diestro y siniestro, supongo que a la búsqueda de la puerta. De nada sirvió mi entrenamiento ni la frialdad de que había hecho gala en otras ocasiones. Me había dejado dominar por el miedo. Y como uno más en aquel histérico enredo humano, terminé por gatear como un conejo asustado, yendo a chocar frontalmente contra uno de los muros. El golpe en la cabeza me dejó inconsciente.

Ahora, sólo pensar en las fatales consecuencias que pudo

ocasionar el topetazo, me echo a temblar. De haberme abierto el cráneo, este diario quizá no hubiera existido... Fue una importante lección para mí.

Lo primero que recuerdo fue el rostro lloroso de Juan Marcos y, también entre brumas, las solícitas manos de María, su madre, empapando mi frente con una esponja.

Traté de incorporarme. Pero un dolor afilado, entre ceja y ceja, me hizo renunciar. Apreté los puños y, cerrando los ojos, luché por calmarme y recordar.

—¿Qué ha sucedido?

—Un mal golpe —replicó una voz.

De pronto, al comprender que había perdido mi cayado, me desembaracé de mis amigos, alzándome. Lancé una ojeada a mi alrededor. Seguía en el cenáculo. Las candelas de aceite brillaban de nuevo y los discípulos, silenciosos, me observaban desde sus asientos. Entre tumbos, con las manos sobre el escandaloso hematoma que prosperaba en mi frente, fui aproximándome a la poltrona que había ocupado durante la «aparición». La «vara» estaba en el suelo, semioculta por la mesa. Pero me detuve. Mi instinto, aunque bastante deteriorado, funcionó. No podía levantar sospechas. Después de aquel percance, si mi primer impulso quedaba materializado en la localización y recogida de una vulgar vara de peregrino, mis atentos y sagaces observadores quizá se hiciesen alguna que otra pregunta. Debía obrar con naturalidad. Y aparentando una loca ansiedad, fui revisando las copas que continuaban sobre la «U».

—¡No, Jasón!... Ahora no te conviene beber.

Era María. Y con gran dulzura, ayudada por el muchacho, me condujo a uno de los bancos vacíos. Tomó una moneda, un denario de plata, la sumergió en una cántara de miel y seguidamente la depositó sobre un lienzo previamente empapado en una mixtura de vino, aceite y áloe púrpura. Uno de los sirvientes aplastó el denario contra el hematoma mientras la señora lo sujetaba con el citado lienzo, anudando la venda sobre la zona occipital de mi cabeza. Sentí cierto alivio. Y tomando sus manos las besé. Aquélla era una costumbre desconocida para los hebreos y María, desconcertada, se ruborizó hasta las pestañas.

Por indicación suya me dejé caer sobre el diván, reposando durante unos minutos. Cerré los ojos y, al momento, aquella figura de luz y aquella voz volvieron a la soledad y a la oscuridad de mi corazón. Traté de racionalizar el fenómeno. «Seguramente —pensé— todo ha sido debido al extremo índice de tensión que veníamos soportando...» No pude engañarme a mí mismo. Admitiendo que la visión hubiera sido consecuencia de nuestros nervios o de un estrés pasajero, ¿cómo explicar el repentino apagado de las mechas de aceite? En la situación generalizada de miedo que ya arrastraban los apóstoles, no tenía sentido que, en un ya más que dudoso movimiento alucinatorio colectivo, los aterrados apóstoles hubieran arrojado más leña al fuego, provocando una extinción simultánea e inconsciente de las llamas. No, eso resultaba demasiado retorcido. Además, estaba el viento helado. Ninguno de los presentes sabía de mi protección cutánea. Si ellos hubieran sido capaces de inducir semejante brisa, yo no tendría por qué haberla experimentado. Sin embargo, lastimó todo mi cuerpo...

En cuanto al chisporroteo y el increíble trazado de la «chispa», ¿qué podía decir? Suponiendo —que ya era suponer— que alguno de los «íntimos» disfrutara de algún tipo de poder más o menos paranormal, y aceptando que hubiera sido capaz de «crear» o «construir» una materialización o «fantasmogénesis», ¿por qué hacerlo de una forma tan perfecta y siguiendo unas pautas que, en cierto modo, me recordaron los complejos sistemas de la holografía? Y si me inclinaba por un holograma, ¿quién o quiénes en el siglo I estaba en condiciones de practicar algo que sólo a partir de 1947, con Dennis Gabor, fue conocido y desarrollado? (1). ¿Dónde estaba el láser, necesario para este tipo de imágenes en relieve? Y en el caso de no haber usado una luz coherente y sí una blanca —bien por lámpara de incandescencia o mediante la luz solar—, me encontraba con el mismo problema, amén de que en aquellos momen-

(1) La holografía o fotografía por reconstrucción de frentes de onda fue inventada por Gabor en 1947. Al principio tuvo otra finalidad: la mejora del poder de resolución del microscopio electrónico. Sólo en la década de los años sesenta, merced a Juris Upatnieks y Leith, de la Universidad de Michigan, fue posible ampliar el hallazgo de Gabor. Aprovechando el láser, por ejemplo, se logró por vez primera la «construcción» de imágenes holográficas de objetos reflectantes tridimensionales. *(N. del m.)*

tos —las nueve y media de la noche— la oscuridad era completa sobre Jerusalén...

Si un supuesto médium había sido el responsable de la aparición, no tenía más remedio que felicitarle. Además de conseguir una bellísima figura, con una luminosidad que no podía encajar en los limitados conceptos de la época, había redondeado su «trabajo» con una voz... «que salía de todas partes».

Además, y debo manifestarme claramente, nunca he creído en esas espectaculares «materializaciones» que los entendidos en parapsicología denominan «ectoplasmia». (Según especialistas como Geley, Crookes, Crawffor y otros, el «ectoplasma» vendría a ser una sustancia nebulosa, blanquecina, con estructura fluida y filamentosa que algunos médiums son capaces de regurgitar por la boca, ano, senos, vientre, etc., cuando dicen estar en trance. Ese «ectoplasma» aparece en ocasiones en forma de estrecha banda serpenteante o adoptando las más diversas configuraciones humanas o de animales.)

Y digo que no creo en tales supercherías porque, aunque, efectivamente, la mente del hombre disfruta de un poder tan extraordinario como poco conocido, desde un punto de vista puramente científico, no tiene lógica que una energía mental —adimensional o «espiritual» y sometida por tanto al indeterminismo cuántico— pueda transformarse en un «ente» dimensional y material, como sería el caso de los repugnantes «ectoplasmas».

No, aquella explicación fue descartada.

Quizá durante algún tiempo me incliné a pensar que todo había sido fruto de una alucinación colectiva. Pero ¿de qué tipo? La psiquiatría se afana en describir unas cuantas, como ya referí con anterioridad. ¿Estaba ante una mezcla de alucinación visual-auditiva? Estas últimas —las auditivas— se dan entre los enfermos psicóticos; en especial entre los esquizofrénicos. El individuo distingue con nitidez su pensamiento de «otras voces» —casi siempre reprobatorias— que le invaden, reforzando el sistema delirante. Cierto que, en otros casos, esas alucinaciones resultan agradables, apareciendo en un cuadro de delirio erótico o místico. En las esquizofrenias procesales, esas «voces internas o externas» dan toda clase de órdenes, provocando, incluso, situaciones límite, que pueden llegar al suicidio o al homicidio.

Tampoco era ésta la situación general. De las trece personas que ocupábamos el salón en aquellos instantes, supongo que una mayoría éramos bastante normales. Dudo que hubiera un solo esquizofrénico o enfermo de delirios crónicos. ¿Cómo explicar entonces las hipótesis de la alucinación auditiva?

Y sumido en tales meditaciones, caí en la cuenta de otra penosa circunstancia. Me incorporé como impulsado por un muelle.

«¡Maldición!»

Y sonreí para mis adentros, tachándome de basura y de calamidad. ¡No había usado los sistemas electrónicos incorporados por Caballo de Troya a la «vara de Moisés»! Aquello sí hubiera arrojado algo de luz sobre tamaño dilema. Como ser humano que soy —¿qué gano con ocultarlo?—, me justifiqué de inmediato. Alguien dijo una vez que «sólo los dioses no se justifican»...

«Fue imposible... ¿Cómo iba a pulsar los transductores de helio en semejantes circunstancias?... ¡Todo fue tan inesperado y fulminante!... Ni siquiera sé dónde estaba el cayado... Además, el miedo me paralizó...»

Para qué seguir. Estaba claro que había fracasado. Y tomé buena nota... para la siguiente ocasión. Pero ¿habría una segunda oportunidad?

Medio incorporado sobre el diván, reparé entonces en otro «detalle» que casi había olvidado. Sí, allí seguía. Me levanté despacio y, tomando una de las lucernas de arcilla, caminé hasta la curvatura de la mesa. En el suelo, olvidadas, continuaban un par de copas de metal y una de las espadas. La memoria no podía engañarme. Aquellos objetos, después de entrechocar entre ellos, habían caído de la «U». Pero ¿cómo? ¿Los había golpeado alguien? Levanté la vista, aproximando la luz a la penumbra que envolvía aquella zona de la cámara. Y traté de recordar. Yo me hallaba en el extremo izquierdo de la «U» (contemplada siempre desde la puerta). El «ser» se formó frente a la citada curvatura y a cosa de metro y medio o dos metros de dicho sector de la mesa. ¡Curioso! Los únicos objetos que se habían desplazado y caído sobre la madera del piso eran los que se hallaban depositados en ese segmento de la «U». Otras dos copas —también metálicas— aparecían volcadas, en el filo mismo de la mesa. Procuré no tocar nada. Y auxiliado por la lámpara de aceite fui recorriendo la totalidad de la «U». Las espadas y vasos del centro y de los extremos estaban en pie, tal y como las habíamos dejado antes de «aquello».

Y una idea —¿o fue un presentimiento?— me devolvió las esperanzas. No todo parecía perdido...

El primitivo sistema de la moneda dio resultado. Al poco, al margen de un latente dolor de cabeza, me sentí en condiciones de reanudar mi trabajo. Los discípulos dormitaban, agotados por tantas y tan intensas emociones. Las mujeres y José se habían retirado y, procurando no hacer demasiado ruido, le pedí a uno de los gemelos que desbloqueara la puerta. El aire y el frescor de la noche me reanimaron definitivamente. El fuego del patio continuaba lamiendo el vacío caldero y, junto a las llamas, distinguí la fornida silueta de Simón Pedro. Se hallaba en compañía del dueño de la casa y de Juan Marcos. Dialogaban en voz baja y con un envidiable reposo. No me atreví a interrumpir. Y deslizándome entre los jazmines, abrí la conexión auditiva. En el módulo no había novedades. Mejor dicho, sí que las había, pero eran de orden científico. Hablaré de ellas en su momento. Eliseo me confirmó la hora. Las diez y cuarenta y cinco. Eso significaba que había permanecido inconsciente durante treinta minutos, aproximadamente. Por supuesto, preferí ocultarle el «accidente» de la pared y el todavía inexplicable fenómeno del ser de luz. Y previsoramente le rogué que me llamara al amanecer.

De pie, con la cabeza medio escondida entre el ramaje y pendiente de la transmisión, no me percaté de la sigilosa llegada de Juan Marcos. Tocó suavemente mi espalda y, al pronto, me sobresalté.

—¿Con quién hablas? ¿Qué idioma es ése?

El muchacho debió de escuchar algunas de mis últimas palabras —¡en inglés!— y, lógicamente, preguntó curioso y extrañado.

—Rezaba... —repliqué un tanto pálido—. Siempre lo

hago —improvisé— en un dialecto de mi tierra natal, Tesalónica... Es una *koiné* (1) que tú no conoces.

Aquel pequeño incidente nos sirvió igualmente de lección. Aunque mi hermano y yo solíamos dialogar en *koiné* o en arameo galalaico —fundamentalmente con el propósito de practicar—, a partir de entonces, tanto las conexiones auditivas como las conversaciones directas, dentro y fuera de la «cuna», fueron ejecutadas en los idiomas del tiempo y del lugar en los que nos encontrábamos.

Antes de unirme a Simón Pedro y a Elías Marcos, el benjamín, algo sonrojado, me insinuó que él también tenía algo para mí. Le contemplé intrigado. ¿Qué se le habría ocurrido ahora?

Y levantando hasta mis ojos un saquito de paño descolorido, lo hizo balancearse suavemente sobre el cordoncillo blanco e inmaculado que lo cerraba.

—¿Qué es?

—Algo soberano y secreto —respondió en tono misterioso.

Esperé una explicación. Pero antes me indicó que me inclinara. Y al hacerlo, pasó la lazada sobre mi cabeza. Y el saquete, de apenas cinco centímetros de longitud, quedó colgando sobre mi pecho.

—Esto te librará de las calenturas tercianas y de los espíritus malignos que acechan bajo las sombras de los alcaparros, higueras y serbales achaparrados. Pero, ¡ojo!, no te servirá si caes bajo la sombra de un barco...

—¿Y qué puede ocurrirme si «caigo» bajo la sombra de un barco?

El niño abrió sus grandes ojos negros, mirándome como si tuviera delante a un perfecto cretino.

—¡Que corres el riesgo de ver al diablo!

Hice serios esfuerzos para no soltar una carcajada. La

(1) Quizá lo haya mencionado. No lo recuerdo. El griego utilizado por los comerciantes de aquellos tiempos —la *koiné*— venía a ser un idioma internacional. Era un griego deformado, que se impuso a los idiomas de la región: ático, jonio, dorio, eolio, etc. Las palabras difíciles fueron eliminadas, ignorándose las particularidades de las declinaciones y conjugaciones. Se usaban las construcciones analíticas con preposiciones de preferencia a las formas sintéticas del griego clásico, habiendo absorbido numerosos vocablos extranjeros; sobre todo, latinos. *(N. del m.)*

superstición entre aquellas gentes era tan variopinta como arraigada. Hasta el extremo que el Talmud dedica amplios pasajes a tales cuestiones y a las formas de combatir las asechanzas malignas.

Palpé el contenido del «amuleto» y le di unas efusivas gracias, rogándole que perdonara mi ignorancia.

—Como extranjero —le manifesté—, no estoy aún muy al corriente de esas graves presencias.

Al parecer, según el benjamín, su regalo contenía los siguientes y «mágicos» ingredientes: «Siete espinas de siete palmeras. Siete virutas de siete vigas. Siete clavos de siete puentes. Siete cenizas de siete hornos y siete pelos de siete perros viejos.»

—¡Ah! —exclamé aliviado.

Y sin más, nos unimos a la serena tertulia de Simón Pedro y del anfitrión. En el transcurso de la misma, como quedó dicho, tuve conocimiento de lo que había sentido el pescador momentos antes de su aparición. Y también allí fui informado de las últimas decisiones del grupo apostólico. Nadie abandonaría Jerusalén. A la mañana siguiente, dos de los discípulos —siguiendo la recomendación del resucitado en su última materialización— se dirigirían a Betania en busca de Tomás. Y tratarían de convencerle para que dejara su aislamiento y se uniera al resto. Una vez lograda la reunificación de los once, saldrían para el norte: a la Galilea. No dije nada, naturalmente, pero supuse que ese intento para convencer y atraer al recalcitrante Tomás iba a tropezar con serios inconvenientes. Según el Evangelio de Juan, ocho días después de aquel extraño «fenómeno» —llamémoslo aparición— registrado en el cenáculo, los once, al fin, culminaron sus anhelos de definitiva unión. Ellos no podían saberlo entonces, pero ésa sería la segunda aparición de Jesús a los embajadores. Una aparición que, por supuesto, no pensaba perderme y de la que, gozosamente, íbamos a extraer algunas e insospechadas conclusiones. Por cierto, y aunque carezca de importancia, no logro entender por qué tres de los cuatro evangelistas no hicieron mención en sus escritos de esta novena y última aparición del Maestro en aquella histórica jornada del llamado «domingo de resurrección». Sólo Juan habla de ella y mezclando palabras y gestos del Hijo del Hombre, que corresponden a la referida segunda presencia en el cenáculo, con Tomás incluido. Pero no quiero precipitarme. Hablaré de esa aparición —ocurrida el domingo siguiente, 16 de abril— en el momento preciso y no será difícil advertir cómo fue igualmente «manipulada», incorporando frases que el Cristo jamás pronunció y que, en el tema de la confesión de los pecados, terminarían por cristalizar en otra «fórmula» tan mágica como falsa...

La casa de Elías Marcos, aunque sobria, encerraba influencias helénicas y romanas, con detalles de un refinamiento que me sorprendieron.

Avanzada la madrugada decidimos retirarnos. Yo, la verdad, estaba agotado. Simón Pedro, que parecía transformado, se despidió de Elías y de mí con sendos besos de paz. El hombre no había olvidado mis palabras de consuelo y mi precaria revisión como «médico».

Al principio, obsesionado con la idea de no ocasionar molestias, insinué a mi anfitrión que podía descansar junto al rescoldo del hogar. Mi manto había servido ya en menesteres similares. Elías se enfadó. Y tirando de mí, refunfuñando ante las «locas ideas de aquel pagano», me obligó a entrar por la puerta por la que había visto aparecer y desaparecer a María en mi primera visita a la mansión.

Me encontré frente a un largo corredor, estrecho y alto, alumbrado en sus extremos por otros tantos candiles, colgados de los muros de ladrillo. Elías descolgó el situado junto a la entrada, invitándome a seguirle. A aquellas horas —debían de ser las tres de la madrugada, poco más o menos—, la residencia dormía apaciblemente. En veinte pasos salvamos el pasillo de baldosas de arcilla cocida, deteniéndonos ante la última de las cinco puertas que conté en el muro de la izquierda. En la pared opuesta, frente por frente, se abrían otras tantas puertas de oscura madera de roble, cuidadosamente abrillantadas con alguna suerte de barniz.

Marcos, por señas, me indicó que sostuviera la lámpara de aceite. Y tomando el grueso manojo de llaves que colgaba de su cuello, buscó la apropiada. Al tercer o cuarto intento, la cerradura gruñó y mi amigo empujó la hoja, entrando en el aposento. Me mostró el lugar y, antes de retirarse, desde el umbral me señaló la estancia situada enfrente, aclarándome que allí podría asearme. Y con un cortés «la paz sea contigo», cerró tras de sí.

El pequeño cuarto, sin ventanas, era sencillo en extremo. Alcé el candil de bronce y las siete llamitas arrojaron otras tantas y serpenteantes sombras sobre el ajuar: un arca de madera de encina, una cama alta y evidentemente exigua para mi metro y ochenta centímetros de estatura, un jarrón de barro con un espléndido y perfumado ramo de blancos jazmines y, también sobre el arca, una bandeja cuidadosamente cubierta con una gasa. Al destaparla adiviné la mano de María, la señora de la casa. Sonreí agradecido. Junto a una jarrita rebosante de mermelada dulce encontré una escudilla con higos secos y nueces peladas, primorosamente cercadas por una miel casi negra, que brilló como un diamante a la luz del candil.

La cama era soberbia. Había sido armada a base de una madera blanca de pino, formando una pareja de felinos, desmesuradamente estirados, cuyas cabezas constituían los pies. No había colchón. En su lugar, sobre un trenzado de lona, tres mantas de esponjosa lana y varios cojines de plumas. La «almohada», para mi desgracia, era un apoyacabezas de alabastro.

Por pura cortesía probé las nueces, absteniéndome de la mermelada. Aunque las condiciones higiénicas de la casa y de la familia eran muy elogiables, las normas de la misión en este aspecto eran rígidas. Y rendido me dejé caer sobre el lecho, tras apagar seis de los siete orificios del candil por los que apuntaban otras tantas torcidas o gruesas hebras de lino que hacían las veces de mechas. Y un dulzón aroma a aceite de oliva —típico de las casas judías— fue extendiéndose por la habitación, empujándome a un plácido y reparador sueño.

10 DE ABRIL, LUNES

A las 05.42 horas, puntual como siempre, Eliseo me devolvió a la realidad.

—Está alboreando —me anunció eufórico—. La temperatura ha descendido un poco. Los sensores exteriores marcan ocho grados centígrados. Por la lectura del anemocinemógrafo deduzco que tenemos encima un *cadim* (viento del este). El tubo de Pitot arroja rachas de hasta treinta nudos. El cielo sigue despejado, con una «estima» prácticamente ilimitada. A media mañana habré concluido los análisis. ¡Esto es increíble, Jasón! ¿Te espero a tomar el té? Cambio...

Agradecí la información y la guasa. Y prometí retornar a la «base madre» lo antes posible y retirar los lienzos mortuorios. Antes debía cumplir lo pactado con Civilis, el jefe de la fortaleza Antonia. Hacia la hora tercia hablaríamos con el gobernador. La entrevista podía resultar beneficiosa para ambas partes. En nuestra larga permanencia en las altas tierras del norte —en la Galilea—, todo apoyo oficial sería poco. En cuanto al supersticioso Poncio, lo que tenía en mente le llenaría de admiración.

A punto estuve de pasar de largo. Pero la curiosidad fue más fuerte. Durante el primer «salto», las abundantes entradas en la «cuna» aliviaron mis necesidades fisiológicas. En esta segunda exploración —y no digamos en la «tercera» (que ni Eliseo ni yo podíamos prever entonces)— la cosa fue diferente. Yo carecía del dispositivo para la eliminación de las heces fecales (1) y, obviamente, tuve que evacuar en los lugares más peregrinos y, a veces, en circuns-

---

(1) Como se detalla en *Caballo de Troya* (p. 77), Eliseo tuvo que someterse a una delicada operación: la inserción en el recto de una reducida sonda, dispuesta para recoger las heces fecales. Éstas, tratadas previamente con unas corrientes turbulentas de agua a 38 ºC, eran succionadas por un dispositivo miniaturizado que fue acoplado a sus nalgas. De esta forma, los excrementos eran descompuestos en sus elementos químicos básicos. Parte era gelificado y transmutado en oxígeno e hidrógeno. El resto, en forma de gas, expulsado al exterior. *(N. del a.)*

tancias comprometidas... El caso es que, al empujar la puerta situada frente a mi habitación, fui a descubrir lo que aquellas gentes, con tanto pudor como eufemismo, llamaban el «lugar secreto».

La estancia, de unos cinco por cinco metros, se hallaba recubierta con planchas de mármol númida de finísimo veteado negro. Sólo el techo aparecía desnudo, enyesado y con tres gruesas vigas de sólida encina de Bacá. A la derecha de la puerta, a lo largo de la pared, se abría una espaciosa bañera —casi una piscina—, elevada un metro y medio sobre el nivel del suelo. Unas empinadas escalinatas, alfombradas, como el resto de la habitación, con esteras, facilitaban el acceso a la misma. En el extremo opuesto, en el ángulo izquierdo, el pavimento había sido horadado. Me asomé curioso. Era un pocillo de unos treinta centímetros de diámetro que se comunicaba, por lo que pude deducir, con un sistema de alcantarillado, ya existente entonces en el Templo y áreas adyacentes del barrio bajo. El retrete —porque de eso se trataba— había sido rodeado con una tarima cuadrada de casi cincuenta centímetros de lado, que emergía ligeramente sobre el mármol. Muy cerca del «común» —a mano, como quien dice—, en un canastillo de fibra de palmera, se amontonaban varias esponjas. Éstas, junto con el agua depositada en las tinajas que se alineaban sobre la pared, debían constituir los «útiles» para la necesaria limpieza tras la evacuación.

Un gran armario y una serie de alacenas practicadas en el muro completaban el recinto. En aquellos huecos, en perfecto orden, el usuario del «cuarto de aseo» podía encontrar de todo: desde «barrillas» y *natrón*, que hacían las veces de nuestro jabón, hasta piedra pómez y un sinfín de frasquitos de vidrio y cerámica, con afeites y perfumes: *puch* para las cejas y pestañas y que los romanos llamaban *stibium* (una sustancia de color azul negro a base de plomo); hoja de *al-kenna*, que da una ceniza de una tonalidad amarilla oscura y que servía a las mujeres para pintar sus uñas y palma de las manos; *sikra* para los labios y mejillas; maceraciones de lirio en aceite; ónice, llamado también «uña olorosa»; nardo y el no menos fresco y fragante perfume de cinamomo y bálsamo de Jericó. Además, peines de madera y hueso, cucharas, espátulas y paletas de marfil para extender los afeites y varios y redondos espejos de metal pulido con mangos primorosamente labrados en madera.

Los afilados y anchos cuchillos, que debían de servir al dueño de la casa para sus afeitados, apenas si ocupaban un rinconcito entre semejante arsenal femenino. Como en nuestros días, la «invasión» de las mujeres de entonces en los cuartos de baño era algo bien asumido por los hombres...

Pero lo que más me llamó la atención de aquel «lugar secreto» fue un pequeño cartel, colgado de una de las paredes. Más o menos, rezaba así: «Cuanto más permanezcas aquí, más larga será tu vida.» Minutos más tarde, al saludar a Elías, le pregunté sobre dicha leyenda. Y el hombre, sonriendo pícaramente, me aseguró que era un viejo adagio.

—La tradición —añadió en tono de chanza— cuenta, incluso, que un viejo rabí llegaba a detenerse hasta veinticuatro veces en otros tantos «lugares secretos», en el camino entre su casa y la escuela en la que enseñaba (1).

Tras asearme un poco y purificar mi aliento con uno de los «dentífricos» de uso común en la época —una pimienta olorosa que se masticaba como los granos de anís— examiné mi frente. El hematoma había remitido considerablemente.

Y con un prudencial optimismo, después de lanzar una última mirada a aquel «cuarto de baño de lujo», me dirigí al patio.

Las trompetas de los levitas habían anunciado ya el nuevo día. Y como también era habitual, la señora de la casa y la servidumbre hacía rato que trajinaban. Entre canturreos, la molienda del trigo fue dando a su fin. María Marcos suspendió el tueste del grano y pasó a examinar mi frente. Le devolví el denario y el lienzo y, frotándose las manos con satisfacción, regresó sobre la plancha abombada en la que se cocían las apetitosas tortas de flor de harina.

Había tiempo de sobra. Así que, con sumo placer, acepté un hirviente cuenco de leche de cabra y me acomodé junto al fuego. La mañana, como apuntara Eliseo, se presentaba fría.

(1) En efecto, así se cuenta en el Talmud (Berakoth [LV]). *(N. del m.)*

Revisé mi atuendo y la bolsa con los «cuadrados astro-lógicos» y, tras una larga reflexión sobre lo acontecido en la pasada jornada, me despedí de la familia, elogiando y agradeciendo su hospitalidad. Como suponía, pasarían unos cuantos días hasta que pudiera reunirme con ellos nuevamente. María me hizo prometer que no abandonaría Jerusalén sin antes pasar por su casa y dedicar unas horas a hablarle de mi familia. ¿Mi familia? Los hombres como yo —siempre solos, permanentemente descontentos y ator-mentados— no conocemos más familia que el suplicio de la soledad. Pero ¿cómo podía explicárselo?

Elías me abrazó como a un hermano y con un «hasta pronto», me lancé a las ya concurridas calles de la Ciudad Santa.

El *cadim*, en efecto, fuerte, frío y seco, azotaba Jeru-salén. El aire y el cielo eran un cristal. Me arropé en el manto y, tras comunicar al módulo que me dirigía al cuar-tel general romano y que quizá necesitase de los servicios de Santa Claus, emprendí la marcha hacia la puerta de los Peces.

El nuevo y luminoso lunes, aunque algo más sosegado que el domingo, resultaría igualmente rico en sorpresas y experiencias.

Embozado en el ropón, no los vi. Pero sí escuché sus risas y comentarios. Me volví y descubrí junto a uno de los muros laterales de la residencia de los Marcos a un grupo de hebreos que gesticulaba, señalando la pared entre so-noras risotadas. Al acercarme, enmudecieron, alejándose con unas sospechosas prisas. Al fijarme en la piedra me in-digné, comprendiendo sus maledicencias. Alguien, aprove-chando la noche, había pintarrajeado con cal unas enor-mes e insultantes letras, que, supuse, iban dirigidas a los seguidores del Maestro y a quienes —como en este caso— les daban cobijo.

«Ladrones.»

Así decía la pintada. No era el primer grafito que leía en las paredes de Jerusalén. Los judíos de aquella época, como los ciudadanos de Pompeya o del Palatino, eran muy amantes de esta gratuita y clandestina fórmula de protes-ta, que se remontaba a tiempos muy remotos. (Como ve-mos, no hay nada nuevo bajo el sol.)

En la base del palacio de los Asmoneos, por ejemplo, me había llamado la atención una de aquellas inscripciones, firmada incluso por su autor. «Simón y su casa arderán en el infierno.» El defectuoso arameo —obra quizá de algún albañil descontento— aparecía firmado por un tal Pampras. En otros lugares, en especial en las murallas y en los arcos de los puentecillos sobre el Tiropeón, se leían sentencias más atrevidas, casi siempre contra el yugo de los odiados romanos: «*Poncio, cattivo*» (Poncio, el malo), remedando el insulto que los habitantes de Capri colgaban al maligno emperador entonces reinante: Tiberio.

«Poncio, el esclavo de Sejano», «Saduc y Judas de Gamala no han muerto» (1), «Soldado [refiriéndose sin duda a los legionarios de Roma], ¿tu vida vale 10 ases?» (2).

Éste, naturalmente, no era el único medio de expresión del pueblo. Además de los heraldos oficiales, las noticias «volaban» de boca en boca, merced a los vendedores ambulantes, buhoneros y mendigos errantes. La fuente o el pozo públicos, a los que acudían las mujeres y rebaños regularmente, eran otros de los focos de «información» en toda Palestina. Esta sencilla y rápida forma de esparcir las buenas y malas noticias era denominada con una muy plástica expresión: «el ala del pájaro».

Naturalmente, sospeché desde un principio que la autoría de semejante canallada —directa o indirectamente— podía estar en el sumo sacerdote y en sus fanáticos sadu-

---

(1)   En una de mis conexiones con la nave, Santa Claus confirmaría que un fariseo por nombre Saduc y un tal Judas de Gamala, apodado *el Galileo*, ambos simpatizantes o miembros del grupo de extrema izquierda de los zelotas o «celosos», animaron una revuelta contra los romanos en el año seis de nuestra Era, con motivo —según la *Guerra de los Judíos* (II, 118)— de un empadronamiento. El motín fue aplastado, pero los zelotas, que contaban con la simpatía del pueblo, siguieron practicando el terrorismo individual y la guerra de guerrillas. Herían y mataban a los infieles y traidores, provistos de un puñal que los latinos llamaban *sica*. De ahí derivó el calificativo de «sicarios». San Pablo escapó de ellos por poco (*Act.*, XXIII, 14). (*N. del m.*)

(2)   Esta «pintada» procedía quizá de una época anterior. Posiblemente del reinado de Augusto, en el que la paga diaria de un legionario romano era idéntica a la fijada por César: 225 denarios anuales o el equivalente: 10 ases al día. Tácito (*Ann.*, I 17, 6) explica que la revuelta de los soldados en el 14 fue debida a esta baja paga. (*N. del m.*)

ceos. Entre los rumores que cruzaban Jerusalén de punta a punta desde primeras horas de la mañana del domingo, había uno que presentaba una especial afinidad con el grafito en cuestión: el que aseguraba que los discípulos de Jesús habían robado el cadáver del rabí, «aprovechando que los guardias dormían». Había que oír aquellos bulos y los comentarios de los ciudadanos —judíos o gentiles— para darse cuenta también que tales «noticias» sólo eran creídas por los cargados de mala fe. Ni el más ingenuo en la ciudad admitía que la legión romana pudiera ser burlada tan grotescamente...

Pero la campaña de intoxicación —como se diría en el siglo XX— había sido meticulosamente planeada por el Sanedrín. O para ser más exactos, por los leales a Caifás y a su suegro. Aquella nueva medida de desprestigio público de Jesús y su gente nació seguramente de la reunión celebrada la tarde anterior y de la que nos informó José de Arimatea. No me equivocaba. Conforme fui avanzando hacia la ciudad alta, otras frescas «pintadas» en las paredes de la explanada de Xisto, en los bajos del gran muro occidental del Templo y en la calle porticada del mercado «de arriba», vinieron a confirmar mi creencia. El pueblo, conforme iba descubriéndolas, se arremolinaba en los alrededores, divirtiéndose y enzarzándose en no pocas y agrias disputas. Tampoco es cierto que la totalidad del pueblo estuviera en contra del Galileo. En las discusiones había opiniones para todos los gustos. Algunas, muy valientes y sensatas. Ante el argumento de la vigilancia romana —en vergonzosa fuga hacia Antonia—, los más guardaban silencio, reconociendo que «todo era muy extraño». Pero el miedo, como en todas las épocas, era libre y la mayoría no tenía el menor deseo de perder su vida o su hacienda por defender a unos «desarrapados galileos». Ésta era la expresión más repetida en los grafitos que llegué a leer.

«El *naggar* (designación en arameo del carpintero de la obra de afuera o, más genéricamente, del constructor de casas) de Galilea —rezaba una de aquellas "pintadas"— no ha muerto...» Y en una mordaz e intencionada segunda frase se aclaraba: «Convalece en el lago, donde se "aparecerá" a rameras y bastardos.»

Sin duda, las noticias sobre una futura presencia del

Hijo del Hombre en las tierras del norte, precediendo a los suyos, obraban también en poder de sus enemigos.

«Los desarrapados galileos —decía otra— han robado a su rey. Roma se enterará.»

«¡Ladrones! ¡Impuros! La sombra de la Ley perseguirá a los desarrapados hijos del círculo de los gentiles.» (Así se conocía también a la Galilea.)

Quizá me entretuve excesivamente. Pero, en mi opinión, mereció la pena. De estas manifestaciones en los muros de la Ciudad Santa tampoco dicen nada los evangelistas y, sin embargo, fueron un factor más —y de clara importancia— en la difusión de la más grande noticia de todos los tiempos. Los amigos y fieles a Jesús de Nazaret supieron desde el principio de esta sucia maniobra de los sanedritas y ello contribuyó también a multiplicar sus temores y a que, en el caso de los diez, siguieran en el piso superior de los Marcos, sin atreverse a pisar las calles.

Poco antes de la hora tercia, uno de los centinelas del parapeto oeste de Antonia me escoltaba hasta el túnel de la fachada principal de la fortaleza. Allí, junto al puesto de guardia, volvió a repetirse la escena que ya había vivido con el de Arimatea, en mi primera entrevista con el gobernador. Un *optio* consultó la tablilla encerada en la que se registraban los nombres de los visitantes del día, así como las audiencias previstas, y, con una sonrisa, adelantándome a las intenciones del suboficial, le entregué mi cayado, levantando los brazos y dispuesto al registro de rutina. Esta vez no fue necesario. Por la boca del túnel distinguí la corpulenta silueta de Civilis, el comandante en jefe de la guarnición.

Me saludó con el brazo en alto y, el *optio*, condescendiente, me franqueó el paso, indicándome que «todo estaba bien» y que podía pasar.

Civilis, sin casco y sin cota de mallas, se protegía del fresco de la mañana con la pulcra y larga capa granate. Jamás le vi sin armas: su espada al costado izquierdo (al revés que la tropa) y un pequeño puñal con la empuñadura en forma de antílope en pleno salto.

Observó los restos de mi hematoma pero, discretamente, no preguntó. Y en silencio cruzamos el patio cuadrangular de tan tristes recuerdos. Todo respiraba rutina. Los infantes libres de servicio, como en otras ocasiones, repasaban sus equipos. Algunos, bien con la simple y corta túnica roja de lana o abrigados con sus pesados capotes de campaña, jugaban a los dados sobre las losas de dura caliza grisácea. Esta vez no había caballos junto a la fuente de la diosa Roma. Al pasar al lado del mojón de piedra al que fue amarrado el Cristo, las imágenes de los azotes volvieron a mí, revolviéndome el estómago.

Al pie de la pulida escalinata de mármol blanco que llevaba al vestíbulo y al despacho oval de Poncio, el centurión se cruzó con otro oficial. Civilis golpeó amistosamente la coraza musculada de cuero con su inseparable *uitis* o vara de vid y el compañero se detuvo. En latín y con evidente contento le recordó que todo debía estar dispuesto para la marcha del día siguiente. Me alegré de la oportunidad de mi entrevista. Por lo visto —concluida la fiesta judía de la Pascua—, el gobernador y las fuerzas que le acompañaban regresaban a Cesarea, sede del representante del César en aquella área de la provincia de Siria, a la que pertenecía Judea.

Me sorprendió no ver los centinelas junto a la puerta labrada del despacho del gobernador. Hasta ese momento había supuesto que nuestra reunión se desarrollaría en dicha estancia.

Civilis, al detectar mi despiste, me hizo un gesto. Y le seguí hacia el fondo del vestíbulo rectangular. Al llegar al muro de mármol chipriota que cerraba el lado derecho se situó frente a un singular adorno: un escorpión de bronce, de unos cuarenta centímetros de longitud, clavado a la pared por una gruesa barra cilíndrica de hierro que lo mantenía ligeramente separado de la superficie del muro. Representaba el octavo signo del Zodíaco: el del emperador Tiberio.

El oficial hizo presa en la erguida cola del brillante arácnido y tiró hacia abajo con fuerza.

El bloque de mármol rechinó y, admirado, vi cómo una parte del paño giraba sobre un oculto eje, dejando al descubierto una portezuela de un metro escaso de altura.

El oficial se dispuso a entrar. Me miró y, por toda aclaración, comentó:

—Cosas del viejo Herodes...

Y un negro túnel se presentó ante nosotros.

Mientras nos adentrábamos en un oscuro pasadizo, con la barbilla casi pegada a los muslos, supuse que las palabras de Civilis hacían referencia a alguna de las extravagancias de Herodes el Grande, que fue quien remodeló Antonia sobre el viejo castillo de los Asmoneos. Aquel «invento» de una puerta secreta sólo podía ser cosa del «criado edomita». A mi espalda, nada más penetrar en el túnel, creí escuchar una rápida sucesión de «clics». Las tinieblas y lo angosto del lugar no me permitieron descubrir el origen del rítmico tableteo metálico, pero deduje que se trataba del mecanismo de cierre del muro. Quizá un viejo sistema de poleas y pesas que, nada más abrir la trampa, reacciona automáticamente, procediendo al cierre de forma gradual e inexorable. Cuando habíamos recorrido una veintena de metros, medio asfixiado por el escaso oxígeno, un golpe seco retumbó en el húmedo corredor. El muro acababa de volver a su posición original, sepultándonos.

El hecho de que el centurión no se detuviera o hiciera comentario alguno me tranquilizó relativamente. Aquél no era el lugar más idóneo para terminar mis días...

Pero mis temores se disiparon en seguida. Civilis se había parado y yo, torpemente, fui a chocar con él. No dijo nada. Abrió una portezuela de endeble y roída madera y la luz me hirió los ojos.

Cuando logré enderezarme estaba detrás de unos gruesos cortinajes de color púrpura. El oficial me cedió el paso y aparecimos en una especie de sueño. Jamás pude imaginar un lujo semejante. El pasadizo secreto nos había situado en una estancia cuadrada —una especie de *tetrastilum*—, a cielo abierto y con unas doscientas columnas semiempotradas en unos muros de las más variadas y refulgentes tonalidades. El «techo» lo formaban anchas lonas púrpuras de unos veinte metros de longitud, tendidas del remate de una columna a la opuesta. Con el sol en lo alto tamizarían los rayos, proyectando un resplandor rojizo sobre el enlosado de mármol. En el centro se levantaba un pequeño surtidor —ahora seco— en forma de gran concha y con seis tazas de mármol que servían para recoger el agua.

En el muro orientado al sur —en el extremo opuesto al que escondía la salida del pasadizo— habían sido practicados unos estrechos y altos ventanales, cerrados con vidrieras, desde los que se podía contemplar el Santuario del Templo y buena parte de la explanada de los Gentiles. Entre estas casi troneras y el surtidor se alineaban tres mesas de marfil, muy bajas, y repletas de manjares que, en un primer vistazo, no identifiqué. Más que mesas parecían arquetas. Y a un lado, una alta y bellísima lámpara de pie, de alabastro translúcido, rematada por tres flores de loto en las que ardían otras tantas mechas de aceite. Poco a poco, conforme fui curioseando, observé que el gobernador —o quizá su mujer— sentían una especial atracción por los muebles y adornos egipcios. En el muro oeste, elevados sobre sendas peanas, se exhibían —en el centro— un prodigioso barco faraónico, en papiro y con incrustaciones de piedras multicolores y, a uno y otro lado, dos cabeceras funerarias, también de origen egipcio. La de la izquierda, plegable y en marfil, adornada con dos cabezas del genio protector Bes. La otra, una valiosísima pieza de pasta vítrea azul opaca, con un friso de oro decorado con los dos signos repetidos de la vida divina.

Entusiasmado con estos posibles vestigios del reinado de Tutankhamen —que no lograba entender cómo habían llegado a poder del gobernador— no me percaté de la presencia de Poncio.

Civilis me tocó con su *uitis* y, al punto, me volví, descubriendo a un Pilato rejuvenecido y jovial, que me saludaba brazo en alto. Le correspondí con una leve inclinación de cabeza y rechazando todo protocolo, se vino hacia mí, zarandeándome por los brazos y burlándose de mis «correrías mañaneras por los montes de Jerusalén». Estaba claro que el obeso Poncio había sido puesto al corriente por su fiel comandante...

—Así que has visto el sepulcro vacío...

Pilato, que lucía un hermoso manto color jacinto, arrollado al tronco en varias vueltas y una túnica de lana hasta los pies no esperó mi posible respuesta. Con sus azules y «saltones» ojos fijos en la cabecera funeraria que yo acababa de admirar, murmuró para sí:

—¡Única!... ¿Te gusta, Jasón?

Iba a decirle que sí y a preguntarle por el origen de tan magnífica pieza cuando, deslizándose hacia el centro de la sala, levantó sus brazos y, girando sobre sí mismo como una peonza, clamó a voz en grito:

—¡Roma me envidiará cuando sepa de mis innovaciones!

Civilis y yo nos miramos.

Y regresando hasta donde me encontraba, me tomó por el brazo, obligándome a seguirle. Me señaló la columnata y sin disimular su orgullo, fue enumerando las excelencias de la construcción:

—¡Fíjate! Cada quince son de porfirita encarnada, de Cipollino y de Povanazzeto... ¿Y los mármoles?

Me hizo tocar las paredes mientras cantaba la procedencia de los lujosos materiales:

—¡El negro, de la isla de Milo! Los cursis de Roma lo llaman «mármol de Lúculo». ¡Numidia! ¡Eubea! ¡Tenaro!...

Pero, con la misma euforia con que había arremetido al informarme de sus «innovaciones arquitectónicas» —dominado por su frágil y tornadizo temperamento—, así se apagó también aquella explosión de orgullo personal. Y atusándose nerviosamente el «postizo» rubio, se fue derecho hacia las mesas. Se dejó caer pesadamente sobre los voluminosos cojines y, una vez acomodado, nos miró perplejo. Agitó ambas manos, ordenándonos que siguiéramos su ejemplo y, en el acto, el centurión y yo buscamos asiento frente a él.

Su cara, blanca, hinchada y redonda como un escudo se iluminó al reparar en los manjares. Sus labios se abrieron en una sonrisa cargada de gula, haciendo brillar sus tres dientes de oro.

—¡Oh!, ¡sesos de pavo real!

Y tomando una de las raciones la engulló sin masticar. Ni Civilis ni yo nos atrevimos a imitarle. Pero Poncio, mientras hurgaba en una fuente de pajarillos fritos, nos ordenó que empezáramos.

—Así que el milagro del sepulcro —me espetó de golpe, repitiendo casi literalmente las palabras que yo había pronunciado en el patio de Antonia en presencia del comandante— es sólo el principio de una serie de hechos sorprendentes....

Civilis, impasible, ni siquiera me miró. Se aferró a una pata de cabritillo y fue devorándola con fruición.

Había que actuar con extrema cautela. Estaba dispuesto

a «informarle» de algunos acontecimientos venideros —basados en mis «prospecciones» como augur— pero, naturalmente, a cambio de algo...

Y siguiendo una vieja táctica, me hice rogar. Paseé la vista distraídamente por las viandas y, señalando dos de las fuentes de plata, pregunté la naturaleza de su contenido.

Poncio, astuto y divertido, aceptó el juego.

—Hígados de caballa y esto, leche de morena... Todo directamente importado de las costas de Gades.

Me excusé, alegando que mi estómago no lo resistiría. Y el gobernador siguió descifrándome el «desayuno»:

—... También tienes entremeses: erizos de mar, ostras de Tarento, bellotas marinas, blancas o negras, tordos con espárragos de Sicilia o, si lo prefieres, riñones de ciervo, pastel de pescado, panes de Piceno y, de postre, higos de Malta, dátiles o pasas de levante.

Se quedó serio. Creí que se disponía a interrogarme de nuevo. Pero no. Batió palmas con fuerza y, al instante, por una angosta puerta camuflada cerca de los cortinajes apareció uno de los sirvientes. No fue preciso que se acercara. A gritos, entre insultos, le recriminó el lamentable olvido del vino. Minutos después, el mismo siervo regresaba con una pequeña ánfora de metal dorado. Llenó las copas y, dejando el recipiente en un pie de hierro, se retiró mudo y pálido.

—¡Salud! Pruébalo, Jasón... Tú eres comerciante en vinos. ¿Adivinas de dónde procede?

Me sentí atrapado. Aunque había sido adiestrado en la cata de los más preciados caldos de la región mediterránea, mi pericia en tales menesteres dejaba mucho que desear.

—¿Mosela? —aventuré después de olerlo y pasear un buche por la boca.

—¡Chipre! —rectificó con un punto de ironía.

Con mi prestigio «profesional» arruinado, opté por ir directo al negocio que me había llevado a la fortaleza.

—Sí, estimado gobernador —anuncié con gravedad—. El asunto de la tumba vacía es sólo el principio...

—¡La tumba vacía! —estalló Pilato—. Esos fanáticos quieren volverme loco. ¿Sabes lo que andan pregonando las ratas del Sanedrín?

Fingí no saberlo.

—¡Que mis soldados se durmieron! Y eso no es lo peor.

Encima tienen la desfachatez de calumniar a la legión, murmurando que los discípulos del tal Jesús robaron su cadáver. ¿Sabes cuál es el castigo por dormirse en una guardia?

Naturalmente que lo conocía. Yo mismo presencié una de esas brutales ejecuciones por apaleamiento.

—... Mis agentes me han informado del dinero que Caifás ha pagado a cada uno de sus cobardes policías para que cierren el pico: ¡doscientos ases, Jasón! ¡La paga de veinte hombres! De eso no hablan, claro.

Escupió los huesecillos del pajarito frito que se traía entre manos y, maldiciendo a los sacerdotes, prosiguió:

—¡Hijos de mil rameras! ¡Mienten, sobornan y, para colmo, meten a mis hombres en ese feo asunto!

—Tú sabes que tus soldados no huyeron —repuse conciliador—. Yo estaba allí.

Poncio se mostró muy interesado por aquella circunstancia. Jugueteó un momento con el falo que colgaba de su cuello y, sin rodeos, me advirtió que no abusara de su amistad.

—No miento, excelencia. Puedes contrastar mi versión con la de tus infantes...

Cuando terminé la exposición de los hechos que había presenciado en la finca, mis acompañantes se miraron abiertamente. Y el comandante asintió rotundo.

—Entonces —preguntó nervioso—, ¿crees que resucitó?

Me encogí de hombros y Civilis aprobó mi sensata respuesta.

—Lo que sí puedo decirte, preclaro gobernador, es que tan misterioso suceso es sólo el principio de una cadena de signos.

Poncio abrió sus ojos al límite.

—¿Has consultado los astros?

Me apresuré a mostrarle los «cuadrados astrológicos», dándole a entender que había descubierto «enigmáticas y preocupantes coincidencias».

Temeroso, se refugió en otra copa de vino.

Y previendo el indispensable auxilio del computador central, pulsé disimuladamente mi oído derecho.

Eliseo respondió al momento:

—*OK*. Todo listo. Santa Claus en afirmativo. Te sigo... Cambio.

—Veamos —le anuncié con una teatralidad que todavía me asombra—, en primer lugar quiero que te fijes en los siguientes y prodigiosos hechos. El número «9» se repite... sospechosamente.

«Guiado» por Santa Claus y por la Providencia —no puedo entenderlo de otra forma—, lo que en un principio fue un inocente juego terminó por desconcertarnos: a Poncio, al centurión, a Eliseo y no digamos a mí...

—Observa. Ayer fue día nueve. Y las apariciones del resucitado en dicha jornada fueron igualmente «nueve»...

—¿Nueve visiones?

Pilato ignoraba ese dato. Y miró a su comandante con precaución.

—Según mis noticias —continué sin saber exactamente a dónde podía ir a parar—, Jesús de Nazaret nació el «noveno» mes del año...

Levanté la vista hacia las lonas, fingiendo que consultaba mi memoria. En realidad, la «memoria» que entró en acción fue la del ordenador del módulo. A los pocos segundos, mi hermano —sin dar crédito a lo que arrojaba el monitor—, exclamó:

—¡Increíble, Jasón! Según el calendario romano y los datos del banco de Santa Claus, Jesús nació en el año 747, ¡que suma «nueve»! (1).

—... al noveno mes —repetí— de su gestación, del año 747.

Poncio, contando con sus pringosos dedos, hizo el mismo cálculo que nosotros.

—Siete y cuatro suman once... que sumados a siete... dan dieciocho...

La casualidad —¿o no fue tal?— deslumbró a Pilato.

—¡Por Zeus! ¡Nueve!

El oficial meneó la cabeza, desautorizando aquella comedia. Pero el gobernador, que tenía muy presente mi «vaticinio» sobre el extraño fenómeno solar de la mañana del viernes, no le prestó atención.

—¡Continúa!

(1) Sabíamos que la muerte del rey Herodes el Grande había ocurrido en el año 750, según el cómputo romano. Jesús nació tres años antes (en el «menos 7» de la Era Cristiana). *(N. del m.)*

Eliseo vino en mi ayuda.

—Supongo que estamos locos, Jasón, pero fíjate lo que leo en la pantalla. Siguiendo el calendario de Roma, el actual año 30 corresponde al 783 de dicho cómputo imperial. (El año «cero» no se contabiliza.) Y «siete» más «ocho» más «tres» suman otra vez «nueve». Sigue por ahí. Santa Claus está buscando posibles «coincidencias» entre el número nueve, el gobierno o la vida de Poncio y otros sucesos venideros, también en conexión con la vida del Cristo o con sus profecías... Cambio.

Transmití este último «hallazgo» a mi cada vez más desolado amigo y, por pura intuición, sumé los años de Jesús en aquel año: «36». (Los habría cumplido «oficialmente» en agosto, aunque ya los tenía, teniendo en cuenta el período de gestación.)

—Otra vez el «9» —le dije forzando la situación.

Pilato resumió lo que llevábamos expuesto:

—Nacimiento vinculado al «nueve». Su vida suma «nueve» y también el año de su muerte...

—¡Y su resurrección ha sido en día «9»! —remaché.

—¡Jasón, escucha! —la voz de Eliseo me proporcionó otros dos datos, también encadenados al dichoso «nueve»—. La supuesta desaparición o «ascensión» del Galileo se produjo, o se producirá, el 18 de mayo, jueves. ¡También suma «9»! Y he aquí otra curiosa casualidad: sabemos que el gobierno de Poncio concluyó (o concluirá) en el año 792 o en el 36 de nuestra Era. ¡Todo suma «9»! ¡Ahí tienes un «cabo» para «amarrar» a tu amigo! ¡Suerte! Sigo atento...

¡Demonios! Aquello era demasiado para pensar en una serie de coincidencias. Y aunque nunca he prestado excesiva importancia a la llamada «numerología» o «ciencia de los números», tan cercana a la Cábala hebraica, me propuse bucear en la simbología de tales cifras. ¿Qué podía perder? Se trataba de simple e inocente curiosidad. ¡Dios de los cielos! Lo que fui descubriendo me llenó de asombro (1).

(1) El mayor, en sus escritos, no revela cuáles fueron estos «descubrimientos». Pero, al igual que yo mismo, el lector no tendrá demasiadas dificultades para —de la mano de la «numerología» y de la Cábala— hallarlos por sí mismo. Como mi «amigo», el mayor, yo también he quedado atónito. *(N. del a.)*

Elegí la segunda información: la del final de la procuraduría de Pilato. Pero ¿cómo utilizarla sin lastimarle y sin violar el código de Caballo de Troya? El propio y pusilánime gobernador me dio pie con su inmediata pregunta:

—¡El nueve! ¿Y qué tiene que ver conmigo?

Simulé una cierta resistencia.

—¡Habla o te encarcelo!

Incliné la cabeza en señal de acatamiento. Aquel loco era capaz de cumplir su amenaza.

—Los astros señalan que tu destino, a partir de ahora, estará irremediablemente unido al recuerdo de ese Hombre... y al nueve.

—Explícate con claridad —exigió sin contemplaciones.

—Los prodigiosos signos que han empezado a producirse —argumenté tendiéndole una trampa— se extenderán hasta las tierras de la Galilea y por espacio de cuarenta días. Quizá allí podamos conversar con más calma y con nuevos elementos de Juicio...

—¿Galilea? —El gobernador se dirigió a Civilis—. ¿No son ésas las noticias que han traído nuestros espías?

El centurión manifestó su conformidad.

—¿Me quieres hacer creer que el Galileo volverá a aparecerse en el norte?

—Eso dicen los astros —mentí con descaro—. Y abusando de tu confianza, aún te diré más: quizá tú mismo o Procla, tu mujer, podáis verle.

Al oír el nombre de Claudia Prócula o Procla palideció. Poncio estaba al corriente de las inclinaciones de su esposa hacia las enseñanzas y la figura del Maestro. Y, medroso con los asuntos mágicos o divinos, la dejaba hacer. El «sueño» de la distinguida romana poco antes del ajusticiamiento de Jesús continuaba clavado en el débil espíritu de aquel hombre. Días más tarde, durante nuestra accidentada e intensa «campaña exploratoria» en el norte de Palestina, Eliseo y yo tendríamos la fortuna de conocer a Procla, los detalles de dicho «sueño» y las sinceras inquietudes que había despertado en ella el Hijo del Hombre.

—Un momento. No me confundas con tus añagazas. Vamos por partes. ¿Qué dicen los astros sobre mi destino?

Cedí en parte.

—A cambio, deseo solicitar de tu magnanimidad un pequeño favor.

Civilis torció el gesto.

—Tú dirás —manifestó el gobernador, resignado.

—Tengo entendido que en Cesarea vive un centurión cuyo criado fue milagrosamente curado, a distancia, por el resucitado. Quiero viajar allí y que me extiendas una autorización para interrogarle.

—¡Concedido!... con una condición.

El deseo del gobernador vino a redondear mis propósitos.

—Que la entrevista se celebre en mi presencia y en la de Procla.

Correspondí con una exagerada reverencia.

—¿Y bien?

—Deberás permanecer muy atento al «nueve» —le aclaré en la medida que me fue posible—. Si los astros y mis observaciones no yerran, tu gobierno se eclipsará en un año que sume nueve...

Aquello le dejó estupefacto. Yo sabía, como referí, que el año de la caída política de Poncio Pilato sería el 36 de nuestra Era (1) o el 789 *(ab Urbe Condita UC)* de la cronología romana. Naturalmente, jugué con ventaja. El año al que me refería debía ser computado por el calendario cristiano: algo inexistente e impensable entonces.

Poncio debió de recordar que nos hallábamos en el 783 —que suma «9»— y, tembloroso, fue a besar el falo de marfil, en un intento por conjurar el «maleficio» que acababa de «caer» sobre su espíritu.

—Pero hay más...

Santa Claus —genial— había «descubierto» otra «casua-

(1)   Poncio fue destituido de su puesto como gobernador por Cayo, alias «Calígula», como consecuencia de un grave error político. Pocos años después de la muerte de Jesús, numerosos samaritanos se congregaron en torno a un supuesto Mesías, que les prometió descubrir los vasos sagrados enterrados por Moisés en uno de los montes de Samaria. Pilato supo de esta multitudinaria concentración en el monte Garizim y cargó contra los samaritanos, llevando a cabo una carnicería. Ante las acusaciones de judíos y samaritanos, Vitelio, supremo gobernador de Siria, le envió a Roma pero, durante el viaje, Tiberio falleció. El nuevo emperador, Calígula, desterraría a Poncio a las Galias. *(N. del m.)*

lidad» que elevó mi prestigio como «adivino», desmoronando a mi interlocutor.

—Siguiendo con el «nueve» y con los prodigiosos sucesos que «veo» en los astros, llamo tu atención sobre algo que también profetizó el rabí de Nazaret y que, según todos los indicios, preocupará a Roma. En otro año que deberá sumar «nueve», esta provincia se levantará contra el Imperio.

(Aunque tuve especial cuidado en no mencionar la fecha exacta —el 819 romano o 66 después de Cristo—, me estaba refiriendo, obviamente, a la insurrección de la primavera del citado año 66, que marcaría el principio del fin de Jerusalén. En dicha fecha, como es sabido, el procurador Casio Floro requisó un alto tributo en oro del Templo judío, provocando graves alteraciones. El cruel Floro envió sus tropas contra el pueblo, matando a 3 600 judíos. Los rebeldes hebreos respondieron a la matanza, apoderándose de la zona del Templo y asaltando Masada. Con las armas requisadas a la guarnición romana se dirigieron de nuevo a Jerusalén, sitiando y aniquilando a las fuerzas de Antonia. Floro escapó y la guerra se extendió por todo Israel. Tras la fracasada incursión de Cestio Galo, gobernador de Siria, en tierras de Judea, Nerón encomendó al prestigioso general Vespasiano que sometiera la levantisca provincia. El resto es bien conocido.)

Era increíble, incluso para Eliseo y para mí. Desde el momento en que Jesús vaticinó el cerco y destrucción de la Ciudad Santa —año 30—, hasta que se produjo la mencionada primera insurrección —año 66—, transcurrirían otros 36 años. Es decir, una cifra que volvía a sumar «nueve»...

—...Y no quedará piedra sobre piedra. Supongo que estás hablando de la profecía sobre la destrucción de Jerusalén.

El gobernador volvió a sorprenderme. Sus agentes también le habían dado cumplida cuenta de las públicas e increíbles manifestaciones del Maestro. Y aquello descargó mi conciencia.

Sin embargo, se mostró escéptico respecto a la hipotética sublevación de los judíos.

—¡Fanfarronadas! —resumió mientras volvía a batir

palmas, llamando a la servidumbre—. Nuestro ejército es el más poderoso del mundo.

La pista que dejé caer —un año que debía sumar «nueve»— siguió flotando en su corazón. El mancebo se aproximó hasta su señor y éste, indicándole que se agachara, le susurró algo al oído. El siervo se retiró y Pilato, retomando el hilo de la conversación, me preguntó:

—En todas las guerras y calamidades, tú debes saberlo mejor que yo, se producen «señales» que las anuncian. ¿Podrías adelantarme alguna?

Mi confusión fue tomada por una natural resistencia a no «tentar a los dioses o al destino». Y con su habitual engreimiento añadió que estaba dispuesto a recompensarme espléndidamente. No eran ésas mis intenciones. Pero disimulé y recogí la oferta, insinuándole que la «mejor recompensa era contar con su apoyo y beneplácito». Se sintió tan halagado por mi falsa adulación que llegó a prometerme, incluso, una escolta permanente mientras viajara por el norte.

Desde el módulo recibí información sobrada en relación a la cuestión de mi ya incondicional amigo.

—Haré una excepción. Una de las primeras y principales señales que precederán y se mostrarán antes de la ruina y destrucción de esta ciudad —proclamé, siguiendo los textos de Flavio Josefo en su obra *Guerra de los Judíos*— será una estrella, como una espada ardiente, que lucirá día y noche y por espacio de un año a la vista de todos los habitantes de Jerusalén.

—¿Un cometa? —intervino maravillado.

La verdad es que no podía responder a semejante pregunta. Quizá Josefo se estaba refiriendo al paso del Halley, registrado también por los astrónomos chinos. La máxima aproximación de este cometa en aquel tiempo tuvo lugar el 25 de enero del año 66. Sin embargo, la observación del mismo no pudo prolongarse durante tanto tiempo. ¿Fueron dos los cometas o el historiador judío-romanizado estaba describiendo otro fenómeno celeste?

—Y en los astros —continué ante el escepticismo de Civilis y la progresiva curiosidad del gobernador— se «lee» igualmente que, poco antes de la rebelión primera, una fuerte lumbre se mostrará al pueblo en el altar y alrededor del Templo mismo (1). Pero estas torcidas gentes no creerán en el aviso del cielo... Y habrá más. Un buey parirá un cordero en mitad del Templo (2).

Ante semejante y supuesta majadería, el comandante, presa de una súbita risa, se atragantó.

—... Y la puerta oriental —proseguí con mayor solemnidad— que, como sabes, necesita de veinte hombres para ser cerrada, aparecerá misteriosamente abierta, sin que mano de humano se mezcle en ello (3).

»Por último, para no agotarte, poco antes del fuego y la muerte, todo Jerusalén se maravillará y se hará lenguas ante los muchos carros que correrán por el aire (4).

Hubiera podido añadir más «señales» —los textos de Josefo son excepcionales en este aspecto—, pero lo estimé innecesario. Poncio estaba boquiabierto.

La presencia en el *tetrastilum* de dos mancebos le sacó del trance. Mientras uno hacía sitio entre los restos de la comilona, el que había recibido el encargo depositó sobre

(1)   Flavio Josefo escribe textualmente: «... a ocho días del mes de abril, a las nueve de la noche, se mostró tanta lumbre alrededor del altar y alrededor del templo, que parecía ciertamente ser un día muy claro, y duró esto media hora larga». *(N. del m.)*

(2)   En su misma obra —*Guerra de los Judíos* (XII)— asegura en dicho sentido: «Este mismo día, y en la misma fiesta, un buey que traían para sacrificar, parió un cordero en medio del Templo.» *(N. del m.)*

(3)   «La puerta oriental del templo interior —sigue en el mismo párrafo—, siendo de cobre muy grande y muy pesada, la cual apenas podían cerrar cada noche veinte hombres, y tenía los cerrojos todos de hierro y las aldabas muy altas, las cuales daban en lo hondo de una piedra muy grande, que estaba en el umbral de la puerta, se mostró abierta una noche a las seis horas, sin que alguno llegase a ella.» *(N. del m.)*

(4)   Josefo refiere así este sorprendente hecho: «Pocos días después de los días de las fiestas, a los veintiuno del mes de mayo se mostró otra señal increíble a todos muy claramente. Podría ser que lo que quiero decir fuese tenido por fábula, si no viviesen aún algunos que lo vieron, y si no sucedieran los fines y muertes tan grandes como eran las señales: porque antes del sol puesto, se mostraron en las regiones del aire muchos carros que corrían por todas partes y escuadrones armados, pasando por las nubes derramadas por toda la ciudad: pues el día de la fiesta que llaman Pentecostés, habiendo los sacerdotes entrado de noche en la parte del Templo más cerrada, para hacer, según tenían de costumbre, sus sacrificios, al principio sintieron cierto movimiento y cierto ruido; y estando atentos a lo que sería, oyeron una súbita voz que decía: "Vámonos de aquí..."» *(N. del m.)*

una de las mesas la bandeja de madera que portaba. En ella vi una cajita de hueso labrado, una maza de reducidas proporciones y una copa de plata de ancha boca. En su interior distinguí un puñado de perlas.

El gobernador los despidió con un gruñido. Peleó por acercarse a tan extraño encargo pero su abdomen, duro y cargado como un odre repleto de pez, se resistió. Las sucesivas intentonas agitaron su estómago, eructando cavernosamente. Al fin consiguió su propósito y, destapando la cajita hacia sí, sonrió satisfecho. Acto seguido tomó una de las perlas, la examinó entre sus cortos y abarrilados dedos y, con un suspiro de resignación, fue a situarla en el mantel. El centurión llenó las copas y, con la mayor naturalidad, como si se tratase de una costumbre rutinaria y sabida, agarró la maza, propinando a la perla un terrible golpe. El nácar blanco agrisado —de buen oriente sin duda— destelló lastimosamente. Con dos o tres nuevos mazazos, la pieza quedó pulverizada. Y Civilis, servicial, fue recogiendo el polvillo con la punta de su puñal, espolvoreándolo en el vino. Lo agitó y se lo ofreció a su jefe.

—¡Salud!... ¡Lástima de mil sestercios!

Poncio apuró el brebaje, eructando nuevamente.

Comprendí. Si no recordaba mal, las perlas —que no son otra cosa que un aragonito— contienen un alto porcentaje de carbonato de cal (un 84 por ciento), una sustancia orgánica que proporciona el color —la conguialina, en un 13 por ciento— y un 2,85 de agua. El primero, el carbonato cálcico, es una sal y se usa habitualmente como antiácido, absorbente y antidiarreico. Supuse que el efecto antiácido de la perla aliviaría su pesada digestión. Y recordando que es insoluble en agua y alcohol, me atreví a recomendarle que, en lo sucesivo, lo tomara a «palo seco». Poncio desconocía mi faceta como «sanador» y entre los vapores del caldo, me propuso que me alistase en su plantilla de médicos. Prometí meditar tan atractiva sugerencia mientras ultimaba los negocios que me reclamaban en la Galilea.

La reunión tocaba a su fin. Pero, antes de despedirnos, Pilato, en muestra de agradecimiento, puso en mis manos la misteriosa cajita de hueso. Le miré sin comprender.

—¡Ábrela! Es para ti, con mi reconocimiento...

Repetí la reverencia y obedecí intrigado.

El estuche contenía una esmeralda con una anémona tallada. La examiné entre vivas muestras de alegría y gratitud. Y el mareado gobernador se inflamó de orgullo y satisfacción. Lo que procuré ocultar, por supuesto, fue mi decepción. Al levantarla y dejar que los rayos del sol la iluminaran me di cuenta que se trataba de una habilidosa falsificación. Sin duda, una crisoprasa.

Pero, como digo, me cuidé muy mucho de contrariar al ufano anfitrión.

Prometió recibirme en Cesarea —de acuerdo con lo convenido— y, tras solicitar su permiso para interrogar a la patrulla que había montado guardia en el sepulcro del Nazareno, nos retiramos de su presencia.

A decir verdad, mi entrevista con seis de los diez infantes —cuatro se hallaban de servicio en las torres— tampoco arrojó nuevos datos sobre el suceso. Civilis, siempre presente, constituyó una inestimable ayuda. Pero los mercenarios no supieron explicar lo ocurrido. Nadie se aproximó al lugar y nadie movió las losas. Eso quedó claro. En cuanto al desmayo colectivo, silencio. Ni uno solo, como era de esperar, supo darme razón. «Sus cabezas se llenaron de un poderoso zumbido y cayeron a tierra, como muertos.» Cuando volvieron en sí, algunos vomitaron. Eso fue todo lo que pude sacarles.

Y hacia la hora sexta —las doce del mediodía—, me despedí del centurión, tomando el sendero del norte, rumbo a la cima del monte de los Olivos. Me sentía satisfecho. Y aceleré el paso, deseoso de conocer los descubrimientos de mi hermano sobre los lienzos mortuorios.

En cierto modo, el aullante viento del este nos benefició. Las gentes no se arriesgaban a salir de la ciudad. Y mi segunda entrada en la «cuna» fue rápida y sin tropiezos. Hacia las 12.30 —casi a las veinticuatro horas de haberlo abandonado—, con la ayuda de las «crótalos» distinguí la estructura del módulo, luminosa, firme y altiva sobre el calvero pedregoso, como una «bandera» de paz de «otro tiempo» y de «otros hombres»...

Mi hermano pasó a informarme sin demora. Era mucho

lo que había descubierto y más aún lo que iría surgiendo con el paso de los días...

Ahora, por estrictas razones de economía y eficacia, haré mención tan sólo de algunos de estos «hallazgos». Tiempo habrá de volver sobre el asunto... espero.

Uno de los datos que no quiero pasar por alto es el peso, textura y dimensiones de la sábana que sirvió para envolver el cadáver del Hijo del Hombre. Exactamente: 234 gramos por metro cuadrado. Es decir, contemplando sus $4,36 \times 1,10$ metros, obtuvimos un total de 1 kilo y 123 gramos. El tejido, opaco y espeso, resultó muy irregular, tanto en el hilado como en la textura. Ésta era del tipo de «sarga» —también conocido en la actualidad como modelo de «raspa de pez»—, con una media de 40 hilos por centímetro cuadrado en la urdimbre y 30 en la trama. Eliseo contabilizó 27 inserciones por centímetro. Con el apoyo del microscopio —y en ampliaciones de hasta 5 000 aumentos—, confirmó la naturaleza de la fibra: lino, con solitarias y escasísimas presencias de algodón del tipo *herbaceum* (1). Posible procedencia: el centro comercial de Palmira, a diez jornadas de Jerusalén.

Quizá estos informes puedan parecer poco importantes. Pero, en nuestra opinión, lo son. En especial porque coinciden —yo diría que son los mismos— con los análisis verificados sobre el ya mencionado lienzo o Síndone que se guarda en la ciudad de Turín. Así de rotundo... Como decía el Maestro, «el que tenga ojos, que vea...».

Gracias al microscopio Ultropack y a las avanzadas técnicas espectrofotométricas (2) de que disponíamos en la

(1)   Como ya puntualizó en su momento el gran especialista T. Walsh, la sarga no se tejió en Europa hasta bien avanzado el siglo xiv. En Egipto y Palmira, en cambio, este tipo de sarga —tanto en lana (Antinoe, en Egipto) como en lino (Palmira, al noreste de Palestina)— era trabajado de antiguo. En cuanto a los «pellizcos» de algodón hallados en el lienzo —como dice Raes—, también era conocido en Oriente Medio en los tiempos de Jesús. En las ampliaciones pudo apreciarse a la perfección el tipo de sarga: de «4» en espiga. Por un hilo de urdimbre se contabilizaron tres de trama por encima y uno por debajo. (*N. del m.*)

(2)   En la toxicología forense, las técnicas espectrofotométricas son de una gran utilidad. Su fundamento es el estudio de los espectros de absorción. A diferencia de los de emisión, que son producidos por cuerpos incandescentes, los primeros son debidos a la «absorción» de determi-

«cuna», fue posible confirmar e identificar en la sábana restos de orina, sudor, así como otros compuestos orgánicos, fundamentalmente ungüentos.

Resultaría prolijo y agotador enumerar la constelación de datos resultantes de estas prospecciones. Me limitaré, en consecuencia, ya que estos escritos sólo tienen una finalidad descriptiva, a constatar aquellos descubrimientos que llamaron nuestra atención. Por ejemplo, hablando de la orina —presente entre los hilos del lienzo a raíz, sin duda, de la relajación de esfínteres—, su concentración era muy elevada, con un considerable índice de potasio, un exceso de azúcar e, incluso, restos de proteínas, derivadas segura-

----

nadas radiaciones. El espectroscopio consiste en un prisma al que llega —por una hendidura— la luz del foco luminoso. Ésta es descompuesta al atravesar el prisma en una serie de rayas que constituyen el espectro de emisión de dicho foco. Pero las vibraciones luminosas, al atravesar ciertos cuerpos, son absorbidas en parte, diferenciándose la luz transmitida de la primitiva. Esta absorción es variable, según la sustancia y, en muchos casos, completamente característica. Mediante un espectrofotómetro y un espectrocolorímetro pudimos realizar una fácil y exacta determinación cuantitativa de las sustancias que impregnaban el lino: sudor, orina, sangre, etc. Caballo de Troya eligió para esta fase de la misión el espectrofotómetro de Beekman (modelo DB), de doble haz. El rayo procedente de la fuente luminosa se desdobla en dos haces: el de referencia y el de muestra. El primero atraviesa la célula de referencia. El segundo lo hace sobre la célula que contiene la muestra (en este caso, ya que no podíamos dañar la sábana, sin disolver). Después, ambos haces se recombinan y alcanzan el detector. Una vez colocada la muestra, el detector mide el grado de desequilibrio entre los dos rayos. Básicamente, nuestro aparato se componía de los siguientes elementos: una fuente (para el intervalo de longitudes de onda de luz visible —4 000 a 7 500 Å— se utilizó una lámpara de tungsteno). Para las regiones del ultravioleta e infrarrojo, la fuente de radiación fue una lámpara de hidrógeno o un Nerst, respectivamente. Las moléculas de hidrógeno, eléctricamente excitadas, emiten radiación ultravioleta. La de Nerst era una barra de óxido de zirconio, óxido de cerio y óxido de torio, que se calienta eléctricamente a 1 000-1 800 grados, emitiendo radiación infrarroja. Un monocromador, que consiste en un filtro de luz que permite el paso de la longitud de onda deseada y absorbe la radiación restante, que perturbaría el análisis. Una célula de muestra, que fueron construidas en vidrio para el espectro visible; en cloruro sódico para el infrarrojo y en cuarzo para la región del ultravioleta. Y un detector: una fotocélula que transforma la energía radiante en eléctrica. Ésta da la lectura directa sobre un cuadrante indicador o sobre un gráfico. Todo ello, naturalmente, conectado con el ordenador central. *(N. del m.)*

mente de la mioglobina. En resumen, una orina muy ácida (1), señal de algo que ya conocíamos: del tremendo sufrimiento de aquel Hombre durante su Pasión y Muerte.

El sudor, más abundante que las muestras de orina, era inequívoco. Los niveles de cloro y potasio, sobre todo, aparecieron igualmente altos. (También detectamos algo de colesterina, ácidos grasos y vestigios de albúmina y urea.)

Aquellos restos de las glándulas sudoríparas, sebáceas, etc., eran otro signo inequívoco de la rigidez cadavérica, que afecta en primer lugar a los órganos de musculatura lisa. No pudimos encontrar, en cambio, vestigios de esperma. (En los ahorcados, como también es sabido, suele darse con frecuencia.) Aunque lo habíamos constatado personalmente, las experiencias con espectrofotometría de absorción y las llevadas a cabo con el sistema de cromatografía de gases (2) nos proporcionaron las pruebas defini-

---

(1) En la orina secretada diariamente por un adulto sano, en condiciones normales (cantidad que oscila entre los 1 300 a 1 600 cm³), de 1 000 partes se obtienen 960 de agua y 40 de principios sólidos: urea, 23 partes; cloruro de sodio, 11 partes; ácido fosfórico, 2,3; ácido sulfúrico, 1,3; ácido úrico, 0,5, y el resto, ácido hipúrico, leucomaínas, urobilina y sales orgánicas. Pues bien, desde nuestro punto de vista, la extrema acidez de la orina de Jesús —muy por encima de la media normal— podía ser consecuencia del siguiente proceso: en el ejercicio muscular realizado en presencia de oxígeno, o sin él, el glucógeno se disgrega en la cadena metabólica hasta formar ácido pirúvico. Éste, captando un hidrogenión (H^+), forma ATP (adenosín trifosfato) y ácido láctico. El ATP, como se sabe, es un dador de energía para el ejercicio. Mejor dicho, la única fuente de energía. Por cada dos unidades de ácido láctico se forman tres de ATP, que son la fuente energética en ausencia de oxígeno (metabolismo anaerobio). Pero el ácido láctico no puede permanecer como tal ácido en sangre y, por ello, se une a los bicarbonatos: ácido láctico más CO_3HNa = lactato sódico más CO_3H (bicarbonato sódico). El ión bicarbonato (CO_3H^-) se une a un hidrogenión, produciendo anhídrido carbónico y agua. Surgiendo así una gran acidosis en sangre que obliga —para compensarse— a la eliminación de hidrogeniones por orina, acidificándose ésta.

Sin embargo, en presencia de oxígeno (metabolismo aerobio), el ácido láctico entra en el ciclo de Krebs, en el que, en presencia de O_2, produce CO_2 y H_2O, que son fácilmente eliminados por pulmón y orina, respectivamente. En presencia de oxígeno, una molécula de glucógeno produce 38 de ATP. (N. del m.)

(2) La cromatografía, también en toxicología forense, es un método de gran eficacia. Gracias a ella es posible separar sustancias orgánicas

tivas y científicas de que la sábana en cuestión había contenido un cadáver, con evidentes manifestaciones de una primaria putrefacción. (Aun hoy en día, numerosos científicos e historiadores siguen cuestionándose si Jesús de Nazaret murió realmente en la cruz o si la «resurrección» no fue otra cosa que una súbita reanimación de un cuerpo gravemente herido.)

Hallamos igualmente algunos cabellos —a los que me referiré en breve— y que, con los ensayos verificados sobre el sudor y, obviamente, sobre los coágulos de sangre, nos permiten creer que el tipo sanguíneo del rabí de Galilea era AB.

Y entre otros restos de origen natural —partículas de polvo, mineralógicas (especialmente caliza cenomanía, margocaliza senoniena y arenisca) y fragmentos aislados de te-

---

e inorgánicas, tanto en grandes cantidades como en proporciones microscópicas. En nuestro caso, el análisis fue cualitativo. La cromatografía puede ser definida como un método de análisis, en el que un disolvente o un gas favorecen la separación de sustancias por migración diferencial, a partir de una estrecha zona inicial en un medio poroso o absorbente. Las sustancias así separadas pueden identificarse con posterioridad por medios analíticos. Entre las técnicas utilizadas en cromatografía, Caballo de Troya eligió la denominada «de gases». Para llevarla a cabo fue preciso un aparato especial que consta de cuatro elementos básicos: una fuente de suministro de la fase móvil gaseosa, un bloque de inyección, una columna y un detector.

La fuente de suministro del gas portador consistió en un cilindro de acero que lo contiene a presión. El gas utilizado fue hidrógeno. El bloque de inyección fue un dispositivo para la vaporización de las sustancias volátiles, así como para la introducción de la muestra en el aparato. En cuanto a la columna, estaba formada por un tubo de acero inoxidable relleno por un sólido poroso e inerte, impregnado con un líquido de alto punto de ebullición. El soporte sólido consistió en tierra de diatomea. Por último, el detector era un dispositivo automático, que registraba la presencia de distintos componentes. El nuestro era del tipo de «densidad gaseosa», que mide la diferencia entre la densidad del efluente gaseoso y el de una columna de comparación, a través de la cual pasa solamente nitrógeno. El detector se hallaba conectado a un registrador potenciómetro, que inscribía automáticamente un cromatograma en el que, sobre una línea de base, se elevan picos correspondientes a los componentes de la muestra analizada. La altura del pico y su área se corresponden cuantitativamente con aquellos componentes. En este caso, como muestra, fueron utilizados varios hilillos que en nada dañaron la integridad general del lienzo. *(N. del m.)*

jidos vegetales— acertamos a identificar un «elemento» que, meses después de nuestro definitivo retorno a 1973, pudo ser «descubierto» sobre la urdimbre del referido lienzo de Turín, confirmando así nuestras sólidas sospechas, en el sentido de que ambas sábanas son una misma pieza. Me estoy refiriendo a los granos de polen. Quizá por nuestra inexperiencia y por la lógica falta de tiempo, el «catálogo» levantado por Eliseo fue más corto que el ofrecido por el gran palinólogo y reconocido criminalista Max Frei, de Suiza. Con la ayuda del microscopio óptico —lástima no haber dispuesto de uno electrónico— fue posible identificar gránulos de polen de plantas desérticas, en especial de las regiones del Néguev (iris y tulipanes rojos), de las que abundaban en la «selva» del Jordán e, incluso, de las que alfombraban los estratos sedimentarios de las altas tierras del norte; sobre todo, de las laderas que confluyen hacia el lago de Tiberíades. Cuando tuve conocimiento de las investigaciones del señor Frei, me apresuré a remitirle los nombres y características de algunos de los especímenes de polen (1) hallados por nosotros. La información, al ser lógicamente anónima, quizá fue interpretada como la obra de un bromista. El caso es que nunca supe si el palinólogo tuvo ocasión de profundizar en sus interesantes descubrimientos, verificando la presencia del polen que yo, personalmente, le anuncié podría llegar a detectar, de la misma forma que había diferenciado otras 48 plantas (2). Estoy seguro que en el

(1)   Entre los tipos de polen hallados por Caballo de Troya recuerdo los siguientes: el *Iris Haynei*, que suele localizarse en el monte Gilboa, al oeste de las hoy llamadas alturas de Golán y en el este de la región de Samaria; el *Orchis sanctus*, de tardía floración y que, justamente, crecía en aquellas fechas de abril; la *Centaurea eryngioides*, de la que ya habla el *Génesis* (3, 18) y que era muy abundante en Judea y Samaria; el *Iris Bismarckiana*, muy frecuente en las montañas que rodean Nazaret; el *Amygdalus communis*, que anunciaba la primavera y que también es citado en la Biblia (*Génesis*, 43, 11, y *Jeremías*, 1, 11); la *Anthemis melanolepis* y la *Acacia tortilis*, también de las zonas desérticas del sur y del este. (Naturalmente, estos nombres científicos son relativamente modernos.) *(N. del m.)*

(2)   En la noche del 23 de noviembre de 1973, Max Frei, con la ayuda del profesor Guio, tuvo acceso a la Sábana Santa de Turín, consiguiendo 12 muestras del polvo, sobre una superficie de 240 mm². Se valió para ello de unas cintas colgantes especiales, sin tocar las zonas de la

futuro, cuando la Iglesia católica dé «luz verde» para investigar directamente sobre la Síndone de Turín, lo que aquí queda escrito pueda ser ratificado. Bastaría con efectuar un barrido superficial sobre el lino para que la palinología refrendara mis palabras. Naturalmente, lo que nosotros no pudimos encontrar fueron granos de polen de las regiones por las que, al parecer, peregrinó la Síndone: Turquía, Francia, Italia, etc.

El capítulo de los cabellos encontrados en el lienzo, así como el mechón del cuero cabelludo que logré ocultar después de la salvaje paliza que recibiera el Maestro durante los interrogatorios en el Pequeño Sanedrín, merecen una especial atención. Tras someterlos a un examen preliminar —a base del microscopio Ultropack— y a otros estudios complementarios, con el fin de establecer «índices», estado de las células, y de las médulas, así como de los componentes orgánicos e inorgánicos, confirmamos lo que ya sabíamos... y nos sorprendimos con otras informaciones que ignorábamos.

Los cabellos anclados en el lino —rectos y de diámetro uniforme— eran en su mayoría de la cabeza. Encontramos también unos pocos ondulados y de diámetros variables (de 3 centímetros de longitud y 60 micras de media), que posiblemente procedían del tronco o de alguno de los miembros. Algunos presentaban un claro traumatismo —falta del bulbo en la raíz, como en el caso del mechón— que evidenciaba que habían sido arrancados.

Y aunque no necesitábamos confirmarlo, el índice medular inferior a 0,30, la red aérea finamente granulosa y las células medulares invisibles sin disociación, manifestaron que se trataba de cabello humano. (En los animales, por ejemplo, el índice medular es superior a 0,50.) Tras llevar a cabo un corte transversal del pelo y una inclusión de celoidina aparecieron datos suficientes para resolver el problema de la raza: blanca. Mediante los exámenes morfoló-

---

imagen. En sucesivos estudios logró identificar casi medio centenar de plantas, representadas por otros tantos tipos de polen. Entre éstos destacaban 16, casi exclusivos de las regiones desérticas y de alta concentración de salinidad del mar Muerto (halofitas). Había, por supuesto, otros especímenes de las estepas de Anatolia, Francia e Italia. *(N. del m.)*

gicos, el estudio de la «cromatina de Barr» y la fluorescencia del cromosoma Y (1), «vimos» igualmente algo que no necesitábamos demostrar: los cabellos eran de un varón y de una «fortísima y acusada masculinidad». (En general, como saben los médicos forenses, los pelos femeninos son más gruesos que los de los hombres. Un cabello de un diámetro superior a las 80 micras, por ejemplo, corresponde casi siempre a una hembra. Por otra parte, no suelen tener médula y sus extremos aparecen generalmente desflecados por el peinado.)

Al bucear en el estudio de los compuestos orgánicos mayoritarios fuimos a encontrar los normales: queratina y melanina. Entre los minoritarios estaban las vitaminas, el colesterol y el ácido úrico. En cuanto a los elementos inorgánicos, además de los habituales —silicio, fosfatos, plomo, etc.—, descubrimos unos altos índices de hierro y de yodo. En aquellos momentos no supimos interpretarlo. Y movidos por la curiosidad, recurrimos incluso a un análisis por activación neutrónica. Esta técnica resulta muy eficaz, ya que la composición mineral de los cabellos puede deberse a los hábitos alimenticios, a la profesión, al lugar en que vive y a la exposición a una determinada contaminación ambiental del individuo. No había duda. Las propiedades físicas de aquellas muestras —densidad, índice de refracción, birrefringencia, etc.— daban a entender que Jesús de Nazaret había estado en contacto y durante largos períodos de tiempo con el mar o con algún lugar o elemento donde abundase el yodo. En relación con la alta contaminación de hierro, ¿de dónde podía proceder? Sólo una estrecha y continuada vinculación a minas, fraguas u hornos podía explicar tan extraña anomalía. Pero de este asunto, como de tantos otros relacionados con la vida del Cristo, no teníamos información. Algún tiempo después aclararíamos ambas incógnitas. En efecto, los residuos de yodo y hierro en los cabellos del Galileo estaban plenamente justificados.

(1)   La denominada «cromatina de Barr» o cromatina sexual es el cromosoma X inactivo, que aparece en forma condensada en los núcleos interfásicos. Esta cromatina sexual del cabello fue ya investigada por Schmid en 1967, Culberton, en 1969, y Egozcué, en 1971. *(N. del m.)*

También «descubrimos» claros síntomas de un progresivo encanecimiento del pelo (no podemos olvidar que Jesús murió cuando contaba casi 36 años de edad y que, en aquella época, podía considerarse en la frontera entre la madurez y la vejez. La vida media oscilaba alrededor de los 40 o 45 años).

Al someter el lienzo a un «bombardeo» por «activación neutrónica» (1) aparecieron «señales» de algún tipo de afección bucal (posiblemente caries) y residuos de «algo» que nos intrigó poderosamente: una aguda enfermedad, muy lejana en el tiempo (quizá durante su infancia), que apun-

(1) Caballo de Troya utilizó también en sus indagaciones el denominado «AAN» (Análisis por Activación Neutrónica). Este procedimiento permite estudios no destructivos. Además, con el AAN se consiguen análisis multielementales de elementos presentes en «pista». Es decir, se puede llegar a determinar con gran precisión cantidades que oscilan entre 10^{-6} y 10^{-9} g. Con una sola irradiación neutrónica es posible efectuar también la «identidad» de quince a dieciocho elementos presentes en la muestra y a los niveles ya mencionados de 10^{-6} y 10^{-9}. (En el caso que nos ocupa, fue suficiente la utilización de unos pocos mm^2 de la superficie sanguinolenta del lienzo.) Nuestra metodología consistió fundamentalmente en lo siguiente: los elementos sometidos al bombardeo neutrónico se volvieron radiactivos, de acuerdo a sus características nucleares, por presión de un neutrón, emitiendo en consecuencia radiaciones α, β y γ. Por último utilizamos las radiaciones gamma, que poseen energía característica para cada elemento. La presencia de un elemento, por tanto, es advertida mediante la identificación por las radiaciones gamma. En cuanto a la cantidad, es fácil fijarla a través de la medida de la intensidad de la radiación gamma, comparada con la de una de carácter estándar de referencia. Nuestro análisis buscó especialmente los contenidos de naturaleza mineral de la sangre (macros y oligoelementos), de acuerdo con las tablas científicas de Geigy. En total se consiguió la localización de yodo, cloro, bromo, potasio, sodio, cinc, hierro, fósforo, calcio, cobre, azufre, estaño, flúor, silicio, magnesio y plomo. (El orden ha sido especificado en relación al mayor volumen encontrado en las muestras.) Éstas fueron sometidas a irradiaciones neutrónicas con un microeyector alimentado por nuestra pila nuclear Snap. El primer «bombardeo» fue de dos minutos, con un flujo equivalente a $4,5 \times 10^{12}$ neutrones por cm^2, que permitió la determinación de núcleos con semiperíodos de transformación comprendidos entre las decenas de segundo y la centena de minuto. Un segundo «bombardeo» de casi 120 minutos y un flujo de 1×10^{13} neutrones por cm^2 localizó y transformó los núcleos de más largo semiperíodo de transformación. Para la experiencia de espectrometría gamma se utilizó un cristal semiconductor del tipo Ge/Li de 35 cc, unido a un analizador-elaborador Laben 701. *(N. del m.)*

taba hacia una sintomatología de carácter vírico. (En una de mis largas entrevistas con los miembros de su familia, en especial con María, su madre, tuve conocimiento de que, efectivamente, siendo muy niño, había padecido un trastorno intestinal: quizá alguna disentería.)

El análisis de la sangre que manchaba el lienzo nos reservó también varias sorpresas. Para empezar, la nitidez de las huellas —casi perfectas— dejó atónito a Eliseo. Yo había tenido oportunidad de contemplar tan singular fenómeno en el interior del sepulcro y tampoco lograba explicármelo. Si el cuerpo había sido separado de la sábana —eso era evidente—, ¿por qué los coágulos y reguerillos no habían quedado emborronados? El despegue de un lienzo de una herida siempre provoca el chafarrinado de la huella.

Pero eso no era todo. La sangre, en lugar de penetrar y empapar los hilos de la sábana, se había escurrido entre la trama, traspasando la tela. Al principio lo atribuimos a un proceso de fibrinolisis. (La permanencia del Nazareno en la cruz secó buena parte de sus heridas, convirtiendo los puntos y chorros de sangre en coágulos. Las mallas de la fibrina actuaron como una especie de «muro», que sujetó los cargamentos de glóbulos rojos. Después, siempre como una probabilidad, esa fibrina pudo ser reblandecida a causa de la deshidratación del cadáver y de los álcalis derivados de la humedad amoniacal.) El doctor Barbet ya había escrito sobre este fenómeno afirmando que, quizá, «en el ambiente húmedo de la cueva, la sangre seca experimentó un reblandecimiento, dando lugar a una pasta más o menos blanda, que terminó por impregnar el lino, originando unos calcos de gran nitidez». Pero esta hipótesis presentaba inconvenientes. Por ejemplo: la profusa hemorragia ocasionada con motivo del descenso del madero y en el transporte del cuerpo hasta la tumba. En esta inevitable manipulación del cadáver, la sangre contenida en una de las cavas había aflorado por la herida de la lanzada, corriendo por gravedad a todo lo ancho de la zona dorsal, a la altura de los riñones. Este reguerón no tuvo tiempo material de secarse al aire y, sin embargo, tampoco había empapado los hilos de la mortaja en un proceso normal de capilaridad. Todas las manchas de sangre examinadas por mi compañero eran superficiales. La explicación de la fibrinolisis no resultaba, por tanto, convincente (1). En resumen, no pudimos o no supimos esclarecer el fenómeno. A no ser, claro está, que guardase alguna relación con el también oscuro y complejo asunto de las «manchas doradas». Pero dejaré este apasionante capítulo para el final.

Fue la cruda realidad que teníamos ante nosotros —la misteriosa desaparición del cuerpo de Jesús— la que nos obligó a revisarlo todo y con extrema cautela. Incluida la sangre. Éramos conscientes de que aquellos coágulos habían pertenecido al Hombre de la Cruz pero, en ese afán por desentrañar el enigma, los sometimos también a las más variadas pruebas de laboratorio.

Casi 72 horas después del fallecimiento, la sangre de aquel lienzo presentaba un típico color rojo oscuro. En algunas zonas había empezado a ennegrecerse. Eliseo tomó varias muestras, rascando los coágulos con una paleta de aluminio —debo recordar que no podíamos destruir el lienzo ni someterlo a maceración alguna, ni siquiera en agua, como hubiera sido lo aconsejable en una prueba de «cristales de Teichmann»— y llevó a cabo los ensayos preliminares y concluyentes de sangre, las pruebas de identificación como muestra humana, de individualidad, grupo sanguíneo, sexo, etc.

Tanto la prueba de bencidina como la microscopía en busca de hematíes fueron positivas (2). La espectroscopía

(1) Otro de los inconvenientes que nos hizo dudar del proceso de fibrinolisis fue la dificultad de considerar la licuación de la fibrina de una forma general y simultánea en la totalidad de las manchas de la sábana. Los doctores Vignon y Barbet son partidarios de la formación de esos calcos, única y exclusivamente cuando la fibrina está a medio disolver. Ni antes ni después. Todo depende, por tanto, de un concretísimo momento que, en el caso que nos ocupa, dudamos mucho se registrara de forma generalizada e idéntica para cada reguerillo, coágulo, etc., de ambas caras del lino. Demasiado forzado e improbable. *(N. del m.)*

(2) Mi compañero llevó a cabo dos tipos de pruebas preliminares: la ya referida de la bencidina y la más fiable, a base de fenolftaleína. Con la primera, la presencia del pigmento sanguíneo arrojó al momento el clásico color azul intenso. Pero, conociendo la potencial naturaleza carcinogenética de la bencidina, fue practicada la prueba de la fenolftaleína, colocando el extracto de la prueba en un vidrio de reloj con una gota de fenolftaleína (130 mg), de hidróxido de potasio (1,3 g) y agua destilada (100 ml). Después de hervir hasta el aclaramiento, añadió 20 g de polvo de zinc durante dicha ebullición y algunas gotas de peróxido de hidró-

resultó igualmente de gran ayuda. Al Ultropack, los hematíes aparecieron como pilas de monedas. Todavía se hallaban relativamente bien conservados, siendo posible la constatación de sus formas, aunque no sus núcleos, que los definieron como claramente humanos. (A veces, los pequeños hematíes de cordero pueden ser confundidos con eritrocitos del hombre. Los camellos, por ejemplo, tienen hematíes ovales o elípticos no nucleados, y los pájaros, peces, reptiles y anfibios disfrutan de eritrocitos similares, pero nucleados.)

La detección última de proteína humana fue verificada, siguiendo la prueba de la precipitina.

En el sondeo de la hemoglobina —practicado mediante una técnica especial de «diferencias espectrográficas»—, pudimos establecer, entre otros, detalles como la especificidad de la especie y algunas características patológicas, por ejemplo, una anemia hemorrágica y secundaria, a la que no dimos mayor importancia, ya que, probablemente, se debía a la considerable pérdida de sangre durante las torturas y ejecución.

Con el fin de no perderme en intrincadas y prolijas explicaciones técnico-científicas, que no son el objetivo básico de este diario, concluiré el capítulo de la sangre con otro de los hallazgos: el grupo sanguíneo de Jesús de Nazaret, que fue estimado como AB.

Entre los muchos procedimientos existentes para tal menester se eligió el llamado «test de Nickolls-Pereira», que permite una segura y excelente identificación en manchas secas, siguiendo el principio de «aglutinación mixta» (1).

Este grupo sanguíneo —AB— es proporcionalmente es-

———
geno (20 volúmenes). El color rosa resultante demostró, una vez más, que estábamos en presencia de sangre. Por supuesto, hubiéramos podido continuar con otras pruebas más concluyentes, pero para Caballo de Troya era suficiente. (N. del m.)

(1) Uno de los hilos extraído del lienzo fue desintegrado en sueros anti-A y anti-B. Después de lavada la muestra se trató con células de prueba A, B y O detectando así las aglutininas absorbidas. Al hallarse secos los hematíes —proceso que destruye la aglutinabilidad, aunque no su antígeno— pudimos lograr el mismo fin, demostrando la capacidad para absorber las aglutininas de los sueros sotck y disminuir así su fuerza anti-A y anti-B, de manera similar con los otros tipos de genes. (N. del m.)

caso entre los blancos, aunque no por ello extraño o anormal. (Sirva de comparación la estadística llevada a cabo poco antes de la operación —en 1972— entre grupos humanos de la raza blanca en países como Francia e Inglaterra: el 47 por ciento pertenecía al grupo O; el 42 por ciento al A; el 8 por ciento al B y, por último, el 3 por ciento tenían grupo AB.)

Como es fácil adivinar, al descubrir el grupo sanguíneo del Maestro, nos invadió una gran excitación. De acuerdo con los principios mendelianos sobre la herencia —elaborados por Bernstein—, «un gen de grupo sanguíneo no puede aparecer en un niño a menos que esté presente en uno u otro de los padres (o en ambos)». ¿Qué significaba esto? Algo que, repito, nos llenó de emoción. Entre los planes de Caballo de Troya, una vez identificado el grupo del Hijo del Hombre, figuraba también el intento de fijación del de su madre. (El fallecimiento de José años atrás hacía imposible el desciframiento del grupo sanguíneo del padre terrenal de Jesús.) Sin embargo, si lográbamos hacernos con una pequeña muestra de la sangre de María, un exhaustivo estudio genético-biológico podría aproximarnos al que tuvo José. Y aunque pueda sonar a blasfemo, desde un punto de vista puramente científico, el hipotético hecho de encontrar genes comunes a los del Nazareno en sus respectivos progenitores (tanto del tipo A como del B), podría quizá arrojar mucha luz sobre el controvertido dilema de la concepción virginal de María. Sé que para muchos cristianos la sola mención de este proyecto significará una aberración. Su fe les dice que Jesús fue concebido «por obra y gracia del Altísimo». Pero, aunque comparto un poco ese natural rechazo, también es cierto que la Ciencia —cuando se sitúa al servicio de la búsqueda de la Verdad— se transforma en un maravilloso instrumento, que sólo puede ratificar lo que, según las Escrituras, «es palabra de Dios». Entiendo que el miedo a la Verdad puede ser una de las peores debilidades del hombre. Por eso aceptamos tan delicada y apasionante misión. Naturalmente, como científicos, partimos de la única base de la que podíamos arrancar: no considerar el teórico origen divino del Maestro. Y nos centramos en el estudio como si se tratase de un humano más, sujeto, en principio, a las ya referidas leyes de la herencia (1). Yo, convencido de la divinidad de mi «amigo» Jesús, fui quizá quien más sufrió con este experimento. Pero el resultado mereció la pena... y hablaré de él —en extenso— en «su» momento.

Por último, los exámenes sobre las muestras de sangre confirmaron lo que ya habíamos descubierto en los estudios de los cabellos del Cristo... pero corregido y aumentado. El apartado del sexo, como ya dije, fue espectacular. Eliseo puso en práctica la metodología de Zech, demostrando que las manchas con fluorescencia Y positiva —halladas en la sangre del Nazareno— correspondían a un individuo de sexo masculino, con «una acentuada masculinidad». Algo que, como ya dije, no hacía falta demostrar en laboratorio (2).

Y para terminar este apresurado repaso a algunos de los descubrimientos practicados sobre el lienzo mortuorio —seguramente me veré obligado a volver sobre ellos cuando escriba acerca de las sensacionales aventuras que nos tocó vivir en las siguientes fases de la misión— me referiré al que, desde mi óptica, fue el más increíble y trascendental. Lucharé por ahorrar explicaciones técnico-científicas, procurando ir al corazón del asunto. Ya veremos si lo consigo.

Como he venido repitiendo, amén de las huellas sanguinolentas, el lienzo nos sorprendió con unas «manchas» de color dorado y naturaleza desconocida, que constituían

(1)   En aquellos momentos de la investigación, y de acuerdo con las tablas universalmente aceptadas sobre la herencia, sólo podíamos contemplar las siguientes posibilidades, siempre en base al grupo sanguíneo descubierto (AB): acoplamiento de progenitores A y B = niños posibles: O, A, B y AB. Para acoplamiento A × AB = niños A, B o AB. Para acoplamiento de progenitores B × AB = niños A, B o AB. Por último, en acoplamientos de AB × AB = niños A, B o AB. Cabía la probabilidad teórica, por tanto, de que María y José pudieran haber sido A, B o AB, entre los cálculos más normales. (N. del m.)

(2)   En 1969, Zech demostró que la porción distal del cromosoma Y tiene una marcada fluorescencia, después de una tinción con quinacrina. Con posterioridad se observaría que hay hombres normales que no tienen fluorescencia. Repief encontraría una incidencia negativa en el 1/458 de los recién nacidos masculinos. Phillips comprobó un 86 % de leucocitos con cuerpos Y fluorescentes para el varón y un 0,5 % para la mujer. (N. del m.)

una réplica o copia —vuelven a faltarme las palabras— del cuerpo que había cubierto. Las sucesivas investigaciones —a base de placas fotográficas en diferentes frecuencias del espectro, procesos de digitalización de dicha imagen y toda suerte de exploraciones con el microdensitómetro, microscopio de «efecto túnel», etc.— arrojaron tres grandes realidades científicas: las «manchas» en cuestión constituían un auténtico «negativo» fotográfico, tal y como hoy podemos entenderlo (1). Además, la intensidad de la «figura» allí «grabada» variaba en relación inversa a la distancia lino-cadáver. Y por si todo esto no fuera suficiente, el estudio de las nubes superficiales de electrones de las caras internas de la sábana (las que presentaban las «manchas» en cuestión) vino a demostrar que la misteriosa «desaparición» del cuerpo del Hijo del Hombre tenía mucho que ver con la «manipulación» del concepto «tiempo»...

No fueron precisas demasiadas comprobaciones al microscopio para observar que dicha «imagen» tenía un carácter muy superficial: sólo las capas más externas del lino se habían visto afectadas... por una especie de «chamuscamiento» generalizado. Aquello nos confundió aún más. ¿Qué había sucedido en el interior de la tumba? ¿Cómo explicar racional y científicamente que un cadáver hubiera podido «abrasar» la sábana que le cubría?

Y seguimos profundizando, cada vez más confusos y admirados. La increíble «réplica» en negativo del cuerpo de Jesús era absolutamente estable. Con sumo cuidado la sometimos a altas y bajas temperaturas, así como a la acción del agua, pero fue inútil. No hubo cambios ni alteraciones. Además, de acuerdo con las técnicas de análisis de

---

(1) He aquí otro dato, coincidente con lo averiguado hasta el momento en el lienzo de Turín. Secondo Pia lo descubriría en 1898. Nuestras placas presentaban —en las películas negativas— el «positivo» de la imagen que teníamos ante nuestros ojos, en el lino. Ante nuestro asombro, aquel «negativo» fotográfico —impensable en el siglo I— reunía todas las características que hoy atribuimos a dichas imágenes: tanto la luz como la oscuridad y la posición «derecha-izquierda» aparecían invertidos. Además, las «manchas» reaccionaron a la radiación ultravioleta, en una clara respuesta fluorescente. ¿Qué podía ser todo aquello? ¿Cómo en un paño de lino podían darse circunstancias tan extraordinarias? La verdad es que sólo este descubrimiento habría merecido toda nuestra atención... (N. del m.)

Fourier, descubrimos que no existía un solo signo de direccionalidad. Sabíamos ya, por lógica y por la exploración microscópica, que las «manchas» no contenían restos de pigmentos de pintura de ningún orden: ni mineral ni vegetal ni mucho menos sintéticos. Las placas con radiaciones infrarrojas terminaron de confirmarlo. «Aquello», ¡Dios mío!, no tenía nada en común con una pintura... Y empezamos a intuir el posible origen de la imagen. Pero no quisimos precipitarnos.

La digitalización de ambas grandes «manchas» —la frontal y la dorsal— convirtió la imagen en millones de dígitos. Sólo el rostro arrojó un total de 160 000 «señales» luminosas...

El estudio de esa «conversión» demostró que la imagen contenía una «información»... oculta. Una «información» que —lo confesamos humildemente— apenas si ha sido descifrada. De momento quedamos estancados en el hecho indiscutible de que se trataba de una imagen tridimensional (1).

(1)   Como ya había apuntado el doctor Vignon a principios de siglo en relación a la Síndone de Turín, la intensidad de la imagen allí plasmada varía inversamente con la distancia paño-cuerpo. En otras palabras, cuanto más cerca estaba el lino del cadáver, más oscura era la «mancha». Nuestros instrumentos refrendaron este postulado certera y matemáticamente. Esto significaba que en la imagen había sido «encerrada» una información sobre la distancia en niveles de intensidad variables de dicha imagen al lino. Pero ¿en pleno siglo I? Al convertir las fuerzas de intensidad de las «manchas» a grados de relieve vertical obtuvimos, atónitos, la reconstrucción matemática de una figura en relieve. ¡Increíble! ¿Qué pudimos deducir de todo esto? En primer lugar, que la formación de aquella «imagen» era uniforme e independiente de las cualidades superficiales del cadáver. Segundo: que el lienzo tenía que estar relativamente plano en el instante de la formación de la imagen. Tercero: que los procesos encaminados a cambiar la intensidad de las «manchas» actuaron uniformemente, o no actuaron. La tridimensionalidad tiene que ser una característica distintiva, ya que no existe distorsión cuando la imagen es transformada a relieve vertical. Y quizá una de las conclusiones no menos importante: esa imagen maravillosa no pudo ser fruto del contacto; es decir, de la acción de vapores amoniacales, ungüentos, etc. De haber sido así, la decoloración del lienzo sólo se habría registrado en las áreas donde la sábana hubiese tocado el cuerpo. Un contacto directo habría provocado que la imagen en cuestión apareciese plana en la parte superior, con una elevación vertical idéntica para todas las zonas de contacto. Pero nada de esto ocurría con el enigmático

La pregunta clave y final de todo aquel laberinto era una. E, inconscientemente, nos la fuimos planteando desde los primeros pasos de la investigación: ¿qué o quién había sido capaz de modificar la textura superficial de las caras internas de la sábana, hasta formar una imagen tan singular? Sé que parece cosa de locos, pero, en parte, la respuesta apareció al explorar las superficies de las «manchas doradas» mediante el providencial microscopio de «efecto túnel». En nuestro caso, al contrario de lo que afirmaba el físico Wolfrang Pauli —«la superficie fue inventada por el diablo»—, la «superficie fue la puerta que nos abrió el camino de la Divinidad»...

Trataré de explicarme, aunque no será fácil. Para Pauli su frustración arrancaba de un hecho que, en su época, casi constituía un principio físico inalterable: la superficie de un sólido era la «frontera» entre éste y el mundo exterior. En parte tenía razón. Mientras un átomo situado en el interior de un cuerpo sólido aparece rodeado por otros átomos, uno de la superficie —como han explicado perfectamente los ilustres especialistas Ged Binnig y H. Rohrer— puede interaccionar con otros átomos de la misma o con los que estén inmediatamente debajo de ésta. En consecuencia, las propiedades de la superficie de un sólido difieren drásticamente de las del interior. Así, los átomos de la superficie se colocan con frecuencia en un orden geométrico distinto del de los otros átomos del sólido, minimizando la

lino. Pero había mucho más. ¿Cómo explicar que las improntas dorsal y frontal presentasen el mismo grado de intensidad? Por lógica, un cadáver con ochenta decímetros cúbicos descansando sobre el lino subyacente debería haber producido una «marca» o «señal» muy diferente a la registrada en el paño superior. Sin embargo, como digo, ambas imágenes son idénticas. Sólo cabía una explicación: que el cuerpo, en el momento de la formación de la imagen, se hubiera encontrado en el aire; en plena levitación. Pero chocábamos nuevamente con un «imposible» científico: ningún cuerpo —y menos el de una persona muerta— puede «elevarse» por sí mismo... A no ser que... Pero no: era demasiado fantástico. De lo que sí estamos convencidos es de que, con el tiempo, cuando esa «información» codificada en la imagen pueda ser estudiada en profundidad, la Humanidad se sorprenderá ante nuevos y escalofriantes datos sobre lo que hoy se entiende —o no se entiende— como «resurrección». Sólo será cuestión de esperar, aunque yo sé que no viviré para entonces... *(N. del m.)*

energía total del sistema. En virtud de este tipo de procesos, las estructuras superficiales poseen tal complejidad que han resistido, incluso, una descripción teórica-experimental precisa. Pero, gracias al excelente microscopio de «efecto túnel» (1), es posible «explorar» esas «diabólicas» superficies de los sólidos, «viendo», incluso, los átomos de uno en uno...

Y esto, por emplear términos infantiles, fue lo que hizo mi hermano en el módulo. A él se debe lo que, en principio, pudiera ser el «primer paso» en la ya imparable carrera de la investigación científica en torno a la resurrección del Maestro. Quizá las futuras generaciones de científicos le hagan justicia...

(1)   Este aparato, puesto a punto por IBM, puede resolver estructuras que tienen tan sólo una centésima parte del tamaño del átomo. Como es sabido, el microscopio óptico no está capacitado para resolver estructuras atómicas. (La longitud de onda promedio de la luz visible es unas 2 000 veces mayor que el diámetro típico de un átomo que, como se recordará, es del orden de tres angströms. Una de estas unidades de longitud equivale a una diezmilmillonésima de metro.) Es decir, tratar de visualizar un átomo o una estructura atómica con luz visible sería como pretender descubrir grietas del grosor de un cabello humano en una pista de tenis, lanzando pelotas sobre su superficie y observando su deflexión. No quiero entrar en detalles técnicos de la estructura de un microscopio de «efecto túnel», pero me referiré a algunas de sus importantes características que hicieron posible nuestro «descubrimiento». La principal diferencia con el resto de los microscopios estriba en que aquél no utiliza partículas libres. Por tanto, no necesita lentes ni fuentes especiales de electrones o fotones. Su única fuente de radiación son los electrones ligados que ya existen en la muestra sometida a investigación. Para comprender mejor este principio imaginemos que los electrones ligados a la superficie de la muestra son análogos al agua de un lago. Igual que parte del agua se filtra al terreno, formando corrientes subterráneas, algunos electrones de la superficie de la muestra se «fugan» de ésta, originando una nube electrónica alrededor de dicha muestra. De acuerdo con la física clásica —y sigo bebiendo en los escritos de Binnig y Rohrer—, esta «nube» no podría existir porque la reflexión en los límites de las superficies confina las partículas dentro de ellas. Sin embargo, esto no es así en la mecánica cuántica, donde cada electrón se comporta como una onda: su posición no está bien definida. Parece como si se «difuminase». Esto explica la existencia de electrones más allá de la superficie de la materia. La probabilidad de encontrar un electrón decae rápidamente —de forma exponencial— con la distancia de la superficie. Este efecto se conoce como «efecto túnel», ya que los electrones parecen estar «cavando» túneles más allá de su frontera clásica. (N. del m.)

Con una «punta» de tungsteno en el microscopio de «efecto túnel» fue recorriendo la muestra. (En este caso, naturalmente, el paño de lino. Más exactamente, las superficies en las que se «dibujaba» la fantástica imagen de un cuerpo martirizado) (1).

Mientras dicha «punta» barría la sábana, un mecanismo electrónico de realimentación fue midiendo la corriente de túnel, manteniendo el «espolón» a una distancia constante sobre las nubes atómicas de la superficie. Ese movimiento de la «punta» fue leído y almacenado por Santa Claus, apareciendo, simultáneamente, en una de las pantallas directamente conectada con el ordenador central. Así se obtuvo una imagen tridimensional de la «nube» en superficie. Para que nos hagamos una idea de esta «maravilla», una longitud de 10 centímetros en las «manchas» o imagen venía a representar una distancia de 10 angströms en la superficie, consiguiéndose aumentos de hasta 100 millones.

Pues bien, nada más delinear la topografía atómica de la imagen, Santa Claus casi se volvió loco. La composición de las «nubes» que «flotaban» sobre aquellas áreas del lienzo era básicamente distinta a las del resto de la sábana que «no contenía este tipo de manchas doradas». Pero el dato revelador —el que nos trastornó— vino dado por la posición de los ejes ortogonales de los *swivels* de dicha «colonia» cuántica. ¡Se hallaban alterados! ¡Algo o alguien los había manipulado, situándolos en un «ahora» que no correspondía al de los restantes *swivels* del paño! Éstos, como era lógico y natural, estaban orientados en el momento presente. Aquéllos, en cambio, conservaban una inversión axial bien conocida por nosotros...

No estoy autorizado a desvelar la tecnología utilizada para «reconocer» esta clase de cambios en las anterior-

(1) «Nuestro» microscopio de «efecto túnel», en lugar de los dos electrodos que habitualmente tienen estos aparatos, había sido rectificado de la siguiente forma: Caballo de Troya reemplazó uno de los electrodos por la muestra a investigar (la sábana) y el segundo fue sustituido por una punta afilada como una aguja. Por último, se cambió la capa aislante rígida por otro, no rígido. En este caso, el vacío. De este modo fue posible desplazar la punta sobre los contornos de la superficie de la muestra. *(N. del m.)*

mente definidas y familiares «unidades cuánticas elementales» que llamamos *swivels*. En el fondo es lo de menos. Lo cierto y trascendental es que estábamos ante un suceso único. A partir de ahí, con la ayuda del computador central, fuimos atando cabos, llegando a una conclusión —tan teórica como provisional, naturalmente— pero que explicaría con cierta «lógica» la misteriosa «desaparición» del cadáver de Jesús. Al menos, una parte del mismo: los tejidos blancos. Los *swivels* de todas las «nubes» atómicas situadas sobre la superficie de la imagen se hallaban «estacionados» —y sigo empleando palabras excesivamente pueriles— en un «ahora» que, en aquellos momentos (abril del año 30), podría ser definido como el «futuro». Más exactamente, en un hipotético «abril del año 35».

¿Qué significaba este hallazgo? Sólo encontramos una explicación satisfactoria: que el cuerpo del Maestro había sido sometido a un intenso e infinitesimal proceso de «aceleración» de su natural descomposición. Si ésta, de acuerdo con las características del lugar de enterramiento, de la constitución fisiológica del cadáver y de otros parámetros bien conocidos de los forenses, hubiera seguido un curso normal y «humano», la transformación de los restos mortales en polvo habría llevado un tiempo cronológico variable. Dependiendo de esos factores, habría necesitado alrededor de ¡cinco años! para quedar reducido a cenizas. ¡Cinco años! Justa y «casualmente» la inclinación que presentaban los ejes de los *swivels*... Demasiado sospechoso. Y por razones fáciles de intuir, el «mecanismo» promotor de esa «aceleración» de la putrefacción había afectado livianamente a las superficies de la sábana que se hallaban en contacto directo con el cuerpo. El resto, en cambio, como queda dicho, no sufrió alteración alguna.

Verificado este increíble hecho, la pregunta inmediata no podía ser otra:

«¿Quién o qué había alterado tan drásticamente el curso evolutivo de la descomposición del cadáver del Señor?»

Por supuesto, al hallarse la cripta perfectamente clausurada, el posible «origen» había que buscarlo en el interior. Por otra parte, nadie en aquella época podía soñar con una tecnología capaz de movilizar los ángulos de los *swivels*.

Necesitamos algún tiempo para obtener una respuesta

a tan decisiva pregunta. Y aunque la solución no llegó por los caminos que nosotros hubiéramos deseado —los de la Ciencia—, el «origen» de la misma nos merece todo crédito.

He dudado. ¿Debía relatar esta parte de la misión? ¿Lo dejaba para más adelante? Finalmente he creído que, aunque llegará el momento de contarlo en extensión y profundidad, estoy obligado a ofrecer un escueto avance.

Días más tarde, en las altas tierras de Galilea, en el transcurso de una de las inolvidables conversaciones con el resucitado —he dicho bien: «conversaciones»—, recibimos una explicación al fenómeno que nos intrigaba. Por lo que pude deducir, no hay tecnología en el mundo capaz de «medir» o «detectar» las fuerzas espirituales que fueron directamente responsables de la liquidación del cuerpo del rabí. Y quizá he empleado las palabras incorrectamente. Quizá debería haber escrito «entidades espirituales» y no «fuerzas». Quien tenga oídos para oír, que oiga...

Eso fue lo que se nos dijo y así me limito a transcribirlo: la aceleración casi instantánea del proceso de putrefacción del soporte corporal del Maestro fue asunto ajeno al Hijo del Hombre. Fue iniciativa de los seres celestes que «presenciaron» el acto de la resurrección. Fueron ellos quienes —una vez consumada dicha resurrección— «removieron» las piedras que cerraban la cripta. Pero nadie los vio.

Hasta aquí lo que, por el momento, puedo decir.

Esto, a su vez, cambió nuestro concepto de la Resurrección propiamente dicha. Lo adelanté tímidamente en páginas anteriores. Pero ¿cómo resumirlo con claridad?

Los cristianos que creen en la Resurrección la identifican y asocian a la tumba vacía y a la ausencia del cadáver de Jesús. Tienen razón, a medias. Por simple deducción, después de nuestro descubrimiento en el módulo nos costaba trabajo creer que tan singular fenómeno pudiera quedar circunscrito a la simple —aunque casi «mágica»— disolución en el tiempo de una materia orgánica. Incluso para nosotros, pobres ignorantes, resultaba demasiado grosero y prosaico. Tenía que haber algo más. Algo sublime, de orden sobrenatural, acorde con el poder y la personalidad del allí enterrado. Lógicamente, tampoco pudimos «medirlo» con nuestro instrumental. Como dije, no hay todavía ciencia humana que se atreva con ello. Fue el propio Cristo quien nos insinuó lo sucedido. Y una vez más comprobamos cómo la intuición raramente se equivoca. Ojalá nos dejáramos guiar por ella con más frecuencia...

La RESURRECCIÓN —con mayúsculas— del Hijo del Hombre había sido «algo» anterior e independiente del mencionado hecho físico de la aceleración del tiempo cronológico. En otras palabras: para cuando esas «entidades» adimensionales —encargadas de las resurrecciones de todos los mortales— llevaron a cabo su «trabajo» de disolver en décimas o centésimas de segundo los sagrados restos mortales del Galileo, éste, por un poder que escapa a la mente, ya había vuelto a la «Vida». A la verdadera «Vida»: la de orden espiritual. Pero me faltan los conceptos y las palabras se empequeñecen. Será más prudente dejar las cosas como están...

La Resurrección, en definitiva, debe ser contemplada en «dos fases». Primera y más importante: la «autorresurrección» de Jesús de Nazaret a un orden más complejo que el de la densa materia corporal. Un «orden» al que —según sus palabras— todos estamos llamados después del tránsito de la muerte. Segunda: la aceleración física de la putrefacción del cadáver. Este postrero paso no tuvo prácticamente nada que ver con el primero, como ya mencioné. Fue una «delicadeza» o un respetuoso sentimiento de los «súbditos celestes» del Creador que no deseaban ver cómo el cuerpo que había servido para la encarnación de su «jefe» se degradaba bajo los efectos de la descomposición natural. Y pensándolo detenidamente, supongo que fue lo más acertado. No quiero ni pensar lo que hubiera sucedido con los huesos del Maestro si llegan a caer en manos de sus fieles seguidores...

Y para cerrar estos asuntos de índole más o menos científica, deseo dejar constancia de algo que puede resultar esclarecedor y probatorio de cuanto llevo dicho, muy especialmente de nuestro hallazgo sobre la superficie de las «manchas doradas». Sé que el día que la ciencia sitúe un microscopio de «efecto túnel» sobre el lienzo de Turín, las diferencias en las estructuras y distribución de las «nubes» atómicas que «flotan» directamente sobre la imagen, en relación con el resto del lino, abrirán un nuevo camino en las investigaciones y, de paso, demostrarán que no somos un «sueño»...

Al conocer estas cosas, mi espíritu se fortaleció. Y aunque mi mente cartesiana —como la de cualquier científico— sigue resistiéndose a aceptar lo que no sea previamente probado en laboratorio, la intuición, de nuevo, vino a sostener mi tambaleante y anémica fe.

Y aquel anochecer del lunes, 10 de abril del año 30, terminados los trabajos, Eliseo y yo, emocionados, caímos de rodillas ante la majestuosa imagen del lienzo de lino: sin duda, enmendando a Einstein, la «sombra de Dios». Y en silencio solicitamos luz y fuerza para proseguir la dura pero fascinante misión que nos había sido encomendada. Nuestro ruego debió ser escuchado, a juzgar por lo que nos tocó vivir...

Y tras besar la sábana, nos dispusimos a descansar. En aquel gesto, mi hermano percibió también el familiar olor que yo había captado en el interior del sepulcro, al inclinarme sobre la mortaja. Y supo identificarlo al momento. Era el mismo que se registraba en la nave cada vez que se producía una inversión de masa con la consiguiente manipulación de los ejes de los *swivels*. Un olor de dudosa definición que quizá guarda un remoto parecido con el del incienso quemado...

Al día siguiente, recuperado el micrófono y analizados los lienzos mortuorios, daría comienzo una nueva etapa en la operación. En realidad, un viejo y hasta esos momentos fracasado proyecto: investigar el escurridizo cuerpo «glorioso» del Galileo.

11 DE ABRIL, MARTES, AL 14, VIERNES

De aquellos días —del martes al viernes— guardo un recuerdo dulce y sereno. En nuestras ajetreadas aventuras, tanto en las que yo había vivido hasta ese momento como en las que nos deparaba el destino a Eliseo y a quien esto escribe, los días transcurridos en la aldea de Betania fueron los únicos de cierto reposo. E hicimos bien en disfrutar de ellos y en reponer fuerzas. Lo que nos esperaba a partir del lunes, 17 de ese mes de abril, iba a ser tan agotador como imprevisto. Pero vayamos paso a paso, según mi costumbre.

Ajustándonos a lo establecido en el plan de Caballo de Troya, apenas hecha la claridad en aquella mañana del martes, 11 de abril, me puse en camino. Las cuatro o cinco horas de sueño no habían sido suficientes, pero me di por satisfecho con el desayuno «a la americana» que, solícito como una madre, tuvo a bien prepararme mi hermano. El café y las patatas —desconocidos en aquel tiempo en Israel— fueron una bendición.

Y con los lienzos mortuorios prudentemente ocultos bajo mi túnica, me encaminé hacia la quebrada donde habían sido arrojados por el siervo del Sanedrín.

La climatología no varió en aquellas horas. El viento racheado del este seguía soplando pertinaz, doblando las columnas de humo de los animales sacrificados en el Templo, tiznando y apestando la ciudad con un desagradable tufo a carne quemada.

En esta ocasión —a plena luz del día—, el descenso por la falda occidental del Olivete y el cruce del desfiladero del Cedrón no revistieron el peligro de mi primera incursión, en la madrugada del domingo. Bordeé la ciudad por la muralla norte y cuando me hallaba relativamente próximo al bosquecillo de algarrobos —cuyas encendidas flores rojas me sirvieron de guía y referencia— experimenté una típica sensación. Me volví, pero no vi nada sospechoso. Y encogiéndome de hombros reanudé la marcha. Sin embargo, el extraño desasosiego —como si alguien me siguiera— no desapareció. Temeroso de que pudiera tratarse de algún esbirro del Sanedrín o, incluso, un «agente» del gobernador, llegué a ocultarme entre la maleza, dispuesto a salir de dudas. No lo logré: «Quizá me estoy volviendo excesivamente receloso», me tranquilicé. Días después comprobaríamos con espanto que la supuesta persecución había sido real, forzándonos incluso a adelantar el despegue de la «cuna», rumbo a la alta Galilea...

«Además —continué con mis razonamientos mientras me deslizaba sigiloso hacia el fondo del peñascal—, ¿qué interés podría tener para Poncio o para Caifás y su gente el seguir a un "inocente e infeliz" comerciante griego?»

El incidente desapareció pronto de mi memoria. Deposité los lienzos en el lugar donde los había encontrado, procurando envolverlos en forma de hato, tal y como habían sido dispuestos por el sirviente del sumo sacerdote. Todo debía guardar una apariencia de normalidad. Como si nadie los hubiera tocado desde aquella mañana del domingo. Así lo exigía nuestro código.

Antes de retirarme, mientras contemplaba la mortaja, no pude evitar unos tentadores pensamientos que, supongo, no habrían gustado a Curtiss. Era una lástima que aquel «tesoro» —cargado de la evidencia física y constatable de un «más allá»— pudiera perderse o destruirse. Levanté los ojos hacia el límpido cielo azul, distinguiendo con inquietud el planeo circular de algunas aves carroñeras. Quizá córvidos. Entraba dentro de lo verosímil que llegaran a descubrir el manojo de tela, siendo atraídos por el claro olor a sulfhídrico, otro de los signos de la descomposición cadavérica del cuerpo del Señor. En ese lamentable supuesto, la valiosa reliquia podría resultar seriamente dañada.

«¿Y si hacía caso omiso de las normas de Caballo de Troya? ¿Qué podía suceder si, en lugar de olvidarlos, los entregaba a los íntimos del rabí?»

Me situé en cuclillas frente a la mortaja y, por espacio de varios minutos, mientras acariciaba la tela, luché conmigo mismo. En el fondo, era tan sencillo... Bastaba con pasar por la casa de Marcos o de José de Arimatea y ponerlos en manos de cualquiera de los dos. «Es más —seguí pensando, dominado por un creciente entusiasmo—, éste sería un excelente regalo a presentar a la familia del resucitado...»

Mi siguiente objetivo, como he dicho, era Betania. La hacienda de Lázaro. ¿Por qué no aprovechar semejante oportunidad y evitar el riesgo de que se perdieran?

Los tomé de nuevo entre mis manos y me alcé. Pero, en el último momento, mi sentido de la responsabilidad se impuso. Aun a riesgo de que llegaran a malograrse o, lo que era mucho peor, a perderse para siempre, no tenía derecho a interferir en la flecha de la Historia. Y con harto sentimiento los deposité entre el ramaje, procurando —eso sí— que el fuerte viento no los arrastrase. Dispuse algunas gruesas piedras a su alrededor, camuflándolos bajo un macizo de gamones de olor tan nauseabundo que eclipsó por completo el del lino.

Y con el sol en ascenso sobre los cerros de Moab deshice el camino, situándome en la cima del monte de las Aceitunas. Mi paso al sur del calvero donde se asentaba la nave fue aprovechado por mi compañero de venturas y desventuras para recordarme que dedicaría aquélla y las jornadas siguientes a una mayor profundización en los datos recogidos en las investigaciones sobre el lienzo y que, aunque se encargaría de refrescar mi memoria, no debía olvidar mi nuevo ingreso en el módulo, previsto para el viernes, 14. Los preparativos para la última etapa de la exploración eran sumamente complejos...

—Por cierto —anunció al cerrar la conexión—, Santa Claus y yo hemos descubierto otra asombrosa coincidencia o «causalidad», como tú llamas a estos asuntos, en relación al «nueve»...

Eliseo sabía de mi ardiente curiosidad y, divertido, me dejó con la miel en los labios. No consintió en adelantarme un ápice de lo encontrado por él y por el ordenador central. (Después me confesaría que el hallazgo había sido cosa de Santa Claus, única y exclusivamente.)

El «picotazo» de Eliseo despertó mis recuerdos sobre el curioso asunto del «nueve» y la vida de Jesús de Nazaret y tales pensamientos y elucubraciones acortaron mi descenso por la ladera oriental.

No podía comprender el porqué de aquella coincidencia. ¿O no era tal? Un «nueve» marcaba el nacimiento del rabí. Otro «nueve», su propia existencia y, de momento, un tercer «nueve», su muerte, resurrección y ascensión o desaparición de la Tierra: «999». ¡Lástima no haber sido un experto en Cábala o en numerología para descifrar aquel enigma!

Lo único que sabía entonces es que el «999» era una cifra opuesta o contraria al apocalíptico «666» de San Juan, que era múltiplo de tres —otro esotérico símbolo de la Trinidad— y que, según mis cortos conocimientos, el «nueve» ha sido considerado por los iniciados como el número de la Humanidad o del Hombre. ¿Sería cierto lo que reza el viejo proverbio?: «Que Dios goza del número impar y que todo lo trino es perfecto.»

Pero la súbita aparición de la blanquísima aldea de Betania me devolvió a la realidad. Y al igual que mi paso, también mi corazón se vio alegremente acelerado. Ni Marta ni María sabían de mi regreso y ello hacía más excitante la siguiente fase de mi «observación».

Mi vuelta fue acogida con sorpresa. En mi despedida había intentado salir del paso, informando a Marta, la «señora», sobre el ineludible viaje que me veía obligado a emprender. Y así ocurriría, en efecto. Pero, ante la imposibilidad de explicarle la naturaleza de semejante «viaje», al volver a ver a las hermanas no tuve más remedio que excusarme, alegando un repentino cambio de planes. La razón fue perfectamente comprendida y elogiada por la nueva «jefa» de la familia del resucitado. (Lázaro, como fue dicho, había tenido que huir precipitadamente hacia el este —a Filadelfia— a causa de las amenazas de muerte de Caifás.) La excusa en cuestión no fue otra que el prendimiento y ejecución del Maestro.

Marta y María —en especial la primera— pasaron de la sorpresa a un vivo contento. Sus corazones, sobre todo a raíz de los sucesos acaecidos en la hacienda en la mañana del domingo, se hallaban rebosantes de esperanza. David Zebedeo también se congratuló por mi llegada, interesándose por los últimos acontecimientos. Por supuesto, los allí reunidos estaban al corriente de las apariciones de Jesús en las casas de José de Arimatea, de Flavio, de la familia Marcos y de la registrada en el camino de Jerusalén a Emaús. La feliz circunstancia de que me encontrara presente en la última de las manifestaciones del rabí fue de gran ayuda para quien esto escribe. A lo largo de los días que siguieron a mi retorno a la hacienda de Lázaro —cumpliendo el plan de Caballo de Troya— debería desplegar una intensa investigación en torno a la juventud y a los no menos oscuros años que precedieron a la «vida pública» del Hijo del Hombre. El providencial hecho de contar en la casa con María, la madre de Jesús, y con varios de los hermanos carnales del rabí, era algo que no podía desperdiciar. Aquellas pesquisas e indagaciones, por otro lado, iban a resultar decisivas —como se verá— de cara a la última fase de nuestro trabajo, en Galilea. Mi tenaz seguimiento del Nazareno en sus últimas horas fue tomado por la familia y por los amigos del Cristo como una «definitiva prueba de mi amor y celo por el ajusticiado». Y sus corazones, agradecidos en cierto modo, se abrieron de par en par a mis muchas y en ocasiones «delicadas» preguntas. Santiago, sobre todo, que idolatraba a su hermano mayor, y con el que había compartido penas y alegrías, supuso una fuente de información que jamás podré valorar. Pero trataré de no perder el hilo de la cronología...

A decir verdad, cuando puse mis pies en la morada del resucitado amigo de Jesús de Nazaret, las opiniones sobre la vuelta a la vida del Galileo no eran del todo uniformes. Me explicaré. En la casa, junto a las dueñas, se alojaban David Zebedeo y Salomé, su madre; María y su segundo hijo, Santiago —ya citados— y otros cuatro hermanos del rabí: José, Simón, Jude o Judas y la más pequeña de Nazaret: Ruth.

Por antiguas y complejas razones que explicaré en el momento oportuno, parte de la familia terrestre de Jesús no compartía sus «ideas» y enseñanzas. De ahí que, al ser deshonrado públicamente, los viejos recelos sobre las «ansias de grandeza» del primogénito de María hubieran florecido, enfrentando a los unos con los otros. Una situación, en fin, tan corriente como humana en la vida de los hombres.

La segunda de las apariciones del resucitado en Betania —a la casi totalidad de los moradores de la casa en aquellos momentos— había rectificado las posturas en no poca medida. A pesar de todo, las dudas seguían flotando en varios de los hermanos de Jesús. No negaban la realidad de la extraña «presencia», pero, imbuidos de las ancestrales creencias judías sobre la muerte, comentaban que quizá lo que habían visto era una *refa*: una especie de «sombra» que —de acuerdo con esas ideas— era lo único que subsistía después del fallecimiento y a la que, incluso, se podía invocar, tal y como relata el libro I de Samuel (XXVIII). (Este texto refiere cómo, a petición del rey Saúl, la bruja de Endor consiguió hacer visible la «sombra» de Samuel.) Para los hebreos de aquel tiempo, las *refaim* o «sombras» de los muertos «vivían» en el *seol* o «región de las tinieblas y de las sombras de la muerte», como cita Job. En el Antiguo Testamento —como es el caso de *Job*, XIV, 13—, se hace una alusión directa al *seol*, especificando que «está tan lejos de la tierra de los hombres que ni siquiera la cólera de Yavé puede alcanzarlos» (1). La muerte —esto es importante para entender la postura de aquellos hombres— era el fin. Con ella se acababa todo. Así se repite más de cien veces en los libros sagrados del Antiguo Testamento. Cuando el «ángel de la muerte» que cita el Talmud «depositaba la gota de bilis amarga —primera señal, sin duda, de la putrefacción— entre los labios del difunto, le arrebataba el alma, desapareciendo». Era la señal última: la *ruach* o «alma» o «soplo de la vida» ascendía —como cita el *Eclesiastés* (III)— hacia los cielos. Y la respiración cesaba. A partir de la gráfica presencia del «ángel de la muerte», el cuerpo o *bachar* empezaba su descomposición, volviendo al barro.

Aunque pueda parecer increíble, las creencias de los hebreos sobre la muerte —tan ricas en otros aspectos materiales y espirituales— eran muy parcas. Casi asfixiantes para un espíritu medianamente sensible. En cuanto a la resurrección, como creo haber mencionado en otra ocasión, la Ley no se pronunciaba con claridad. Dejaba libre elección a cada secta. Cada cual podía creer o no creer en ella. Así, por ejemplo, la casta de los saduceos se negaba en redondo a aceptar la resurrección de los cuerpos. «No está en el

(1) Como cita Rops en sus estudios, «ciertas leyendas rabínicas pretenden que ese abismo metafísico —el *seol*— podría ser también una realidad física y tangible, al que se tendría acceso quitando una gran peñasco que se halla en el centro del "Sanctasantorum", en el Templo». Para otros, en cambio, las *refaim* del *seol* no son nada, no hacen nada, no saben nada y no pueden nada. El concepto «nada» sería el contrario a «existencia». En el libro de Isaías (XXXVIII, 18), el propio profeta llega a gritarle a Yavé: «El *seol* no puede alabarte.» Hay que considerar que para un judío medianamente piadoso, dejar de alabar al Señor era poco menos que estar reducido a la nada. En consecuencia, el *seol* mismo no podía estimarse como un lugar de premio o de castigo. El *Eclesiastés* (XLI, 18) lo dice con claridad: «En el *seol* no te reprocharán tu vida.» Naturalmente, no todos compartían esta creencia en el *seol*. Otros rabíes hablaban del «lugar destinado a cada justo», mencionado también en el *Salmo XLI*. Si la vida del difunto había sido de acuerdo con la Ley, el ángel de la muerte gritaba: «Preparad un lugar para este justo.» *(N. del m.)*

492

Pentateuco», esgrimían en sus agrias y continuas polémicas con sus directos contrincantes: los fariseos. Y los samaritanos apoyaban este argumento. En cuanto al pueblo llano, como siempre, prefería consolarse con la poética posibilidad de un «más allá» más complaciente que su dura existencia. Algunos maestros o rabíes se habían preocupado de predicar esta esperanza. Gamaliel, entre otros, forjó su creencia en la resurrección y en el «premio» o «castigo» divinos en base a citas sueltas de los profetas (*Isaías*, XXVI, 19, o *Ezequiel*, XXXVIII), del *Deuteronomio* (XXXI, 16) o en aforismos, como aquel que dice: «Y después que mi piel se desprenda de mi carne, en mi carne contemplaré a Dios» (*Job*, XIX, 26).

Este confusionismo, en suma, no contribuyó precisamente a asentar las cosas. El escepticismo de algunos miembros de la familia de Nazaret —al igual que había sucedido con los discípulos— era tan pétreo en relación a la resurrección de Jesús que, incluso, durante el sábado, discutieron la necesidad de «honrar la memoria del crucificado con un mínimo de decencia y dignidad». Se habló de la celebración en el primer día de la semana (el domingo) del llamado «pan de duelo» (1), citado por Oseas (IX, 4) y Ezequiel (XXIV, 17) y que venía a ser una comida fúnebre que la familia del muerto obsequiaba a parientes y amigos. María, la madre de Jesús, se mantuvo al margen. No sólo porque no estuviera de acuerdo (ella creía en la resurrección), sino por el hecho de que, como mujer, no tenía arte ni parte en semejantes decisiones.

Al principio, debido a lo heterodoxo y precipitado del enterramiento del Maestro, los más rigurosos en el cumplimiento de la Ley dudaron si debían dejarse crecer la barba y los cabellos desordenadamente, rasgar sus vesti-

(1) A las ocho horas del óbito, una vez lavado y untado con perfumes, el cadáver solía abandonar el lugar donde se había registrado el fallecimiento, siendo trasladado —en general en angarillas de féretro abierto— a la sepultura. Concluida la ceremonia de conducción, la costumbre obligaba a los parientes a reunirse en el «pan de duelo». Podía beberse, pero con moderación. A continuación, los que no habían podido asistir a las exequias hacían las obligadas visitas de condolencia. El tratado *Baba bathra* (Talmud) decía que, en este caso, debían levantarse siete veces de sus asientos, saludando a la familia otras tantas veces. (*N. del m.*)

duras y arrojar ceniza sobre sus cabezas, tal y como proclama el Talmud para asuntos de muerte. Finalmente lo llevaron a la práctica. Y las polémicas fueron tan ácidas como interminables. Era lógico. Marta, su hermana María, la madre de Jesús, Salomé y su hijo David creían que el rabí había regresado del mundo de los muertos. ¿Por qué someterse entonces a las exigencias del luto oficial? Desde un ángulo estrictamente exegético —aceptando por un momento la realidad de una resurrección—, los judíos se hallaban perdidos. ¿Debían oficiarse los rituales funerarios por una persona resucitada?

Lo más probable es que, de no haberse producido las apariciones en Betania —la segunda en especial—, los escépticos (por llamarlos de una forma caritativa) habrían seguido adelante con los preceptos marcados por la Ley para tales casos. Es decir, un duelo de 30 días; de los cuales, los tres primeros eran inhábiles para el trabajo, no debiendo responder siquiera a los saludos. Tampoco podían bañarse ni afeitarse ni portar las filacterias (1) para la oración. Y si eran rigurosos en el cumplimiento de dichas normas, vestirían ropas viejas y sucias. (Se daban casos de viudas fieles que, en el momento de la muerte del esposo, se colocaban un *saq* o taparrabo de pelo de camello en señal de penitencia y con él vivían el resto de sus días.)

Gracias a Dios, el Maestro resucitó... Pero, como vemos, incluso después de muerto, fue motivo de escándalo y contradicción. Y lo que era más doloroso e incomprensible: en el seno de su propia familia. Cuando recibí cumplida información sobre estos asuntos no pude evitar una sensación de rechazo hacia los evangelistas por lo mucho que han silenciado a creyentes y no creyentes...

Mi corazón, sin embargo, recuperó el ánimo al escuchar los relatos de las mencionadas apariciones, de labios de los mismísimos testigos.

---

(1) Las filacterias —traducción griega de los *tefilín*— eran y son unos estuches negros y cuadrados, de pequeñas dimensiones, fabricados con pieles de animales puros. En su interior se introducían pasajes del *Éxodo* y del *Deuteronomio*, escritos en pergaminos y que se amarraban en la frente y en la palma de la mano a base de correas igualmente negras. *(N. del m.)*

Esa mañana, a petición mía, Santiago me condujo al lugar donde aseguraba haber visto a su hermano resucitado. Nos dirigimos a la parte posterior de la casa, al frondoso huerto de unos cuatrocientos metros de fondo y, al llegar frente al peñasco en el que se abría el panteón familiar, el galileo señaló con su mano izquierda el punto exacto donde —según él— se había «formado la figura de Jesús».

Le dejé explayarse:

—... Sería la hora sexta [las doce del mediodía]. Todos estábamos muy nerviosos ante las noticias de la posible resurrección de mi hermano. Los rumores circulaban sin cesar. Yo, la verdad tenía mis dudas. Fui testigo de muchos de sus prodigios y señales y aceptaba sus enseñanzas. Pero de ahí a considerarle el Mesías y a creer en su vuelta a la vida...

Me miró buscando mi comprensión.

—Supongo que era lógico —prosiguió, apartando sus ojos acastañados hacia la losa que cerraba el sepulcro—. Ahora sé que estaba equivocado.

—¿Qué sucedió? —intervine al comprobar que estaba a punto de caer en un inescrutable mutismo.

—Sí, claro... La aparición —comentó volviendo en sí—. Verás, cuando los ánimos empezaron a encresparse, decidí salir de la vivienda. Y me vine aquí. No sé por qué... En esos momentos, mientras meditaba sobre estas cosas, llegó María, la de Magdala. Yo lo supe después. Y con no menos excitación empezó a relatar a Marta y a su hermana y a toda mi familia lo que había vivido y presenciado en la plantación de José. Por lo visto, concluido el relato de la Magdalena, algunos de mis hermanos salieron en mi búsqueda. Jude, incluso, marchó hasta Betfagé... Pero a nadie se le ocurrió mirar en esta parte del jardín. Entonces fue cuando sucedió...

Aquel hombre hecho y derecho —el 2 de ese mismo mes de abril había cumplido 32 años— se estremeció. A pesar de su corpulencia, casi tan notable como la de Jesús, percibí sus esfuerzos para contener el llanto.

—... Fue como una sensación —y tembló, cruzando sus velludos brazos sobre el pecho—. ¡Es tan difícil de explicar! Tú me comprendes, ¿verdad?

Respondí que sí. Me despojé del manto y le cubrí. El *cadim*, imperioso, arreciaba, agitando los árboles con rachas silbantes y frías. Le sugerí regresar, pero se negó.

—... Fue como si alguien tocara en mi hombro.

Volvió a sufrir intensos temblores. Pero no supe a qué atribuirlos. ¿Se debían al desapacible tiempo atmosférico o a los electrizantes recuerdos?

—Me di la vuelta y lo vi...

—¿Qué?

—Me recordó una nube. O quizá humo... No sé. Era una «masa» brumosa que, partiendo de la cabeza, fue moldeando una figura. Espantado, no tuve fuerzas ni para huir. Y poco a poco, la nube se convirtió en un hombre.

El nerviosismo comenzó a trabarle la lengua. Intenté ayudarle.

—¿Estás seguro que se trataba de humo?

Los finos labios del testigo se abrieron. Pero no logró responder. Asintió sin palabras y, después de llenar los pulmones con el viento del este, tartamudeó:

—Hu-mo..., sí.

Inmóviles ante la losa de la cueva funeraria guardamos silencio los dos. Santiago trató de ordenar sus negros, lacios y largos cabellos, en los que blanqueaban abundantes canas, y, dominándose, prosiguió:

—La forma, entonces, me habló. Y dijo: «Santiago, te llamo para el servicio del reino. Únete seriamente a tus hermanos y sígueme.»

—¿Le reconociste?

Movió la cabeza negativamente. No quise acosarle con nuevas preguntas.

—Te mentiría si dijese que sí. Era imposible. «Aquello» no tenía nada que ver con el Jesús que conocí en vida. Era otra cosa. ¿Una niebla? ¿Humo? ¿Una nube?... Sólo la voz...

Creí adivinar lo que estaba a punto de decirme.

—Al escuchar mi nombre, «Santiago», entonces supe que era Él.

La «voz»... Resultaba significativo que los presuntos testigos de las apariciones coincidieran en lo mismo. Cuando se produjo aquella tercera «presencia», Santiago no podía conocer el sutil asunto. La de Magdala entró en la hacienda cuando el hermano de Jesús había salido hacia el huerto. Sin embargo, coincidía con ella, con las restantes mujeres, con los pastores de Emaús, con Simón Pedro, con los discípulos y conmigo mismo. Demasiada coincidencia para sospechar una maquinación...

—¡Era su voz, Jasón! ¡La de siempre!

—¿Y qué hiciste?

—Aturdido y muerto de miedo pensé en postrarme a sus pies.

Y me señaló la hierba sobre la que había aparecido el «ser de niebla».

—¡Mi padre y mi hermano! Fue lo único que acerté a decir. Pero, cuando me disponía a arrojarme al suelo, Jesús me pidió que siguiera en pie.

Esta vez, las lágrimas —imparables— bloquearon su garganta. Fue a ocultar su rostro contra la peña sepulcral y, durante un rato, gimió y se desahogó como un niño. El profundo sentimiento de aquel galileo —mezcla quizá de alegría, turbación y reproche por sus antiguas dudas— terminó por entrar también en mi alma, colmándola de una tierna compasión.

—Entonces paseamos —añadió una vez recompuesto el ánimo.

—¿Hacia dónde?

—No lo recuerdo con exactitud... Quizá hacia la casa.

De entre las nueve «presencias» que había logrado contabilizar en la jornada del domingo, tres presentaban aquella variante: el paseo junto al testigo. (Primero Santiago por la floresta del huerto. Después los pastores, durante más de cinco kilómetros y, finalmente, Simón Pedro, en el patio de los Marcos.) Muy interesante... a todos los efectos.

—Hablamos unos momentos de las cosas que habían ocurrido y de las que...

Santiago interrumpió sus explicaciones. Me miró de soslayo y, dando un brinco en el hilo de la narración, continuó:

—...tienen que suceder.

Estaba claro que acababa de esquivar «algo». Le presioné, pero fue inútil. Lo único que logré sonsacarle fue que el Maestro le había informado sobre «ciertos hechos» que debían producirse en un futuro y de los que no debía hablar... por el momento. Me resigné, a medias. ¿A qué sucesos pudo referirse el «ser de niebla»?: ¿a la propia muerte de Santiago, acaecida catorce años más tarde? (en el 44 de nuestra Era). ¿Quizá a la necesidad de que su hermano en la sangre escribiera su propio testimonio? (Años más tarde aparecería un evangelio que la Iglesia católica clasificaría entre los «apócrifos» y que es conocido como el *Protoevangelio de Santiago*) (1). ¿Le predijo los acontecimientos que debían desarrollarse en la Galilea o le habló de su ministerio activo como embajador del reino y del que apenas si hay constancia en los textos canónicos?

—... Después de un rato —reanudó su narración— se despidió, diciendo: «Adiós, Santiago, hasta que os salve a todos juntos.» Y dejé de verle.

Había dos puntos que me interesaban: ¿cuánto tiempo caminaron? ¿Cómo desapareció?

A la primera cuestión, el segundo hijo de la familia de Nazaret replicó con precisión:

—El que se consume en un reposado paseo de un estadio y medio, aproximadamente.

Los judíos echaban mano de estas comparaciones. Deduje que habían caminado alrededor de 280 metros; es decir, entre tres y cuatro minutos.

El otro asunto fue más complejo.

—De pronto dejé de verle.

De ahí no hubo manera de sacarle.

—... Y corrí hacia la casa, gritando: «¡Acabo de ver a Jesús! ¡He hablado con Él! ¡Hemos conversado! ¡No ha muerto! ¡Ha resucitado!» Jude, mi otro hermano, volvió de Betfagé y creyó en mis palabras.

—¿Y el resto?

Se encogió de hombros.

—Al principio dudaron. Yo también lo habría hecho. Ahora, tú lo has visto, están convencidos.

Me agaché y examiné el pasto. En aquel punto, según

(1) El *Protoevangelio de Santiago*, atribuido a Santiago el Menor —calificativo con el que, al parecer, se diferenciaba al hermano de Jesús del otro Santiago, el Zebedeo— es uno de los apócrifos más remotos. El texto actual fue fijado por Tischendorf, utilizando para ello alrededor de veinte textos diferentes. Básicamente cuenta la vida de María hasta el nacimiento de Cristo, las maravillas que acompañaron a este último y la matanza de los «inocentes». Posiblemente data de los siglos III o IV y, francamente, no resulta demasiado creíble. *(N. del m.)*

Santiago, había plantado sus pies el resucitado. Desde allí le habló. Pero no encontré rastro alguno que revelara que la hierba, por ejemplo, de una cuarta de altura, hubiera soportado un peso de 80 kilos. Se hallaba erguida y brillante.

Por descontado, al no manejar conceptos comunes y corrientes, todo era posible. Incluso, que el «ser de humo» no pesara en absoluto...

«Sin embargo —me obstiné—, debería haber tronchado los tiernos tallos...»

—¿Seguro que fue aquí?

El hombre me escuchó sin comprender. Desvió los ojos hacia la peña del sepulcro y, como si tomase referencias, se situó en el lugar donde se encontraba en aquel preciso instante. Al final, asintió rotundo:

—¡Seguro!

Era desconcertante. Los puntos por donde habíamos caminado presentaban un pasto lógicamente hollado. La tupida alfombra vegetal del huerto —abatida o inclinada— ponía de manifiesto nuestras trayectorias. En el corro «ocupado» por el Maestro, en cambio, no descubrí una sola brizna aplastada.

De pronto, al advertir la espada de hierro, sin vaina, que ceñía bajo la faja, rememoré el extraño suceso ocurrido en la estancia de los Marcos. Mi cuestión le dejó perplejo. Entornó sus ojos, como si reconstruyera la escena, y acariciando la audaz y canosa barba, me facilitó un dato importante:

—Ahora que lo dices... sí que sentí algo raro en el vientre. Parecía como si tirasen de mí hacia Él.

Era suficiente. El singular fenómeno de atracción de los objetos de hierro parecía repetirse. Y lo tuve muy presente, sobre todo a la hora del manejo de la «vara de Moisés».

De camino hacia la casa, Santiago hizo un comentario. Después, al conversar con David Zebedeo, fue plenamente ratificado.

—Hasta esa hora —manifestó con satisfacción—, Jesús había sido visto por mujeres nerviosas y poco creíbles. Pero, como sentenció David, ahora era distinto: «también ha sido visto por un hombre valeroso».

Comprendí el engreimiento del hermano del Nazareno —realmente era cierto: Santiago era un individuo valiente— y su despreciativo gesto hacia las mujeres. Ésa era la triste realidad de la sociedad judía de entonces. Como proclamé en páginas anteriores, las hembras no contaban para casi nada...

—Por cierto —añadió, sin poder contener su curiosidad—, de la misma forma que reconocí la voz de mi Hermano y Maestro, también he creído reconocer la tuya.

Le miré perplejo.

—¿No eres tú el Jasón que todos conocimos?

Negué mecánicamente, adivinando parte de la cuestión.

—Discúlpame —se excusó—. Tienes razón. Nadie pasa de la vejez a la juventud.

Mientras nos reuníamos con el resto de la familia, dispuesto a escuchar la segunda de las apariciones, me reproché a mí mismo no haber prestado mayor credibilidad a los escritos de Pablo. Caballo de Troya, al estudiar el conjunto de las apariciones cristológicas, se fijó también en la cita del apóstol de Tarso (*1 Corintios*, 15, 5-9). Allí se dice que Jesús se mostró a Santiago. Pero el orden en que presenta estas apariciones —primero a Cefas, después a los doce y a más de quinientos hermanos y, por último, a Santiago— no nos pareció correcto, desechando dichas «pistas».

En fin, ya no tenía arreglo. De todas formas, ahora que lo menciono, los cristianos parecen no haber caído en la cuenta de otro curioso detalle. Pablo cita esta aparición a Santiago —se supone que al hermano de Jesús—, pero no así los evangelistas «oficiales». ¿Por qué? ¿Es que no la consideraron importante? ¿O es que había «mar de fondo» y un rechazo a la figura del hermano del rabí, quizá por no haber desvelado el misterioso mensaje del resucitado?

Claro que, después de lo que llevaba visto y oído, ¿por qué extrañarme de este nuevo «silencio» en los Evangelios canónicos? Cosas más graves me reservaba el destino, que tampoco fueron recogidas...

La hora del almuerzo se hallaba al caer y, en compañía de Santiago, me acomodé en torno a la espaciosa mesa que ocupaba el centro de la gran cámara rectangular en la que había entrado en otras oportunidades. En una de las esquinas, como siempre, chisporroteaban algunos troncos, alimentados por el fuerte tiro del hogar. Las mujeres fueron sirviendo el primer plato: una especie de sémola o puré caliente, confeccionado a base de gruesos granos de trigo molido. (Me recordó en cierto modo —no por el sabor— a la *polenta* de los italianos.) Cuando las veintitantas personas tuvimos delante nuestra correspondiente ración, Santiago —el más viejo entre los varones— se puso en pie. Todos le imitamos. Y con unas sencillas palabras agradeció los alimentos que nos disponíamos a consumir:

—Señor, provéenos de lo necesario.

Al sentarnos, el alborozo, el tumultuoso sorber de la «sopa» y las bromas fueron todo uno: eché de menos a Marta. Pero, a los pocos minutos, se presentó en la sala-comedor con una canasta de mimbre cuidadosamente cubierta por un paño. Nos miramos mientras buscaba asiento y la «señora» bajó los ojos, ruborizándose. En aquel momento —¡torpe de mí!— no me percaté ni de la razón de aquella turbación ni del cambio en sus vestidos y peinado. La tosca túnica marrón que llevaba cuando me recibió en la mañana había desaparecido. En su lugar lucía un hermoso *chaluk* o túnica de seda bordada, en un verde oliva deliciosamente brillante. En aquel tiempo, la seda se utilizaba muy poco. Llegaba con las remotas caravanas de Oriente y resultaba carísima. Sus hombros aparecían cubiertos con algo que me recordó un chal, en lana blanca y anudado a los referidos hombros con hilos trenzados del mismo color.

También sus cabellos habían sido modificados. El pañolón oscuro con el que se tocaba en el momento de mi llegada fue sospechosamente olvidado. Y la «señora» se presentó con un nuevo peinado: el negro cabello, partido en dos, caía sobre el pecho, doblándose en las puntas, hacia afuera, con dos estudiados bucles. Su ancho rostro quedaba así enmarcado y «estilizado». Una casi imperceptible sombra de malaquita en los párpados redondeaba su maquillaje, dando mayor profundidad a sus ojos de azabache. Estaba realmente hermosa.

Por supuesto, la súbita y aparentemente inexplicable «transfiguración» de Marta no pasó inadvertida para las mujeres, que no cesaron en sus cuchicheos y pícaras insinuaciones. Yo, insisto, fui el último en enterarme.

Durante un rato, mientras me explicaban los pormenores de la segunda aparición, la comida transcurrió en un respetuoso silencio.

Aunque se presentaron varios candidatos, con toda intención, rogué que fuera David Zebedeo quien condujera el hilo de la narración. El hermano de los «hijos del trueno» accedió con gusto. Y, con la seriedad que le caracterizaba, resumió así lo sucedido:

—Ocurrió al poco de llegar nosotros a la casa. Como recordarás, después de despedir a los mensajeros con la noticia de la resurrección del Maestro, pasé por la mansión de José, recogí a Salomé, mi madre, y nos encaminamos a Betania. No pasaría mucho de la hora nona [las tres de la tarde], cuando, aquí mismo, casi como ahora, nos encontrábamos repasando los sucesos que todos conocéis y, de repente, alguien gritó...

Los comensales, a pesar de haberlo contado una y otra vez, detuvieron incluso el trasiego de sus cucharas de madera. Fue un silencio espeso y elocuente.

—... La puerta, ésa que ves ahí, estaba abierta, igual que en estos momentos y, ante los gritos, las miradas se dirigieron hacia donde señalaban los dedos. Era un hombre. Nos miraba desde fuera de la estancia. Quizá a un paso del dintel. Su figura, alta y atlética, se recortaba contra la claridad del patio...

—Un momento —le interrumpí—, ¿seguro que se encontraba «fuera» de la habitación?

El Zebedeo movió la cabeza afirmativamente.

—Ni dentro ni bajo el marco de la puerta: ¡fuera! Y todos pudimos oírle. Levantó su brazo izquierdo y nos saludó: «La paz sea con vosotros.» Nos quedamos mudos. Pero Él continuó: «Saludos para aquellos que estuvieron cerca de mí en la carne y en la comunión de mis hermanos y hermanas en el reino de los cielos. ¿Cómo habéis podido dudar? ¿Por qué habéis esperado tanto para seguir de todo corazón la luz de la verdad? Entrad en la comunión del Espíritu de la Verdad en el reino del Padre.»

David guardó silencio.

—¿Eso fue todo?

Mi pregunta no gustó. Pero el Zebedeo, comprensivo, concluyo:

—Cuando medio nos repusimos del susto, algunos se levantaron y corrieron a abrazarle. Pero se esfumó.

Sirvieron el segundo plato: huevos cocidos con una apetitosa guarnición a base de habas crudas, muy tiernas, y unos bulbos y raíces del género de las estáquides.

El almuerzo se animó de nuevo y, entre bocado y bocado, fui planteando a David y a los diecinueve testigos restantes varios de los «detalles» que me interesaban.

—Entonces, si decís que algunos de los presentes se levantaron e intentaron abrazarle es porque era de carne y hueso...

El Zebedeo, sagaz, me recordó que él no había dicho semejante cosa. Y añadió:

—... Era un hombre. Sus ropas eran como las nuestras. Pero ¿quién puede sentenciar en verdad que tenía sangre y huesos como nosotros?

Santiago debió de leer mis pensamientos. E interviniendo en el asunto, aclaró:

—Como sabes, yo también estaba presente cuando ocurrió. Y puedo asegurarte que aquel cuerpo no era como el humo o la nube que te describí...

—¿Se distinguía el patio a través de dicho cuerpo?

Los comensales se miraron entre sí. Todos estuvieron de acuerdo en que no.

—¿Alguien lo vio formarse poco a poco, como le sucedió a Santiago?

Las respuestas fueron igualmente negativas. Cuando acertaron a descubrirla, la figura se hallaba completa, «como la de un ser humano», insistieron.

—Naturalmente —señalé con segunda intención—, tampoco le reconocisteis...

Al principio, David y los demás me miraron atónitos. Acto seguido rompieron a reír.

Interrogué al Zebedeo con la mirada. ¿Qué era lo que les había causado tanta gracia?

—Querido Jasón —me explicó David en tono benevolente—, ¿crees que somos ciegos?

—¿Cómo? —repliqué alarmado—. Entonces...

—Por supuesto que le reconocimos. Era Él.

No insistí. David Zebedeo era un excelente observador y

hombre poco dado a visiones ni fantasías. Además, había otros diecinueve testigos...

Seguí comiendo en silencio, algo avergonzado por mis preguntas, aparentemente infantiles. Todo aquello resultaba confuso para mí. ¿Por qué en las primeras apariciones —a las mujeres y a Santiago— y en las últimas de aquel domingo —incluida la que yo viví— el «cuerpo» del resucitado no había presentado el aspecto y la morfología de un humano normal? Era estéril seguir en la búsqueda de una explicación racional. En el mejor de los casos, quizá encontrásemos la respuesta en las próximas y prometedoras apariciones... Pero eso quedaba lejos.

De pronto recordé las palabras de José de Arimatea, en el sentido de que, tanto la Magdalena como los demás testigos, no debían hacer públicas aquellas apariciones en la casa de Lázaro.

Y armándome de valor interrogué a Santiago sobre el particular. Supongo que muchos de los presentes agradecieron mi pregunta. También ellos deseaban aclarar el porqué de esta consigna.

Santiago no soltó prenda.

—Debo ser fiel a la promesa hecha a mi hermano y Señor...

La sentencia cerró la cuestión.

Marta, oportuna, suavizó la momentánea tensión. Tomó el canasto y, canturreando algo que no entendí muy bien, pero que provocó el buen humor y la distensión, fue repartiendo unas bolitas de color achocolatado. Al llegar a mi lado, con el cutis encendido como una amapola, depositó seis en mi plato. Dos más que al resto. Le agradecí la gentileza y, curioso y preocupado ante lo que me disponía a ingerir, pregunté el contenido de las mismas.

—Almidón, extraído por cocción, rebozado en miel y perfumado con esencia de rosa y alfóncigo.

Lo probé intrigado. ¡Sabía a bombón! Me recordó los bombones que los orientales denominan *lukum*. Fue un remate delicioso.

Pero mi trabajo en la hacienda de Betania no había hecho más que empezar. Y mis ojos y mi corazón se clavaron en aquella silenciosa hebrea de mirada atenta, de cabellos negros y lisos, cubiertos con un gran pañuelo negro: María, la madre de Jesús. La Señora.

¡Eran tantas las preguntas y cuestiones que debía consultarle! ¡Tantas mis dudas, que no supe bien por dónde empezar...! Y en el transcurso de aquellos días —felices y sosegados—, siempre con el apoyo de sus hijos, tuve la maravillosa oportunidad de ir desgranando un sinfín de noticias relacionadas con sus años en Nazaret y con su primogénito, que enriquecieron lo que ya sabía y conté.

¿Qué había sucedido a lo largo de la juventud de Jesús de Nazaret? ¿Por qué los evangelistas pasaron por alto esos casi 32 años anteriores a su vida de predicación? ¿Es que el Hijo del Hombre no hizo nada durante ese dilatado período? ¿Cómo fue su educación? ¿Quiénes fueron sus amigos? ¿Cuáles sus problemas y angustias? ¿Vivió siempre en la pequeña aldea de Nazaret? ¿Cuándo y cómo tuvo conciencia de quién era en realidad? ¿Por qué se lanzó a los caminos?

Éstas y mil preguntas más quedarían cumplidamente satisfechas durante mi estancia en Betania, a raíz de nuestra expedición a la Galilea y en la «tercera» aventura que —lo adelanto ya— fue libre y voluntariamente asumida por Eliseo y por quien esto escribe.

Y si aplazo ahora la narración de cuanto nos fue dado conocer sobre la edad adulta del Maestro es, simplemente, porque entiendo que tan fascinante y largo capítulo encaja mejor y más puntualmente entre las aventuras y correrías de estos «exploradores» por las altas tierras del norte...

Dicho esto, proseguiré con los sucesos que me tocó vivir a partir del viernes, 14 de abril de ese año 30 de nuestra Era.

De acuerdo con lo trazado por Caballo de Troya, yo debía incorporarme a la «cuna» antes de la décima aparición, prevista para ocho días después del domingo, 9 de abril. Pero...

[NOTA DEL AUTOR

Como quizá recuerde el lector, en mi anterior obra —Caballo de Troya, *página 494— hacía mención al tema que acaba de exponer el mayor. En sus escritos, el oficial de la USAF, después de una conversación de tres horas y media en la casa de Juan Zebedeo en Jerusalén en la mañana del sábado, 8 de abril, con María, la madre del Maestro, desvelaba unas interesantísimas informaciones en torno al nacimiento e infancia de Jesús de Nazaret. Como digo en la nota a pie de página, por razones de orden técnico, me vi precisado a posponer dicho relato. Entiendo que éste es un buen momento para incluirlo.*

Y antes de seguir adelante, una advertencia que me resisto a pasar por alto: como afirmo al principio de Caballo de Troya 2, *algunos de los puntos que se exponen a continuación resultan tan «afilados» que recomendaría a los lectores de ideas y principios religiosos excesivamente conservadores abandonen la lectura...*

Cumplida esta sincera aclaración, pasemos a esa parte de tos documentos.]

✡ ✡ ✡ ✡ ✡ ✡ ✡ ✡ ✡

... A partir de aquellos instantes —las ocho de la mañana, aproximadamente— y después de que Juan Zebedeo le explicara quién era y por qué estaba allí, María accedió gustosa a hablarme de Jesús, de sus primeros años en Nazaret, de sus viajes por el Mediterráneo y de la muerte en accidente de trabajo de su esposo, el constructor y carpintero llamado José.

Intentando poner orden en mis ideas y en los miles de temas que se agitaban en mi mente, empecé por preguntarle sobre el nacimiento del gigante...

Pero, a los pocos minutos, comprendí que debía retroceder en la Historia. El debatido asunto de la «concepción virginal» del Hijo del Hombre me intrigaba especialmente. O, para ser precisos, sentía curiosidad por conocer la versión de la interesada. Como resulta fácil de adivinar, María no podía intuir lo que de ella y de su primogénito escribirían los evangelistas bastantes años más tarde. Teniendo en cuenta que el fallecimiento de la Señora —así la llamaré también a partir de ahora— se registraría al año, más o menos, de la muerte de su Hijo, la versión del Evangelio arameo de Mateo (escrita quizá unos diez o quince años después del 30) podía ser, perfectamente, un puro relato de «oídas». En otras palabras, que Caballo de Troya albergaba serias dudas sobre lo manifestado por Mateo y Lucas en torno a estas cuestiones. ¿Fue real la pretendida y antinatural concepción de la Señora? ¿Se le apareció un ángel, como rezan las Escrituras?

Con el fin de no lastimar sus sentimientos con preguntas crudas y directas —al menos en este delicado terreno—, fui conduciendo la conversación por derroteros próximos, de forma que fuera ella misma quien, espontánea y sencillamente, abordara la cuestión. La estratagema dio resultado.

Así supe que María y José se conocieron cuando éste, como carpintero y «albañil», trabajaba en la ampliación de la vivienda de los padres de la entonces casi niña «Miriam» (verdadero nombre de María). La adolescente, que contaba unos once años, llevó agua a José. Era la primera vez que se veían. Y surgió una mutua atracción. Aunque ya lo mencioné en páginas anteriores, las costumbres de los judíos en aquel tiempo eran muy diferentes a las de hoy. A partir de los doce años y medio, coincidiendo con la primera menstruación, la niña alcanzaba la categoría de mujer, pudiendo pasar —por el casamiento— de la tutela del padre a la del esposo. (Y a veces no se sabía qué era peor.)

Los esponsales —una etapa que en la actualidad podríamos «maltraducir» por noviazgo— se prolongaron durante dos años (1). Cuando José cumplió los 21, la segunda

(1)   En el derecho judío, un matrimonio constaba de dos «momentos» o fases bien diferenciadas y estrechamente ligadas: los esponsales y el casamiento o «bodas». Cuando dos jóvenes decidían unirse para toda la vida entraban en el primer estadio. En realidad se les consideraba ya como esposos; sin embargo, la definitiva unión, tal y como fija el *Deuteronomio*, sólo se producía cuando el novio «tomaba a la esposa de su casa» (*Deut.*, XX, 7). A pesar de ello, los esponsales no pueden juzgarse como un simple «noviazgo». Llevaba en sí mismo el sello de un auténtico «contrato matrimonial». Hasta el punto que una mujer que era sorprendida en adulterio —encontrándose en el período de «esponsales»— podía ser repudiada y ejecutada. Parece ser que era una costumbre tolerada, aunque mal vista, que los «esposos» mantuvieran relaciones sexuales, como marido y mujer, antes de las nupcias propiamente dichas. Éstas, como digo, tenían lugar con el traslado de la novia o esposa a la casa del marido. Las fiestas duraban hasta siete días, incluso más. *(N. del m.)*

fase del ritual hebreo —el casamiento propiamente dicho—se festejó, con todos los honores y como mandaba la tradición, en el domicilio de María. El «contrato» se firmó en miércoles, ya que María era doncella, y a mediados del mes de marzo del año «menos ocho» de nuestra Era. (La luna llena traía buena suerte.) Como dote o *mohar*, Joaquín, el padre de la novia, recibió lo estipulado por la Ley —cincuenta siclos de plata— y la totalidad de los muebles del nuevo domicilio de los recién casados. Al contrario de lo que sucede en nuestros días, entonces no era el padre de la prometida quien cargaba con la dote. Era aquél quien debía recibirla del novio o del padre de éste.

María, por tanto, tenía 13 años cuando «entró en la casa» de su esposo y éste, como dije, 21.

La Señora sintió placer al recordar aquellos tiempos. Y me habló con gran cariño de la «casa nueva» de Nazaret, edificada por José y sus hermanos al pie de los cerros que dominan la comarca del Tabor y de Naín.

Antes de proseguir, quiero llamar la atención sobre esta fecha: marzo del año «menos ocho». En ese mes tuvo lugar la «boda» de los esposos.

La Señora se extendió gustosa en los detalles y pormenores de la modesta vivienda en la que iniciaron su azarosa vida de casados. (Con motivo de nuestro segundo «salto» en el tiempo, tendré oportunidad de volver sobre este curioso e interesante capítulo del mobiliario y de las costumbres de la pareja.)

Suave, prudentemente, me interesé también por José. ¿Cómo era? ¿Qué clase de carácter tenía? ¿Cuál era su aspecto físico?

María, sonriente, sólo tuvo elogios para su fallecido esposo. Ésta fue su descripción:

—Fue un hombre de dulces maneras. Moreno. De ojos negros. Fuerte e incansable trabajador. Sus antepasados, padre, abuelo, bisabuelo, etc., fueron carpinteros, contratistas, albañiles y forjadores. Al principio se dedicó a la carpintería de obra. Después entró en los negocios de las contratas. Pensaba mucho y hablaba poco. Era extremadamente fiel a las costumbres y prácticas religiosas de mi pueblo. Demasiado, para mi gusto... La dolorosa situación de Israel, bajo el yugo extranjero, le tenía afligido. Su familia fue numerosa, como la nuestra: ocho hermanos y hermanas. Cuando le conocí era alegre, pero, conforme fue pasando el tiempo, sobre todo a raíz de los primeros años de matrimonio, se volvió taciturno y fue presa de una aguda crisis espiritual. Poco antes de su muerte, cuando la nueva ocupación como contratista empezaba a mejorar nuestra situación económica, experimentó un considerable alivio y su espíritu se entonó de nuevo.

Fue inevitable. Al tocar la muerte de José no resistí la tentación y pregunté las circunstancias de la misma.

Ocurrió un martes, 25 de septiembre del año 8 de nuestra Era. Jesús tenía 14 años. Al atardecer de esa fatídica fecha, un mensajero llevó una trágica noticia al taller donde trabajaba Jesús. Su padre en la Tierra había caído desde lo alto de una obra, en la vecina ciudad de Séforis, encontrándose malherido. El primogénito de María acompañó al enviado hasta el domicilio de la familia, comunicando la desgracia a su madre. Jesús quería correr junto a su padre, pero la Señora se lo prohibió. Fue su hermano Santiago quien la acompañó hasta la residencia del gobernador donde, al parecer, había tenido lugar lo que hoy denominamos un «accidente laboral». Jesús, muy a su pesar, tuvo que quedarse en Nazaret, al cuidado de la casa y de los pequeños. Para cuando María entró en Séforis, José había fallecido. Condujeron el cadáver hasta la aldea de Nazaret y allí, al día siguiente, 26, fue sepultado en la tumba de sus antepasados. «Causalmente», había vivido 36 años; la misma edad de su Hijo.

A raíz de este suceso, Jesús tendría ocasión de conocer a Herodes Antipas, uno de los hijos de Herodes el Grande: el detestable y degenerado «zorro» que, veintidós años más tarde, trataría de interrogarle... Pero ésta es otra historia, que deberé contar en un futuro.

Puesto que hablábamos de José, me atreví a indagar en su pretendida ascendencia davídica. En el Evangelio de Mateo (1, 1-16) se concreta la genealogía de Jesús y, en ella, como es notorio, el padre terrenal del Cristo aparece como descendiente directo del rey David.

Debo confesar que la Señora se sorprendió mucho ante la insólita pregunta.

—¿Y cómo sabes tú eso...?

—Luego es cierto —repuse, esquivando la cuestión de María.

—No, no lo es...

Su explicación me dejó atónito. José, lógicamente, se lo había contado. Mateo, una vez más, fue mal informado. Todo arrancaba de un antepasado de José —por vía de su abuelo paterno— que fue adoptado por un tal Zadoq, que sí era descendiente directo de David (1). Este ancestro de José, huérfano, fue tomado bajo la tutela de Zadoq y de ahí el error. A partir de entonces (sexta generación anterior a José), los sucesores recibieron el falso título de nacidos o pertenecientes a la «casa de David».

Más adelante, cuando pase a describir lo sucedido en la segunda exploración, daré cuenta de los errores cometidos en las genealogías que se atribuyen a Jesús de Nazaret. La mayor parte de esas «listas» de ascendentes —como muchas de las profecías mesiánicas— son posteriores a la vida del Galileo y, consecuentemente, «acomodadas» a los hechos que protagonizó Jesús.

En realidad, la auténtica descendiente directa del rey David era la Señora. Su linaje, por lo que me explicó, se perdía en la más rancia nobleza, contando entre sus lejanos antepasados con representantes de los hititas, sirios, egipcios, fenicios e, incluso, griegos. Para los que pretenden «ver» en María una «madre representativa de la Humanidad», éste, seguramente, constituye uno de los puntales en el que podrían basar su pretensión. Pocas mujeres judías de dicho tiempo llevaban en su sangre una mezcla tan noble y puntual de razas...

De acuerdo con su carácter, aunque la muerte de su marido la sumió en un corrosivo dolor, María no exteriorizó jamás su profunda tristeza y soledad. Supongo que irá surgiendo de forma natural. Pero, aun así, no desperdiciaré la ocasión y comentaré algo que estimo importante en relación al temperamento de la Señora. Los cristianos de casi todos

---

(1) Efectivamente, seis generaciones antes de José —según el texto de Mateo— aparece un tal Sadoq o Zadoq, que engendró a Aquim. Éste engendró a Eliud y éste, a su vez, a Eleazar. Éste engendró a Mattán y Mattán a Jacob. Y éste fue el nombre del padre de José, esposo de María. *(N. del m.)*

los tiempos parecen haber ido fraguando una imagen de «María» acorde con sus propias creencias, intereses y conveniencias. Así, a lo largo de estos dos mil años, no es difícil encontrar textos bendecidos por el Papado, por los Santos Padres de la Iglesia católica o por «preclaros» teólogos en los que se cuelga a la madre del Señor «etiquetas» tan absurdas y poco reales como las de «virgen permanente», «mujer sumisa y ñoña», «dechado de virtudes humanas y divinas», «corredentora», «mediadora entre Dios y el género humano», «concebida sin pecado original» y qué sé yo cuántos encomiables pero dudosos atributos...

Los propios sucesos que iré narrando serán la mejor prueba de que la Señora era una hebrea inteligente, pero, como cualquier ser humano, con defectos y limitaciones. Algunos, como el relacionado con su «profundo sentido del nacionalismo», harán temblar a los cristianos que parecen vivir «en las nubes».

Paso a paso, por lo que fui captando y por lo que recogí de cuantos la rodearon, llegué a la conclusión de que María era una mujer alegre. Inasequible al desaliento. Con una envidiable fuerza vital y una libertad de mente que la obligaban a expresar sus sentimientos y opiniones abierta y limpiamente. Sin tapujos. Sin rodeos. Sin hipocresías. En oposición a José, la Señora llevaba en los genes lo que hoy llamaríamos «sentido liberal de la vida». Su filosofía era ésa: «respetar todas las creencias y credos». Pero también era terca y obstinada. Esta postura le conduciría a más de un disgusto. En especial durante la juventud de Jesús.

Analizando el carácter del Hijo, uno deducía que buena parte de sus dones como educador y conductor de masas y su característica capacidad para la justa indignación habían sido heredados de la madre. Del padre, en cambio, tenía la dulzura y una maravillosa comprensión de la débil naturaleza humana. En ocasiones, Jesús permanecía pensativo y con aire de tristeza ante los hombres que le rodeaban. Esa forma de ser, sin duda, guardaba una íntima relación con el temperamento de José. Pero, en la mayor parte de las veces, el Galileo se mostraba tan optimista y decidido como su madre. No creo equivocarme si —a manera de síntesis— digo que el carácter de la Señora imperaba con claridad en el de su primogénito. De José heredó también su amor por el estudio de las Escrituras hebraicas. María supo infundirle —quizá inconscientemente— un natural sentido del respeto y de la liberalidad.

Ambas familias —la de José y María—, además de disfrutar de posiciones económicas desahogadas, podían ser consideradas como «cultas», teniendo en cuenta el bajo nivel de la población en general. La Señora, tras el fallecimiento de su esposo, se preocupó especialmente de que sus hijos recibieran la necesaria instrucción. Aunque volveré sobre ello, también me sorprendió la extraordinaria habilidad de esta mujer para el arte del hilado. Fue una tejedora excepcional. Jesús siempre vistió las túnicas y mantos confeccionados por ella. En cuanto a sus dotes como ama de casa y mujer previsora —cualidades a las que se vio forzada ante la angustiosa situación económica en que quedó la familia con la muerte de José—, hablaré de ello con motivo de nuestra visita a la Galilea.

—Así que vuestras «nupcias» o bodas tuvieron lugar en marzo del año 746...

(Obviamente, cité el cómputo romano.)

La Señora asintió, sin comprender hacia dónde me dirigía.

—Conversando con unos y con otros —añadí, procurando disimular— he sabido también de un suceso prodigioso, ocurrido antes del nacimiento de Jesús...

—¿Te refieres a lo del ángel?

—Perdona mi incredulidad, pero...

—Lo entiendo, Jasón —susurró resignada—. No es la primera vez que alguien duda de mí...

Debía ser exquisitamente cauto. Así que formulé las preguntas, poniendo mis cinco sentidos.

—¿Cuándo fue?

—Un atardecer, hacia mediados del octavo mes, en pleno *marješván*... (1).

_____

(1) Entre los judíos de entonces, el año comenzaba en primavera. Concretamente en el mes de *Nisán*, que correspondía, según, a nuestros marzo o abril. Este ciclo cultual estaba inspirado en el calendario babilónico. A partir del destierro, el pueblo de Israel adoptó incluso los nombres de los meses babilónicos: *Iyyar* era el segundo mes (abril-mayo), *Siván* el tercero (mayo-junio), *Tammuz* el cuarto (junio-julio), *Ab* el quinto (julio-

(Eso quería decir noviembre.)

—¿Recuerdas el día exacto?

—No...

Me pareció raro que una mujer no guardara en su memoria una fecha tan distinguida.

—... Me encontraba en la casa de Nazaret, atendiendo las faenas. José no tardaría en volver. De pronto, al lado de una mesa baja de piedra, le vi. Era un joven muy hermoso. Con luz por todas partes. Dijo llamarse Gabriel...

—Tengo sumo interés en saber qué te dijo... con exactitud.

Eso sí había quedado grabado en su corazón.

—Sus palabras fueron éstas: «Vengo por mandato de aquel que es mi Maestro, al que deberás amar y mantener. A ti, María, te traigo buenas noticias, ya que te anuncio que tu concepción ha sido ordenada por el cielo... A su debido tiempo serás madre de un hijo. Le llamarás *Yehošu'a* (Jesús o "Yavé salva") e inaugurará el reino de los cielos sobre la Tierra y entre los hombres... De esto, habla tan sólo a José y a Isabel, tu pariente, a quien también he aparecido y que pronto dará a luz un niño cuyo nombre será Juan. Isabel prepara el camino para el mensaje de liberación que tu hijo proclamará con fuerza y profunda convicción a los hombres. No dudes de mi palabra, María, ya que esta casa ha sido escogida como morada terrestre de este niño del Destino... Ten mi bendición. El poder del Más Alto te sostendrá... El Señor de toda la Tierra extenderá sobre ti su protección.»

Mi perplejidad fue en aumento. Aquellas palabras no guardaban parentesco alguno con las escritas por Lucas (1, 26-39). Como se verá, María no era virgen, en el sentido que parece querer darle —a toda costa— el evangelis-

---

agosto), *Elul* el sexto (agosto-septiembre), *Tišri* el séptimo (septiembre-octubre), *Marješván* el octavo (octubre-noviembre), *Kisléu* el noveno (noviembre-diciembre), *Tébet* el décimo (diciembre-enero), *Sabat* el undécimo (enero-febrero) y *Adar* el duodécimo y último (febrero-marzo). El año era lunisolar, con 12 meses de 29 o 30 días y un mes suplementario cada dos o tres años para enjugar el retraso del ciclo lunar sobre el año solar. *(N. del m.)*

ta (1). Era imposible porque las «bodas», repito, se habían celebrado en marzo: ¡ocho meses antes de la llamada «anunciación»! En mi opinión, los relatos —supuestamente «sagrados»— sobre tal acontecimiento fueron deformados e innecesariamente circunscritos a una situación —la virginidad física de la Señora— que envolvía el nacimiento del Señor en un halo de misterio y divinidad, muy propio de los orientales. «Algo» que no afectaba para nada a la trascendencia de la misión del Hijo del Hombre. Pero trataré de ir por partes.

En el mencionado Evangelio de Lucas (versículos 31 a 33) se lee: «... vas a concebir en el seno —le dice el ángel a María— y vas a dar a luz un hijo, a quien pondrás por nombre Jesús.» Desde la pura lógica, resulta incongruente que las «fuerzas del Cielo» —que difícilmente contravienen el natural discurrir de la Naturaleza— programen una concepción en pleno período de «esponsales». ¿Por qué crear problemas innecesarios? Si el tema de la concepción misteriosa de Jesús iba a constituir una fuente de polémicas, recelos y disgustos en la propia familia de Nazaret, ¿por qué añadir «más leña al fuego» con una concepción «a destiempo»?

La «información» de Lucas es errónea, incluso, en el detalle del embarazo de Isabel, prima lejana de María. Según sus escritos, Gabriel se apareció a la Señora «al sexto mes» de la concepción no menos misteriosa de aquélla. Cuando

(1) Lucas en su Evangelio recalca una y otra vez la palabra «virgen»: «... Al sexto mes fue enviado por Dios el ángel Gabriel a una ciudad de Galilea, llamada Nazaret, a una virgen desposada con un hombre llamado José, de la casa de David; el nombre de la virgen era María...» En tan pocas líneas se contabilizan dos errores: «una virgen desposada con un hombre llamado José» y «de la casa de David». En cuanto al resto del pasaje en cuestión, también aparece plagado de «modificaciones» o de errores. Por ejemplo, refiriéndose a Jesús, Lucas pone en boca del ángel: «... y el Señor Dios le dará el trono de David.» Jamás hubo alusión a tal trono. ¿Para qué? La misión del Maestro era otra y Él se encargaría de repetirlo en vida más de una vez. Lucas, que escribió su Evangelio muchos años después de la muerte de María, no fue bien informado o, quizá, se dejó arrastrar por las corrientes que pretendían magnificar todo lo relacionado con Jesús, incluyendo una madre permanentemente virgen. Algo que iba contra todas las costumbres y normas de la sociedad judía de entonces. (N. del m.)

interrogué a María sobre el referido embarazo de su prima, sobre la aparición de Gabriel a dicha pariente y sobre el nacimiento de Juan, llamado *el Bautista*, las fechas no coincidieron con las de Lucas. El ángel se presentó ante Isabel en los últimos días del mes de junio de ese mismo año «menos 8». Es decir, para cuando el enviado celeste se apareció por segunda vez —a María—, Isabel estaba de cinco meses y no de seis, como escribe el evangelista. (Juan nacería el 25 de marzo del año siguiente: «menos 7».)

De todas formas, con toda la delicadeza de que fui capaz, insistí en el íntimo asunto de su virginidad, en el momento de la presencia del ángel. La respuesta fue rotunda:

—Naturalmente que estaba casada con José y naturalmente que manteníamos relaciones conyugales normales…

La Señora no podía comprender el porqué de aquellas preguntas. Ignoraba, obviamente, lo que de ella se escribiría años después.

En lo que se mantuvo firme fue en la «concepción no humana» de su primogénito. Acepté su palabra. ¿Quién mejor que ella para saber si Jesús había sido fruto o no de su unión matrimonial con José? A estas alturas de la misión, no tengo dificultad para aceptar que Dios pueda llevar a cabo un acto semejante. En el siglo XX hemos empezado a asistir a otros fenómenos que resultarían «mágicos» para los habitantes del tiempo de Cristo o de la Edad Media: la inseminación artificial o los niños «probeta», por citar dos ejemplos.

—¿Y cuál fue la reacción de José ante el anuncio del ángel?

La Señora sonrió, mostrándome aquella espléndida dentadura blanca y equilibrada. Hizo un malicioso gesto con las cejas y comentó:

—Primero esperé…

En mi torpeza no caí en el sentido de aquella afirmación.

—¿A qué? —pregunté estúpidamente.

María se sonrojó.

—¿A qué va a ser?… Debía asegurarme de que la visión del ángel no había sido un mal sueño o algo parecido. A las pocas semanas, cuando estuve segura de mi maternidad, hablé con él…

—¿Y qué dijo?

—Mi esposo siempre tuvo una gran confianza en mí. Pero, como era de esperar, se sintió mal. Desasosegado. No concilió el sueño durante días. Eso sí, jamás me acusó de nada impuro. Dudó, sí, de la historia de Gabriel. Sin embargo, poco a poco, creyó en mis palabras. Entonces surgieron otros problemas...

Le animé a que me los contara.

—Para José, lo más duro no era que hubiera podido ver y oír a un mensajero de los cielos o que, incluso, el Altísimo, bendito sea su nombre, obrara en mí un milagro semejante... Lo que le trastornó fue que un niño nacido de una familia humana tuviera un destino divino. Sin embargo, después de reflexionar y, sobre todo, a raíz de su sueño, cambió y aceptó los hechos.

—¿Un sueño? —intervine como si no supiera nada.

—Sí, una noche se despertó sobresaltado. Y me contó lo siguiente: un brillante mensajero le había hablado.

»«José, te aparezco por orden de aquel que reina ahora en los cielos. He recibido el mandato de darte instrucciones sobre el hijo que María va a tener y que será una gran luz en este mundo. En él estará la vida y su vida será la luz de la Humanidad. De momento irá hacia su propio pueblo. Pero éste le aceptará con dificultad. A todos aquellos que le acojan les revelará que son hijos de Dios.» Después de esta dramática experiencia ya no dudó.

Guardé silencio. Aquella versión tampoco se parecía a la del evangelista Mateo. En el capítulo 1, versículos 19-25, dice textualmente el escritor sagrado: «Su marido, José, como era justo y no quería ponerla en evidencia, resolvió repudiarla en secreto. Así lo tenía planeado, cuando el ángel del Señor se le apareció en sueños y le dijo: "José, hijo de David, no temas tomar contigo a María tu mujer porque lo engendrado en ella es del Espíritu Santo. Dará a luz un hijo, y tú le pondrás por nombre Jesús, porque él salvará a su pueblo de sus pecados." Todo esto sucedió para que se cumpliese el oráculo del Señor por medio del profeta: "Ved que la Virgen concebirá y dará a luz un hijo y le pondrá por nombre Emmanuel", que traducido significa "Dios con nosotros". Despertado José del sueño, hizo como el ángel del Señor le había mandado, y tomó consigo a su mujer. Y no la conocía hasta que ella dio a luz un hijo, y le puso por nombre Jesús.»

El pasaje en cuestión está lleno de posibles «manipulaciones», bien del propio Mateo o de quienes copiaron su versión original: la aramea que, como dije, se perdió.

Si era justo —podría esgrimirse—, ¿por qué iba a repudiarla en secreto? La justicia, en aquellos tiempos, se interpretaba como el estricto y «justo» cumplimiento de la Ley. Eso hubiera significado el «divorcio» fulminante y, quizá, la lapidación de María. Segundo problema: si Mateo hubiera consultado a María, difícilmente se habría atrevido a colocar en labios del ángel el calificativo del «hijo de David» para el esposo de la Señora. Tercero: aceptando que María y José se hubieran encontrado en el período de «esponsales», ¿por qué extrañarse del embarazo si las relaciones sexuales en dicha primera fase estaban toleradas? Por supuesto, en la versión original no se dice que «él salvará a su pueblo de sus pecados». El evangelista, como buen judío, suponiendo que hubiera tenido acceso al verdadero texto del mensaje, ignora la semiacusación del ángel al pueblo —el suyo— «que le aceptará con dificultad».

Por último, respecto a las supuestas profecías sobre el Mesías y la «virginidad» de su madre, teniendo en consideración las lagunas, manipulaciones y contradicciones de que había sido testigo, todo era posible. Incluso, como manifesté, que fueran interpolaciones muy posteriores a la vida de Jesús, para «hacer cuadrar» la innecesaria virginidad. No soy teólogo, ni tampoco lo deseo. Pero, desde mi corto entendimiento, me hago una sencilla pregunta: ¿por qué la Iglesia católica y los cristianos se empeñan en sostener el secundario e intrascendente asunto de la virginidad permanente de María? Lo único vital en todo esto —ése es mi criterio— son los frutos o el resultado final: la maravillosa maternidad de la Señora. En otras palabras: Jesús. Dando por hecho que la concepción fue de carácter misterioso o divino, ¿qué importancia encierra que fuera o no virgen, «antes, durante y después» de la gestación?

Al interesarme por las reacciones de las respectivas familias de José y María respecto al nacimiento del «niño del destino», como lo había llamado Gabriel, la Señora —en su respuesta— puso de manifiesto el grave confusionismo creado entre aquellas gentes acerca del verdadero papel que debería desempeñar el Maestro:

—Mis dos hermanos, mis otras dos hermanas y toda mi familia —comentó con melancolía— recibieron la noticia con escepticismo. Ninguno creyó que mi hijo fuera realmente el Mesías esperado...

Éste, sin duda, fue un craso error. En ninguno de los dos mensajes celestes —en el de Gabriel y en el del sueño de José— se menciona para nada que Jesús fuera el Mesías o el Libertador o que «Dios fuera a darle el trono de David», como puntualiza Lucas. Los judíos aguardaban al Mesías, cierto. ¡Pero no era de origen divino! La creencia popular lo había asociado a un «líder o libertador político», que haría de Palestina una nación fuerte y poderosa. La pésima interpretación de las palabras de los ángeles constituiría una interminable y agria fuente de conflictos entre los que conocieron a Jesús, incluyendo a su madre y hermanos. Pero no quiero precipitarme ahora en este peliagudo y fascinante problema. Al examinar el comportamiento de María durante la juventud de su Hijo, tiempo habrá de comprobar cuanto digo.

Los enemigos de Jesús tenían razón en una cosa: el rabí de Galilea no podía ser el Mesías. Si el origen del Maestro era divino —como él mismo se encargó de refrendarlo pública y rotundamente—, su papel podía ser otro, pero no el de «Libertador del pueblo de Israel». Hoy, todos los que conocemos el mensaje del Cristo estamos de acuerdo en esa premisa. Jesús de Nazaret fue un «Libertador», pero en otro orden... tal y como anunció Gabriel. He aquí una prueba más de que sus inmediatos colaboradores no entendieron la amplia y esperanzadora misión del Galileo: difundir el mensaje de hermandad entre todos los hombres y la gracia de ser hijos del Padre. Si lo hubieran captado, ¿por qué Lucas y Mateo iban a insistir en el banal y «político asentamiento» en el trono del rey David?

Pero continuemos con los hechos, tal y como se registraron cronológicamente.

Ese año «menos 8» (746 del calendario de Roma) no provocó mayores sobresaltos a la pareja de Nazaret. La vida siguió con su rutina. Y la Señora, que guardaba en su corazón el anuncio de Gabriel sobre el embarazo de su prima Isabel, fue convenciendo a su marido para que le permitiera viajar a la región de Judea, al sur, y visitar a su pariente.

—No fue fácil —aclaró María— pero, finalmente, José accedió. Y en febrero del siguiente año pude abrazar a mi prima...

Ambas estaban impacientes por verse e intercambiar sus respectivas experiencias.

En realidad, la obra de Jesús en la Tierra fue iniciada por su primo lejano, Juan, cuya historia, al conocerla de labios de la Señora, de los «íntimos» del Bautista y, sobre todo, al conocerle a él, me llenó de perplejidad. ¡Qué poco sabemos de este gigante de dos metros de altura!

Zacarías, el padre de Juan, era sacerdote. Isabel, la madre, estaba entroncada en uno de los grupos más prósperos de la rama de María. Aunque hacía años que estaban casados, «ciertos problemas» —a los que aludiré en su momento— habían hecho inútiles los intentos de la pareja por tener hijos.

La aparición de Gabriel a Isabel tuvo lugar, como ya dije, en los últimos días del mes de junio del año 8 antes de la Era Cristiana. (María y José llevaban casados algo más de tres meses.)

—¿Qué le dijo el ángel a Isabel?

—La aparición fue a mediodía. Gabriel le habló así: «Mientras tu marido, Zacarías, oficia ante el altar, mientras el pueblo reunido ruega por la venida de un salvador, yo, Gabriel, vengo a anunciarte que pronto tendrás un hijo que será el precursor del divino Maestro. Le pondrás por nombre Juan. Crecerá consagrado al Señor, tu Dios y, cuando sea mayor, alegrará tu corazón, ya que traerá almas a Dios. Anunciará la venida del que cura el alma de tu pueblo y el libertador espiritual de toda la Humanidad. María será la madre de este niño y también apareceré ante ella.»

—Pero —pregunté sin poder sujetar mi curiosidad, memorizando el pasaje de Lucas (1, 5-24) en el que se cuenta la historia de la mudez de Zacarías—, ¿el ángel no se presentó también al esposo de tu prima?

La Señora, que no terminaba de acostumbrarse a mis peregrinas cuestiones, me miró con extrañeza.

—¿A Zacarías? Que yo sepa, no. Sólo fue visto por Isabel.

«Entonces —me dije a mí mismo—, ¿todo ese intrincado asunto de Lucas...?»

—¿Seguro que no se quedó mudo?

Mi supuesta ocurrencia hizo gracia a María, que, de no haber sido por la tristeza que la consumía, quizá hubiera soltado una solemne carcajada.

—Zacarías jamás padeció mal de esa naturaleza...

Cambié de tema. Estaba claro que el evangelista se había dejado llevar de su imaginación o quizá sus pesquisas no fueron correctas. Aunque también cabía una tercera posibilidad: que Zacarías se hubiera «apropiado» de la aparición del ángel, añadiendo y modificando a su antojo... No hay que olvidar que aquél era el «imperio de los varones» y que las mujeres no contaban.

La Señora completó la información, asegurando que su prima sólo habló del ángel con su marido. Pero éste, escéptico, no empezó a creer hasta que Isabel dio las primeras señales de estar encinta.

—Teniendo en consideración la avanzada edad de mi prima —puntualizó—, era lógico que Zacarías no supiera a qué atenerse. Pero, al igual que José, nunca puso en duda la fidelidad de su mujer. Todo terminaría cuando, seis semanas antes del alumbramiento, mi primo tuvo un impresionante sueño. Entonces se convenció de que aquel hijo era también «obra divina» y que sería en verdad un precursor de mi Jesús.

Juan nacería en Judá el 25 de marzo de ese año 7 antes de nuestra Era. La alegría de sus padres fue indescriptible. Y al octavo día, como señalaba la Ley, fue circuncidado. Un sobrino de Zacarías partiría de inmediato hacia Nazaret, con la noticia del nacimiento.

Aquella visita a la aldea de Judá, a unos siete kilómetros al sur de Jerusalén, en las colinas, fue de gran importancia para ambas. Tanto Isabel como María se fortalecieron en sus respectivas creencias, al escucharse mutuamente. Tres semanas más tarde, la futura madre de Jesús regresaba a Nazaret, feliz y definitivamente convencida.

Pero sus problemas, en realidad, empezarían con el nacimiento del «niño del destino».

Puede parecer increíble, pero faltó muy poco para que el nacimiento de Jesús se produjera en Nazaret. Si María hubiera sido realmente una mujer sumisa —tal y como pregonan muchos cristianos—, no habría habido viaje a Belén. Me explicaré.

Cuando me interesé por las circunstancias que rodearon el nacimiento de Jesús, la Señora recordó con añoranza sus discusiones con José. Ante mi extrañeza, puntualizó:

—Cuando se recibió en el pueblo la orden para empadronarse, mi marido lo dispuso todo para viajar a Belén. Pero solo. Sin mí. Yo sabía muy bien que no necesitaba acudir en persona ante el censo. José estaba autorizado a inscribir a toda la familia. Ésas eran sus intenciones. Pero le dije que no...

—¿Por qué?

—Tenía miedo a quedarme sola y, sobre todo, a que el niño naciera en su ausencia. Además —precisó con un guiño de malicia—, Belén está muy cerca de Judá y ésa era una excelente ocasión para volver a visitar a Isabel...

Así que la pareja —como ocurre también en nuestros días— se enzarzó en una larga polémica. José, más prudente, trató de convencerla para que se quedara en Nazaret. No le faltaba razón. La Señora estaba casi «fuera de cuentas» y no era conveniente que, en su estado, se lanzara a los caminos de Palestina. La concepción de Jesús, según los cálculos aproximados de su madre, tuvo lugar alrededor del 15 de noviembre. Y la partida de ambos hacia la aldea de Belén se produjo en el amanecer del 18 de agosto del citado año «menos 7» de nuestra Era (747 del cómputo romano). Es decir, habían pasado nueve meses...

Sin embargo, tenaz y decidida, logró imponerse y su esposo no tuvo más remedio que claudicar. De nada sirvieron las recomendaciones ni las prohibiciones.

—Y alegres como niños empaquetamos provisiones para tres o cuatro días, saliendo hacia Belén.

Corría el alba del 18 de agosto. La pareja disponía entonces de una mula y sobre ella cargaron su impedimenta. La joven embarazada, que estaba a punto de cumplir los 14 años de edad, subió a la caballería y José, tomando las bridas, inició a pie una caminata que se prolongaría por espacio de dos días y algunas horas.

La aceptable memoria de la Señora me permitió reconstruir lo esencial de dicho viaje.

El esposo, buen conocedor de los peligros que amenazaban a los viajeros, eligió la ruta más corta, aunque no la más cómoda: la del Jordán (1).

En su primer día llegaron hasta el monte Gilboa. Allí, a orillas del río, acamparon y pasaron la noche.

—Recuerdo que nuestros pensamientos y el tema constante de conversación —precisó María— era el hijo que estaba a punto de nacer. José seguía reprochándome mi locura. No le faltaba razón. No sé qué hubiera sido de nosotros si el pequeño llega a presentarse al pie de aquella montaña...

Al día siguiente, de madrugada, reanudaron la marcha. María se encontraba perfectamente. Almorzaron junto al monte Sartaba, que domina el valle del Jordán, y, al anochecer, entraron en la ciudad de Jericó. No tuvieron problema para encontrar una posada.

—Después de la cena, José, otros peregrinos y yo hablamos de muchas cosas: de la odiosa ocupación romana, de Herodes, del empadronamiento y sus nefastas consecuencias para el pueblo y hasta de la influencia de Jerusalén y Alejandría como centros de estudio y de cultura judíos.

El 20 de agosto, también al alba, atacaron la última etapa de su viaje. Avistaron Jerusalén hacia el mediodía y, después de visitar el Templo, prosiguieron camino hacia el sur: a Belén.

—¿A qué hora llegasteis?

—Poco antes del ocaso...

Aquella parte de la narración resultaría igualmente esclarecedora.

—La posada estaba al completo —continuó la Señora— y, como la noche se echaba encima, nos dirigimos a la casa de los parientes de mi marido. Fue imposible. Todas las

(1) En la Palestina de entonces, los caminos que la surcaban de sur a norte, al igual que los que discurrían de este a oeste, no eran fáciles. Entre los primeros había tres grandes rutas: la de Sefela, que chocaba con la cadena montañosa del Carmelo; el Jordán, que resultaba muy molesto durante los meses de calor y la más usual: Samaria, muy abrupta y que los judíos de estricta observancia religiosa procuraban evitar a toda costa. (El contacto con los samaritanos era motivo de «impureza».) De no haber sido por el delicado estado de María, quizá José se hubiera decidido por esta última. (N. del m.)

habitaciones se hallaban igualmente ocupadas. Decepcionados y cansados, volvimos al albergue. No sabíamos qué hacer. Allí nos informaron de que, dada la gran afluencia de viajeros, habían decidido desalojar los establos situados en el flanco de la peña, justo debajo de la posada...

—¿Para qué servían esos establos?

María me observó indecisa. Pero, comprendiendo que era extranjero, pasó por alto tan absurda pregunta.

—¿Para qué podían servir?: para los animales de las caravanas y como almacén de grano.

—¿Y qué pasó?

La Señora notó mi impaciencia.

—¿Por qué tienes tanto interés, Jasón?

Esta vez respondí con la verdad.

—Me interesa todo, absolutamente todo, lo relacionado con el Maestro.

Me lo agradeció con una sonrisa y continuó.

—...Pues bien, José amarró la mula en el patio y, cargando los bultos, las ropas, la comida y demás, me ayudó a bajar las escaleras que conducían a la cueva. Montamos las lonas que nos servían de tienda frente a unos pesebres y nos dispusimos a descansar. Estábamos rendidos...

—Supongo que os instalaríais a disgusto...

La Señora abrió sus almendrados ojos verdes y, sorprendida, preguntó a su vez:

—¿Por qué? ¿Lo dices por el establo? No, hijo... Al contrario. Nos sentimos felices al haber hallado un lugar tan silencioso y agradable. Después de cenar, José comentó que pensaba empadronarse de inmediato. Pero, como te comentaba, yo me sentía muy cansada. Y, de pronto, empezaron unos fuertes dolores. Mi marido se asustó y dejó lo del empadronamiento para otro momento.

—¿Fuertes dolores? —repliqué, imaginando que podía tratarse de las primeras contracciones.

—Sí, espantosos... Después se hicieron más llevaderos. Pero ya no pudimos dormir en toda la noche.

—¿Cada cuánto te venían esos dolores?

—No lo recuerdo bien. Creo que cada media hora, más o menos.

La descripción podía encajar perfectamente en el proceso natural de apertura del canal cervical, cerrado durante el embarazo. Cada una de aquellas contracciones apretaría la pared superior del útero contra el cuello uterino, preparando así el deslizamiento del bebé. (Como se sabe, normalmente, el útero se encuentra firmemente anclado al fondo de la pelvis.)

—¿Se produjo entonces la «rotura de aguas»? (1).

—¡Hijo!, no puedo acordarme... ¡Han pasado casi treinta y seis años! Lo que no se me olvida es que estaba muy asustada. Algunas mujeres velaron conmigo y me confortaron. Una de ellas, incluso, pegó su oído a mi tremendo vientre... ¡estaba gordísima!, y me dijo que escuchaba al niño... ¡Cosas de mujeres!

—¿En qué momento te llegó la «hora»?

—Al alba empecé a sufrir de verdad. Los dolores fueron más intensos y seguidos. Poco antes de la hora sexta [las doce] creí morir... Los dolores se producían uno detrás de otro... (2). Me ayudaron a curvar la espalda y una de las mujeres puso un lienzo en mi boca, ordenándome que lo mordiera con fuerza. Otras dos me tomaron por las muñecas y me incitaban a que empujase. ¡Dios bendito!, ¡cuánto miedo pasé!... ¡Jadeaba, gritaba y sudaba!

—¿No te acordaste del ángel?

—Ni del ángel ni de nada... En esos momentos es difícil pensar.

—¿Y José?

—A mi lado, pálido como la cal, luchando por animarse. El pobre estaba más aterrorizado que yo... Se pasó las horas empapando un paño en agua fría y colocándolo so-

---

(1)   El líquido fetal, lógicamente, no es comprimible y al derramarse contribuye a ensanchar las membranas hacia el punto de menor resistencia. Generalmente, después de la aparición de las membranas, empujando el citado canal cervical, la cabeza fetal llega detrás, dilatando aún más dicho conducto. Es muy posible que esa «ruptura de aguas», como se denomina popularmente a la pérdida del líquido fetal, se produjera en María en el transcurso de esa noche del 20 de agosto. *(N. del m.)*

(2)   Esta descripción podría encajar en la última fase de los dolores. Quizá tuvieron una intermitencia de cinco minutos. En cada contracción, las fibras musculares de la pared uterina comprimen más la cavidad, preparando así la salida del niño, que cada vez dispone de menos espacio. Entre contracción y contracción, lo normal es que se registre una pausa. En esos momentos entra sangre fresca en la placenta y los latidos del bebé recuperan su frecuencia e intensidad. *(N. del m.)*

bre mi frente. No consentí que se separase de mí. ¡Al demonio las leyes!

La exclamación de María estaba justificada. En aquel tiempo, entre los judíos, era muy frecuente que al padre se le negase la opción a estar presente en el parto. Debía esperar fuera o en otro lugar a que le fuese anunciado el nacimiento. Así se hacía de antiguo, cumpliendo el versículo de Jeremías: «¡Maldito aquel que felicitó a mi padre diciendo: "Te ha nacido un hijo varón", y le llenó de alegría!» (*Jer.*, XX, 15). Ya dije que la Señora disfrutaba de un sentido muy liberal de la interpretación religiosa.

—... Al fin, a eso del mediodía, apareció la cabeza. Yo estaba al límite de mis escasas fuerzas... Y mi hijo vino al mundo. Las mujeres lo lavaron y, tras frotarlo en sal, lo envolvieron en los pañales y se lo entregaron a su padre (1).

—Quizá no lo recuerdes, pero, cuando estuviste en condiciones de pensar, ¿qué te vino a la mente?

—Lo primero que hice fue revisar a mi *bekor*. Era precioso. Con una abundante mata de pelo negro y arrugadito como una pasa. Era perfecto. Y me sentí muy feliz.

(Con la palabra *bekor* se designaba al primogénito. Al ser varón, la alegría de la familia llegaba al colmo. Si era niña, en cambio, se recibía con tristeza o indiferencia.)

No pude remediarlo. Al escuchar las explicaciones de la Señora experimenté una gran ternura. Jesús había nacido como cualquier niño. ¡Cuánto hubiera dado por asistir a tan histórico parto!

Ninguno de los «milagrosos» sucesos que cuentan las tradiciones y los Evangelios «apócrifos» sobre la Natividad del Señor parecen ciertos. Repito: aquel bebé tan especial vino al mundo como todos nosotros.

Pero no quiero olvidar otro dato interesante: la fecha de dicho alumbramiento. Según estas noticias, Jesús «de Belén» nació hacia las 12 horas del día 21 de agosto del año «menos 7» o 747 del calendario de Roma. Una fecha in-

(1)   La costumbre de frotar al recién nacido en sal se basaba en la creencia de que, así, la piel adquiría una mayor firmeza. En cuanto al hecho de entregárselo primero al padre, constituía todo un rito de reconocimiento y legitimidad. Lo normal es que al recibir al bebé, el padre lo colocase sobre sus rodillas. Si un abuelo estaba presente, el privilegio se cedía a éste, tal y como decía el *Génesis* (L, 23). *(N. del m.)*

comprensiblemente «olvidada» por los evangelistas y que, con el paso de los siglos, sería anclada en el mes de diciembre del año «uno». Todo un doble error (1).

Por supuesto, aunque cae por su propio peso, durante el parto no hubo ningún animal (los tradicionales buey y

---

(1)   Con toda probabilidad, la adopción por parte de la Iglesia del 25 de diciembre como festividad de la Natividad (me refiero a la Iglesia occidental) se remonta a los siglos IV o V de nuestra Era. Una de las opiniones más extendida y aceptada basa este hecho en la «institucionalización» del Cristianismo a raíz del emperador Constantino, que empujó la definitiva expansión y consolidación pública de la religión de los cristianos. Parece muy probable que la floreciente Iglesia decidiera «transformar» una de las celebraciones paganas de entonces en la «Natividad» del Señor. Aunque hay diversidad de criterios al respecto, cabe pensar que esa celebración pagana que sirvió para el «cambio» fuera la del «invicto sol» o los *Angeronalias* o *Diualias*, todas ellas romanas. Estas últimas tenían lugar el 21 de diciembre. Según Varrón (L, L, 6, 23), se ofrecía un sacrificio a la diosa en la curia Acculeia. Al parecer, al igual que *Dea Dia*, eran fiestas ubicadas en los días más cortos del año (solsticio) y que anunciaban la renovación del año o la «victoria del sol». (Los días, en efecto, empezaban a ser más largos.) La Iglesia de occidente (la de oriente jamás celebró la Natividad; sólo la Epifanía), según los expertos, pudo transmutar la fiesta que conmemoraba el «nacimiento o la llegada y victoria del triunfante sol» por el «nacimiento del verdadero Sol: Jesús de Nazaret». En las célebres homilías del papa San León Magno (año 450) ya se habla de esta «moderna» fiesta cristiana del 25 de diciembre. Como he referido en algunos de mis libros —y no voy a entrar en ello ahora—, ni las costumbres pastoriles de aquella época ni la meteorología de Palestina permiten que los «pastores guarden su ganado al raso» en los meses de diciembre, enero y febrero.

En cuanto al segundo error al que hace alusión el diario del mayor —la fijación del nacimiento de Cristo en el año «uno»—, también estoy de acuerdo. No pudo ser así. El padre Igartua, jesuita, en su excelente obra *Los Evangelios ante la Historia* (p. 73), lleva a cabo un pormenorizado informe sobre este «fallo», reconocido por todos los historiadores y que nos hace arrastrar un estimable «retraso» en el calendario oficial. He aquí el estudio de J. M. Igartua:

«1.   Jesús nació en tiempos de Herodes el Grande, según los mismos evangelios (*Mt.*, 2, 1, y *Lc.*, 1, 5). Pero Herodes murió antes del año 1, luego es necesario anteponer la fecha del nacimiento de Cristo.

»2.   ¿Qué año murió Herodes? Se ha conseguido la precisión por el historiador judío Flavio Josefo. He aquí sus datos. El año en que Herodes comenzó a reinar está fijado por él, conforme al cómputo existente griego, en la olimpiada 184, constando cada tiempo de olimpiada de cuatro años, lo que da un total de 736 años. Determina el año por el consulado romano contemporáneo de Calvino y Asinio Polión (*Ant. Jud.*, XIV, 14, 5).

asno) en el recinto. Y siento defraudar igualmente a los que siempre creyeron en las «apariciones» de los ángeles a los pastores de las cercanías de la aldea de Belén. Por las informaciones de María, salvo sus amigos y parientes, nadie extraño acudió a conocer al Niño. El evangelista Lucas, al parecer, se sacó de la manga toda esa bella historia de los «coros celestiales» y del «anuncio a los referidos pastores». La única «visita» que, naturalmente, dejó confusa a la pareja de Nazaret fue la de los sacerdotes de Ur, ìdentificados como los «Magos». Pero eso sucedería cuando Jesús

---

Pero todavía no se puede establecer la era cristiana, pues no tenemos aún dato de correlación entre ambos cálculos cronológicos.

»3.   La duración del reino de Herodes la fija el historiador Josefo en "treinta y cuatro años después de que mató a (su contrincante) Antígono, y desde que recibió el reino de los romanos treinta y siete años". (*Ant. Jud.*, XVII, 8, 1, y Bell., *Jud.*, I, 33, 8). La muerte ocurrió en el quinto día desde que ordenó dar muerte a su propio hijo Antípatro. Pero continuamos en la misma incertidumbre acerca de la correlación con la era cristiana de Dionisio el Exiguo (la actual). Los 736 años griegos de las olimpiadas («en la olimpiada 184», según Josefo) se correlacionan con los años romanos restando 23, pues según Varrón, la fundación de Roma aconteció en el año 23 de las olimpiadas, y equivalen así a 736 – 23 = 713 *ab UC*. Como Josefo añade que Herodes reinó 37 años, sumando éstos a los 713 tenemos 750 *ab UC* para año romano de su muerte. ¿Cómo emparejar ahora con la era cristiana este año 750 *UC* de la muerte de Herodes?

»4.   Providencialmente, un dato casi perdido en el conjunto ha permitido establecer la correlación. Pues Josefo (*Ant. Jud.*, XVII) narra el suceso de un asalto de los extremistas religiosos al templo contra las insignias romanas, dirigido por dos doctores de la Ley y ejecutado por arriesgados jóvenes, no más de un mes antes de la muerte de Herodes. Éste, que aunque enfermo tenía aún arrestos crueles, mandó quemar vivos a los dos doctores y a algunos jóvenes asaltantes, y en ese mismo día de su ejecución —dice Josefo— "hubo un eclipse de luna", que fue interpretado como signo celeste contra Herodes, acompañado de que su propia muerte ocurrió casi en la Pascua. Ahora bien, los astrónomos modernos han identificado tal eclipse de luna, visible en Judea, en el año 4 antes de Cristo, el 13 de marzo. Tenemos así un dato ya cierto de correlación: el año de la muerte de Herodes el Grande fue el año –4, antes de Cristo, y el nacimiento de Jesús hubo de ser, conforme a lo recordado de los Evangelios en vida suya, luego antes del –4. Si añadimos el cálculo de dos años que hizo el propio Herodes en Mateo, cuando mandó matar a los niños menores de dos años, estamos en el –6. Y así, se calcula, con bastante precisión, como año del nacimiento de Jesús el año –6 o –7 de la Era cristiana. *(N. del a.)*

tenía ya tres semanas de vida... Y tampoco fue como lo narra Mateo (2, 1-12). Antes ocurrirían otros sucesos no menos curiosos.

Aunque estimo que, como médico debería obviarlo, haré una concesión y tocaré de pasada el también polémico tema de la virginidad de María después del parto. Lo ideal, naturalmente, habría sido practicar un reconocimiento. Pero eso no fue posible ni yo me hubiera prestado a ello. Entre otras razones, porque la evidencia saltaba a la vista. Adelantándome a los acontecimientos, diré que la Señora tuvo más hijos, tal y como se afirma en los propios Evangelios: *Marcos* 3, 20-21, 30-35; *Mateo* 12, 46-50, y *Lucas* 8, 19-21. (De sus hermanos Santiago, José, Simón y Judas, así como de sus hermanas, hablan también los vecinos de Nazaret en *Marcos*, 6, 3, y *Mateo*, 13, 55-56, por no citar a *Juan* (2, 12 y 7, 3-5). El propio evangelista Mateo, en 1, 25, deja el asunto sentenciado cuando afirma: «Y no la conocía hasta que ella dio a luz un hijo, y le puso por nombre Jesús.» (La expresión «conocer», en términos bíblicos, significa mantener relaciones sexuales.)

Y volvemos al viejo problema. ¿Por qué ese miedo o pudor o escrúpulos de numerosos sectores de la Iglesia católica a aceptar que la Señora pudiera tener más descendencia, tal y como era la costumbre en las familias normales de aquel tiempo? Estos moralistas e hipercríticos de «lo ajeno» no ignoran que, en tiempos de Jesús, la esterilidad era poco menos que una maldición divina. Las familias debían ser numerosas. Eso era lo normal y lo bien visto. Si partimos de la base de que la pareja de Nazaret fue en todo un matrimonio común y corriente, ¿por qué esos cristianos se empeñan en enmendar la plana a la propia Naturaleza, convirtiendo a José y a María en dos humanos «ilógicos» y casi al filo de la aberración? Parte de esa triste deformación mental que todavía padecen muchos cristianos en relación a este asunto habría que buscarla en un papa de nefasto recuerdo: San Siricio, encumbrado además a la santidad.

El tal Siricio (384 al 398) llegó a escribir al respecto en una carta dirigida a Anisio, obispo de Tesalónica, en el año de gracia de 392:

«A la verdad, no podemos negar haber sido con justicia

reprendido el que habla de los hijos de María, y con razón ha sentido horror vuestra santidad de que el mismo vientre virginal del que nació, según la carne, Cristo, pudiera haber salido otro parto. Porque no hubiera escogido el Señor Jesús nacer de una virgen, si hubiera juzgado que ésta había de ser tan incontinente que, con semen de unión humana, había de manchar el seno donde se formó el cuerpo del Señor, aquel seno, palacio del Rey eterno. Porque el que esto afirma, no otra cosa afirma que la perfidia judaica de los que dicen que no pudo nacer de una virgen. Porque aceptando la autoridad de los sacerdotes, pero sin dejar de opinar que María tuvo muchos partos, con más empeño pretenden combatir la verdad de la fe» (1).

Resulta casi imposible introducir en tan pocas líneas tanto absurdo y desatino, fruto —¿quién sabe?— si de un carácter enfermizo o de un grado de demencia altamente preocupante. El desprecio de Siricio —me resisto a anteponerle el calificativo de «santo»— por la maternidad y por la extraordinaria manifestación de amor que supone el acto sexual se me antoja casi épico. Como tantas veces, el hombre se congratula en corregir la obra del Altísimo... Lo trágico es que la mezquina visión de aquel papa ha seguido imperando hasta nuestros días. Por fortuna, numerosos teólogos, exégetas y cristianos de mentes más abiertas y racionales han empezado a cuestionarse el problema, llegando a la importante conclusión de que lo vital no es si María fue o no virgen, sino la tremenda y hermosa realidad de su maternidad. Aunque sé que algunos se rasgarán las vestiduras, he aquí un avance sobre los hijos que siguieron al primogénito de María y de los que me iré ocupando poco a poco:

Santiago, nacido en la madrugada del día 2 de abril del año 3 antes de nuestra Era.

Miriam o María, nacida en la noche del 11 de julio del año «menos 2».

José, nacido en la mañana del miércoles, 16 de marzo del año 1.

(1) *De la virginidad de la B.V.M.* (Cst., 681 B.s; Jf., 261; PL., 13, 1177 B; Msi., III, 675 A; Hrd., I, 859 C s.), en la que se ataca el error de Bonoso. *(N. del m.)*

Simón, en la noche del viernes,14 de abril del año 2.

Marta, nacida el 15 de septiembre del año 3.

Jude o Judas, el miércoles, 24 de junio del año 5. (A causa de este embarazo, María cayó enferma.)

Amos, nacido en la noche del domingo, 9 de enero del año 7.

Ruth, en la noche del miércoles, 17 de abril del año 9 de nuestra Era. (Fue hija póstuma. José, su padre, había fallecido el año anterior.)

Junto con su hermano mayor —Jesús—, hacen un total de nueve hijos. (De nuevo aparece el misterioso «nueve».)

Pero dejemos para otro momento la inevitable polémica sobre los «hermanos» del Hijo del Hombre...

En la aldea de Belén estaba a punto de suceder un hecho que alteraría la «brújula» de la Humanidad.

—En el mundo también hay gente buena.

Así resumió María el providencial hecho del cambio de morada de la pareja y el bebé.

Al día siguiente del nacimiento de Jesús, su padre en la Tierra cumplió con sus obligaciones, empadronando a su familia.

—Y no de muy buena gana —advirtió la Señora.

La razón era simple. Los empadronamientos encerraban una secreta intención por parte de Roma: tener controlados a sus súbditos, con el fin de aumentar los impuestos en la medida de lo posible. En la provincia de Judea, la resistencia del pueblo y del propio Herodes habían demorado esta orden de Augusto en más de un año: el edicto del César fue promulgado en marzo del año «–8» (justo en el mes en que se casaron María y José). Hasta el «menos siete» no se llevó a cabo en Palestina.

El caso es que, por mediación de un hombre al que habían conocido en su estancia en Jericó, José pudo entablar amistad con otro viajero que disponía de una habitación en la posada de Belén. Y éste, comprensivo y compadecido, aceptó permutar su alojamiento por el que ocupaba la familia.

—Fue un buen hombre —suspiró María.

De esta forma —hasta que encontraron acomodo en la casa de los parientes de José—, la pareja y su hijo disfrutaron de un lugar más idóneo que un establo. Su permanencia en el albergue se prolongaría por espacio de tres semanas.

Desde el primer momento, la Señora se encargó de amamantar a Jesús. Y esta alimentación —por razones que detallaré más adelante— se prolongaría durante más de dos años.

Como también era de suponer, María se dio prisa en avisar a su prima del feliz acontecimiento. El día 23 de ese mes de agosto le envió un «correo». La contestación de Isabel fue inmediata, invitando a José a que se presentase en el Templo, con el fin de informar a Zacarías. Y el flamante padre no tardó en acudir a Jerusalén. Por lo que deduje de las explicaciones de mi informante, tanto el matrimonio de Judá como la pareja de Nazaret estaban persuadidos —tanto en aquellos momentos como durante muchos años— de que «Jesús sería el Libertador político de los judíos y Juan, su brazo derecho y jefe de sus ayudantes». No me cansaré de insistir en esta circunstancia. Y como nueva muestra de cuanto afirmo —saltándome incluso el orden cronológico de los acontecimientos— voy a exponer un suceso acaecido en el año 11 de nuestra Era, cuando Jesús contaba ya 17 años de edad. Creo que merece la pena alterar momentáneamente la cronología si con ello se logra una más exacta visión de los pensamientos y sentimientos de la Señora y de su familia en relación al papel de Jesús. Los cristianos, como podrá deducirse de lo que relataré seguidamente, tienen un recuerdo equivocado y candoroso de María. Las cosas no fueron como a nosotros nos hubiera gustado que fueran...

En aquellas fechas —año 11— Jesús crecía en Nazaret. En todo Israel había empezado a desatarse un serio movimiento «antirromano». La agitación en Jerusalén y en la Judea contra el pago de los impuestos fue extendiéndose, llegando también al norte: a la Galilea. En el pueblo nació un clandestino y poderoso partido «nacionalista», que daría lugar con el tiempo a toda una organización «guerrillera», que ya había apuntado algunas acciones bélicas hacia el año seis, con un líder llamado Judas de Garnala, alias «el galileo». Eran los «zelotas», que tenían prisa por independizarse de Roma y que no deseaban esperar la venida del

Libertador o Mesías. Su filosofía podría resumirse en dos palabras: «rebelión política».

Pues bien, este grupo apareció en Galilea, captando adeptos. Entró también en Nazaret y, dado el liderazgo y la brillantez del joven primogénito de María, fue uno de los primeros y principales objetivos de los «nacionalistas judíos». El futuro Maestro los escuchó, pero se negó a ingresar en sus filas. Aquella decisión influyó en muchos de los jóvenes de la villa, que —fieles seguidores ya de la atractiva personalidad de Jesús— terminaron por rechazar a los «zelotas». Y aquí surge lo increíble: María, que compartía plenamente las ideas de los «nacionalistas», sintiendo un absoluto rechazo por el yugo de Roma, luchó con todas sus fuerzas y argumentos para que Jesús aceptara y se enrolara en el partido. El hijo se opuso y la Señora, inflexible, llegó a recordarle la promesa hecha a José y a ella misma a su regreso de Jerusalén, después de la famosa «escapada» del muchacho, cuando contaba 12 años. (El primogénito, a raíz de aquel «incidente», aceptaría la orden de sus padres de acatar en todo sus disposiciones.)

Al oír la palabra «insubordinación», el hijo puso su mano sobre el hombro de María y, mirándola a los ojos, le dijo: «Madre, ¿cómo puedes pensar eso?»

La Señora se retractó de sus palabras, consecuencia de la tensión, pero continuó insistiendo —ayudada por Simón, uno de sus hermanos, y por Santiago, su otro hijo— en la necesidad de que Jesús meditara su negativa y se hiciera «zelota», abrazando así la noble causa nacionalista.

Esta crisis, unida a otros acontecimientos posteriores, determinarían que el Hijo del Hombre fijase su residencia en la vecina población de Cafarnaum. Las escisiones y polémicas se hicieron insufribles y Jesús, como digo, se vio obligado a marchar. Pero dejaré las cosas así. Los capítulos de la juventud y edad adulta del Maestro son tan importantes y sugestivos que merecen un tratamiento aparte...

Como se ve, la idea de la Señora respecto de la misión de su hijo no se hallaba muy clara.

A raíz de la visita de José a Zacarías se fraguaría una curiosa y hasta divertida historia que pasaré a relatar seguidamente. Pero antes, como contraposición a lo que verdaderamente sucedió en la presentación de Jesús en el Templo, veamos primero lo que, sobre este particular, escribe Lucas:

«... Cuando se cumplieron los días de la purificación de ellos, según la Ley de Moisés, llevaron a Jesús a Jerusalén para presentarle al Señor, como está escrito en la Ley del Señor: "Todo varón primogénito será consagrado al Señor" y para ofrecer en sacrificio "un par de tórtolas o dos pichones", conforme a lo que se dice en la Ley del Señor.

»Y he aquí que había en Jerusalén un hombre llamado Simeón; este hombre era justo y piadoso, y esperaba la consolación de Israel; y estaba en él el Espíritu Santo.

»Le había sido revelado por el Espíritu Santo que no vería la muerte antes de haber visto al Cristo del Señor. Movido por el Espíritu, vino al Templo; y cuando los padres introdujeron al niño Jesús, para cumplir lo que la Ley prescribía sobre él, le tomó en brazos y bendijo a Dios diciendo:

»"Ahora, Señor, puedes, según tu palabra, dejar que tu siervo se vaya en paz, porque han visto mis ojos tu salvación, la que has preparado a la vista de todos los pueblos, luz para iluminar a los gentiles y gloria de tu pueblo Israel."

»Su padre y su madre estaban admirados de lo que se decía de él. Simeón los bendijo y dijo a María, su madre: "Éste está puesto para caída y elevación de muchos en Israel, y para ser señal de contradicción —¡y a ti misma una espada te atravesará el alma!— a fin de que queden al descubierto las intenciones de muchos corazones."

»Había también una profetisa, Ana, hija de Fanuel, de la tribu de Aser, de edad avanzada; después de casarse había vivido siete años con su marido, y permaneció viuda hasta los ochenta y cuatro años; no se apartaba del Templo, sirviendo a Dios noche y día en ayunos y oraciones. Como se presentase en aquella misma hora, alababa a Dios y hablaba del niño a todos los que esperaban la redención de Jerusalén.» (2, 22-39.)

Ahora relataré los hechos, tal y como me fueron narrados.

Moisés, en efecto, enseñó al pueblo elegido que cada hijo primogénito —por mandato de Yavé— pertenecía a Dios. Pero, en lugar de ser sacrificados como en otras culturas paganas, podían ser «rescatados» por los padres, mediante el pago simbólico a los sacerdotes de cinco siclos. Otra de las leyes mosaicas establecía que las madres, después del parto, debían presentarse en el Templo, con el fin de cumplir con el ritual de la «purificación». En los tiempos de Cristo, ambas ceremonias solían unificarse en una sola.

Así que María, José y el niño acudieron a Jerusalén, dispuestos a satisfacer las normas religiosas establecidas. (La verdad es que nunca terminé de entender a qué «impureza» podía referirse Yavé.) Días antes —se me olvidaba—, los padres de Jesús habían cumplido igualmente con el obligado requisito de la circuncisión del pequeño. Y se le impuso —oficialmente— el nombre de *Yehošu'a*, que viene a significar «Yavé salva». (Quizá no tenga importancia, pero Jesús jamás fue llamado «Jesús», sino *Yehošu'a*, rabí y Maestro.)

¿Por dónde iba?... Sí, la pareja entró en el Templo, efectuó las compras y el obligado sacrificio y, cuando se disponían a presentar a su bebé a los sacerdotes, ocurrió «algo» que los dejó perplejos. Un hombre y una mujer levantaron sus brazos al paso de la comitiva, señalando a la pareja que llevaba a Jesús. Entonces, el varón —un anciano cantante llamado Simeón y vecino de Judea— entonó un singular cántico. Decía así: «Bendito sea el Señor, el Dios de Israel. Ya que nos ha visitado y recuperado a su pueblo. Ha levantado su copa para cada uno de nosotros, en la casa de su servidor, David. Nos libra de nuestros enemigos y de la mano de los que nos odian. Hace misericordia a nuestros padres y recuerda su santa alianza: el juramento a Abrahán, nuestro padre. Que permitirá, después de librarnos de la mano de nuestros enemigos, servirle sin pavor, con santidad y rectitud ante él todos los días de nuestra vida. Sí, y tú, hijo de la promesa, serás llamado el profeta del Altísimo, ya que irás ante el Señor para establecer su reino, para dar a conocer la salvación de su pueblo, en remisión de sus pecados. Gozad de la misericordia de nuestro Dios, pues la luz de arriba nos llega para iluminar a aquellos que se hallan en las tinieblas y en la sombra de la muerte. Para conducir nuestros pasos por el camino de la paz. Y ahora, deja a tu servidor partir en paz, ¡oh Señor!, según tu palabra. Mis ojos han visto tu salvación, que has dispuesto ante todos los pueblos. Una luz para alumbrar hasta los gentiles y la gloria de tu pueblo, Israel.»

Tal situación, como es natural, turbó a María y desconcertó a José. De regreso a Belén, ambos estuvieron de acuerdo en que «aquello» había sido tan excesivo como prematuro. Y se preguntaban cómo era posible que el viejo cantante hubiera adivinado que su hijo era el Mesías. Algún tiempo después sabrían la verdad. Isabel se la contaría a su prima, mostrándole, incluso, el texto del cántico que había guardado su marido, el sacerdote. Zacarías era un antiguo conocido de Simeón y de la mujer que también alzó su brazo al paso de Jesús. Ésta se llamaba Ana. Era de Galilea y gustaba de la poesía. Ambos —Ana y Simeón— eran asiduos del Templo. Se hacían mutua compañía y, con el tiempo, entablaron una buena amistad con Zacarías. El caso es que éste —que ardía en deseos de comunicar su secreto sobre Juan y Jesús— terminó por contárselo al cantante y a la poetisa. El esposo de Isabel sabía de antemano qué día acudirían José y la Señora al Templo. Y se puso de acuerdo con Ana y Simeón para que, al paso del niño, levantaran sus brazos en señal de saludo y reconocimiento. Para tal ocasión, la poetisa compuso un poema y Simeón se encargó de recitarlo.

Ésta fue la sencilla historia, de la que podrían sacarse sabrosas conclusiones. En especial, en lo que concierne al evangelista ya citado —Lucas—, que quizá escuchó una versión altamente deformada con el paso de los años, tomándola por buena... Ni Ana era profetisa, ni Simeón habló de «espada alguna que atravesase el corazón de María», ni sus palabras eran de su cosecha, ni fue movido por el Espíritu para acudir al Templo en aquellos momentos ni tomó al niño en sus brazos...

Y yo me pregunto de nuevo: ¿cuántos pasajes de la vida de Jesús habrán sufrido la misma suerte?

Si el Altísimo me sigue bendiciendo con su luz y su fuerza, quizá llegue a contar nuestras experiencias y aventuras en las aldeas de Belén y Judá y en las que —gracias a su bondad— pudimos verificar muchos de los sucesos que ahora estoy escribiendo de forma apresurada.

Otro de los singulares acontecimientos del que fui informado por la Señora hacía referencia a los famosos «Magos».

María no salía de su sorpresa.

—¿Cómo sabes tú —me preguntó— todas esas cosas?

Pero sigamos con lo que importa...

También en este asunto tuvo algo que ver el bueno y deslenguado de Zacarías. Hubiera dado lo que fuera menester por haberle conocido. Pero, para cuando nosotros «llegamos» a Palestina (año 30), el anciano sacerdote —que debía de rondar los setenta u ochenta años— había fallecido.

Todo empezó con la aparición en la ciudad caldea de Ur (1) de un misterioso «educador» religioso que, al parecer, informó a unos sacerdotes-astrólogos de dicha población de un «sueño» que había tenido y en el que se le anunció que «la luz de la vida» estaba a punto de aparecer en el mundo, en forma de «niño» y entre los judíos.

La Señora siguió su relato en los siguientes términos:

«... Aquellos sacerdotes se pusieron en camino y, después de varias semanas de inútiles pesquisas por toda la ciudad de Jerusalén, cuando estaban a punto de renunciar y regresar a su patria, tropezaron en el Templo con mi primo Zacarías. Y les informó de que, en efecto, el Mesías había nacido en Belén. Les indicó el lugar donde nos encontrábamos en aquel momento y acudieron prestos con sus regalos. Después se fueron y ya no volvimos a verlos...

La visita de los caldeos no pasó inadvertida para el rey Herodes. Sus «espías» y «confidentes» estaban por todas partes. Y los hizo llamar. Los sacerdotes de Ur ya se habían entrevistado con José y María y, en efecto, confirmaron al «edomita» el nacimiento del «rey de los judíos». La noticia conmovió al receloso y ya decrépito Herodes el Grande. Pero los «Magos» —posiblemente porque lo ignoraban— no supieron darle demasiadas referencias. Tan sólo que el niño había nacido de una familia que acababa de llegar a

---

(1) Aunque existen dudas al respecto, la ciudad de Ur ha sido identificada con la patria de Abrahám. El *Génesis* (11, 31) dice que el padre del famoso patriarca, Téraj, emigró a Jarán desde Ur de los Caldeos, una gran ciudad sumeria situada cerca del golfo Pérsico. *(N. del m.)*

Belén para el empadronamiento. El astuto rey les despidió con una buena bolsa de dinero, rogándoles que lo buscaran para así poder conocerle y adorarle, ya que —según manifestó— «él también estaba convencido de que su reino era espiritual y no temporal o transitorio». Pero los tres sacerdotes no volvieron.

Y Herodes, desconfiado, siguió dando vueltas al incómodo asunto del «otro rey». Él sabía que era un usurpador y que había arrebatado el trono a su legítimo rey: Antígono (1). Mientras reflexionaba sobre estas cosas llegaron nuevos informes. Sus agentes le trajeron noticias de lo sucedido en el Templo durante la presentación del niño. Incluso le proporcionaron parte del cántico entonado por Simeón. Herodes estalló, calificando a sus «espías» de inútiles, por no haber localizado a los padres del recién nacido. Y destacó a nuevos agentes, encargados de la específica misión de localizar a la familia de Nazaret.

Esta vez, Zacarías actuó providencialmente. Al tener conocimiento de los manejos del rey, advirtió a José y él mismo —temiendo por su hijo Juan— se retiró de Jerusalén, permaneciendo junto a Isabel y lejos de Belén. Ante la grave amenaza de Herodes, María y José escondieron al bebé en la casa de los parientes de éste, en la citada aldea de Belén.

—La situación fue angustiosa —comentó la Señora, estremeciéndose al recordar aquellos momentos—. Nuestros recursos se agotaban rápidamente y, en vista del peligro, José dudaba si debía o no buscar trabajo y quedarnos en el lugar.

Un año más tarde, desesperado ante la infructuosa búsqueda de sus esbirros y con la sospecha de que el niño seguía oculto en Belén, Herodes ordenó el registro fulminante y sistemático de todas las casas y la ejecución a

(1) En el año 39 a. J.C., Herodes el Grande, procedente de Italia, penetró en Israel con un ejército de mercenarios. Durante dos años se enfrentó a Antígono, el legítimo monarca, que tenía de su parte a los judíos. Jerusalén caería en sus manos después de dos meses y medio de asedio. Miles de hebreos fueron acuchillados y Antígono, encadenado, fue enviado a Antioquía. Allí sería decapitado por el célebre Marco Antonio. Su muerte puso punto final a los 103 años de la legítima dinastía de los Asmoneos. *(N. del m.)*

espada de cuantos infantes varones, menores de dos años, pudieran ser hallados. Por fortuna, entre los que rodeaban a Herodes había algunos que creían en la llegada del verdadero «libertador» de Israel. Y uno de ellos se las ingenió para dar el aviso a Zacarías. Éste lo puso en conocimiento de José, y la misma noche de los asesinatos, la pareja abandonó Belén precipitadamente.

En total soledad y con los fondos proporcionados por Zacarías, la familia se dirigió a Egipto. Concretamente, a la populosa ciudad de Alejandría, donde José tenía parientes.

La matanza alcanzó a 16 niños (1). Era el mes de octubre del año 6 antes de la Era Cristiana. Jesús contaba entonces catorce meses de edad.

Y antes de que nos adentráramos en esa otra ignorada etapa de la vida de Jesús —la estancia en Egipto—, quise

(1)   Algunos exégetas modernos han puesto en duda la realidad histórica de este infanticidio. Examinando la trayectoria de Herodes el Grande, uno llega a la triste conclusión de que la crueldad del impostor era tal que esta acción encaja perfectamente en su «línea de conducta». Veamos algunos ejemplos que, entiendo, justifican cuanto digo: a partir del año 37 a. J.C., el gobierno de Herodes se convertiría en una pesadilla. Fueron ajusticiados 45 partidarios de Antígono, pertenecientes a las más nobles familias. Su venganza no se detiene ni ante el Consejo Supremo. Numerosos ancianos y escribas fueron igualmente ejecutados y desterrados. Sus recelos alcanzaron, incluso, a su propia familia. En Jericó, por orden suya, sería asesinado en el baño su cuñado Aristóbulo III, que sólo contaba diecisiete años de edad. Después ordenó el asesinato de su esposa, Mariamme y el de su madre, Alejandra. Por último, acabó con la vida de dos de sus hijos.

Formó un auténtico ejército de espías y confidentes, que sembraron el terror, provocando un continuo baño de sangre. En su testamento llegó a incluir una cláusula secreta por la que —nada más fallecer— miles de dignatarios de Israel deberían ser reunidos en el hipódromo y pasados a cuchillo. «De esta forma —explicaba el propio Herodes—, el llanto y duelo por mi muerte será mucho más notable.»

Y como ya hemos visto, poco antes de su muerte, el odiado «criado edomita», como se le llamaba popularmente, mandó quemar vivos a varios doctores de la Ley y a los «guerrilleros» (posiblemente zelotas) que asaltaron el Templo, derribando las águilas y escudos de Roma.

Ante semejante reguero de sangre y destrucción, ¿cómo dudar de la historicidad de la llamada matanza de los inocentes de Belén? Si algo le había costado en su vida era precisamente el trono que usurpaba. De ninguna manera podía dejar arrebatárselo por «rey» alguno. Y mucho menos por el prometido «libertador» *(N. del m.)*

despejar un par de dudas que seguían planeando sobre mi mente.

—¿No fue un ángel quien advirtió en sueños a José que debía huir de Belén?

María replicó al instante:

—Sí... un «ángel» llamado Zacarías, mi primo.

Mateo había vuelto a fallarnos. Y tuve que aceptar la reprimenda de la Señora, que calificó mi imaginación de «calenturienta y poseída por locos demonios».

Sonreí para mis adentros. En el fondo, la amonestación habría que hacérsela al confiado y sin par evangelista...

La segunda cuestión fue recibida con idéntica perplejidad.

—¿Una estrella?

—En efecto —insistí—, cuentan que aquellos sacerdotes de Ur fueron guiados por una estrella de gran brillo...

—Algo escuchamos, sí, pero nosotros no vimos nada tan extraordinario... Quizá José, si viviera, podría darte más detalles. Lo siento.

Tuve que resignarme. La historia de la no menos célebre estrella de Belén quedó en suspenso. Más tarde, como ya mencioné, en nuestra exploración por las colinas situadas al sur de la Ciudad Santa, ésa y otras incógnitas quedarían despejadas. Por ejemplo, la sangrienta matanza de los infantes. ¿Cómo se llevó a cabo? ¿Se salvaron más niños, además de Jesús? ¿Cómo reaccionó la aldea ante el brutal exterminio?

Pero quedaban tantos temas por tocar...

¿Qué ocurrió en Alejandría? ¿Cuánto tiempo permanecieron en la ciudad egipcia? ¿Qué sucedió en los viajes de ida y vuelta? ¿Cómo fueron aquellos primeros años de la vida de Jesús?

El tiempo apremiaba y centré mis preguntas en la huida a Egipto...

[NOTA DEL AUTOR

El destino parece burlarse nuevamente de mí y de mis propósitos. Por segunda vez y por idénticas razones —de estricto carácter técnico—, me veo obligado a interrumpir aquí la información del mayor sobre la infancia y juventud del Maestro. Espero que el resto pueda ver la luz en un futuro... Suplico disculpas. Proseguiré ahora hasta el final de los documentos.]

14 DE ABRIL, VIERNES

«¿Cómo es posible que la vida de un ser humano pueda venirse abajo en minutos?

Aquel viernes, 14 de abril, tal y como habíamos planeado, abandoné la hacienda de Lázaro y ascendí a lo alto del monte de las Aceitunas, dispuesto a poner en marcha la última fase de la misión en tierras de Jerusalén. Iba feliz y altamente satisfecho por la información reunida en Betania. Mis conocimientos sobre la juventud y edad adulta del Maestro fueron enriquecidos copiosamente. Y mi visión de las «cosas» mejoró. No hay nada como la información para entender y amar...

Nuestro plan era el siguiente: ese viernes, chequeo a los preparativos del segundo lanzamiento de la nave. Si todo se producía como imaginábamos, la siguiente semana abandonaríamos la «base madre» para volar al norte, al punto previamente establecido por Caballo de Troya en la Galilea. Desde allí procederíamos a la que suponíamos última etapa de la exploración y que contemplaba dos objetivos básicos —el seguimiento de las apariciones de Jesús y toda una serie de comprobaciones en relación a su infancia y juventud en Nazaret y comarca— y otros «secundarios».

Pero todo cambió en segundos...

Mi ingreso en el módulo se produjo a las 10 horas y 20 minutos. Nunca lo olvidaré. Yo había notado algo anormal en las últimas conexiones. La voz de mi compañero sonaba ligeramente apagada. Lo achaqué al cansancio o, quizá, a su demoledora soledad.

Nada más verle y descubrir su rostro demacrado, comprendí que algo grave sucedía. Pensé, incluso, que podía haber sufrido algún nuevo desmayo. Al cerrar la escotilla se produjo un violento silencio. No quise forzarle y esperé.

Parecía dudar. Me miró fijamente durante varios e interminables minutos y, al fin, sus ojos se humedecieron.

Tuve que ser yo quien diera el primer paso. Deposité mis manos sobre sus hombros y le ordené que hablara.

—¿Qué ocurre? ¿Algo va mal?... ¿Quizá la nave?

Negó con la cabeza a cada una de mis preguntas.

—¿Entonces...?

—¡Estamos atrapados! —estalló.

No entendí el significado de aquella explosión.

—¿Qué le pasa a la «cuna»?... ¡Habla, por Dios!

Eliseo secó sus lágrimas y, sentándose frente al cuadro de mandos, tecleó sobre el ordenador central. Espié cada uno de sus movimientos, convencido de que, en mi ausencia, el módulo había sufrido algún daño irreparable. Pero no... No era ése el problema.

Al punto, en el monitor, fue desfilando una serie de dígitos verdosos.

Concluida la operación, señaló hacia la pantalla, invitándome a que lo comprobase por mí mismo.

Tras una atenta y nerviosa lectura sólo acerté a exclamar:

—¡Dios de los cielos!... Entonces, tú...

Y sin aguardar la posible explicación de Eliseo, di media vuelta, abriendo el compartimiento en el que los técnicos de Caballo de Troya habían atornillado la misteriosa caja de acero de 40 centímetros de lado y que, como dije, se hallaba conectada a Santa Claus. Tal y como suponía, estaba abierta...

Y las palabras del general Curtiss acudieron a mi memoria:

«Lo siento. "Eso" es materia clasificada... Alto secreto.»

Ninguno de los dos habíamos olvidado la enigmática urna metálica. Pero Eliseo, vencido por la curiosidad o por una premonición, se adelantó a mis intenciones, desvelando el trágico secreto.

Jamás le pregunté cómo había conseguido abrirla. Eso, ahora, era lo de menos. La realidad —triste y providencial a un tiempo— estaba allí, ante mis ojos...

Comprendimos las buenas intenciones del general al no querer revelarnos el contenido y la finalidad de la caja. ¿De qué hubiera servido asustarnos? El caso es que Caballo de Troya, como quedó dicho en su momento, había descubierto una posible alteración en los tejidos neuronales, como consecuencia del proceso de inversión de masa de los *swivels*. Curtiss nos había informado de ello y nosotros, libre y conscientemente, aceptamos continuar con la misión. A pesar de todo, los científicos de Edwards —con la complicidad del jefe de la operación— habían introducido y dispuesto en la nave una experiencia que serviría para confirmar sus sospechas. Directa e íntimamente ligado al ordenador central, aquel experimento —junto a los datos proporcionados por los dispositivos «RMN» ajustados a nuestros cráneos— había puesto de manifiesto que los temores de los expertos eran fundados.

En el interior de la caja aparecieron dos tubos de plástico incombustible, repletos de *drosophilas* de Oregón, unas pequeñísimas moscas de 3 milímetros cada una (en un solo gramo pueden entrar mil de estos ejemplares) y cuya composición celular —uniforme— las hace idóneas para los ensayos y estudios sobre el envejecimiento. En el fondo de las probetas habían sido dispuestas unas soluciones de azúcares y levadura de cerveza con alto poder vitamínico, que sirviera de alimento a las *drosophilas*. En una especie de test que guardaba cierta semejanza con el de la «geotaxis negativa», Santa Claus había ido chequeando el comportamiento de las moscas «antes, durante y después» de la inversión axial de los ejes de los *swivels*. La probeta de la izquierda contenía 50 moscas «viejas» (de 84 días de edad) y la de la derecha el mismo número, pero con ejemplares «jóvenes» (de 7 días). Al estar constituidas, como digo, por un único tipo de célula —al igual que las neuronas—, resultaban ideales para intentar comprender qué ocurría en lo más «íntimo» de dichas células (1). Quizá así

(1)   De acuerdo con las teorías de los doctores Warburg, Harman y Miquel, entre otros, los estudios y experiencias sobre ratones y *drosophilas* indican que, entre las alteraciones más importantes producidas por el envejecimiento a nivel subcelular, figuran: inclusiones intranucleares, invaginación de la membrana nuclear, acumulación del pigmento lipofuscina y disminución del número de ribosomas y mitocondrias. El pigmento, que es uno de los efectos del envejecimiento más intensamente estudiados, se origina en gran proporción a partir de las mitocondrias que, como es bien sabido, pueden sufrir una degradación de sus membranas con participación de los enzimas lisosomales. Esta desorga-

podría descubrirse nuestro mal y el hipotético remedio...

Ahorraré explicaciones excesivamente científicas. La cuestión —la gravísima cuestión— era que Santa Claus había detectado el problema, almacenándolo en su memoria. Podría resumirse así: durante los mencionados procesos de inversión de las partículas subatómicas, «algo» —eso no llegamos a aislarlo con seguridad— provocaba una mutación o pérdida de ADN nuclear en las neuronas de nuestros cerebros. El resultado era un irreparable y progresivo —yo diría que galopante— envejecimiento generalizado de toda la red neuronal (1). En otras palabras: estábamos condenados a una rápida degeneración fisiológica, como consecuencia de la masiva muerte de las citadas neuronas. De acuerdo con los cálculos del ordenador, traspolables en cierto modo al cerebro humano, esa pérdida de colonias neuronales podía estimarse en un porcentaje que oscilaba alrededor del 10 por ciento anual. Es decir, considerando que la cifra teóricamente aceptada como la «frontera» límite antes de caer en el envejecimiento patológico cerebral (con manifestaciones clínicas) es del 85 por ciento, nuestro

_____

nización estructural que, en definitiva, era lo que Eliseo y yo padecíamos, se acompaña de una gran variedad de alteraciones bioquímicas, entre las que destacan una disminución de la síntesis de proteínas, una tendencia a la oxidación de los aminoácidos sulfurados y una depresión de la oxidación intramitocondrial de los lípidos. *(N. del m.)*

(1) Teníamos constancia de la inactivación del ADN del mitocondrio, causa casi segura de la degeneración mitocondrial y, a su vez, del envejecimiento final. Miquel, por ejemplo, en sus experiencias en la NASA, había avanzado que esa inactivación del ADN podría estar ocasionada —en general— por los productos nocivos (radicales libres y peróxidos de lípidos) que se originan en el mitocondrio durante la producción de energía por medio de la respiración celular. Según esta teoría, el envejecimiento humano y de los animales sería una manifestación de desgaste y una consecuencia inevitable de la falta de equilibrio entre los procesos desorganizadores y regeneradores en las células diferenciadas. Desgraciadamente conocíamos los efectos, pero no la o las causas de esa mutación..., aunque todo parecía señalar al «mortal» consumo de radicales libres de las neuronas durante el infinitesimal proceso de inversión de masa. De hecho, las *drosophilas* jóvenes —con mayor capacidad de consumo de ese oxígeno activado— habían muerto más rápidamente y en mayor proporción que las viejas durante el referido proceso de inversión de los ejes de los *swivels*. La clave, en suma, debía de estar en los radicales libres... *(N. del m.)*

margen de vida activa —o relativamente activa— fue fijado por Santa Claus en nueve años y escasos meses (1). Eso, en definitiva, era lo que nos restaba de vida... Ahora comprendía el porqué de las escamas de mi cuerpo, el desmayo de Eliseo y mi fugaz obnubilación en la casa de los Marcos.

Siempre cabía la esperanza —dudosa, pero esperanza al fin y al cabo— de que la ciencia hallara un remedio a nuestra crítica situación. (El gran científico Miquel, del Ames

(1)   De acuerdo con las mediciones de Von Economo y Koskinas, la población neuronal de un ser humano adulto y normal alcanza la astronómica cifra de ¡14 000 millones! Nuestras pérdidas anuales, en base a dicho número, fueron estimadas en algo menos de 1 400 millones. Es decir, para entrar en la peligrosa fase de muerte o «cuasi-muerte», cerebral nos separaban tan sólo unos nueve años y medio. En un adulto, a partir de los 20 años y en condiciones de normalidad, esas pérdidas han sido fijadas en unos 36 500 000 neuronas. Como sabe cualquier especialista en anatomía humana, el manto o corteza cerebral recubre, formando una capa de sustancia gris, la superficie de los hemisferios cerebrales, con excepción de aquellas porciones de los mismos que quedaron rudimentarias, como el «área coroidea». Forma, por lo tanto, una capa continua, que tapiza no sólo las porciones de las circunvoluciones que son visibles en la superficie, sino las caras laterales y los fondos de los surcos. Su superficie es, por lo tanto, considerablemente más extensa que lo que hace presumir el aspecto externo del cerebro. Esta «superficie», evaluada por métodos planimétricos, sería para un sujeto adulto de 220 000 mm^2. (Es decir, un cuadrado de cerca de 0,50 m de lado). De éstos, sólo un tercio corresponde a la superficie de las circunvoluciones, mientras que los dos tercios pertenecen a las caras laterales y los fondos de los surcos. El «espesor» de la corteza varía mucho de unas regiones a otras: de menos de 2 a 4,5 mm, considerándose una media de 2,5 mm. Aceptando esta media y la superficie señalada anteriormente, resulta que su «volumen» sería de unos 560 cm^3. Como su peso específico sería de 1 038, resulta que su «peso» es de unos 581 g. La corteza está constituida principalmente por células nerviosas, y fibras que son las prolongaciones de estas mismas células o procedentes de otras colocadas en otras regiones del sistema nervioso. El elemento noble son las células nerviosas o neuronas. Contando las existentes en un cuadrado de corteza de 1 y de 2,5 mm de espesor, los citados científicos —Economo y Koskinas— establecieron el número en 63 000, que multiplicadas por la superficie total (220 000 mm^2) daría el referido volumen de 14 000 millones de neuronas. De ellas, 8 000 millones corresponderían a las células grandes y medianas y el resto a las pequeñas. Si colocáramos todas esas células juntas, ocuparían un volumen de unos 20,4 cm^3, con un peso insignificante de ¡21 g! Resulta asombroso que el hombre «piense» con tan despreciable peso... (N. del m.)

Research Center de NASA, en Moffett Field, California, ensayaría en esos años con una sustancia —el bromuro de etidio— que dio excelente resultado con las *drosophilas*, alargando la vida de las moscas hasta un 20 por ciento. Pero nosotros, lógicamente, no éramos *drosophilas*..., aún.)

A petición mía, ambos dedicamos toda aquella jornada a una nueva y exhaustiva revisión de los parámetros computarizados por el ordenador central.

Por la noche, el monitor conectado a Santa Claus arrojó el mismo y trágico balance, con el agravante de que las futuras y necesarias inversiones de masa podrían acarrear nuevas mutaciones. Sabia y diestramente programado, nuestro fiel «amigo», el ordenador, concluyó su «veredicto» con algo que ya sabíamos: «Sólo el mantenimiento del consumo de oxígeno a niveles prudencialmente bajos en las mitocondrias de sus líneas germinales puede aminorar la pérdida de la capacidad mitótica de la célula y disminuir así el riesgo de más alteraciones en la información genética.»

Eso significaba doblegarnos a una vida prácticamente vegetativa.

Descorazonados, caímos en una profunda postración.

Imagino que la increíble idea sugerida por Eliseo en el transcurso de tan larga y penosa noche no fue improvisada en aquellas últimas horas del viernes, 14 de abril del año 30. Seguramente había sido rumiada mucho antes.

—Puesto que nos hallamos «marcados» —explicó, buscando mi aprobación—, ¿por qué no llegar hasta el final en esta aventura?

Y sin esperar mi opinión, vació su corazón, lamentándose de su pésima fortuna en aquella endiablada misión. No le faltaba razón. Ya me lo había insinuado en Masada y en nuestras conversaciones en el hotel de Jerusalén: él no había tenido oportunidad de ver ni oír al Maestro.

—¿Por qué? —se preguntó a sí mismo—. ¿Por qué...?

—Quizá en Galilea... —comenté, recordándole que la exploración no había terminado y que faltaba el seguimiento de las apariciones de Jesús en el lago.

Mi hermano reconoció que todo eso era posible, pero su «idea» iba mucho más allá. Y al exponerla —lejos de sentir rechazo— fui enamorándome de ella. ¿Qué podíamos perder? El «listón» de nuestras respectivas vidas acababa de ser dramáticamente fijado en nueve o, con suerte, diez años más... Bien mirado, ¿cuándo se nos presentaría una oportunidad semejante?

—¡Jamás! Tú sabes que, si logramos volver, seremos retirados del servicio activo... y para siempre.

A pesar de todo le pedí tiempo. Necesitaba meditar. Tenía que valorar los pros y los contras...

Lo comprendió, pero me rogó que tomara una decisión antes del despegue del módulo hacia Galilea. Se lo prometí.

La «idea» no era otra que «ampliar», por nuestra cuenta y riesgo, el tiempo de aquella segunda exploración, ¡viviendo los casi cuatro años de la vida pública de Jesús, paso a paso y pegados al Maestro!

Es difícil dibujar el entusiasmo desplegado por mi compañero a la hora de «venderme» su idea.

—¿Imaginas?... Podríamos conocer muchos de sus secretos. Le seguiríamos al desierto. Investigaríamos los milagros. ¿De verdad transformó el agua en vino? ¿Cómo eligió a sus doce apóstoles? ¿Quién era Juan el Bautista? ¿Por qué no hizo algo por salvarle? ¿Caminó realmente sobre las aguas? ¿Te imaginas, Jasón?

Por supuesto que sí.

Desde el ángulo técnico, la propuesta era viable. Bastaba con manipular los *swivels* nuevamente. Pero eso podía entrañar más riesgos para nuestros ya castigados cerebros...

En Masada no tenían por qué saber de esta aventura «extra». En cuanto a la «cuna», había sido dotada en este «viaje» con elementos y equipos suficientes como para aceptar el fascinante reto.

Todo, en definitiva, dependía de mí. Eliseo, comprensivo, me adelantó que, en caso de una decisión negativa, la aceptaría y regresaríamos a «nuestro tiempo» de acuerdo con el plan de Caballo de Troya.

Y debo confesar que aquellas postreras horas fueron las más difíciles de mi vida.

16 DE ABRIL, DOMINGO

Aunque sólo sea por una vez, debo felicitarme y felicitar a mis instructores por el entrenamiento recibido. A pesar de lo que sabíamos respecto a nuestro destino, nada varió en el programa de la operación. Al alborear el sábado, 15 de abril, ambos habíamos «olvidado» nuestra común tragedia y nos enfrascamos en los complejos preparativos del próximo despegue de la «cuna», del vuelo a las inmediaciones del lago de Tiberíades y del descenso en el nuevo «punto de contacto». Reprogramamos a Santa Claus y, cuando todo estuvo a punto, sometimos el plan de exploración propiamente dicho a un último y exhaustivo repaso. Y así, como si nada hubiera ocurrido, vimos desaparecer el sábado.

Hacia las 06 horas de la mañana siguiente —18 minutos después del orto solar—, descendí del módulo, poniéndome en camino hacia Jerusalén. Los datos climáticos recogidos en la nave cambiaron ostensiblemente. El viento del este había cesado, siendo sustituido por una ligera brisa del noroeste que presagiaba no muy lejanos frentes borrascosos. La temperatura en la cima del Olivete descendió hasta 7 °C. Ésta, muy probablemente, fue la causa de la espesa niebla que me recibió y que se deslizaba rápida, barriendo la «base madre» y el promontorio del sur en dirección este-sureste. La fuerte radiación del día anterior había calentado el aire, haciéndolo menos denso. Éste había trepado por las laderas —en un típico movimiento «anabático»—, condensándose y dando lugar a tan incómoda niebla. El valle del Cedrón, en cambio, se hallaba despejado. Y protegiéndome del frío con el holgado manto, elegí la senda que conducía a la puerta Dorada, en el muro oriental del Templo.

Crucé el atrio de los Gentiles, casi desierto todavía, y, sin prisas, busqué la casa de los Marcos. La ciudad, como cada día, empezaba a desperezarse al ritmo obligado de la molienda del grano.

No disponíamos de muchos datos sobre la segunda de las apariciones de Jesús de Nazaret a los suyos. Juan cita en su Evangelio que tuvo lugar «ocho días después» de la primera, sucedida en la noche del domingo último, 9 de abril. Si el evangelista estaba en lo cierto, esa nueva presencia se produciría el primer día de la semana; es decir, el lunes. Y por prudencia, decidí presentarme en Jerusalén veinticuatro horas antes. Mi plan no era complicado. Nada más pisar la mansión de mi buen amigo Elías Marcos, trataría de averiguar el paradero de Tomás, el discípulo «desertor». A continuación intentaría encontrarle y conversar con él. Era el único con el que no había podido sostener una entrevista sobre los últimos sucesos. Después, a ser posible antes del ocaso, retornaría a la ciudad y esperaría el lunes.

Pero, como casi siempre, todo saldría al revés…

Mis proyectos se fueron a pique cuando, nada más traspasar la puerta de la residencia de los Marcos, vi a Tomás en el patio, calentándose al fuego y dando buena cuenta de su desayuno. María, el resto de su familia, los discípulos y, sobre todo, el benjamín de la casa me recibieron con la mejor de las sonrisas. La madre del niño, nada más verme, dejó en el suelo la artesa de madera que transportaba sobre su cabeza y que contenía la masa fermentada para el pan, y pasó a examinar mi frente. La verdad es que ni yo mismo recordaba el golpe… Tuve que prometerle que no me marcharía, al menos hasta que no regresase su esposo. Y, con gusto, acepté un cuenco de madera con leche de cabra, hirviente y de sólida nata. Al sentarme frente a Tomás procuré observarle con disimulo. Los agitados y frenéticos acontecimientos de aquella larga semana —contando mi primera exploración— no me habían permitido, como hubiera sido mi deseo, estudiar a fondo a cada uno de los doce. ¿Qué sabía de sus vidas, de sus familias, de sus deseos e inquietudes? Prácticamente nada. Sólo conociendo a los seres humanos se les puede comprender y amar. Y Tomás, como el resto, era un misterio. Con su reducida pero atlética talla, y por lo poco que fui espigando en su carácter, quizá encajase en el temperamento «enequético» que describen Kretschmer, Mauz y Minkowska. Es decir, un hombre poco nervioso, que reaccionaba con parvedad ante los estímulos, de hablar lento y cadencioso —yo diría que era todo un «filósofo»—, con una tendencia a la perseverancia muy poco común, gran trabajador, lógico-analítico y de una pulcritud sobresaliente. Sirva como ejemplo de esto último el sintomático hecho de que, a diferencia de sus compañeros, sus uñas se hallaban siempre limpias y sus cabellos perfectamente peinados y recogidos en una «cola de caballo».

Me miró en varias ocasiones, pero no dijo nada. Se limitó a bajar su renegrida, casi egipcia, tez, extendiendo las palmas de las manos hacia el gratificante hogar. Tomás no había podido superar su timidez, agravada por el estrabismo que padecía en su ojo izquierdo.

No intenté siquiera interrogarle. No me pareció el momento oportuno. Parecía sumido en difíciles reflexiones. Y con acierto por mi parte, me dirigí al piso superior. Allí seguía la totalidad del grupo. El ambiente general era muy distinto al de los días precedentes. Había optimismo y no se hablaba de otra cosa que de los preparativos para el viaje a Galilea. Muchos de aquellos hombres, en especial los hermanos Zebedeo y Simón Pedro y Andrés, tenían a su gente en las poblaciones situadas a orillas del lago y ardían en deseos de volver a verles. Juan me hizo mil preguntas sobre su madre y David, su otro hermano, a quienes yo había dejado en la casa de Lázaro. Y aproveché la ocasión para interrogarle, a mi vez, sobre el estado de Tomás.

El Zebedeo movió la cabeza con preocupación. Era el único que seguía resistiéndose a la ya aceptada idea de la resurrección del Maestro.

—Ayer, sábado —me explicó el Zebedeo—, cansados de esperar, Pedro y yo decidimos salir en su búsqueda. Juan Marcos lo había visto en Betania y hacia allí nos fuimos. Pues bien, poco después de iniciada la vigilia de la noche [alrededor de las nueve] dimos por fin con él. Estaba en la casa de Simón, «el leproso». Pero tuvimos muchos problemas para convencerle de que regresara a la ciudad...

—¿Por qué?

—La muerte del rabí le tenía, y le tiene, trastornado. Y no hace más que repetir la misma pregunta: «¿Por qué se dejó matar?» En su angustia, según lo poco que hemos podido sacarle, se lanzó al monte y así ha pasado toda la semana. Nada más amanecer abandonaba la casa de Simón y deambulaba como un espíritu por las colinas que rodean Jerusalén. Ni siquiera se bañaba...»

Y Juan acompañó aquella afirmación con un gesto de incredulidad. Sí, realmente debía hallarse muy abatido para olvidarse, incluso, de su meticuloso aseo personal.

—... Conozco a Tomás —prosiguió con indulgencia— y sé que, en el fondo, estaba deseando unirse a nosotros. Pero es tímido y seguramente esperaba que diéramos el primer paso y que le suplicásemos. Como así ha sido. Te diré un secreto. Pedro estaba dispuesto a arrastrarlo... Pero no fue preciso.

—¿Por qué lo buscasteis exactamente?

El Zebedeo me miró asombrado.

—¿Es que no lo sabes? Tú estabas aquí cuando Jesús se presentó y nos dijo que marchásemos al norte...

—Sí, claro —fingí—, no lo recordaba. El viaje... ¿Y cuándo será la partida?

—Mañana, al alba... Primero pasaremos por Betania. Seguramente se nos unirán María, la madre del Maestro y otros familiares. En cuanto a mi madre y a David, no sé cuáles son sus planes...

Yo sí podía aclararle aquel punto. Por lo que había escuchado en Betania, David tenía planeado permanecer junto a Marta y María y, una vez liquidados los negocios de éstas, escoltarlas hasta Filadelfia (la actual ciudad de Amán), donde se reunirían con su hermano Lázaro.

—¿Y qué opina Tomás sobre las apariciones del rabí?

Mi amigo volvió a mover la cabeza, dándome a entender que no había nada que hacer.

—Es testarudo y frío y dice que «tiene que ver para creer»...

Esa misma tarde, poco antes de la cena, el escéptico discípulo se unió a los diez y, como era de prever, mientras dábamos buena cuenta del excelente guisado de borrego con lentejas que había cocinado María, varios de los apóstoles sacaron a colación la última de las «presencias» de Jesús y la misteriosa convocatoria en la Galilea. Tomás les escuchó en silencio pero, al final, sin poder contenerse, en una de las escasas crisis de irritabilidad que le vi protagonizar, les tachó de locos. La polémica se encendió nuevamente y alguien mentó a las mujeres, recordándole que también ellas le habían visto.

Fue el colmo para Tomás. Y en su aversión al sexo femenino —consecuencia casi segura de su timidez y del defecto en su vista—, arremetió con acritud contra la de Magdala, recordando, incluso, las palabras de los profetas en el Antiguo Testamento:

—... Ésas son todas ridículamente vanidosas, voluptuosas y perversas, como dice Isaías.

Yo no conocía la misoginia del galileo y seguí la disputa entre divertido y atónito.

—... llenas de duplicidad, según Jeremías y Ezequiel, y golosas, perezosas, celosas y peleadoras. Así son las mujeres —sentenció Tomás—. Además, escuchan detrás de las puertas.

Y pletórico concluyó su parecer sobre las hebreas con un viejo y mordaz aforismo, muy popular entre los rabíes:

—¿Es que no conocéis lo que pensó el Altísimo, bendito sea su nombre, cuando se decidió, en mala hora, a crear a la mujer? Escuchad, ingenuos... «¿De qué parte del hombre la sacaré?, se dijo el omnipotente. ¿De la cabeza? No, será demasiado orgullosa. ¿Del ojo? No, será demasiado curiosa. ¿De la oreja? Tampoco, reflexionó Yavé, bendito sea su nombre. Escuchará detrás de las puertas. ¿De la boca? Charlará. ¿De la mano? No, porque será pródiga. Por último, tomó una parte del cuerpo, muy oscura y muy oculta, con la esperanza de hacerla modesta...» Pero, ya veis, le salió mal.

Los discípulos protestaron con energía, saliendo en defensa de la Magdalena y del resto.

Y Mateo Leví, uno de los más instruidos, le respondió con otro apólogo, atribuido al rabí Gamaliel.

—Un emperador le dijo a un sabio: «Tu Dios es un ladrón: necesitó, para crear a la mujer, robarle una costilla a Adán, cuando estaba dormido.» Y como al sabio le costase responder, la hija de éste tomó la palabra y replicó:

«Traigo una queja. Unos ladrones se introdujeron en casa durante la noche y robaron un aguamanil de plata, dejando en su lugar un aguamanil de oro.

»Y el emperador contestó: "¡Así tuviera yo cada noche visitas semejantes!"

»Pues bien —sentenció Mateo—, eso fue lo que hizo nuestro Dios. Le quitó al primer hombre una simple costilla, pero, a cambio, le dio una mujer.»

Los comensales rieron y aplaudieron rabiosamente. Y Tomás, sin inmutarse, se limitó a dejar bien sentado que él no creería en esa superchería de la resurrección mientras «no viera al Maestro y no tocara con sus dedos las heridas de los clavos».

El destino estaba a punto de jugarle una mala pasada...

Creo que los cronómetros del módulo debían señalar las 18 horas, aproximadamente. La servidumbre de los Marcos hacía rato que había prendido las lámparas de aceite y, como decía, nos encontrábamos en plena cena. En esta ocasión, a petición de los íntimos de Jesús, la señora de la casa había accedido a adelantar la última comida de aquel domingo, 16 de abril. El grupo se proponía madrugar y era lógico que tratara de reponer fuerzas antes del largo viaje a la Galilea.

Pero surgió lo que nadie podía prever...

Recuerdo que, siguiendo mi costumbre, había ido a acomodarme en uno de los divanes del extremo de la mesa. Tomás se hallaba reclinado entre Pedro y Bartolomé, en el mismo «brazo» de la «U» en el que yo comía y departía plácidamente con Juan. Aún resonaban en la habitación los ecos de la polémica cuando, de repente, las candelas amarillentas de las lucernas oscilaron ligeramente.

Se hizo un silencio de muerte. Instantáneo. Y supongo que el mismo escalofrío que me recorrió de pies a cabeza sacudió igualmente a los otros once. Más de uno se quedó con la cuchara de madera a medio camino entre el plato y la boca. Hubo un vertiginoso relampaguear de las miradas y los corazones se detuvieron.

En esta ocasión, alertado por el doloroso flamear de las lámparas, eché mano de mi cayado, dispuesto a todo.

No tuve que esperar. Frente a mí, como salido del otro lado del muro, avanzó una figura alta y corpulenta, difuminada por la penumbra de la cámara. Las llamas recuperaron la verticalidad y yo, espantado, creí que mi corazón se partía en dos.

El «hombre» —porque en esta ocasión no hubo fenómenos luminosos ni extraños— se detuvo entre los divanes ocupados por Santiago y Mateo Leví, frente por frente al lugar de Tomás.

¡Era Él! Vestía su familiar atuendo: manto color vino y la inmaculada túnica blanca. Creo que fui el único que se puso en pie, impulsado por una feroz descarga de adrenalina. El resto, pillado por sorpresa, no reaccionó. Y con los nervios a flor de piel, sin reparar siquiera en las «crótalos», activé los dispositivos de la «vara de Moisés», en especial el *squid* (1), apuntando a ciegas hacia aquel cuerpo... ¡absolutamente humano! Ésa fue, al menos, mi impresión. ¡Era el mismo Jesús que había conocido en vida! Pero, ¿cómo podía ser si yo le había visto muerto? Mis ojos se clavaron en su rostro, en sus cabellos, en su torso, en sus brazos, en las sandalias... ¡Todo era normal! ¿Normal? ¡Dios mío!, ¡qué locura! Además, ¿por dónde demonios había entrado?

Y al plantarse frente a los mudos y casi hipnotizados discípulos, les saludó así:

—Que la paz sea con vosotros...

No cabía duda. Aquélla era su voz. Y articulaba las palabras como cualquier ser humano... Su faz se hallaba seria.

—... He esperado una semana —continuó, moviendo la cabeza a todo lo largo de la mesa y dirigiendo así una mirada general—, hasta que estuvierais todos reunidos, para aparecer de nuevo y daros, una vez más, la orden de recorrer el mundo divulgando el evangelio del reino...

El tono era apacible. Reposado. No advertí signo alguno de artificialidad ni sonoridad o eco metálico que pudieran infundir sospechas sobre el origen de dicha voz.

—... Os lo repito: lo mismo que el Padre me ha enviado al mundo, yo os mando. Lo mismo que he revelado al Padre, vosotros vais a extender el amor divino, no sólo con palabras, sino también con vuestras vidas cotidianas. Os envío, no para amar las almas de los hombres, sino para amar a los hombres. No basta que proclaméis las alegrías del cielo. Es preciso también demostrar las realidades espirituales de la vida divina en vuestra experiencia diaria. Sabéis por la fe que la vida eterna es un don de Dios. Cuan-

(1)   El *squid* era un sofisticado sistema destinado a la medición de las interferencias cuánticas superconductoras, capaz de registrar ínfimas variaciones de naturaleza magnética. Pero hablaré de él más adelante. *(N. del m.)*

do tengáis más fe y el poder de arriba, el Espíritu de la Verdad, haya penetrado en vosotros, no ocultaréis vuestra luz. Aquí, tras las puertas cerradas, daréis a conocer a toda la Humanidad el amor y la misericordia de Dios. Por miedo, huís ahora ante una desagradable experiencia. Pero, al estar bautizados del Espíritu de la Verdad, iréis felices y alegres a propagar las nuevas experiencias de la vida eterna en el reino del Padre...

Por un instante desvié la vista de la «aparición» —¿o no debería llamarla así?—, concentrándome, en la medida que me lo permitía mi turbación, en la activación de los ultrasonidos y de la tele-termografía, que resultarían también de notable utilidad en aquel primer y apresurado análisis del increíble «hombre».

—... Podéis permanecer aquí o en Galilea durante un corto período —les manifestó, relajando ligeramente el timbre de la voz—. Así podréis reponeros del golpe de la transición entre la falsa seguridad de la autoridad del tradicionalismo y el nuevo orden de la autoridad de los hechos, de la verdad y de la fe en las realidades supremas de la viva experiencia. Vuestra misión en el mundo se basa en lo que he vivido con vosotros: una vida revelando a Dios y en torno a la verdad de que sois hijos del Padre, al igual que todos los hombres. Esta misión se concretará en la vida que haréis entre los hombres, en la experiencia afectiva y viviente del amor a todos ellos, tal y como yo os he amado y servido. Que la fe ilumine al mundo y que la revelación de la verdad abra los ojos cegados por la tradición. Que vuestro amor destruya los prejuicios engendrados por la ignorancia. Al acercaros a vuestros contemporáneos con simpatía comprensiva y una entrega desinteresada, les conduciréis a la salvación por el conocimiento del amor del Padre. Los judíos han exaltado la bondad. Los griegos, la belleza. Los hindúes, la devoción. Los lejanos ascetas, el respeto. Los romanos, la fidelidad... Pero yo pido la vida de mis discípulos. Una vida de amor al servicio de sus hermanos encarnados.

Tras este discurso, el Maestro hizo una breve pausa. Y concentrando en los de Tomás aquella mágica luz y aquella afilada fuerza que seguían irradiando sus ojos, le dijo sin reproches:

—Y tú, Tomás, que has dicho que no creerías a menos que me vieras y pusieras tus dedos en las heridas de los clavos de mis muñecas, ahora me has visto y oído...

Miré de soslayo al perplejo discípulo. Estaba lívido.

—... A pesar de que no veas ninguna señal de clavos...

Y Jesús acompañó aquellas palabras con un movimiento de sus brazos. Los alzó hasta que las palmas quedaron a la altura de su rostro y, por efecto de la gravedad —otro detalle a tener en cuenta—, las amplias mangas se deslizaron al momento hacia abajo. Los antebrazos y muñecas, en efecto, no presentaban cicatrices o señales de las pasadas torturas.

Las miradas de todos —como las de un solo hombre— se centraron en las extremidades superiores del rabí, que permaneció unos segundos en la misma posición. ¡Fue desconcertante! Su piel aparecía tersa, con el mismo y abundante vello de antes y con los vasos perfectamente marcados.

—... ya que ahora vivo bajo una forma que tú también tendrás cuando dejes este mundo —reanudó su importante aclaración—, ¿qué les dirás a tus hermanos?

El mismo Jesús respondió a su pregunta.

—Reconocerás la verdad, ya que, en tu corazón, habías empezado a creer, a pesar de manifestar con insistencia tu incredulidad. Es justo el momento en que las dudas empiezan a desmoronarse... Tomás, te pido que no pierdas la fe. Sé creyente... Sé que creerás con todo tu corazón.

Al ver las muñecas de su Maestro y escuchar estas palabras, Tomás se alzó del diván, cayendo de rodillas sobre el entarimado. Y asustado, exclamó:

—¡Creo, mi Señor y mi Maestro!

Fue la única vez que vi sonreír a Jesús. Fue una sonrisa fugaz pero clara. Y el «hombre» replicó:

—Has creído, Tomás, porque me has visto y oído. ¡Benditos sean en los tiempos venideros...!

La sangre se me heló en las venas. Jesús giró ligeramente su rostro, mirándome a los ojos. Y repitió:

—... ¡Benditos sean en los tiempos venideros los que crean sin haberme visto con los ojos de la carne, ni oírme con los oídos humanos!

Una mezcla de emoción, miedo y ganas de gritar me inundó el alma, dejándome como muerto.

Finalizadas estas históricas frases caminó hacia el extremo en el que me hallaba y, al llegar a mi altura, se volvió hacia los boquiabiertos testigos. Y los sistemas electrónicos de la «vara» lograron chequearlo a todo lo largo y ancho de sus grandes espaldas.

Entonces, a manera de despedida, les comunicó:

—Ahora, id todos a Galilea. Allí os apareceré muy pronto.

Se volvió nuevamente hacia mí, me sonrió y caminó despacio, sin prisas, hacia la penumbra de la pared por la que le habíamos visto surgir. Y dejamos de verle. Simplemente, se esfumó...

Y yo, con los dispositivos conectados, permanecí en pie, como una estatua, tan ensimismado, perplejo y confuso como los demás.

Ni siquiera me percaté del inmediato y tumultuoso embrollo que estalló en la cámara.

Claro que, al regresar a la nave y proceder a las «lecturas» del *squid* y de los restantes sistemas ultrasónicos de resonancia magnética nuclear y teletermográficos, mi turbación fue aún mayor... Aquel «cuerpo», entre otras incomprensibles «características», tenía dos que iban contra todos los principios físicos establecidos: carecía de sangre y de aparato digestivo...

¡Dios de los cielos, dame fuerzas para proseguir mi relato!

NOTA DEL AUTOR

Incomprensiblemente para mí, los documentos del mayor finalizan aquí. Y como podrá apreciar el lector, de forma brusca. Como si algo o alguien le hubiera impedido su continuación.

Al final de esa última y patética súplica —«¡Dios de los cielos, dame fuerzas para proseguir mi relato!»— mi amigo incluye unas enigmáticas frases. He aquí el texto completo:

MIRA, ENVÍO MI MENSAJERO
DELANTE DE TI MARCOS 1.2
HAZOR ES SU NOMBRE
Y SUS ALAS TE LLEVARÁN
AL GUÍA MARCOS 6.2.0
EL NÚMERO SECRETO DE TUS PLUMAS
ES EL NÚMERO SECRETO DEL GUÍA,
EL QUE HA DE PREPARAR TU CAMINO MARCOS 1.2

Ignoro por el momento su significado. Pero imagino que guarda estrecha relación con el resto del Diario. Ése, al menos, es mi ferviente deseo. Y suplico a cuantos lleguen a leer tan intrincado enigma y acierten a desvelarlo se dignen informarme. Mi afán e interés por la figura y el mensaje de Jesús de Nazaret no han hecho sino despertar...

Con mi gratitud.

J. J. BENÍTEZ

Marzo de 1986.

booket